SO-AFF-824

Bonnie Garmus
Eine Frage der Chemie

Bonnie Garmus

Eine Frage der Chemie

Roman

Übersetzung aus dem Englischen
von Ulrike Wasel und Klaus Timmermann

PIPER

Mehr über unsere Autorinnen, Autoren und Bücher:
www.piper.de/literatur

ISBN 978-3-492-07109-3
14. Auflage 2023
© Bonnie Garmus 2022
Titel der amerikanischen Originalausgabe:
»Lessons in Chemistry«, Doubleday, New York
© Piper Verlag GmbH, München 2022
Gesetzt aus der Adobe Garamond Pro
Satz: psb, Berlin
Druck und Bindung: GGP Media GmbH, Pößneck
Printed in the EU

Für meine Mutter Mary Swallow Garmus.
Mom, bitte entschuldige die vielen Kraftausdrücke.
Ich hab eine ganze Rolle Vierteldollarmünzen
in die Fluchdose getan.

Kapitel 1

November 1961

Damals, im Jahr 1961, als Frauen Hemdblusenkleider trugen und Gartenvereinen beitraten und zahllose Kinder bedenkenlos in Autos ohne Sicherheitsgurte herumkutschierten; damals, bevor überhaupt jemand ahnte, dass es eine 68er-Bewegung geben würde, und erst recht nicht eine, von der ihre Teilnehmer die folgenden sechzig Jahre erzählen würden; damals, als die großen Kriege vorbei waren und die geheimen Kriege gerade begonnen hatten und die Menschen allmählich anfingen, neu zu denken und zu glauben, alles wäre möglich, stand die dreißigjährige Mutter von Madeline Zott jeden Morgen vor Tagesanbruch auf und war sich nur einer Sache ganz sicher: Ihr Leben war vorbei.

Trotz dieser Gewissheit begab sie sich ins Labor, um den Lunch für ihre Tochter einzupacken.

Kraftstoff fürs Gehirn schrieb Elizabeth Zott auf einen kleinen Zettel, den sie in die Lunchbox ihrer Tochter steckte. Dann hielt sie inne, den Stift in der Luft, als würde sie neu überlegen. *Treib in der Pause Sport, aber lass die Jungs nicht automatisch gewinnen*, schrieb sie auf einen anderen Zettel. Dann hielt sie erneut inne, klopfte nachdenklich mit dem Stift auf den Tisch. *Du bildest dir das nicht nur ein*, schrieb sie auf einen dritten. *Die meisten Menschen sind einfach scheußlich.* Die letzten beiden legte sie obenauf.

Die meisten kleinen Kinder können nicht lesen, und falls doch, sind es meist Wörter wie »Hund« und »Maus«. Aber Madeline las bereits, seit sie drei war, und jetzt, als Fünfjährige, hatte sie schon fast den gesamten Dickens durch.

Madeline gehörte zu der Sorte Kind, die ein Bach-Konzert summen, aber sich nicht selbst die Schuhe zubinden konnte, die die Drehung der Erde erklären konnte, aber bei Tic-Tac-Toe versagte. Und das war das Problem. Denn während musikalische Wunderkinder stets bejubelt werden, ist das bei frühen Lesern nicht der Fall. Weil frühe Leser nämlich bloß in etwas gut sind, in dem andere irgendwann auch gut sein werden. Deshalb ist es nichts Besonderes, darin die Erste zu sein – es ist bloß nervig.

Madeline war sich dessen bewusst. Deshalb nahm sie unweigerlich jeden Morgen – wenn ihre Mutter das Haus verlassen hatte und ihre Nachbarsbabysitterin, Harriet, abgelenkt war – die Zettel aus der Lunchbox, las sie und legte sie dann zu all den anderen Zetteln, die sie in einem Schuhkarton ganz hinten in ihrem Schrank aufbewahrte. Sobald sie in der Schule war, tat sie so, als wäre sie wie alle anderen Kinder: praktisch des Lesens unkundig. Für Madeline war Dazugehören wichtiger als alles andere. Und ihr Beweis war unwiderlegbar: Ihre Mutter hatte nie irgendwo dazugehört, und schau, wie es ihr ergangen war.

So lag sie in der südkalifornischen Kleinstadt Commons, wo das Wetter meistens warm war, aber nicht zu warm, und der Himmel meistens blau, aber nicht zu blau, und die Luft sauber, weil die Luft das damals einfach war, in ihrem Bett, die Augen geschlossen, und wartete. Sie wusste, bald würde ihr ein sanfter Kuss auf die Stirn gedrückt, die Bettdecke fürsorglich über die Schultern hochgezogen, »Nutze den Tag« ins Ohr gemurmelt. Kurz darauf würde sie einen Automotor anspringen hören, das Knirschen von Reifen, wenn der Plymouth rückwärts aus der Einfahrt setzte, ein geräuschvolles Umschalten vom Rückwärtsgang in den ersten. Und dann würde ihre dauerhaft depressive Mutter zu dem Fernsehstudio fahren, wo sie sich eine Schürze umbinden und ihr Set betreten würde.

Die Sendung hieß *Essen um sechs*, und Elizabeth Zott war ihr unangefochtener Star.

Kapitel 2

Pine

Die ehemalige Forschungschemikerin Elizabeth Zott war eine Frau mit makelloser Haut und dem unverkennbaren Auftreten eines Menschen, der nicht durchschnittlich war und es nie sein würde.

Sie war, wie alle guten Stars, entdeckt worden. Obwohl in Elizabeths Fall kein Eiscafé eine Rolle spielte, keine Parkbank, auf der sie zufällig gesichtet wurde, keine glückliche Fügung. Stattdessen führte Diebstahl – genauer gesagt Mundraub – zu ihrer Entdeckung.

Die Geschichte war einfach: Ein Mädchen namens Amanda Pine, die das Essen auf eine Weise genoss, die manche Therapeuten für bedenklich halten, aß Madelines Lunch. Und zwar, weil Madelines Lunch ungewöhnlich war. Während die anderen Kinder ihre Sandwiches mit Erdnussbutter und Marmelade mümmelten, öffnete Madeline ihre Lunchbox und fand darin eine dicke Scheibe Lasagne vom Vortag, eine Beilage aus butterigen Zucchini, eine exotische, in Viertel geschnittene Kiwi, fünf glänzende runde Kirschtomaten, einen winzigen Morton-Salzstreuer, zwei noch warme Kekse mit Schokostückchen und eine rot karierte Thermosflasche mit eiskalter Milch.

Dieser Inhalt war der Grund, warum alle es auf Madelines Lunch abgesehen hatten, Madeline eingeschlossen. Aber Madeline bot ihn Amanda an, weil Freundschaft Opfer erfordert, aber auch, weil Amanda die Einzige in der ganzen Schule war, die sich nicht über das seltsame Kind lustig machte, das Madeline war, wie sie selbst bereits wusste.

Erst als Elizabeth bemerkte, dass Madelines Kleidung anfing, an ihrem knochigen Körper herabzuhängen wie schlechte Vorhänge, wurde sie misstrauisch. Ihren Berechnungen nach entsprach Madelines tägliche Nahrungsaufnahme genau dem, was ihre Tochter für eine optimale Entwicklung benötigte, somit war Gewichtsverlust wissenschaftlich unerklärlich. Dann vielleicht ein Wachstumsschub? Nein. Wachstum hatte sie in ihre Berechnungen einkalkuliert. Frühzeitiges Auftreten einer Essstörung? Unwahrscheinlich. Beim Abendessen futterte Madeline wie ein Scheunendrescher. Leukämie? Bestimmt nicht. Elizabeth war keine Schwarzseherin – sie war nicht der Typ Mutter, der nachts wach lag und sich ausmalte, ihre Tochter litte an einer unheilbaren Krankheit. Als Wissenschaftlerin suchte sie stets nach einer vernünftigen Erklärung, und in dem Moment, als sie Amanda Pines tomatensoßenrot verfärbte Lippen sah, wusste sie, dass sie die Erklärung gefunden hatte.

»Mr Pine«, sagte Elizabeth, als sie an einem Mittwochnachmittag in das örtliche Fernsehstudio und an einer Sekretärin vorbeirauschte, »ich versuche seit drei Tagen, Sie telefonisch zu erreichen, und Sie bringen nicht mal die Höflichkeit auf, mich zurückzurufen. Mein Name ist Elizabeth Zott. Ich bin Madeline Zotts Mutter – unsere Kinder gehen gemeinsam auf die Woody Elementary –, und ich bin hier, um Ihnen zu sagen, dass Ihre Tochter meiner Tochter unter Vorspiegelung falscher Tatsachen Freundschaft vorgaukelt.« Und weil er verwirrt wirkte, schob sie nach: »Ihre Tochter isst den Lunch meiner Tochter.«

»L…Lunch?«, brachte Walter Pine heraus, während er die Frau betrachtete, die eindrucksvoll vor ihm stand und deren weißer Laborkittel eine Aura überirdischen Lichts verbreitete, bis auf eine Kleinigkeit: die aufgestickten roten Initialen »E. Z.« direkt über der Tasche.

»Ihre Tochter Amanda«, klagte Elizabeth erneut an, »isst

den Lunch meiner Tochter. Anscheinend geht das schon seit Monaten so.«

Walter konnte sie nur anstarren. Groß und schlank, die Haare in der Farbe von leicht angebranntem gebutterten Toast nach hinten gestrichen und mit einem Bleistift festgesteckt, stand sie da, Hände in den Hüften, der Mund selbstbewusst rot, die Haut leuchtend, die Nase gerade. Sie blickte zu ihm herab wie ein Sanitäter auf einem Schlachtfeld, als würde sie abschätzen, ob es sich lohnte, ihn zu retten.

»Und die Tatsache, dass sie vorgibt, Madelines Freundin zu sein, um an ihren Lunch zu kommen«, fuhr sie fort, »ist absolut verwerflich.«

»W...Wer sind Sie noch mal?«, stammelte Walter.

»Elizabeth Zott!«, blaffte sie zurück. »Madeline Zotts Mutter!«

Walter nickte, versuchte mitzukommen. Als langjähriger Produzent nachmittäglicher Fernsehsendungen war er vertraut mit dramatischen Szenen. Aber das hier? Er starrte sie weiter an. Sie war hinreißend. Er war tatsächlich hingerissen von ihr. Wollte sie für irgendwas vorsprechen?

»Tut mir leid«, sagte er schließlich. »Aber die Krankenschwesterrollen sind schon alle vergeben.«

»Wie bitte?«, fauchte sie.

Es entstand eine lange Pause.

»Amanda Pine«, wiederholte sie.

Er blinzelte. »Meine Tochter? Oh«, sagte er plötzlich nervös. »Was ist mit ihr? Sind Sie Ärztin? Sind Sie von Ihrer Schule?« Er sprang auf.

»Du liebe Güte, nein«, antwortete Elizabeth. »Ich bin Chemikerin. Ich bin in meiner Mittagspause den ganzen Weg vom Hastings hergekommen, weil Sie mich nicht zurückgerufen haben.« Und als er sie weiter ratlos ansah, stellte sie klar. »Forschungsinstitut Hastings? *Wo sich bahnbrechende Forschung Bahn bricht*?« Der geistlose Slogan ließ sie einmal tief ausatmen.

»Es geht darum, dass ich sehr viel Sorgfalt darauf verwende, Madeline einen nahrhaften Lunch zuzubereiten, etwas, worum Sie sich doch gewiss auch für Ihr Kind bemühen.« Und als er sie weiter nur verständnislos anstarrte, schob sie nach: »Weil Ihnen Amandas kognitive und körperliche Entwicklung am Herzen liegt. Weil Sie wissen, dass diese Entwicklung davon abhängt, ihr ein ausgewogenes Gleichgewicht von Vitaminen und Mineralstoffen zu bieten.«

»Das Problem ist, dass Mrs Pine ...«

»Ja, ich weiß. Sie steht nicht zur Verfügung. Ich habe versucht, sie zu erreichen, und man sagte mir, dass sie jetzt in New York lebt.«

»Wir sind geschieden.«

»Tut mir leid, das zu hören, aber Scheidung hat wenig mit Lunch zu tun.«

»Das könnte man meinen, aber ...«

»Ein Mann *kann* seinem Kind Lunch machen, Mr Pine. Das ist keine biologische Unmöglichkeit.«

»Völlig richtig«, pflichtete er bei und schob einen Stuhl zurecht. »Bitte, Mrs Zott, bitte, nehmen Sie Platz.«

»Ich hab was im Zyklotron«, sagte sie gereizt mit Blick auf ihre Uhr. »Sind wir uns einig oder nicht?«

»Zyklo...«

»Subatomarer Teilchenbeschleuniger.«

Elizabeth ließ den Blick über die Wände gleiten. Sie waren mit gerahmten Plakaten tapeziert, die Werbung für melodramatische Seifenopern und reißerische Spielshows machten.

»Meine Arbeit«, sagte Walter, der sich plötzlich für die Geschmacklosigkeiten schämte. »Vielleicht haben Sie schon mal eine davon gesehen?«

Sie wandte sich wieder ihm zu. »Mr Pine«, sagte sie in versöhnlicherem Ton. »Ich bedaure, dass ich weder die Zeit noch die Mittel habe, für Ihre Tochter Lunch zu machen. Wir wissen beide, dass Nahrung der Katalysator ist, der unser Gehirn in Gang setzt, unsere Familien zusammenhält und unsere Zukunft bestimmt. Und dennoch ... « Sie verstummte, und ihre Augen verengten sich, als sie das Plakat für eine Seifenoper bemerkte, auf dem eine Krankenschwester einem Patienten eine ziemlich ungewöhnliche Pflege angedeihen ließ. »Wer hat denn schon die Zeit, der ganzen Nation beizubringen, wie man Mahlzeiten zubereitet, die wirklich Gehalt haben? Ich wünschte, ich hätte sie, aber ich habe sie nicht. Sie etwa?«

Als sie sich zur Tür wandte, sagte Pine, der sie nicht gehen lassen wollte und selbst nicht recht verstand, was da gerade in ihm vorging: »Warten Sie, bitte, Moment ... bitte. Was ... was haben Sie da gerade gesagt? Von wegen: der ganzen Nation beibringen, wie man Mahlzeiten zubereitet, die ... die wirklich *Gehalt* haben?«

Essen um sechs ging vier Wochen später auf Sendung. Und obwohl Elizabeth die Idee nicht unbedingt begeisternd fand – sie war schließlich Forschungschemikerin –, nahm sie den Job aus den üblichen Gründen an: Er war besser bezahlt, und sie hatte ein Kind zu versorgen.

Vom ersten Tag an, als Elizabeth sich eine Schürze umband und das Set betrat, war offensichtlich, dass sie »es« hatte, wobei »es« diese schwer fassbare Qualität war, sehenswert zu sein. Aber sie war auch ein Mensch mit Substanz, so direkt, so nüchtern, dass die Menschen nicht wussten, was sie von ihr halten sollten. Während in anderen Kochsendungen gut gelaunte Köche fröhlich ihren Sherry in sich hineinkippten, war Elizabeth Zott ernst. Sie lächelte nie. Sie scherzte nie. Und ihre Gerichte waren ebenso ehrlich und bodenständig wie sie selbst.

Nach nur sechs Monaten war Elizabeths Sendung ein immer größerer Hit. Nach einem Jahr eine Institution. Und nach zwei Jahren war klar, dass sie die verblüffende Wirkung hatte, nicht nur Eltern mit ihren Kindern zu vereinen, sondern Bürger mit ihrem Land. Man kann ohne Übertreibung feststellen, dass die gesamte Nation am Esstisch Platz nahm, wenn Elizabeth Zott mit dem Kochen fertig war.

Selbst Vizepräsident Johnson verfolgte ihre Sendung. »Sie wollen wissen, was ich *denke*?«, sagte er, als er einen hartnäckigen Reporter loswerden wollte. »Ich denke, Sie sollten weniger *schreiben* und mehr *fernsehen*. Fangen Sie mit *Essen um sechs* an – diese Zott, das ist eine patente Frau.«

Und das stimmte. Niemals hätte Elizabeth Zott erklärt, wie man winzige Gurkensandwiches oder fluffige Soufflés machte. Ihre Rezepte waren herzhaft: Eintöpfe, Aufläufe, Gerichte, die in großen Metallpfannen zubereitet wurden. Sie legte Wert auf die vier Lebensmittelgruppen. Sie glaubte an anständige Portionen. Und sie betonte, dass jedes Gericht, das die Mühe wert war, weniger als eine Stunde Mühe erfordern sollte. Sie beendete jede Sendung mit ihrem Standardspruch: »Kinder, deckt den Tisch. Eure Mutter braucht einen Moment für sich.«

Doch dann schrieb ein prominenter Reporter einen Artikel mit dem Titel: »Warum wir alles essen, was sie uns auftischt«, und bezeichnete sie beiläufig als »Leckere Lizzie«, ein Spitzname, der sowohl zutreffend als auch alliterativ war und deshalb ebenso schnell an ihr haften blieb wie an dem Papier, auf dem er gedruckt war. Von diesem Tag an nannten Fremde sie Leckere Lizzie, aber ihre Tochter Madeline nannte sie Mom, und obwohl Madeline noch ein Kind war, begriff sie, dass der Spitzname die Fähigkeiten ihrer Mutter schmälerte. Sie war Chemikerin, keine Fernsehköchin. Und Elizabeth, ihrem einzigen Kind gegenüber befangen, schämte sich.

Manchmal lag Elizabeth nachts im Bett und dachte darüber nach, wie ihr Leben diesen Verlauf hatte nehmen können. Doch das Nachdenken währte nie lange, denn in Wahrheit wusste sie es.

Sein Name war Calvin Evans.

Kapitel 3

Forschungsinstitut Hastings
Zehn Jahre zuvor, Januar 1952

Calvin Evans war ebenfalls am Forschungsinstitut Hastings angestellt, doch im Unterschied zu Elizabeth, die in beengten Verhältnissen arbeitete, hatte er ein großes Labor ganz für sich allein.

Aufgrund seiner Erfolgsbilanz stand ihm das vielleicht auch zu. Mit neunzehn hatte er bereits bedeutsame Forschungsarbeit geleistet, die dazu beitrug, dass der berühmte britische Chemiker Frederick Sanger den Nobelpreis bekam. Mit zweiundzwanzig entdeckte er ein schnelleres Verfahren, um einfache Proteine zu synthetisieren. Mit vierundzwanzig brachte ihn sein Durchbruch in Sachen Reaktivität von Dibenzoselenophen auf das Titelblatt von *Chemistry Today*. Außerdem hatte er sechzehn wissenschaftliche Aufsätze verfasst, Einladungen zu zehn internationalen Tagungen erhalten und eine Professur in Harvard angeboten bekommen. Die er ablehnte. Zweimal. Zum einen, weil Harvard Jahre zuvor seinen Antrag auf einen Studienplatz abschlägig beschieden hatte, und zum anderen, weil – tja, eigentlich gab es keinen anderen Grund. Calvin war ein Genie, aber wenn er einen Fehler hatte, dann war das seine Neigung, nachtragend zu sein.

Obendrein war er berüchtigt für seine Ungeduld. Wie so viele geniale Menschen konnte Calvin einfach nicht begreifen, warum niemand sonst es kapierte. Er war außerdem introvertiert, was durchaus kein Fehler ist, sich aber häufig als Unnahbarkeit manifestiert. Erschwerend hinzu kam, dass er Ruderer war.

Wie viele Nicht-Ruderer Ihnen versichern werden, sind Ruderer nicht besonders lustig. Das liegt daran, dass Ruderer immer nur übers Rudern reden wollen. Sobald zwei oder mehr Ruderer im selben Raum sind, schweift das Gespräch unweigerlich von so herkömmlichen Themen wie Arbeit oder Wetter ab und kreist nur noch um Boote, Blasen, Riemen, Griffe, Ergos, Blattabdrehen, Training, Setzen, Ausheben, Freilauf, Splits, Sitze, Schläge, Rollschienen, Starts, Schlagzahlen, Sprints und ob das Wasser wirklich »glatt« war oder nicht. Dann geht es meistens damit weiter, was bei der letzten Fahrt falschgelaufen ist und was bei der nächsten falschlaufen könnte und wer daran Schuld hatte beziehungsweise haben wird. Irgendwann strecken die Ruderer ihre Hände aus und machen einen Schwielenvergleich. Und wenn man so richtig Pech hat, schließen sich etliche Minuten andächtiger Ehrfurcht an, in denen einer von ihnen das perfekte Rudererlebnis schildert, bei dem sich alles leicht anfühlte.

Neben der Chemie war Rudern das Einzige, wofür Calvin echte Leidenschaft empfand. Ja, Rudern war der Grund, warum sich Calvin in Harvard überhaupt beworben hatte: Für Harvard rudern hieß 1945, für die Besten rudern. Oder eigentlich die Zweitbesten. Die University of Washington war die beste, aber die University of Washington lag in Seattle, und Seattle war für seinen Regen berüchtigt. Calvin hasste Regen. Deshalb richtete er seinen Blick in die Ferne – auf das andere Cambridge, das in England – und widerlegte damit einen der größten Mythen über Wissenschaftler: dass sie gut recherchieren können.

Als Calvin das erste Mal auf dem Cam ruderte, regnete es. Am zweiten Tag regnete es. Am dritten Tag ebenso. »Regnet's hier *andauernd* so?«, maulte Calvin, als er und seine Teamkameraden sich das schwere Holzboot auf die Schultern hievten und hinaus zum Steg schleppten. »Nein, nein, praktisch nie«, beruhigten sie ihn. »Cambridge ist normalerweise ziemlich sonnig.« Und dann sahen sie einander an, als wollten sie sich gegenseitig etwas bestätigen, was sie schon lange vermutet hatten: Amerikaner waren dämlich.

Leider erstreckte sich Calvins Dämlichkeit auch auf seine Kontakte zur Damenwelt – ein großes Problem, weil er sich sehr gern verlieben wollte. In den ganzen sechs einsamen Jahren, die er in Cambridge verbrachte, schaffte er es, sich mit fünf Frauen zu verabreden, von diesen fünf war nur eine zu einem zweiten Rendezvous bereit, und das auch nur, weil sie jemand anders erwartet hatte, als sie ans Telefon ging. Das Hauptproblem war seine Unerfahrenheit. Er war wie ein Hund, der nach jahrelangen vergeblichen Versuchen endlich ein Eichhörnchen erwischt und dann keine Ahnung hat, was er damit anstellen soll.

»Hallo … äh«, hatte er gesagt, mit klopfendem Herzen und feuchten Händen und einem schlagartig leeren Kopf, als die junge Frau die Tür öffnete. »Debbie?«

»Ich heiße Deirdre«, seufzte sie und warf einen ersten Blick auf ihre Uhr, dem noch viele folgen sollten.

Beim Abendessen zog sich die Unterhaltung vom molekularen Abbau aromatischer Säuren (Calvin) hin zu den neusten Filmen (Deirdre), zu der Synthese nicht reaktiver Proteine (Calvin), zu der Frage, ob er gern tanzte oder nicht (Deirdre), zu einem Blick auf die Uhr, es war schon halb neun, und er musste am Morgen rudern, deshalb würde er sie gleich nach Hause bringen (Calvin).

Es versteht sich von selbst, dass es nach diesen Rendezvous zu sehr wenig Sex kam. Genauer gesagt, zu gar keinem.

»Ich versteh gar nicht, dass du da Schwierigkeiten hast«, sagten seine Kameraden im Ruderteam öfter zu ihm. »Mädchen *lieben* Ruderer.« Was nicht stimmte. »Und du bist zwar Amerikaner, aber du siehst nicht schlecht aus.« Was ebenfalls nicht stimmte.

Ein Teil des Problems war Calvins Körperhaltung. Er war gut einen Meter neunzig groß, schlaksig und hager, und er ließ sich etwas nach rechts hängen – wahrscheinlich, weil er immer auf der Backbordseite ruderte. Aber noch problematischer war sein Gesicht. Er hatte einen verlorenen Ausdruck an sich, wie ein Kind, das sich allein durchschlagen musste, mit großen grauen Augen und zotteligem blonden Haar und leicht violetten Lippen, die fast immer geschwollen waren, weil er die Neigung hatte, auf ihnen zu kauen. Es war die Art von Gesicht, die manche als leicht zu vergessen beschreiben würden, eine unterdurchschnittliche Komposition, die nichts von der dahinterliegenden Sehnsucht oder Intelligenz erahnen ließ, bis auf ein entscheidendes Kriterium – seine Zähne, die gerade und weiß waren und seine gesamte Gesichtslandschaft rehabilitierten, sobald er lächelte. Zum Glück und vor allem, nachdem er sich in Elizabeth Zott verliebt hatte, lächelte Calvin ständig.

Sie begegneten sich – oder besser gesagt, wechselten die ersten Worte – an einem Dienstagmorgen im Forschungsinstitut Hastings, dem privaten Forschungslabor im sonnigen Südkalifornien, in dem Calvin, nachdem er in Cambridge in Rekordzeit promoviert und dreiundvierzig Stellenangebote abgewogen hatte, eine Position teils wegen des guten Rufs, aber hauptsächlich wegen des Niederschlags annahm. In Commons regnete es selten. Elizabeth dagegen nahm das Angebot vom Hastings an, weil sie keine anderen bekommen hatte.

Als sie vor Calvin Evans' Labor stand, bemerkte sie einige große Warnschilder:

NICHT EINTRETEN
LAUFENDES EXPERIMENT
KEIN EINLASS
DRAUSSEN BLEIBEN

Dann öffnete sie die Tür.

»Hallo«, rief sie über Frank Sinatra hinweg, der aus einer Stereoanlage dröhnte, die seltsamerweise mitten im Raum stand. »Ich muss mit jemandem sprechen, der hier die Verantwortung hat.«

Calvin, überrascht, eine Stimme zu hören, reckte den Kopf über eine große Zentrifuge.

»*Entschuldigen Sie, Miss*«, sagte er laut und gereizt, auf der Nase eine große Schutzbrille, die seine Augen vor etwas schützten, das rechts von ihm brodelte, »aber Unbefugte haben hier keinen Zutritt. Haben Sie die Hinweisschilder nicht gesehen?«

»*Doch*«, rief sie zurück, ohne auf seinen Ton zu achten, während sie durch das Labor marschierte, um die Musik auszumachen. »So. Jetzt können wir uns gegenseitig besser hören.«

Calvin kaute auf seinen Lippen und zeigte zur Tür. »Sie dürfen nicht hier sein«, sagte er. »Die Hinweisschilder.«

»Also, mir wurde gesagt, Sie haben in Ihrem Labor einen Überschuss an Bechergläsern, und wir haben unten zu wenig. Steht alles hier drauf«, sagte sie und hielt ihm ein Blatt Papier hin. »Ist von der Materialverwaltung genehmigt.«

»Darüber bin ich nicht informiert worden«, sagte Calvin, der das Blatt überflog. »Aber es tut mir leid, nein. Ich brauche jedes Becherglas. Vielleicht sollte ich lieber mit einem Chemiker unten sprechen. Sagen Sie Ihrem Chef, er soll mich anrufen.« Er wandte sich wieder seiner Arbeit zu und schaltete im Vorbeigehen die Stereoanlage an.

Elizabeth rührte sich nicht. »Sie wollen mit einem Chemiker sprechen? Mit jemand anderem als MIR?«, rief sie über Frank hinweg.

»Ja«, antwortete er. Und dann wurde er etwas freundlicher. »Hören Sie, ich weiß, es ist nicht Ihre Schuld, aber die sollten keine Sekretärin hier raufschicken, um ihnen die lästige Arbeit abzunehmen. Also, ich weiß, das ist für Sie vielleicht schwer zu verstehen, aber ich bin gerade mit etwas Wichtigem beschäftigt. Bitte. Sagen Sie Ihrem Chef einfach, er soll mich anrufen.«

Elizabeths Augen verengten sich. Sie konnte Leute nicht ausstehen, die aufgrund von ihrer Meinung nach längst überholten optischen Eindrücken voreilige Schlüsse zogen, und selbst wenn sie eine Sekretärin gewesen wäre, so konnte sie ebenso wenig Männer ausstehen, die glaubten, dass eine Sekretärin nicht in der Lage war, Wörter zu verstehen, die über »Tippen Sie das in dreifacher Ausfertigung« hinausgingen.

»So ein Zufall«, schrie sie, steuerte geradewegs auf ein Regal zu und nahm sich einen großen Karton Bechergläser. »Ich bin auch beschäftigt.« Dann marschierte sie hinaus.

Im Forschungsinstitut Hastings arbeiteten über dreitausend Menschen, deshalb brauchte Calvin gut eine Woche, um sie aufzuspüren, und als er sie endlich fand, schien sie sich nicht an ihn zu erinnern.

»Ja?«, sagte sie, als sie sich umdrehte, weil jemand ihr Labor betreten hatte. Eine dicke Schutzbrille vergrößerte ihre Augen, Hände und Unterarme steckten in großen Gummihandschuhen.

»Hallo«, sagte er. »Ich bin's.«

»Ich?«, fragte sie. »Könnten Sie genauer werden?« Sie wandte sich wieder ihrer Arbeit zu.

»Ich«, sagte Calvin. »Fünf Stockwerke höher? Sie haben meine Bechergläser mitgenommen?«

»Treten Sie bitte zurück, hinter den Vorhang da«, sagte sie und deutete mit dem Kinn nach links. »Wir hatten hier letzte Woche einen kleinen Unfall.«

»Sie sind schwer zu finden.«

»Wären Sie so nett?«, fragte sie. »Jetzt bin *ich* nämlich mit etwas Wichtigem beschäftigt.«

Er wartete geduldig, während sie ihre Messungen beendete, Notizen in ihrem Heft machte, die Testergebnisse vom Vortag noch einmal überprüfte und dann zur Toilette ging.

»Sie sind noch immer da?«, fragte sie, als sie zurückkam.

»Haben Sie nichts zu tun?«

»Jede Menge.«

»Sie können Ihre Bechergläser nicht zurückhaben.«

»Dann erinnern Sie sich also doch an mich.«

»Ja. Aber nicht gern.«

»Ich wollte mich entschuldigen.«

»Nicht nötig.«

»Wie wär's mit Mittagessen?«

»Nein.«

»Abendessen?«

»Nein.«

»Kaffee?«

»Hören Sie«, erwiderte Elizabeth, die großen Handschuhe in die Hüften gestemmt, »ich muss schon sagen, so allmählich gehen Sie mir auf die Nerven.«

Calvin wandte verlegen den Blick ab. »Ich bitte Sie aufrichtig um Entschuldigung«, sagte er. »Ich geh dann mal.«

»War das Calvin *Evans*?«, fragte ein Labortechniker, als er sah, wie Calvin sich zwischen den fünfzehn Forschern hindurchschlängelte, die Schulter an Schulter in einem Raum arbeiteten, der ein Viertel so groß war wie Calvins Privatlabor. »Was wollte der denn bei uns?«

»Kleiner Konflikt wegen Bechergläsern«, sagte Elizabeth.

»Bechergläser?« Er zögerte. »Moment mal.« Er nahm eines der neuen Bechergläser in die Hand. »Der große Karton Bechergläser, den Sie letzte Woche angeblich gefunden haben. Das war *seiner*?«

»Ich habe nie behauptet, ich hätte Bechergläser gefunden. Ich habe gesagt, dass ich sie *beschafft* habe.«

»Von Calvin Evans?«, fragte er. »Sind Sie verrückt?«

»Eigentlich nicht.«

»Hat er Ihnen erlaubt, seine Bechergläser mitzunehmen?«

»Nicht direkt. Aber ich hatte ein Formular.«

»Was für ein Formular? Sie wissen, dass das über mich laufen muss. Sie wissen, dass ich für die Materialbeschaffung zuständig bin.«

»Das ist mir klar. Aber ich habe über drei Monate gewartet. Ich habe Sie viermal darum gebeten. Ich habe fünf Bestellscheine ausgefüllt. Ich habe Dr. Donatti darauf angesprochen. Ganz ehrlich, ich wusste nicht, was ich sonst noch machen sollte. Für meine Forschung bin ich nun mal auf derlei Material angewiesen. *Es sind bloß Bechergläser.*«

Der Labortechniker schloss die Augen. »Hören Sie«, sagte er und öffnete die Augen langsam wieder, als wollte er ihre Dummheit mimisch darstellen. »Ich bin schon sehr viel länger hier als Sie, und ich kenne mich aus. Sie wissen doch wohl, wofür Calvin Evans bekannt ist, oder? Abgesehen von Chemie?«

»Ja. Für seine üppige Materialausstattung.«

»Nein«, sagte er. »Er ist bekannt dafür, nachtragend zu sein. Nachtragend!«

»Tatsächlich?«, sagte sie interessiert.

Elizabeth Zott war ebenfalls nachtragend. Doch sie war das hauptsächlich in Bezug auf eine patriarchalische Gesellschaft, die auf der Idee fußte, Frauen seien weniger. Weniger fähig. Weniger intelligent. Weniger schöpferisch. Eine Gesellschaft, die es für richtig hielt, dass Männer arbeiten gingen und wichtige Dinge taten – Planeten entdecken, Produkte entwickeln, Gesetze verfassen –, während Frauen zu Hause blieben und Kinder großzogen. Sie wollte keine Kinder – das wusste sie –, aber sie wusste auch, dass viele andere Frauen Kinder haben *und* berufstätig sein wollten. Und was war daran falsch? Nichts. Es war genau das, was Männer ganz selbstverständlich bekamen.

Sie hatte kürzlich etwas über ein Land gelesen, in dem beide Eltern arbeiteten und *gemeinsam* die Kinder großzogen. Wo war das noch mal? Schweden? Sie hatte es vergessen. Aber das Fazit lautete, dass es sehr gut funktionierte. Die Produktivität war höher, die familiäre Bindung stärker. Sie konnte sich vorstellen, in einer solchen Gesellschaft zu leben. Wo man sie nicht automatisch für eine Sekretärin hielt, wo sie sich, wenn sie ihre Ergebnisse in einer Besprechung vorstellte, nicht gegen die Männer wappnen musste, die unweigerlich über sie hinwegredeten oder, schlimmer noch, den Erfolg ihrer Arbeit für sich selbst beanspruchten. Wenn es um Gleichberechtigung ging, war 1952 eine echte Enttäuschung.

»Sie müssen sich bei ihm entschuldigen«, verlangte der Labortechniker. »Wenn Sie diese verdammten Bechergläser zurückbringen, kriechen Sie zu Kreuze. Sie haben unser gesamtes Labor aufs Spiel gesetzt und mich in ein schlechtes Licht gerückt.«

»Alles wird gut«, sagte Elizabeth. »Es sind doch bloß Bechergläser.«

Doch am nächsten Morgen waren die Bechergläser weg, und stattdessen erntete sie böse Blicke von ihren Chemiker-Kollegen, die nun ebenfalls glaubten, sie habe den Groll des legendär nachtragenden Calvin Evans auf sie gelenkt. Sie versuchte, mit ihnen zu reden, doch jeder zeigte ihr auf seine eigene Art die kalte Schulter, und später, als sie am Aufenthaltsraum vorbeikam, schnappte sie auf, wie dieselben paar Männer über sie lästerten – sie würde sich selbst so ernst nehmen, sie würde denken, sie wäre besser als die anderen, sie würde mit keinem von ihnen ausgehen wollen, nicht mal mit den unverheirateten Männern. Und sie hätte ihren Master in organischer Chemie an der UCLA garantiert nur auf die *harte* Tour geschafft, wobei das Wort »hart« von zotigen Gesten und gepresstem Lachen begleitet wurde. Was bildete sie sich überhaupt ein?

»Jemand sollte der mal zeigen, wo's langgeht«, sagte einer.

»Dabei ist sie nicht mal besonders intelligent«, behauptete ein anderer.

»Sie ist eine Fotze«, erklärte eine vertraute Stimme. Ihr Chef, Donatti.

Elizabeth, an die ersten Bemerkungen gewöhnt, aber von der letzten geschockt, drückte sich gegen die Wand und kämpfte gegen eine plötzliche Übelkeit an. Es war das zweite Mal, dass sie mit diesem Wort bezeichnet wurde. Das erste Mal – das erste schreckliche Mal – war an der UCLA gewesen.

Es war vor fast zwei Jahren passiert. Damals stand sie zehn Tage vor ihrem Masterabschluss und war abends um neun noch im Labor, weil sie sicher war, auf ein Problem im Testprotokoll gestoßen zu sein. Als sie mit ihrem frisch angespitzten HB-Bleistift aufs Papier klopfte und über ihren Verdacht nachdachte, hörte sie die Tür aufgehen.

»Hallo?«, rief sie verwundert.

»Sie sind ja noch da«, sagte eine Stimme ohne jede Überraschung. Ihr akademischer Betreuer.

»Ach. Hallo, Dr. Meyers«, sagte sie und blickte auf. »Ja. Ich gehe nur noch mal die Testprotokolle für morgen durch. Ich glaube, da gibt's ein Problem.«

Er machte die Tür etwas weiter auf und trat ein. »Darum hatte ich Sie nicht gebeten«, sagte er mit gereizter Stimme. »Ich hab doch gesagt, es ist alles in Ordnung.«

»Ich weiß«, sagte sie. »Aber ich wollte noch einen letzten Blick draufwerfen.« Die Ein-letzter-Blick-Methode war nichts, was Elizabeth gern machte, aber sie wusste, dass sie es machen *musste*, um ihren Platz in Meyers' rein männlichem Forschungsteam zu behalten. Dabei war ihr seine Forschung nicht besonders wichtig. Er machte nur relativ beliebigen Kram, nichts Bahnbrechendes. Aber trotz eines beachtlichen Mangels an Kreativität gepaart mit einem alarmierenden Ausbleiben neuer Entdeckungen galt Meyers als einer der besten DNA-Forscher der Vereinigten Staaten.

Elizabeth mochte Meyers nicht, niemand mochte ihn.

Außer vielleicht die UCLA, die ihn liebte, weil der Mann mehr Aufsätze als alle anderen in seinem Fachgebiet veröffentlichte. Meyers' Geheimnis? Nicht er schrieb die Aufsätze, sondern seine Doktoranden. Aber er strich die Lorbeeren für jedes Wort ein, änderte manchmal bloß den Titel und ein paar Formulierungen hier und da, ehe er das Ganze als völlig anderen Aufsatz ausgab, was er ohne Weiteres machen konnte, denn wer liest schon einen wissenschaftlichen Aufsatz bis zum Ende durch? Keiner. Folglich wuchs die Zahl seiner Aufsätze und mit ihnen sein Ruf. So wurde Meyers zum Top-DNA-Forscher: Quantität.

Meyers hatte nicht nur Talent für überflüssige Aufsätze, sondern war auch bekanntermaßen ein Lüstling. In der naturwissenschaftlichen Fakultät der UCLA gab es nicht viele Frauen, aber die wenigen, die dort arbeiteten – hauptsächlich als Sekretärinnen –, rückten in den Fokus seiner unerwünschten Aufmerksamkeit. Normalerweise warfen sie nach sechs Monaten mit erschüttertem Selbstvertrauen und verquollenen Augen das Handtuch und gaben private Gründe für ihre Kündigung an. Aber Elizabeth warf nicht das Handtuch – sie konnte nicht –, sie brauchte ihren Masterabschluss. Deshalb ließ sie die tagtäglichen Demütigungen, die Berührungen, die zotigen Kommentare, die vulgären Andeutungen über sich ergehen, während sie gleichzeitig deutlich machte, dass sie kein Interesse hatte. Bis zu dem Tag, als er sie in sein Büro rief, angeblich, um mit ihr über die Aufnahme in sein Promotionsprogramm zu reden, aber stattdessen die Hand unter ihren Rock schob. Wütend riss sie sie weg und drohte, sich über ihn zu beschweren.

»Bei wem denn?«, sagte er lachend. Dann warf er ihr vor, sie sei »verklemmt«, schlug ihr auf den Hintern und verlangte, dass sie ihm seinen Mantel aus dem Büroschrank holte, wohl wissend, dass sie auf der Innenseite der Tür Fotos barbusiger Frauen entdecken würde, von denen einige mit ausdruckslosen

Gesichtern auf allen vieren hockten, während ein Mann ihnen triumphierend einen Schuh auf den Rücken stellte.

»Sehen Sie«, sagte sie zu Dr. Meyers. »Schritt 91 auf Seite 232. Die Temperatur. Ich bin mir ziemlich sicher, die ist zu hoch, was bedeutet, dass die Enzyme inaktiv werden und die Ergebnisse verzerren.«

Dr. Meyers betrachtete sie von der Tür aus. »Haben Sie das schon jemandem gezeigt?«

»Nein«, sagte sie. »Ist mir gerade erst aufgefallen.«

»Dann haben Sie also nicht mit Philipp gesprochen.« Philipp war Meyers' wichtigster Forschungsassistent.

»Nein«, sagte sie. »Er ist eben gegangen. Bestimmt kann ich ihn noch einholen, wenn ich ...«

»Nicht nötig«, unterbrach er sie. »Ist sonst noch jemand hier?«

»Nicht, dass ich wüsste.«

»Das Protokoll ist korrekt«, sagte er barsch. »Sie sind hier nicht die Expertin. Hören Sie auf, meine Autorität infrage zu stellen. Und erwähnen Sie das niemandem gegenüber. Ist das klar?«

»Ich wollte nur helfen, Dr. Meyers.«

Er sah sie an, als würde er den Wahrheitsgehalt ihrer Aussage abschätzen. »Und ich brauche Ihre Hilfe«, sagte er. Dann drehte er sich um und schloss die Tür ab.

Sein erster Schlag war eine wuchtige Ohrfeige, die ihren Kopf nach links schleuderte. Sie schnappte erschrocken nach Luft. Ihr Mund blutete, ihre Augen waren vor Fassungslosigkeit weit aufgerissen, aber sie setzte sich wieder gerade hin. Er verzog das Gesicht, als wäre er unzufrieden mit seinen Ergebnissen, dann schlug er erneut zu, und diesmal fiel sie vom Hocker. Meyers war ein dicker Mann – gut hundertzehn Kilo schwer. Seine Stärke war eine Folge von Körperfülle, nicht von Fitness.

Er bückte sich, packte sie an den Hüften, hob sie vom Boden auf wie ein Kran, der eine nachlässig verschnürte Holzladung hochzieht, und knallte sie wieder auf den Hocker wie eine Stoffpuppe. Dann drehte er sie um, trat den Hocker beiseite und rammte ihren Oberkörper mit dem Gesicht voran auf den Arbeitstisch aus Edelstahl. »Halt still, du Fotze«, befahl er, als sie sich wehrte und seine fetten Finger unter ihren Rock griffen.

Elizabeth keuchte, Metallgeschmack erfüllte ihren Mund, während er sie begrapschte, mit einer Hand ihren Rock bis über die Taille hochzerrte, mit der anderen in die Haut innen an ihren Schenkeln kniff. Ihr Gesicht war flach auf den Tisch gedrückt, und sie konnte kaum atmen, geschweige denn schreien. Sie trat wild nach hinten wie ein Tier in der Falle, aber ihr Widerstand machte ihn nur noch wütender.

»Wehr dich nicht«, warnte er, und Schweiß tropfte von seinem Bauch auf ihre Oberschenkel. Aber durch eine Bewegung von ihm bekam sie einen Arm frei. »Halt still«, befahl er zornig, als sie sich hin und her wand, um Luft rang, weil sein wulstiger Torso ihren Körper flach presste wie einen Pfannkuchen. In einem letzten Versuch, ihr zu zeigen, wer hier die Kontrolle hatte, packte er ihr Haar und riss daran. Dann stieß er in sie hinein wie ein Sturzbetrunkener und stöhnte vor Lust, bis das Stöhnen von einem gequälten Schrei abgeschnitten wurde.

»Gottverdammt!«, brüllte Meyers und hob sein Gewicht von ihr. »Großer Gott, verdammt! Was war das?« Er stieß sich von ihr weg, verwirrt von dem Schmerz, der über die rechte Seite seines Körpers ausstrahlte, konnte aber lediglich ein kleines rosa Radiergummi sehen, das aus seiner rechten Leistengegend ragte und von einem kleinen Burggraben aus Blut eingefasst wurde.

Der HB-Bleistift. Elizabeth hatte ihn mit ihrer freien Hand ertastet, umklammert und ihn genau in Meyers' Seite gestoßen. Nicht bloß ein Stück davon – den ganzen Stift. Seine angespitzte Bleimine, das freundlich gelbe Holz, das glänzende

Goldband – die ganzen siebzehn Zentimeter gegen Meyers' ganze siebzehn Zentimeter. Und damit hatte sie nicht nur seinen Dick- und Dünndarm durchlöchert, sondern auch ihre akademische Karriere.

»Studieren Sie wirklich hier?«, sagte der Officer der Campus-Polizei, nachdem ein Krankenwagen Dr. Meyers abtransportiert hatte. »Dann muss ich Ihren Studentenausweis sehen.«

Elizabeth, Kleidung zerrissen, Hände zittrig, einen anschwellenden dunklen Bluterguss auf der Stirn, sah ihn ungläubig an.

»Die Frage ist berechtigt«, sagte der Officer. »Was macht eine Frau so spätabends noch in einem Labor?«

»Ich ... ich mache hier meinen M...Master«, stotterte sie und hatte das Gefühl, sich übergeben zu müssen. »In Chemie.«

Der Officer seufzte, als hätte er keine Zeit für so einen Unsinn, dann zückte er einen kleinen Notizblock. »Dann erzählen Sie mir mal, was aus Ihrer Sicht passiert ist.«

Elizabeth schilderte ihm den Ablauf der Ereignisse, mit vom Schock gedämpfter Stimme. Es sah aus, als mache er sich Notizen, aber als er sich umdrehte, um einem anderen Officer zu sagen, er habe »alles im Griff«, fiel ihr auf, dass der Block leer war.

»Bitte. Ich ... ich brauche einen Arzt.«

Er klappte den Block zu. »Möchten Sie eine Erklärung des Bedauerns abgeben?« Dann warf er einen Blick auf ihren Rock, als wäre schon allein der Stoff eine offensichtliche Aufforderung. »Sie haben den Mann niedergestochen. Es wäre besser für Sie, wenn Sie etwas Reue zeigen würden.«

Sie sah ihn hohläugig an. »Sie ... verstehen das falsch, Officer. Er hat *mich* angegriffen. Ich ... habe mich verteidigt. Ich brauche einen Arzt.«

Der Officer seufzte erneut. »Also keine Erklärung des Bedauerns?«, sagte er und steckte seinen Kuli weg.

Sie starrte ihn mit leicht geöffnetem Mund an, am ganzen Körper zitternd. Sie blickte nach unten auf ihren Oberschenkel, wo sich Meyers' Handabdruck hellviolett abzeichnete. Sie unterdrückte den Brechreiz.

Als sie wieder aufschaute, sah er auf seine Uhr. Diese kleine Bewegung genügte. Sie streckte den Arm aus und riss ihm ihren Studentenausweis aus den Fingern. »Ja, Officer«, sagte sie, ihre Stimme gespannt wie Stacheldraht. »Jetzt, wo ich drüber nachdenke, bedaure ich doch etwas.«

»Schon besser«, sagte er. »Jetzt kommen wir weiter.« Er griff wieder nach seinem Kuli. »Ich höre.«

»Bleistifte«, sagte sie.

»Bleistifte«, wiederholte er und schrieb es auf.

Sie hob den Kopf, um ihm in die Augen zu sehen, während Blut von ihrer Schläfe tropfte. »Ich bedaure, nicht noch mehr zu haben.«

Der Angriff oder »unglückliche Vorfall«, wie der Zulassungsausschuss ihn nannte, bevor er ihre Zulassung zum Promotionsprogramm offiziell widerrief, war ihre Schuld gewesen. Dr. Meyers hatte sie bei dem Versuch ertappt, heimlich ein Testprotokoll zu ändern, um die Ergebnisse des Experiments zu verfälschen – den Beweis konnte er prompt vorlegen –, und als er sie deshalb zur Rede stellte, hatte sie sich an ihn rangemacht und ihm Sex angeboten. Als das nicht fruchtete, attackierte sie ihn körperlich, und ehe er wusste, wie ihm geschah, hatte er einen Bleistift im Bauch. Er konnte von Glück sagen, dass er noch lebte.

Praktisch niemand glaubte diese Version. Dr. Meyers war berüchtigt. Aber er war auch wichtig, und die UCLA hatte nicht die Absicht, jemanden von seinem Format zu verlieren. Elizabeth war raus. Sie hatte ihren Master in der Tasche. Ihre Prellungen würden heilen. Jemand würde ihr ein Empfehlungsschreiben ausstellen. Na, dann.

So landete sie am Forschungsinstitut Hastings. Und jetzt stand sie hier, vor dem Hastings-Aufenthaltsraum, den Rücken gegen die Wand gepresst, und ihr war schlecht.

Als sie aufblickte, stand der Labortechniker vor ihr. »Alles klar, Zott?«, fragte er. »Sie sehen irgendwie komisch aus.«

Sie antwortete nicht.

»Ist meine Schuld, Zott«, gab er zu. »Ich hätte nicht so einen Aufstand wegen der Bechergläser machen sollen. Und was die da angeht«, er nickte Richtung Aufenthaltsraum – es war klar, dass er das Gespräch mitgehört hatte –, »das sind eben bloß Männer. Ignorieren Sie die einfach.«

Aber sie konnte sie nicht ignorieren. Schon am nächsten Tag wies ihr Chef, Dr. Donatti – derjenige, der sie als Fotze bezeichnet hatte –, sie einem neuen Projekt zu. »Das ist sehr viel einfacher«, sagte er. »Entspricht eher Ihrem intellektuellen Niveau.«

»Warum, Dr. Donatti?«, fragte sie. »Gab es an meiner Arbeit etwas auszusetzen?« Sie war die treibende Kraft hinter ihrem aktuellen Gruppenforschungsprojekt gewesen, weshalb es ihr zu verdanken war, dass sie jetzt kurz davorstanden, Ergebnisse zu veröffentlichen. Aber Donatti zeigte bloß zur Tür. Am nächsten Tag wurde sie mit einer unbedeutenden Aminosäure-Untersuchung beauftragt.

Der Labortechniker, der ihre wachsende Unzufriedenheit spürte, fragte sie, warum sie überhaupt Wissenschaftlerin werden wollte.

»Ich will keine Wissenschaftlerin werden«, fauchte sie. »Ich *bin* Wissenschaftlerin.« Und sie würde sich auf keinen Fall von irgendeinem Fettsack an der UCLA oder von ihrem Chef oder von einer Handvoll kleingeistiger Kollegen davon abhalten lassen, ihre Ziele zu erreichen. Sie hatte früher schon harte Zeiten durchgestanden. Sie würde sich auch jetzt nicht unterkriegen lassen.

Aber es kostet Kraft, sich nicht unterkriegen zu lassen. Im Laufe der Monate wurde ihre Standhaftigkeit wieder und wieder auf die Probe gestellt. Das Einzige, das ihr überhaupt noch eine gewisse Erholung verschaffte, war das Theater, und selbst das war manchmal enttäuschend.

Es war an einem Samstagabend, etwa zwei Wochen nach der Becherfläseraffäre. Sie hatte sich eine Karte für die vermeintlich amüsante Operette *Der Mikado* gekauft und sich sehr darauf gefreut. Doch im Verlauf der Handlung musste sie einsehen, dass sie das Stück überhaupt nicht lustig fand. Die Texte waren rassistisch, die Schauspieler ausnahmslos Weiße, und es war nicht zu verkennen, dass die weibliche Hauptrolle für die Missetaten aller anderen verantwortlich gemacht werden würde. Es erinnerte sie stark an ihre eigene Situation bei der Arbeit. Sie beschloss, sich nicht weiter zu ärgern und in der Pause zu gehen.

Wie es der Zufall wollte, sah sich Calvin Evans dieselbe Vorstellung an, und wenn er in der Lage gewesen wäre, das Bühnengeschehen zu verfolgen, hätte er sich vermutlich Elizabeths Urteil angeschlossen. Aber er verbrachte den Abend erstmals mit einer Sekretärin aus dem Fachbereich Biologie, *und* er hatte sich den Magen verdorben. Ersteres war ein Irrtum: Die Sekretärin hatte ihn nur deshalb in die Operette eingeladen, weil sie aufgrund seiner Bekanntheit annahm, er sei reich, und er hatte in Reaktion auf ihr penetrantes Parfüm mehrmals geblinzelt, was sie als »furchtbar gern« fehlgedeutet hatte.

Die Übelkeit begann im ersten Akt, doch am Ende des zweiten Aktes hatte sie sich zu einem brodelnden Brechreiz gesteigert. »Tut mir leid«, flüsterte er, »aber ich fühle mich nicht gut. Ich gehe.«

»Was soll das heißen?«, fragte sie argwöhnisch. »Ich finde, Sie sehen ganz gesund aus.«

»Mir ist furchtbar schlecht«, murmelte er.

»Tja, wie Sie meinen, aber ich habe das Kleid extra für heute

Abend gekauft«, sagte sie, »und ich gehe erst, wenn ich es die vollen vier Stunden getragen habe.«

Calvin hielt etwas Taxigeld vage in die Richtung ihres verblüfften Gesichts, dann hastete er hinaus ins Foyer, eine Hand auf den Bauch gedrückt, während er schnurstracks zu den Toiletten strebte und versuchte, jede Erschütterung seines verkrampften Magens zu vermeiden.

Wie es der Zufall *außerdem* wollte, hatte Elizabeth das Foyer im selben Moment erreicht, und wie Calvin war auch sie auf dem Weg zu den Toiletten. Aber als sie die lange Warteschlange sah, drehte sie sich frustriert um und prallte dabei ungebremst mit Calvin zusammen, der sich prompt auf sie erbrach.

»O Gott«, sagte er und würgte noch einmal, »ogottogott.«

Elizabeth war im ersten Moment sprachlos, nahm sich dann aber zusammen und legte, ohne auf die von ihm angerichtete Sauerei auf ihrem Kleid zu achten, eine tröstende Hand auf seinen vorgebeugten Torso. »Der Mann hier ist krank«, rief sie der Warteschlange vor den Toiletten zu. »Würde jemand bitte einen Arzt rufen?«

Aber niemand tat es. Als Reaktion auf den Gestank und das Geräusch heftigen Erbrechens suchten sämtliche Theatertoilettengänger schleunigst das Weite.

»O Gott«, sagte Calvin immer wieder und hielt sich den Bauch, »ogottogott.«

»Ich besorg Ihnen ein paar Papierhandtücher«, sagte Elizabeth sanft. »Und ein Taxi.« Und dann schaute sie sich sein Gesicht genauer an und fragte: »Sagen Sie, kennen wir uns?«

Zwanzig Minuten später half sie ihm in sein Haus. »Ich denke, die Aerosoldispersion von Diphenylaminarsin können wir ausschließen«, sagte sie, »da sonst niemand betroffen war.«

»Chemische Kampfstoffe?«, keuchte er, beide Hände auf dem Bauch. »Das will ich doch hoffen.«

»Wahrscheinlich haben Sie bloß irgendwas Schlechtes gegessen«, sagte sie. »Lebensmittelvergiftung.«

»Ah«, stöhnte er. »Das ist mir furchtbar peinlich. Es tut mir wirklich leid. Ihr Kleid. Ich bezahl natürlich die Reinigung.«

»Ist nicht schlimm«, sagte sie. »Sind nur Spritzer.« Sie half ihm zum Sofa, auf das er sich kraftlos fallen ließ.

»Ich ... ich weiß nicht, wann ich mich das letzte Mal übergeben hab. Schon gar nicht in der *Öffentlichkeit*.«

»So was kann passieren.«

»Ich war auf einer Verabredung«, sagte er. »Können Sie sich das vorstellen? Ich hab sie einfach da sitzen lassen.«

»Nein«, sagte sie und versuchte sich zu erinnern, wann sie überhaupt das letzte Mal eine Verabredung gehabt hatte.

Sie schwiegen einen Moment, dann schloss er die Augen. Sie fasste das als Signal auf zu gehen.

»Noch mal, tut mir furchtbar leid«, flüsterte er, als er hörte, dass sie zur Tür ging.

»Bitte. Sie müssen sich nicht entschuldigen. Es war eine Reaktion, eine chemische Unverträglichkeit. Wir sind Wissenschaftler. Wir verstehen so etwas.«

»Nein, nein«, sagte er schwach, versuchte, sich klarer auszudrücken. »Ich meine, dass ich neulich einfach angenommen habe, Sie wären eine Sekretärin ... dass ich gesagt habe, Ihr Chef soll mich anrufen«, murmelte er. »Das tut mir *ehrlich* leid.«

Darauf hatte sie keine Antwort.

»Wir sind einander nie richtig vorgestellt worden«, sagte er. »Ich bin Calvin Evans.«

»Elizabeth Zott«, sagte sie, während sie ihre Sachen zusammensuchte.

»Nun, Elizabeth Zott«, sagte er und brachte ein kleines Lächeln zustande, »Sie sind meine Rettung.«

Aber es war klar, dass sie das nicht mehr mitbekommen hatte.

»Meine DNA-Forschung hat sich auf Polyphosphorsäuren als Kondensationsmittel konzentriert«, erklärte sie Calvin einige Tage später bei einer Tasse Kaffee in der Cafeteria. »Und bis vor Kurzem lief es gut. Seit letztem Monat bin ich einer Aminosäure-Untersuchung zugeteilt.«

»Aber wieso?«

»Donatti ... Sie arbeiten doch auch für ihn, oder? Jedenfalls, er meinte, meine Arbeit wäre überflüssig.«

»Aber Kondensationsmittelforschung ist entscheidend für das weitere Verständnis der DNA ...«

»Ja, ich weiß, ich *weiß*«, bestätigte sie. »Ich hatte vor, das für meine Promotion weiterzuverfolgen. Aber mein eigentliches Interesse ist Abiogenese.«

»Abiogenese? Die Theorie, dass Leben aus einfachen anorganischen Formen entstanden ist? Faszinierend. Aber Sie sind nicht promoviert.«

»Nein.«

»Abiogenese ist aber ein Forschungsgebiet für Promovierte.«

»Ich habe meinen Master in Chemie gemacht. An der UCLA.«

»Die akademische Welt«, er nickte verständnisvoll. »Die wurde langweilig. Sie wollten raus.«

»Nicht direkt.«

Es folgte ein langer Moment unbehaglichen Schweigens.

»Wissen Sie«, begann sie erneut und holte tief Luft, »meine Hypothese zu Polyphosphorsäuren lautet folgendermaßen.«

Ehe sie sich's versah, hatte sie über eine Stunde auf ihn eingeredet, und Calvin hatte genickt und sich Notizen gemacht und gelegentlich detaillierte Fragen gestellt, die sie mühelos beantwortete.

»Ich wäre schon weiter«, sagte sie, »aber wie gesagt, ich wurde anderweitig eingesetzt. Und davor war es nahezu unmöglich, die einfachsten Materialien zu bekommen, um meine eigentliche Arbeit fortzusetzen.« Deshalb, so erklärte sie, war sie gezwungen gewesen, Ausrüstung und Material aus anderen Labors zu entwenden.

»Aber wieso war es so schwer, an Materialien zu kommen?«, fragte Calvin. »Das Hastings hat jede Menge Geld.«

Elizabeth sah ihn an, als hätte er sie gerade gefragt, wie es denn möglich sei, dass in China Kinder hungerten, wo es da doch so viele Reisfelder gab. »Sexuelle Diskriminierung«, antwortete sie, nahm den HB-Bleistift, den sie immer entweder hinterm Ohr oder im Haar trug, und klopfte damit resolut auf den Tisch. »Aber auch Politik, Vetternwirtschaft, Benachteiligung und allgemeine Ungerechtigkeit.«

Er kaute auf seinen Lippen.

»Aber hauptsächlich sexuelle Diskriminierung«, sagte sie.

»Was ist sexuelle Diskriminierung?«, fragte er arglos. »Wieso sollten wir keine Frauen in der Wissenschaft haben wollen? Das ergibt keinen Sinn. Wir brauchen alle wissenschaftlichen Köpfe, die wir kriegen können.«

Elizabeth sah ihn verwundert an. Sie hatte Calvin für intelligent gehalten, erkannte aber jetzt, dass er vielleicht zu den Menschen gehörte, die nur in einem speziellen Gebiet intelligent sind. Sie musterte ihn genauer, als überlegte sie, wie sie vorgehen sollte, um zu ihm durchzudringen. Sie nahm ihr Haar in beide Hände und drehte es zweimal, bevor sie es mit ihrem Bleistift in einem Knoten auf dem Kopf feststeckte. »Als Sie in Cambridge waren«, sagte sie vorsichtig und legte die Hände wieder auf den Tisch, »wie viele Wissenschaftlerinnen kannten Sie da?«

»Keine. Aber an meinem College waren nur Männer zugelassen.«

»Aha, verstehe«, sagte sie. »Aber anderswo haben Frauen doch bestimmt dieselben Möglichkeiten wie Männer, oder? Also wie viele Wissenschaftlerinnen kennen Sie? Und sagen Sie jetzt nicht Madame Curie.«

Er erwiderte ihren Blick, witterte Ärger.

»Calvin, das Problem ist«, sagte sie mit Nachdruck, »dass die Hälfte der Bevölkerung missachtet wird. Es geht nicht nur darum, dass ich nicht die nötigen Materialien bekomme, um meine Arbeit zu machen, es geht darum, dass Frauen nicht die nötige Ausbildung bekommen, um das zu tun, was sie tun sollten. Und wenn sie doch studieren, dann niemals an einer berühmten Uni wie Cambridge. Was wiederum bedeutet, dass man ihnen weder dieselben Möglichkeiten bieten noch denselben Respekt entgegenbringen wird. Sie fangen ganz unten an und bleiben auch da. Von der Bezahlung will ich gar nicht erst reden. Und das alles, weil sie nicht auf eine Universität gegangen sind, die sie erst gar nicht aufgenommen hätte.«

»Sie meinen also«, sagt er langsam, »dass mehr Frauen tatsächlich in der Forschung arbeiten wollen.«

Ihre Augen wurden groß. »*Natürlich wollen wir das*. In der Forschung, der Medizin, der Wirtschaft, der Musik und der Mathematik. Überall.« Und dann stockte sie kurz, denn in Wahrheit hatte sie nur eine Handvoll Frauen kennengelernt, die in der Wissenschaft oder irgendeinem anderen Bereich arbeiten wollten. Die meisten Kommilitoninnen auf dem College behaupteten, sie wären nur da, um angemessen unter die Haube zu kommen. Es war befremdlich, als hätten sie alle etwas genommen, das sie vorübergehend unzurechnungsfähig gemacht hatte.

»Doch stattdessen«, fuhr sie fort, »sind Frauen zu Hause, machen Babys und reinigen Teppiche. Das ist legale Sklaverei. Selbst diejenigen, die tatsächlich Hausfrauen sein wollen, müssen erleben, dass ihre Arbeit völlig unterschätzt wird. Männer denken offenbar, die wichtigste Entscheidung des Tages, die eine Mutter von fünf Kindern zu treffen hat, ist die, in welcher Farbe sie sich die Nägel lackieren soll.«

Calvin stellte sich fünf Kinder vor und schauderte.

»Zu Ihrer Arbeit«, sagte er, um die Schlacht möglichst in eine andere Richtung zu lenken. »Ich glaube, ich kann das in Ordnung bringen.«

»Sie müssen nichts in Ordnung bringen«, entgegnete sie. »Ich bin durchaus in der Lage, meine Situation selbst in Ordnung zu bringen.«

»Nein, das sind Sie nicht.«

»Wie bitte?«

»Sie können sie nicht in Ordnung bringen, weil die Welt so nicht funktioniert. Das Leben ist nicht fair.«

Das machte sie wütend – dass *er* die Dreistigkeit besaß, *ihr* etwas von Unfairness zu erzählen. Er hatte doch keine Ahnung. Sie wollte etwas erwidern, aber er kam ihr zuvor.

»Hören Sie«, sagte er, »das Leben war noch nie fair, aber Sie verhalten sich noch immer so, als wäre es das, als müssten Sie nur ein paar Ungerechtigkeiten beseitigen, und der Rest würde sich dann von selbst ergeben. Falsch gedacht. Wollen Sie einen Rat von mir?« Und ehe sie Nein sagen konnte, schob er nach: »Lassen Sie sich nicht auf das System ein. Überlisten Sie es.«

Sie schwieg, ließ sich seine Worte durch den Kopf gehen. Auf eine ärgerliche und furchtbar unfaire Weise ergaben sie Sinn.

»Und ein glücklicher Zufall will es, dass ich mich das ganze letzte Jahr damit beschäftigt habe, Polyphosphorsäuren neu zu durchdenken, und einfach nicht weiterkomme. Ihre Forschung könnte das ändern. Wenn ich Donatti sage, dass ich mit Ihren Ergebnissen arbeiten muss, setzt er Sie morgen wieder darauf an. Und selbst wenn ich Ihre Arbeit nicht bräuchte – was ich aber tue –, bin ich Ihnen was schuldig. Erstens für die Sekretärin-Bemerkung und zweitens für das Erbrechen.«

Elizabeth schwieg weiter. Wider besseres Wissen merkte sie, dass sie sich für die Idee erwärmte. Sie wollte das nicht: Sie lehnte die Vorstellung ab, dass Systeme überlistet werden mussten. Warum konnten sie nicht von vornherein intelligent sein? Und Gefälligkeiten mochte sie schon gar nicht. Gefälligkeiten hatten so einen Beigeschmack von Betrügerei. Aber sie hatte nun mal Ziele, und verdammt, wieso sollte sie den anderen bloß zuschauen? Zuschauen brachte niemanden weiter.

»Hören Sie«, sagte sie spitz, während sie sich eine Haarsträhne aus dem Gesicht strich. »Ich hoffe, Sie denken nicht, dass ich Ihnen irgendwas unterstelle, aber ich habe in der Vergangenheit Schwierigkeiten gehabt und möchte eines klarstellen: Ich werde nicht mit Ihnen ausgehen. Es geht um die Arbeit, ausschließlich. Ich bin nicht an einer wie auch immer gearteten Beziehung interessiert.«

»Ich auch nicht«, beteuerte er. »Es geht um die Arbeit. Nichts anderes.«

»Nichts anderes.«

Und dann nahmen sie ihre Tassen und Unterteller und spazierten in entgegengesetzte Richtungen davon, und beide hofften inständig, dass der andere es nicht so gemeint hatte.

Kapitel 4

Einführung in die Chemie

Etwa drei Wochen später gingen Calvin und Elizabeth laut debattierend hinaus auf den Parkplatz.

»Ihre Idee ist völlig unsinnig«, sagte sie. »Sie übersehen den grundlegenden Charakter der Proteinsynthese.«

»Ganz im Gegenteil«, sagte er und dachte, dass noch niemand eine seiner Ideen je als unsinnig bezeichnet hatte und es ihm jetzt, da das jemand getan hatte, nicht besonders gefiel. »Sie dagegen ignorieren komplett die Molekularstruk...«

»Ich ignoriere keineswegs ...«

»Sie vergessen, die zwei kovalenten ...«

»Es sind *drei* kovalente Bindungen ...«

»Ja, aber nur, wenn ...«

»Hören Sie«, unterbrach sie ihn jäh, als sie vor ihrem Wagen stehen blieben. »Das ist ein Problem.«

»Was ist ein Problem?«

»*Sie*«, sagte sie nachdrücklich und deutete mit beiden Händen auf ihn. »Sie sind das Problem.«

»Weil wir verschiedener Meinung sind?«

»Das ist nicht das Problem«, sagte sie.

»Was denn dann?«

»Das Problem ist ...« Sie winkte vage ab, blickte dann in die Ferne.

Calvin seufzte und legte eine Hand auf das Dach ihres alten blauen Plymouth, machte sich auf die unvermeidliche Zurückweisung gefasst.

In den vergangenen Wochen hatten er und Elizabeth sich

sechsmal getroffen – zweimal zum Lunch und viermal zum Kaffee –, und jedes Mal war es zugleich der Höhepunkt und der Tiefpunkt seines Tages gewesen. Der Höhepunkt, weil sie die intelligenteste, verständnisvollste, faszinierendste und, ja, die beängstigend attraktivste Frau war, die er in seinem Leben kennengelernt hatte. Der Tiefpunkt: Sie hatte es anscheinend immer eilig, wieder zu gehen. Und sobald sie gegangen war, fühlte er sich den Rest des Tages deprimiert und niedergeschlagen.

»Die neusten Forschungsergebnisse zu Seidenspinnern«, sagte sie jetzt. »In der letzten Ausgabe des *Science Journal*. Das meine ich mit kompliziert.«

Er nickte, als verstünde er, was sie meinte, aber er verstand sie nicht, und nicht bloß das mit den Seidenraupen. Bei jedem ihrer Treffen hatte er sich alle Mühe gegeben, ihr zu zeigen, dass er absolut kein Interesse an ihr hatte, das über den beruflichen Aspekt hinausging. Er hatte nicht angeboten, ihren Kaffee zu bezahlen, er hatte nicht vorgeschlagen, ihr Lunchtablett zu tragen, er hatte keine Tür für sie aufgehalten – selbst dann nicht, als sie die Arme so voller Bücher hatte, dass er nicht mal ihren Kopf sehen konnte. Er war auch nicht ohnmächtig geworden, als sie von der Kaffeemaschine zurücktrat und versehentlich mit ihm zusammenstieß und er den Duft ihres Haars roch. Er wusste nicht mal, dass Haar so riechen konnte – als wäre es in einer Schüssel voller Blumen gewaschen worden. Würde sie ihm wirklich keine Anerkennung für sein Arbeit-und-sonst-nichts-Benehmen geben? Das alles machte ihn schier wahnsinnig.

»Das mit dem Bombykol«, sagte sie. »Bei Seidenspinnern.«

»Klar«, antwortete er matt und dachte, wie dumm er doch bei ihrer ersten Begegnung gewesen war. Hatte sie als Sekretärin bezeichnet. Sie aus seinem Labor geworfen. Und später dann? Er hatte sie vollgekotzt. Sie sagte, das spiele keine Rolle, aber hatte sie das gelbe Kleid je wieder getragen? Nein. Ihm schien offensichtlich, dass sie zwar behauptete, nicht nachtragend zu sein, es aber trotzdem war. Als Meister im Nachtragen wusste er, wie das ging.

»Das ist ein chemischer Botenstoff«, sagte sie. »Bei weiblichen Seidenspinnern.«

»Insekten«, sagte er sarkastisch. »Toll.«

Überrascht von seiner Schnodderigkeit trat sie einen Schritt zurück. »Sie sind nicht interessiert«, sagte sie, und ihre Ohrspitzen liefen rot an.

»Überhaupt nicht.«

Elizabeth holte kurz Luft und begann, in ihrer Handtasche nach den Schlüsseln zu kramen.

Was für eine Riesenenttäuschung. Da hatte sie endlich jemanden kennengelernt, mit dem sie tatsächlich reden konnte – jemanden, den sie intelligent fand, verständnisvoll, faszinierend (und beängstigend attraktiv, wenn er lächelte), und er hatte kein Interesse an ihr. Null. In den letzten Wochen hatten sie sich sechsmal getroffen, und immer war sie rein sachlich geblieben und er auch – obwohl er dabei schon fast unhöflich wirkte. Der Tag, an dem sie die Tür nicht sehen konnte, weil sie die Arme voller Bücher hatte? Er hatte sich nicht dazu herabgelassen, ihr zu helfen. Und dennoch empfand sie immer, wenn sie zusammen waren, den nahezu unwiderstehlichen Drang, ihn zu küssen. Was *extrem* untypisch für sie war. Und dennoch fühlte sie sich nach jeder Begegnung – die sie beendete, sobald sie konnte, weil sie Angst hatte, dass sie ihn tatsächlich küssen würde – den Rest des Tages deprimiert und niedergeschlagen.

»Ich muss los«, sagte sie.

»Wie üblich«, erwiderte er zynisch. Aber beide rührten sich nicht, sondern blickten nur in entgegengesetzte Richtungen, als hielten sie Ausschau nach der Person, die sie eigentlich auf dem Parkplatz hatten treffen wollen, obwohl es fast sieben Uhr an einem Freitagabend war und nur noch zwei Autos auf dem Südparkplatz standen: ihres und seines.

»Große Pläne fürs Wochenende?«, fragte er schließlich vorsichtig.

»Ja«, log sie.

»Viel Spaß«, erwiderte er knapp. Dann drehte er sich um und ging.

Sie sah ihm einen Moment nach, stieg dann in ihr Auto und schloss die Augen. Calvin war nicht dumm. Er las das *Science Journal*. Er musste verstanden haben, was sie meinte, als sie Bombykol erwähnte, das Pheromon, das Seidenspinnerweibchen absondern, um Männchen anzulocken. *Insekten*, hatte er beinahe gemein gesagt. Was für ein Idiot. Und wie blöd war sie selbst gewesen – das Thema Liebe auf einem Parkplatz so aufdringlich anzusprechen, nur um zurückgewiesen zu werden.

Sie sind nicht interessiert, hatte sie gesagt.

Überhaupt nicht, hatte er erwidert.

Sie öffnete die Augen und rammte den Schlüssel ins Zündschloss. Wahrscheinlich hatte er ohnehin vermutet, sie wollte nur noch mehr Laborzubehör abstauben. Denn im Kopf eines Mannes gab es ja wohl keine andere Erklärung dafür, warum eine Frau an einem Freitagabend auf einem leeren Parkplatz Bombykol erwähnen sollte, wenn ein leichter Wind aus Westen den Duft ihres extrem teuren Shampoos direkt in seine Nasenhöhle trug, außer, das alles diente nur dazu, noch mehr Bechergläser zu bekommen. Sie konnte sich keinen anderen Grund denken. Außer den wahren. Sie war dabei, sich in ihn zu verlieben.

Just in dem Moment hörte sie links von sich ein lautes Klopfen. Als sie aufblickte, sah sie Calvin, der ihr signalisierte, das Seitenfenster herunterzukurbeln.

»Mir geht's nicht um Ihre blöden Laborgeräte!«, fauchte sie, als sie die Scheibe herabließ, die sie beide trennte.

»Und ich bin nicht das Problem«, zischte er. Er bückte sich, um ihr auf Augenhöhe ins Gesicht zu sehen.

Elizabeth starrte ihn an, wutschnaubend. *Was bildete er sich ein?*

Calvin starrte sie an. *Was bildete sie sich ein?*

Und dann überkam sie wieder dieses Gefühl, das sie jedes Mal hatte, wenn sie mit ihm zusammen war, aber diesmal handelte sie danach, hob beide Hände, um sein Gesicht an ihres zu ziehen, und ihr erster Kuss zementierte eine dauerhafte Verbindung, die nicht mal die Chemie erklären konnte.

Kapitel 5

Familienwerte

Ihre Laborkollegen gingen selbstverständlich davon aus, dass Elizabeth nur aus einem einzigen Grund mit Calvin Evans zusammen war: sein Ruhm. Mit Calvin in der Tasche war sie unantastbar. Doch der Grund war sehr viel einfacher: »Weil ich ihn liebe«, hätte sie gesagt, wäre sie von jemandem gefragt worden. Aber es fragte niemand.

Für ihn galt dasselbe. Wäre er gefragt worden, hätte Calvin gesagt, dass Elizabeth Zott für ihn das Kostbarste auf der Welt war, und zwar nicht, weil sie hübsch war, und nicht, weil sie klug war, sondern weil sie ihn und er sie mit einer besonderen Ausschließlichkeit liebte, einer besonderen Überzeugung und Treue, was ihre Hingabe zueinander vertiefte. Sie waren mehr als Freunde, mehr als Vertraute, mehr als Verbündete und mehr als Liebhaber. Wenn Beziehungen ein Puzzle sind, dann war ihres von Anfang an vollständig – als hätte jemand den Karton ausgeschüttet und zugeschaut, wie die einzelnen Teilchen genau dort landeten, wo sie hingehörten, sich nahtlos zu einem Bild ineinanderfügten, das absolut Sinn ergab. Sie machten andere Paare regelrecht krank.

Nachts, wenn sie sich geliebt hatten, blieben sie in der immer gleichen Position auf dem Rücken liegen, sein Bein über ihre geworfen, ihr Arm auf seinem Oberschenkel, sein Kopf zu ihrem gedreht, und unterhielten sich: manchmal über ihre Probleme, manchmal über ihre Zukunft, immer über ihre Arbeit. Trotz der postkoitalen Erschöpfung dauerten ihre Gespräche oft bis in die frühen Morgenstunden, und immer, wenn es um eine gewisse Erkenntnis oder Formel ging, musste sie oder er unweigerlich irgendwann aufstehen und sich ein paar Notizen machen. Während die enge Beziehung mancher Paare sich negativ auf ihre Arbeit auswirken kann, war es bei Elizabeth und Calvin das genaue Gegenteil. Sie arbeiteten, selbst wenn sie *nicht* arbeiteten – befeuerten gegenseitig ihre Kreativität und Schaffenskraft mit einer neuen Sichtweise –, und sosehr die wissenschaftliche Welt später auch über die Produktivität der beiden staunen sollte, sie hätte wahrscheinlich noch mehr gestaunt, wenn sie gewusst hätte, dass die meiste Arbeit nackt erledigt wurde.

»Noch wach?«, flüsterte Calvin zaghaft eines Nachts, als sie im Bett lagen. »Ich wollte dir nämlich was vorschlagen. Es geht um Thanksgiving.«

»Was ist damit?«

»Na ja, der ist ja demnächst, und ich hab mich gefragt, ob du nach Hause fährst, und wenn ja, ob du mich einladen würdest, mitzukommen und ...«, er stockte und sagte dann ganz schnell, »deineElternkennzulernen.«

»*Was?*«, flüsterte Elizabeth zurück. »*Nach Hause?* Nein, ich fahr nicht nach Hause. Ich hab gedacht, wir könnten Thanksgiving hier feiern. Zusammen. Außer. Na ja. Hast *du* vor, nach Hause zu fahren?«

»Auf gar keinen Fall«, sagte er.

In den vergangenen Monaten hatten Calvin und Elizabeth über praktisch alles geredet – Bücher, Berufswege, Überzeugungen, Ziele, Filme, Politik, sogar über Allergien. Es gab nur eine offensichtliche Ausnahme: ihre Familien. Das war keine Absicht – jedenfalls anfangs –, doch nach Monaten, in denen das Thema nie zur Sprache kam, wurde klar, dass es vielleicht nie zur Sprache kommen würde.

Das soll nicht heißen, dass ihnen die Herkunft des jeweils

anderen gleichgültig war. Wer wollte denn nicht tief in die Kindheit eines anderen eintauchen und alle üblichen Verdächtigen kennenlernen: die strengen Eltern, die eifersüchtigen Geschwister, die verrückte Tante? Sie nicht.

Das Thema Familie war somit wie ein verschlossener Raum bei der Besichtigung eines historischen Hauses. Man konnte den Kopf hineinrecken und ein vages Gefühl dafür bekommen, dass Calvin irgendwo aufgewachsen war (Massachusetts?) und dass Elizabeth Brüder hatte (oder doch Schwestern?), aber es gab keine Möglichkeit, einzutreten und rasch einen Blick in den Medizinschrank zu werfen. Bis Calvin mit Thanksgiving anfing.

»Ich fass es nicht, dass ich das fragen muss«, sagte er schließlich leise in die angespannte Stille. »Aber ich merke gerade, dass ich nicht weiß, wo du herkommst.«

»Oh«, sagte Elizabeth. »Ach so. Oregon, hauptsächlich. Du?«

»Iowa.«

»Ehrlich?«, fragte sie. »Ich dachte, du wärst aus Boston.«

»Nein«, sagte er schnell. »Geschwister?«

»Einen Bruder«, sagte sie. »Du?«

»Keine.« Seine Stimme klang hohl.

Sie lag ganz still da, registrierte seinen Tonfall. »War es einsam?«, fragte sie.

»Ja«, sagte er lapidar.

»Das tut mir leid«, sagte sie und griff nach seiner Hand unter der Decke. »Wollten deine Eltern kein zweites Kind?«

»Schwer zu sagen«, erwiderte er mit dünner Stimme. »So was fragt ein Kind seine Eltern im Normalfall nicht, oder? Aber wahrscheinlich doch. Bestimmt sogar.«

»Aber warum ...«

»Sie sind gestorben, als ich fünf war. Damals war meine Mutter im achten Monat.«

»O Gott, Calvin. Das tut mir leid«, sagte Elizabeth und setzte sich auf. »Was ist denn passiert?«

»Zug«, sagte er trocken. »Hat sie erfasst.«

»Calvin, das tut mir so leid. Ich hatte ja keine Ahnung.«

»Ist schon gut«, sagte er. »Ist lange her. Ich erinnere mich kaum an sie.«

»Aber ...«

»Du bist dran«, sagte er unvermittelt.

»Nein, Moment, warte. Calvin, wer hat dich großgezogen?«

»Meine Tante. Aber dann ist sie auch gestorben.«

»Was? *Wie?*«

»Wir waren im Auto unterwegs, und sie hatte einen Herzinfarkt. Das Auto ist von der Straße abgekommen und gegen einen Baum gekracht.«

»Mein Gott.«

»Ist wohl so was wie eine Familientradition. Durch Unfälle sterben.«

»Das ist nicht lustig.«

»War auch nicht lustig gemeint.«

»Wie alt warst du?«, wollte Elizabeth wissen.

»Sechs.«

Sie presste fest die Augen zu. »Und dann bist du ...« Ihre Stimme erstarb.

»In ein katholisches Waisenhaus für Jungen gekommen.«

»Und ...«, hakte sie nach, obwohl ihr nicht wohl dabei war. »Wie war das?«

Er schwieg einen Moment, als suchte er nach einer ehrlichen Antwort auf diese unverschämt einfache Frage. »Hart«, sagte er schließlich so leise, dass sie es kaum hörte.

Eine Viertelmeile entfernt pfiff ein Zug, und Elizabeth zuckte zusammen. Wie viele Nächte hatte Calvin hier gelegen und diesen Pfiff gehört und an seine toten Eltern und sein Beinahe-Geschwisterchen gedacht und kein Wort gesagt? Es sei denn, er dachte vielleicht nie an sie – er hatte gesagt, er könne sich kaum an sie erinnern. Aber an wen erinnerte er sich dann? Und wie waren sie gewesen? Und was genau meinte er mit *hart?* Sie wollte ihn fragen, aber sein Tonfall – so dunkel und leise und fremd – hielt sie davon ab. Und was war mit seinem späteren Leben? Wie hatte er denn mitten in Iowa Rudern lernen können, geschweige denn es nach Cambridge geschafft, um dort zu rudern? Und sein Studium? Wer hatte das bezahlt? Und seine Schulausbildung? Ein Waisenhaus in Iowa hörte sich nicht danach an, als könnte es viel Bildung vermitteln. Genial zu sein ist eine Sache, aber genial zu sein, ohne gefördert zu werden – das war etwas völlig anderes. Wenn Mozart in einer armen Familie in Bombay zur Welt gekommen wäre statt in einer kultivierten in Salzburg, hätte er dann je die Sinfonie Nr. 36 in C-Dur komponiert? Ausgeschlossen. Wie hatte Calvin es also geschafft, aus dem Nichts einer der angesehensten Wissenschaftler der Welt zu werden?

»Du kommst also aus Oregon«, sagte er mit hölzerner Stimme und zog sie wieder an sich.

»Ja.« Ihr graute davor, ihre eigene Geschichte zu erzählen.

»Wie oft fährst du dahin zu Besuch?«, wollte er wissen.

»Nie.«

»Aber wieso?« Calvin schrie beinahe, schockiert darüber, dass sie eine offenbar intakte Familie so einfach wegwarf. Zumindest eine, die noch am Leben war.

»Religiöse Gründe.«

Calvin stutzte, als käme er nicht ganz mit.

»Mein Vater war ein ... so was wie ein Experte in Religion«, erklärte sie.

»Ein was?«

»Eine Art Händler in Sachen Gottes.«

»Ich versteh nicht ...«

»Einer, der Feuer und Schwefel predigt, um damit Geld zu machen. Ich meine«, sagte sie und klang plötzlich verlegen, »einer, der den Leuten einredet, das Ende sei nah, aber eine Lösung parat hat – zum Beispiel eine besondere Taufe oder ein

teures Amulett –, die den Jüngsten Tag noch ein kleines bisschen hinauszögert.«

»Davon kann man leben?«

Sie wandte den Kopf in seine Richtung. »O ja.«

Er lag schweigend da, versuchte, sich das vorzustellen.

»Jedenfalls«, sagte sie, »deshalb waren wir ständig unterwegs.
Du kannst den Leuten nicht erzählen, das Ende ist nah, wenn
das Ende nie kommt.«

»Was ist mit deiner Mutter?«

»Die hat die Amulette gemacht.«

»Nein, ich meine, war sie auch sehr religiös?«

Elizabeth zögerte. »Nur, wenn du Gier als Religion zählst.
Die Branche ist ausgesprochen lukrativ, Calvin, deshalb ist die
Konkurrenz groß. Aber mein Vater war ein Ausnahmetalent,
und der neue Cadillac, den er sich jedes Jahr gönnte, war der
Beweis dafür. Aber letzten Endes war es wohl das Talent meines Vaters für Selbstentzündung, wodurch er sich von allen
anderen abhob.«

»Moment. Wofür?«

»Es ist wirklich schwierig, jemanden zu ignorieren, wenn
er ›Gib mir ein Zeichen!‹ ruft und irgendwas in Flammen aufgeht.«

»Warte mal. Willst du damit sagen …«

»Calvin«, unterbrach sie ihn und verfiel wieder in ihren
Standardtonfall, wenn sie wissenschaftlich wurde. »Wusstest
du, dass Pistazien von Natur aus leicht entflammbar sind? Das
liegt an ihrem hohen Fettgehalt. Normalerweise gelten für die
Lagerung von Pistazien strenge Auflagen hinsichtlich Feuch-
tigkeit, Temperatur und Druck, und wenn diese Bedingungen
verändert werden, produzieren die Fett spaltenden Enzyme der
Pistazien freie Fettsäuren, die sich zersetzen, wenn der Kern
Sauerstoff aufnimmt und Kohlendioxid abgibt. Ergebnis? Feuer.
Zwei Dinge muss ich meinem Vater zugestehen: Immer wenn
er ein günstiges Zeichen von Gott brauchte, konnte er eine

Selbstentzündung herbeizaubern.« Sie schüttelte den Kopf. »Mann, haben wir Pistazien verbraucht.«

»Und das andere?«, fragte Calvin staunend.

»Er war es, der mein Interesse an Chemie geweckt hat.« Sie atmete aus. »Dafür sollte ich ihm wohl dankbar sein«, sagte sie bitter. »Bin ich aber nicht.«

Calvin drehte den Kopf nach links, um seine Enttäuschung zu verbergen. In diesem Moment wurde ihm klar, wie sehr er sich gewünscht hatte, ihre Familie kennenzulernen – wie sehr er gehofft hatte, endlich an einem Thanksgiving-Tisch zu sitzen und von Menschen umgeben zu sein, die zu ihm gehörten, weil er zu ihr gehörte.

»Wo ist dein Bruder?«, fragte er.

»Tot.« Ihre Stimme war hart. »Selbstmord.«

»*Selbstmord?*« Es verschlug ihm den Atem. »*Wie?*«

»Hat sich aufgehängt.«

»Aber … *warum?*«

»Weil mein Vater ihm gesagt hat, dass Gott ihn hasst.«

»Aber …«

»Wie gesagt, mein Vater war sehr überzeugend. Wenn mein Vater sagte, dass Gott irgendwas wollte, bekam Gott es meistens auch. Wobei Gott mein Vater war.«

Calvins Magen krampfte sich zusammen.

»Standet ihr euch nahe?«

Sie holte tief Luft. »Ja.«

»Aber ich versteh das nicht«, sagte er. »Warum hat dein Vater das getan?« Er blickte zur dunklen Decke über ihm hoch. Er hatte nicht viel Erfahrung mit Familien, aber er hatte immer geglaubt, Teil einer Familie zu sein wäre wichtig: die Voraussetzung für Stabilität, etwas, das man brauchte, um schwere Zeiten zu überstehen. Er hatte nie wirklich die Möglichkeit in Betracht gezogen, dass eine Familie die schwere Zeit *sein* konnte.

»John – mein Bruder – war homosexuell«, sagte Elizabeth.

»Oh«, sagte er, als würde ihm jetzt einiges klar. »Das tut mir leid.«

Sie stützte sich auf einen Ellbogen und blickte ihn forschend in der Dunkelheit an. »Was soll *das* denn heißen?«, fragte sie irritiert.

»Na ja ... aber woher wusstest du das? Er hat es dir doch bestimmt nicht erzählt?«

»Ich bin Wissenschaftlerin, Calvin, schon vergessen? Ich wusste es einfach. Außerdem ist Homosexualität nicht falsch, sondern vollkommen normal – eine schlichte Tatsache der menschlichen Biologie. Mir ist schleierhaft, warum die Leute das nicht wissen. Liest denn heutzutage keiner mehr Margaret Mead? Jedenfalls, ich wusste, dass John homosexuell ist, und er wusste, dass ich es wusste. Wir haben darüber geredet. Er hat sich das nicht ausgesucht. Es gehörte einfach zu ihm. Das Beste war«, sagte sie wehmütig, »dass er auch über mich Bescheid wusste.«

»Er hat gewusst, dass du ...«

»*Wissenschaftlerin* bist!«, sagte Elizabeth barsch. »Hör mal, mir ist klar, dass es dir aufgrund deiner eigenen schrecklichen Geschichte vielleicht schwerfällt, das zu begreifen, aber die Tatsache, dass wir in Familien hineingeboren werden, heißt noch lange nicht, dass wir zu ihnen gehören.«

»Aber das tun wir ...«

»Nein. Du musst das verstehen, Calvin. Menschen wie mein Vater predigen Liebe, aber sie sind voller Hass. Wer ihre engstirnigen Vorstellungen hinterfragt, kann nicht geduldet werden. Und das wurde klar an dem Tag, als meine Mutter meinen Bruder Händchen haltend mit einem anderen Jungen erwischte. Nachdem er sich dann ein Jahr lang anhören musste, er wäre eine Anomalie und hätte es nicht verdient zu leben, ging er mit einem Strick raus in den Schuppen.«

Sie sagte das mit zu heller Stimme, wie man spricht, wenn man große Mühe hat, nicht zu weinen. Er griff nach ihr, und sie ließ sich von ihm in die Arme nehmen.

»Wie alt warst du?«, fragte er.

»Zehn. John war siebzehn.«

»Erzähl mir mehr von ihm«, bat er. »Wie war er?«

»Ach, du weißt schon«, murmelte sie. »Sanft. Fürsorglich. John hat mir jeden Abend vorgelesen, hat meine aufgeschürften Knie verarztet, mir Lesen und Schreiben beigebracht. Wir sind oft umgezogen, und ich hab nie richtig gelernt, Freundschaften zu schließen, aber ich hatte ja John. Wir haben die meiste Zeit in Bibliotheken verbracht. Die waren unsere Zuflucht, so was wie unser Allerheiligstes – das Einzige, worauf wir uns in jeder neuen Stadt verlassen konnten. Eigentlich ganz witzig, wenn ich so drüber nachdenke.«

»Wieso?«

»Weil unsere Eltern mit dem Allerheiligsten Geschäfte machten.«

Er nickte.

»Eines hab ich gelernt, Calvin: Menschen werden sich immer nach einer einfachen Lösung für ihre komplizierten Probleme sehnen. Es ist sehr viel leichter, an etwas zu glauben, das du nicht sehen, nicht berühren, nicht erklären und nicht verändern kannst, als an etwas zu glauben, bei dem das alles möglich ist.« Sie seufzte. »An sich selbst, meine ich.« Sie spannte ihren Bauch an.

Sie lagen schweigend da, beide im Kummer ihrer jeweiligen Vergangenheit versunken.

»Wo sind deine Eltern jetzt?«

»Mein Vater ist im Gefängnis. Bei einem seiner göttlichen Zeichen sind drei Menschen ums Leben gekommen. Meine Mutter hat sich scheiden lassen, neu geheiratet und ist nach Brasilien gezogen. Da gibt's keine Auslieferungsgesetze. Hatte ich schon erwähnt, dass meine Eltern nie Steuern gezahlt haben?«

Calvin stieß einen langen leisen Pfiff aus. Wenn man von Kindheit an mit Traurigkeit gefüttert wurde, ist schwer vorstellbar, dass andere vielleicht sogar eine noch größere Portion abbekommen haben.

»Und nachdem dein Bruder ... gestorben war ... gab es nur noch dich und deine Eltern ...«

»Nein«, unterbrach sie ihn. »Nur noch mich. Meine Eltern waren oft wochenlang weg, und ohne John musste ich eigenständig werden. Also wurde ich das. Ich hab mir selbst beigebracht, zu kochen und kleinere Reparaturen am Haus zu erledigen.«

»Was war mit Schule?«

»Hab ich doch schon gesagt, ich bin in die Bibliothek gegangen.«

»Das war's?«

Sie wandte sich ihm zu. »Das war's.«

Sie lagen nebeneinander wie gefällte Bäume. Etliche Querstraßen weiter läutete eine Glocke.

»Als ich klein war«, sagte Calvin leise, »hab ich mir immer gesagt, dass jeder Tag neu ist. Dass alles Mögliche passieren kann.«

Sie nahm wieder seine Hand. »Hat's geholfen?«

Seine Mundwinkel gingen nach unten, als er daran dachte, was der Bischof im Waisenhaus ihm über seinen Vater verraten hatte. »Ich glaube, ich will eigentlich nur sagen, dass wir uns nicht von der Vergangenheit unterkriegen lassen sollten.«

Sie nickte, stellte sich einen frisch verwaisten kleinen Jungen vor, der an eine bessere Zukunft glauben wollte. Das musste eine besondere Art von Tapferkeit sein, wenn ein Kind das Schlimmste erlebt hatte und trotz aller Gesetze des Universums und aller gegenteiligen Beweise beschloss, dass der nächste Tag besser sein könnte.

»Jeder Tag ist neu«, wiederholte Calvin, als wäre er noch immer dieses Kind. Doch die Erinnerung daran, was er über seinen Vater erfahren hatte, war noch immer zu viel für ihn, und er hielt inne. »Hör mal, ich bin müde. Lass uns schlafen.«

»Schlafen wäre gut«, sagte sie, ohne zu gähnen.

»Wir können ein anderes Mal weiter darüber reden«, sagte er.

»Vielleicht morgen«, log sie.

Kapitel 6

Die Hastings-Cafeteria

Nichts ist ärgerlicher, als mitanzusehen, wie jemand anders eine unverdiente Portion Glück genießt, und für einige Mitarbeiter am Forschungsinstitut Hastings genossen Elizabeth und Calvin genau das: eine unverdiente Portion Glück. Er, weil er genial war; sie, weil sie schön war. Als die beiden ein Paar wurden, verdoppelten sich ihre unverdienten Portionen automatisch, was das Ganze dann so richtig unverdient machte.

Aus Sicht dieser Leute war das Schlimmste daran, dass die beiden sich für ihre Portionen kein bisschen hatten anstrengen müssen, sondern einfach so zur Welt gekommen waren, was bedeutete, dass ihre unverdiente Portion Glück nicht hart erarbeitet war, sondern ein bloßer genetischer Zufall. Und die Tatsache, dass sie beschlossen hatten, ihre unverdienten Gaben in einer liebevollen und vermutlich hocherotischen Beziehung zu vereinen, die alle anderen jeden Tag beim Lunch mitansehen mussten, machte alles noch viel schlimmer.

»Da kommen sie«, sagte ein Geologe aus dem sechsten Stock. »Batman und Robin.«

»Ich hab gehört, die sind zusammengezogen. Wusstest du das?«, fragte sein Laborkollege.

»*Alle* wissen das.«

»Ich hab's nicht gewusst«, sagte ein Dritter namens Eddie grimmig.

Die drei Geologen sahen zu, wie Elizabeth und Calvin sich einen leeren Tisch mitten in der Cafeteria aussuchten, das

Scheppern von Tabletts und das Besteckklappern um sie herum laut wie Geschützfeuer. Während der Gestank des Tagesgerichts – heute Bœuf Stroganoff – den übrigen Raum nahezu erstickte, stellten Calvin und Elizabeth eine Reihe von Tupperdosen auf den Tisch und öffneten sie. Hähnchen Parmigiana. Kartoffelgratin. Irgendein Salat.

»Ach, verstehe«, sagte einer der Geologen. »Das Essen hier ist denen also nicht fein genug.«

»Meine Katze kriegt besseres Futter als das hier«, sagte der andere Geologe und schob sein Tablett weg.

»Hi, Leute!«, trällerte Miss Frask, eine allzu muntere, breithüftige Sekretärin aus der Personalabteilung. Frask stellte ihr Tablett ab und räusperte sich, weil sie darauf wartete, dass Eddie, ein Geologie-Labortechniker, für sie den Stuhl zurechtrückte. Frask war seit drei Monaten mit Eddie zusammen, und so gern sie auch berichtet hätte, dass alles gut lief, war dem nicht so. Eddie war unreif und hatte schlechte Manieren. Er kaute mit offenem Mund, lachte wiehernd über Witze, die nicht lustig waren, und benutzte Ausdrücke wie »Wuchtbrumme«. Doch Eddie bestach durch eine wichtige Sache: Er war ledig. »Oh, danke, Eddie«, sagte sie, als er sich zur Seite lehnte und einen Stuhl für sie unter dem Tisch hervorzog. »Sehr aufmerksam!«

»Hingucken auf eigene Gefahr«, sagte einer der Geologen und deutete mit dem Kinn in die allgemeine Richtung von Calvin und Elizabeth.

»Wieso?«, fragte Frask. »Worum geht's?« Sie drehte sich auf ihrem Stuhl um und folgte dem Blick der anderen. »Meine Güte«, sagte sie, als sie das glückliche Paar bemerkte. »*Schon wieder?*«

Alle vier schauten schweigend zu, wie Elizabeth ein Notizbuch aus der Tasche zog und es Calvin reichte. Calvin studierte die aufgeschlagene Seite und machte eine Bemerkung. Elizabeth schüttelte den Kopf und zeigte auf irgendetwas Spezielles.

Calvin nickte, legte den Kopf schief und fing an, langsam auf den Lippen zu kauen.

»Er ist total unattraktiv«, sagte Frask angewidert. Aber weil sie in der Personalabteilung arbeitete und die Personalabteilung niemals einen Kommentar zur äußeren Erscheinung eines Mitarbeiters abgab, schob sie nach: »Und damit meine ich bloß, dass Blau ihm nicht steht.«

Einer der Geologen nahm einen Bissen Bœuf Stroganoff und legte dann resigniert seine Gabel hin. »Schon gehört? Evans ist wieder für den Nobelpreis nominiert.«

Der ganze Tisch stieß einen kollektiven Seufzer aus.

»Tja, das hat nichts zu sagen«, sagte ein Geologe. »Nominiert werden kann jeder.«

»Ach ja? Bist *du* schon mal nominiert worden?«

Sie schauten weiter fasziniert zu, und einige Minuten später griff Elizabeth nach unten und holte ein in Wachspapier eingeschlagenes Päckchen hervor.

»Was meint ihr, was das ist?«, fragte ein Geologe.

»Gebäck«, sagte Eddie ehrfürchtig. »Backen kann sie auch noch.«

Sie sahen, wie sie Calvin Brownies anbot.

»Ach, herrje«, sagte Frask gereizt. »Was soll das heißen, ›auch noch‹? Jede Frau kann backen.«

»Ich versteh sie nicht«, sagte einer der Geologen. »Sie hat Evans. Warum ist sie noch hier?« Er schwieg kurz, als würde er alle möglichen Erklärungen durchspielen. »Es sei denn«, sagte er, »Evans will sie nicht heiraten.«

»Warum die Kuh kaufen, wenn du die Milch umsonst kriegst?«, meinte der andere Geologe vielsagend.

»Ich bin auf einer Farm aufgewachsen«, sagte Eddie. »Kühe machen viel Arbeit.«

Frask warf ihm einen Seitenblick zu. Doch es ärgerte sie, dass er weiter den Kopf in Zotts Richtung reckte, wie eine Blume, die sich dem Sonnenlicht zuwendet.

»Ich bin Expertin für menschliches Verhalten«, sagte sie. »Hatte eigentlich vor, in Psychologie zu promovieren.« Sie sah ihre Tischgenossen an, hoffte, sie würden sich nach ihren akademischen Ambitionen erkundigen, doch keiner von ihnen schien auch nur im Geringsten interessiert. »Na ja, jedenfalls kann ich mit Sicherheit sagen: *Sie* ist diejenige, die *ihn* ausnutzt.«

In der Mitte des Raumes schob Elizabeth ihre Unterlagen zusammen und stand auf. »Tut mir leid, dass ich schon wegmuss, Calvin, aber ich hab eine Besprechung.«

»Eine Besprechung?«, sagte Calvin, als hätte sie gerade erklärt, sie müsse einer Hinrichtung beiwohnen. »Wenn du in meinem Labor arbeiten würdest, müsstest du nie zu irgendwelchen Besprechungen.«

»Aber ich arbeite nicht in deinem Labor.«

»Könntest du aber.«

Sie seufzte, hantierte mit den Tupperdosen herum. Natürlich hätte sie schrecklich gern in seinem Labor gearbeitet, aber das war unmöglich. Als Chemikerin hatte sie praktisch noch Anfängerstatus. Sie musste ihren eigenen Weg gehen. Versuch bitte, das zu verstehen, hatte sie ihm mehr als einmal gesagt.

»Aber wir leben zusammen. Das ist bloß der nächste logische Schritt.« Er wusste, für Elizabeth war Logik von zentraler Bedeutung.

»Das war eine ökonomische Entscheidung«, rief sie ihm in Erinnerung. Was es oberflächlich betrachtet auch wirklich war. Calvin hatte die Idee angestoßen, indem er meinte, da sie ohnehin den größten Teil ihrer Freizeit zusammen verbrächten, wäre es finanziell gesehen sinnvoll, den Wohnraum miteinander zu teilen. Aber es war noch immer das Jahr 1952, und im Jahr 1952 zog eine unverheiratete Frau nicht mit einem Mann zusammen. Deshalb war er ein wenig überrascht, als Elizabeth nicht groß überlegte. »Ich übernehme die Hälfte«, hatte sie gesagt.

Sie zog den Bleistift aus ihrem Haar und klopfte damit auf den Tisch, während sie seine Reaktion abwartete. Sie hatte nicht wirklich gemeint, dass sie die Hälfte zahlen würde. Sie konnte unmöglich die Hälfte zahlen. Ihr Gehalt war nahezu lächerlich. Außerdem lief das Haus auf seinen Namen – nur er würde von steuerlichen Vergünstigungen profitieren. Deshalb wäre die Hälfte ungerecht. Sie würde ihm einen Moment Zeit lassen, das durchzurechnen. Die Hälfte war unverschämt.

»Die Hälfte«, sagte er nachdenklich, als würde er es in Erwägung ziehen.

Ihm war klar, dass sie nicht die Hälfte zahlen konnte. Sie konnte nicht mal ein Viertel zahlen. Das Hastings zahlte ihr nämlich einen Hungerlohn – etwa die Hälfte von dem, was ein Mann in ihrer Position verdiente –, was er aus ihrer Personalakte wusste, die er sich verbotenerweise angesehen hatte. Wie dem auch sei, er musste keine Hypothek abstottern. Er hatte seinen kleinen Bungalow im Vorjahr mit dem Geld eines hoch dotierten Chemiepreises bezahlt und es sofort bereut. Es gibt doch das Sprichwort: »Nie alles auf eine Karte setzen.« Genau das hatte er getan.

»Oder wir könnten ein Handelsabkommen schließen«, sagte sie heiter. »Du weißt schon, wie Staaten das machen.«

»Ein Handelsabkommen?«

»Miete für erbrachte Dienstleistungen.«

Calvin erstarrte. Er hatte die getuschelten Bemerkungen von der kostenlosen Milch mitbekommen.

»Abendessen an vier Wochentagen«, schlug sie vor. Und bevor er antworten konnte, sagte sie: »Na schön. *Fünf.* Aber das ist mein letztes Angebot. Ich bin eine gute Köchin, Calvin. Kochen ist eine seriöse Wissenschaft. Im Grunde ist es Chemie.«

Also war sie zu ihm gezogen, und es lief alles gut. Aber die Idee mit dem Labor? Darüber wollte sie nicht mal nachdenken.

»Calvin, du bist gerade für den Nobelpreis nominiert worden«, sagte sie, während sie den Deckel auf die Dose mit dem Rest vom Gratin drückte. »Deine dritte Nominierung in fünf Jahren. Ich will für meine eigene Arbeit beurteilt werden, nicht für Arbeit, von der die Leute glauben, du hättest sie für mich gemacht.«

»Keiner, der dich kennt, würde das je glauben.«

Sie ließ die Luft aus der Tupperdose entweichen und sah ihn an. »Das ist ja das Problem. Mich kennt niemand.«

So hatte sie sich ihr ganzes Leben lang gefühlt. Sie war nicht durch ihr eigenes Tun definiert worden, sondern durch das, was andere getan hatten. In der Vergangenheit war sie entweder die Tochter eines Brandstifters gewesen, das Kind einer fünfmal verheirateten Frau, die Schwester eines homosexuellen Selbstmörders oder die Studentin eines berüchtigten Lüstlings. Jetzt war sie die Freundin eines berühmten Chemikers. Aber sie war nie einfach Elizabeth Zott.

Und wenn sie wirklich mal nicht durch die Taten anderer definiert wurde, tat man sie kurzerhand entweder als Leichtgewicht ab oder als Frau, die sich bloß einen reichen Mann angeln wollte, und das nur aufgrund dessen, was sie am meisten an sich hasste: ihr Aussehen. Denn zufällig war sie ihrem Vater wie aus dem Gesicht geschnitten.

Er war der Grund, warum sie nicht mehr viel lächelte. Ehe er Wanderprediger wurde, hatte ihr Vater von einer Schauspielkarriere geträumt. Er hatte sowohl das Charisma dafür als auch die Zähne – Letztere professionell überkront. Das Einzige, was fehlte? Talent. Als es mit der Schauspielerei nichts wurde, verlegte er sich auf Missionszelte, wo sein künstliches Lächeln den Leuten die Apokalypse verkaufte. Deshalb hörte Elizabeth als Zehnjährige auf zu lächeln. Die Ähnlichkeit verblasste.

Erst als Calvin Evans in ihr Leben trat, tauchte ihr Lächeln wieder auf, das erste Mal an dem Abend im Theater, als er ihr aufs Kleid gekotzt hatte. Sie hatte ihn zunächst gar nicht wiedererkannt, doch als der Groschen fiel, beugte sie sich trotz der Sauerei vor, um sein Gesicht besser sehen zu können. Calvin Evans! Zugegeben, sie hatte ihn ein bisschen unhöflich behandelt, nachdem er sie unhöflich behandelt hatte – die Bechergläser –, aber zwischen ihnen hatte eine unmittelbare, unwiderstehliche Anziehung bestanden. Und da waren sie nun – verliebt.

»Isst du das noch?«, fragte sie und zeigte auf eine fast leere Tupperdose.

»Nein«, sagte er, »nimm du. Du kannst die zusätzliche Energie gut gebrauchen.«

Eigentlich hatte er vorgehabt, den Rest zu essen, aber er war gern bereit, auf die Kalorien zu verzichten, wenn Elizabeth noch ein bisschen länger blieb. Genau wie sie war er nie ein besonders geselliger Mensch gewesen. Tatsächlich hatte er erst durch das Rudern eine echte Art von Gemeinschaft mit anderen kennengelernt. Körperliches Leiden, das hatte er vor langer Zeit begriffen, brachte Menschen einander näher, als es der Alltag vermag. Er hatte noch immer Kontakt zu seinen acht Teamkameraden in Cambridge – hatte einen von ihnen sogar erst letzten Monat gesehen, als er auf einem Kongress in New York war. Sitz Vier – sie nannten einander noch immer mit ihren Spitznamen – war Neurologe geworden.

»Du hast *was?*«, hatte Sitz Vier überrascht gesagt. »Eine Freundin? Mensch, gut gemacht, Sechs!« Und er hatte ihm auf den Rücken geklopft. »Wurde aber auch langsam Zeit!«

Calvin hatte freudig genickt und ausführlich über Elizabeths Arbeit gesprochen, über ihre Gewohnheiten, ihr Lachen und alles andere, was er an ihr liebte. Aber in einem ernsteren Tonfall hatte er auch erklärt, dass er und Elizabeth zwar ihre ganze Freizeit zusammen verbrachten – sie lebten zusammen, sie aßen zusammen, sie fuhren zusammen zur Arbeit und wieder nach Hause –, es sich aber trotzdem nicht genug anfühlte. Er könnte durchaus auch ohne sie funktionieren, sagte er zu Sitz Vier, aber irgendwie sah er keinen *Sinn* darin, ohne sie zu funktionieren. »Ich weiß nicht, wie ich das nennen soll«, gestand er nach langem Nachdenken. »Bin ich süchtig nach ihr? Bin ich irgendwie krankhaft abhängig? Hab ich vielleicht einen Gehirntumor?«

»Menschenskind, Sechs, das nennt man Glücklichsein«, erklärte Sitz Vier. »Wann ist die Hochzeit?«

Aber das war das Problem. Elizabeth hatte klipp und klar gesagt, dass sie nicht an einer Heirat interessiert war. »Ich lehne die Ehe nicht ab, Calvin«, hatte sie ihm mehr als einmal gesagt, »ich lehne nur all die Leute ab, die uns ablehnen, weil wir nicht verheiratet sind. Siehst du das auch so?«

»Ja«, pflichtete Calvin bei und dachte, wie gern er dieses Wort vor einem Altar aussprechen würde. Aber als sie ihn erwartungsvoll ansah, fügte er rasch hinzu: »Und ich finde, wir sind glücklich miteinander.« Da lächelte sie ihn so aufrichtig an, dass etwas in seinem Gehirn durchbrannte. Gleich nach diesem Gespräch fuhr er zu einem Juwelier und sah sich die Auslagen an, bis er den größten kleinen Diamanten fand, den er sich leisten konnte. Halb krank vor Aufregung trug er die winzige Schachtel drei Monate lang in seiner Tasche mit sich herum, während er auf den genau richtigen Moment wartete.

»Calvin?«, sagte Elizabeth, als sie ihre letzten Sachen vom Cafeteriatisch einsammelte. »Hast du mir zugehört? Ich habe gesagt, ich gehe morgen zu einer Hochzeit. Genauer gesagt, ich nehme an der Hochzeit teil, ob du's glaubst oder nicht.« Sie zuckte nervös mit den Schultern. »Deshalb sollten wir das Säure-Experiment heute Abend besprechen, wenn das geht.«

»Wer heiratet denn?«

»Meine Freundin Margaret, die Sekretärin bei den Physikern. Mit der treffe ich mich in einer Viertelstunde. Für eine Anprobe.«

»Moment. Du hast eine *Freundin?*« Er dachte, Elizabeth hätte nur Kollegen – andere Wissenschaftler, die ihre Fähigkeiten erkannten und ihre Forschungsergebnisse torpedierten.

Elizabeth merkte, dass sie vor Verlegenheit rot wurde. »Na ja«, sagte sie betreten. »Margaret und ich nicken uns auf dem Flur zu. Und wir haben uns ein paarmal an der Kaffeemaschine unterhalten.«

Calvin zwang sein Gesicht, einen verständnisvollen Ausdruck anzunehmen, als wäre das die vernünftige Beschreibung einer Freundschaft.

»Es war ganz kurzfristig. Eine der Brautjungfern ist krank geworden, und Margaret sagt, es ist wichtig, dass das Verhältnis von Brautjungfern und Platzanweisern ausgeglichen ist.« Doch sobald sie das ausgesprochen hatte, begriff sie, was Margaret in Wirklichkeit brauchte: eine Kleidergröße 36 ohne Pläne fürs Wochenende.

In Wahrheit war sie nicht gut darin, Freundschaften zu schließen. Sie redete sich ein, es läge daran, dass sie so oft umgezogen war, schlechte Eltern gehabt und ihren Bruder verloren hatte. Aber sie wusste, andere hatten auch schwere Zeiten erlebt und hatten das Problem nicht. Manche von ihnen schienen gerade deshalb sogar *besser* Freunde zu finden – als hätte der Schatten unaufhörlicher Veränderung und tiefen Kummers ihnen verdeutlicht, wie wichtig es war, wo und wann auch immer persönliche Bindungen einzugehen. Was also stimmte nicht mit ihr?

Und dann war da die unlogische Kunst der weiblichen Freundschaft, die offenbar die Fähigkeit erforderte, Geheimnisse mit präzisem Timing zu bewahren oder auszuplaudern. Immer wenn sie früher in eine neue Stadt gezogen war, nahmen die Mädchen in der Sonntagsschule sie beiseite und vertrauten ihr atemlos an, in welche Jungs sie gerade verknallt waren. Sie hörte sich diese Geständnisse an und versprach hoch und heilig, sie niemals zu verraten. Und das tat sie auch nicht. Was ganz falsch war, denn wie sich herausstellte, *sollte* sie sie verraten. Ihre Aufgabe als Vertraute bestand darin, dieses Vertrauen zu brechen, indem sie dem Jungen X erzählte, dass das Mädchen Y ihn süß fand, um damit eine Kettenreaktion des Interesses zwischen beiden Beteiligten auszulösen. »Wieso sagst du es ihm nicht einfach selbst?«, hatte sie diese vermeintlichen Freundinnen gefragt. »Er ist doch direkt da vorne.« Und die Mädchen wichen entsetzt zurück.

»Elizabeth«, sagte Calvin. »Elizabeth?« Er beugte sich über den Tisch und berührte ihre Hand. »'tschuldigung«, sagte er, als sie erschrak. »Ich glaube, du warst gerade in Gedanken woanders. Jedenfalls, ich hab gesagt, ich mag Hochzeiten. Ich kann dich begleiten.«

Tatsächlich fand er Hochzeiten schrecklich. Jahrelang hatten sie ihn daran erinnert, dass er noch immer ungeliebt war. Aber jetzt hatte er sie, und morgen würde sie in unmittelbarer Nähe eines Altars sein, und er stellte die Hypothese auf, dass diese Nähe ihre Haltung zur Ehe korrigieren könnte. Die Theorie hatte sogar einen wissenschaftlichen Namen: assoziative Interferenz.

»Nein«, sagte sie schnell. »Ich habe keine zweite Einladung, und außerdem ist mir lieber, wenn mich möglichst wenige Menschen in diesem Kleid sehen.«

»Komm schon«, sagte er und griff mit einem langen Arm über die Entfernung hinweg, die sie trennte, zog Elizabeth wieder auf ihren Stuhl. »Margaret kann doch nicht von dir verlangen, dass du allein kommst. Und was das Kleid angeht, das sieht bestimmt nicht so schlimm aus.«

»O doch«, sagte sie und verfiel wieder in ihren sachlichen

Tonfall wissenschaftlicher Gewissheit. »Die Kleider von Brautjungfern sollen die Frauen, die sie tragen, unattraktiv aussehen lassen. Dadurch sieht die Braut besser als sonst aus. Das ist gängige Praxis. Eine simple Verteidigungsstrategie mit biologischen Wurzeln. In der Natur gibt es das sehr häufig.«

Calvin dachte an die Hochzeiten zurück, auf denen er gewesen war, und musste einsehen, dass sie womöglich recht hatte: Kein einziges Mal hatte er den Wunsch gehabt, eine Brautjungfer zum Tanzen aufzufordern. Konnte ein Kleid tatsächlich so viel bewirken? Er blickte über den Tisch, sah, wie sich Elizabeths resolute Hände bewegten, als sie das Kleid beschrieb: Zusatzpolster auf den Hüften, schlampige Raffung an Taille und Dekolleté, dicke Schleife über dem Gesäß. Er dachte an die Menschen, die solche Kleider entwarfen, dass sie sich wie Bombenhersteller oder Pornostars nur vage dazu äußern konnten, wie sie ihren Lebensunterhalt verdienten.

»Ist ja nett von dir, dass du ihr aushilfst, aber ich dachte, du hast was gegen Hochzeiten.«

»Nein, ich hab nur was gegen die Ehe. Wir haben darüber gesprochen, Calvin, du kennst meinen Standpunkt. Aber ich freue mich für Margaret. Größtenteils.«

»Größtenteils?«

»Na ja, sie redet andauernd davon, dass sie Samstagabend endlich Mrs Peter Dickman sein wird. Als wäre die Namensänderung so was wie die Ziellinie in einem Wettrennen, in dem sie mitläuft, seit sie sechs war.«

»Sie heiratet *Dickman*?«, sagte er. »Aus der Zellbiologie?« Er konnte Dickman nicht leiden.

»Genau«, sagte sie. »Ich habe nie begriffen, warum von Frauen erwartet wird, dass sie mit der Heirat ihren alten Namen abgeben wie ein ausgedientes Auto. Sie verlieren ihren Nachnamen und manchmal sogar den Vornamen – Mrs *John* Adams! Mrs *Abraham* Lincoln! –, als wären ihre früheren Identitäten bloß gut zwanzig Jahre lang Platzhalter gewesen, bevor sie zu echten Personen werden. Mrs Peter Dickman. Das ist eine lebenslange Strafe.«

Elizabeth Evans dagegen, dachte Calvin insgeheim, *war perfekt*. Ehe er sich beherrschen konnte, tastete er in seiner Tasche nach der kleinen blauen Schachtel und legte sie kurz entschlossen vor Elizabeth auf den Tisch. »Vielleicht könnte das dein Kleid ein bisschen verschönern«, sagte er mit rasendem Herzen.

»Ringschatulle«, verkündete einer der Geologen. »Achtung, Kinder: Verlobung im Gange.« Aber irgendwas in Elizabeths Gesicht passte nicht dazu.

Elizabeth blickte nach unten auf die Schachtel und dann wieder in Calvins Gesicht, die Augen weit vor Schreck.

»Ich kenne deine Einstellung zur Ehe«, sagte Calvin hastig. »Aber ich habe gründlich darüber nachgedacht, und ich glaube, dass unsere Ehe anders wäre. Sie wäre überhaupt nicht durchschnittlich. Sie wäre ein einziges Vergnügen.«

»Calvin …«

»Außerdem gibt es praktische Gründe zu heiraten. Niedrigere Steuern, zum Beispiel.«

»Calvin …«

»Sieh dir wenigstens den Ring an«, bettelte er. »Ich trag ihn schon seit Monaten mit mir rum. Bitte.«

»Ich kann nicht«, sagte sie und schaute weg. »Das macht es nur noch schwerer, Nein zu sagen.«

Ihre Mutter hatte immer gesagt, dass eine Frau daran gemessen wurde, ob sie eine gute Partie machte. »Ich hätte Billy Graham heiraten können«, behauptete sie häufig. »Er war auf jeden Fall interessiert. Übrigens, Elizabeth, wenn du dich verlobst, musst du auf dem fettesten Klunker bestehen, den's gibt. Den kannst du dann verpfänden, falls die Hochzeit schiefgeht.« Wie sich später herausstellte, sprach ihre Mutter aus Erfahrung. Als ihre

Eltern sich scheiden ließen, kam ans Licht, das sie davor schon dreimal verheiratet gewesen war.

»Ich heirate nie«, sagte Elizabeth zu ihr. »Ich werde Wissenschaftlerin. Erfolgreiche Wissenschaftlerinnen heiraten nicht.«

»Ach ja?« Ihre Mutter lachte. »Verstehe. Du willst also deinen Beruf heiraten, so wie Nonnen Jesus heiraten? Obwohl, man kann ja von Nonnen halten, was man will, aber die wissen wenigstens, dass ihr Ehemann nicht schnarchen wird.« Sie kniff Elizabeth in den Arm. »Keine Frau sagt Nein zur Ehe, Elizabeth. Und du wirst das auch nicht tun.«

Calvin riss die Augen weit auf. »Du sagst Nein?«

»Ja.«

»Elizabeth!«

»Calvin«, sagte sie vorsichtig und griff über den Tisch, um seine Hände zu nehmen, während sie sein bekümmertes Gesicht betrachtete. »Ich hab gedacht, wir wären uns da einig. Als Wissenschaftler wirst du doch verstehen, warum eine Ehe für mich nicht infrage kommt.«

Aber seine Miene ließ kein solches Verständnis erkennen.

»Weil ich nicht das Risiko eingehen kann, dass mein wissenschaftlicher Beitrag von deinem Namen überlagert wird«, stellte sie klar.

»Ach so«, sagte er. »Natürlich. Selbstverständlich. Es ist also ein beruflicher Konflikt.«

»Eher ein gesellschaftlicher Konflikt.«

»Das ist doch großer MIST!«, rief er so laut, dass sich alle, die die beiden noch nicht beobachteten, zu dem unglücklichen Paar in der Mitte umdrehten.

»Calvin«, sagte Elizabeth. »Wir haben das *besprochen.*«

»Ja, ich weiß. Du bist dagegen, dass Frauen ihren Namen ändern. Aber habe ich je behauptet, dass du deinen Namen ändern sollst?«, widersprach er. »Nein, im Gegenteil, ich habe *erwartet*, dass du deinen Namen behältst.« Was nicht ganz stimmte. Er war davon ausgegangen, dass sie seinen Namen annehmen würde. Gleichwohl sagte er: »Aber unser zukünftiges Glück sollte jedenfalls nicht davon abhängen, ob ein paar Leute dich irrtümlich mit Mrs Evans anreden. Die werden wir korrigieren.« Es schien ihm nicht der richtige Moment, ihr zu sagen, dass er ihren Namen bereits auf die Besitzurkunde für seinen kleinen Bungalow hatte eintragen lassen – Elizabeth Evans. Das war der Name, den er dem Notar genannt hatte. Er nahm sich vor, den Mann anzurufen, sobald er wieder in seinem Labor war.

Elizabeth schüttelte den Kopf. »Unser zukünftiges Glück hängt nicht davon ab, ob wir verheiratet sind oder nicht, Calvin – jedenfalls nicht für mich. Und was die Frage betrifft, wer was denkt: Da geht es nicht bloß um ein paar Leute, es geht um die ganze Gesellschaft, insbesondere um die wissenschaftliche Forschungsgemeinschaft. Alles, was ich tue, wird plötzlich mit deinem Namen verbunden, als hättest du es getan. Die meisten Leute werden einfach voraussetzen, dass du es getan hast, einfach weil du ein Mann bist, aber besonders, weil du Calvin Evans bist. Ich will keine zweite Mileva Einstein oder Esther Lederberg sein, Calvin; ich weigere mich. Und selbst wenn wir alle rechtlichen Schritte unternehmen würden, damit sich mein Name nicht ändert, er wird sich ändern. Alle werden mich als Mrs Calvin Evans wahrnehmen, ich werde Mrs Calvin Evans *sein*. Jede Weihnachtskarte, jeder Kontoauszug, jedes Schreiben vom Finanzamt wird an Mr und Mrs Calvin Evans gehen. Die Elizabeth Zott, die wir kennen, wird aufhören zu existieren.«

»Und Mrs Calvin Evans zu sein ist das absolut Schlimmste, was dir je passieren könnte«, sagte er mit todtraurigem Gesicht.

»Ich will Elizabeth Zott sein«, antwortete sie. »Das ist mir wichtig.«

Sie saßen einen Moment in unbehaglichem Schweigen da, die abscheuliche kleine blaue Schachtel zwischen ihnen wie ein schlechter Schiedsrichter in einem knappen Spiel. Unwillkürlich ertappte sie sich bei der Frage, wie der Ring wohl aussah.

»Es tut mir ehrlich leid«, wiederholte sie.

»Kein Problem«, sagte er steif.

Sie schaute weg.

»Die trennen sich!«, zischelte Eddie den anderen zu. »Die machen Schluss!«

Scheiße, dachte Frask. *Zott ist wieder auf dem Markt.*

Aber Calvin konnte sich nicht damit abfinden. Dreißig Sekunden später und ohne die Dutzenden Augenpaare wahrzunehmen, die auf ihnen ruhten, sagte er sehr viel lauter als beabsichtigt: »Herrgott noch mal, Elizabeth. Es ist bloß ein Name. Darauf kommt's doch nicht an. Du bist *du*, darauf kommt's an.«

»Ich wünschte, dem wäre so.«

»Dem ist so«, beharrte er. »Namen sind Schall und Rauch.«

Plötzlich sah sie mit hoffnungsvollem Blick auf. »Wirklich? Also, wenn das so ist, wie wär's dann, wenn du deinen Namen änderst?«

»In was?«

»In meinen. Zott.«

Er sah sie verblüfft an, verdrehte dann die Augen. »Sehr lustig«, sagte er.

»Warum denn nicht?« Ihre Stimme klang schneidend.

»Du weißt, warum. Männer machen das nicht. Außerdem ist da meine Arbeit, meine Reputation. Ich bin …« Er stockte.

»Was?«

»Ich bin … Ich bin …«

»*Sag es.*«

»Na schön. Ich bin *berühmt*, Elizabeth. Ich kann meinen Namen nicht einfach ändern.«

»Ach so«, sagte sie. »Aber wenn du nicht berühmt wärst,

dann wäre es in Ordnung, meinen Namen anzunehmen. Willst du das damit sagen?«

»Hör mal«, sagte er und nahm die kleine blaue Schachtel vom Tisch. »Ich versteh das. Ich hab diese Tradition nicht gemacht. Aber so sind die Dinge nun mal. Wenn Frauen heiraten, nehmen sie den Namen ihres Ehemanns an, und 99,9 Prozent von ihnen haben kein Problem damit.«

»Und du hast sicher irgendeine Studie, die diese These belegt«, fragte sie.

»Was?«

»Dass 99,9 Prozent der Frauen kein Problem damit haben.«

»Na ja, nein. Aber ich hab noch nie irgendwelche Klagen gehört.«

»Und du kannst deinen Namen nicht ändern, weil du berühmt bist. Obwohl 99,9 Prozent der Männer, die *nicht* berühmt sind, komischerweise auch ihren Namen behalten.«

»Noch mal«, sagte er und stopfte die kleine Schachtel so heftig in seine Tasche, dass die Naht an einer Ecke einriss. »Ich hab die Tradition nicht gemacht. Und wie ich vorhin gesagt habe, ich bin – *war* – absolut damit einverstanden, dass du deinen Namen behältst.«

»War.«

»Ich will dich nicht mehr heiraten.«

Elizabeth lehnte sich jäh zurück.

»Spiel, Satz und Sieg!«, krähte einer der Geologen. »Schachtel steckt wieder in der Tasche!«

Calvin saß wutschnaubend da. Es war ohnehin schon ein harter Tag gewesen. Just an diesem Morgen hatte er mal wieder einen Haufen Briefe von irgendwelchen Spinnern bekommen, die behaupteten, irgendwie mit ihm verwandt zu sein. Das war nicht ungewöhnlich. Seit sein Name ein bisschen bekannter geworden war, schrieben ihm zahllose Betrüger. Ein »Großonkel« wollte, dass Calvin in sein Alchemie-Projekt investierte, eine »traurige Mutter« behauptete, seine leibliche Mutter zu sein, und wollte ihn finanziell unterstützen, ein angeblicher Cousin war in Geldnot. Außerdem waren zwei Briefe von Frauen dabei, die behaupteten, ein Kind von ihm zu haben, und jetzt Alimente verlangten. Und das trotz der Tatsache, dass die einzige Frau, mit der er je geschlafen hatte, Elizabeth Zott war. Würde das nie aufhören?

»Elizabeth«, sagte er flehentlich und fuhr sich mit den Fingern durchs Haar. »Bitte versteh doch. Ich möchte, dass wir eine Familie sind ... eine richtige Familie. Das ist mir wichtig. Vielleicht, weil ich meine Familie verloren habe ... ich weiß es nicht. Aber eines weiß ich genau: Seit ich dich kenne, habe ich das Gefühl, dass wir zu dritt sein sollten. Du, ich und ein ... ein ...«

Elizabeths Augen weiteten sich vor Entsetzen. »Calvin«, sagte sie angstvoll, »ich dachte, auch in dem Punkt wären wir uns einig.«

»Na ja. So richtig haben wir da nie drüber gesprochen.«

»Doch, haben wir«, sagte sie beschwörend. »Haben wir garantiert.«

»Nur das eine Mal«, sagte er, »und das war kein richtiges Gespräch. Nicht wirklich.«

»Ich versteh nicht, wie du das sagen kannst«, stieß sie panisch hervor. »Wir waren uns absolut einig: keine Kinder. Ich fass es nicht, dass du davon anfängst. Was ist los mit dir?«

»Stimmt, aber ich hab gedacht, wir könnten ...«

»Ich hab mich klar geäußert ...«

»Ich weiß«, unterbrach er sie, »aber ich hab gedacht ...«

»Du kannst deine Meinung zu dem Thema nicht einfach ändern.«

»Herrschaftszeiten, Elizabeth«, sagte er erbost. »Lass mich doch mal ausreden.«

»Bitte sehr«, fauchte sie. »Ich höre!«

Er sah sie enttäuscht an.

»Ich hab bloß gedacht, wir könnten uns einen Hund an-
schaffen.«

Erleichterung durchströmte sie. »Einen Hund?«, sagte sie.
»Einen Hund!«

»Verdammt«, murmelte Frask, als Calvin sich vorbeugte und
Elizabeth einen Kuss gab. Prompt schloss sich die ganze Cafeteria ihrem Gefühl an. Überall fiel Besteck mit resigniertem
Klappern auf Tabletts, wurden Stühle in mürrischer Nieder-
geschlagenheit nach hinten geschoben, wurden Servietten zu
schmutzigen kleinen Bällen zusammengeknüllt. Es war das giftige Hintergrundgeräusch von tiefem Neid, der Sorte, die nie
ein gutes Ende nimmt.

Kapitel 7

Halbsieben

Viele Leute gehen zu Züchtern, um einen Hund zu finden, und andere zum Tierheim, aber manchmal, vor allem dann, wenn es so bestimmt ist, findet der richtige Hund dich.

Es war an einem Samstagabend etwa einen Monat später. Elizabeth war die Straße runter zum Lebensmittelladen gelaufen, um fürs Abendessen einzukaufen. Als sie aus dem Geschäft kam, die Arme beladen mit einer großen Salami und einer vollen Einkaufstüte, sah ein räudiger, stinkender Hund, der sich in der dunklen Gasse versteckt hatte, sie vorbeigehen. Obwohl der Hund sich seit fünf Stunden nicht vom Fleck gerührt hatte, warf er nur einen Blick auf sie, rappelte sich hoch und folgte ihr.

Calvin schaute zufällig aus dem Fenster und sah Elizabeth auf das Haus zukommen, gefolgt von einem Hund, der in respektvollen fünf Schritten Abstand hinter ihr herschlich, und bei dem Anblick durchlief ein Schauer seinen Körper. »Elizabeth Zott, du wirst die Welt verändern«, hörte er sich selbst sagen. Und in dem Moment, als er das aussprach, wusste er, dass es stimmte. Sie würde etwas so Revolutionäres, etwas so Notwendiges tun, dass ihr Name trotz einer nicht enden wollenden Legion von Schwarzsehern unsterblich werden würde. Und wie zum Beweis kam sie heute mit ihrem ersten Anhänger.

»Wie heißt dein Freund?«, rief er ihr zu, um das seltsame Gefühl abzuschütteln.

»Halbsieben«, rief sie zurück, nachdem sie auf ihre Uhr geschaut hatte.

Halbsieben brauchte dringend ein Bad. Groß, grau, dünn und mit einem stacheldrahtartigen Fell bedeckt, das ihn aussehen ließ, als hätte er mit knapper Not einen Stromschlag überlebt, schaute er Elizabeth unverwandt an.

»Wir sollten wohl versuchen, seine Besitzer zu finden«, sagte Elizabeth widerstrebend. »Die sind bestimmt schon ganz krank vor Sorge.«

»Dieser Hund hat keinen Besitzer«, beruhigte Calvin sie, und er hatte recht. Spätere Anrufe im Tierheim und ein »Hund zugelaufen«-Inserat in der Zeitung blieben erfolglos. Aber selbst wenn sich jemand gemeldet hätte, Halbsieben hatte seine Absichten bereits deutlich gemacht: Er wollte bleiben.

Tatsächlich war »bleib« das erste Wort, das er lernte, wenngleich er innerhalb weniger Wochen noch mindestens fünf weitere lernte. Das fand Elizabeth am erstaunlichsten: Halbsiebens Lernfähigkeit.

»Meinst du, er ist ein Ausnahmehund?«, fragte sie Calvin mehr als einmal. »Er scheint alles so schnell zu erfassen.«

»Er ist dankbar«, sagte Calvin. »Er möchte, dass wir zufrieden mit ihm sind.«

Doch Elizabeth hatte recht: Halbsieben war dazu ausgebildet worden, Dinge schnell zu erfassen.

Die Position von Bomben, genauer gesagt.

Ehe er in dieser Gasse gelandet war, hatte Halbsieben nämlich in Camp Pendleton, dem nicht weit entfernt liegenden Stützpunkt der US-Marines, eine Ausbildung als Bombenspürhund gemacht. Leider war er kläglich gescheitert. Nicht genug damit, dass er es nie schaffte, die Bomben innerhalb der vorgegebenen Zeit zu erschnüffeln, er musste auch noch das Lob ertragen, mit dem die hochnäsigen Deutschen Schäferhunde überschüttet wurden, denen das immer gelang. Letzten Endes wurde er von seinem wütenden Ausbilder entlassen – unehrenhaft – und an irgendeinem einsamen Highway ausgesetzt. Zwei Wochen später verschlug es ihn irgendwie in diese Gasse. Zwei Wochen und fünf Stunden später wurde er von Elizabeth eingeseift und auf den Namen Halbsieben getauft.

»Bist du sicher, dass wir ihn mit ins Hastings nehmen können?«, fragte Elizabeth, als Calvin ihn am Montagmorgen ins Auto verfrachtete.

»Klar, wieso denn nicht?«

»Weil ich da noch nie einen anderen Hund gesehen hab. Außerdem sind die Labore nicht unbedingt sicher.«

»Wir passen schon auf ihn auf«, sagte Calvin. »Ein Hund sollte nicht den ganzen Tag allein sein. Er braucht Anregungen.«

Diesmal war es Calvin, der recht hatte. Halbsieben war gern in Camp Pendleton gewesen, zum Teil, weil er nie allein war, aber hauptsächlich, weil ihm dort etwas geboten wurde, das er noch nie gehabt hatte: eine Aufgabe. Es gab da nur ein Problem.

Ein Bombenspürhund hatte zwei Möglichkeiten: die Bombe schnell genug zu finden, damit Zeit für die Entschärfung blieb (bevorzugt), oder sich selbst auf die Bombe zu werfen und sich für die Rettung der Einheit zu opfern (nicht bevorzugt, obwohl dafür ein posthumer Orden winkte). In der Ausbildung waren die Bomben immer nur Attrappen, und wenn ein Hund sich auf sie warf, löste er höchstens eine krachende Explosion aus, auf die eine gewaltige rote Farbfontäne folgte.

Es war der Krach. Halbsieben hatte eine Heidenangst davor. Wenn ihm also sein Ausbilder befahl, »Such«, flitzte er prompt nach links, obwohl seine Nase ihm bereits gesagt hatte, dass die Bombe fünfzig Meter rechts von ihm lag. Dann schnupperte er an allerlei Steinen herum, während er darauf wartete, dass einer der anderen, mutigeren Hunde das verdammte Ding endlich fand und zur Belohnung sein Leckerchen bekam. Es sei denn, der Hund war zu spät oder zu ungestüm und die Bombe explodierte. Dann bekam er bloß ein Bad.

»Sie können keinen Hund mit hierherbringen, Dr. Evans«, sagte Miss Frask zu Calvin. »Es hat Beschwerden gegeben.«

»Bei mir hat sich keiner beschwert«, sagte Calvin achselzuckend, obwohl er wusste, dass sich das niemand trauen würde.

Frask gab sofort klein bei.

Innerhalb weniger Wochen hatte Halbsieben das gesamte Hastings-Gelände genauestens inspiziert und sich jedes Stockwerk, jeden Raum und jeden Ausgang eingeprägt, wie ein Feuerwehrmann, der sich auf den Katastrophenfall vorbereitet. Wenn es um Elizabeth Zott ging, war er in höchster Alarmbereitschaft. Sie hatte in der Vergangenheit gelitten – das spürte er –, und er war fest entschlossen, dass sie nie wieder leiden sollte.

Für Elizabeth galt das Gleiche. Sie spürte, dass auch Halbsieben gelitten hatte, und zwar unter mehr als nur der üblichen Hund-am-Straßenrand-ausgesetzt-Gefühlskälte, und so hatte auch sie das Gefühl, ihn unbedingt beschützen zu müssen. Tatsächlich war sie es, die darauf bestand, dass er neben ihrem Bett schlief, obwohl Calvin vorgeschlagen hatte, er wäre in der Küche vielleicht besser aufgehoben. Doch Elizabeth setzte sich durch, und er blieb, vollauf zufrieden bis auf die Male, wenn Calvin und Elizabeth ihre Gliedmaßen wirr ineinander verschlangen und ihre seltsamen Bewegungen von hechelnden Geräuschen begleitet wurden. Tiere machten so was auch, aber wesentlich effizienter. Menschen, dachte Halbsieben, hatten die Neigung, Dinge unnötig zu verkomplizieren.

Wenn diese Annäherungen frühmorgens stattfanden, stand Elizabeth meist kurz danach auf und ging Frühstück machen. Sie hatte zwar ursprünglich angeboten, als Gegenleistung für Mietzahlungen an fünf Abenden die Woche zu kochen, aber sie machte auch zusätzlich Frühstück, dann Mittagessen. Für

Elizabeth war Kochen keine vorbestimmte weibliche Pflicht. Wie sie mal zu Calvin gesagt hatte, Kochen war Chemie. Weil Kochen nämlich tatsächlich Chemie *ist*.

@200°C/35 Min = Verlust von 1 H_2O pro Mol. Saccharose; insgesamt 4 in 55 Min = $C_{24}H_{36}O_{18}$ schrieb sie in ihr Notizbuch. »Also was stimmt nicht mit dem Brötchenteig?« Sie klopfte mit ihrem Bleistift auf die Arbeitsplatte. »Noch zu viele Wassermoleküle.«

»Wie läuft's?«, rief Calvin aus dem Nebenzimmer.

»Hätte fast ein Atom beim Isomerisierungsprozess verloren«, rief sie zurück. »Ich glaube, ich mach was anderes. Guckst du Jack?«

Sie meinte Jack LaLanne, den berühmten TV-Fitnessguru; ein erfolgreicher Gesundheitspapst, der die Menschen dazu animierte, mehr auf ihren Körper zu achten. Eigentlich war die Frage überflüssig, denn sie konnte Jack rufen hören: *hoch, runter, hoch, runter*, wie ein menschliches Jo-Jo.

»Ja«, rief Calvin zurück, außer Atem, als Jack noch mal zehn Wiederholungen forderte. »Mach doch mit.«

»Ich denaturiere gerade Proteine«, rief sie.

»Und jetzt: auf der Stelle laufen«, befahl Jack.

Aber auf der Stelle laufen war das Einzige, bei dem Calvin nicht mitmachte. Stattdessen machte er noch mehr Sit-ups, während Jack, dessen Fußbekleidung sehr nach Ballettschuhen aussah, auf der Stelle lief. Calvin sah keinen Sinn darin, in geschlossenen Räumen in Ballettschuhen zu laufen, also lief er draußen in Tennisschuhen. Das machte ihn zu einem vorzeitigen Jogger, das heißt, er joggte schon, lange bevor Joggen zum Volkssport wurde, lange bevor es überhaupt Joggen genannt wurde. Weil anderen die Idee des Joggens fremd war, gingen leider auf der Polizeiwache regelmäßig Anrufe ein, in denen alarmierte Anwohner berichteten, ein spärlich bekleideter Mann liefe in der Gegend herum und presse kurze heftige Atemstöße durch leicht violette Lippen. Da Calvin immer nur dieselben vier oder fünf Strecken lief, gewöhnten die Polizisten sich bald an diese Anrufe. »Der ist nicht gefährlich«, sagten sie. »Das ist Calvin. Der läuft bloß nicht gern in Ballettschuhen auf der Stelle.«

»Elizabeth?«, rief er wieder. »Wo steckt Halbsieben? Happy ist dabei.«

Happy war Jack LaLannes Hund. Manchmal machte er bei der Sendung mit, manchmal nicht, aber wenn er mitmachte, verließ Halbsieben unweigerlich das Zimmer. Elizabeth ahnte, dass der Deutsche Schäferhund irgendwas an sich hatte, das Halbsieben deprimierte.

»Er ist bei mir«, rief sie zurück.

Sie nahm ein Ei in die hohle Hand und wandte sich ihm zu. »Kleiner Tipp, Halbsieben: Schlag nie ein Ei am Schüsselrand auf, das erhöht das Risiko von Eierschalenfragmenten. Nimm lieber ein scharfes, dünnes Messer und öffne das Ei mit einer kurzen, peitschenhiebartigen Bewegung. Hast du gesehen?«, sagte sie, als der Inhalt des Eis in die Schüssel glitt.

Halbsieben schaute zu, ohne zu blinzeln.

»Jetzt breche ich die innere Bindung auf, um die Amino-säurekette zu verlängern«, erklärte sie und quirlte das Ei, »wodurch die freigesetzten Atome sich an andere ebenfalls frei-gesetzte Atome binden können. Dann rekonstituiere ich die Mischung wieder zu einem lockeren Ganzen, indem ich sie auf eine glatte Eisenkohlenstofflegierung gebe, auf der ich sie einer präzisen Wärmebehandlung unterziehe und die Mischung dabei gleichmäßig bewege, bis sie einen beinahe koagulierten Zustand erreicht.«

»LaLanne ist ein Tier«, erklärte Calvin, als er in die Küche kam. Sein T-Shirt war durchgeschwitzt.

»Stimmt«, sagte Elizabeth, nahm die Pfanne vom Herd und verteilte die Rühreier auf zwei Teller. »Weil Menschen Tiere sind. Genau genommen. Obwohl ich manchmal glaube, dass die Tiere, die wir für Tiere halten, sehr viel weiterentwickelt sind als die Tiere, die wir de facto sind, für die wir uns aber nicht halten.« Sie sah Halbsieben an, erwartete von ihm eine Bestätigung, aber der Satz überstieg selbst sein Auffassungsvermögen.

»Also«, sagte Calvin, als er seine lange Gestalt auf einem Stuhl niederließ, »Jack hat mich auf eine Idee gebracht, und ich glaube, du wirst sie mögen. Ich werde dir Rudern beibringen.«

»Reich mir mal das Natriumchlorid.«

»Es wird dir gefallen. Wir können zusammen einen Zweier rudern, vielleicht einen Doppelzweier. Dann sehen wir auf dem Wasser zu, wie die Sonne aufgeht.«

»Begeistert mich nicht gerade.«

»Wir können morgen anfangen.«

Calvin ruderte noch immer dreimal die Woche, aber nur im Einer. Für Spitzenruderer war das nichts Ungewöhnliches: Wer einmal in einem Boot gesessen hatte, das von Teamkameraden angetrieben wurde, die einander auf zellulärer Ebene kannten, dem fiel es manchmal schwer, mit anderen zu rudern. Elizabeth wusste, wie sehr er sein Cambridge-Boot vermisste. Dennoch, sie hatte keinerlei Interesse daran zu rudern.

»Ich will nicht. Außerdem ruderst du um halb fünf morgens.«

»Ich rudere um fünf«, sagte er, als wäre das sehr viel annehmbarer. »Ich gehe bloß um halb fünf aus dem Haus.«

»Nein.«

»Warum?«

»Nein.«

»Aber warum?«

»Weil ich dann noch schlafe.«

»Kein Problem. Wir gehen einfach früher ins Bett.«

»Nein.«

»Zuerst zeige ich dir das Rudergerät – wir nennen das kurz Ergo. Die haben eins im Bootshaus, aber ich bau uns eins für zu Hause. Dann gehen wir ins Boot – ein Rennboot. Im April

gleiten wir schon über die Bucht dahin, sehen die Sonne aufgehen, während unsere langen Ruderschläge perfekt im Ein-
klang sind.«

Doch noch während er das sagte, wusste Calvin, dass das
so unmöglich war. Erstens, Rudern lernt man nicht in einem
Monat. Die meisten Menschen, selbst mit den besten Lehrern,
können auch nach einem Jahr nicht gut rudern, manchmal
selbst nach drei oder mehr Jahren oder überhaupt nie. Was
das Dahingleiten betrifft – das gibt's nicht. Um so weit zu
kommen, dass Rudern aussieht wie schwereloses Dahingleiten,
müsste man wahrscheinlich olympisches Niveau erreichen, und
im Gesicht von jemandem, der die Rennstrecke hinunterjagt,
liegt keine ruhige Befriedigung, sondern kontrollierte Qual.
Manchmal begleitet von einem Ausdruck der Entschlossenheit,
der meistens darauf hindeutet, dass der Betreffende sich gleich
im Anschluss an dieses Rennen einen anderen Sport suchen
will. Dennoch, jetzt, wo ihm die Idee gekommen war, fand er
sie großartig. Mit Elizabeth einen Zweier rudern. Wie wunder-
bar!

»Nein.«

»Aber warum?«

»Weil Frauen nicht rudern.« Doch sobald sie das gesagt
hatte, bereute sie es.

»Elizabeth Zott«, sagte er überrascht. »Willst du allen
Ernstes behaupten, Frauen *können* nicht rudern?«

Damit war die Sache beschlossen.

Am nächsten Morgen verließen sie den Bungalow, bevor es hell
wurde. Calvin trug sein altes T-Shirt und eine Trainingshose,
Elizabeth hatte sich irgendwelche Sachen übergezogen, von
denen sie hoffte, dass sie damit halbwegs sportlich aussah. Als
sie vor dem Bootshaus parkten, blickten sowohl Halbsieben als
auch Elizabeth aus dem Fenster und sahen ein paar Leiber, die
auf einem glitschigen Steg Freiübungen machten.

»Sollten die nicht lieber drinnen turnen?«, fragte sie. »Es ist noch dunkel.«

»An so einem Morgen?« Es war nebelig.

»Ich dachte, du magst keinen Regen.«

»Das ist kein Regen.«

Mindestens zum vierzigsten Mal erfassten Elizabeth arge Zweifel an diesem Vorhaben.

»Wir fangen ganz locker an«, sagte Calvin, als er sie und Halbsieben ins Bootshaus führte, ein höhlenartiges Gebäude, das nach Schimmel und Schweiß roch. Sie gingen an Reihen von langen hölzernen Rennruderbooten vorbei, die bis zur Decke gestapelt waren, und Calvin nickte einer ungepflegt wirkenden Gestalt zu, die gähnend zurücknickte. Für ein Gespräch war es noch zu früh. Er blieb stehen, als er entdeckte, was er gesucht hatte – ein Rudergerät, »das Ergo«, das in einer Ecke stand. Er zog es bis in die Mitte des Raums zwischen den gestapelten Booten.

»Das Wichtigste zuerst«, sagte er. »Die Technik.« Er setzte sich, begann dann zu ziehen, und seine Atmung ging schnell in eine Abfolge von kurzen, angestrengten Stößen über, die weder locker noch angenehm wirkten. »Es kommt drauf an, die Handgelenke gerade zu halten«, schnaufte er, »die Knie unten, die Bauchmuskeln angespannt, deine …« Aber was immer er sonst noch sagen wollte, ging in seiner Atemnot unter, und nach wenigen Minuten schien er vergessen zu haben, dass Elizabeth überhaupt da war.

Sie entfernte sich unauffällig, Halbsieben an ihrer Seite, und spazierte im Bootshaus herum, blieb vor einem Gestell mit einem ganzen Wald von Rudern stehen, die so unwahrscheinlich groß waren, dass sie aussahen wie Spielzeuge für Riesen. Seitlich davon war eine wuchtige Vitrine mit Trophäen. Das erste Morgenlicht beleuchtete die zahlreichen Silberpokale und alten Rudermonturen, die von denjenigen kündeten, die sich als schneller oder geschickter oder zäher oder womöglich alles drei erwiesen hatten. Laut Calvin tapfere Menschen mit der nötigen Willenskraft, um als Erste über die Ziellinie zu kommen.

Neben den Monturen waren Fotos von kräftigen jungen Männern mit gigantischen Rudern, aber neben ihnen stand stets noch eine andere Person: ein Mann mit der Statur eines Jockeys, der ebenso ernst aussah, wie er klein war, den Mund zu einer schmalen, grimmigen Linie zusammengepresst. Der Steuermann, hatte Calvin ihr erklärt, derjenige, der den Ruderern sagte, was sie tun sollten und wann sie es tun sollten: Schlagzahl erhöhen, wenden, ein anderes Boot abhängen, schneller rudern. Es gefiel ihr, dass ein kleiner Mensch die Zügel von acht wilden Pferden in der Hand hielt, seine Stimme, ihr Befehl; seine Hände, ihr Steuerruder; seine Anfeuerungen, ihr Treibstoff.

Nach und nach kamen andere Ruderer ins Bootshaus, und Elizabeth beobachtete, wie jeder von ihnen respektvoll Calvin zunickte, der weiter auf dem lärmigen Ergo ruderte. Ein paar von ihnen wirkten sogar leicht neidisch, als er die Schlagzahl mit einer derart offensichtlichen Geschmeidigkeit steigerte, dass selbst Elizabeth darin die natürliche Athletik erkannte.

»Wann ruderst du endlich mit uns, Evans?«, sagte einer von ihnen und klopfte ihm auf die Schulter. »Wir könnten deine Energie gut gebrauchen!« Aber falls Calvin irgendwas gehört oder gespürt hatte, so reagierte er jedenfalls nicht. Er hielt den Blick geradeaus gerichtet, den Körper in gleichmäßiger Bewegung.

Auch hier war er also eine Legende, dachte sie. Das war deutlich zu erkennen, nicht nur an dem Respekt ihm gegenüber, sondern auch an der rücksichtsvollen Art, wie sie versuchten, um ihn herum zu arbeiten, während er weiter in seiner lächerlichen Position blieb. Calvin hatte das Rudergerät genau in der Mitte des Bootshauses platziert. Der Steuermann, offensichtlich ungehalten, taxierte die Situation.

»Mannschaft ans Boot!«, rief er seinen acht Ruderern zu, die prompt neben dem schweren Boot in Stellung gingen und sich bereit machten. »Hebt auf«, befahl er. »Auf Schulter – hoch.«

Aber es war klar, dass sie nicht losgehen konnten – nicht, solange Calvin blieb, wo er war.

Elizabeth trat schnell zu ihm und flüsterte eindringlich von hinten: »Calvin, du bist im Weg. Du musst Platz machen.« Doch er ruderte einfach weiter.

»Verdammt«, sagte der Steuermann und atmete geräuschvoll aus. »*Dieser Typ.*« Er sah Elizabeth an, winkte sie dann barsch beiseite und ging direkt hinter Calvins linkem Ohr in die Hocke.

»Guter Mann, Cal«, knurrte er, »schön die Länge halten, du Mistkerl. Wir haben noch fünfhundert vor uns, und du bist längst nicht fertig. Oxford holt über Steuerbord auf und geht gleich in Führung.«

Elizabeth starrte ihn verwundert an. »Verzeihung, aber …«, setzte sie an.

»Ich weiß genau, du hast noch mehr drauf, Evans«, schnarrte er über sie hinweg. »Mach mir nix vor, du verdammte Maschine. Auf zwei will ich zwanzig Powerschläge von dir, auf zwei, wenn *ich* es sage, hängst du die Oxford-Hurensöhne ab. Du sorgst dafür, dass die Jungs sich wünschen, sie wären tot. Du machst sie fertig, Evans, komm schon, Kumpel, wir sind bei zweiunddreißig auf dem Weg zu *verdammten vierzig*, auf mein Kommando. Eins, zwei, und los. ZWANZIG POWER-SCHLÄGE, DU MISTKERL!«, brüllte er. »JETZT!«

Elizabeth wusste nicht, was verstörender war: die Sprache des kleinen Mannes oder die Intensität, mit der Calvin auf diese Sprache reagierte. Kaum hatte er »du verdammte Maschine« und »Hurensöhne« gehört, nahm Calvins Gesicht einen irren Ausdruck an, den man sonst nur in billigen Zombiefilmen sah. Er zog härter und schneller, keuchte so laut, dass er klang wie ein außer Kontrolle geratener Zug, und doch war der kleine

Mann noch nicht zufrieden. Er schrie Calvin weiter an, verlangte mehr und bekam mehr, während er Schläge runterzählte wie eine wütende Stoppuhr: Zwanzig! Fünfzehn! Zehn! Fünf! Und dann verpuffte der Countdown, und es blieben nur noch zwei einfache Wörter, mit denen Elizabeth voll einverstanden war.

»Das reicht«, sagte der Steuermann. Worauf Calvin schwer nach vorne sackte, als hätte er einen Schuss in den Rücken bekommen.

»Calvin!«, rief Elizabeth und eilte zu ihm. »Mein Gott!«

»Dem geht's gut«, sagte der Steuermann. »Hab ich recht, Cal? Jetzt schieb endlich das verdammte Ergo aus dem Weg.«

Und Calvin nickte, sog Sauerstoff ein. »Klar .... mach ich .... Sam«, keuchte er zwischen gierigen Atemzügen, »und ... danke ... aber ... vorher ... möchte ... ich ... dir ... Eliz... Eliz... Elizabeth Zott ... vorstellen. Meine ... neue ... Zweier ... Partnerin.«

Sofort spürte Elizabeth, wie sich alle Blicke im Bootshaus auf sie richteten.

»Im Zweier mit Evans«, sagte einer der Ruderer mit vor Staunen weit aufgerissenen Augen. »Wieso? Haben Sie bei den Olympischen Spielen eine Goldmedaille gewonnen?«

»Wie bitte?«

»Haben Sie in einem Frauenteam gerudert?«, fragte der Steuermann interessiert.

»Äh, nein, ich habe eigentlich noch nie ...« Und dann stockte sie. »Es gibt Frauenteams?«

»Sie fängt gerade erst an«, erklärte Calvin, der allmählich wieder zu Atem kam. »Aber sie hat das Zeug dazu.« Er holte tief Luft, dann stand er von dem Gerät auf und fing an, es beiseitezuschieben. »Im Sommer ziehen wir auf der Bucht an euch allen vorbei.«

Elizabeth war nicht ganz sicher, was genau das heißen sollte. An allen vorbeiziehen? Er konnte doch nicht ernsthaft Wettrennen meinen, oder? Was war aus dem Betrachten des Sonnenaufgangs geworden?

»Na ja«, sagte sie leise und wandte sich dem Steuermann zu, während Calvin ging, um sich den Schweiß abzutupfen. »Ich weiß nicht, ob das wirklich mein ...«

»Ist es«, fiel der Steuermann ihr ins Wort. »Evans würde niemals jemanden in sein Boot nehmen, der der Sache nicht gewachsen ist.« Und dann kniff er ein Auge zu und musterte sie. »Stimmt. Ich seh's auch.«

»Was denn?«, fragte sie überrascht. Aber er hatte sich bereits abgewandt und blaffte seine Männer an, das Boot runter zum Steg zu tragen. »Fertig zum Einsteigen«, hörte sie ihn brüllen, »steigt ein!« Und als das Boot Augenblicke später in einem dichten Nebel verschwand, lag eine seltsame Vorfreude in den Gesichtern der Männer, obwohl erste dicke Tropfen eines kalten Regens die Strapazen verhießen, die ihnen noch blühten.

Kapitel 8

Übertreiben

Am ersten Tag auf dem Wasser kenterten sie und Calvin mit dem Zweier und fielen ins Wasser. Am zweiten Tag: kentern. Am dritten Tage: kentern.

»Was mache ich falsch?«, keuchte Elizabeth zähneklappernd, als sie das lange dünne Boot Richtung Steg schoben. Sie hatte Calvin eine kleine Information über sich selbst unterschlagen: Sie konnte nicht schwimmen.

»Alles«, seufzte er.

»Wie ich schon erwähnt habe«, sagte er zehn Minuten später, als er auf das Rudergerät zeigte, um ihr zu signalisieren, dass sie sich trotz ihrer nassen Kleidung hineinsetzen sollte, »erfordert Rudern eine fehlerfreie Technik.«

Während sie das Stemmbrett auf ihre Größe einstellte, erklärte er, dass Ruderer das Ergo normalerweise benutzten, wenn das Wasser zu rau war, wenn ihre Zeit gestoppt werden sollte oder der Trainer richtig schlecht gelaunt war. Und wenn es richtig gemacht wurde, besonders während eines Fitnesstests, endete es häufig mit Erbrechen. Dann erwähnte er, dass selbst ein absolut schlimmer Tag auf dem Wasser im Vergleich zum Training auf dem Ergo noch wie die reinste Wohltat erschien.

Und doch hatten sie weiterhin genau das: absolut schlimme Tage. Und das alles, weil Calvin ihr eine schlichte Wahrheit verschwieg: Kein Boot ist schwieriger zu rudern als der Zweier. Das ist, als wollte man in einem B-52 fliegen lernen. Aber was blieb ihm anderes übrig? Er wusste, dass die Männer sie nicht mit ihnen in einem größeren Boot wie einem Achter rudern lassen würden. Nicht nur, weil sie eine Frau war, sondern auch, weil sie ihnen als Anfängerin die Fahrt vermasseln würde. Schlimmer noch, wahrscheinlich würde sie einen Krebs fangen und sich ein paar Rippen brechen. Das mit den Krebsen hatte er noch nicht erwähnt. Aus naheliegenden Gründen.

Sie richteten das Boot aus und stiegen wieder ein.

»Das Problem ist, dass du beim Vorwärtsrollen zu ungeduldig bist. Du musst unbedingt langsamer werden, Elizabeth.«

»Ich mach doch schon langsam.«

»Nein, du rollst zu schnell. Wenn du zu schnell rollst, weißt du, was dann jedes Mal passiert? Gott tötet ein Kätzchen.«

»Ach, jetzt reicht's aber, Calvin.«

»Und dein Einsetzen ist zu langsam. Nicht vergessen, das Ziel ist Geschwindigkeit.«

»Aha, jetzt ist mir alles klar«, zischte sie vom Heck aus. »Langsamer werden, um schneller zu werden.«

Er klopfte ihr auf die Schulter, als hätte sie es endlich begriffen. »Genau.«

Fröstelnd umfasste sie das Ruder fester. Was für ein blöder Sport. Über die nächsten dreißig Minuten versuchte sie, seine widersprüchlichen Kommandos zu befolgen: *Hände höher, nein, tiefer! Rauslehnen, Gott, nicht so weit! Himmel, du hängst durch, dein Blatt ist zu hoch, du bist zu schnell, du bist zu spät, du bist zu früh!* Bis anscheinend selbst das Boot die Nase voll hatte und sie beide wieder ins Wasser kippte.

»War vielleicht doch keine gute Idee«, sagte Calvin, als sie zum Bootshaus trotteten, das schwere Boot schmerzhaft auf den nassen Schultern.

»Was ist mein Hauptproblem?«, fragte sie und machte sich auf das Schlimmste gefasst, während sie das Boot auf den Bock legten. Calvin hatte immer beteuert, dass Rudern ein Höchstmaß an Teamarbeit verlangte – ein Problem, denn nach Meinung ihres Chefs war sie genau dazu nicht in der Lage. »Sag's einfach. Keine falsche Zurückhaltung.«

»Physik«, sagte Calvin.

»Physik«, sagte sie erleichtert. »Gott sei Dank.«

»Verstehe«, sagte sie, während sie später im Hastings ein Physiklehrbuch durchblätterte. »Rudern ist einfach eine Frage von kinetischer Energie gegen Bootswiderstand und Massenschwerpunkt.« Sie notierte ein paar Formeln. »Und Schwerkraft«, fügte sie hinzu, »und Auftriebskraft, Größenverhältnis, Geschwindigkeit, Gleichgewicht, Ausrichtung, Riemenlänge, Blatttyp …« Je mehr sie las, desto mehr schrieb sie auf, und allmählich offenbarten sich ihr die Feinheiten des Ruderns in Form von komplizierten Algorithmen. »Meine Güte«, sagte sie und lehnte sich zurück. »Rudern ist gar nicht so schwer.«

»Das gibt's nicht!«, rief Calvin zwei Tage später, als ihr Boot problemlos durchs Wasser glitt. »Wer *bist* du?« Sie antwortete nicht, ging weiter die Formeln in ihrem Kopf durch. Als sie einen Männer-Achter passierten, der gerade Pause machte, drehten sich alle Ruderer um und sahen zu, wie sie vorbeifuhren.

»Habt ihr das gesehen?«, schrie der Steuermann seine Crew wütend an. »Habt ihr gesehen, wie sie Schlaglänge hinkriegt, *ohne* zu übertreiben?«

Dennoch warf ihr etwa einen Monat später ihr Chef, Dr. Donatti, genau das vor. »Sie übertreiben, Miss Zott«, sagte er, schwieg kurz und legte eine Hand auf ihre Schulter. »Abiogenese ist hochgestochener Uni-Quatsch für Möchtegernpromovierte, der ansonsten keinen interessiert. Und fassen Sie das jetzt nicht falsch auf, aber es übersteigt Ihren geistigen Horizont.«

»Und wie genau soll ich das bitte schön Ihrer Meinung nach auffassen?« Sie schüttelte seine Hand ab.

»Was haben Sie denn da?«, sagte er, ohne auf ihren Ton zu achten, und nahm ihre bandagierten Finger in die Hand. »Falls Sie Schwierigkeiten mit der Laborausstattung haben, können Sie jederzeit einen der Männer bitten, Ihnen behilflich zu sein.«

»Ich habe angefangen zu rudern«, sagte sie und riss ihre Hand zurück. Trotz ihrer jüngsten Fortschritte waren die nächsten paar Fahrten völlige Fehlschläge gewesen.

»Rudern, hä?«, sagte Donatti und verdrehte die Augen. *Evans.*

Donatti hatte früher selbst gerudert, noch dazu für Harvard, und das unglaubliche Pech gehabt, bei der gottverdammten Henley Regatta ein einziges Mal gegen Evans und sein nobles Cambridge-Boot anzutreten. Harvards katastrophale Niederlage (sieben Bootslängen), die nur von einer Handvoll Menschen beobachtet wurde, denen es gelungen war, über ein Meer von unwahrscheinlich großen Hüten hinwegzuspähen, wurde wohlweislich mit der Fish-and-Chips-Mahlzeit vom Vorabend erklärt statt mit den Unmengen Bier, die die Mannschaft dazu getrunken hatte.

Anders ausgedrückt: Beim Start waren sie alle noch betrunken.

Nach dem Rennen hatte der Trainer ihnen gesagt, sie sollten rübergehen und der affigen Cambridge-Crew gratulieren. Da erst hatte Donatti erfahren, dass einer der Cambridge-Jungs Amerikaner war – ein Amerikaner, der irgendeinen Groll gegen Harvard hegte. Als er Evans die Hand schüttelte, rang sich Donatti ein »Gutes Rennen«, ab, doch statt irgendeine ähnliche Höflichkeit von sich zu geben, sagte Evans: »*Meine Güte, sind Sie betrunken?*«

Donatti fand ihn auf Anhieb unsympathisch, und diese Abneigung verdreifachte sich noch, als er herausfand, dass Evans nicht nur Chemie studierte, genau wie er, sondern dass er zudem *der* Evans war – *Calvin* Evans –, der Kerl, der in der Welt der Chemie bereits Furore gemacht hatte.

War es da also verwunderlich, dass Donatti keine Freuden-
tänze aufführte, als Evans das unglaublich beleidigende Angebot vom Hastings annahm, das Donatti persönlich formuliert
hatte? Erstens, Evans erinnerte sich nicht an ihn – Frechheit.
Zweitens, Evans wirkte fit wie eh und je – Unverschämtheit.
Drittens, Evans erzählte *Chemistry Today*, dass er die Stelle
am Hastings nicht wegen der hervorragenden Reputation des
Instituts angenommen hatte, sondern *weil ihm das verdammte
Wetter gefiel*. Ernsthaft, der Mann war ein Arschloch. Immerhin gab es einen Trost. Er, Donatti, war der Leiter des Fachbereichs Chemie, und das nicht nur, weil sein Vater mit dem
Geschäftsführer Golf spielte, und auch nicht, weil er zufällig
der Patensohn dieses Mannes war, und erst recht nicht, weil er
die Tochter dieses Mannes geheiratet hatte. Fazit: Der große
Evans würde *ihm* unterstellt sein.

Um die Hackordnung klarzumachen, hatte er eine Besprechung mit dem Angeber vereinbart und war dann absichtlich
zwanzig Minuten zu spät gekommen. Leider in einen leeren
Besprechungsraum, denn Evans war gar nicht erst aufgetaucht.
»Tut mir leid, Dino«, erklärte Evans ihm später. »Ich mach mir
nicht viel aus Besprechungen.«

»Ich heiße *Donatti*.«

Und jetzt? Elizabeth Zott. Er konnte Zott nicht leiden. Sie
war penetrant, vorlaut, starrsinnig. Schlimmer noch, sie hatte
einen grässlichen Männergeschmack. Aber im Gegensatz zu
vielen anderen fand er Zott nicht attraktiv. Er warf einen Blick
nach unten auf ein silbergerahmtes Foto seiner Familie: drei
großohrige Jungen zwischen der spitzschnäbeligen Edith und
ihm selbst. Er und Edith waren ein Team, so wie Ehepaare ein
Team sein sollten – nicht, indem sie gemeinsame Hobbys wie
Rudern hatten, verdammt noch mal, sondern so, wie das von
ihren jeweiligen Geschlechtern gesellschaftlich und körperlich
erwartet wurde. Er verdiente die Brötchen, sie setzte die Babys

in die Welt. Es war eine normale, produktive, von Gott gebilligte Ehe. Schlief er mit anderen Frauen? Was für eine Frage. Wer tat das nicht?

»... meine zugrunde liegende Hypothese ...«, sagte Zott gerade.

Zugrunde liegende Hypothese, von wegen. Das war noch etwas, das er an Zott nicht ausstehen konnte: Sie war unermüdlich. Verbissen. Gab nie klein bei. Klassische Ruderer-Eigenschaften, wenn er es recht überlegte. Gab es tatsächlich ein Frauenteam in der Stadt? Offensichtlich, sie konnte unmöglich mit Evans rudern. Ein Spitzenruderer wie Evans würde sich nie dazu herablassen, mit einer Anfängerin ins Boot zu steigen, selbst wenn er mit ihr schlief. Ach was, *vor allem*, wenn er mit ihr schlief. Wahrscheinlich hatte Evans sie in irgendeinem Anfängerteam angemeldet, und weil Zott beweisen wollte, dass sie ihren Mann stehen konnte – *wie üblich* –, hatte sie sich drauf eingelassen. Ihm schauderte bei dem Gedanken an einen Haufen ungeschickter Ruderinnen, deren Ruder aufs Wasser klatschten wie wild gewordene Pfannenheber.

»... Ich bin entschlossen, die Arbeit fortzuführen, Dr. Donatti ...«, sagte Zott mit Nachdruck.

Jaja, das war's wieder. Frauen wie sie benutzten dauernd das Wort »entschlossen«. Tja, er war auch entschlossen. Erst letzte Nacht war ihm eine neue Methode eingefallen, um mit Zott fertigzuwerden. Er würde sie Evans ausspannen. Womit könnte er es dem Wichtigtuer besser heimzahlen? Dann, nachdem er die Evans-Zott-Romanze zu einem Unfallort ohne Überlebende gemacht hätte, würde er sie abservieren und zu seiner wieder mal schwangeren Frau und den unfassbar lauten Kindern zurückkehren, alles in Butter.

Sein Plan war einfach: erstens, Zotts Selbstwertgefühl angreifen. Frauen ließen sich so leicht kleinmachen.

»Wie gesagt«, betonte Donatti, stand auf und zog den

Bauch ein, als er sie zur Tür bugsierte. »Ihnen fehlt die nötige Intelligenz.«

Elizabeth stakste den Flur hinunter, wobei ihre Absätze in einem gefährlichen Stakkato auf die Fliesen knallten. Sie versuchte, sich zu beruhigen, indem sie tief Luft holte, die aber gleich wieder mit der Geschwindigkeit eines Hurrikans herausgerauscht kam. Elizabeth blieb unvermittelt stehen und schlug mit der Faust gegen die Wand, dann nahm sie sich einen Moment Zeit, um ihre Möglichkeiten zu durchdenken.

Ihre Sache erneut vortragen.

Kündigen.

Das Institut abfackeln.

Sie wollte es nicht zugeben, aber seine Bemerkung war wie frischer Brennstoff auf dem stetig wachsenden Scheiterhaufen ihrer Selbstzweifel. Sie hatte weder die Ausbildung noch die Erfahrung der anderen. Ihr fehlten nicht nur deren Qualifikationen, sondern auch deren Veröffentlichungen, die Unterstützung durch Fachkollegen, ihre Fördermittel und Auszeichnungen. Aber sie wusste – sie *wusste* –, dass sie an etwas Großem dran war. Manche Menschen wurden für etwas geboren. Und sie war einer dieser Menschen. Sie presste eine Hand gegen die Stirn, als könnte sie so verhindern, dass ihr Kopf explodierte.

»Miss Zott? Entschuldigung, Miss Zott?«

Die Stimme schien aus dem Nichts zu kommen.

»Miss Zott?«

Vor ihr lugte ein Mann mit schütterem Haar und einem Papierstapel auf den Armen um die Ecke. Es war Dr. Borywitz, ein Laborkollege, der sie genau wie die meisten anderen häufig um Hilfe bat, wenn keiner es mitbekam.

»Ich wollte fragen, ob Sie vielleicht mal einen Blick hierauf werfen könnten«, sagte er leise, während er sie zur Seite winkte, tiefe Sorgenfalten auf der Stirn. »Meine neusten Testergebnisse.« Er drückte ihr ein Blatt in die Hand. »Ich würde sagen, das ist ein echter Durchbruch, meinen Sie nicht?« Seine Hände zitterten. »Etwas Neues?«

Er trug seinen üblichen Gesichtsausdruck – ängstlich, als hätte er gerade ein Gespenst gesehen. Für die meisten war es ein Rätsel, wie Dr. Boryweitz es geschafft hatte, in Chemie zu promovieren und dann auch noch eine Stelle am Hastings zu ergattern. Er selbst schien gleichermaßen verwundert darüber.

»Meinen Sie, Ihr Bekannter könnte sich dafür interessieren?«, fragte Boryweitz. »Vielleicht könnten Sie es ihm zeigen. Wollten Sie gerade dahin? In sein Labor? Vielleicht könnte ich ja mitkommen.« Er griff nach ihrem Unterarm wie nach einer Rettungsboje, etwas, woran er sich festhalten konnte, bis das große Bergungsschiff in Gestalt von Calvin Evans erschien.

Elizabeth zog ihm behutsam die Unterlagen aus der Hand. Sie mochte Boryweitz trotz seiner Bedürftigkeit. Er war höflich, sachlich. Und sie hatten etwas gemeinsam: Sie waren beide zur falschen Zeit am falschen Ort, wenn auch aus völlig unterschiedlichen Gründen.

»Wissen Sie, Dr. Boryweitz«, sagte sie und versuchte, ihre eigenen Sorgen beiseitezuschieben, während sie seine Arbeit studierte. »Es handelt sich hier um ein Makromolekül mit sich wiederholenden Einheiten, die durch Amidbindungen miteinander verbunden sind.«

»Genau, ganz genau.«

»Anders ausgedrückt, es ist ein Polyamid.«

»Ein Poly...« Jähe Enttäuschung breitete sich auf seinem Gesicht aus. Selbst er wusste, dass es Polyamide schon längst gab. »Ich glaube, Sie könnten sich irren«, sagte er. »Sehen Sie es sich noch mal an.«

»Es ist keine schlechte Erkenntnis«, sagte sie sanft. »Bloß eine, die es schon gibt.«

Er schüttelte niedergeschlagen den Kopf. »Dann sollte ich es nicht Donatti zeigen?«

»Sie haben sozusagen Nylon neu entdeckt.«

»Wahrhaftig«, sagte er nach einem erneuten Blick auf seine Ergebnisse. »Verflucht.« Sein Kopf sank herab. Unbehagliches Schweigen folgte. Dann sah er auf seine Uhr, als könnte er dort eine Lösung finden. »Was haben Sie da?«, fragte er schließlich und zeigte auf ihre bandagierten Finger.

»Oh, ich rudere. Versuche es zumindest.«

»Sind Sie gut?«

»Nein.«

»Warum tun Sie's dann?«

»Ich weiß nicht.«

Er schüttelte den Kopf. »Mensch, wie gut ich Sie verstehen kann.«

»Wie läuft's mit deinem Projekt?«, fragte Calvin sie ein paar Wochen später beim Lunch. Er biss in sein Putenbrustsandwich und kaute heftig, um die Tatsache zu überspielen, dass er es schon wusste. Alle wussten es.

»Gut«, sagte sie.

»Keine Probleme?«

»Null.« Sie nippte an ihrem Wasser.

»Du weißt ja, falls du mal meine Hilfe brauchst ...«

»Ich brauch deine Hilfe nicht.«

Calvin seufzte frustriert. Es war eine Art Naivität, fand er, dass sie weiterhin glaubte, man müsse nur Stehvermögen haben, um durchs Leben zu kommen. Klar, Stehvermögen war wichtig, aber man brauchte auch Glück, und falls Glück nicht zur Verfügung stand, dann eben Hilfe. Jeder Mensch brauchte Hilfe. Aber sie hatte nie welche angeboten bekommen, und vielleicht war sie deshalb nicht bereit, daran zu glauben. Wie oft hatte sie schon behauptet, wenn sie ihr Bestes tat, würde sich ihr Bestes auch durchsetzen? Er wusste es nicht mehr. Und das trotz beträchtlicher gegenteiliger Beweise. Besonders am Hastings.

Als sie ihr Mittagessen beendeten – sie hatte ihres kaum

angerührt –, schwor er sich, dass er nicht in ihrem Interesse intervenieren würde. Es war wichtig, ihre Wünsche zu respektieren. Sie wollte allein damit fertigwerden. Er würde sich *nicht* einmischen.

»Was ist los mit Ihnen, Donatti?«, brüllte er schätzungsweise zehn Minuten später, als er in das Büro seines Chefs stürmte. »Ist der Ursprung des Lebens ein Problem für Sie? Kriegen Sie Druck von irgendwelchen Religionsgemeinschaften? Abiogenese ist bloß ein weiterer Beweis dafür, dass es keinen Gott gibt, und Sie fürchten, das könnte in Kansas nicht gut ankommen? Haben Sie Zotts Projekt deshalb gestrichen? Und Sie bezeichnen sich als Wissenschaftler.«

»Cal«, sagte Donatti, die Arme lässig hinter dem Kopf verschränkt. »Sosehr ich unsere kleinen Plaudereien auch genieße, im Moment bin ich ziemlich beschäftigt.«

»Die einzige andere nachvollziehbare Erklärung wäre nämlich«, sagte Calvin vorwurfsvoll und stopfte die Hände in die Taschen seiner weiten Kakihose, »dass Sie ihre Arbeit nicht *verstehen.*«

Donatti verdrehte die Augen, und ein schaler Luftschwall entwich seinem Mund. Wieso waren geniale Leute so dumm? Wenn Evans auch nur ein bisschen Grips hätte, würde er ihm vorwerfen, dass er versuchte, sich an seine gut aussehende Freundin ranzumachen.

»Cal«, sagte Donatti und drückte seine Zigarette aus, »eigentlich wollte ich ihrer Karriere ein bisschen auf die Sprünge helfen. Ihr eine Chance geben, an einem sehr wichtigen Projekt unmittelbar mit mir zusammenzuarbeiten. Ihr helfen, in anderen Bereichen weiterzukommen.«

Na bitte, dachte Donatti, *in anderen Bereichen weiterkommen – wie deutlich sollte er denn noch werden?* Aber Calvin fing von ihren jüngsten Testergebnissen an, als würden sie noch immer über die Arbeit reden. Der Kerl war völlig unbedarft.

»Ich bekomme jede Woche Angebote«, drohte Calvin. »Das Hastings ist nicht das einzige Institut, an dem ich meine Forschung betreiben kann.«

Das nun wieder. Wie oft hatte Donatti das schon gehört? Klar, Evans war in der Forschungswelt heiß begehrt, und ja, ein Großteil ihrer Förderung war von seiner reinen Anwesenheit am Institut abhängig. Aber nur, weil die Geldgeber irrtümlich glaubten, Evans' Name würde andere superintelligente Nachwuchswissenschaftler anlocken. Fehlanzeige. Dennoch, er wollte nicht, dass Evans kündigte; er wollte bloß, dass Evans scheiterte, dass die verlorene Liebe ihn so aus der Bahn warf, dass er sich selbst demontierte, seinen Ruf ruinierte und all seine zukünftigen Forschungschancen verspielte. Wenn das passiert war, *dann* konnte er sich vom Acker machen.

»Wie gesagt«, entgegnete Donatti in gemessenem Tonfall, »ich wollte Miss Zott lediglich die Chance geben, persönlich weiterzukommen – ich versuche, ihre Karriere zu fördern.«

»Sie kann sich selbst um ihre Karriere kümmern.«

Donatti lachte. »Ach ja? Und trotzdem sind Sie zu mir gekommen.«

Aber Donatti verschwieg Calvin, dass kürzlich eine fette Fliege in seinem süßen Evans-via-Zott-loswerden-Pudding gelandet war. Ein Geldgeber mit einer unwahrscheinlich dicken Brieftasche.

Der Mann war vor zwei Tagen aus heiterem Himmel aufgetaucht, mit einem Blankoscheck und der Forderung, ausgerechnet Abiogenese-Forschung zu finanzieren. Donatti hatte höflich Gegenvorschläge gemacht. Wir wäre es mit Lipidstoffwechsel? Oder Zellteilung? Doch der Mann blieb hartnäckig: Abiogenese oder gar nichts. Also hatte Donatti keine andere Wahl. Er musste Zott wieder auf ihre lächerliche Mission zum Mars schicken.

Tatsache war, dass er ohnehin keine großen Fortschritte bei

ihr machte. Sie weigerte sich standhaft, seine wiederholten »Sie sind nicht intelligent«-Kränkungen ernst zu nehmen. Ganz gleich, wie oft er es sagte, sie hatte noch kein einziges Mal angemessen reagiert. Wo blieb das schlechte Selbstwertgefühl? Wo blieben die Tränen? Wenn sie nicht wieder mal ganz sachlich ihre langweiligen Argumente für Abiogenese vorbrachte, sagte sie: »Fassen Sie mich noch einmal an, und Sie werden es bitter bereuen.« Was zum Teufel fand Evans an dieser Frau? Er konnte sie gern behalten. Er würde es dem Wichtigtuer irgendwie anders heimzahlen müssen.

»Calvin«, sagte Elizabeth, als sie an diesem Nachmittag in sein Labor geeilt kam. »Ich habe großartige Neuigkeiten. Ich hab dir was verschwiegen, und es tut mir leid, aber ich wollte bloß nicht, dass du dich einmischst. Donatti hatte mein Projekt vor ein paar Wochen gestrichen, und ich hab die ganze Zeit darum gekämpft, es zurückzubekommen. Heute hat sich der Kampf endlich ausgezahlt. Er hat seine Entscheidung zurückgenommen – meinte, er habe meine Arbeit durchgesehen und beschlossen, sie sei zu wichtig, um sie nicht fortzuführen.«

Calvin lächelte breit, setzte eine, wie er hoffte, angemessen überraschte Miene auf – er hatte Donattis Büro vor nicht ganz einer Stunde verlassen. »Nein. Ehrlich?«, sagte er und klopfte ihr auf den Rücken. »Er wollte die Abiogenese streichen? Das war ja wohl von vornherein eine Fehlentscheidung.«

»Entschuldige, dass ich dir nichts davon erzählt habe. Ich wollte das Problem selbst lösen, und jetzt bin ich froh, dass ich es so gemacht habe. Ich empfinde das als echten Vertrauensbeweis in meine Arbeit – in mich.«

»Keine Frage.«

Sie musterte ihn genauer, trat dann einen Schritt zurück. »Ich habe das doch allein erreicht, oder? Du hattest nichts damit zu tun?«

»Ich hör zum ersten Mal davon.«

»Du hast *nie* mit Donatti darüber geredet?«, hakte sie nach. »Du hast dich *nicht* eingemischt?«

»Ich schwöre«, log er.

Nachdem sie gegangen war, faltete Calvin in stummer Freude die Hände. Dann schaltete er die Stereoanlage ein und legte *On the sunny side of the street* auf. Zum zweiten Mal hatte er die Person gerettet, die er am meisten liebte, und das Beste daran war, dass sie es nicht wusste.

Er schnappte sich einen Stuhl, öffnete sein Notizbuch und begann zu schreiben. Er führte Tagebuch, seit er etwa sieben Jahre alt gewesen war, schrieb die Fakten und Ängste seines Lebens zwischen Zeilen mit chemischen Gleichungen. Auch jetzt noch war sein Labor voll mit nahezu unleserlichen Notizbüchern. Das war einer der Gründe, warum alle annahmen, dass er viel geschafft bekam: Masse.

»Deine Handschrift ist kaum zu entziffern«, hatte Elizabeth bei verschiedenen Gelegenheiten gesagt. »Was steht da?« Sie deutete auf eine RNA-bezogene Theorie, mit der er seit Monaten herumspielte.

»Eine Hypothese zu Ribozymen«, antwortete er.

»Und da?« Sie zeigte weiter unten auf die Seite. Etwas, das er über sie geschrieben hatte.

»Noch mehr dazu«, sagte er und warf das Notizbuch beiseite.

Er hatte nichts Unangenehmes über sie geschrieben – ganz im Gegenteil. Aber sie sollte auf keinen Fall dahinterkommen, wie sehr ihn die Vorstellung verfolgte, dass sie sterben könnte.

Er war vor langer Zeit zu der Erkenntnis gelangt, dass ein Fluch auf ihm lastete, der anderen Unglück brachte, und er hatte stichfeste Beweise: Jeder Mensch, den er je geliebt hatte, war bei einem tragischen Unfall ums Leben gekommen. Die einzige Möglichkeit, diesem tödlichen Muster ein Ende zu machen, war die, der Liebe ein Ende zu machen. Und das hatte er. Aber dann war ihm Elizabeth begegnet, und ohne es zu wollen, hatte er sich, dumm und egoistisch, wie er war, wieder verliebt. Und jetzt war sie da, stand direkt in der Schusslinie seines Fluchs.

Als Chemiker war ihm klar, dass seine Fixierung auf diesen Fluch keineswegs wissenschaftlich, sondern abergläubisch war. Nun denn, auch gut. Das Leben war keine Hypothese, die man folgenlos testen und noch mal testen konnte – am Ende ging immer irgendwas kaputt. Deshalb war er ständig auf der Hut vor Dingen, die eine Gefahr für Elizabeth darstellen könnten, und seit heute Morgen gehörte auch Rudern dazu.

Sie waren mit dem Zweier gekentert – seine Schuld –, und zum allerersten Mal waren sie beide auf derselben Seite des Bootes im Wasser gelandet, und da hatte er eine entsetzliche Entdeckung gemacht: Sie konnte nicht schwimmen. Ihr panisches Hundepaddeln sah aus, als hätte sie noch nie in ihrem Leben Schwimmunterricht gehabt.

Deshalb hatten er und Halbsieben, während Elizabeth im Waschraum des Bootshauses war, den Teamkapitän der Männer angesprochen, Dr. Mason. Es war Schlechtwettersaison: Falls er und Elizabeth weiter rudern würden – sie wollte das tatsächlich –, war es besser, im Achter zu rudern. Sicherer. Außerdem, sollte der Achter kentern – unwahrscheinlich –, wären sehr viel mehr Menschen da, um sie zu retten. Außerdem hatte Mason seit über drei Jahren versucht, ihn für den Achter zu rekrutieren. Es war einen Versuch wert.

»Was meinst du?«, fragte er Mason. »Du müsstest uns allerdings beide nehmen.«

»Eine *Frau* in einem Männer-Achter?«, hatte Dr. Mason gesagt und die Mütze auf seinem Bürstenhaarschnitt zurechtgerückt. Er war bei den Marines gewesen und hatte es gehasst. Aber die Frisur hatte er behalten.

»Sie ist gut«, sagte Calvin. »Hart im Nehmen.«

Mason nickte. Er war jetzt Gynäkologe. Er wusste genau, wie hart im Nehmen Frauen waren. Dennoch, eine Frau? Wie sollte das funktionieren?

»Hey, weißt du, was?«, sagte Calvin kurz darauf zu Elizabeth. »Das Männerteam will unbedingt, dass wir beide heute in ihrem Achter mitrudern.«

»Ehrlich?« Sie hatte schon länger davon geträumt, in einem Achter zu rudern. Die Achter schienen kaum je zu kentern. Sie hatte Calvin nie gesagt, dass sie nicht schwimmen konnte. Er hätte sich sonst Sorgen gemacht.

»Der Teamkapitän ist vorhin zu mir gekommen. Er hat dich rudern sehen«, sagte er. »Und er hat ein Auge für Talente.«

Weiter unten atmete Halbsieben schwer aus. *Lügen, Lügen und noch mehr Lügen.*

»Wann fangen wir an?«

»Jetzt.«

»*Jetzt?*« Schlagartig wurde sie von Panik erfasst. Sie hatte zwar in einem Achter rudern wollen, aber sie wusste auch, dass der Achter ein Maß an Harmonie erforderte, das sie noch nicht erreicht hatte. Wenn so ein Boot Erfolg hat, dann nur, weil es den Menschen im Boot gelungen ist, ihre kleinlichen Differenzen und körperlichen Unterschiede auszublenden und als Einheit zu rudern. Perfektes Zusammenspiel – das war das Ziel. Sie hatte einmal mitbekommen, wie Calvin im Bootshaus jemandem erzählte, sein Trainer in Cambridge habe sogar von der Mannschaft verlangt, gleichzeitig zu blinzeln. Zu ihrer Verblüffung nickte der andere. »Wir mussten unsere Zehennägel auf dieselbe Länge schneiden. Hat richtig was gebracht.«

»Du ruderst auf Sitz zwei«, sagte er.

»Toll«, sagte sie und hoffte, er würde nicht bemerken, wie heftig ihre Hände zitterten.

»Der Steuermann ruft die Kommandos, du schaffst das schon. Beobachte einfach das Blatt vor dir. Und ganz gleich, was passiert, guck niemals aus dem Boot.«

»Moment. Wie soll ich denn das Blatt vor mir beobachten, wenn ich nicht aus dem Boot gucke?«

»Lass es einfach«, warnte er. »Bringt dich aus dem Rhythmus.«

»Aber ...«

»Und bleib locker.«

»Ich ...«

»Mannschaft ans Boot!«, schrie der Steuermann.

»Keine Angst«, sagte Calvin. »Du schaffst das schon.«

Elizabeth hatte mal gelesen, dass achtundneunzig Prozent der Dinge, vor denen Menschen sich fürchten, nie eintreten. Aber, so fragte sie sich, was war mit den übrigen zwei Prozent? Und wer hatte diese Zahl überhaupt ermittelt? Zwei Prozent kamen ihr verdächtig niedrig vor. Zehn Prozent hätte sie geglaubt, sogar zwanzig. In ihrem eigenen Leben waren es wahrscheinlich eher um die fünfzig. Sie wollte sich wirklich nicht vor dieser Fahrt im Achter fürchten, aber sie tat es. Fünfzigprozentige Wahrscheinlichkeit, dass sie es vermasseln würde.

Während sie das Boot in der Dunkelheit zum Steg trugen, schielte der Mann vor ihr über die Schulter, als könnte er sich nicht erklären, warum der Kamerad, der normalerweise Sitz zwei ruderte, plötzlich kleiner wirkte.

»Elizabeth Zott«, sagte sie.

»Es wird nicht geredet!«, rief der Steuermann.

»Wer?«, fragte der Mann argwöhnisch.

»Ich rudere heute Sitz zwei.«

»Ruhe dahinten!«, brüllte der Steuermann.

»Sitz zwei?«, flüsterte der Mann ungläubig. »Sie rudern Sitz zwei?«

»Gibt's ein Problem?«, zischte Elizabeth zurück.

»Du warst toll!«, rief Calvin zwei Stunden später im Auto und klopfte derart begeistert aufs Lenkrad, dass Halbsieben schon fürchtete, sie würden nicht heil zu Hause ankommen. »Das fanden alle.«

»Wer ist alle?«, fragte Elizabeth. »Zu mir hat keiner ein Wort gesagt.«

»Ach, von anderen Ruderern kriegst du nur was zu hören, wenn sie sauer sind. Jedenfalls, für Mittwoch sind wir wieder im Achter eingeteilt.« Er lächelte froh. Hatte sie wieder gerettet – erst im Institut und jetzt das. Vielleicht war das ja der richtige Weg, um einen Fluch zu beenden – indem man heimliche und umsichtige Vorsichtsmaßnahmen ergriff.

Elizabeth drehte den Kopf weg und sah aus dem Fenster. Konnte der Rudersport wirklich so egalitär sein? Oder war das Ganze bloß die übliche Angst der üblichen Verdächtigen, weil Ruderer wie Wissenschaftler den Groll des legendär nachtragenden Calvin fürchteten?

Als sie die Küste entlang nach Hause fuhren und der Sonnenaufgang rund ein Dutzend Surfer beschien, die ihre Surfbretter Richtung Strand ausgerichtet hatten und nach hinten blickten, um hoffentlich ein paar gute Wellen zu erwischen, bevor die Arbeit rief, kam ihr plötzlich der Gedanke, dass sie seinen legendär dauerhaften Groll noch nie in Aktion erlebt hatte.

»Calvin«, sagte sie und wandte sich ihm wieder zu. »Wieso sagen alle, du wärst nachtragend?«

»Was?«, sagte er, konnte nicht aufhören zu lächeln. Heimliche umsichtige Vorsichtsmaßnahmen. Die Lösung für alle Probleme des Lebens!

»Du weißt, was ich meine«, sagte sie. »Im Institut wird gemunkelt – die Leute sagen, wenn sie dir widersprechen, machst du sie fertig.«

»Ach das«, sagte er gut gelaunt. »Gerüchte. Klatsch. Neid. Es gibt Leute, die ich nicht mag, klar, aber würde ich mich groß anstrengen, sie fertigzumachen? Natürlich nicht.«

»Gut«, sagte sie. »Aber ich frage mich trotzdem: Gibt es jemanden in deinem Leben, dem du nie verzeihen wirst?«

»Da fällt mir keiner ein«, antwortete er leichthin. »Und du? Hast du vor, irgendwen bis ans Ende deines Lebens zu hassen?« Er sah sie an. Ihr Gesicht war noch gerötet vom Rudern, ihr Haar feucht von der Gischt, ihre Miene ernst. Sie streckte nacheinander die Finger aus, als würde sie zählen.

Kapitel 9

Der Groll

Als Calvin behauptete, er hege keinerlei Groll und hasse niemanden, meinte er das lediglich so, wie manche Leute sagen, sie würden vergessen zu essen. Das heißt: Er log. Ganz gleich, wie sehr er versuchte, so zu tun, als hätte er seine Vergangenheit hinter sich gelassen, sie war immer da, nagte an seinem Herzen. Viele Menschen hatten ihm unrecht getan, aber es gab nur einen Mann, dem er nicht verzeihen konnte. Nur einen Mann, den er bis ans Ende seiner Tage hassen würde, das hatte er sich geschworen.

Den Mann hatte er das erste Mal gesehen, als er zehn war. Eine lange Limousine hatte vor den Toren des Waisenhauses gehalten, und der Mann war ausgestiegen. Er war groß, elegant, edel gekleidet in einen maßgeschneiderten Anzug mit Manschettenknöpfen, und nichts davon passte in die Iowa-Landschaft. Zusammen mit den anderen Jungen drängelte sich Calvin am Zaun. Ein Filmstar, vermuteten sie. Vielleicht ein Baseballprofi. Sie waren daran gewöhnt. Etwa zweimal im Jahr kamen irgendwelche Berühmtheiten mit Reportern im Schlepptau an, um sich mit einigen Jungen ablichten zu lassen. Manchmal brachten sie ein paar Baseballhandschuhe oder signierte Autogrammkarten mit. Aber diesmal hatte der Mann nur eine Aktentasche dabei. Alle Jungen wandten sich ab.

Doch rund einen Monat nach dem Besuch des Mannes kamen alle möglichen Sachen im Heim an: wissenschaftliche Lehrbücher, Mathespiele, Chemiekästen. Und anders als bei den Autogrammkarten oder Baseballhandschuhen gab es davon genug für alle.

»Der Herr sorget für seine Schäfchen«, sagte der Priester, als er einen Stapel Biologiebücher verteilte. »Das heißt, ihr Sanftmütigen werdet verdammt noch mal die Klappe halten und still sitzen. Ihr Jungs dahinten, still sitzen, ich sag's nicht noch mal!« Er knallte ein Lineal auf den nächstbesten Tisch, und alle zuckten zusammen.

»Verzeihung, Father«, sagte Calvin, der sein neues Buch schon durchblätterte, »aber mit meinem stimmt was nicht. Da fehlen ein paar Seiten.«

»Die *fehlen* nicht, Calvin«, sagte der Priester. »Die wurden entfernt.«

»Wieso?«

»Weil sie falsch waren, deshalb. Also, Jungs, schlagt euer Buch auf Seite 119 auf. Wir fangen an mit ...«

»Die Evolution fehlt«, bemerkte Calvin, während er die Seiten umblätterte.

»Das reicht, Calvin.«

»Aber ...«

Das Lineal klatschte schmerzhaft auf seine Knöchel.

»Calvin«, sagte der Bischof müde. »Was ist bloß los mit dir? Das ist jetzt das vierte Mal diese Woche, dass man dich zu mir schickt. Und dabei sind die Beschwerden unseres Bibliothekars über deine Lügerei nicht mal mitgezählt.«

»Welcher Bibliothekar?«, fragte Calvin überrascht. Der Bischof konnte ja wohl kaum den dauerbetrunkenen Priester meinen, der sich häufig in der kleinen Kammer verkroch, in der die jämmerliche Büchersammlung des Heims beherbergt war.

»Father Amos sagt, du behauptest, sämtliche Bücher gelesen zu haben, die wir besitzen. Lügen ist eine Sünde, aber prahlerische Lügen sind die allerschlimmsten.«

»Aber ich habe wirklich alles ...«

»Schweig!«, schrie er und funkelte den Jungen drohend an. »Manche Menschen kommen schon verdorben zur Welt«, erklärte er. »Die Frucht von Eltern, die selbst verdorben waren. Aber in deinem Fall weiß ich nicht, wo das herkommt.«

»Wie meinen Sie das?«

»Ich meine«, sagte der Bischof und beugte sich vor, »dass du vermutlich bei deiner Geburt gut warst, aber dann böse geworden bist. Verdorben durch eine ganze Reihe schlechter Entscheidungen. Ist dir die Idee vertraut, dass Schönheit von innen kommt?«

»Ja.«

»Tja, in deinem Fall entspricht dein Inneres deiner äußeren Hässlichkeit.«

Calvin strich über seine geschwollenen Knöchel und versuchte, nicht zu weinen.

»Wieso kannst du dich nicht mit dem begnügen, was du hast?«, klagte der Bischof. »Die Hälfte der Seiten in einem Biologiebuch sind immerhin besser als keine, oder? Gott, ich hab gewusst, dass das ein Problem wird.« Er stieß sich von seinem Schreibtisch ab und stapfte durch das Büro. »Wissenschaftliche Lehrbücher, Chemiekästen. Was wir alles hinnehmen müssen, bloß um Geld in die Kasse zu kriegen.« Wütend wandte er sich Calvin zu. »Selbst *das* ist deine Schuld«, sagte er. »Wir wären nicht in dieser Lage, wenn dein Vater nicht –«

Calvin riss den Kopf hoch.

»Egal.« Der Bischof ließ sich wieder hinter seinem Schreibtisch nieder und nahm Unterlagen zur Hand.

»Sie können nicht über meinen Vater reden«, sagte Calvin, dessen Gesicht heiß wurde. »Sie haben ihn nicht mal gekannt!«

»Ich kann reden, über wen ich will, Evans«, entgegnete der Bischof finster. »Und außerdem meine ich nicht deinen Vater, der bei dem Zugunglück ums Leben gekommen ist. Ich meine«, sagte er, »deinen richtigen Vater, den Blödmann, der uns diese verdammten Lehrbücher aufgehalst hat. Vor einem Monat ist er in einer fetten Limousine hier aufgetaucht und hat nach einem zehnjährigen Jungen gesucht, dessen Adoptiveltern von einem Zug erfasst worden sind, dessen Tante ihr Auto um einen Baum gewickelt hat, einen kleinen Jungen, der ›möglicherweise sehr groß ist‹, hat er gesagt. Ich bin direkt zum Schrank und habe deine Akte herausgesucht. Hab gedacht, er wollte dich vielleicht abholen wie einen verlorenen Koffer. So was kommt bei Adoptionen ständig vor. Aber als ich ihm dein Foto gezeigt hab, hat er das Interesse verloren.«

Calvins Augen weiteten sich, als er das hörte. Er war adoptiert worden? Das war unmöglich. Seine Eltern blieben seine Eltern, auch wenn sie tot waren. Er kämpfte mit den Tränen, als er daran dachte, wie glücklich er gewesen war, seine Hand sicher in der großen Hand seines Vaters, sein Kopf an die warme Brust seiner Mutter gedrückt. Der Bischof hatte unrecht. Er log. Den Jungen wurden ständig irgendwelche Geschichten erzählt, wie und warum sie im Waisenhaus All Saints gelandet waren: Ihre Mütter waren im Kindbett gestorben, und ihre Väter waren überfordert; sie waren schwer erziehbar gewesen; es hatte schon zu viele hungrige Mäuler zu stopfen gegeben. Das hier war bloß eine von diesen Geschichten.

»Nur damit du's weißt«, sagte der Bischof, als würde er beliebig von einer Liste ablesen, »deine leibliche Mutter ist im Kindbett gestorben, und dein leiblicher Vater war überfordert.«

»Ich glaub Ihnen nicht!«

»Verstehe«, sagte der Bischof kühl und zog zwei Blätter aus Calvins Akte: eine Adoptionsurkunde und die Sterbeurkunde einer Frau. »Der angehende Wissenschaftler verlangt Beweise.«

Calvin starrte durch eine Wolke von Tränen auf die Dokumente. Er konnte kein einziges Wort entziffern.

»Das wär's dann wohl.« Der Bischof klatschte in die Hände. »Ich kann mir vorstellen, dass das jetzt ein Schock für dich ist, Calvin, aber sieh's doch mal von der positiven Seite. Du hast einen Vater, und er kümmert sich um dich – zumindest um deine Ausbildung. Damit bist du viel besser dran als die meisten Jungen hier. Versuch, nicht so egoistisch zu sein. Du kannst dich glücklich schätzen. Zuerst hattest du nette Adoptiveltern, und jetzt hast du einen reichen Vater. Betrachte seine Spende« – er zögerte – »als eine Ehrung. Als eine Hommage an ... deine Mutter. Ein Zeichen des Gedenkens.«

»Aber wenn er mein richtiger Vater ist«, sagte Calvin, der ihm noch immer nicht glaubte, »dann würde er mich hier rausholen. Er würde mich bei sich haben wollen.«

Der Bischof blickte Calvin an, die Augen groß vor Verwunderung. »Was? Nein. Ich hab's dir doch schon gesagt: Deine Mutter ist im Kindbett gestorben, und dein Vater war überfordert. Nein, wir waren uns einig – vor allem, nachdem er deine Akte gelesen hatte –, dass du hier bei uns besser aufgehoben bist. Ein Junge wie du braucht ein moralisches Umfeld, eine strenge Hand. Viele reiche Leute schicken ihre Kinder ins Internat: All Saints ist da ganz vergleichbar.« Er sog Luft durch die Nase, witterte den säuerlichen Geruch aus der Küche. »Allerdings hat er darauf bestanden, dass wir unser Bildungsangebot erweitern. Was ich ziemlich anmaßend fand«, schob er nach, während er ein paar Katzenhaare von seinem Ärmel klaubte. »Uns professionellen Pädagogen zu erzählen, wie Erziehung auszusehen hat.« Er stand auf und wandte Calvin den Rücken zu, um aus dem Fenster zu dem durchhängenden Dach an der Westseite des Gebäudes hinüberzuschauen. »Die gute Nachricht ist, dass er uns einen schönen Batzen Geld dagelassen hat – nicht bloß für dich, sondern auch für die anderen Jungen. Sehr großzügig. Wäre es jedenfalls gewesen, wenn er nicht bestimmt hätte, dass alles *ausschließlich* für Wissenschaft und Sport verwendet werden darf. Gott, diese Reichen. Halten sich immer für was Besseres.«

»Er ist ... er ist Wissenschaftler?«

»Habe ich gesagt, er wäre Wissenschaftler?«, blaffte der Bischof. »Hör mal. Er ist hergekommen, hat sich erkundigt, ist

wieder gefahren. Das ist weit mehr, als die meisten Versager-
Väter tun.«

»Aber wann kommt er zurück?«, fragte Calvin. Er wünschte
sich nichts mehr, als diesem Heim zu entkommen, selbst mit
einem Mann, den er nicht kannte.

»Da müssen wir abwarten«, sagte der Bischof und blickte
erneut aus dem Bleiglasfenster. »Dazu hat er sich nicht geäußert.«

Calvin trottete langsam zurück in seine Klasse, dachte über den
Mann nach, überlegte, wie er ihn dazu bringen könnte zurück-
zukommen. Er *musste* zurückkommen. Aber das Einzige, was
je im Heim ankam, waren noch mehr Lehrbücher.

Trotzdem, er war ein Kind, und Kinder klammern sich
noch lange an eine Hoffnung, die schon längst erloschen sein
sollte. Er las alle Bücher, die sein neu auf den Plan getretener
Vater schickte, verschlang sie, als wären es Liebesbeweise, füllte
sein gebrochenes Herz mit Theorien und Algorithmen, fest
entschlossen, die Chemie zu entdecken, die er und sein Vater
gemeinsam hatten, jenes unzerreißbare Band, das sie lebens-
lang vereinte. Doch durch sein Selbststudium wurde ihm klar,
dass die Komplexität der Chemie weit über das Geburtsrecht
hinausging, dass es mitunter herzlose Irrungen und Wirrungen
gab. Und so musste er mit dem Wissen leben, dass dieser
andere Vater ihn verstoßen hatte – ohne ihn überhaupt kennengelernt zu haben – und dass obendrein die Chemie selbst
den Groll hervorgebracht hatte, den er weder verbergen noch
abschütteln konnte.

Kapitel 10

Die Leine

Elizabeth hatte nie zuvor ein Haustier gehabt und war nicht mal sicher, ob sie jetzt eins hatte. Halbsieben war ein Hund, schien aber eine weit größere Menschlichkeit zu besitzen als die meisten Menschen, denen sie in ihrem Leben begegnet war.

Deshalb kaufte sie keine Leine für ihn – es kam ihr falsch vor. Sogar beleidigend. Er wich ihr so gut wie nie von der Seite – überquerte nie eine Straße, ohne sich vorher umzusehen, jagte keine Katzen. Tatsächlich war er nur ein einziges Mal weggelaufen: am Nationalfeiertag, als ein Feuerwerkskörper genau vor ihm explodierte. Nach stundenlangem sorgenvollen Suchen hatten sie und Calvin ihn schließlich in einer Gasse gefunden, wo er sich vor Scham zitternd hinter Mülleimern versteckte.

Aber als die Stadt dann Leinenzwang für Hunde verordnete, ertappte sie sich dabei, dass sie sich mehr und mehr für den Gedanken erwärmte, obgleich die Gründe dafür komplizierter waren. Je mehr ihre Bindung an den Hund wuchs, desto mehr gefiel ihr die Vorstellung, den Hund an sich zu binden.

Also kaufte sie eine Leine, hängte sie an den Garderobenständer in der Diele und wartete darauf, dass Calvin sie bemerkte. Aber nach einer Woche wartete sie noch immer.

»Ich hab für Halbsieben eine Leine gekauft«, verkündete sie schließlich.

»Warum?«, fragte Calvin.

»Ist Vorschrift«, sagte sie.

»Welche Vorschrift?«

Sie erläuterte die neue Vorschrift, und er lachte. »Ach so.

Die trifft aber doch nicht auf uns zu. Die gilt nur für Leute, die keinen Hund wie Halbsieben haben.«

»Nein, die gilt für alle. Sie ist neu. Ich bin ziemlich sicher, die meinen es ernst.«

Er lächelte. »Keine Sorge. Halbsieben und ich kommen fast jeden Tag an der Polizeiwache vorbei. Die Polizisten da haben nie was gesagt.«

»Aber das wird sich ändern«, beharrte sie. »Wahrscheinlich, weil die Unfallrate mit Haustieren gestiegen ist. Sehr viel mehr Hunde und Katzen werden von Autos überfahren.« Sie wusste nicht, ob das faktisch stimmte, aber es kam ihr durchaus wahrscheinlich vor. »Jedenfalls, gestern hab ich mit Halbsieben an der Leine einen Spaziergang gemacht. Es hat ihm gefallen.«

»Ich kann mit einer Leine nicht laufen.« Calvin blickte auf. »Ich würde mich regelrecht angebunden fühlen. Außerdem bleibt er immer ganz dicht bei mir.«

»Es könnte was passieren.«

»Was denn?«

»Er könnte auf die Straße laufen. Er könnte angefahren werden. Denk an den Feuerwerkskörper. Ich hab keine Angst um dich«, sagte sie. »Ich hab Angst um ihn.«

Calvin schmunzelte. Das war eine Seite an Elizabeth, die er noch nicht kannte: Mutterinstinkt.

»Übrigens«, sagte er, »laut Wetterbericht soll es Gewitter geben. Dr. Mason hat angerufen: Rudern ist für den Rest der Woche gestrichen.«

»Ach, wie schade«, sagte sie und versuchte, sich ihre Erleichterung nicht anmerken zu lassen. Sie hatte jetzt viermal im Männer-Achter mitgerudert, und jedes Mal war sie danach erschöpfter gewesen, als sie zugeben wollte. »Hat er sonst noch was gesagt?« Sie wollte nicht so klingen, als lechzte sie nach Anerkennung, aber das tat sie. Dr. Mason schien ein guter Mann zu sein; er unterhielt sich stets auf Augenhöhe mit ihr. Von Calvin wusste sie, dass er Frauenarzt war.

»Er hat erwähnt, dass wir nächste Woche wieder in der Mannschaft sind«, sagte Calvin. »Und dass er es gern sähe, wenn wir im Frühjahr bei einer Regatta mitfahren.«

»Ein Rennen?«

»Das wird dir gefallen. Macht Spaß.«

In Wahrheit war Calvin ziemlich sicher, dass es ihr nicht gefallen würde. Rennen waren aufreibend. Die Angst vor einer Niederlage war schon schlimm genug, aber dann kam noch das Wissen hinzu, dass das Rudern selbst qualvoll werden würde, dass jeder Ruderer, sobald das Wort »Achtung!« gerufen wurde, einen Herzinfarkt, gebrochene Rippen, einen Lungenriss oder sonst was riskierte, bloß, um am Ende die billige Siegermedaille zu bekommen. Als Zweiter einlaufen? Von wegen. Das hieß nicht ohne Grund »erster Verlierer«.

»Klingt interessant«, log sie.

»Ist es auch«, log er zurück.

»Rudern ist abgesagt, schon vergessen?«, sagte Calvin zwei Tage später, als er verwundert merkte, dass Elizabeth aufgestanden war und sich im Dunkeln anzog. Er griff nach seinem Wecker. »Es ist erst vier. Komm wieder ins Bett.«

»Kann nicht schlafen«, sagte sie. »Ich glaub, ich fahr heute früher zur Arbeit.«

»Nein«, bettelte er. »Bleib bei mir.« Er schlug einladend die Decke zurück.

»Ich stell den Kartoffelauflauf zum Aufwärmen in den Ofen«, sagte sie, während sie in ihre Schuhe schlüpfte. »Ist ein nahrhaftes Frühstück für dich.«

»Weißt du, was: Wenn du gehst, geh ich auch«, gähnte er. »Ich brauch nur ein paar Minuten.«

»Nein, nein«, sagte sie. »Schlaf noch ein bisschen.«

Als er eine Stunde später wieder wach wurde, war er allein.

»Elizabeth?«, rief er.

Er tappte in die Küche, wo ein Paar Topfhandschuhe auf

der Arbeitsplatte lag. »Lass dir den Auflauf schmecken«, hatte sie geschrieben. »Bis später, Kuss Kuss, E.«

»Heute laufen wir mal zur Arbeit«, rief er Halbsieben zu. Eigentlich war ihm nicht nach Laufen, aber so konnten sie später alle zusammen im Auto zurückfahren. Es ging ihm nicht darum, Benzin zu sparen, er wollte nur nicht, dass Elizabeth allein nach Hause fuhr. Da draußen gab es Bäume. Und Züge.

Sie wäre entsetzt, wenn sie gewusst hätte, wie besorgt und übervorsichtig er war, deshalb behielt er das für sich. Aber wie sollte er sich nicht um die Person sorgen, die er mehr als alles auf der Welt liebte, mehr, als es überhaupt möglich schien? Außerdem sorgte sie sich auch um ihn – achtete darauf, dass er richtig aß, schlug immer wieder vor, er solle doch lieber zu Hause mit Jack LaLanne laufen, kaufte eine Leine, ausgerechnet.

Aus dem Augenwinkel bemerkte er einige Rechnungen und nahm sich vor, den jüngsten Schwung Schwindlerbriefe abzuheften. Er hatte erneut Post von der Frau bekommen, die beteuerte, seine Mutter zu sein. »Die haben mir gesagt, du wärst gestorben«, schrieb sie jedes Mal, und diese ständige Wiederholung irritierte ihn. Außerdem hatte er einen Brief von einem Spinner bekommen, der behauptete, Calvin habe ihm alle seine Ideen geklaut, und einen weiteren von einem angeblichen verloren geglaubten Bruder, der Geld von ihm wollte. Seltsamerweise hatte noch nie jemand behauptet, sein Vater zu sein. Vielleicht, weil sein Vater noch immer irgendwo lebte und so tat, als hätte er nie einen Sohn gehabt.

Außer dem Bischof hatte er nur einer einzigen Person je seinen Vaterhass gestanden, und zwar lange nach seiner Zeit im Waisenhaus ausgerechnet einem Brieffreund gegenüber. Er war dem Mann nie begegnet, aber es war ihnen gelungen, eine solide Freundschaft aufzubauen. Vielleicht, weil es ihnen beiden leichterfiel, mit jemandem zu reden, den sie nicht sehen konnten, wie bei der Beichte. Aber als das Thema Väter zur Sprache kam – das war nach einem Jahr regelmäßigen freimütigen Briefwechsels –, änderte sich alles. Calvin hatte erwähnt, dass er hoffte, sein Vater wäre tot, und sein offenbar schockierter Brieffreund reagierte auf eine Art, die Calvin nicht erwartet hatte. Er brach die Korrespondenz ab.

Calvin vermutete, dass er eine Grenze überschritten hatte – im Gegensatz zu ihm war der Mann gläubig. Das Eingeständnis, dass man hoffte, der eigene Vater wäre tot, galt in kirchlichen Kreisen vielleicht als unverzeihlich. Jedenfalls, ihr Zwiegespräch endete jäh. Calvin war monatelang niedergeschlagen.

Deshalb hatte er beschlossen, Elizabeth kein Wort von seinem untoten Vater zu sagen. Er fürchtete, sie würde entweder so reagieren wie sein Ex-Freund und ihn verlassen oder aber plötzlich aufwachen und das sehen, was der Bischof einst als seinen fatalen Makel beschrieben hatte: dass er nun mal einfach nicht liebenswert war. Calvin Evans, innerlich so hässlich wie äußerlich. Immerhin hatte sie seinen Heiratsantrag abgelehnt.

Jedenfalls, wenn er jetzt mit der Sprache rausrückte, würde sie sich wahrscheinlich fragen, warum er es ihr nicht schon früher erzählt hatte. Und das war gefährlich, weil sie sich dann vielleicht fragte, was er ihr *sonst* noch alles verschwiegen hatte.

Nein, manche Dinge blieben besser ungesagt. Außerdem hatte sie ja schließlich auch ihre Probleme bei der Arbeit für sich behalten. In einer engen Beziehung waren ein paar Geheimnisse ganz normal.

Er zog seine alte Trainingshose an, und als er in ihrer gemeinsamen Sockenschublade kramte, hob sich seine Stimmung, weil er einen Hauch ihres Parfüms wahrnahm. Er hatte nie viel von Selbstoptimierung gehalten, hatte nicht mal Dale Carnegies Buch darüber, wie man Freunde gewinnt und Leute beeinflusst, zu Ende gelesen, weil ihm schon nach den ersten zehn Seiten klar wurde, wie egal es ihm war, was andere dachten. Aber das war vor Elizabeth gewesen – bevor er merkte, dass es ihn glücklich machte, sie glücklich zu machen. Und das, so dachte er, als er seine Tennisschuhe nahm, musste die eigentliche Definition von Liebe sein. Der *Wunsch*, sich tatsächlich für jemand anderen zu verändern.

Als er sich bückte, um die Schuhe zuzubinden, erfüllte noch etwas anderes seine Brust. War es Dankbarkeit? Er, der früh verwaiste, nie zuvor geliebte, unattraktive Calvin Evans, hatte wie auch immer diese Frau gefunden, diesen Hund, dieses Forschungsgebiet, diesen Rudersport, dieses Laufen, Jack LaLanne. Das alles war so viel mehr, als er je erhofft hatte, so viel mehr, als er verdiente.

Er sah auf seine Armbanduhr: 5:18 Uhr. Elizabeth saß jetzt auf einem Hocker, ihre Zentrifugen in vollem Gang. An der Haustür pfiff er nach Halbsieben, der prompt angelaufen kam. Bis zur Arbeit waren es etwas mehr als fünf Meilen, und wenn sie gemeinsam liefen, konnten sie in zweiundvierzig Minuten dort sein. Doch als er die Tür öffnete, zögerte Halbsieben. Es war dunkel und nieselig.

»Komm schon, Junge«, sagte Calvin. »Was hast du denn?«

Dann fiel es ihm wieder ein. Er drehte sich um, nahm die Leine, bückte sich und hakte sie an Halbsiebens Halsband ein. Zum allerersten Mal sicher mit dem Hund verbunden trat Calvin aus dem Haus und schloss die Tür hinter sich ab.

Siebenunddreißig Minuten später war er tot.

Kapitel 11

Etatkürzungen

»Na komm, Junge«, sagte Calvin zu Halbsieben, »los geht's.« Halbsieben nahm seinen Platz fünf Schritte vor Calvin ein und schaute immer mal wieder nach hinten, als wollte er sich vergewissern, dass Calvin noch da war. Als sie nach rechts bogen, kamen sie an einem Zeitungskiosk vorbei. »STÄDTISCHER HAUSHALT AM BODEN«, schrie eine Schlagzeile. »POLIZEI UND FEUERWEHR BETROFFEN.«

Calvin zog sanft an der Leine, dirigierte Halbsieben nach links in eine ältere Wohngegend mit Villen und weiten Rasenflächen. »Irgendwann wohnen wir hier«, versprach Calvin ihm, während sie dahintrabten. »Vielleicht, wenn ich den Nobelpreis gewonnen habe.« Und Halbsieben wusste, dass er ihn gewinnen würde, weil Elizabeth das sagte.

Als sie um die nächste Ecke bogen, rutschte Calvin fast auf einem Stück Moos aus, fand dann aber seinen Rhythmus wieder. »Das war knapp«, schnaufte er, als sie sich der Polizeiwache näherten. Halbsieben blickte nach vorne auf die Streifenwagen, aufgereiht wie Soldaten, die auf eine Inspektion warteten.

Aber die Autos waren nicht inspiziert worden, weil der Etat der Polizei erneut gekürzt worden war – zum dritten Mal in vier Jahren. Alle drei Kürzungen waren unter die »Mit weniger mehr tun«-Initiative gefallen. Den Slogan hatte sich irgendein Sachbearbeiter in der städtischen Abteilung für Öffentlichkeitsarbeit einfallen lassen. Diesmal bedeutete er im Grunde, dass ihre Arbeitsplätze gefährdet waren. Die Gehälter waren schon gesenkt worden. Gehaltserhöhungen waren ein Ding der Vergangenheit. Als Nächstes würden Entlassungen kommen.

Also taten die Polizisten, was sie konnten, um den Entlassungen vorzubeugen: Sie packten die jüngste »Mit weniger mehr tun«-Initiative dahin, wo sie hingehörte, nämlich draußen auf den Parkplatz in die Streifenwagen. Sollten die doch diesmal die Hauptleidtragenden der Etatkürzung sein. Keine Ölwechsel mehr, keine neuen Zündkerzen, Bremsbeläge, Reifen, Scheinwerferbirnen, nichts.

Halbsieben mochte den Polizeiparkplatz nicht, besonders die Art, wie die Streifenwagen so überhastet rückwärts rausfuhren. Er mochte nicht mal die freundlichen Polizisten, die ihnen manchmal zuwinkten, wenn er mit Calvin vorbeitrabte, ihr gemächlicher Gang in krassem Gegensatz zu Calvins Energie. Auf Halbsieben wirkten sie depressiv, durch schlechte Bezahlung benachteiligt, vom Alltag gelangweilt, unterfordert von den zahllosen kleinen Notfällen, für die nie die lebensrettende Ausbildung erforderlich war, die sie auf der Polizeischule absolviert hatten.

Als er und Calvin näher kamen, schnüffelte Halbsieben in der Luft. Es war noch dunkel. Der Sonnenaufgang wäre in etwa zehn ...

PAFF!

Aus der Dunkelheit kam das grässliche Geräusch eines Knalls. Wie von einem Feuerwerkskörper – scharf, laut, böse. Halbsieben machte einen erschreckten Satz – *Was war das?* Er rannte los – oder versuchte es, wurde aber von der Leine zurückgerissen, die ihn mit Calvin verband. Auch Calvin reagierte – *War das ein Schuss?* – und wollte in die genau entgegensetzte Richtung fliehen. *PENG, PENG, PENG!* Die Explosionen knatterten wie ein Maschinengewehr. Also wirbelte Calvin herum und taumelte vorwärts, zerrte Halbsieben *hier lang*, während Halbsieben panisch die Vorderpfoten hob

und ihn zurückzerrte, als wollte er sagen, *nein, hier lang!* Und
die Leine, straff wie ein Hochseil, machte jeden Kompromiss
unmöglich. Calvin trat in eine Lache Motoröl, schlingerte vorwärts wie ein ungelenker Schlittschuhläufer, und der Asphalt
kam ihm rasch entgegen wie eine alter Freund, der ihn möglichst schnell begrüßen wollte.

WUMM.

Als eine dünne Blutspur einen dunklen Ring um Calvins
Kopf bildete, sah Halbsieben sich nach Hilfe um, aber etwas
kam auf sie zu – ein riesiges schiffartiges Ding, das sich mit
solcher Wucht bewegte, dass es die Leine zerriss und ihn zur
Seite schleuderte.

Er konnte gerade rechtzeitig den Kopf heben, um zu sehen,
wie zwei Reifen des Streifenwagens über Calvins Körper hol-
perten.

»Mein Gott, was *war* das?«, sagte der Streifenpolizist zu seinem
Kollegen. Sie waren an die dauernden Fehlzündungen ihres
Wagens gewöhnt, aber das gerade war irgendwas anderes. Sie
sprangen heraus und erschraken, als sie einen großen Mann auf
dem Boden liegen sahen, die grauen Augen weit geöffnet, während das Blut aus seiner Kopfverletzung rasch den Bürgersteig
tränkte. Er blinzelte den vor ihm stehenden Polizisten zweimal
zu.

»Um Gottes willen, haben wir ihn überrollt? Um Gottes
willen. Sir – können Sie mich hören? Sir? Jimmy, ruf einen
Krankenwagen.«

Calvin lag da, Schädel eingedrückt, ein Arm vom Gewicht
des Streifenwagens gebrochen. An seinem Handgelenk hing
eine Hälfte der Leine.

»Halbsieben?«, flüsterte er.

»Was war das? Was hat er gesagt? Jimmy? Mein Gott.«

»Halbsieben?«, flüsterte Calvin wieder.

»Nein, Sir«, sagte der Polizist, der sich zu ihm beugte. »Es ist fast sechs, kurz davor. Genau zehn vor sechs. Also fünf Uhr fünfzig. Wir kümmern uns jetzt um Sie – das kommt wieder in Ordnung, keine Angst, Sir, Sie müssen überhaupt keine Angst haben.«

Hinter ihm stürzten Polizisten aus der Wache. In der Ferne schrie ein Krankenwagen seine Absicht hinaus, schnell anzukommen.

»O nein«, sagte einer, als Luft aus Calvins Lunge gurgelte. »Ist das nicht der Typ, wegen dem immer alle anrufen – der Typ, der läuft?«

Aus drei Metern Entfernung sah Halbsieben zu, eine Schulter ausgekugelt. Die andere Hälfte der Leine baumelte von seinem gezerrten Hals. Mehr als alles andere wollte er an Calvins Seite sein, das Gesicht an seine Nase drücken, seine Wunden lecken, verhindern, dass alles noch schlimmer wurde, als es schon war. Aber er wusste es. Selbst aus drei Metern Entfernung wusste er es. Calvins Augen schlossen sich langsam. Seine Brust bewegte sich nicht mehr.

Halbsieben sah zu, wie sie Calvin in den Krankenwagen hoben, ein Tuch über seinem Körper. Seine rechte Hand hing von der Trage, die zerrissene Leine noch immer fest um das Handgelenk gewickelt. Halbsieben wandte sich ab, krank vor Kummer. Mit gesenktem Kopf machte er sich auf den Weg, um Elizabeth die traurige Nachricht zu überbringen.

Kapitel 12

Calvins Abschiedsgeschenk

Als Elizabeth acht Jahre alt war, forderte ihr Bruder John sie heraus, von einer Klippe zu springen, und sie tat es. Unten war ein mit aquamarinblauem Wasser gefüllter Steinbruch, in den sie wie eine Rakete hineinschoss. Ihre Zehen berührten den Boden, sie stieß sich ab, und als sie die Oberfläche durchbrach, stellte sie überrascht fest, dass ihr Bruder schon da war. Er war ihr direkt hinterhergesprungen. *Was zum Teufel hast du dir dabei gedacht, Elizabeth?*, schrie er mit panischer Stimme, während er sie ans Ufer zog. *Ich hab doch bloß Spaß gemacht! Du hättest tot sein können!*

Jetzt, als sie stocksteif auf ihrem Stuhl im Labor saß, hörte sie einen Polizisten über jemanden reden, der gestorben war, und jemand anders beharrte darauf, dass sie sein Taschentuch nahm, und wieder jemand anders sagte irgendwas von Tierarzt, aber sie konnte nur an diesen längst vergangenen Moment denken, als sie mit den Zehen den Boden berührte und der weiche, seidige Schlamm sie einlud zu bleiben. Mit dem, was sie jetzt wusste, hatte sie nur einen einzigen Gedanken: *Ich hätte bleiben sollen.*

Es war ihre Schuld. Das versuchte sie dem Polizisten zu erklären. Die Leine. Sie hatte sie gekauft. Doch so oft sie es auch sagte, er schien sie nicht zu verstehen, und gerade deshalb dachte sie, es bestünde die Chance, dass sie alles nur missverstanden hatte. Calvin war nicht tot. Er war rudern. Er war verreist. Er war fünf Stockwerke höher, schrieb in sein Notizbuch.

Jemand sagte, sie solle nach Hause gehen.

In den ersten Tagen danach lagen sie und Halbsieben auf ihrem ungemachten Bett – Schlaf unmöglich, Essen ausgeschlossen, die Zimmerdecke ihre einzige Aussicht – und warteten darauf, dass er wieder durch die Tür kam. Das Einzige, was die beiden störte, war das Klingeln des Telefons. Jedes Mal meldete sich dieselbe quengelnde Stimme – ausgerechnet ein Bestatter – und verlangte, dass »Entscheidungen getroffen werden müssen!«. Ein Anzug wurde für jemandes Sarg benötigt. »Wessen Sarg?«, fragte sie. »Wer ist denn da?« Nach zu vielen dieser Anrufe schien Halbsieben ihre Verwirrung nicht länger zu ertragen. Er stupste sie zum Kleiderschrank und zog die Tür mit einer Pfote auf. Und da sah sie es: Calvins Hemden, die wie längst verstorbene Leichen an Bügeln schwankten. Und da wusste sie es: Calvin war tot.

Genau wie nach dem Selbstmord ihres Bruders und der Vergewaltigung durch Meyer konnte sie nicht weinen. Eine Armee von Tränen wartete direkt hinter ihren Augen, aber sie verweigerten den Abmarsch. Es war, als hätte es ihr den Atem verschlagen: So oft sie auch versuchte, tief einzuatmen, ihre Lunge wollte sich nicht füllen. Sie erinnerte sich daran, dass sie als Kind mitangehört hatte, wie ein einbeiniger Mann zu der Bibliothekarin sagte, irgendwo zwischen den Regalen würde jemand Wasser kochen. Das sei gefährlich, erklärte er, sie müsse etwas unternehmen. Die Bibliothekarin versuchte, ihm zu versichern, dass da niemand Wasser koche – die Bibliothek bestand nur aus einem Raum, sie hatte alles und jeden gut im Blick –, aber er blieb beharrlich und schrie sie an, sodass er schließlich von zwei Männern weggebracht werden musste, von denen einer erklärte, der arme Kerl leide noch immer unter einer Kriegsneurose. Er würde wahrscheinlich nie mehr gesund.

Das Problem war, jetzt hörte auch sie das Wasser kochen.

Um das Klingeln des Telefons zu beenden, musste sie einen Anzug aussuchen. Aber Calvin besaß keinen, also nahm sie stattdessen Sachen, von denen sie glaubte, dass er sie sich gewünscht hätte: seine Ruderkleidung. Dann brachte sie das kleine Bündel zum Beerdigungsinstitut und übergab es dem Bestatter. »Da«, sagte sie.

Erfahren in der Kunst des Umgangs mit den Hinterbliebenen, nahm der ernste Mann die Auswahl mit einer höflichen Verbeugung entgegen. Aber kaum war Elizabeth gegangen, reichte er die Sachen seinem Assistenten und sagte: »Die Leiche in Raum vier ist bestimmt Größe 56 extralang.« Der Assistent nahm das Bündel und warf es in einen unauffälligen Abstellraum, wo es auf einem kleinen Berg anderer unangemessener Kleidung landete, die von Trauer überwältigte Angehörige im Laufe der Jahre hergebracht hatten. Dann ging der Assistent zu einem großen Schrank, nahm einen Anzug Größe 56 extralang und schüttelte die Hosenbeine aus, pustete leicht gräulichen Staub von den Schultern und begab sich damit in Raum vier.

Elizabeth war noch keine zehn Häuserblocks weit weg, da hatte er Calvins steifen Körper bereits in den engen Anzug gezwängt, die Hände, die sie einst gehalten hatten, durch dunkle Ärmel gestopft, die Beine, die sich einst um sie geschlungen hatten, in wollene Röhren geschoben. Dann knöpfte er das Hemd zu, schloss den Gürtel, richtete die Krawatte und band die Schnürsenkel, und die ganze Zeit bürstete er den Staub, der so sehr zum Tod dazugehörte, von einem Ende des Anzugs zum anderen. Er trat zurück, um sein Werk zu bewundern, zupfte noch ein Revers zurecht. Er griff nach einem Kamm, überlegte es sich dann anders. Er schloss die Tür und ging den Gang hinunter, um seine braune Lunchtüte zu holen, blieb nur kurz stehen und gab Anweisungen an eine Frau, die in einem kleinen Büro hinter einer großen Rechenmaschine saß.

Elizabeth war noch keine zwölf Häuserblocks weit weg, da war der schmutzige Anzug schon mit auf ihre Rechnung gesetzt worden.

Es war eine große Beerdigung. Etliche Ruderer, ein Reporter, an die fünfzig Hastings-Mitarbeiter, von denen eine Handvoll trotz gesenkter Köpfe und schwarzer Kleidung nicht deshalb an Calvins Beerdigung teilnahmen, um zu trauern, sondern um sich daran zu weiden. *Ding Dong*, jauchzten sie insgeheim. *Der König ist tot.*

Während die Wissenschaftler herumstanden, bemerkten einige von ihnen Zott ein gutes Stück entfernt, den Hund an ihrer Seite. Der verdammte Köter war schon wieder nicht angeleint, trotz des kürzlich von der Stadt angeordneten Leinenzwangs und ungeachtet der vielen Schilder rund um den gesamten Friedhof, die Hunden den Zutritt verboten. Alles wie gehabt. Sogar im Tod benahmen sich Zott und Evans, als würden die Regeln für sie nicht gelten.

Elizabeth schirmte die Augen ab, um sich die Menge aus der Ferne genauer anzusehen. Ein neugieriges Paar stand abseits an einem anderen Grab und beobachtete das Geschehen, als wären sie Zeugen einer Massenkarambolage. Sie hatte eine Hand auf Halbsiebens Verband und überlegte, wie sie vorgehen sollte. Die Wahrheit war, sie hatte Angst, sich dem Sarg zu nähern, weil sie wusste, sie würde versuchen, den Deckel aufzustemmen und hineinzuklettern und sich zusammen mit Calvin beerdigen zu lassen, und das bedeutete, sich mit all den Leuten auseinanderzusetzen, die versuchen würden, sie aufzuhalten, und sie wollte nicht aufgehalten werden.

Halbsieben spürte ihren Todeswunsch und hatte sie deshalb schon die ganze Woche nicht aus den Augen gelassen. Das Problem war nur, er selbst wollte auch sterben. Schlimmer noch, er hatte den Verdacht, dass sie in derselben Lage war und sich trotz ihrer eigenen Todessehnsucht verpflichtet fühlte, *ihn* am Leben zu halten. Was für ein Schlamassel Liebe doch war.

Genau in dem Moment sagte jemand hinter ihnen: »Tja, immerhin hat Evans sich einen schönen Tag ausgesucht«, als hätte schlechtes Wetter der ansonsten fröhlichen Beerdigung einen Dämpfer aufgesetzt. Halbsieben blickte auf und sah einen dünnen Mann mit kräftigem Kinn, der einen kleinen Schreibblock in der Hand hielt.

»Tut mir leid, wenn ich störe«, sagte der Mann zu Elizabeth, »aber ich hab Sie hier ganz allein sitzen sehen und gedacht, Sie könnten mir vielleicht helfen. Ich schreibe einen Artikel über Evans und würde Ihnen gern ein paar Fragen stellen – nur, wenn's Ihnen nichts ausmacht –, ich meine, ich weiß, er war ein berühmter Wissenschaftler, aber das ist auch schon alles. Würden Sie mir verraten, woher Sie ihn kannten? Vielleicht ein paar Anekdoten erzählen? Haben Sie ihn lange gekannt?«

»Nein«, sagte sie, ohne ihn anzusehen.

»Nein ... Sie ...?«

»Nein, ich habe ihn nicht lange gekannt. Auf jeden Fall nicht lange genug.«

»Ach so.« Er nickte. »Verstehe. Deshalb sind Sie hier drüben – keine enge Freundin, aber Sie wollen ihm die letzte Ehre erweisen. Alles klar. War er Ihr Nachbar? Vielleicht könnten Sie mir zeigen, wo seine Eltern stehen? Geschwister? Cousins? Ich bräuchte etwas mehr Hintergrund. Ich hab so einiges über ihn gehört. Manche sagen, er war ein echter Fiesling. Könnten Sie etwas dazu sagen? Ich weiß, er war nicht verheiratet, aber hatte er eine Freundin?« Und als sie weiter in die Ferne starrte, schob er mit gesenkter Stimme nach: »Übrigens, ich weiß nicht, ob Sie die Schilder gesehen haben, aber Hunde dürfen nicht auf den Friedhof. Ich meine, in keinem Fall. Der Friedhofswärter soll in der Hinsicht kein Pardon kennen. Es sei denn, keine Ahnung, Sie brauchen einen Hund, einen Blindenhund, weil Sie, na ja, Sie wissen schon ... sind.«

»Bin ich.«

Der Reporter machte einen Schritt zurück. »Ach je, wirklich?«, sagte er entschuldigend. »Sie sind … Gott, das tut mir leid. Es ist bloß, Sie wirken nicht, als wären Sie …«

»Bin ich aber.«

»Und da ist nichts zu machen?«

»Nein.«

»Wie furchtbar«, sagte er neugierig. »Krankheit?«

»Leine.«

Er trat noch einen Schritt zurück.

»Tja, also, tut mir leid«, sagte er erneut und wedelte kurz mit einer Hand vor ihrem Gesicht, um zu sehen, ob sie reagierte. Und tatsächlich. Nichts.

Ein Stück entfernt tauchte ein Pfarrer auf.

»Es scheint loszugehen«, sagte der Reporter und erzählte ihr, was er sehen konnte. »Die Leute setzen sich hin, der Pfarrer schlägt die Bibel auf, und« – er reckte den Hals, um nachzuschauen, ob noch mehr Leute vom Parkplatz kamen – »noch immer keine Angehörigen in Sicht. Wo bleiben die Angehörigen? Die erste Reihe ist komplett leer. Vielleicht war er ja wirklich ein Fiesling.« Er schielte erwartungsvoll nach hinten und sah überrascht, dass Elizabeth aufgestanden war. »Lady?«, sagte er. »Sie müssen nicht da rübergehen. Die Leute haben Verständnis für Ihren Zustand.« Sie ignorierte ihn, tastete nach ihrer Handtasche. Er griff nach ihrem Ellbogen, aber sobald er ihren Arm berührte, knurrte Halbsieben. »Ist ja gut«, sagte er. »Ich wollte bloß behilflich sein.«

»Er war kein Fiesling«, sagte Elizabeth zähneknirschend.

»Oh«, sagte er verlegen. »Nein. Natürlich nicht. Tut mir leid. Ich hab nur wiederholt, was ich gehört hatte. Sie wissen schon – dummes Gerede. Entschuldigen Sie. Obwohl, ich dachte, Sie hätten gesagt, dass Sie ihn nicht besonders gut gekannt haben.«

»Das habe ich nicht gesagt.«

»Ich denke, Sie …«

126

»Ich habe gesagt, dass ich ihn nicht lange genug gekannt habe.« Ihre Stimme bebte.

»Das meinte ich ja«, erwiderte er beruhigend und nahm wieder ihren Ellbogen. »Sie haben ihn nicht sehr lange gekannt.«

»Fassen Sie mich nicht an.« Sie wand ihren Arm aus seinem Griff und ging mit Halbsieben an ihrer Seite über den unebenen Rasen, wich geschickt steinernen Engeln und welken Blumen aus, wie das nur jemand mit hundertprozentiger Sehschärfe kann, und stellte sich der Einsamkeit der ersten Reihe, indem sie ihren Platz direkt gegenüber der langen schwarzen Kiste einnahm.

Es folgte das übliche Schema: die traurigen Blicke, die schmutzige Schaufel, die langweilige Lesung, die sinnlosen Gebete. Aber als die ersten Erdklumpen auf den Sarg fielen, unterbrach Elizabeth den letzten Sermon des Pfarrers mit den Worten: »Ich muss gehen.« Und dann wandte sie sich um und ging mit Halbsieben davon.

Es war ein langer Weg nach Hause: sechs Meilen auf hohen Absätzen, nur sie beide. Und zweierlei war seltsam: zum einen die gewählte Route, die sie durch ebenso viele schlechte wie gute Gegenden führte, zum anderen der Kontrast, den eine blasse Frau und ein verletzter Hund zum anbrechenden Frühling bildeten. Überall, wo sie entlanggingen, selbst in den tristesten Vierteln, zwängten sich Blüten durch die Ritzen im Bürgersteig und aus Blumenbeeten, krakeelten und prahlten und machten auf sich aufmerksam, mischten ihre Düfte, um raffinierte Wohlgerüche zu kreieren. Und sie beide mittendrin, die einzigen lebendigen Toten.

Auf der ersten Meile folgte ihr noch der Wagen des Bestattungsinstituts. Der Fahrer beschwor sie einzusteigen, sagte, auf diesen Absätzen würde sie höchstens eine Viertelstunde durchhalten, erinnerte sie daran, dass sie für die Fahrt bezahlt hatte, und entschuldigte sich dafür, dass er den Hund nicht mitnehmen könne, aber bestimmt wäre in einem anderen Auto

Platz für ihn. Doch Elizabeth war für sein Flehen ebenso taub, wie sie für die Neugier des Reporters blind gewesen war, und schließlich gaben er und alle anderen auf, und Elizabeth und Halbsieben taten das Einzige, das irgendwie Sinn machte: Sie gingen einfach weiter.

Am nächsten Tag hielten sie es zu Hause nicht aus, und da sie nicht wussten, wohin sonst, kehrten sie zurück an die Arbeit.

Das war ein Problem für Elizabeths Kollegen. Sie hatten schon ihr gesamtes Repertoire an mitfühlenden Äußerungen erschöpft. Mein Beileid. Wenn ich irgendwas tun kann. Was für eine Tragödie. Bestimmt hat er nicht gelitten. Ich bin für Sie da. Er ist jetzt in Gottes Hand. Also mieden sie sie.

»Nehmen Sie sich alle Zeit, die Sie brauchen«, hatte Donatti auf der Beerdigung zu ihr gesagt und ihr eine Hand auf die Schulter gelegt, während er gleichzeitig überrascht feststellte, dass Schwarz wirklich nicht ihre Farbe war. »Ich bin für Sie da.« Aber als er sie im Labor halb benommen auf ihrem Stuhl sitzen sah, mied auch er sie. Später, als klar war, dass alle nur »für sie da sein« würden, solange sie »nicht da war«, nahm sie Donattis Rat an und verließ das Labor.

Der einzige Ort, der ihr blieb, war Calvins Labor.

»Vielleicht überlebe ich das nicht«, flüsterte sie Halbsieben zu, als sie vor Calvins Tür standen. Der Hund drückte den Kopf an ihr Bein, flehte sie an, es nicht zu tun, aber sie öffnete die Tür trotzdem, und sie traten ein. Der Geruch von Putzmittel traf sie wie ein Hammerschlag.

Menschen waren seltsame Wesen, dachte Halbsieben: Sie kämpften in ihrer überirdischen Welt ständig gegen Schmutz und Dreck an, aber nach dem Tod ließen sie sich bereitwillig drin vergraben. Auf der Beerdigung war er fassungslos gewesen, wie viel Dreck in Form von Erde gebraucht wurde, um Calvins Sarg zu bedecken, und als er die Größe der Schaufel sah, hatte er überlegt, ob er die Hilfe seiner Hinterbeine anbieten sollte, um das Loch zu füllen. Und jetzt war erneut Schmutz und Dreck das Problem, aber in der falschen Richtung. Jede allerletzte Spur von Calvin war weggeschrubbt worden. Er schaute Elizabeth an, die mitten im Raum stand, das Gesicht leer vor Schock.

Seine Notizbücher waren weg. In Kisten verpackt und eingelagert, während die Geschäftsführung des Hastings nervös abwartete, ob sich irgendein Angehöriger meldete und versuchte, Anspruch darauf zu erheben. Es war ja klar, dass Elizabeth, die seine Forschung am besten kannte und verstand und deren Seelenverwandtschaft mit ihm jede andere Art von Verwandtschaft weit überstieg, keinerlei Rechte anmelden konnte.

Nur eines war noch übrig, eine Kiste, in die man seine persönlichen Sachen geworfen hatte: ein Schnappschuss von ihr, einige Sinatra-Platten, ein paar Halsbonbons, ein Tennisball, Hundeleckerli und ganz unten seine Lunchbox, in der sich, wie Elizabeth traurig dachte, wahrscheinlich noch das Sandwich befand, das sie ihm neun Tage zuvor gemacht hatte.

Aber als sie sie öffnete, blieb ihr beinahe das Herz stehen. Drinnen lag eine kleine blaue Schachtel. Und darin der größte kleine Diamant, den sie je gesehen hatte.

Genau in dem Moment steckte Miss Frask den Kopf zur Tür herein. »Da sind Sie ja, Miss Zott«, sagte sie. Ihre strassbesetzte Katzenaugenbrille baumelte wie eine schludrige Schlinge an einer Kette um ihren Hals. »Ich bin Miss Frask. Aus der Personalabteilung.« Sie zögerte. »Ich möchte nicht stören«, sagte sie und schob die Tür etwas weiter auf, »aber ...« Dann registrierte sie, dass Elizabeth die Kiste durchsah. »Oh, Miss Zott, das geht aber nicht. Die Sachen waren seine persönliche Habe, und obwohl ich um die – nun ja – ungewöhnliche Beziehung zwischen Ihnen und Mr Evans weiß und sie auch respektiere, sind wir gesetzlich verpflichtet, noch ein klitzekleines bisschen länger abzuwarten, ob jemand anderes – ein Bruder, Neffe, Blutsverwandter – sich meldet und Anspruch auf die Sachen erhebt.«

Das werden Sie doch verstehen. Das geht nicht gegen Sie oder Ihre privaten – wie soll ich sagen? – Neigungen. Ich maße mir da kein moralisches Urteil an. Aber ohne irgendein Dokument, aus dem hervorgeht, dass er Ihnen diese Dinge tatsächlich hinterlassen wollte, müssen wir uns leider an die Buchstaben des Gesetzes halten. Wir haben Schritte unternommen, um seine eigentliche Arbeit zu sichern. Die befindet sich bereits unter Verschluss.« Sie stutzte und betrachtete Elizabeth genauer. »Alles in Ordnung, Miss Zott? Sie sehen aus, als würden Sie jeden Moment ohnmächtig.« Und als Elizabeth leicht nach vorne sackte, stieß Miss Frask die Tür ganz auf und kam herein.

Seit jenem Tag in der Cafeteria, als Eddie Zott ansah, wie er Frask noch nie angesehen hatte, empfand sie einen regelrechten Hass auf Zott.

»Ich war heute im Aufzug«, hatte Eddie geschwärmt, »und Miss Zott ist mit eingestiegen. Wir sind vier ganze Stockwerke zusammen gefahren.«

»Habt ihr euch nett unterhalten?«, hatte Frask mit zusammengebissenen Zähnen gefragt. »Kennst du jetzt Ihre Lieblingsfarbe?«

»Nein«, hatte er gesagt. »Aber nächstes Mal frag ich sie ganz bestimmt danach. Menschenskind, die Frau ist schon was Besonderes.«

Seitdem hatte Frask sich mindestens zweimal die Woche anhören müssen, wie und warum Zott was Besonderes war. Eddie hatte praktisch kein anderes Thema mehr als Zott dies und Zott das. Er redete ständig von ihr – aber das taten ja alle. Zott, Zott, Zott. Sie hatte Zott so verdammt satt.

»Ich muss Ihnen doch bestimmt nicht erklären«, sagte Frask und legte eine pummelige Hand auf Zotts Rücken, »dass Sie so früh nicht wieder am Arbeitsplatz sein sollten – und schon gar nicht hier.« Sie deutete mit dem Kopf in den Raum, der einst Calvin beherbergt hatte. »Das tut Ihnen nicht gut. Sie stehen noch unter Schock und müssen sich erholen.« Ihre

Hand bewegte sich linkisch tätschelnd auf und ab. »Also, ich weiß ja, was die Leute so reden«, sagte sie, deutete damit ihre Rolle als Epizentrum von jedwedem Klatsch und Tratsch am Hastings an, »und ich weiß auch, dass Sie wissen, was die Leute so reden«, fuhr sie fort, obwohl sie ziemlich sicher war, dass Elizabeth das nicht wusste, »aber ich glaube, selbst wenn Mr Evans die Milch umsonst bekommen hat, heißt das noch lange nicht, dass sein vorzeitiges Ableben Sie deshalb weniger schmerzt. Ich finde sogar, es ist Ihre Milch, und wenn Sie entscheiden, sie zu verschütten, ist das Ihr gutes Recht.«

So, dachte sie zufrieden. Jetzt wusste Zott, was die Leute redeten.

Elizabeth sah benommen zu Frask hoch. Sie vermutete, dass es ein gewisses Geschick erforderte, um zum absolut falschen Zeitpunkt das absolut Falsche sagen zu können. Vielleicht war das ja eine Grundvoraussetzung für die Arbeit in der Personalabteilung – eine Art plumpe, heitere Ahnungslosigkeit, die einem die Fähigkeit verlieh, Trauernde zu beleidigen.

»Ich habe aus mehreren Gründen das Gespräch mit Ihnen gesucht«, sagte Frask jetzt. »Der erste wäre das Problem mit Mr Evans' Hund.« Sie zeigte mit dem Finger auf Halbsieben, der sie grimmig anstarrte. »Der kann leider nicht mehr hierbleiben. Sie verstehen. Das Hastings Forschungsinstitut hat Mr Evans sehr verehrt und seine schrulligen Eigenarten deshalb mit übergroßer Nachsicht hingenommen. Aber jetzt, da Mr Evans uns verlassen hat, muss uns leider auch der Hund verlassen. Meines Wissens war der Hund ohnehin nicht sein Hund.« Sie blickte Elizabeth fragend an.

»Nein, er ist unser Hund«, brachte sie heraus. »Mein Hund.«

»Verstehe«, sagte sie. »Aber von jetzt an muss er zu Hause bleiben.«

In der Ecke hob Halbsieben den Kopf.

»Ich kann ohne ihn nicht hier sein«, sagte Elizabeth. »Ich kann's einfach nicht.«

Frask blinzelte, als wäre es zu hell im Raum, und zückte dann plötzlich ein Klemmbrett, auf dem sie ein paar Notizen machte. »Natürlich«, sagte sie, ohne aufzublicken. »Ich mag Hunde ja auch«, obwohl sie das nicht tat, »aber wie gesagt, wir haben Mr Evans Sonderrechte gewährt. Er war uns überaus wichtig. Aber an einem bestimmten Punkt«, sagte sie, legte erneut eine Hand auf Elizabeths Schulter und fing wieder an zu tätscheln, »müssen Sie nun mal einsehen, dass die Rockzipfel nicht ewig halten.«

Elizabeths Miene veränderte sich. »Rockzipfel?«

Frask blickte von ihrem Klemmbrett auf, versuchte, professionell zu wirken. »Ich denke, Sie wissen, was ich meine.«

»Ich habe nie an seinem Rockzipfel gehangen.«

»Das habe ich auch nicht behauptet«, sagte Frask mit gespielter Verwunderung. Dann senkte sie die Stimme, als würde sie ihr ein Geheimnis anvertrauen. »Darf ich Ihnen etwas sagen?« Sie atmete kurz ein. »Es wird andere Männer geben, Miss Zott. Vielleicht nicht so berühmt oder einflussreich wie Mr Evans, aber eben doch Männer. Sie haben Evans gewählt, er war berühmt, er war ledig, vielleicht hätte er Ihrer Karriere auf die Sprünge helfen können, wer könnte Ihnen da einen Vorwurf machen? Aber es hat nicht funktioniert. Und jetzt ist er verstorben, und Sie sind traurig – selbstverständlich sind Sie traurig. Aber sehen Sie's doch mal von der positiven Seite: Sie sind wieder frei. Und es gibt viele nette Männer, gut aussehende Männer. Einer davon steckt Ihnen bestimmt einen Ring an den Finger.«

Sie hielt inne, dachte an den hässlichen Evans, bevor sie sich ausmalte, wie die hübsche Zott wieder im Teich der Alleinstehenden mitschwamm und Männer um sie herumwimmelten wie Schaumbläschen in der Badewanne. »Und wenn Sie dann einen gefunden haben, vielleicht einen Anwalt«, präzisierte sie, »können Sie mit diesem ganzen Forschungsunsinn aufhören und zu Hause bleiben und viele, viele Babys bekommen.«

»Das will ich aber nicht.«

Frask straffte die Schultern. »Na, was sind Sie bloß für eine kleine Rebellin.« Sie hasste Zott wirklich, aus tiefstem Herzen.

»Da wäre noch etwas«, fuhr sie fort und klopfte mit ihrem Stift auf das Klemmbrett. »Es geht um Ihren Sonderurlaub wegen des Trauerfalls. Das Hastings hat Ihnen drei zusätzliche Tage bewilligt. Also insgesamt fünf. Höchst ungewöhnlich für Nicht-Familienangehörige – sehr, sehr großzügig, Miss Zott – und erneut ein Beweis dafür, welches hohe Ansehen Mr Evans bei uns genoss. Deshalb darf ich Ihnen versichern, dass Sie nach Hause gehen können und sollten und dort bleiben. Mit dem Hund. Sie haben meine Erlaubnis.«

Elizabeth war nicht sicher, ob es an Frasks herzlosen Worten oder an dem fremdartigen Gefühl des kleinen kalten Rings lag, den sie in der Faust versteckt hatte, kurz bevor Frask hereinkam, aber ehe sie sich bremsen konnte, wandte sie den Kopf und erbrach sich ins Waschbecken.

»Ganz normal«, sagte Frask, als sie durch den Raum eilte, um eine Handvoll Papiertücher zu holen. »Sie stehen noch unter Schock.« Aber als sie ein zweites Papiertuch auf Elizabeths Stirn drückte, rückte sie ihre Katzenaugenbrille zurecht und schaute sehr viel genauer hin. »Oh«, sagte sie mit einem Seufzer des Tadels und nahm den Kopf zurück. »Oh. Verstehe.«

»Was?«, würgte Elizabeth.

»Also wirklich«, sagte Frask strafend. »Was haben Sie denn erwartet?« Und dann schnalzte sie gerade laut genug mit der Zunge, um Zott zu signalisieren, dass sie Bescheid wusste. Doch als Zott nicht zu erkennen gab, dass sie wusste, dass sie Bescheid wusste, überlegte Frask, ob vielleicht die winzige Chance bestand, dass Zott tatsächlich keine Ahnung hatte. So war das bei manchen Wissenschaftlern. Sie glaubten an die Wissenschaft, bis sie ihnen selbst ein Schnippchen schlug.

»Oh, das hätte ich fast vergessen«, sagte Frask und zog eine Zeitung unter der Armbeuge hervor. »Ich wollte sichergehen, dass sie es sehen. Schönes Foto, finden sie nicht?« Und da war er, der Artikel des Reporters, der zur Beerdigung gekommen war. »Das ungenutzte Talent«, verkündete die Überschrift, gefolgt von einem Beitrag, der andeutete, dass Evans' schwieriger Charakter ihn womöglich daran gehindert hatte, sein volles wissenschaftliches Potenzial zu entfalten. Und zum Beweis war gleich rechts daneben ein Foto von Elizabeth und Halbsieben vor dem Sarg mit der Bildunterschrift: »Liebe ist tatsächlich blind«, und der kurzen Erklärung, selbst seine Freundin habe angegeben, ihn kaum gekannt zu haben.

»Wie kann man so etwas Schreckliches schreiben«, flüsterte Elizabeth, die Hände auf den Bauch gepresst.

»Sie müssen sich doch hoffentlich nicht schon wieder übergeben, oder?«, fragte Frask ungehalten und hielt ihr noch mehr Papiertücher hin. »Ich weiß, Sie sind Chemikerin, Miss Zott, aber damit müssen Sie ja wohl gerechnet haben. Sie haben doch wohl auch Biologie studiert.«

Elizabeth blickte auf, das Gesicht grau, die Augen leer, und einen winzigen Moment lang empfand Frask beinahe Mitleid mit dieser Frau und ihrem hässlichen Hund und der Kotze und all den Problemen, die auf sie zukamen. Trotz ihrer Intelligenz und Schönheit und ihres unglaublich liederlichen Umgangs mit Männern war Zott auch nicht besser dran als alle anderen.

»Womit soll ich gerechnet haben?«, fragte Elizabeth. »Was meinen Sie?«

»Biologie!«, dröhnte Frask und klopfte mit ihrem Stift auf Elizabeths Bauch. »Zott, ich bitte Sie! Wir sind Frauen! Sie wissen ganz genau, dass Evans Ihnen was hinterlassen hat!«

Und Elizabeth, die Augen plötzlich groß vor Erkenntnis, musste sich gleich wieder übergeben.

Kapitel 13

Idioten

Die Geschäftsführung des Forschungsinstituts Hastings hatte ein großes Problem. Da ihr wissenschaftlicher Star tot war und ein Zeitungsartikel andeutete, sein mieser Charakter habe ihn daran gehindert, etwas wirklich Bahnbrechendes zu erreichen, ließen die Wohltäter des Hastings – die Army, die Navy, etliche Pharmaunternehmen, ein paar private Investoren und eine Handvoll Stiftungen – bereits anklingen, sie wollten »die laufenden Projekte am Hastings auf den Prüfstand stellen« und »zukünftige Fördergelder neu überdenken«. So ist das mit der Forschung – sie ist von der Gnade derer abhängig, die sie finanzieren.

Deshalb war die Geschäftsführung des Hastings fest entschlossen, diesen lächerlichen Artikel zu widerlegen. Evans hatte schließlich große Fortschritte gemacht, oder etwa nicht? Sein Büro quoll über von Notizbüchern und eigenartigen kleinen Gleichungen in einer absolut unleserlichen Schrift, übersät von Ausrufungszeichen und dicken Unterstreichungen, wie man das nur macht, wenn man ganz kurz vor etwas ist. Tatsächlich sollte er in nur einem Monat seine Ergebnisse auf einem Kongress in Genf präsentieren. Hätte er auch getan, wenn er nicht von einem zurücksetzenden Polizeiauto überrollt worden wäre, weil er ja unbedingt im Regen draußen laufen musste, anstatt wie alle anderen in Ballettschuhen zu Hause.

Wissenschaftler. Mussten immer was Besonderes sein.

Das war auch Teil des Problems. Die meisten Hastings-Wissenschaftler waren nichts Besonderes – jedenfalls nichts sonderlich Besonderes. Sie waren normal, durchschnittlich, bestenfalls leicht überdurchschnittlich. Nicht dumm, aber auch nicht genial. Sie waren die Art Leute, die den Großteil jeden Unternehmens ausmachen – normale Leute, die normale Arbeit leisten und gelegentlich mit unspektakulären Ergebnissen in die Geschäftsführung befördert werden. Leute, die die Welt nicht verändern, aber auch nicht versehentlich in die Luft jagen würden.

Nein, die Geschäftsführung musste sich auf ihre Pioniere stützen, und jetzt, da Evans nicht mehr da war, blieb nur noch ein sehr kleiner Fundus an echten Talenten. Nicht alle in so herausgehobener Position wie Evans. Genau genommen war einigen von ihnen vermutlich nicht mal klar, dass sie als echte Pioniere galten. Aber die Geschäftsführung des Hastings wusste, dass fast alle großen Ideen und wissenschaftlichen Durchbrüche ihnen zu verdanken waren.

Allerdings bestand das einzige wirkliche Problem mit diesen Leuten – neben der gelegentlich mangelhaften Körperhygiene – in dem Umstand, dass sie offenbar stets bereit waren, Scheitern als positives Ergebnis zu betrachten. »Ich bin nicht gescheitert«, zitierten sie unentwegt Edison, »ich habe bloß zehntausend Wege entdeckt, die nicht funktionieren.« Was man in der wissenschaftlichen Forschung vielleicht zum Besten geben kann, aber absolut nicht in einem Raum voller Investoren, die eine sofortige, kostspielige, langwierige Krebstherapie erwarten. Um Himmels willen keine tatsächliche Heilung. Ist schließlich sehr viel schwieriger, jemandem Geld abzuknöpfen, der kein Problem mehr hat. Deshalb tat das Hastings alles, was es konnte, um diese Leute von der Presse fernzuhalten, es sei denn, es handelte sich um wissenschaftliche Zeitschriften. Die waren unproblematisch, weil keiner sie las. Aber jetzt? Der tote Evans auf Seite elf der *Los Angeles Times*, und direkt neben seinem Sarg? Zott und der verdammte Hund.

Das war das dritte Problem der Geschäftsführung. Zott.

Sie war eine ihrer Pioniere. Nicht, dass man ihr das je gesagt hätte, aber sie benahm sich, als wüsste sie es. Keine Woche verging, ohne dass irgendeine Beschwerde über sie einging – die Art, wie sie ihre Meinung äußerte, darauf bestand, dass ihre eigenen Artikel unter ihrem Namen erschienen, sich weigerte, Kaffee zu kochen. Die Liste war endlos. Und dennoch waren ihre Fortschritte – oder waren es Evans'? – unbestreitbar.

Ihr Projekt, Abiogenese, war nur genehmigt worden, weil ein fetter Investor vom Himmel gefallen war und darauf bestanden hatte, ausgerechnet die Abiogenese-Forschung zu fördern. Wer hätte das gedacht? Obwohl, Multimillionäre hatten eben manchmal so komische Einfälle und finanzierten völlig abstruse Projekte. Der reiche Mann hatte gesagt, er habe einen Aufsatz von E. Zott gelesen – irgendwas Altes von der UCLA – und sei von dessen Expansionsmöglichkeiten fasziniert gewesen. Seitdem habe er versucht, Zott ausfindig zu machen.

»Zott? Aber Mr Zott arbeitet hier!«, hatten sie gesagt, ehe sie sich bremsen konnten.

Der reiche Mann hatte ehrlich überrascht gewirkt. »Ich bin nur für einen Tag hier, aber ich würde mich sehr freuen, Mr Zott kennenzulernen«, hatte er gesagt.

Und sie hatten herumgedruckst. Zott kennenlernen, dachten sie. Und herausfinden, dass er eine Sie war? Dann konnten sie den Scheck gleich abschreiben.

»Das wird leider nicht möglich sein«, sagten sie. »Mr Zott ist gerade in Europa. Auf einem Kongress.«

»Wie schade«, sagte der reiche Mann. »Vielleicht beim nächsten Mal.« Und dann sagte er noch, dass er sich nur alle paar Jahre über den Fortgang des Projekts informieren würde. Weil er wusste, dass Forschung langsam war. Weil er wusste, dass sie Zeit und Abstand und Geduld erforderte.

Zeit. Abstand. Geduld. War das sein Ernst? »Sehr klug«, sagten sie zu ihm, während sie den Drang unterdrückten, Luftsprünge durchs Büro zu machen. »Danke für Ihr Vertrauen.«

Und bevor sie ihn zu seiner Limousine begleiteten, hatten sie den Hauptteil seiner großzügigen Spende bereits auf vielversprechendere Forschungsgebiete verteilt. Sie hatten sogar Evans ein bisschen davon abgegeben.

Aber dann – Evans. Nachdem sie so gnädig gewesen waren, Mittel in seine Keine-Ahnung-was-der-Kerl-da-eigentlich-treibt-Forschung zu stecken, war er wütend in ihre Büroräume gestürmt und hatte gesagt, wenn sie keine Möglichkeit fänden, die Arbeit seiner hübschen Freundin zu finanzieren, würde er kündigen und all seine Spielsachen und Ideen und Nobelpreis-Nominierungen mitnehmen. Sie hatten ihn angefleht, Vernunft anzunehmen. Tatsächlich Abiogenese-Forschung fördern? Also wirklich. Aber er blieb hart, verstieg sich sogar zu der Behauptung, Zotts Ideen könnten noch besser sein als seine eigenen. Damals taten sie das als das Gefasel eines Mannes ab, der einen Volltreffer gelandet hatte, sexuell. Aber jetzt?

Anders als die ganzen Edison-Zitierer mit ihrem »Ich habe nicht versagt«, schien sie mit ihren Theorien – zumindest laut Evans – goldrichtig zu liegen. Schon Darwin hatte spekuliert, dass das Leben aus einem einzelligen Bakterium entstanden sein könnte, das sich dann zu einem komplexen Planeten mit Menschen, Pflanzen und Tieren diversifizierte. Zott? Die war wie ein Bluthund auf der Suche nach dem Ursprung dieser ersten Zelle. Anders ausgedrückt: Sie war darauf aus, eines der größten chemischen Rätsel aller Zeiten zu lösen, und falls ihre Ergebnisse weiter so zügig voranschritten, würde ihr genau das ohne jeden Zweifel auch gelingen. Zumindest laut Evans. Das Problem war nur, dass das wahrscheinlich neunzig Jahre dauern würde. Neunzig völlig unbezahlbare Jahre. Der fette Investor würde natürlich in weitaus weniger Jahren dahinscheiden. Und was noch wichtiger war, sie auch.

Und es gab da noch eine winzige Kleinigkeit. Die Geschäftsführung hatte soeben erfahren, dass Zott schwanger war. Und zwar unverheiratet schwanger.

Konnte es noch schlimmer kommen?

Selbstverständlich musste sie entlassen werden. Das Forschungsinstitut Hastings hatte nun mal seine Prinzipien.

Aber wenn sie weg war, wie ging es dann an der Innovationsfront weiter? Wohl nur so, wie es mit einer Handvoll Leuten, die im Schneckentempo vorankamen, möglich war. Und damit ließen sich nun wirklich keine nennenswerten Fördermittel lockermachen.

Zum Glück arbeitete Zott mit drei anderen zusammen. Die Geschäftsführung hatte sie umgehend antanzen lassen, um sich von ihnen die Zusicherung geben zu lassen, dass Zotts angeblich wegweisende Forschung auch ohne Zott irgendwie weiterhumpeln konnte – alles, damit es so aussah, als würde das Geld, das nie in das Projekt gesteckt worden war, sachgerecht verwendet. Doch sobald die drei promovierten Chemiker im Raum waren, wusste die Geschäftsführung, dass sie in Schwierigkeiten steckte. Zwei der Männer räumten ein, dass Zott die Hauptantriebskraft war, unerlässlich für jedes Vorankommen. Der dritte – ein Mann namens Boryweitz – wählte eine andere Taktik. Behauptete, in Wahrheit stecke er hinter allem. Aber als er keine seiner Thesen mit sinnvollen wissenschaftlichen Erläuterungen untermauern konnte, war klar, dass der Mann ein wissenschaftlicher Idiot war. Am Hastings wimmelte es nur so von ihnen. Kein Wunder. Idioten schaffen es in jedes Unternehmen. Sie können sich in Bewerbungsgesprächen meist einfach gut verkaufen.

Der Chemiker, der jetzt vor ihnen saß? Der konnte Abiogenese nicht mal buchstabieren.

Und dann Miss Frask aus der Personalabteilung – die als Erste wegen Zotts Zustand Alarm geschlagen hatte? Die hatte ihr begrenztes Talent dafür eingesetzt, das Zott-ist-schwanger-Gerücht zu verbreiten, und dafür gesorgt, dass schon gegen Mittag die gesamte Belegschaft über Zotts Misere Bescheid wusste. Was ihnen eine Heidenangst machte. Der Lauffeuereffekt bedeutete, dass es nur eine Frage der Zeit war, bis die großen Geldgeber des Instituts davon erfuhren, und Geldgeber – das wusste jeder – hassten Skandale. Außerdem war da noch das Problem mit Zotts reichem Bewunderer. Dem Multimillionär, der ihnen praktisch einen Blankoscheck für die Abiogenese-Forschung ausgestellt hatte – der angeblich einen von Mr Zotts alten Aufsätzen gelesen hatte. Was würde der wohl sagen, wenn er erfuhr, dass Zott nicht nur eine Frau war, sondern noch dazu eine schwangere unverheiratete Frau? Gott. Sie sahen es förmlich vor sich, wie diese dicke Limousine wieder vorfuhr, der Chauffeur den Motor laufen ließ, während der Mann hereinmarschiert kam und seinen Scheck zurückverlangte. »Ich habe ein professionelles Flittchen finanziert?«, würde er wahrscheinlich schreien. Unangenehm. Sie mussten sofort etwas wegen Zott unternehmen.

»Ich fürchte, Sie haben uns da in eine ganz schreckliche Situation gebracht, Miss Zott«, schimpfte Dr. Donatti eine Woche später, als er ihr ein Kündigungsschreiben über den Tisch zuschob.

»Sie entlassen mich?«, sagte Elizabeth verwirrt.

»Ich möchte das so anständig wie möglich über die Bühne bringen.«

»Warum werde ich entlassen? Mit welcher Begründung?«

»Ich denke, das wissen Sie.«

»Klären Sie mich auf«, sagte sie und beugte sich vor. Sie hatte die Hände fest gefaltet, der HB-Bleistift hinter ihrem linken Ohr schimmerte im Licht. Sie wusste selbst nicht, woher ihre Beherrschung kam, aber ihr war klar, sie musste sie bewahren.

Er sah zu Miss Frask hinüber, die emsig Notizen machte.

»Sie erwarten ein Kind«, sagte Donatti. »Versuchen Sie nicht, es abzustreiten.«

»Ja, ich bin schwanger. Das ist korrekt.«

»Das ist korrekt?«, keuchte er. »Das ist korrekt?«

»Noch mal. Korrekt. Ich bin schwanger. Was hat das mit meiner Arbeit zu tun?«

»Ich bitte Sie!«

»Ich bin nicht ansteckend«, sagte sie und löste die Hände voneinander. »Ich habe keine Cholera. Und keiner wird sich bei mir mit einem Baby anstecken.«

»Ihre Dreistigkeit ist nicht zu fassen«, sagte Donatti. »Sie wissen ganz genau, dass Frauen nicht weiterarbeiten, wenn sie ein Kind erwarten. Aber Sie – Sie sind nicht nur schwanger, Sie sind auch noch unverheiratet. Das ist skandalös.«

»Schwangerschaft ist ein normaler Zustand. Sie ist nicht skandalös. So nimmt jedes menschliche Wesen seinen Anfang.«

»Wie können Sie es wagen?« Seine Stimme wurde lauter. »Eine Frau will mir erzählen, was eine Schwangerschaft ist. Was glauben Sie eigentlich, wer Sie sind?«

Die Frage schien sie zu überraschen. »Ich bin eine Frau«, sagte sie.

»Miss Zott«, schaltete sich Miss Frask ein, »unser Verhaltenskodex erlaubt dergleichen nicht, und das wissen Sie auch. Sie müssen dieses Schreiben unterzeichnen, und dann müssen Sie Ihren Arbeitsplatz räumen. Wir haben unsere Prinzipien.«

Aber Elizabeth zuckte nicht mit der Wimper. »Ich bin verwirrt«, sagte sie. »Sie entlassen mich, weil ich schwanger und unverheiratet bin. Was ist mit dem Mann?«

»Welcher Mann? Meinen Sie Evans?«, fragte Donatti.

»Jeder Mann. Wenn eine Frau außerhalb der Ehe schwanger wird, wird dann der Mann, der sie geschwängert hat, ebenfalls entlassen?«

»Was? Wovon reden Sie da?«

»Hätten Sie zum Beispiel Calvin entlassen?«

»Selbstverständlich nicht!«

»Wenn dem so ist, haben Sie eigentlich keinen Grund, mich zu entlassen.«

Donatti blickte verwirrt. »Was? Selbstverständlich habe ich einen«, stotterte er. »Selbstverständlich! Sie sind die Frau! Sie sind die Geschwängerte!«

»So ist das in der Regel. Aber Ihnen ist schon klar, dass für eine Schwangerschaft das Sperma eines Mannes erforderlich ist.«

»Miss Zott, ich warne Sie. Hüten Sie Ihre Zunge.«

»Sie sagen also, wenn ein unverheirateter Mann eine unverheiratete Frau schwängert, hat das für ihn keinerlei Konsequenzen. Für ihn bleibt alles, wie es ist.«

»Das ist nicht unsere Schuld«, unterbrach Frask sie. »Sie wollten Evans dazu bringen, dass er Sie heiratet. Das ist doch klar.«

»Ich weiß jedenfalls«, sagte Elizabeth und strich sich eine Haarsträhne aus der Stirn, »dass Calvin und ich keine Kinder wollten. Ich weiß auch, dass wir sämtliche Vorsichtsmaßnahmen getroffen haben, um genau das sicherzustellen. Diese Schwangerschaft ist ein Versagen der Verhütung, nicht der Moral. Außerdem ist sie nicht Ihre Angelegenheit.«

»Sie haben sie zu unserer Angelegenheit gemacht!«, brüllte Donatti los. »Und nur für den Fall, dass Sie es nicht wussten, es gibt eine todsichere Methode, nicht schwanger zu werden, und die fängt mit ›E‹ an! Wir haben hier Regeln, Miss Zott! Regeln!«

»Aber nicht für diese Situation«, sagte Elizabeth ruhig. »Ich habe das Mitarbeiterhandbuch von vorne bis hinten gelesen.«

»Es ist eine ungeschriebene Regel.«

»Und somit nicht rechtsverbindlich.«

Donatti sah sie wütend an. »Evans würde sich zutiefst für Sie schämen.«

»Nein«, sagte Elizabeth bloß, ihre Stimme hohl, aber ruhig. »Würde er nicht.«

Im Raum wurde es still. Es war die Art, wie sie widersprach – ohne Verlegenheit, ohne Melodram –, als würde sie das letzte Wort haben, als wüsste sie, dass sie am Ende gewinnen würde. Das war genau die Haltung, über die sich ihre Kollegen beschwert hatten. Und die Art, wie sie andeutete, dass die Beziehung zwischen ihr und Calvin irgendwie auf einer höheren Ebene gewesen war – als wäre sie aus einem unauflöslichen Material gefertigt worden, das alles überstehen konnte, sogar den Tod. Enervierend.

Während Elizabeth darauf wartete, dass sie Vernunft annahmen, legte sie die Hände flach auf den Tisch. Einen geliebten Menschen zu verlieren verdeutlicht eine ganz schlichte Wahrheit, dass nämlich Zeit, wie die Menschen oft behaupten, aber nie beherzigen, wirklich kostbar ist. Sie hatte Arbeit zu erledigen; das Einzige, was ihr geblieben war. Und doch saß sie jetzt hier bei den selbst ernannten Hütern von Sitte und Anstand – zwei selbstgefälligen Richtern ohne Urteilsvermögen. Dem einen schien der Vorgang der Empfängnis nicht ganz klar zu sein, und die andere spielte mit, weil sie wie so viele Frauen glaubte, sie würde irgendwie in der Achtung ihrer männlichen Vorgesetzten steigen, wenn sie eine Geschlechtsgenossin runtermachte. Und diese unlogischen Gespräche spielten sich noch dazu in einem Gebäude ab, das im Dienst der Wissenschaft stand.

»Sind wir hier fertig?«, fragte sie und stand auf.

Donatti wurde blass. Das war's. Zott musste sofort verschwinden, mitsamt ungeborenem Balg, zukunftsweisender Forschung und ihrer dem Tod trotzenden Liebe. Was ihren reichen Förderer betraf, mit dem würden sie sich später auseinandersetzen.

»Unterschreiben«, forderte er, und Frask warf Elizabeth einen Stift zu. »Sie haben bis spätestens heute Mittag das Gebäude zu verlassen. Gehaltszahlung endet am Freitag. Es ist Ihnen untersagt, mit irgendwem über die Gründe für Ihre Entlassung zu reden.«

»Krankenschutz endet ebenfalls am Freitag«, flötete Frask,

die mit den Fingernägeln auf ihr unvermeidliches Klemmbrett klopfte. »Ticktack, ticktack.«

»Ich hoffe, die ganze Sache lehrt Sie eines, nämlich die Konsequenzen Ihres unverschämten Verhaltens zu tragen«, schob Donatti nach, als er die Hand nach der unterschriebenen Kündigung ausstreckte. »Und hören Sie endlich auf, anderen die Schuld zu geben. Wie Evans, nachdem er uns gezwungen hat, Ihr Projekt zu fördern. Nachdem er unserer Geschäftsführung gedroht hat, das Institut zu verlassen, wenn wir es nicht täten.«

Elizabeth sah aus, als hätte man sie geohrfeigt. »*Was* hat Calvin gemacht?«

»Das wissen Sie doch ganz genau«, sagte Donatti und öffnete die Tür.

»Bis Mittag sind Sie draußen«, stellte Frask noch einmal klar und schob sich ihr Klemmbrett unter die Achsel.

»Empfehlungsschreiben könnten schwierig werden«, sagte Donatti abschließend und trat auf den Flur hinaus.

»Rockzipfel«, flüsterte Frask.

Kapitel 14

Trauer

Das Schlimmste auf Halbsiebens regelmäßigem Weg zum Friedhof war, dass er an der Stelle vorbeimusste, wo Calvin gestorben war. Er hatte mal jemanden sagen hören, es wäre wichtig, an die eigenen Fehler erinnert zu werden, aber er hielt das für überflüssig. Fehler hatten von Natur aus die Eigenart, unvergesslich zu sein.

Als er sich dem Friedhof näherte, hielt er nach dem feindseligen Wärter Ausschau. Er konnte niemanden entdecken und robbte sich unter dem hinteren Tor durch, flitzte die Gräberreihen entlang und pflückte rasch noch ein paar frische Narzissen, bevor er sie hier ablegte:

Calvin Evans
1927–1955
Genialer Chemiker, Ruderer,
Freund, Geliebter.
Jeder Tag ist ein Neubeginn.

Eigentlich hätte die Inschrift länger sein sollen: »Jeder Tag ist ein Neubeginn. Nutze ihn, um die Fenster deiner Seele der Sonne zu öffnen«, ein Zitat von Mark Aurel, aber der Grabstein war klein, und dem Steinmetz war der erste Teil zu groß geraten, weshalb er nicht mehr genug Platz gehabt hatte.

Halbsieben starrte auf die Wörter. Er wusste, dass es Wörter waren, weil Elizabeth versuchte, ihm Wörter beizubringen. Nicht Kommandos. Wörter.

»Was sagt die Wissenschaft, wie viele Wörter ein Hund lernen kann?«, hatte sie Calvin eines Abends gefragt.

»Etwa fünfzig«, sagte Calvin in sein Buch vertieft.

»Fünfzig?« Sie presste die Lippen zusammen. »Tja, das stimmt nicht.«

»Vielleicht hundert«, sagte er zerstreut.

»Hundert?«, hatte sie ebenso ungläubig erwidert. »Das kann nicht sein. Er kennt jetzt schon hundert.«

Calvin blickte auf. »Wie bitte?«

»Ich frage mich, ob es möglich ist, einem Hund die menschliche Sprache beizubringen«, sagte sie. »Ich meine, eine komplette Sprache. Englisch, zum Beispiel.«

»Nein.«

»Wieso nicht?«

»Nun ja«, sagte Calvin, der allmählich erkannte, dass das wahrscheinlich eines der Dinge war, die sie einfach nicht akzeptierte – es gab so viele davon. »Weil Interspezies-Kommunikation durch Hirngröße limitiert wird.« Er klappte sein Buch zu. »Woher weißt du, dass er hundert Wörter kennt?«

»Er kennt hundertdrei«, antwortete sie mit einem Blick in ihr Notizbuch. »Ich führe Buch.«

»Und du hast ihm die alle beigebracht.«

»Ich verwende die Methode des rezeptiven Lernens – Objekterkennung. Er ist genau wie ein Kind eher dafür empfänglich, sich Dinge einzuprägen, die ihn interessieren.«

»Und er interessiert sich für ...«

»Essen.« Sie stand vom Tisch auf und fing an, Bücher einzusammeln. »Aber ich bin sicher, dass er noch viele andere Interessen hat.«

Calvin sah sie ungläubig an.

Und so hatte ihr »Projekt Sprache« begonnen: Er und Elizabeth auf dem Boden mit großen Kinderbüchern, die sie langsam durchblätterten.

»Sonne«, sagte sie überdeutlich und zeigte auf ein Bild. Oder sie las »Kind« und zeigte auf ein kleines Mädchen namens Gretel, das den Fensterladen eines Lebkuchenhauses aß. Dass ein Kind einen Fensterladen aß, wunderte Halbsieben nicht. Im Park aßen die Kinder alles. Auch alles, was sie aus ihren Nasen pulten.

Ein Stück weiter links von ihm kam der Friedhofswärter in Sicht geschlurft, ein Gewehr über die Schulter gelegt. Eigenartig, fand Halbsieben, ein Gewehr an den Ort der bereits Toten mitzunehmen. Er duckte sich, wartete, bis der Mann wieder verschwunden war, und streckte dann entspannt seinen Körper auf der Stelle aus, unter der der Sarg vergraben war. *Hallo Calvin.*

So kommunizierte er mit Menschen auf der anderen Seite. Vielleicht funktionierte es, vielleicht auch nicht. Dieselbe Technik verwendete er bei dem Wesen, das in Elizabeth wuchs. *Hallo Wesen*, sendete er, wenn er ein Ohr an Elizabeths Bauch drückte. *Ich bin's, Halbsieben. Ich bin der Hund.*

Immer wenn er Kontakt aufnahm, stellte er sich wieder neu vor. Durch seinen eigenen Unterricht wusste er, dass Wiederholungen wichtig waren. Der Trick bestand darin, es mit den Wiederholungen nicht zu übertreiben, das Ganze nicht so anstrengend zu gestalten, dass es den genau gegenteiligen Effekt hatte und die Schüler wieder alles vergaßen. Das nannte man Langeweile. Laut Elizabeth war Langeweile das Problem an heutigen Schulen.

Wesen, hatte er letzte Woche kommuniziert, *hier ist Halbsieben.* Er hatte auf eine Reaktion gewartet. Manchmal streckte das Wesen eine kleine Faust aus, was er schön fand; bei anderen Gelegenheiten hörte er es singen. Aber gestern hatte er ihm die Nachricht überbracht – *Es gibt da etwas, das du über deinen Vater wissen solltest* –, und es hatte angefangen zu weinen.

Er drückte die Nase tiefer ins Gras. *Calvin*, kommunizierte er. *Wir müssen über Elizabeth reden.*

Um zwei Uhr morgens, rund drei Monate nach Calvins Tod, hatte Halbsieben Elizabeth in der Küche entdeckt. Sie war im Nachthemd, trug Gummistiefel, alle Lichter brannten. In der Hand hielt sie einen Vorschlaghammer.

Zu seiner großen Überraschung holte sie aus und schlug den Hammer direkt in eine Reihe Hängeschränke. Sie hielt inne, als würde sie das Ausmaß der Verwüstung taxieren, dann holte sie wieder aus, diesmal noch weiter, als wollte sie einen Homerun schlagen. So ging das volle zwei Stunden weiter. Halbsieben, der sich unter dem Tisch verkrochen hatte, sah zu, wie sie die Küche fällte wie einen Wald, ihr brutaler Blitzkrieg nur unterbrochen von chirurgischen Attacken auf Türangeln und Nägel. Bald war der alte Fußboden übersät mit haufenweise Haushaltswaren und Brettern, und Gipsstaub rieselte auf die Szene nieder wie ein unerwarteter Schneeschauer. Dann hob sie alles auf und schleppte es im Dunkeln nach draußen in den Garten.

»Hier kommen die Regale hin«, sagte sie und zeigte auf die pockennarbigen Wände. »Und da drüben stellen wir die Zentrifuge auf.« Sie nahm ein Maßband, winkte ihn unter dem Tisch hervor, steckte ihm den Anfang des Maßbandes ins Maul und schickte ihn zum anderen Ende der Küche. »Bring das dahin, Halbsieben. Ein bisschen weiter. Ein bisschen weiter. Gut. Bleib so.«

Sie schrieb ein paar Zahlen in ihr Notizbuch.

Um acht Uhr morgens hatte sie einen groben Plan gezeichnet; um zehn eine Einkaufsliste gemacht; um elf saßen sie im Auto und fuhren zur Holzhandlung.

Die Leute unterschätzen oft, wozu eine schwangere Frau fähig ist, aber die Leute unterschätzen immer, wozu eine trauernde schwangere Frau fähig ist. Der Mann in der Holzhandlung beäugte sie neugierig.

»Will Ihr Mann ein bisschen renovieren?«, fragte er mit Blick auf ihren kleinen Babybauch. »Alles für den Nachwuchs vorbereiten?«

»Ich richte ein Labor ein.«

»Sie meinen ein Kinderzimmer.«

»Nein, das meine ich nicht.«

Er blickte von ihrer Zeichnung auf.

»Gibt's ein Problem?«, fragte sie.

Die Materialien wurden noch am selben Tag geliefert, und sie machte sich, ausgestattet mit einem Satz Heimwerker-Zeitschriften aus der Bibliothek, an die Arbeit.

»Acht-Zentimeter-Nagel«, sagte sie. Halbsieben hatte keine Ahnung, was ein Acht-Zentimeter-Nagel war, aber er ließ sich dennoch durch ihr Kopfnicken zu einer Reihe von kleinen Schachteln schicken, die in der Nähe lagen, suchte etwas aus und legte es in ihre ausgestreckte Hand. »Drei-Zoll-Schraube«, verlangte sie kurz darauf, und er fischte etwas aus einer anderen Schachtel. »Das ist ein Ankerbolzen«, sagte sie. »Versuch's noch mal.«

So ging die Arbeit tagelang und oft bis spät in die Nacht weiter, nur unterbrochen, wenn sie ihm neue Wörter beibrachte oder es an der Tür klingelte.

Etwa zwei Wochen nach ihrer Entlassung war Dr. Boryweitz vorbeigekommen, vorgeblich, um mal Hallo zu sagen, doch in Wahrheit, weil es ihm nicht gelang, einige Testergebnisse zu interpretieren. »Dauert nur eine Sekunde«, versprach er, aber dann dauerte es zwei Stunden. Am nächsten Tag passierte das Gleiche, nur mit einem anderen Chemiker aus dem Labor. Am dritten Tag tauchte wieder ein anderer auf.

Dann kam ihr die Idee. Sie würde sich dafür bezahlen lassen. Ausschließlich in bar. Falls jemand die Dreistigkeit besaß, ihr einreden zu wollen, eine Bezahlung wäre doch unnötig, sie hielten sie ja nur »auf dem Laufenden«, würde sie das Doppelte verlangen. Eine flapsige Bemerkung über Calvin: das Dreifache. Irgendeine Erwähnung ihrer Schwangerschaft – das Leuchten in ihrem Gesicht, das Wunder: das Vierfache. So verdiente sie ihren Lebensunterhalt. Indem sie die Arbeit anderer erledigte, ohne dafür Anerkennung zu bekommen. Es war genau so, als würde sie noch im Institut arbeiten, nur dass sie keine Steuern zahlte.

»Als ich den Weg raufgekommen bin, hat es sich angehört, als würde hier gehämmert«, sagte einer von ihnen.

»Ich baue mir ein Labor.«

»Sie machen Witze.«

»Ich mache nie Witze.«

»Aber Sie werden bald Mutter«, sagte er kopfschüttelnd.

»Dann bin ich Mutter und Wissenschaftlerin.« Sie wischte sich Sägemehl vom Ärmel. »Sie sind doch Vater, nicht? Vater und Wissenschaftler.«

»Ja, aber ich bin promoviert«, sagte er mit Nachdruck, um seine Überlegenheit zu beweisen. Dann zeigte er auf eine Reihe von Testprotokollen, die ihm seit Wochen Kopfzerbrechen bereiteten.

Sie sah ihn verwundert an. »Sie haben zwei Probleme«, sagte sie und tippte auf das Blatt. »Die Temperatur da ist zu hoch. Gehen Sie fünfzehn Grad runter.«

»Verstehe. Und das andere?«

Sie legte den Kopf schief, betrachtete seinen leeren Ausdruck. »Unlösbar.«

Die Umwandlung der Küche in ein Labor dauerte rund vier Monate, und als sie fertig war, traten sie und Halbsieben zurück, um ihr Werk zu bewundern.

Die Regale, die sich über die gesamte Länge der Küche erstreckten, waren mit einer Vielzahl von Labormaterialien gefüllt: Chemikalien, Glaskolben, Bechergläser, Pipetten, Siphonflaschen, leere Mayonnaisegläser, ein Satz Nagelfeilen, ein Stapel Lackmuspapier, eine Schachtel medizinische Tropfer, verschiedene Glasstäbe, der Wasserschlauch aus dem Garten und einige unbenutzte Schläuche, die sie im Mülleimer hinter dem städtischen Labor für Blutdiagnostik gefunden hatte. In Schubladen, die einst Küchenutensilien enthalten hatten, lagen jetzt säure- und stichsichere Handschuhe und Brillen. Elizabeth hatte außerdem Metallpfannen unter allen Brennern angebracht, um leichter Alkohol denaturieren zu können, hatte eine gebrauchte Zentrifuge gekauft, ein Fliegengitter in zehn mal zehn Zentimeter große Drahtquadrate zerschnitten, den letzten Rest ihres Lieblingsparfüms weggekippt, um sich einen Spiritusbrenner zu basteln – für den Stopfen bohrte sie eine ihrer Lippenstifthülsen auf und steckte sie in den Korken von Calvins alter Thermosflasche –, hatte Reagenzglashalter aus Drahtbügeln geformt und ein Gewürzregal in eine Hängekonstruktion für verschiedene Flüssigkeiten umgebaut.

Die freundliche Resopalarbeitsplatte war ebenso verschwunden wie die alte Keramikspüle. Stattdessen hatte Elizabeth eine Sperrholzvorlage für eine Arbeitsfläche zurechtgesägt und dann in Einzelteilen zu einer Metallbaufirma gebracht, wo man eine exakte Edelstahlkopie dieser Vorlage anfertigte und das Metall so bog und kappte, bis es perfekt passte.

Jetzt standen auf dieser glänzenden Arbeitsfläche ein Mikroskop und zwei Bunsenbrenner. Einen davon verdankte sie der Universität Cambridge – man hatte ihn Calvin zur Erinnerung an seine Zeit dort geschenkt – und den anderen einem Highschool-Chemielabor, das aufgrund mangelnden Schülerinteresses seine Ausrüstung abgab. Direkt über der neuen Doppelspüle hingen zwei sorgfältig handgeschriebene Hinweise. Nur Abfall, stand auf dem einen. H_2O-Quelle stand auf dem anderen.

Zu guter Letzt war da die Rauchfanghaube.

»Dafür wirst du verantwortlich sein«, erklärte sie Halbsieben. »Du wirst an der Kette ziehen müssen, wenn ich die Hände voll habe. Außerdem musst du lernen, den dicken Knopf da zu drücken.«

Cal, erzählte Halbsieben bei einem späteren Ausflug zum Friedhof dem Körper unter ihm. *Sie schläft nie. Wenn sie nicht an dem Labor arbeitet oder die Arbeit anderer Leute macht oder mir vorliest, rudert sie auf dem Ergo. Und wenn sie nicht auf dem Ergo rudert, sitzt sie auf einem Stuhl und starrt ins Leere. Das kann nicht gut sein für das Wesen.*

Er erinnerte sich daran, wie oft Calvin ins Leere gestarrt hatte. »So konzentrier ich mich«, hatte er Halbsieben erklärt. Aber auch andere hatten sich über das Starren beschwert, hatten gemurrt, dass man Calvin Evans zu jeder beliebigen Zeit in seinem großen, schicken Labor sitzen sehen konnte, umgeben von der allerbesten Ausrüstung, die Musik dröhnend laut, wie er absolut nichts tat. Und er wurde auch noch dafür bezahlt, absolut nichts zu tun. Schlimmer noch, er gewann sogar viele Preise auf diese Art.

Aber ihr Starren ist anders, versuchte Halbsieben zu kommunizieren. *Es ist eher ein Todesstarren. Eine Lethargie. Ich weiß nicht, was ich machen soll*, gestand er den Knochen unter ihm. *Und obendrein versucht sie immer noch, mir Wörter beizubringen.*

Was furchtbar war, weil er ihr keine Hoffnung machen konnte, dass er diese Wörter je benutzen würde. Außerdem, selbst wenn er jedes Wort der englischen Sprache kennen würde, hätte er noch immer keine Ahnung, was er sagen sollte. Denn was sagt man zu jemandem, der alles verloren hat?

Sie braucht Hoffnung, Calvin, dachte er und drückte sich tiefer ins Gras, für den Fall, dass das irgendwie half.

Wie zur Antwort hörte er das Klicken eines Gewehrs, das entsichert wurde. Er blickte auf und sah den Friedhofswärter, der auf ihn zielte.

»Du Scheißköter«, sagte der Friedhofswärter und nahm Halbsieben ins Visier. »Dauernd kreuzt du hier auf, versaust mir das Gras, denkst, du kannst dir alles erlauben.«

Halbsieben erstarrte. Sein Herz hämmerte, er hatte schon die Folgen vor Augen: Elizabeth unter Schock, das Wesen durcheinander; noch mehr Blut, noch mehr Tränen, noch mehr Kummer. Ein weiteres Versagen seinerseits.

Er sprang hoch und stieß den Mann zu Boden, als die Kugel an seinem Ohr vorbeizischte und in Calvins Grabstein einschlug. Der Mann schrie auf und tastete nach seinem heruntergefallenen Gewehr, doch Halbsieben bleckte die Zähne und knurrte ihn drohend an.

Menschen. Einige von ihnen schienen nicht zu begreifen, welchen Status sie im Tierreich tatsächlich einnahmen. Er betrachtete den Hals des alten Mannes. Ein Biss in die Kehle, und alles wäre vorbei. Der Mann sah in Todesangst zu ihm hoch. Er war ziemlich hart auf dem Boden aufgeschlagen. Knapp links von seinem Ohr bildete sich jetzt eine kleine Blutlache. Halbsieben dachte an Calvins Blutlache, wie groß sie gewesen war, wie sie sich innerhalb weniger Augenblicke von ein paar Tropfen zu einer kleinen Pfütze zu einem regelrechten See ausgeweitet hatte. Widerwillig drückte er sich seitlich gegen den Kopf des Mannes, um die Blutung zu stoppen. Dann bellte er, bis Leute kamen.

Der Erste, der auftauchte, war derselbe Reporter, der über Calvins Beerdigung berichtet hatte und der noch immer über Beerdigungen berichtete, weil sein Ressortleiter ihm sonst nicht viel zutraute.

»Du!«, sagte der Reporter, weil er Halbsieben sofort als den Nichtblindenhund erkannte, der die hübsche, nicht blinde Witwe – Quatsch, Freundin – durch das Meer von Kreuzen zu genau diesem Grab geführt hatte. Während andere hinzugelaufen kamen und hastig debattierten, wie man am schnellsten einen Krankenwagen herbekam, schoss der Reporter Fotos, entwarf die Story schon im Kopf, während er den Hund aus verschiedenen Blickwinkeln aufnahm. Dann hob er das blutverschmierte Tier mit beiden Armen hoch, trug es zu seinem Wagen und fuhr zu der Adresse, die auf dem Anhänger an seinem Halsband stand.

»Schon gut, schon gut, er ist nicht verletzt«, beruhigte der Reporter Elizabeth, als sie die Tür öffnete und beim Anblick des blutverklebten Halbsieben in den Armen eines Mannes, der ihr vage bekannt vorkam, aufschrie. »Ist nicht sein Blut. Aber Ihr Hund ist ein Held, Lady. Jedenfalls will ich das so rüberbringen.«

Am nächsten Tag schlug die noch immer zittrige Elizabeth die Zeitung auf und sah Halbsieben auf Seite elf, wie er an genau derselben Stelle saß, auf der er vor sieben Monaten gesessen hatte: auf Calvins Grab.

»Hund trauert um Herrchen und wird zum Lebensretter«, las sie laut vor. »Friedhofsverbot für Hunde aufgehoben.«

Laut dem Artikel hatten sich schon seit längerer Zeit viele Leute über den Friedhofswärter und sein Gewehr beschwert, und einige berichteten, er habe auf Eichhörnchen und Vögel geschossen, während gerade Beerdigungen stattfanden. Der Mann würde sofort ausgetauscht werden, versprach der Artikel, ebenso wie der Grabstein.

Elizabeth betrachtete die Großaufnahme von Halbsieben und Calvins beschädigtem Grabstein, der durch den Einschlag der Kugel rund ein Drittel seiner Inschrift verloren hatte.

»Mein Gott«, sagte sie, als sie die lückenhaften Überreste sah.

Calvin E

1927–19

Genialer Che

Jeder Tag ist Neu

Ihr Gesicht veränderte sich unmerklich.

»Jeder Tag ist Neu«, las sie. »Neu.« Sie wurde rot, als sie an die traurige Nacht dachte, in der Calvin ihr das Mantra seiner Kindheit verraten hatte. Jeder Tag. Neu.

Sie starrte das Foto an, überwältigt.

Kapitel 15

Ungebetener Rat

»Ihr Leben wird sich ändern.«

»Wie bitte?«

»Ihr Leben. Das wird sich ändern.« Eine Frau, die in der Warteschlange am Bankschalter direkt vor Elizabeth stand, hatte sich umgedreht und zeigte auf Elizabeths Bauch. Ihr Gesicht war grimmig.

»Ändern?«, sagte Elizabeth arglos und schaute nach unten auf ihren gewölbten Leib, als sähe sie ihn zum ersten Mal. »Aber was meinen Sie denn?«

Es war das siebte Mal in dieser Woche, dass jemand sich genötigt fühlte, ihr mitzuteilen, dass ihr Leben sich ändern würde, und sie war es satt. Sie hatte ihre Arbeit verloren, ihre Forschung, die Kontrolle über ihre Blase, den ungehinderten Blick auf ihre Zehen, erholsamen Schlaf, normale Haut, einen schmerzfreien Rücken, ganz zu schweigen von den verschiedenen kleinen Freiheiten, die alle, die nicht schwanger sind, für selbstverständlich halten – zum Beispiel hinter ein Lenkrad zu passen. Wie zum Ausgleich hatte sie dafür an Gewicht zugelegt.

»Ich will das schon die ganze Zeit mal untersuchen lassen«, sagte sie und legte eine Hand auf ihren Bauch. »Was meinen Sie, was das sein könnte? Doch hoffentlich kein Tumor?«

Für den Bruchteil einer Sekunde riss die Frau schockiert die Augen auf, um sie dann prompt zusammenzukneifen. »Schlaumeierei macht unbeliebt, Missy«, sagte sie ruppig.

»Sie denken, jetzt wären Sie müde«, bemerkte eine drahthaarige Frau eine Stunde später im Lebensmittelladen, als Elizabeth in der Warteschlange vor der Kasse gähnte. »Aber Sie werden sich noch umsehen.« Dann begann sie eine dramatische Beschreibung der schrecklichen Zweijährigen, der ermüdenden Dreijährigen, der schmuddeligen Vierjährigen und der fürchterlichen Fünfjährigen, um sich dann, ohne groß Luft zu holen, über die verstockten Halbwüchsigen, die pickeligen Pubertierenden und besonders, ganz besonders, Herrgott hilf, die gestörten Teenager auszulassen, stets mit dem Hinweis, wann Jungen schwieriger waren als Mädchen oder Mädchen schwieriger waren als Jungen, und so weiter und so weiter, bis ihre Einkäufe in Tüten gepackt und im Kofferraum verstaut waren und sie wieder in ihren Kombi mit Holzimitatverkleidung steigen und zu ihrer eigenen undankbaren Brut heimfahren musste.

»Ihr Bauch ist hoch«, stellte der Tankwart fest. »Ganz sicher ein Junge.«

»Ihr Bauch ist hoch«, meinte die Bibliothekarin. »Ganz sicher ein Mädchen.«

»Gott hat Ihnen ein Geschenk gemacht«, sagte ein Priester, der Elizabeth später in derselben Woche auf dem Friedhof vor einem eigenartigen Grabstein stehen sah. »Ehre sei Gott!«

»Das war nicht Gott«, sagte Elizabeth und zeigte auf einen neuen Grabstein. »Das war Calvin.«

Sie wartete, bis er gegangen war, dann beugte sie sich vor und strich mit den Fingern über die neue Inschrift.

Calvin Evans
1927–1955

»Um den Schaden wiedergutzumachen«, hatte die Friedhofs-
leitung erklärt, »werden wir nicht nur einen neuen Grabstein
aufstellen, sondern auch dafür sorgen, dass diesmal das ganze
Zitat draufsteht.« Doch Elizabeth hatte sich gegen einen zweiten Versuch mit Mark Aurel entschieden und stattdessen eine
chemische Reaktion ausgewählt, die glücklich machte. Niemand sonst erkannte das, aber nach allem, was sie durchgemacht hatte, stellte es auch niemand infrage.

»Ich will endlich zum Arzt deswegen, Calvin«, sagte sie und
zeigte auf ihren Babybauch. »Zu Dr. Mason, dem Ruderer. Er
hat mich im Männer-Achter mitrudern lassen. Weißt du noch?«
Sie starrte die Inschrift an, als wartete sie auf eine Antwort.

Fünfundzwanzig Minuten später drückte sie einen Knopf in
einem engen Aufzug, in dem außer ihr nur ein dicker Mann
mit Strohhut stand. Sie wappnete sich innerlich für den nächsten ungebetenen Rat. Und tatsächlich, er streckte die Hand aus
und legte sie auf ihren Bauch, als wäre sie ein Ausstellungsstück
zum Anfassen im Naturkundemuseum. »Essen für zwei macht
bestimmt Spaß«, mahnte er und tätschelte sie, »aber nicht vergessen: Eins von beiden ist nur ein Baby.«

»Nehmen Sie die Hand weg«, sagte sie, »oder Sie werden es
bereuen.«

»Badamm badamm badamm«, sang er und klopfte auf
ihren Bauch, als wäre er eine Bongotrommel.

»Badamm badamm bumm«, fiel sie ein und schwang ihre
Handtasche genau in seinen Schritt. Der schwere Steinmörser,
den sie früher am Tag im Geschäft für Laborbedarf gekauft
hatte, verstärkte die Wucht noch. Der Mann schnappte nach
Luft und krümmte sich vor Schmerz. Die Fahrstuhltür glitt auf.

»Einen schlechten Tag noch«, sagte sie. Sie stapfte den Flur
entlang und begegnete einem zwei Meter großen Storch, der
eine Bifokalbrille und eine Baseballkappe trug. An seinem
Schnabel hingen zwei Bündel: eins rosa, eins blau.

»Elizabeth Zott«, sagte sie, als sie an dem Storch vorbei zur Empfangssekretärin ging. »Ich möchte zu Dr. Mason.«

»Sie kommen zu spät«, sagte die Sekretärin unterkühlt.

»Ich bin fünf Minuten zu früh«, korrigierte Elizabeth sie nach einem Blick auf ihre Uhr.

»Es gibt einiges an Papierkram«, erklärte die Frau und reichte ihr ein Klemmbrett. Arbeitsplatz des Ehemanns. Telefonnummer des Ehemanns. Versicherung des Ehemanns. Alter des Ehemanns. Kontonummer des Ehemanns.

»Wer bekommt hier eigentlich das Baby?«, fragte Elizabeth.

»Raum fünf«, erwiderte die Sekretärin. »Den Gang runter, zweite Tür links. Frei machen. Kittel anziehen. Formulare fertig ausfüllen.«

»Raum fünf«, wiederholte Elizabeth, Klemmbrett in der Hand. »Eine Frage noch: Was soll der Storch?«

»Wie bitte?«

»Der Storch. Was soll der in einer Frauenarztpraxis? Das ist ja fast so, als machten Sie Werbung für die Konkurrenz.«

»Der soll einfach nur nett sein«, sagte die Sekretärin. »Raum fünf.«

»Alle Ihre Patientinnen sind sich hundertprozentig darüber im Klaren, dass ein Storch ihnen nicht die Wehenschmerzen ersparen wird«, fuhr sie fort, »also warum halten Sie den Mythos dann am Leben?«

»Dr. Mason«, sagte die Sekretärin, als ein Mann im weißen Kittel dazukam. »Das ist Ihr Vier-Uhr-Termin. Sie ist zu spät. Ich hab versucht, sie in Raum fünf zu schicken.«

»Nicht zu spät«, korrigierte Elizabeth Zott. »Genau pünktlich.« Sie wandte sich dem Arzt zu. »Dr. Mason, Sie erinnern sich wahrscheinlich nicht an mich ...«

»Calvin Evans' Frau«, sagte er überrascht. »Oder nein, ich bitte um Verzeihung«, sagte er mit leiserer Stimme, »seine Witwe.« Dann stockte er, als wäre er unsicher, was er als Nächstes sagen sollte. »Mein aufrichtiges Beileid, Mrs Evans«, sagte er, umschloss ihre beiden Hände und schüttelte sie sacht, als würde er einen kleinen Cocktail mixen. »Ihr Mann war ein guter Mensch. Ein guter Mensch und ein guter Ruderer.«

»Ich heiße Elizabeth Zott«, sagte Elizabeth. »Calvin und ich waren nicht verheiratet.« Sie wartete kurz, rechnete damit, dass die Sekretärin mit der Zunge schnalzte und Mason sie abwies, doch stattdessen klickte er auf einen Kugelschreiber und schob ihn in seine Brusttasche, dann fasste er ihren Ellbogen und dirigierte sie den Flur hinunter. »Sie und Evans sind ein paarmal in meinem Achter mitgerudert – wissen Sie noch? Vor ungefähr sieben Monaten. Und das war richtig gut. Aber dann sind Sie nicht mehr gekommen. Warum?«

Sie sah ihn verwundert an.

»Oh, entschuldigen Sie«, sagte Dr. Mason hastig. »Es tut mir leid. Natürlich. Evans. Evans' Unfall. Ich bitte um Verzeihung.« Mit einem verlegenen Kopfschütteln stieß er die Tür zu Raum fünf auf. »Bitte. Treten Sie ein.« Er zeigte auf einen Stuhl. »Rudern Sie noch? Nein, was rede ich denn da, natürlich nicht, doch nicht in Ihrem Zustand.« Er nahm ihre Hände und drehte sie um. »Aber das ist ungewöhnlich. Sie haben noch immer Schwielen.«

»Ich rudere auf dem Ergo.«

»Großer Gott.«

»Ist das schlecht? Calvin hat einen Ergo gebaut.«

»Warum?«

»Hat er einfach. Das ist doch in Ordnung, oder?«

»Na ja, ja«, sagte er, »gewiss. Ich habe bloß noch nie gehört, dass jemand aus reinem Selbstzweck auf dem Ergo trainiert. Schon gar nicht eine schwangere Frau. Obwohl, wenn ich es mir recht überlege, ist das eine gute Vorbereitung auf die Niederkunft. Was das Leiden betrifft, meine ich. Eigentlich beides, Schmerz und Leiden.« Doch dann machte er sich bewusst, das Schmerz und Leiden seit Evans' Tod wahrscheinlich konstante Größen in ihrem Leben waren, und er wandte sich ab, um seinen jüngsten Fauxpas zu überspielen. »Dann werfen wir mal einen kurzen Blick unter die Haube«, sagte er sanft und deutete auf den Tisch, ehe er die Tür schloss und hinter einem Sichtschutz wartete, während sie einen Kittel anzog.

Die Untersuchung war schnell, aber gründlich, begleitet von Fragen nach Sodbrennen und Völlegefühl. Hatte sie Schlafprobleme? Bewegte sich das Baby zu bestimmten Zeiten? Falls ja, wie lange? Und schließlich die große Frage: Warum hatte sie so lange damit gewartet, zu ihm zu kommen? Sie war schon weit im letzten Trimester.

»Arbeit«, antwortete sie. Aber das stimmte nicht. Der wahre Grund war ihre heimliche Hoffnung gewesen, dass die Schwangerschaft sich von selbst erledigen würde. Vorzeitig enden, wie das ja manchmal passiert. In den 1950ern kam eine Abtreibung nicht infrage. Zufällig galt das Gleiche für ein außereheliches Baby.

»Sie sind auch Wissenschaftlerin, richtig?«, fragte er am anderen Ende ihres Körpers.

»Ja.«

»Und das Hastings hat sie weiterbeschäftigt. Die müssen da fortschrittlicher sein, als ich dachte.«

»Haben sie nicht«, sagte sie. »Ich arbeite jetzt freiberuflich.«

»Eine freiberufliche Wissenschaftlerin. So was hab ich noch nie gehört. Wie läuft das so?«

Sie seufzte. »Nicht sehr gut.«

Er registrierte ihren Tonfall und beendete die Untersuchung rasch, klopfte zum Schluss hier und da auf ihren Bauch, als wäre sie eine Melone.

»Scheint alles in bester Ordnung«, sagte er, als er seine Handschuhe abstreifte. Und als sie nicht lächelte oder irgendwas erwiderte, schob er leise nach. »Zumindest, was das Baby betrifft. Ich bin sicher, das muss ungeheuer schwer für Sie sein.«

Es war das erste Mal, dass jemand ihre Situation mitfühlend

ansprach, und vor lauter Schock darüber schnürte sich ihr der
Hals zu. Sie spürte, wie eine ganze Tränenflut ihren Augen zu
entweichen drohte.

»Es tut mir leid«, sagte er freundlich, studierte ihr Gesicht,
wie ein Meteorologe vermutlich ein sich entwickelndes Sturm-
tief beobachtet. »Sie können mit mir reden, wenn Sie möchten.
Unter uns Ruderern. Es ist alles vertraulich.«

Sie schaute weg. Sie kannte ihn kaum. Schlimmer noch,
trotz seines Zuspruchs war sie unsicher, ob ihre Gefühle zu-
lässig waren. Sie war zu der Überzeugung gelangt, dass sie die
einzige Frau auf Erden war, die geplant hatte, kinderlos zu
bleiben. »Wenn ich ganz ehrlich bin«, sagte sie schließlich mit
schuldbeladener Stimme, »glaube ich nicht, dass ich das schaffe.
Ich hatte nicht vor, Mutter zu werden.«

»Nicht jede Frau will Mutter werden«, bestätigte er zu ihrer
Überraschung. »Und noch entscheidender ist, dass nicht jede
Frau es werden sollte.« Er verzog das Gesicht, als dächte er an
jemand Bestimmtes. »Trotzdem, ich staune immer wieder, wie
viele Frauen sich auf die Mutterschaft einlassen, wenn man
bedenkt, wie schwierig eine Schwangerschaft sein kann – mor-
gendliche Übelkeit, Schwangerschaftsstreifen, Tod. Wie gesagt,
bei Ihnen ist alles in Ordnung«, fügte er rasch hinzu, als er
ihr erschrockenes Gesicht sah. »Aber wir neigen nun mal dazu,
die Schwangerschaft als den normalsten Zustand der Welt zu
betrachten – so alltäglich wie ein geklemmter Finger –, wo sie
doch in Wahrheit so ist, als würde man von einem Lastwagen
angefahren. Obwohl ein Lastwagen natürlich weniger Schaden anrichtet.« Er räusperte sich, notierte dann etwas in ihrer
Akte. »Was ich noch sagen wollte: Ihre sportliche Betätigung
ist hilfreich. Wobei ich mir nicht vorstellen kann, wie Sie in
dieser Phase noch richtig im Ergo rudern können. Die Arme
Richtung Brustbein zu ziehen, dürfte problematisch sein. Was
halten Sie denn von dieser Fernsehsendung mit Jack LaLanne?
Schon mal gesehen?«

Als er Jack LaLannes Namen erwähnte, fiel ein Schatten über Elizabeths Gesicht.

»Gefällt Ihnen nicht«, sagte er. »Kein Problem. Dann also das Ergo.«

»Ich habe bloß damit weitergemacht«, erklärte sie leise, »weil ich danach so müde bin, dass ich manchmal schlafen kann. Aber auch weil ich dachte, es könnte, na ja ...«

»Ich verstehe«, unterbrach er sie und sah sich um, als wollte er sich vergewissern, dass niemand lauschte. »Wissen Sie, ich gehöre nicht zu den Leuten, die glauben, Frauen sollten gezwungen sein ...« Er brach jäh ab. »Und ich glaube auch nicht, dass ...« Wieder stockte er. »Eine alleinstehende Frau ... eine Witwe ... das ist ... Egal«, sagte er und griff nach ihrer Akte. »Aber Tatsache ist, das Ergo hat sie wahrscheinlich stärker gemacht, auch das Baby. Mehr Blut im Gehirn, bessere Durchblutung des Körpers. Haben Sie festgestellt, dass es eine beruhigende Wirkung auf das Baby hat? Wahrscheinlich wegen der ständigen Vor- und Zurückbewegung.«

Sie zuckte die Achseln.

»Welche Distanz rudern Sie?«

»Zehntausend Meter.«

»Jeden Tag?«

»Manchmal noch mehr.«

»Donnerwetter«, hauchte er. »Ich war schon immer der Meinung, dass Schwangere eine außerordentliche Leidensfähigkeit entwickeln, aber zehntausend Meter? Manchmal noch mehr? Das ist – das ist – ehrlich gesagt, ich weiß nicht, was das ist.« Er sah sie besorgt an. »Haben Sie jemanden, der Ihnen beisteht? Eine Freundin oder Verwandte – Ihre Mutter – oder sonst wen? Säuglinge sind Schwerstarbeit.«

Sie zögerte, schämte sich, zugeben zu müssen, dass sie niemanden hatte. Sie war nur zu Dr. Mason gegangen, weil Calvin immer behauptet hatte, zwischen Ruderern bestehe eine besondere Verbundenheit.

»Ich hab einen Hund.«

»Das ist gut«, sagte Mason. »Ein Hund kann eine ungeheure Hilfe sein. Beschützend, empathisch, intelligent. Was für ein Hund ist – er, sie?«

»Er ...«

»Moment, ich glaube, ich erinnere mich an Ihren Hund. Drei Uhr, oder so ähnlich? Hässlich wie die Nacht?«

»Er ist ...«

»Ein Hund und ein Ergo.« Er machte eine Notiz in ihrer Akte. »Schön. Ausgezeichnet.«

Er ließ wieder seinen Kuli klicken und schob dann ihre Akte beiseite. »Also, sobald Sie wieder dazu in der Lage sind – sagen wir, in einem Jahr –, möchte ich Sie wieder bei uns im Bootshaus sehen. Mein Boot braucht einen guten Sitz zwei, und irgendwie habe ich das Gefühl, dass Sie das sind. Sie müssten allerdings einen Babysitter finden. Keine Babys im Boot. Von denen haben wir schon genug.«

Elizabeth nahm ihre Jacke. »Das ist sehr freundlich, Dr. Mason«, erwiderte sie, weil sie glaubte, er wollte bloß nett sein, »aber wie Sie vorhin sagten, werde ich ja demnächst von einem Lastwagen angefahren.«

»Ein Unfall, von dem Sie sich wieder erholen werden«, stellte er klar. »Im Ernst, wenn es ums Rudern geht, habe ich ein tadelloses Gedächtnis, und ich erinnere mich sehr gut an unsere Fahrten. Die waren gut. Sehr gut.«

»Wegen Calvin.«

Dr. Mason blickte überrascht. »Nein, Miss Zott. Nicht bloß wegen Evans. Alle acht müssen gut rudern. Alle acht. Jedenfalls, zurück zur Sache. Ich kann Ihre Situation jetzt doch ein bisschen besser einschätzen. Ich weiß, Sie haben viel durchgemacht, erst der entsetzliche Schock durch Evans' Tod und dann das.« Er zeigte auf ihren Bauch. »Aber es wird alles gut werden. Vielleicht sogar besser als gut. Ein Hund, ein Ergo, Sitz zwei. Ausgezeichnet.«

Dann nahm er wieder ihre Hände und drückte sie freundlich, und obwohl seine Worte im Vergleich zu allem anderen, das sie bis dahin gehört hatte, keinen richtigen Sinn ergaben, waren es die ersten, die endlich halbwegs Sinn machten.

Kapitel 16

Wehen

»Bibliothek?«, sagte Elizabeth gut fünf Wochen später zu Halbsieben. »Ich hab nachmittags einen Termin bei Dr. Mason und will die Bücher vorher zurückgeben. Ich denke, *Moby Dick* könnte dir gefallen. Es handelt davon, wie Menschen notorisch andere Lebensformen unterschätzen. Auf eigene Gefahr.«

Zusätzlich zur rezeptiven Lernmethode hatte Elizabeth sich angewöhnt, ihm laut vorzulesen, und die schlichten Kinderbücher längst durch weit gewichtigere Texte ersetzt. »Lautes Lesen fördert die Entwicklung des Gehirns«, zitierte sie ihm gegenüber aus einer Forschungsstudie, die sie gelesen hatte. »Es beschleunigt zudem die Erweiterung des Wortschatzes.« Es schien zu funktionieren, denn laut ihrem Notizbuch kannte er mittlerweile 391 Wörter.

»Du bist ein sehr intelligenter Hund«, hatte sie erst gestern zu ihm gesagt, und er hätte ihr furchtbar gern zugestimmt, doch in Wahrheit verstand er immer noch nicht, was »intelligent« bedeutete. Das Wort schien so viele Definitionen zu haben, wie es Spezies gab, und doch konstatierten Menschen – mit Ausnahme von Elizabeth – »intelligent« nur dann, wenn es ihren eigenen Regeln entsprach. »Delfine sind intelligent«, sagten sie zum Bespiel, »aber Kühe nicht.« Diese Feststellung beruhte offenbar auf der Tatsache, dass Kühe keine Kunststückchen vorführten. Für Halbsieben hieß das, dass Kühe intelligenter waren, nicht dümmer. Aber andererseits, was wusste er schon?

Dreihunderteinundneunzig Wörter laut Elizabeths Zählung. Aber in Wahrheit bloß dreihundertneunzig.

Obendrein hatte er gerade erfahren, dass Englisch nicht die einzige menschliche Sprache war. Elizabeth hatte ihm eröffnet, dass es Hunderte, vielleicht sogar Tausende gab und dass kein Mensch sie alle beherrschte. Die meisten sprachen sogar nur eine – vielleicht zwei –, es sei denn, sie waren etwas, das sich Schweizer nannte, dann sprachen sie acht. Kein Wunder, dass Menschen Tiere nicht verstanden. Sie konnten sich ja kaum gegenseitig verstehen.

Wenigstens hatte Elizabeth eingesehen, dass er nicht imstande sein würde zu zeichnen. Zeichnen schien für kleine Kinder die bevorzugte Kommunikationsform zu sein, und er bewunderte ihre Bemühungen, selbst wenn das Ergebnis zu wünschen übrig ließ. Es verging kein Tag, an dem er nicht kleine Finger sah, die eifrig dicke Kreidestücke auf den Bürgersteig drückten, den Boden mit schiefen Häusern und primitiven Strichmännchen bedeckten, um eine Geschichte zu erzählen, die nur sie selbst verstanden.

»Das ist aber ein schönes Bild!«, hatte er Anfang der Woche eine Mutter rufen hören, als sie die hässliche chaotische Kritzelei ihres Kindes betrachtete. Menschliche Eltern, das war ihm aufgefallen, neigten dazu, ihre Kinder zu belügen.

»Das ist ein Hundebaby«, sagte ihr Kind, die Hände mit bunter Kreide beschmiert.

»Und so ein hübsches Hündchen!«, lobte die Mutter.

»*Nein*«, sagte das Kind. »Es ist nicht hübsch. Das Hundebaby ist tot. Jemand hat's *tot* gemacht.« Was Halbsieben nach erneutem und genauerem Hinschauen verstörend zutreffend fand.

»Das ist kein totes Hundebaby«, sagte die Mutter streng. »Das ist ein sehr glückliches Hundebaby, und es schleckt eine Schüssel Eis.« Worauf das frustrierte Kind die Kreide ins Gras schmiss und hinüber zur Schaukel stapfte.

Er hob die Kreide auf. Ein Geschenk für das Wesen.

Sie gingen gemeinsam die fünf Häuserblocks zur Bibliothek, Elizabeth in einem Hemdblusenkleid, das über ihrem Bauch spannte, und im Stechschritt, als zöge sie in den Krieg. Auf ihrem Rücken war ein hellroter Rucksack voller Bücher; auf seinem umfunktionierte Fahrradbotentaschen für die vielen Bücher, die nicht mehr in ihren Rucksack gepasst hatten.

»Ich bin so hungrig«, sagte sie laut, die Luft november-schwer, »ich könnte ein Pferd essen. Ich habe meinen Urin kontrolliert, meine Haarproteine analysiert und ...«

Das stimmte. Während der letzten zwei Monate hatte sie in ihrem Labor die Glukosewerte ihres Urins überwacht, die Aminosäurekette ihres Haarkeratins analysiert und regelmäßig ihre Körpertemperatur gemessen. Halbsieben verstand nicht ganz, was das alles bedeutete, aber er war erleichtert, dass sie sich nun mehr für das Wesen interessierte – zumindest wissenschaftlich. Ihre einzige praktische Maßnahme war der Kauf von dicken weißen Stoffvierecken und etlichen bedenklich wirkenden Sicherheitsnadeln gewesen. Außerdem hatte sie drei winzig kleine Strampler gekauft, die aussahen wie Säcke.

»Es klingt alles ziemlich unkompliziert«, sagte sie zu ihm, während sie die Straße entlanggingen. »Ich werde Vorwehen bekommen und dann Wehen. Wir haben noch zwei Wochen Zeit, Halbsieben, aber es scheint mir ratsam, jetzt schon über diese Dinge nachzudenken. Das Allerwichtigste wird sein«, sagte sie, »ruhig zu bleiben, wenn es so weit ist.«

Aber Halbsieben war nicht ruhig. Einige Stunden zuvor war ihre Fruchtblase geplatzt. Sie hatte es nicht gemerkt, weil nur wenig Wasser abgegangen war, aber er hatte es gemerkt, weil er ein Hund war. Der Geruch war unverkennbar. Und was ihren Hungerschmerz betraf, das war kein Hungerschmerz, das waren Vorwehen. Kurz vor dem Eingang zur Bibliothek beschloss das Wesen, die Sache etwas deutlicher zu machen.

»Ah«, stöhnte Elizabeth und krümmte sich. »Aaah, großer Gott.«

Dreizehn Stunden später hielt Dr. Mason das Neugeborene hoch, damit eine erschöpfte Elizabeth es sehen konnte.

»Ein ordentlicher Brocken«, sagte er und betrachtete das Baby, als hätte er gerade einen großen Fisch an Land gezogen. »Eindeutig eine Ruderin. Legen Sie mich nicht drauf fest, aber ich glaube, sie wird backbord rudern.« Er sah zu Elizabeth hinunter. »Gut gemacht, Miss Zott. Und noch dazu ohne Anästhesie. Ich hab Ihnen ja gesagt, das viele Ergo-Training würde sich bezahlt machen. Sie hat eine prima Lunge.« Er beäugte die winzigen Hände des Babys, als stellte er sich zukünftige Schwielen vor. »Sie beide werden ein paar Tage bei uns bleiben. Ich sehe morgen wieder nach Ihnen. Bis dahin ruhen Sie sich aus.«

Aber aus Sorge um Halbsieben entließ Elizabeth sich gleich am nächsten Morgen selbst.

»Kommt nicht infrage«, hatte die Oberschwester gesagt. »Das ist ganz und gar gegen die Vorschriften. Dr. Mason wird sich fürchterlich aufregen.«

»Sagen Sie ihm, ich muss aufs Ergo«, sagte Elizabeth. »Das wird er verstehen.«

»Ergo?« Die Schwester schrie beinahe, als Elizabeth telefonisch ein Taxi bestellte. »Was ist ein Ergo?«

Dreißig Minuten später ging Elizabeth, das Baby an die Brust gedrückt, die Einfahrt hoch, und ihr Herz pochte vor Erleichterung, als sie Halbsieben sah, die Fahrradtaschen noch umgeschnallt, der wie ein Wächter vor der Haustür saß.

O mein Gott, hechelte Halbsieben, *o mein Gott o mein Gott du lebst du lebst o mein Gott ich hatte solche Angst.*

Sie bückte sich und zeigte ihm das Bündel.

Das Wesen war – schnupper *– ein Mädchen!*

»Es ist ein Mädchen«, sagte Elizabeth lächelnd.

Hallo, Wesen! Ich bin's! Halbsieben! Ich war ganz krank vor Angst!

»Es tut mir so leid«, sagte Elizabeth und schloss die Haustür auf. »Du musst ja halb verhungert sein. Es ist« – sie sah auf ihre Uhr – »neun Uhr zweiundzwanzig. Du hast seit über vierundzwanzig Stunden nicht gefressen.«

Halbsieben wedelte aufgeregt mit dem Schwanz. So, wie manche Familien ihren Kindern Namen geben, die mit demselben Buchstaben anfangen (Agatha, Alfred) und andere Gereimtes bevorzugten (Molly, Polly), hielt sich seine Familie an die Uhr. Er hieß Halbsieben, um den genauen Zeitpunkt zu ehren, in dem sie eine Familie geworden waren. Und jetzt wusste er, wie das Wesen heißen würde.

Hallo, Neunzweiundzwanzig!, kommunizierte er. *Willkommen im Leben hier draußen! Wie war die Reise? Bitte, komm rein, komm rein! Ich hab Kreide!*

Als sie drei sich durch die Tür schoben, erfüllte eine seltsame Freude das Haus. Zum ersten Mal seit Calvins Tod fühlte es sich an, als hätten sie einen Berg überwunden.

Bis das Wesen zehn Minuten später anfing zu brüllen und alles in sich zusammenfiel.

Kapitel 17

Harriet Sloane

»Was *hast* du?«, fragte Elizabeth zum tausendsten Mal. »SAG'S mir doch!«

Doch das Baby, das inzwischen seit drei Wochen ununterbrochen schrie, weigerte sich, irgendwelche Angaben zu machen.

Selbst Halbsieben war ratlos. Aber ich hab dir doch von deinem Vater erzählt, kommunizierte er. Wir haben darüber geredet. Trotzdem brüllte das Wesen weiter.

Elizabeth tigerte um zwei Uhr morgens in dem kleinen Bungalow umher, wippte das Bündel auf und ab, die Arme steif wie die eines verrosteten Roboters, bis sie gegen einen Bücherstapel stieß und beinahe stolperte. »Verdammt«, schrie sie, drückte sich das Baby mit einer schützenden Bewegung fest an die Brust. In ihrer Neue-Mutter-Übermüdung war der Fußboden zu einer praktischen Müllhalde für alles geworden: Babysöckchen, offene Windelnadeln, alte Bananenschalen, ungelesene Zeitungen. »Wie kann ein so kleiner Mensch das alles anrichten?«, rief sie. Worauf das Baby seinen kleinen Mund an Elizabeths Ohr drückte, tief Luft holte und seine Antwort hinausbrüllte.

»Bitte«, flüsterte Elizabeth und sank in einen Sessel. »Bitte, bitte, bitte hör auf.« Sie legte sich ihre Tochter in die Armbeuge, stupste den Schnuller des Fläschchens gegen ihre Püppchenlippen, und obwohl sie ihn zuvor fünfmal verweigert hatte, nahm die Kleine ihn jetzt gierig in den Mund, als hätte sie gewusst, dass ihre begriffsstutzige Mutter es irgendwann kapieren würde. Elizabeth hielt die Luft an, aus Angst, das Gebrüll könnte beim kleinsten Atemzug wieder losgehen. Dieses Baby war eine tickende Zeitbombe. Eine falsche Bewegung, und es war aus.

Dr. Mason hatte sie gewarnt, dass Säuglinge Schwerstarbeit waren, aber das hier war keine Arbeit: Es war Sklaverei. Die kleine Tyrannin war so fordernd wie Nero, so verrückt wie König Ludwig. Und das Weinen. Es gab ihr das Gefühl, unzulänglich zu sein. Schlimmer noch, es warf die Möglichkeit auf, dass ihre Tochter sie nicht leiden konnte. Jetzt schon. Mit drei Wochen.

Elizabeth schloss die Augen und sah ihre eigene Mutter, zwischen den Lippen eine Zigarette, deren Asche in dem Auflauf landete, den Elizabeth gerade aus dem Ofen geholt hatte. Ja. Die eigene Mutter von Anfang an nicht leiden zu können war absolut möglich.

Und dann waren da die Dinge, die sich ständig wiederholten – füttern, baden, Windeln wechseln, beruhigen, sauber wischen, Bäuerchen machen lassen, im Arm wiegen, auf und ab gehen; kurz: die schiere Dauer. Es gab vieles andere, was sich wiederholte – Rudern auf dem Ergo, Metronome, Feuerwerk –, aber das dauerte meist nicht länger als höchstens eine Stunde. Das hier könnte jahrelang so weitergehen.

Und wenn das Baby schlief, *was nie der Fall war*, fiel noch mehr Arbeit an: Wäsche, Fläschchen vorbereiten, sterilisieren, Mahlzeiten – plus das dauernde Nachschlagen in Dr. Spocks Buch *Säuglings- und Kinderpflege*. Es gab so viel zu erledigen, dass sie nicht mal mehr eine Liste zu erledigender Aufgaben schreiben konnte, weil das Schreiben einer Liste nur eine weitere zu erledigende Aufgabe war. Und außerdem hatte sie noch ihre ganze andere Arbeit zu erledigen.

Das Hastings. Sie blickte sorgenvoll durch das Zimmer auf einen hohen unberührten Stapel mit Notizbüchern und Forschungsberichten, hauptsächlich Arbeit von ihren Kollegen.

171

Während der Niederkunft hatte sie Dr. Mason gesagt, sie wolle keine Anästhesie. »Weil ich Wissenschaftlerin bin und den Vorgang bei vollem Bewusstsein erleben möchte«, hatte sie gelogen. Der wahre Grund war: Sie konnte es sich nicht leisten.

Von unten kam ein leises zufriedenes Seufzen, und Elizabeth sah überrascht, dass ihre Tochter eingeschlafen war. Sie erstarrte, wollte den Schlaf des Babys nicht stören. Sie betrachtete das gerötete Gesicht, die Schmolllippen, die zarten blonden Augenbrauen.

Eine Stunde verging, und die Durchblutung in ihrem Arm kam zum völligen Erliegen. Sie schaute staunend zu, wie das Kind die Lippen bewegte, als wollte es etwas erklären.

Zwei weitere Stunden vergingen.

Steh auf, sagte sie sich. Beweg dich. Sie beugte sich vor, beförderte sie beide sachte aus dem Sessel und ging ohne einen einzigen Fehltritt ins Schlafzimmer. Sie streckte sich auf dem Bett aus, legte den noch immer schlafenden Säugling behutsam neben sich. Sie schloss die Augen. Sie atmete aus. Dann schlief sie, tief, traumlos, bis das Baby erwachte.

Was laut ihrer Uhr etwa fünf Minuten später war.

»Komme ich ungelegen?«, fragte Dr. Boryweitz um sieben Uhr morgens, als sie die Tür aufmachte. Er neigte den Kopf und ging an ihr vorbei, suchte sich einen Weg quer durch das Kriegsgebiet zum Sofa.

»Ja.«

»Nun ja, aber es geht eigentlich nicht um Arbeit«, erklärte er. »Nur eine kurze Frage. Außerdem wollte ich mal vorbeischauen und sehen, wie es Ihnen geht. Ich hab gehört, dass Sie das Baby bekommen haben.« Er registrierte ihr ungewaschenes Haar, die falsch geknöpfte Bluse, den noch immer geschwollenen Bauch. Er griff in seine Aktentasche und nahm ein Päckchen in Geschenkpapier heraus.

»Glückwunsch«, sagte er.

»Sie … Sie haben mir … ein Geschenk mitgebracht?«

»Nur eine Kleinigkeit.«

»Haben Sie Kinder, Dr. Borywweitz?«

Seine Augen glitten nach links. Er antwortete nicht.

Sie öffnete das Päckchen und fand einen Plastikschnuller und einen kleinen Stoffhasen. »Danke«, sagte sie und war plötzlich froh, dass er gekommen war. Das erste Mal seit drei Wochen sprach sie mit einem Erwachsenen. »Sehr aufmerksam.«

»Gern geschehen«, antwortete er linkisch. »Ich hoffe, er – sie – hat Spaß daran.«

»Sie.«

Sie, wie in Sirene, erklärte Halbsieben.

Borywweitz griff erneut in seine Aktentasche und nahm einige Unterlagen heraus.

»Ich habe nicht geschlafen, Dr. Borywweitz«, erklärte Elizabeth. »Es ist wirklich kein guter Zeitpunkt.«

»Miss Zott«, sagte Borywweitz flehend, die Augen niedergeschlagen. »In zwei Stunden hab ich eine Besprechung mit Donatti.« Er zog ein paar Scheine aus seinem Portemonnaie. *»Bitte.«*

»Zehn Minuten.« Sie nahm das Geld. »Das Baby wird bestimmt gleich wach.« Aber er brauchte eine ganze Stunde. Als er gegangen war und das Baby erstaunlicherweise noch immer schlief, trottete sie in ihr Labor, fest entschlossen zu arbeiten, doch dann glitt sie, ohne es zu wollen, auf den Boden, als wäre er eine Matratze, legte den Kopf auf ein Lehrbuch wie auf ein Kissen. Augenblicke später schlief sie tief und fest.

Calvin war in ihrem Traum. Er las ein Buch über Kernspinresonanz. Sie las Halbsieben aus *Madame Bovary* vor. Sie hatte Halbsieben gerade erklärt, dass ein Roman problematisch war. Leser behaupteten nämlich gern, sie wüssten, was er bedeutete, selbst wenn der Autor das gar nicht beabsichtigt hatte, und selbst wenn ihre Deutung der Geschichte eigentlich keinen Sinn ergab. »*Bovary* ist ein gutes Beispiel«, sagte sie. »Die Stelle hier, wo Emma sich die Finger leckt. Manche glauben, das soll fleischliche Lust bedeuten. Andere glauben, das Hühnchen hat ihr einfach bloß gut geschmeckt. Und was Flaubert tatsächlich wollte? Interessiert keinen.«

In dem Moment blickte Calvin von seinem Buch auf und sagte: »Ich kann mich nicht erinnern, dass in *Madame Bovary* ein Hühnchen vorkommt.« Doch bevor Elizabeth antworten konnte, ertönte ein eindringliches Klopfen wie von einem emsigen Specht, gefolgt von einem »Miss Zott?«, gefolgt von weiterem Klopfen und einem erneuten »Miss Zott?«, gefolgt von einem seltsamen kurzen glucksenden Wimmern, das Calvin aufspringen und aus dem Zimmer laufen ließ.

»Miss Zott«, sagte die Stimme wieder. Sie war jetzt lauter.

Elizabeth wachte auf und sah eine korpulente grauhaarige Frau in einem Viskosekleid und dicken braunen Socken in ihrem Labor stehen.

»Ich bin's, Miss Zott. Mrs Sloane. Ich hab durchs Fenster geschaut und Sie auf dem Boden liegen sehen. Ich hab geklopft und geklopft, aber Sie haben nicht reagiert, deshalb bin ich reingekommen. Ich wollte mich vergewissern, dass Sie nicht krank sind. Sind Sie krank? Vielleicht sollte ich lieber einen Arzt rufen.«

»S...Sloane.«

Die Frau bückte sich und studierte Elizabeths Gesicht. »Nein, ich glaube, Sie sind nicht krank. Ihr Baby weint. Soll ich es holen? Ich geh's holen.« Sie verschwand, kam einen Moment später zurück. »Oh, da schau her«, sagte sie und wiegte das kleine Bündel hin und her. »Wie heißt denn das Teufelchen?«

»Mad. M...Madeline«, sagte Elizabeth und rappelte sich hoch in eine sitzende Position.

»Madeline«, sagte Mrs Sloane. »Ein Mädchen. Wie schön. Ich wollte schon längst vorbeigekommen sein. Seit Sie Ihren kleinen Satansbraten hier haben, sage ich mir, *geh rüber und schau mal nach ihr.* Aber bei Ihnen reißt der Besuch ja nicht ab. Sogar vorhin hab ich wieder jemanden gehen sehen. Da wollte ich nicht stören.«

Die Frau hielt sich Madelines Po unter die Nase, schnupperte einmal tief und legte das Baby dann auf den Tisch. Sie schnappte sich eine Windel vom nahen Wäscheständer und wickelte den strampelnden Säugling wie ein Cowboy, der ein Kalb niederringt. »Ich weiß, das kann nicht einfach für Sie sein, Miss Zott, ohne Mr Evans, meine ich. Mein herzliches Beileid übrigens. Ich weiß, das kommt jetzt ein bisschen spät, aber besser spät als nie. Mr Evans war ein guter Mensch.«

»Sie haben … Calvin gekannt?«, fragte Elizabeth noch immer benebelt. »W…Wie?«

»Miss Zott«, antwortete sie spitz. »Ich bin Ihre Nachbarin von gegenüber. Das kleine blaue Haus?«

»Oh, o ja, natürlich«, sagte Elizabeth und wurde rot bei dem Gedanken, dass sie noch nie ein Wort mit Mrs Sloane gewechselt hatte. Mal kurz von der Einfahrt aus rüberwinken, das war's. »Tut mir leid, Mrs Sloane, natürlich weiß ich, wer Sie sind. Bitte entschuldigen Sie – ich bin müde. Ich muss auf dem Boden eingeschlafen sein. Unglaublich, dass mir das passiert ist. War das erste Mal.«

»Tja, es wird nicht das letzte Mal gewesen sein«, sagte Mrs Sloane, der plötzlich auffiel, dass die Küche gar keine richtige Küche war. Sie richtete sich auf, hielt Madeline in der Armbeuge wie einen Football und sah sich um. »Sie sind gerade Mutter geworden, und Sie sind ganz allein, und Sie sind übermüdet, und Sie können kaum noch klar denken, und – was zum Teufel ist das?« Sie zeigte auf ein großes silbernes Etwas.

»Eine Zentrifuge«, sagte Elizabeth. »Und nein, mir geht's gut, wirklich.« Sie versuchte, aufrechter zu sitzen.

»Mit einem Neugeborenen geht's niemandem gut, Miss Zott. Der kleine Kobold hier wird Ihnen die Lebenskraft aussaugen. Schauen Sie sich doch an – Sie haben den Todeskandidatenblick. Ich mach Ihnen jetzt erst mal einen Kaffee.« Sie wollte zum Herd gehen, blieb aber jäh stehen, als sie die Rauchfanghaube sah. »Um *Gottes* willen«, sagte sie, »was ist denn mit der Küche passiert?«

»Ich mach welchen«, sagte Elizabeth. Unter Mrs Sloanes wachsamen Augen tappte Elizabeth zu der Edelstahlarbeitsplatte, wo sie destilliertes Wasser aus einem Kanister in einen Glaskolben goss, den Kolben mit einem Stopfen verschloss, aus dem sich oben ein Schlauch kringelte. Als Nächstes hängte sie den Kolben an einen der zwei Metallständer zwischen zwei Bunsenbrennern, um dann mit einem seltsamen Metallteil Funken zu entzünden, als würde Feuerstein auf Stahl schlagen. Eine Flamme erschien, das Wasser heizte sich auf. Elizabeth griff in ein Regal und nahm eine Dose mit der Aufschrift $C_8H_{10}N_4O_2$ herunter, schüttelte etwas in einen Mörser, zermahlte es mit einem Stößel, kippte die so entstandene schwarzsandige Substanz in eine eigenartige kleine Waagschale, gab den Inhalt der Schale dann auf ein fünfzehn mal fünfzehn Zentimeter großes Stück Mulltuch und band es zu einem kleinen Bündel zusammen. Sie stopfte das Bündel in ein größeres Becherglas, das sie an dem zweiten Metallständer befestigte, und schob das Ende des Schlauchs, der aus dem Glaskolben kam, bis auf den Boden des großen Becherglases. Mrs Sloane, die Kinnlade praktisch auf dem Fußboden, sah zu, wie das Wasser im Kolben anfing zu brodeln, durch den Schlauch gepresst wurde und in das Becherglas lief. Nach kurzer Zeit war der Kolben nahezu leer, und Elizabeth stellte den Bunsenbrenner aus. Sie rührte den Inhalt des Becherglases mit einem Glasstab um. Dann machte die braune Flüssigkeit etwas Unerhörtes: Sie stieg auf wie ein Poltergeist und strömte zurück in den Kolben.

»Milch und Zucker?«, fragte Elizabeth, zog den Stopfen aus dem Kolben und schenkte Kaffee ein.

»*Meine* Güte«, sagte Mrs Sloane, als Elizabeth ihr eine Tasse hinstellte. »Noch nie was von Instantkaffee gehört?« Doch sobald sie den ersten Schluck gekostet hatte, sagte sie nichts mehr. So einen Kaffee hatte sie noch nie getrunken. Er war himmlisch. Sie hätte ihn den ganzen Tag trinken können.

»Also, wie verkraften Sie die Mutterschaft bislang?«, fragte Mrs Sloane.

Elizabeth schluckte schwer.

»Wie ich sehe, haben Sie die Bibel hier.« Mrs Sloane hatte Dr. Spocks Buch auf dem Tisch bemerkt.

»Ich hab's gekauft, weil der Titel so schön sachlich klingt«, gab Elizabeth zu. »Einfach nur: *Säuglings- und Kinderpflege*. Mir scheint, es kursiert ganz schön viel Unsinn darüber, wie man ein Baby versorgt – vieles wird unnötig verkompliziert.«

Mrs Sloane studierte Elizabeths Gesicht. Eine unerwartete Äußerung von einer Frau, die gerade zwanzig zusätzliche Arbeitsschritte unternommen hatte, um eine Tasse Kaffee zu kochen. »Ist schon komisch, nicht?«, sagte Mrs Sloane. »Da schreibt ein Mann ein Buch über Dinge, über die er absolut kein Wissen aus erster Hand hat – Niederkunft und das, was danach kommt, meine ich –, und trotzdem: zack. Ein Bestseller. Wissen Sie, was ich glaube? Seine Frau hat das Ganze geschrieben und seinen Namen draufgesetzt. Ein Männername klingt ernst zu nehmender, finden Sie nicht auch?«

»Nein«, sagte Elizabeth.

»Stimmt.«

Sie tranken beide wieder einen Schluck Kaffee.

»Hallo, Halbsieben«, sagte Mrs Sloane und streckte ihre freie Hand aus. Er ging zu ihr.

»Sie kennen Halbsieben?«

»Miss Zott. Ich wohne hier – gleich gegenüber! Ich seh

ihn oft draußen rumlaufen. Übrigens, wir haben hier Leinenzwang ... «

Als das Worte »Leine« fiel, öffnete Madeline ihren kleinen
Mund und stieß einen markerschütternden Schrei aus.

»Ach, du lieber Himmel!«, schimpfte Mrs Sloane und
sprang auf, Madeline noch immer im Arm. »Das ist ja *furchtbar*, Kind!« Sie blickte in das rote Gesichtchen und wanderte
im Labor herum, während sie das Baby hin- und herschaukelte.
Sie hob die Stimme, um das Geschrei zu übertönen. »Vor vielen Jahren, als ich gerade mein erstes Kind bekommen hatte,
war Mr Sloane geschäftlich verreist, und ein grässlicher Mann
brach in unser Haus ein und sagte, wenn ich ihm nicht unser
ganzes Geld gebe, würde er das Baby mitnehmen. Ich hatte
seit vier Tagen nicht mehr geschlafen oder geduscht, hatte mir
seit mindestens einer Woche nicht mehr die Haare gekämmt,
hatte mich seit wer weiß wie lange nicht mal mehr hingesetzt.
Also hab ich gesagt: ›Du willst das Baby. Bitte sehr.‹« Sie wechselte Madeline auf den anderen Arm. »Hab einen erwachsenen
Mann nie so schnell rennen sehen.« Sie sah sich unsicher im
Raum um. »Haben Sie auch irgendeine raffinierte Methode,
um ein Fläschchen zuzubereiten, oder kann ich das ganz normal machen?«

»Ich hab eins fertig«, sagte Elizabeth und nahm ein Fläschchen aus einem kleinen Topf mit warmem Wasser.

»Neugeborene sind schrecklich«, sagte Mrs Sloane und hielt
die unechten Perlen um ihren Hals fest, als Elizabeth ihr Madeline abnahm. »Ich hab gedacht, Sie hätten Hilfe, sonst wär ich
schon früher gekommen. Sie haben so viel Besuch von, na ja,
von *Männern*, die zu den seltsamsten Zeiten auftauchen.« Sie
räusperte sich.

»Das ist Arbeit«, erklärte Elizabeth, während sie versuchte,
Madeline dazu zu bringen, dass sie die Flasche annahm.

»Wie immer Sie es nennen wollen«, sagte Mrs Sloane.

»Ich bin Wissenschaftlerin.«

»Ich dachte, Mr Evans wäre Wissenschaftler.«

»Ich auch.«

»Natürlich sind Sie das.« Sie stand auf und klatschte in die Hände. »Nun denn. Ich geh mal wieder. Aber jetzt wissen Sie ja – wenn Sie mal Hilfe brauchen, ich bin gleich gegenüber.« Sie schrieb ihre Telefonnummer gut leserlich direkt über dem Telefon auf die Küchenwand. »Mr Sloane hat sich letztes Jahr zur Ruhe gesetzt und ist jetzt ständig zu Hause, also machen Sie sich keine Sorgen, dass Sie irgendwie stören, das würden Sie nämlich nicht. Sie würden mir sogar einen Gefallen tun. Ehrlich.« Sie bückte sich und holte etwas aus ihrer Einkaufstasche hervor. »Das hab ich für Sie gemacht«, sagte sie und stellte eine mit Folie abgedeckte Auflaufform auf den Tisch. »Ich will nicht behaupten, dass es besonders gut ist, aber Sie müssen was essen.«

»Mrs Sloane.« Elizabeth merkte, dass sie nicht allein sein wollte. »Sie scheinen sich gut mit Babys auszukennen.«

»Besser als die meisten«, bestätigte sie. »Es sind selbstsüchtige kleine Sadisten. Die Frage ist, warum überhaupt jemand mehr als eines hat.«

»Wie viele hatten Sie?«

»Vier. Worauf wollen Sie hinaus, Miss Zott? Liegt Ihnen etwas Spezielles auf dem Herzen?«

»Na ja.« Elizabeth versuchte, das Zittern in ihrer Stimme zu unterdrücken. »Ich glaube … ich glaube einfach …«

»Nun sagen Sie schon«, befahl Sloane. »Zack. Raus damit.«

»Ich bin eine miserable Mutter«, brach es aus ihr heraus. »Nicht bloß, weil ich auf dem Boden eingeschlafen bin, ich schaffe so vieles nicht – eigentlich schaffe ich gar nichts.«

»Genauer bitte.«

»Tja, Dr. Spock schreibt zum Beispiel, ich soll sie an einen Zeitplan gewöhnen, also hab ich einen aufgestellt, aber sie hält sich nicht dran.«

Harriet Sloane stieß ein Prusten aus.

»Und ich hab nie solche Momente, die man haben sollte – Sie wissen schon, die Momente ...«

»Nein, weiß ich nicht.«

»Die glückseligen Momente ...«

»Frauenzeitschriften schreiben den größten Quatsch«, unterbrach Sloane sie. »Lassen Sie bloß die Finger davon. Alles erstunken und erlogen.«

»Aber meine Gefühle – ich ... Ich glaube, die sind nicht normal. Ich wollte nie Kinder, und jetzt hab ich eine Tochter, und ich schäme mich, dass ich das zugeben muss, aber ich war schon mindestens zweimal kurz davor, sie wegzugeben.«

Mrs Sloane blieb an der Hintertür stehen.

»Bitte«, flehte Elizabeth. »Denken Sie nicht schlecht von mir ...«

»Momentchen«, sagte Sloane, als hätte sie sich verhört. »Sie wollten sie zweimal weggeben? *Zweimal?*« Dann schüttelte sie den Kopf und lachte auf eine Art, die Elizabeth zusammenfahren ließ.

»Das ist nicht witzig.«

»Zweimal? Im Ernst? Und wenn es zwanzigmal gewesen wäre, wären Sie immer noch eine Heilige.«

Elizabeth wandte den Blick ab.

»Ach, herrje«, schnaubte Mrs Sloane mitfühlend. »Sie haben gerade den härtesten Job der Welt. Hat Ihre Mutter Ihnen das nie gesagt?«

Mrs Sloane fiel auf, dass sich die Schultern der jungen Frau verkrampften, als ihre Mutter erwähnt wurde.

»Okay«, sagte sie in einem sanfteren Tonfall. »Schon gut. Sie grübeln zu viel. Sie machen das gut, Miss Zott. Es wird besser werden.«

»Und wenn nicht?«, fragte Elizabeth verzweifelt. »Was, wenn ... was, wenn es schlimmer wird?«

Obwohl Mrs Sloane nicht dazu neigte, andere Menschen zu berühren, verließ sie unwillkürlich den schützenden Türrahmen und legte sacht ihre Hände auf die Schultern der jungen Frau. »Es wird besser«, sagte sie. »Wie heißen Sie mit Vornamen, Miss Zott?«

»Elizabeth.«

Mrs Sloane hob die Hände. »Also, Elizabeth, ich bin Harriet.«

Und dann trat ein verlegenes Schweigen ein, als hätten sie, indem sie einander ihre Vornamen nannten, mehr über sich verraten, als sie beabsichtigt hatten.

»Ehe ich gehe, Elizabeth, darf ich dir einen kleinen Rat geben?«, setzte Harriet an. »Ach was, ich lass es lieber. Ich hasse den Rat anderer Leute, besonders ungebetenen Rat.« Sie wurde rot. »Hast du auch was gegen Leute, die anderen Ratschläge erteilen? Ich auf jeden Fall. Irgendwie geben sie einem das Gefühl, unfähig zu sein. Und der Rat ist meistens bescheuert.«

»Nein, bitte, ich möchte ihn hören«, drängte Elizabeth.

Harriet zögerte, spitzte nachdenklich die Lippen. »Na schön. Ist vielleicht auch kein richtiger Ratschlag. Eher ein Tipp.«

Elizabeth sah sie erwartungsvoll an.

»Nimm dir einen Moment für dich«, sagte Harriet. »Jeden Tag.«

»Einen Moment.«

»Einen Moment, in dem du selbst das Wichtigste bist. Nur du. Nicht dein Baby, nicht deine Arbeit, nicht dein toter Mr Evans, nicht dein chaotischer Haushalt, gar nichts. Nur du. Elizabeth Zott. Ganz gleich, was du brauchst, was du dir wünschst, was du anstrebst, mach es dir in diesem Moment wieder bewusst.« Sie zupfte einmal fest an ihren unechten Perlen. »Und dann geh es frisch an.«

Und obwohl Harriet verschwieg, dass sie selbst diesen Rat nie befolgt hatte – dass sie ihn tatsächlich in einer von diesen lächerlichen Frauenzeitschriften gelesen hatte –, wollte sie den Glauben nicht aufgeben, dass sie eines Tages ihr eigenes großes Ziel frisch angehen würde. Liebe empfinden. Echte Liebe.

Dann trat sie nach draußen, nickte einmal kurz und zog die Tür hinter sich zu. Und wie aufs Stichwort schrie Madeline los.

Kapitel 18

Madeline

Harriet Sloane war nie schön gewesen, aber sie hatte schöne Menschen gekannt, und die schienen unweigerlich Probleme anzuziehen. Entweder sie wurden geliebt, weil sie schön waren, oder aus demselbem Grund gehasst. Als Calvin Evans mit Elizabeth Zott zusammenkam, hatte Harriet vermutet, deren Schönheit wäre der Grund dafür. Doch sobald sie von ihrem Wohnzimmer aus Gelegenheit hatte, die beiden zu beobachten, wenn sich die Vorhänge entgegenkommenderweise öffneten und Harriet einen ungehinderten Blick ins gegenüberliegende Wohnzimmer gewährten, sah sie sich gezwungen, diese Vermutung zu überdenken.

Ihrem Eindruck nach hatten Calvin und Elizabeth eine außergewöhnliche, fast schon übernatürliche Beziehung geführt, wie bei der Geburt getrennte eineiige Zwillinge, die sich zufällig im Schützengraben wiederbegegnen und trotz des Sterbens um sie herum erstaunt feststellen, dass sie gleich aussehen, beide eine schwere Allergie gegen Muscheln haben und keiner von ihnen Dean Martin mag. Sie stellte sich vor, dass Calvin und Elizabeth ständig zueinander sagten: »Wirklich? Ich auch!«

So war es mit ihr und dem jetzt im Ruhestand lebenden Mr Sloane nie gewesen. Der anfängliche Gefühlsüberschwang hatte sich wie billiger Nagellack schnell abgenutzt. Sie hatte ihn verwegen gefunden, weil er eine Tätowierung trug und anscheinend nicht merkte, dass sie dicke Knöchel und dünne Haare hatte. Rückblickend hätte ihr das eine Warnung sein müssen – dass er sie nicht bemerkte –, denn dann hätte sie vielleicht erkannt, dass er sie nie bemerken würde.

Sie wusste nicht mehr, wann genau ihr nach der Heirat klar geworden war, dass sie nicht in ihn und er nicht in sie verliebt war, aber wahrscheinlich hatte es irgendwas mit der Art zu tun, wie er »Glas« aussprach (»Glass«), sowie mit der Tatsache, dass seine dichte Körperbehaarung sich ständig ablöste wie Samen von einer Pusteblume und alles in ihrem Haus bedeckte.

Ja, Harriet fand es abstoßend, mit Mr Sloane zusammenzuleben, aber nicht so sehr wegen seiner körperlichen Mängel – sie selbst litt auch unter Haarausfall. Vielmehr verabscheute sie seine niederschwellige Dummheit – seinen dumpfen, rechthaberischen, hohlen, reizlosen Charakter, seine Ignoranz, Borniertheit, Vulgarität, Gefühllosigkeit und vor allem seinen völlig ungerechtfertigten Glauben an sich selbst. Wie die meisten dummen Menschen war Mr Sloane nicht intelligent genug, um zu erkennen, wie dumm er war.

Als Elizabeth Zott bei Calvin Evans einzog, fiel sie Mr Sloane auf Anhieb auf. Er redete ständig über sie, und seine Kommentare waren dreckig und ordinär wie eine räudige Hyäne. »Sieh einer an«, sagte er beispielsweise, wenn er aus dem Fenster die junge Frau anstarrte, die gerade in ihr Auto stieg. Dabei rieb er sich mit kreisförmigen Bewegungen den nackten Bauch und verteilte kleine schwarze Löckchen in alle Ecken. »O ja.«

Immer wenn das passierte, ging Harriet aus dem Zimmer. Sie wusste, sie hätte inzwischen daran gewöhnt sein müssen, an sein Begehren für andere Frauen. Schon in ihren Flitterwochen hatte er sich direkt neben ihr im Bett ein Schmuddelheft angeschaut und dabei onaniert. Sie hatte es hingenommen, was hätte sie auch sonst tun können? Außerdem war ihr gesagt worden, das wäre normal. Sogar gesund. Aber als die Hefte immer ordinärer wurden, wuchs die Gewohnheit, und da war sie nun, fünfundfünfzig Jahre alt, und schob schweren Herzens seinen Stapel klebriger Zeitschriften ordentlich zusammen.

Und noch etwas war abstoßend an ihm. Wie so viele unansehnliche Männer glaubte Mr Sloane ernsthaft, Frauen fänden ihn attraktiv. Harriet hatte keine Ahnung, wo diese spezielle Art von Selbstbewusstsein herkam.. Denn während dumme Menschen vielleicht nicht wissen, dass sie dumm sind, müssen unattraktive Menschen doch eigentlich wissen, dass sie unattraktiv sind, weil es ja schließlich Spiegel gibt.

Nicht, dass es schlimm wäre, unattraktiv zu sein. Sie selbst war unattraktiv und wusste es. Sie wusste auch, dass Calvin Evans unattraktiv war, und der schmuddelige Hund, den Elizabeth eines Tages mit nach Hause gebracht hatte, war unattraktiv, und es bestand durchaus die Möglichkeit, dass auch Elizabeths zukünftiges Baby unattraktiv sein würde. Aber keiner von ihnen war hässlich oder würde es je sein. Nur Mr Sloane war hässlich, und das lag daran, dass er innerlich unattraktiv war. In Wahrheit war Elizabeth das einzige körperlich schöne Wesen auf der ganzen Straße, und aus genau diesem Grund war Harriet ihr aus dem Weg gegangen. Wie gesagt, schöne Menschen bedeuteten Ärger.

Aber dann war Mr Evans gestorben, und diese albernen Männer mit ihren wichtigtuerischen Aktentaschen gingen bei Elizabeth aus und ein, und Harriet erkannte, dass sie vielleicht ein paar von Mr Sloanes Vorurteilen übernommen hatte. Deshalb war sie an dem Tag rübergegangen, um nach Elizabeth zu sehen. Denn auch wenn sie bis an ihr Lebensende Mrs Sloane bleiben würde – sie war Katholikin –, wollte sie nie und nimmer ein Mr Sloane werden. Und außerdem wusste sie, wie Neugeborene waren.

Ruf mich an, flehte sie, während sie durch ihre Gardinen das Haus gegenüber beobachtete. *Ruf mich an. Ruf mich an. Ruf mich an.*

Auf der anderen Straßenseite hatte Elizabeth in den letzten vier Tagen mindestens ein Dutzend Mal zum Telefon gegriffen, um Harriet Sloane anzurufen, es dann aber doch nicht getan. Sie hatte sich selbst stets für einen fähigen Menschen gehalten, jetzt jedoch, und allein aufgrund der kurzen Zeit, die sie in Harriets Gegenwart verbracht hatte, erkannte sie, dass sie das nicht war.

Sie stand am Fenster und blickte über die Straße. Eine gewisse Verzweiflung überkam sie. Sie hatte ein Kind bekommen und würde es bis zum Erwachsenenalter großziehen. Großer Gott – Erwachsenenalter. Von der anderen Seite des Zimmers verkündete Madeline, dass sie Hunger hatte.

»Aber du hast gerade erst gegessen«, sagte Elizabeth.

»HAB ICH ABER VERGESSEN«, brüllte Madeline zurück und eröffnete damit offiziell das am wenigsten spaßige Spiel der Welt: Rate Mal, Was Ich Jetzt Will.

Elizabeth hatte noch ein anderes Problem: Jedes Mal, wenn sie ihrer Tochter in die Augen sah, blickte Calvin sie an. Es war erschreckend. Sie war nämlich noch immer wütend auf Calvin – weil er sie wegen der Förderung ihres Projektes angelogen hatte, weil sein Sperma allen empfängnisverhütenden Widrigkeiten getrotzt hatte, weil er draußen gelaufen war, wo doch alle anderen drinnen und in Ballettschuhen liefen. Sie wusste, es war ungerecht, wütend auf ihn zu sein, aber so ist Trauer nun mal: willkürlich. Außerdem wusste sonst niemand, wie wütend sie war; sie hatte es für sich behalten. Nun ja, außer während der Niederkunft, da hatte sie möglicherweise einige unerfreuliche Dinge gebrüllt, und ihre Fingernägel hatten sich womöglich in den Unterarm irgendeiner unbekannten Person gebohrt, als die heftigsten Wehen kamen. Sie erinnerte sich vage, dass außer ihr noch jemand geschrien und geflucht hatte. Das kam ihr seltsam und unprofessionell vor.

Deshalb beschloss sie, als alles vorbei war und eine Schwester mit ein paar Papieren kam und irgendwas wissen wollte – wie sie sich fühlte? –, die Wahrheit zu sagen. »Wütend.«

»Wütend?«, hatte die Schwester gefragt.

»Ja, wütend«, hatte Elizabeth geantwortet. Weil es stimmte.

»Ist das Ihr Ernst?«, hatte die Schwester gefragt.

»Ja doch!«

Und die Schwester, die es leid war, sich um Frauen zu kümmern, die sich nie von ihrer besten Seite zeigten – die hier hatte ihr während der Geburt praktisch ihren Namen in den Arm gequetscht –, hatte keine Lust, ein drittes Mal nachzufragen, und schrieb die unter den Schwestern übliche Abkürzung für »Mutter anscheinend deliriös«, MAD, in die Zeile »Name des Kindes«.

Und damit war der offizielle Name des Babys: Mad. Mad Zott.

Elizabeth entdeckte diesen Umstand erst ein paar Tage später zu Hause, als sie die Geburtsurkunde in einem Wust von Krankenhausunterlagen fand, der noch auf ihrem Küchentisch lag. »Was soll das denn?«, sagte sie und starrte verwirrt auf die in Schönschrift ausgestellte Urkunde. »Mad Zott? Um Gottes willen! Hab ich der Frau den Arm gebrochen?«

Sofort begann sie, sich einen anderen Namen für das Baby zu überlegen, aber das gestaltete sich schwierig. Ursprünglich hatte sie gedacht, der richtige Name würde ihr in dem Moment einfallen, wenn sie das Gesicht ihrer Tochter sah, doch das war nicht passiert.

Jetzt stand sie in ihrem Labor, schaute auf das kleine Bündel hinab, das schlafend in einem großen, mit Decken ausgekleideten Korb lag, und studierte die Gesichtszüge ihres Kindes. »Suzanne?«, sagte sie zögernd. »Suzanne Zott?« Aber es fühlte sich nicht richtig an. »Lisa? Lisa Zott? Zelda Zott?« Nichts. »Helen Zott?«, probierte sie. »Fiona Zott. Marie Zott?« Noch immer nichts. Sie stemmte die Hände auf die Hüften, als wappnete sie sich innerlich. »Mad Zott?«, sagte sie schließlich unsicher.

Die Augen des Babys flogen auf.

Halbsieben seufzte auf seinem Platz unter dem Tisch. Er hatte genug Zeit auf Spielplätzen verbracht, um zu wissen, dass man ein Kind nicht einfach irgendwie nennen konnte, erst recht nicht, wenn der Name des Babys aus Nachlässigkeit oder wie in Elizabeths Fall aus Wut zustande gekommen war. Seiner Meinung nach waren Namen wichtiger als das Geschlecht, wichtiger als Tradition, sollten mehr sein, als sich nur nett anhören. Ein Name definierte einen Menschen – oder, in seinem Fall, einen Hund. Er war eine persönliche Flagge, die man den Rest seines Lebens schwenkte; er musste richtig sein. Wie sein Name, auf den er über ein Jahr gewartet hatte. Halbsieben. Besser ging's doch nicht, oder?

»Mad Zott«, hörte er Elizabeth flüstern. »Großer Gott.«

Halbsieben stand auf und trabte ins Schlafzimmer. Unbemerkt von Elizabeth hatte er kurz nach Calvins Tod damit begonnen, Hundekekse unter dem Bett zu bunkern. Nicht, weil er fürchtete, Elizabeth könnte vergessen, ihn zu füttern, sondern weil auch er eine wichtige chemische Entdeckung gemacht hatte, nämlich die, dass Essen half, wenn er es mit einem ernsten Problem zu tun hatte.

Mad, dachte er und kaute einen Hundekeks. *Madge. Mary. Monica.* Er holte einen weiteren Keks unter dem Bett hervor, kaute laut knirschend. Er mochte seine Kekse sehr – ein weiterer Triumph aus der Küche von Elizabeth Zott. Das brachte ihn auf eine Idee: *Wie wär's denn, das Baby nach irgendwas aus der Küche zu nennen? Topf. Topf Zott. Oder aus dem Labor. Pipette Zott. Oder vielleicht etwas in Richtung Chemie – vielleicht eine Abkürzung wie, na ja, Chem? Oder besser Kim. Wie Kim Novak, seine Lieblingsschauspielerin in* Der Mann mit dem goldenen Arm. *Kim Zott.*

Nein. Kim war ihm dann doch zu kurz.

Und dann dachte er: *Wie wär's mit Madeline?* Elizabeth hatte ihm *Auf der Suche nach der verlorenen Zeit* vorgelesen. Er konnte es eigentlich nicht weiterempfehlen, aber eine Stelle hatte er verstanden. Die Stelle mit der Madeleine. Dem Keks. *Madeline Zott? Warum nicht?*

»Was hältst du von dem Namen ›Madeline‹?«, fragte Elizabeth ihn, nachdem sie rätselhafterweise Proust aufgeschlagen auf ihrem Nachttisch gefunden hatte.

Er sah sie an, sein Gesicht ausdruckslos.

Es gab da nur ein Problem: Um Mads Namen in Madeline ändern zu lassen, war ein Besuch im Rathaus erforderlich und dort dann ein Formular, das eine Heiratsurkunde verlangte und etliche andere Informationen, die Elizabeth lieber für sich behielt. »Weißt du, was?«, sagte Elizabeth, als sie wieder herauskam und Halbsieben auf der Treppe vor dem Gebäude auf sie wartete. »Wir behalten das einfach für uns. Offiziell heißt sie Mad, aber wir nennen sie Madeline, und der Rest ist Schweigen.«

Offiziell Mad, dachte Halbsieben. *Was soll da schon schiefgehen?*

Mad hatte noch eine Besonderheit: Sie wurde richtig wütend, wenn die Hastings-Leute vorbeikamen. »Koliken«, hätte Dr. Spock wohl diagnostiziert. Aber Elizabeth hielt es für wahrscheinlicher, dass das Baby einfach eine gute Menschenkenntnis besaß. Und das machte ihr Sorgen. Denn wie würde die Kleine wohl den Charakter ihrer eigenen Mutter beurteilen? Einer Frau, die nicht mit ihren Eltern sprach, die sich geweigert hatte, einen Mann zu heiraten, den sie innig liebte, die ihre Arbeit verloren hatte und versuchte, einem Hund Wörter beizubringen? Würde sie ihr egoistisch erscheinen oder verrückt oder beides?

Sie war sich nicht sicher, aber sie hatte das Gefühl, dass die Frau von gegenüber es wissen würde. Elizabeth konnte mit der Kirche nichts anfangen, aber Harriet Sloane hatte etwas Heiliges an sich. Sie war eine pragmatische Priesterin, eine, der man

Dinge beichten konnte – Ängste, Hoffnungen, Fehler – und die einen im Gegenzug weder mit der einfältigen Empfehlung von Gebeten und Rosenkränzen abspeiste noch mit dem Standardspruch der Psychologen »Und was macht das mit Ihnen?«, sondern die echte Weisheit zu bieten hatte. Wie man den Alltag bewältigt. Wie man überlebt.

Sie griff zum Telefon, ohne zu ahnen, dass Harriets Fernglas bereits von ihrem Wohnzimmerfenster aus das Wählmuster erkannte.

»Hallo?«, meldete sich Harriet lässig, während sie das Fernglas zurück zwischen die Sofakissen stopfte. »Harriet Sloane am Apparat.«

»Harriet. Elizabeth Zott hier.«

»Bin gleich da.«

Kapitel 19

Dezember 1956

Der größte Vorteil für das Kind einer Wissenschaftlerin: wenige Sicherheitsvorkehrungen.

Sobald Mad laufen konnte, ließ Elizabeth sie fast alles, was sie neu kennenlernte, berühren, kosten, werfen, kippeln, anbrennen, zerreißen, verschütten, schütteln, mischen, spritzen, schnuppern und lecken.

»Mad!«, rief Harriet jeden Morgen, wenn sie die Tür aufschloss und ins Haus kam. »Leg das weg!«

»Weg!«, echote Mad und schmiss eine halb volle Kaffeetasse quer durch die Küche.

»Nein!«, rief Harriet.

»Nein!«, echote Mad.

Während Harriet einen Wischlappen holte, watschelte Madeline ins Wohnzimmer, hob dies auf, stieß jenes um, und ihre schmuddeligen kleinen Hände griffen automatisch nach dem Zu-Scharfen, Zu-Heißen, Zu-Giftigen, nach den Sachen, die die meisten Eltern ganz bewusst außer Reichweite von Kindern aufbewahren – kurz gesagt, den besten Sachen. Dennoch überlebte sie.

Das lag an Halbsieben. Er war immer da, witterte Gefahren, blockierte Steckdosen, stellte sich unter das Bücherregal, damit sie, wenn sie daran hochkletterte – was sie fast täglich tat –, weich fallen würde. Er hatte einmal darin versagt, jemanden zu schützen, den er liebte. Er würde nicht noch einmal versagen.

»Elizabeth«, mahnte Harriet sie. »Du kannst Mad nicht einfach machen lassen, was sie will.«

»Du hast vollkommen recht, Harriet«, sagte Elizabeth, ohne drei Reagenzgläser aus den Augen zu lassen. »Du wirst feststellen, dass ich die Messer woanders hingetan habe.«

»*Elizabeth*«, sagte Harriet beschwörend. »Du musst besser auf sie aufpassen. Gestern hab ich sie dabei erwischt, wie sie in die Waschmaschine gekrabbelt ist.«

»Keine Sorge«, sagte Elizabeth, den Blick weiter auf die Reagenzgläser gerichtet. »Ich schalte sie nie ein, ohne vorher reinzugucken.«

Doch trotz ihres permanenten Alarmzustands konnte Harriet nicht abstreiten, dass Mad sich auf eine Weise entwickelte, wie sie das bei ihren eigenen Kindern nie erlebt hatte. Noch ungewöhnlicher war: Die Mutter-Tochter-Beziehung besaß eine Symmetrie, die Harriet nicht übersehen konnte. Das Kind lernte von der Mutter, aber die Mutter lernte auch von dem Kind. Es war eine Art gegenseitige Verehrung – das erkannte sie daran, wie Mad Elizabeth ansah, wenn die ihr vorlas, wie sie vergnügt krähte, wenn ihre Mutter ihr was ins Ohr flüsterte, wie Elizabeth strahlte, wenn das Kind Backpulver mit Essig vermischte, wie sie unentwegt alles teilten, was sie gerade dachten und taten – Chemie, Geplapper, Sabber –, und manchmal eine Art Geheimsprache verwendeten, durch die sich Harriet ein kleines bisschen ausgeschlossen fühlte. Eine Mutter konnte oder sollte nicht die Freundin ihres Kindes sein, hatte sie Elizabeth gewarnt. Das hatte sie in einer ihrer Zeitschriften gelesen.

Sie sah zu, wie Elizabeth sich Mad auf den Schoß setzte und sie dann dicht an die blubbernden Reagenzgläser hielt. Die Augen des Kindes füllten sich mit Staunen. Wie hatte Elizabeth ihre Lehrmethode noch mal genannt? Erfahrungslernen?

»Kinder sind wie Schwämme«, hatte Elizabeth vergangene Woche erklärt, als Harriet sie kritisierte, weil sie Madeline aus *Über die Entstehung der Arten* vorgelesen hatte. »Ich werde nicht zulassen, dass Mad vorzeitig austrocknet.«

»Trocken«, rief Mad. »Trocken, trocken, trocken!«

»Aber sie kann doch unmöglich ein Wort von Darwin verstehen«, wandte Harriet ein. »Könntest du ihr denn nicht wenigstens die Kurzfassung vorlesen?« Harriet las Bücher immer nur in gekürzter Form. Genau aus diesem Grund liebte sie *Reader's Digest* heiß und innig – da wurden dicke, langweilige Bücher auf verdauliche Größe zusammengestrichen. Einmal hatte sie im Park eine Frau sagen hören, sie wünschte, *Reader's Digest* würde die Bibel kürzen, und Harriet hatte sich bei dem Gedanken ertappt: »Ja – und Ehen.«

»Ich halte nichts von Kurzfassungen«, sagte Elizabeth. »Außerdem glaube ich, dass es Mad und Halbsieben gefällt.«

Das war noch so was – Elizabeth las auch Halbsieben vor. Harriet mochte Halbsieben. Sie hatte sogar manchmal das Gefühl, dass sie und der Hund Elizabeths Que-sera-sera-Erziehungsmethode ähnlich sorgenvoll betrachteten.

»Ich wünschte, du könntest mit ihr reden«, sagte Harriet gelegentlich zu ihm. »Auf dich würde sie hören.«

Halbsieben sah sie an und atmete tief aus. Elizabeth hörte auf ihn – Kommunikation war offensichtlich nicht auf Gespräche beschränkt. Und trotzdem spürte er, dass die meisten Menschen nicht auf ihre Hunde hörten. Das nannte man ignorieren. Oder nein. Ignoranz. Das Wort hatte er gerade gelernt. Übrigens, und nicht um zu prahlen, er war jetzt bei 497 Wörtern angelangt.

Der einzige Mensch außer Elizabeth, der offenbar das Verständnisvermögen eines Hundes ebenso wenig unterschätzte, wie, was es bedeutete, eine berufstätige Mutter zu sein, war Dr. Mason. Wie angedroht tauchte er ungefähr ein Jahr nach der Niederkunft bei ihr zu Hause auf, vorgeblich, um sich nach ihrem Befinden zu erkundigen, aber ganz offensichtlich, um sie an sein Boot zu erinnern.

»Hallo, Miss Zott«, sagte er, als sie morgens um Viertel nach sieben die Tür aufmachte und überrascht war, ihn in sei-

ner Ruderkleidung vor sich stehen zu sehen, sein Bürstenhaarschnitt feucht von einer flotten Fahrt im Morgennebel. »Wie
geht es Ihnen? Ich will ja nicht von mir reden, aber die Fahrt
heute Morgen war einfach furchtbar.« Er trat ein und ging an
ihr vorbei, kämpfte sich entspannt durch das Chaos des Baby-
haushalts stromaufwärts, bis er das Labor erreichte, in dem
Mad gerade ihren Ausbruch aus dem Hochstuhl plante.

»Da ist sie ja!«, strahlte er. »Ordentlich gewachsen und noch
am Leben. Ausgezeichnet.« Er bemerkte einen Berg frisch
gewaschener Windeln, nahm eine und fing an, sie zu falten.
»Ich kann nicht lange bleiben, aber ich war in der Nähe und
hab gedacht, ich schau mal rein.« Er beugte sich vor, um Mad
genauer zu betrachten. »Donnerwetter, sie ist ein Brocken. Das
haben wir wohl Evans zu verdanken. Wie läuft denn die Mutterschaft so?« Doch ehe Elizabeth antworten konnte, nahm
er Dr. Spocks Babybuch zur Hand. »Spock ist eine ganz gute
Informationsquelle. Er ist Ruderer, wissen Sie? Hat 1924 bei
den Olympischen Spielen eine Goldmedaille gewonnen.«

»Dr. Mason«, sagte Elizabeth. Sie roch den Meeresgeruch
an seiner Kleidung und stellte erstaunt fest, wie froh sie war,
ihn zu sehen. »Es ist sehr nett von Ihnen, uns zu besuchen,
aber ...«

»Keine Bange, ich kann nicht lange bleiben, habe Dienst.
Musste meiner Frau versprechen, heute Morgen auf die Kinder aufzupassen. Wollte bloß mal sehen, wie es Ihnen geht. Sie
sehen müde aus, Miss Zott. Was ist mit Unterstützung? Haben
Sie da jemanden?«

»Meine Nachbarin kommt regelmäßig.«

»Ausgezeichnet. Nähe ist wichtig. Und was ist mit Ihnen –
achten Sie auch auf sich selbst?«

»Wie meinen Sie das?«

»Trainieren Sie noch?«

»Na ja, ich ...«

»Auf dem Ergo?«

»Ein biss…«

»Gut. Wo ist es? Das Ergo.« Er drehte sich um und ging ins Nebenzimmer. »Mein Gott«, hörte sie ihn sagen. »Evans war ein Sadist.«

»Dr. Mason?«, rief sie, lockte ihn zurück ins Labor. »Es ist schön, Sie zu sehen, aber ich habe hier in dreißig Minuten eine Besprechung, und ich hab noch viel …«

»Entschuldigung«, sagte er und kam wieder rein. »Ich mache so was normalerweise nicht – nach der Niederkunft bei Patientinnen auftauchen. Ehrlich gesagt, ich sehe meine Patientinnen nie wieder, es sei denn, sie beschließen, die Truppen aufzustocken.«

»Ich fühle mich geehrt«, antwortete sie. »Aber wie gesagt, ich bin …«

»Beschäftigt«, beendete er den Satz für sie. Er ging zur Spüle und fing an, den Abwasch zu machen. »Also«, sagte er, »Sie haben das Baby, das Ergo, Ihre freiberufliche Arbeit, Ihre Forschung.« Er zählte ihre Aufgaben an seifigen Fingern ab, während er den Blick durch den Raum wandern ließ. »Das ist übrigens ein ganz respektables Labor.«

»Danke.«

»Hat Evans …«

»Nein.«

»Dann …«

»Ich hab's gebaut. Während meiner Schwangerschaft.«

Er schüttelte erstaunt den Kopf.

»Ich hatte Hilfe«, sagte sie und deutete auf Halbsieben, der neben Mads Stuhl stand wie ein Wächter und darauf wartete, dass Essbares herunterfiel.

»Ach ja, da ist er. Hunde sind ungeheuer hilfreich. Meine Frau und ich haben festgestellt, dass unser Hund eine Art Probelauf für ein Kind war«, sagte er, während er eine Pfanne inspizierte. »Topfreiniger?«

»Links von Ihnen.«

»Apropos Probeläufe.« Er gab noch mehr Spülmittel ins Wasser. »Es wird Zeit.«

»Wofür?«

»Zeit zu rudern. Ein Jahr ist schon vorbei.«

Sie lachte. »Sehr witzig.«

Er drehte sich zu ihr um, und von seinen Händen tropfte Wasser auf den Boden. »Was ist witzig?«

Jetzt war Elizabeth an der Reihe, verwirrt zu blicken.

»Wir haben einen freien Platz. Sitz zwei. Es wäre gut für uns, wenn Sie so bald wie möglich wieder einsteigen würden. Spätestens nächste Woche.«

»Was? Nein. Ich bin ...«

»Müde? Zu beschäftigt? Wahrscheinlich behaupten Sie jetzt, Sie hätten keine Zeit.«

»Weil ich keine habe.«

»Wer hat die schon? Erwachsensein wird überbewertet, finden Sie nicht?«, sagte er. »Kaum hat man ein Problem gelöst, tauchen zehn neue auf.«

»Auf!«, rief Madeline.

»Das einzig Nützliche, das ich bei den Marines gelernt habe, war, dass es gut ist, jeden Morgen mein Bett zu machen. Aber kurz vor Sonnenaufgang ein kalter Schwall Wasser von Steuerbord ins Gesicht? Das hilft enorm.«

Elizabeth trank einen Schluck Kaffee, während Dr. Mason weiter vor sich hin redete. Ihr war durchaus bewusst, dass sie Hilfe brauchte. Sie hatte in ihrer Trauer eine neue Phase erreicht: Statt den Mann zu betrauern, den sie geliebt hatte, betrauerte sie jetzt den Vater, der er ganz sicher gewesen wäre. Sie versuchte, sich möglichst nicht vorzustellen, wie hoch Calvin seine Tochter in die Luft geworfen hätte, wie mühelos er sie sich auf die Schultern gesetzt hätte. Sie hatten beide keine Kinder gewollt, und Elizabeth war noch immer der festen Überzeugung, dass keine Frau gezwungen sein sollte, ein

Baby zu bekommen. Und doch war das jetzt ihr Leben, eine alleinstehende Mutter, die leitende Wissenschaftlerin bei dem wohl unwissenschaftlichsten Experiment aller Zeiten: das Großziehen eines anderen Menschen. Jeden Tag empfand sie die Mutterschaft wie einen Test, für den sie nicht gelernt hatte. Die Fragen waren beängstigend, und es gab nicht annähernd genug Lösungsvorschläge. Manchmal wachte sie in Schweiß gebadet auf, weil in ihrem Traum irgendeine Autoritätsperson mit einem leeren babygroßen Korb an der Tür klopfte und sagte: »Wir haben soeben Ihren jüngsten Leistungsbericht als Mutter begutachtet, und ich sage das jetzt ganz offen: Sie sind entlassen.«

»Ich versuche seit Jahren, meine Frau zum Rudern zu überreden«, sagte Dr. Mason jetzt. »Ich glaube, es würde ihr gefallen. Aber sie sagt immer Nein, und ich vermute, es liegt zum Teil daran, dass es bei uns im Bootshaus keine anderen Frauen gibt. Ich bin nicht verrückt, Miss Zott. Frauen rudern. Sie rudern. Es gibt Frauenruderteams.«

»Wo?«

»Oslo.«

»Norwegen?«

»Die Kleine hier«, er zeigte auf Mad. »Die wird mit Sicherheit backbord rudern. Fällt Ihnen auf, wie sie ganz natürlich ihr Gewicht leicht nach rechts verlagert?«

Sie betrachteten beide Madeline, die ihre Finger anstarrte, als wäre sie überrascht, dass sie nicht alle gleich lang waren. Am Vorabend, als Elizabeth aus *Die Schatzinsel* vorlas, hatte sie gespürt, wie Mad zu ihr hochschaute, den Mund ehrfürchtig geöffnet. Sie erwiderte den Blick ihrer Tochter, auf andere Art von Ehrfurcht ergriffen. Es war so lange her, dass jemand ihr diese Art von Vertrauen gezeigt hatte. Sie empfand eine Lawine der Liebe für ihr irrendes Kind.

»Sie würden sich wundern, wie viel man schon über ein

Baby in dieser Phase sagen kann«, erklärte Mason. »Jedes Baby offenbart ständig mit klitzekleinen Anzeichen sein zukünftiges Ich. Und sie hier: Sie kann einen Raum lesen.«

Elizabeth nickte. Vergangene Woche hatte sie zufällig gesehen, wie Mad, die eigentlich ihr Nickerchen machen sollte, in ihrem Bettchen saß und Halbsieben irgendetwas ganz ernsthaft erklärte. Elizabeth war stehen geblieben und hatte erstaunt zugeschaut, während das Baby, das unsicher schwankte wie ein wackeliger Bowlingkegel, mit den Händen wedelte und einen unaufhörlichen Strom von Konsonanten und Vokalen von sich gab, wahllos aneinandergereiht wie Wäsche auf der Leine, aber mit einer Inbrunst vorgetragen, die unschwer erkennen ließ, dass sie eine Expertin auf diesem Gebiet war. Halbsieben stand andächtig neben dem Kinderbett, die Nase zwischen die Gitterstäbe gesteckt, die Ohren jeder Silbe lauschend. Plötzlich stockte Mad, als hätte sie den Faden verloren, dann beugte sie sich näher zu dem Hund und plapperte weiter. »Gagagagasosonanowuwu«, sagte sie, als wollte sie etwas klarstellen. »Babbadodobabdo.«

Ein Baby zu haben, so erkannte Elizabeth, war ein bisschen so, als würde man mit Besuch von einem fernen Planeten zusammenleben. Es gab ein gewisses Maß von Geben und Nehmen, solange der Besuch deine Lebensweise kennenlernte und du seine, doch allmählich verblasste die seine und deine eigene setzte sich durch. Was sie bedauerlich fand. Denn anders als Erwachsene wurde ihre Besucherin selbst der kleinsten Entdeckungen nie müde, sah stets den Zauber im Alltäglichen. Letzten Monat hatte Mad im Wohnzimmer schrill aufgekreischt, und Elizabeth hatte die Arbeit von einer Stunde ruiniert, weil sie so schnell zu ihr hinübergestürzt war. »Was ist, Mad?«, sagte sie, als sie wie ein Hubschrauber in ein Kriegsgebiet angeflogen kam. »Was hast du?«

Mad sah sie mit großen Augen an und hielt einen Löffel hoch. *Guck dir das an!*, schien sie zu sagen. *Das war hier, direkt vor meiner Nase! Auf dem Boden!*

198

»Und es ist nicht einfach bloß Sport«, sagte Dr. Mason jetzt. »Rudern ist eine Lebenshaltung. Stimmt doch, oder?« Er sprach mit dem Baby.

»Oda!«, rief Mad und hämmerte auf ihr Tablett.

»Wir haben übrigens einen neuen Trainer.« Er drehte sich zu Elizabeth um. »Sehr talentiert. Ich hab ihm von Ihnen erzählt.«

»Wirklich? Haben Sie ihm auch gesagt, dass ich eine Frau bin?«

»Nein!«, rief Mad.

»Miss Zott, Tatsache ist, wir haben schon länger ein Problem mit Sitz zwei«, wich Dr. Mason ihrer Frage aus, nahm ein Handtuch, befeuchtete es und trat an den Babystuhl, wo er Mads klebrige Hände damit abwischte. »Unter uns, er ist ein lausiger Ruderer, war überhaupt nur aufgrund irgendwelcher alter College-Beziehungen mit im Boot. Aber damit ist jetzt Schluss, weil er sich letzte Woche bei einem Skiunfall das Bein gebrochen hat.« Er versuchte, seine Genugtuung zu verbergen. »An drei Stellen!«

Madeline streckte die Arme aus, und Dr. Mason hob sie aus dem Stuhl.

»Das tut mir leid«, sagte Elizabeth. »Und ich weiß Ihr Vertrauen zu schätzen. Dennoch, mir fehlt die Erfahrung. Ich war nur ein paarmal in Ihrem Boot, und das auch nur wegen Calvin.«

»Alw-in«, sagte Mad.

»Selbstverständlich haben Sie die notwendige Erfahrung«, widersprach Dr. Mason überrascht. »Ernsthaft? Von Calvin Evans persönlich trainiert? In einem Zweier? Diese Art von Erfahrung ist mir jederzeit lieber als irgendein Ex-College-Lakai.«

»Und außerdem bin ich viel zu beschäftigt«, erklärte sie erneut.

»Morgens um halb fünf? Sie sind wieder zu Hause, bevor die Kleine hier überhaupt merkt, dass sie weg waren. *Sitz zwei.*«

Er betonte das, als wäre es ein ganz besonderes Angebot, das zeitlich begrenzt war. »Wissen Sie noch? Wir haben darüber gesprochen.«

Elizabeth schüttelte den Kopf. Calvin war auch so gewesen, hatte Rudern für etwas gehalten, das naturgemäß alles andere überwog. Sie erinnerte sich an einen Morgen, an dem sich einige Ruderer in einem anderen Boot darüber wunderten, dass ihr Sitz fünf nicht aufgetaucht war. Der Steuermann rief ihn zu Hause an und erfuhr, dass Sitz fünf hohes Fieber hatte. »Okay, aber du kommst doch trotzdem, oder?«, fragte er daraufhin.

»Miss Zott«, sagte Dr. Mason, »ich will Sie nicht bedrängen, aber Tatsache ist, wir brauchen Sie. Ich weiß, ich bin nur ein paarmal mit Ihnen gerudert, aber ich weiß, wie sich das angefühlt hat. Außerdem wird es Ihnen viel besser gehen, wenn Sie wieder in einem Boot sitzen. Uns allen wird es viel besser gehen«, sagte er mit dem Gedanken an die Fahrt an diesem Morgen. »Fragen Sie Ihre Nachbarin, ob sie nicht bereit ist, in der Zeit auf das Baby aufzupassen.«

»Morgens um halb fünf?«

»Das ist ja die unbesungene Schönheit des Ruderns«, sagte Dr. Mason und wandte sich zum Gehen. »Dass es zu einer Zeit passiert, wenn keiner wirklich viel zu tun hat.«

»Ich mach's«, sagte Harriet.

»Das kann nicht dein Ernst sein«, sagte Elizabeth.

»Wird bestimmt schön«, sagte Harriet, als wäre sich die Welt darin einig, dass es schön ist, mitten in der Nacht aufzustehen. Aber in Wirklichkeit war Mr Sloane der Grund. In letzter Zeit trank er mehr und fluchte mehr, und sie verkraftete das bloß, indem sie ihn mied. »Außerdem ist es ja nur dreimal die Woche.«

»Das ist bloß ein Probelauf. Vielleicht fall ich auch durch.«

»Du schaffst das«, sagte Harriet. »Du bestehst mit fliegenden Fahnen.«

Aber als Elizabeth sich zwei Tage später durch das Bootshaus schlängelte und kleine Grüppchen von verschlafenen Ruderern ihr überraschte Blicke zuwarfen, beschlich sie das Gefühl, dass Harriets Zuversicht und Dr. Masons Notlage beide gleichermaßen übertrieben waren.

»Guten Morgen«, sagte sie aufs Geratewohl zu den Ruderern. »Hallo.«

»Was macht die denn hier?«, hörte sie einen flüstern.

»Ach, du Schande«, sagte ein anderer.

»Miss Zott«, rief Dr. Mason vom hinteren Ende des Bootshauses. »Hierher bitte.«

Sie bahnte sich einen Weg durch das Labyrinth von Körpern zu einigen zerzaust wirkenden Männern, die aussahen, als hätten sie gerade eine sehr schlechte Nachricht erhalten.

»Elizabeth Zott«, sagte sie mit fester Stimme und streckte die Hand aus. Keiner ergriff sie.

»Zott rudert heute auf Sitz zwei«, sagte Mason. »Bill hat sich das Bein gebrochen.«

Schweigen.

»Trainer«, sagte Dr. Mason und wandte sich an einen gemeingefährlich aussehenden Mann. »Das ist die Ruderin, von der ich Ihnen erzählt habe.«

Schweigen.

»Vielleicht erinnern sich einige, sie ist schon mal mit uns gerudert.«

Schweigen.

»Irgendwelche Fragen?«

Schweigen.

»Dann los.« Er nickte dem Steuermann zu.

»Das lief doch ganz gut, finden Sie nicht?«, sagte Dr. Mason später, als sie zurück zu ihren Autos gingen. Sie drehte sich um und sah ihn an. Als sie in den Wehen lag und wahnsinnige Schmerzen litt, überzeugt war, dass das Baby ihre inneren

Organe mitnehmen wollte wie Koffer, damit es in der Außen-
welt auch ja genug zum Anziehen hätte, schrie sie so heftig,
dass das ganze Bett zitterte. Nachdem die Wehe abgeklungen
war, öffnete sie die Augen und sah Dr. Masons Gesicht über
sich. *Sehen Sie?*, sagte er. *War gar nicht so schlimm, oder?*

Sie spielte mit ihren Autoschlüsseln. »Ich glaube, der Steuermann und der Trainer sind da anderer Meinung.«

»Ach das«, sagte und winkte ab. »Normal. Ich dachte, das
wüssten Sie. Neuen Ruderern gibt man immer an allem die
Schuld. Sie sind ja die meiste Zeit mit Evans gerudert – da sind
Ihnen die Feinheiten der Ruderkultur nicht so geläufig. Warten
Sie die nächsten Fahrten ab. Sie werden schon sehen.«

Sie hoffte, dass er ehrlich zu ihr war, denn sie hatte es tatsächlich genossen, wieder draußen auf dem Wasser zu sein. Sie
fühlte sich erschöpft, aber auf eine wohltuende Weise.

»Am Rudern gefällt mir besonders«, sagte Dr. Mason jetzt,
»dass man sich dabei immer rückwärtsbewegt. Fast so, als
wollte der Sport uns lehren, nicht zu weit in die Zukunft zu
blicken.« Er zog die Autotür auf. »Im Grunde ist Rudern so
ähnlich wie Kindererziehung. Beides verlangt Geduld, Aus-
dauer, Kraft und Hingabe. Und bei beidem können wir nicht
sehen, wohin wir uns bewegen, nur, wo wir waren. Ich finde
das sehr beruhigend. Bis auf die Ausraster natürlich. Ich würde
mir wirklich weniger Ausraster wünschen.«

»Den Ruderbegriff kenn ich gar nicht?«

»Ausraster«, wiederholte er und stieg in sein Auto. »Gestern
hat eins von meinen Kindern das andere mit einer Schaufel
geschlagen.«

Kapitel 20

Lebensgeschichte

Mit fast vier war Mad bereits größer als die meisten Fünf-jährigen, und sie konnte besser lesen als viele Viertklässler. Doch trotz ihrer körperlichen und intellektuellen Fortschritte hatte sie kaum Freunde, genau wie ihre ungesellige Mutter und ihr nachtragender Vater.

»Ich fürchte, es könnte eine Genmutation sein«, vertraute Elizabeth Harriet an. »Calvin und ich könnten beide Träger sein.«

»Das Ich-hasse-Menschen-Gen?«, fragte Harriet. »Gibt's das?«

»Schüchternheit«, stellte Elizabeth klar. »Introvertiertheit. Also habe ich einen Entschluss gefasst und sie in der Vorschule angemeldet. Das neue Schuljahr beginnt nächsten Montag, und auf einmal kam mir das völlig logisch vor. Mad braucht den Umgang mit anderen Kindern, das hast du selbst gesagt.«

Das stimmte. Harriet hatte diese Meinung in den letzten zwei Jahren mindestens hundertmal geäußert. Madeline war ein frühreifes Kind mit außergewöhnlichen sprachlichen Fähig-keiten und hoher Auffassungsgabe, aber Harriet fand nicht, dass die Kleine alltägliche Dinge ebenso schnell lernte, zum Beispiel, wie man sich die Schuhe zuband oder mit Puppen spielte. Erst neulich hatte sie Mad vorgeschlagen, mit Förm-chen im Sandkasten zu spielen, worauf sie nach kurzem Stirn-runzeln mit einem Stock $E=mc^2$ in den Sand schrieb. »Und jetzt?«, hatte sie gefragt.

Außerdem, wenn Mad demnächst in die Schule ging, was

sollte sie, Harriet, dann mit ihrem Tag anfangen? Sie hatte sich daran gewöhnt, gebraucht zu werden.

»Sie ist zu jung«, beharrte Harriet. »Sie muss mindestens fünf Jahre alt sein. Besser sechs.«

»Das haben sie erwähnt«, sagte Elizabeth. »Trotzdem, sie ist drin.«

Sie verheimlichte Harriet jedoch, dass der Grund dafür nicht Madelines Intelligenz war, sondern eher die Tatsache, dass Elizabeth die chemische Zusammensetzung von Kugelschreibertinte ermittelt und so einen Weg gefunden hatte, Madelines Geburtsurkunde zu ändern. Formal war Mad noch viel zu jung für die Vorschule, aber Elizabeth sah nicht ein, dass eine Formalität die Ausbildung ihrer Tochter beeinträchtigen sollte.

»Woody Elementary«, sagte sie und reichte Harriet ein Blatt Papier. »Mrs Mudford. Raum sechs. Mir ist klar, dass sie ein bisschen weiter ist als manche der anderen Kinder, aber ich kann mir nicht vorstellen, dass sie als Einzige Zane Grey liest, du etwa?«

Halbsieben hob besorgt den Kopf. Auch er war von dieser Neuigkeit keineswegs begeistert. Mad in der Schule? Und was war mit *seiner* Aufgabe? Wie sollte er das Wesen beschützen, wenn es in einem Klassenzimmer war?

Elizabeth nahm die Kaffeetassen und trug sie zur Spüle. Diese plötzliche Schulanmeldung kam gar nicht so plötzlich. Vor einigen Wochen war sie auf der Bank gewesen, um eine Umkehrhypothek auf den Bungalow aufzunehmen. Sie waren pleite. Wenn Calvin ihren Namen nicht mit auf die Besitzurkunde gesetzt hätte, eine Tatsache, die sie erst nach seinem Tod erfuhr, müssten sie von Sozialhilfe leben.

Der Bankkaufmann schätzte ihre Lage düster ein. »Es wird nur noch schlimmer werden«, hatte er gewarnt. »Schicken Sie Ihr Kind so bald wie möglich in die Schule. Und dann suchen Sie sich einen Job, der auch bezahlt wird. Oder heiraten Sie einen reichen Mann.«

Sie setzte sich wieder in ihr Auto und ging ihre Optionen durch.

Eine Bank ausrauben.

Ein Juweliergeschäft ausrauben.

Oder, eine abscheuliche Vorstellung – zurück zu dem Institut gehen, das sie beraubt hatte.

Fünfundzwanzig Minuten später betrat sie die Eingangshalle vom Hastings. Ihre Hände zitterten, ihre Haut war klamm, das Warnsystem des Körpers schlug heftig Alarm. Sie holte tief Luft, versuchte, Kraft zu sammeln. »Ich möchte zu Dr. Donatti«, sagte sie zu der Frau am Empfang.

»Wird mir die Schule gefallen?«, fragte Mad, die aus dem Nichts auftauchte.

»Ganz bestimmt«, sagte Elizabeth wenig überzeugend. »Was hast du da?« Sie zeigte auf einen großen Bogen schwarzes Bastelpapier, den Madeline in der rechten Hand hielt.

»Mein Bild«, sagte sie, lehnte sich gegen ihre Mutter und legte es vor ihr auf den Tisch. Es war wieder eine Kreidezeichnung – Madeline mochte Kreide lieber als Buntstifte –, aber weil Kreide so leicht verwischte, sahen ihre Zeichnungen oft unscharf aus, als würden ihre Motive versuchen, vom Blatt zu fliehen. Elizabeth betrachtete das Bild und sah ein paar Strichfiguren, einen Hund, einen Rasenmäher, eine Sonne, einen Mond, möglicherweise ein Auto, Blumen, eine lange Kiste. Anscheinend verwüstete Feuer den Süden, Regen beherrschte den Norden. Und da war noch etwas: eine große, verwirbelte weiße Masse in der Mitte.

»Na«, sagte Elizabeth, »das ist wirklich toll. Da hast du ja richtig viel Arbeit reingesteckt.«

Mad blähte die Backen auf, als könnte sich ihre Mutter ganz und gar nicht vorstellen, wie viel Arbeit.

Elizabeth sah sich die Zeichnung genauer an. Sie hatte

Madeline ein Buch vorgelesen, in dem beschrieben wurde, wie die Ägypter die Oberflächen von Sarkophagen nutzten, um die Geschichte eines gelebten Lebens zu erzählen – seine Höhen, seine Tiefen, seine Siege, seine Niederlagen –, alles in präzisen Zeichen dargestellt. Aber während sie las, kamen ihr Fragen: Was, wenn der Künstler abgelenkt wurde? Eine Schlange statt einer Ziege malte? Und falls das passierte, musste er sie stehen lassen? Wahrscheinlich. Andererseits, war das nicht die eigentliche Definition des Lebens? Ständige Anpassung durch eine unaufhörliche Abfolge von Fehlern? Zweifellos, und wer wusste es besser als sie.

Dr. Donatti war zehn Minuten später in die Eingangshalle gekommen. Seltsamerweise wirkte er fast erleichtert, sie zu sehen. »Miss Zott!«, hatte er gesagt und sie umarmt, während sie angewidert die Luft anhielt. »Ich hab gerade noch an Sie gedacht!«

Tatsächlich hatte er an *nichts* anderes gedacht als an Zott.

»Erzähl mir was über die Leute da«, sagte sie zu Mad und zeigte auf die Strichfiguren.

»Das sind Harriet und ich und du«, sagte Mad. »Und Halbsieben. Und da ruderst du.« Sie zeigte auf das kistenähnliche Ding. »Und das ist unser Rasenmäher. Und da drüben ist Feuer. Und das da sind noch ein paar Leute. Das ist unser Auto. Und die Sonne geht auf, dann kommt der Mond raus, und dann Blumen. Verstehst du?«

»Ich glaube schon«, sagte Elizabeth. »Es ist eine Jahreszeitengeschichte.«

»Nein«, sagte Mad. »Es ist meine Lebensgeschichte.«

Elizabeth nickte, tat so, als hätte sie verstanden. Ein Rasenmäher?

»Und was ist das da?«, fragte sie und zeigte auf den Wirbel, der das Bild dominierte.

»Das ist die Grube des Todes«, sagte Mad.

Elizabeths Augen weiteten sich erschreckt. »Und das?« Sie zeigte auf eine Reihe von schrägen Strichen. »Regen?«

»Tränen«, sagte Mad.

Elizabeth ging auf die Knie, auf Augenhöhe mit Mad. »Bist du traurig, Schätzchen?«

Mad umfasste das Gesicht ihrer Mutter mit kleinen, kreidebeschmierten Händen. »Nein. Aber du bist traurig.«

Nachdem Mad zum Spielen nach draußen gegangen war, sagte Harriet etwas von »Kindermund tut Wahrheit kund«, doch Elizabeth tat so, als hätte sie es nicht gehört. Ihr war längst bewusst, dass ihre Tochter sie lesen konnte wie ein Buch. Es war ihr schon früher aufgefallen, dass Mad genau die Dinge erspürte, die alle verbergen wollten.

»Harriet ist noch nie verliebt gewesen«, hatte sie letzte Woche beim Abendessen aus heiterem Himmel gesagt. »Halbsieben gibt sich noch immer die Schuld«, hatte sie beim Frühstück geseufzt. »Dr. Mason hat von Vaginen die Nase voll«, hatte sie beim Zubettgehen bemerkt.

»Ich bin nicht traurig, Harriet«, log Elizabeth. »Ich habe sogar eine tolle Neuigkeit. Das Hastings hat mir einen Job angeboten.«

»Einen Job?«, sagte Harriet. »Aber du hast doch einen Job, einen, mit dem du arbeiten und Mad großziehen und Halbsieben ausführen und deine Forschung betreiben und rudern kannst. Wie viele Frauen können das von sich sagen?«

Keine, dachte Elizabeth, auch sie nicht. Ihr Rund-um-die-Uhr-Arbeitspensum laugte sie aus, ihr mangelndes Einkommen gefährdete ihre Familie, ihre Selbstachtung war auf einen neuen Tiefstand gesunken.

»Mir gefällt das nicht«, sagte Harriet, ohnehin unglücklich wegen der Schulsituation, die sie ihrer Aufgabe berauben würde. »Nachdem die dich und Mr Evans so schlecht behandelt haben? Schlimm genug, dass du dich mit diesen Idioten abgeben musst, die dauernd herkommen.«

»In der Wissenschaft geht es zu wie überall«, sagte Elizabeth. »Manche sind besser in ihrem Fach als andere.«

»Genau das meine ich«, sagte Harriet. »Sollte nicht gerade die Wissenschaft in der Lage sein, ihre intellektuellen Nullen auszusieben? Das hat doch dieser Darwin behauptet, oder? Dass die Schwachen am Ende ins Gras beißen.« Aber sie merkte, dass Elizabeth ihr nicht zuhörte.

»Wie geht's dem Baby?«, hatte Donatti gefragt, als er sie am Arm fasste und in sein Büro führte. Er war überrascht gewesen, als er bei einem Blick nach unten sah, dass ihre Finger bandagiert waren, genau wie damals vor ihrer Entlassung.

Zott antwortete irgendwas, aber er hörte nicht richtig hin, weil er zu sehr damit beschäftigt war, sich seinen nächsten Schachzug zu überlegen. Die letzten herrlichen Jahre hatte er Zott-Evans-frei verbracht, und schon allein deshalb war alles besser gewesen. Nicht im Sinne eines echten wissenschaftlichen Durchbruchs, aber die Dinge liefen gut. Selbst dieser blöde Boryweitz schien an Hirnmasse zugelegt zu haben. Es war fast so, als hätte Evans sterben und Zott verschwinden müssen, damit die anderen Chemiker aufblühen konnten.

Allerdings gab es einen großen Stachel in seinem Fleisch. Der fette Investor war zurück. Wollte wissen, was zum Teufel Mr Zott die ganze Zeit mit seinem Geld gemacht hatte. Wo blieben die wissenschaftlichen Publikationen? Die Forschungsergebnisse? Die Erkenntnisse?

Er starrte aus dem Fenster, während Zott was von einer unerwarteten positiven Ionenreaktion quasselte. Gott, Wissenschaft war öde. Er hustete, versuchte sein Desinteresse zu überspielen. Es war schon beinahe Cocktailstunde, das hieß, er könnte bald gehen. Er dachte daran, dass jemand vor langer Zeit, am College, mal seine extratrockenen Martinis gelobt hatte. Und plötzlich kam ihm eine Idee – er könnte doch Barkeeper werden! Er trank gern; er verstand was davon. Seine Drinks machten andere Menschen glücklich, das heißt betrunken. Außerdem klang Mixologie irgendwie wissenschaftlich. Was sprach dagegen? Die Bezahlung?

Apropos Bezahlung, er hatte in seinem Budget keinerlei Spielraum, um Zott einzustellen – null. Aber er musste: Er brauchte sie, weil der Investor sie brauchte – oder genauer gesagt, der Investor brauchte ihn, Mr Zott, und seine verfluchte Abiogenese. Schien sich ein bisschen aufzuregen, ehrlich gesagt. Seit Monaten hatte er sich vor den Anrufen des Mannes gedrückt. Schließlich hatte er vor lauter Verzweiflung sein Team gefragt, ob einer von ihnen irgendeine Arbeit machte, die auch nur annähernd was mit dem Thema zu tun hatte. Und wer hatte die Hand gehoben? Ausgerechnet Boryweitz.

Das Problem war bloß, dass Boryweitz seine eigene Forschung nicht erklären konnte. Da war Donatti misstrauisch geworden, und Boryweitz hatte verraten, dass er Zott zufällig über den Weg gelaufen war und sie über Abiogenese geredet hatten und – war das nicht komisch? Sie hatten ähnliche Ergebnisse.

»Ich möchte hier zu Protokoll geben, dass es ein Riesenfehler ist, wieder fürs Hastings zu arbeiten«, sagte Harriet.

»Aller guten Dinge sind zwei«, beharrte Elizabeth.

Um eins daneben, dachte Halbsieben.

Kapitel 21

E. Z.

Der Fachbereich Chemie feierte Elizabeths Rückkehr mit einem neuen Laborkittel.

»Der ist von uns allen«, sagte Donatti. »Um Ihnen zu zeigen, wie sehr wir Sie vermisst haben.« Überrascht von der Geste nahm sie den weißen Kittel freudig an und streifte ihn unter zögerlichem Beifall über, gefolgt von ein paar lauten Lachern. Sie blickte nach unten auf die gestickten Initialen über der Tasche. Wo einst »E. Zott« gestanden hatte, stand jetzt nur noch »E. Z.«

»Nett, nicht?« Dr. Donatti zwinkerte ihr zu. »Übrigens« – er krümmte den Zeigefinger, um ihr zu signalisieren, dass sie ihm in sein Büro folgen sollte –, »ein kleines Vögelchen hat mir gezwitschert, dass Sie sich noch immer mit Abiogenese beschäftigen.«

Elizabeth stutzte. Sie hatte niemandem von ihrer Forschung erzählt. Die einzige Person, die es möglicherweise wissen konnte, war Boryweitz, und das auch nur, weil Mad bei seinem letzten Besuch aus ihrem Mittagsschlaf aufgewacht war, und als Elizabeth zurückkam, hatte Boryweitz an ihrem Schreibtisch gesessen, wo er ihre Unterlagen durchsah. »Was machen Sie da?«, hatte sie ihn schockiert gefragt.

»Nichts, Miss Zott«, hatte er offensichtlich gekränkt von ihrem Ton geantwortet.

»Ich bringe selbst was raus«, sagte Donatti, als er sich hinter seinem Schreibtisch niederließ. »Erscheint demnächst im *Science Journal*.«

»Welches Thema?«

»Nichts Weltbewegendes«, antwortete er achselzuckend. »RNA-Kram. Sie kennen das ja: muss gelegentlich was veröffentlichen oder den beruflichen Tribut zollen. Aber ich interessiere mich für Ihre Arbeit. Wann kann ich den Bericht lesen?«

»Es gibt da noch einige Fragen abzuklären«, sagte sie. »Wenn ich mich in den nächsten sechs Wochen ohne Ablenkungen nur darauf konzentrieren kann, müsste ich was für Sie haben.«

»Nur auf Ihre Arbeit konzentrieren?«, sagte er überrascht. »Das klingt mir ein bisschen zu sehr nach Calvin Evans.«

Sobald Calvins Name fiel, erstarrten Elizabeths Gesichtszüge.

»Wie Sie sich bestimmt erinnern, läuft das in diesem Fachbereich nicht so«, sagte Donatti. »Hier helfen wir einander. Wir sind ein Team. Wie eine Rudermannschaft«, schob er spöttisch nach. Er hatte zufällig mitbekommen, wie sie einem der Chemiker erzählt hatte, dass sie noch immer ruderte. Tja, wenn sie nicht rudern würde, wäre sie jetzt vielleicht schon weiter mit ihrer Arbeit. Obwohl, er hatte die von ihr mitgebrachten Unterlagen durchgesehen und geschockt festgestellt, dass sie schon viel weiter war, als Boryweitz glaubte. Der Mann war ein Idiot.

»Hier«, sagte Donatti und überreichte ihr einen dicken Stapel Papiere. »Als Erstes tippen Sie die ab. Außerdem ist kaum noch Kaffee da. Und fragen Sie die Jungs mal, wo Sie ihnen helfen können.«

»Helfen? Aber ich bin Chemikerin, keine Laborassistentin.«

»Nein, Sie sind hier Laborassistentin«, sagte Donatti mit Nachdruck. »Sie waren eine ganze Weile aus dem Geschäft. Sie haben doch wohl nicht geglaubt, Sie können hier reingetanzt kommen und kriegen gleich Ihren alten Job zurück. Ausgeschlossen, nachdem Sie jahrelang Däumchen gedreht haben. Aber Vorschlag zur Güte: Strengen Sie sich an, dann sehen wir weiter.«

»Aber so war das nicht abgemacht.«

»Entspannen Sie sich, Süße«, grinste er. »Es ist ja nicht ...«

»Wie haben Sie mich gerade genannt?«

Doch ehe er antworten konnte, erinnerte seine Sekretärin ihn daran, dass er zu einer Besprechung musste.

»Hören Sie«, sagte er und wandte sich wieder Elizabeth zu, »solange Evans da war, haben Sie hier einen Sonderstatus genossen, und viele Leute haben Ihnen das nicht verziehen. Aber diesmal sollen alle wissen, dass Sie Ihren Platz verdient haben. Sie sind ein schlaues Mädchen, Lizzie. Sie schaffen das.«

»Aber ich brauche das Gehalt einer Chemikerin, Dr. Donatti. Als Laborassistentin komme ich finanziell nicht über die Runden. Ich habe ein Kind zu versorgen.«

»Da fällt mir ein«, sagte er abwinkend. »Ich habe gute Neuigkeiten für Sie. Das Hastings hat sich bereit erklärt, Ihre Weiterbildung zu bezahlen.«

»Ehrlich?« Sie war erstaunt. »Das Hastings will meine Promotion finanzieren?«

Donatti stand auf und reckte die Arme über den Kopf, als hätte er gerade Schwerstarbeit geleistet. »Nein«, sagte er. »Ich meinte damit, Sie würden sicherlich von einem Stenokurs profitieren – Diktate aufnehmen und so. Ich hab einen Fernkurs für Sie gefunden.« Er reichte ihr eine Broschüre. »Das Schöne daran ist, den können Sie in Ihrer Freizeit zu Hause machen.«

Mit rasendem Herzen kehrte Elizabeth zu ihrem Schreibtisch zurück, knallte den Stapel Papiere darauf und marschierte schnurstracks zur Damentoilette, wo sie die hinterste Kabine aussuchte und sich einschloss. Harriet hatte recht. Was hatte sie sich bloß gedacht? Doch ehe sie überhaupt anfangen konnte, über die Frage nachzudenken, hörte sie ein Hämmern in der Kabine nebenan.

»Hallo?«, rief Elizabeth

Das Hämmern hörte auf.

»Hallo?«, rief sie erneut. »Alles in Ordnung?«

»Kümmern Sie sich um Ihren eigenen Kram«, blaffte eine Stimme.

Elizabeth zögerte, versuchte es dann erneut. »Brauchen Sie ...«

»Sind Sie taub? Lassen Sie mich in Ruhe, verdammt noch mal.«

Sie stutzte. Die Stimme kam ihr bekannt vor. »Miss Frask?«, fragte sie, stellte sich die Personalsekretärin vor, die sie vor Jahren mit Calvins Tod gequält hatte. »Sind Sie das, Miss Frask?«

»Wer zum Teufel will das wissen?«, ertönte die wütende Stimme.

»Elizabeth Zott. Chemie.«

»Ich fass es nicht. Zott. Ausgerechnet.« Langes Schweigen trat ein.

Miss Frask, jetzt dreiunddreißig, die in den letzten vier Jahren brav jedem Weg gefolgt war, der eine Beförderung verhieß – angefangen mit der allzu rosig gefärbten Darstellung der Vorzüge vom Hastings über das Ausspionieren bestimmter Fachbereiche bis hin zum Verfassen einer hausinternen Klatschkolumne mit dem Titel »Hier erfahren Sie's zuerst« –, war noch immer nicht befördert worden. Tatsächlich war sie neuerdings einem Mitarbeiter untergeordnet, der frisch vom College eingestellt worden war und keine erkennbaren Fähigkeiten besaß außer der, Ketten aus Büroklammern zu basteln. Was Eddie betraf – den Geologen, mit dem sie geschlafen hatte, um zu beweisen, dass sie eine gute Ehefrau abgeben würde –, der hatte sie vor zwei Jahren wegen einer Jungfrau abserviert. Der heutige jüngste Schlag ins Gesicht: Ihr neuer Grünschnabel-Chef hatte ihr einen Siebenpunkteplan zur Leistungsverbesserung unter die Nase gerieben. Punkt eins: zwanzig Pfund abnehmen.

»Dann sind Sie also wirklich wieder da«, sagte Frask aus ihrer Kabine. »Wie das sprichwörtliche Unkraut.«

»Ich muss doch sehr bitten.«

»Den Hund auch mitgebracht?«

»Nein.«

»Fangen Sie etwa an, sich an Vorschriften zu halten, Zott?«

»Mein Hund ist nachmittags beschäftigt.«

»Ihr Hund ist nachmittags *beschäftigt*.« Frask verdrehte die Augen.

»Er holt mein Kind von der Schule ab.«

Frask verlagerte ihr Gewicht auf dem Toilettensitz. Stimmt ja – Zott hatte jetzt ein Kind.

»Junge? Mädchen?«

»Mädchen.«

Frask zog an der Toilettenpapierrolle. »Pech.«

Elizabeth starrte die Bodenfliesen an. Sie wusste genau, was Frask meinte. An Mads erstem Schultag hatte sie entsetzt beobachtet, wie die Lehrerin, eine Frau mit verquollenen Augen und einer penetrant riechenden Dauerwelle, Mad eine rosa Blume an die Bluse heften wollte. ABC MACHT SPASS! stand darauf.

»Kann ich nicht eine blaue Blume haben?«, hatte Mad gefragt.

»Nein«, hatte die Lehrerin gesagt. »Blau ist für Jungs, und Rosa ist für Mädchen.«

»Das stimmt nicht«, widersprach Madeline.

Die Lehrerin, Mrs Mudford, ließ ihren Blick von Madeline zu Elizabeth gleiten, sah die zu hübsche Mutter an, als wollte sie die Ursache für diese Unverfrorenheit lokalisieren. Sie registrierte Elizabeths nackten Ringfinger. Bingo!

»Und was führt Sie zurück zu uns?«, fragte Frask. »Wollen Sie sich das nächste Genie schnappen?«

»Abiogenese.«

»Ja klar«, spottete Frask. »Das alte Lied. Ich habe gehört, der Investor ist wieder da, und voilà! Da sind Sie. Eins muss ich Ihnen lassen: Unberechenbar sind Sie nicht. Immerhin haben Sie diesmal einen reicheren Mann im Visier. Obwohl, unter uns gesagt, ist der nicht ein bisschen zu alt für Sie?«

»Ich kann Ihnen nicht folgen.«

»Tun Sie nicht so verschämt.«

Elizabeth biss die Zähne aufeinander. »Ich weiß gar nicht, wie das geht.«

Frask dachte darüber nach. Zugegeben. Zott war nicht der verschämte Typ. Sie war schwer von Begriff, unsensibel, so wie an dem Tag, als sie erst gesagt bekommen musste, dass Calvin ihr ein Abschiedsgeschenk hinterlassen hatte – ein Geschenk (unfassbar), das schon zur Schule ging und von dem Hund abgeholt wurde. Ernsthaft?

»Der Mann«, sagte Frask, »der dem Hastings eine gewaltige Summe zur Verfügung gestellt hat, um die Abiogenese-Forschung basierend auf Ihrer Arbeit zu fördern. Oder besser gesagt, auf der Arbeit von Mr E. Zott.«

»Wovon reden Sie eigentlich?«

»Das wissen Sie doch ganz genau, Zott. Jedenfalls, der reiche Mann ist wieder da und, wer hätte das gedacht, Sie auch. Ich glaube, Sie sind wahrscheinlich die einzige Frau am Hastings – von dreitausend Angestellten, wohlgemerkt –, die keine Sekretärin ist. Ist mir unbegreiflich, wie das passieren konnte. Und trotzdem haben Sie versucht, sich als Mann auszugeben. Wie tief wollen Sie eigentlich noch sinken? Übrigens, wissen Sie, warum das Institut sagt, wir Frauen wären keine gute Investition? Weil wir dauernd alles hinschmeißen und Kinder kriegen. Genau wie Sie das getan haben.«

»Ich bin entlassen worden«, sagte Elizabeth mit wachsender Wut. »Zum Teil dank Frauen wie Ihnen«, zischte sie, »Frauen, die sich einschmeicheln ...«

»Ich schmeichle niemandem ...«

»Die sich anbiedern …«

»Ich biedere mich nicht an …«

»Die offenbar glauben, ihr Selbstwert hinge davon ab, was ein Mann …«

»Was fällt Ihnen ein …«

»Nein!«, schrie Elizabeth und schlug mit der Faust gegen die dünne Stahlwand zwischen ihnen. »Was fällt *Ihnen* ein, Miss Frask! Was fällt *Ihnen* ein!« Sie stand auf, öffnete die Tür und stürmte zum Waschbecken, wo sie den Wasserhahn mit solcher Wucht aufdrehte, dass er in ihrer Hand abging. Wasser schoss heraus, durchtränkte ihren Laborkittel. »Verdammt!«, kreischte sie. »Verdammt!«

»Ach, herrje«, sagte Frask, die plötzlich neben ihr stand. »Lassen Sie mich mal.« Sie schob Elizabeth nach links, bückte sich und drehte den Absperrhahn unter dem Waschbecken zu. Als sie sich wieder aufrichtete, standen die beiden Frauen Auge in Auge.

»Ich habe nie vorgegeben, ein Mann zu sein, Frask!«, schrie Elizabeth, während sie ihren Laborkittel mit einem Papierhandtuch abtupfte.

»Und ich schmeichle mich nicht ein!«

»Ich bin Chemikerin. Kein *weiblicher* Chemiker. *Chemikerin.* Und eine verdammt gute!«

»Tja, ich bin Personalexpertin! Beinahe-Psychologin«, schleuderte Frask ihr entgegen.

»*Beinahe*-Psychologin?«

»Halten Sie den Mund.«

»Nein, wirklich«, sagte Elizabeth. »*Beinahe?*«

»Ich hatte keine Möglichkeit, den Abschluss zu machen, okay? Was ist mit Ihnen? Wieso sind Sie nicht promoviert, Zott?«, schoss Frask zurück.

Elizabeth versteinerte, und ohne es zu wollen, gab sie etwas von sich preis, das sie bislang nur einem Polizisten erzählt hatte. »Weil ich von meinem akademischen Betreuer vergewaltigt und anschließend aus dem Promotionsprogramm geschmissen wurde«, schrie sie. »Und *Sie?*«

Frask sah sie schockiert an. »Ich auch«, sagte sie matt.

Kapitel 22

Das Geschenk

»Wie war der erste Tag da?«, fragte Harriet, sobald Elizabeth nach Hause kam.

»Gut«, log Elizabeth. »Mad«, sagte sie, bückte sich und schloss ihre Tochter in die Arme. »Wie war's in der Schule? Hast du Spaß gehabt? Irgendwas Neues gelernt?«

»Nein.«

»Doch, hast du bestimmt«, sagte Elizabeth. »Erzähl.«

Madeline legte ihr Buch beiseite. »Na ja. Ein paar von den Kindern sind inkontinent.«

»Großer Gott«, sagte Harriet.

»Wahrscheinlich waren sie bloß aufgeregt.« Elizabeth strich Madelines Haare glatt. »So ein Neuanfang kann schwierig sein.«

»Und Mrs Mudford will dich sprechen.« Madeline hielt ihr einen Zettel hin.

»Gut«, sagte Elizabeth. »So arbeiten proaktive Lehrkräfte.«

»Was bedeutet proaktiv?«, fragte Madeline.

»Ärger«, knurrte Harriet.

Ein paar Wochen später ging Elizabeth in die Personalabteilung. »Können Sie mir Informationen über diesen Investor geben?«, bat sie Miss Frask. »Alles, was Sie haben.«

»Warum nicht?«, sagte Frask und holte einen einzelnen dünnen Buchführungsordner mit der Aufschrift VERTRAU-LICH hervor. »Ich hab letzte Woche zwei Pfund zugenommen.«

»Ist das alles?«, fragte Elizabeth, die den Ordner durchsah. »Hier ist nichts drin.«

»Sie wissen doch, wie reiche Leute sind, Zott. Sehr zurückhaltend. Aber treffen wir uns doch nächste Woche zum Mittagessen. Bis dahin hab ich Zeit, die Akten durchzusehen.«

Aber als die nächste Woche kam, brachte Frask lediglich ein Sandwich mit.

»Hab nichts finden können«, gab Frask zu. »Und das ist eigenartig, weil die bei seinem letzten Besuch ein Mordstrara veranstaltet haben. Heißt wahrscheinlich, dass er beschlossen hat, sein Geld woanders zu investieren. Passiert ständig. Übrigens, wie ist es denn so als Laborassistentin? Schon Selbstmordgedanken?«

»Woher wissen Sie das?« An Elizabeths Schläfe begann eine Ader zu pochen.

»Ich bin in der Personalabteilung, schon vergessen? Wir wissen alles, sehen alles. Oder in meinem Fall: wussten alles, sahen alles.«

»Was soll das heißen?«

»Jetzt bin ich geschasst worden«, sagte Frask nüchtern. »Am Freitag bin ich weg.«

»Was? *Wieso?*«

»Ich hab Ihnen doch von meinem Siebenpunkteplan zur Leistungsverbesserung erzählt? Zwanzig Pfund abnehmen? Ich hab sieben zugelegt.«

»Die dürfen Sie nicht entlassen, weil Sie zugenommen haben«, sagte Elizabeth. »Das ist unrechtmäßig.«

Frask beugte sich vor und drückte Elizabeths Arm. »Ach, Gottchen. Wissen Sie, was? Ihre Naivität amüsiert mich immer wieder.«

»Ich meine das ernst«, sagte Elizabeth. »Sie müssen dagegen angehen, Miss Frask. Das können Sie sich nicht bieten lassen.«

»Tja.« Frask wurde ernst. »Als Personalsachbearbeiterin plädiere ich stets für ein Vieraugengespräch mit dem Vorgesetzten, um die eigenen Leistungen hervorzuheben und zukünftige Einsatzmöglichkeiten aufzuzeigen.«

,»Ganz genau.«

»War ein Scherz«, sagte Frask. »Das funktioniert nie. Trotzdem, machen Sie sich mal keine Sorgen, ich hab schon jede Menge Aushilfsjobs als Schreibkraft in Aussicht. Aber bevor ich gehe, hab ich noch ein kleines Geschenk für Sie. Sozusagen als Wiedergutmachung für den ganzen Kummer, den ich Ihnen nach Mr Evans' Tod gemacht habe. Ich schlage vor, wir treffen uns Freitag am Fahrstuhl im Südflügel. Vier Uhr. Sie werden nicht enttäuscht sein, versprochen.«

»Hier entlang«, sagte Frask, als Elizabeth wie verabredet am Freitagnachmittag erschien. »Passen Sie auf, wo Sie hintreten. Aus dem Biologielabor ist ein Schwung Mäuse ausgebüxt.« Gemeinsam fuhren sie und Elizabeth mit dem Fahrstuhl in den Keller und gingen dann einen Flur hinunter, bis sie zu einer Tür kamen, auf der ACHTUNG stand. »Da wären wir«, sagte Frask vergnügt.

»Wo sind wir denn hier?«, fragte Elizabeth mit Blick auf eine Reihe kleiner Stahltüren, die von eins bis neunundneunzig durchnummeriert waren.

»Archiv«, sagte Frask und holte einen Schlüsselbund hervor. »Sie haben doch ein Auto, ja? Und einen großen, leeren Kofferraum?« Sie ging die Schlüssel durch, bis sie den mit der Nummer einundvierzig fand, steckte ihn ins Schloss und forderte Elizabeth auf hineinzuschauen.

Calvins Arbeit. Eingepackt und weggeschlossen.

»Wir nehmen die Sackkarre hier«, sagte Frask und rollte sie rüber. »Es sind insgesamt acht Kisten. Aber wir sollten uns beeilen. Ich muss die Schlüssel bis fünf Uhr abgegeben haben.«

»Dürfen wir das überhaupt?«

Miss Frask griff nach der ersten Kiste. »Interessiert uns das?«

Kapitel 23

Walter Pine war praktisch schon seit den allerersten Anfängen des Fernsehens dabei. Ihm gefiel die Idee, dass Fernsehen den Menschen eine Flucht aus dem Alltag versprach. Deshalb hatte er sich dafür entschieden, denn wer wollte nicht aus dem Alltag fliehen? Er auf jeden Fall.

Doch mit den Jahren fühlte er sich mehr und mehr wie ein Gefangener, der immerzu damit beschäftigt war, den Fluchttunnel zu graben. Und wenn dann am Ende die anderen Gefangenen über ihn hinweg in die Freiheit krabbelten, blieb er mit dem Löffel in der Hand zurück.

Dennoch machte er weiter, aus demselben Grund, wie viele Menschen einfach weitermachen: weil er Vater war – der alleinerziehende Vater seiner Tochter Amanda, sechs Jahre alt, Vorschülerin auf der Woody Elementary und das Licht seines Lebens. Er würde alles für dieses Kind tun. Dazu gehörte auch, die tägliche Tyrannei seines Chefs zu erdulden, der kürzlich gedroht hatte, er wäre demnächst arbeitslos, wenn er den leeren Sendeplatz im Nachmittagsprogramm nicht bald füllte.

Walter nahm ein Taschentuch und putzte sich die Nase, blickte gleich danach auf das Tuch, als wollte er sehen, woraus sein Inneres bestand.

Schleim. Kein Wunder.

Vor ein paar Tagen war eine Frau zu ihm gekommen – Elizabeth Zott, Mutter von … der Name des Kindes war ihm entfallen. Laut Zott machte Amanda irgendwie Ärger. Kein

Wunder. Mrs Mudford, ihre Lehrerin, behauptete, Amanda würde ständig Ärger machen. Was er nicht glauben wollte. Ja, Amanda war ein bisschen ängstlich, wie er, ein bisschen zu dick, wie er, ein bisschen zu sehr darauf erpicht, es allen recht zu machen, wie er, aber wissen Sie, was Amanda noch war? Ein *nettes* Kind. Und genau wie nette Erwachsene waren nette Kinder selten.

Und wissen Sie, was auch selten war? Eine Frau wie Elizabeth Zott. Sie ging ihm nicht mehr aus dem Kopf.

»Na, endlich«, sagte Harriet und trocknete sich die nassen Hände an ihrem Kleid ab, als Elizabeth durch die Hintertür kam. »Ich hab mir schon Sorgen gemacht.«

»Tut mir leid.« Sie versuchte, den Zorn aus ihrer Stimme zu verbannen. »Ich bin aufgehalten worden.« Sie ließ ihre Tasche fallen und sank auf einen Stuhl.

Sie war jetzt seit zwei Monaten wieder am Hastings, und der Stress der Unterforderung machte sie fertig. Sie wusste, dass sich Menschen in extrem anspruchsvollen Berufen häufig nach simpleren Tätigkeiten sehnten, die weder Leidenschaft noch Intellekt erforderten und ihre müden Köpfe nicht noch um drei Uhr morgens beschäftigten. Aber sie hatte festgestellt, dass Unterforderung schlimmer war. Zum einen spiegelte ihr Gehalt ihre niedere Stellung wider, zum anderen schmerzte ihr Gehirn vom Nichtstun. Und obwohl ihre Kollegen genau wussten, dass sie ihr intellektuell nicht das Wasser reichen konnten, wurde von ihr erwartet, dass sie begeistert Beifall klatschte, wenn ihnen tatsächlich mal ein kleiner Erfolg gelang.

Aber der heutige Erfolg war nicht klein. Er war groß. Die neuste Ausgabe des *Science Journal* war erschienen, und sie enthielt Donattis Beitrag.

»Nichts Weltbewegendes.« Das hatte Donatti vor ein paar Monaten über den Artikel gesagt. Aber die Arbeit war weltbewegend, und sie musste es ja wissen. Es war nämlich ihre eigene.

Sie las den Artikel zweimal, nur um ganz sicherzugehen. Das erste Mal langsam. Aber beim zweiten Mal raste sie hindurch, bis ihr Blutdruck durch die Adern schoss wie ein ungesicherter Feuerwehrschlauch. Der Aufsatz war direkt aus ihren Unterlagen geklaut. Und wer war wohl als Mitautor aufgeführt?

Sie blickte auf und sah, dass Boryweitz sie beobachtete. Er wurde bleich, ließ dann den Kopf hängen.

»Bitte verstehen Sie doch!«, rief Boryweitz, als sie die Zeitschrift vor ihm auf den Schreibtisch knallte. »Ich brauche die Arbeit hier!«

»Wir alle brauchen unsere Arbeit«, schäumte Elizabeth. »Das Problem ist, Sie haben Ihre nie gemacht.«

Boryweitz schielte zu ihr hoch. Seine Lemurenaugen bettelten um Gnade, doch er sah nur, dass sich da eine Monsterwelle mit unbekannter Energie und unerforschter Wucht auftürmte. »Es tut mir leid«, wimmerte er. »Ehrenwort. Ich hatte keine Ahnung, dass Donatti so weit gehen würde. Er hat Ihre sämtlichen Unterlagen fotokopiert, gleich, als sie den ersten Tag wieder hier waren, aber ich hab gedacht, er wollte sich nur in unsere Arbeit einlesen.«

»*Unsere* Arbeit?« Sie schaffte es, ihn nicht zu packen, um ihm das Genick zu brechen. »Um Sie kümmere ich mich später«, versprach sie. Dann drehte sie sich um und marschierte den Gang hinunter zu Donattis Büro, bremste nur einmal kurz ab, um einen dahinschlendernden Mikrobiologen aus dem Weg zu schubsen.

»Sie sind ein Lügner und Betrüger, Donatti«, sagte sie, als sie in das Büro ihres Chefs stürmte. »Und ich schwöre Ihnen: Damit kommen Sie nicht durch.«

Donatti blickte von seinem Schreibtisch auf. »Zott!«, rief er. »Wie immer ein Vergnügen!«

Er lehnte sich zurück und ließ ihre Wut mit einem gewissen Vergnügen auf sich wirken. Wegen so was hätte Evans garantiert gekündigt. Wenn er das hier doch noch erleben könnte – aber nein, er hatte den Moment ja ruinieren müssen, indem er schon gestorben war.

Er hörte mit halbem Ohr zu, während Zott sich über seinen Diebstahl aufregte. Der Investor hatte vorhin angerufen, um Donatti zu seiner Arbeit zu gratulieren und anzudeuten, dass er noch mehr Geld schicken würde. Er hatte sich auch nach Zott erkundigt – ob der bei der Forschung eine Rolle gespielt hätte. Donatti hatte gesagt, nein, eigentlich nicht – leider habe sich Mr Zott doch gewissermaßen als Niete entpuppt und sei sogar degradiert worden. Der Investor hatte geseufzt, als wäre er enttäuscht, und dann hatte er Donatti gefragt, welche Schritte er als Nächstes in Sachen Abiogenese plane. Donatti hatte rumgedruckst und ein paar komplizierte Wörter benutzt, die er in anderen Teilen von Zotts Forschung gelesen hatte und zu denen er sie später würde befragen müssen, wenn sie sich denn endlich beruhigt hatte und wieder wusste, für wen sie arbeitete. Gott, Chef zu sein war wirklich nicht leicht. Jedenfalls, was auch immer er dem reichen Kerl gesagt hatte, es schien ihn überzeugt zu haben.

Aber dann brachte Zott es tatsächlich fertig, genau das zu tun, was sie sich beide nicht leisten konnten. »Hier«, sagte sie und ließ ihren Laborschlüssel in seinen Kaffee platschen. »Behalten Sie Ihren Scheißjob.« Dann warf sie ihr Namensschild in den Mülleimer, knallte ihren Laborkittel mitten auf seinen Schreibtisch und rauschte mitsamt all ihren komplizierten Wörtern davon.

»Du hast vier Anrufe bekommen«, sagte Harriet jetzt. »Beim ersten ging es darum, ob ihr ein Nielsen-Haushalt werden wollt. Die anderen drei waren von einem Walter Pine. Du sollst ihn zurückrufen. Hat gesagt, es ist dringend. Er hätte mit dir ein angenehmes Gespräch über Essen geführt – oder nein, nein, es ging um Lunch«, berichtigte sie sich, nach einem erneuten Blick auf ihre Notizen. »Klang ängstlich«, sagte sie und sah Elizabeth an. »Beruflich ängstlich. Wie ein wohlerzogener Mensch, aber nervös.«

»Walter Pine«, sagte Elizabeth zähneknirschend, »ist Amanda Pines Vater. Ich war vor ein paar Tagen bei ihm im Büro, um mit ihm über das Lunch-Problem zu reden.«

»Wie ist das Gespräch gelaufen?«

»Es war eher eine Konfrontation.«

»Sehr heftig, hoffe ich.«

»Mom?«, ertönte eine Stimme von der Tür her.

»Hallo, Häschen.« Elizabeth versuchte, ruhig zu klingen, als sie ihr schmächtiges Kind in die Arme schloss. »Wie war's in der Schule?«

»Ich hab der Klasse gezeigt, wie ein Webleinstek-Knoten geht.« Madeline hielt ein Stück Seil hoch.

»Hat's den anderen Spaß gemacht?«

»Nein.«

»Ist nicht schlimm«, sagte Elizabeth und zog sie an sich. »Andere mögen nicht alles, was wir mögen.«

»Wenn ich im Unterricht was zeigen und erklären soll, gefällt das nie einem.«

»Kleine Arschlöcher«, knurrte Harriet.

»Aber die Pfeilspitze, die du mitgebracht hast, hat ihnen doch bestimmt gefallen.«

»Nein.«

»Na, dann versuch's doch nächste Woche mal mit dem Periodensystem? Das kommt immer gut an.«

»Oder du könntest es mit meinem Bowie-Messer versuchen«, schlug Harriet vor. »Ihnen zeigen, mit wem sie's zu tun haben.«

»Wann gibt's Essen?«, fragte Madeline. »Ich hab Hunger.«

»Ich hab einen von deinen Aufläufen in den Ofen geschoben«, sagte Harriet zu Elizabeth und wuchtete sich zur Tür. »Ich muss das Raubtier füttern gehen. Ruf Pine zurück.«

»Du hast Amanda Pine angerufen?« Madeline schnappte nach Luft.

»Ihren Vater«, stellte Elizabeth klar. »Das hatte ich dir gesagt. Ich war vor drei Tagen bei ihm und hab diese ganze Lunch-Geschichte mit ihm besprochen. Ich denke, er versteht unseren Standpunkt, und ich bin sicher, Amanda wird dir nie wieder den Lunch klauen. Klauen ist *falsch*«, sagte sie wütend, weil ihr Donatti und sein Artikel einfiel. »*Falsch!*« Madeline und Harriet zuckten zusammen.

»Sie ... bringt ihren eigenen Lunch mit, Mom«, sagte Madeline vorsichtig. »Aber der ist irgendwie komisch.«

»Das ist nicht unser Problem.«

Madeline sah ihre Mutter an, als verstünde die nicht, worum es ging.

»Du musst deinen eigenen Lunch essen, Häschen«, sagte Elizabeth leiser. »Damit du groß wirst.«

»Aber ich bin doch schon groß«, widersprach Madeline. »Zu groß.«

»Man kann gar nicht zu groß sein«, warf Harriet ein.

»Robert Wadlow ist daran *gestorben*, dass er zu groß war«, sagte Madeline und klopfte auf den Einband des *Guinnessbuchs der Rekorde*.

»Aber er litt an einer Erkrankung der Hypophyse, Mad«, erklärte Elizabeth.

»Über zwei Meter siebzig groß!«, betonte Madeline.

»Der arme Mann«, sagte Harriet. »Wo findet so einer was Passendes zum Anziehen?«

»Größe ist *tödlich*«, sagte Madeline.

»Mag sein«, sagte Harriet, »aber letzten Endes ist alles tödlich. Deshalb sterben wir ja irgendwann alle, Schätzchen.« Doch als sie sah, wie Elizabeth der Mund aufklappte und Madeline den Kopf hängen ließ, bedauerte sie ihre Bemerkung sofort. Sie öffnete die Hintertür. »Bis morgen früh dann, vor dem Rudern«, sagte sie zu Elizabeth. »Und wir«, sagte sie zu dem kleinen Mädchen, »sehen uns, wenn du aufstehst.«

Das war der Zeitplan, den sie und Elizabeth ausgearbeitet hatten, seit Elizabeth wieder arbeiten ging. Harriet brachte Mad zur Schule, Halbsieben holte Mad von der Schule ab, Harriet passte auf sie auf, bis Elizabeth nach Hause kam. »Ach, das hätte ich fast vergessen.« Sie zog einen Zettel aus der Tasche. »Schon wieder eine Beschwerde.« Sie sah Elizabeth vielsagend an. »Von Du-weißt-schon-wem.«

Mrs Mudford.

Elizabeth wusste bereits, dass Mudford Madeline missbilligte. Sie missbilligte, wie gut Mad lesen konnte oder wie gut sie Fußball spielte oder dass sie eine ganze Reihe von komplizierten Seemannsknoten binden konnte – eine Fähigkeit, die sie häufig übte, auch im Dunkeln, im Regen, ohne Hilfe, nur für den Fall, dass.

»Nur für den Fall, dass was, Mad?«, hatte Elizabeth sie einmal gefragt, als sie das Kind nachts im strömenden Regen draußen unter eine Plane geduckt fand, ein Stück Seil in der Hand.

Mad hatte überrascht zu ihrer Mutter hochgeblickt. War es denn nicht offensichtlich, dass »nur für den Fall, dass« nicht bloß eine Option war, sondern in Wahrheit die *einzige* Option? Das Leben verlangte, dass man vorbereitet war; da musste man bloß ihren toten Vater fragen.

Obwohl, ehrlich gesagt, wenn sie ihren toten Vater irgendwas hätte fragen können, dann hätte sie von ihm wissen wollen, was er empfand, als er ihre Mutter das erste Mal sah. War es Liebe auf den ersten Blick?

Auch seine Ex-Kollegen hatten noch Fragen an Calvin – zum Beispiel, wie er es geschafft hatte, so viele Auszeichnungen zu gewinnen, wo es doch immer so aussah, als würde er nie arbeiten. Und wie war der Sex mit Elizabeth Zott? Sie wirkte so, als wäre sie frigide – war sie das? Selbst Madelines Lehrerin Mrs Mudford hatte Fragen an den längst verstorbenen Calvin Evans. Aber Madelines Vater irgendwas zu fragen stand offensichtlich nicht zur Debatte, nicht nur, weil er tot war, sondern weil Väter im Jahr 1959 nichts mit der Erziehung ihrer Kinder zu tun hatten.

Amanda Pines Vater war die große Ausnahme, aber nur, weil es keine Mrs Pine mehr gab. Sie hatte ihn verlassen (und das aus gutem Grund, wie Mudford glaubte), worauf ein hitziger und öffentlicher Scheidungsprozess folgte, in dem sie behauptete, der sehr viel ältere Walter Pine sei als Vater nicht geeignet, und schon gar nicht als Ehemann. Das Ganze hatte einen peinlichen sexuellen Beiklang gehabt. Mrs Mudford wollte lieber nicht über die Details nachdenken. Doch deswegen hatte Mrs Walter Pine alles bekommen, was Walter Pine hatte, einschließlich Amanda, die sie, wie sich herausstellte, eigentlich gar nicht haben wollte. Und wer konnte es ihr verdenken? Amanda war kein pflegeleichtes Kind. Also kehrte Amanda zu Walter zurück, und Walter kam in die Schule, wo Mrs Mudford gezwungen war, sich seine lahmen Ausreden bezüglich des Inhalts von Amandas höchst ungewöhnlicher Lunchbox anzuhören.

Dennoch, Besprechungen mit Walter Pine mochten ja lästig sein, aber sie verblassten im Vergleich zu den Gesprächen, die sie mit Mrs Zott führte. War es nicht mal wieder typisch, dass sie ausgerechnet die beiden Eltern, die sie am wenigsten mochte, am häufigsten sah? Obwohl, so war es ja zugegebenermaßen immer. Verhaltensprobleme von Kindern hatten ihre Wurzeln stets zu Hause. Dennoch, wenn sie sich entscheiden müsste zwischen Amanda Pine, Lunchdiebin, und Madeline Zott, unverschämte Fragenstellerin, würde sie jederzeit Amanda nehmen.

»Madeline stellt unverschämte Fragen?«, sagte Elizabeth alarmiert bei ihrer letzten Begegnung.

»Ja, allerdings«, antwortete Mrs Mudford schneidend und zupfte Fussel von ihrem Ärmel wie eine Spinne, die sich auf ihre Beute stürzt. »Zum Beispiel gestern beim Morgenkreis, da haben wir über Ralphs kleine Schildkröte gesprochen, und Madeline hat die Frage dazwischengerufen, wie sie Freiheitskämpferin in Nashville werden könnte.«

Elizabeth stockte, als versuchte sie, das tiefer liegende Problem zu verstehen. »Sie hätte nicht dazwischenrufen sollen«, sagte sie schließlich. »Ich werde mit ihr reden.«

Mrs Mudford schnalzte mit der Zunge. »Sie missverstehen mich, Mrs Zott. Kinder rufen dazwischen; damit kann ich umgehen. Aber ich kann nicht mit einem Kind umgehen, das die Diskussion auf die Bürgerrechte bringen will. Wir sind eine Vorschule, nicht die Abendnachrichten. Außerdem«, fuhr sie fort, »hat Ihre Tochter sich neulich bei unserer Bibliothekarin beschwert, weil sie keine Bücher von Norman Mailer in unseren Regalen finden konnte. Offenbar wollte sie eine Bestellung für *Die Nackten und die Toten* aufgeben.« Die Lehrerin zog eine Augenbraue hoch und starrte auf das maschinengestickte E. Z., das in schlampig wirkenden Kursivbuchstaben über der Brusttasche prangte.

»Sie hat sehr früh lesen gelernt«, sagte Elizabeth. »Möglicherweise habe ich vergessen, das zu erwähnen.«

Die Lehrerin faltete die Hände und beugte sich dann drohend vor. »*Norman. Mailer.*«

Zurück in der Küche faltete Elizabeth den Zettel auseinander, den Harriet ihr gegeben hatte. Zwei Wörter in Mudfords Handschrift sprangen ihr förmlich entgegen.

VLADIMIR. NABOKOV.

Sie füllte Madelines Teller mit einer Portion Spaghetti bolognese. »Abgesehen davon, dass sie deinen Knoten nicht mochten, hattest du ansonsten einen schönen Tag?« Sie fragte Mad schon länger nicht mehr, ob sie irgendwas in der Schule gelernt hatte. Das hatte keinen Sinn.

»Ich mag die Schule nicht.«

»Warum?«

Madeline blickte argwöhnisch von ihrem Teller auf. »Niemand mag Schule.«

Auf seinem Platz unter dem Tisch atmete Halbsieben laut aus. Na bitte, jetzt war es raus: Das Wesen mochte die Schule nicht, und da er und das Wesen sich in allem einig waren, mochte er die Schule jetzt auch nicht mehr.

»Hast du die Schule gemocht, Mom?«, fragte Mad.

»Na ja«, sagte Elizabeth, »wir sind oft umgezogen, deshalb gab's manchmal keine Schule, auf die ich gehen konnte. Aber ich war viel in Bibliotheken. Trotzdem, ich hab immer gedacht, auf eine richtige Schule zu gehen könnte Spaß machen.«

»So wie, als du auf der UCLA warst?«

Ein plötzliches scharfes Bild von Dr. Meyers tauchte vor ihr auf. »Nein.«

Madeline legte den Kopf schief. »Alles in Ordnung, Mom?«

Ohne es zu merken, hatte Elizabeth die Hände vors Gesicht gehoben. »Ich bin bloß müde, Häschen«, sagte sie zwischen den Fingern hindurch.

Madeline legte ihre Gabel weg und studierte die niedergeschlagene Körperhaltung ihrer Mutter. »Ist was passiert, Mom?«, fragte sie. »Auf der Arbeit?«

Hinter ihren Fingern überlegte Elizabeth, wie sie die Frage ihrer Tochter beantworten sollte.

»Sind wir arm?«, hakte Madeline nach, als würde sich diese Frage logischerweise aus der ersten ergeben.

Elizabeth ließ die Hände sinken. »Wie kommst du darauf, Schätzchen?«

»Tommy Dixon hat gesagt, wir sind arm.«

»Wer ist Tommy Dixon?«, fragte sie scharf.

»Ein Junge in der Schule.«

»Und was hat Tommy Dixon sonst noch …«

»War Dad arm?«

Elizabeth zuckte zusammen.

Die Antwort auf Mads Frage lag in einer der Kisten, die sie und Frask aus dem Institut gestohlen hatten. Ganz unten, auf dem Boden von Kiste Nummer drei, lag eine Fächermappe mit der Aufschrift »Rudern«. Als sie sie das erste Mal sah, ging Elizabeth automatisch davon aus, dass sie darin Zeitungsausschnitte über die ruhmreichen Siege seines Cambridge-Achters finden würde. Aber nein, sie war voll mit Jobangeboten, die Calvin nach seiner Cambridge-Zeit erhalten hatte.

Elizabeth hatte sie neidisch überflogen – Lehrstühle an renommierten Universitäten, Leitungsposten bei Pharmafirmen, dicke Aktienpakete bei Privatunternehmen. Sie sah den Packen durch, bis sie auf das Angebot vom Hastings stieß. Da stand es: Die Zusicherung eines privaten Labors – aber das hatten die anderen Stellen ebenfalls garantiert. Das Einzige, was das Hastings-Angebot von den anderen abhob? Ein derart niedriges Gehalt, dass es schon beleidigend war. Sie erkannte die Unterschrift: Donatti.

Während sie die Briefe wieder in die Mappe stopfte, fragte sie sich, warum er »Rudern« daraufgeschrieben hatte – es fand sich nichts darin, das auch nur annähernd irgendwas mit Rudern zu tun hatte. Bis ihr oben auf jedem Angebot zwei knappe Bleistiftvermerke auffielen: Entfernung zum nächsten Ruderklub und durchschnittlicher Niederschlag in der Gegend. Sie zog noch einmal das Hastings-Angebot heraus. Ja, auch dort waren diese Vermerke. Aber es gab noch etwas anderes: einen großen, fetten Kreis um die Absenderanschrift.

Commons, Kalifornien.

»Wenn Dad berühmt war, dann muss er doch auch reich gewesen sein, was?«, sagte Mad und drehte Spaghetti auf ihre Gabel.

»Nein, Schätzchen. Nicht alle berühmten Menschen sind reich.«

»Wieso nicht? Weil sie Mist gebaut haben?«

Sie dachte wieder an die Angebote. Calvin hatte das niedrigste angenommen. Wer macht so was?

»Tommy Dixon sagt, reich werden ist leicht. Man malt einfach Steine gelb an und sagt, sie sind Gold.«

»Tommy Dixon ist das, was man einen Hochstapler nennt«, sagte Elizabeth. »Jemand, der lügt und betrügt, um das zu bekommen, was er will.« Wie Donatti, dachte sie zähneknirschend.

Sie musste an eine andere Mappe in Calvins Kisten denken, die voll mit Briefen von Menschen wie Tommy Dixon war – Spinner, Leute, die auf schnelles Geld aus waren –, aber auch eine Vielzahl von angeblichen Verwandten, die ausnahmslos Calvins Hilfe verlangten: eine Halbschwester, ein verschollen geglaubter Onkel, eine traurige Mutter, ein Cousin zweiten Grades.

Sie hatte die Briefe dieser vermeintlichen Verwandtschaft überflogen und sich gewundert, wie ähnlich sie alle waren. In jedem wurde eine biologische Verbindung behauptet, wurde ein Erlebnis aus einem Alter angeführt, an das er keine Erinnerung mehr haben konnte, wurde um Geld gebettelt. Die einzige Ausnahme war die traurige Mutter. Auch sie behauptete zwar eine biologische Verbindung, aber anstatt um Geld zu bitten, beteuerte sie, dass sie ihm welches zukommen lassen wollte, »um Deine Forschung zu unterstützen«. Traurige Mutter hatte Calvin mindestens fünf Mal geschrieben und ihn angefleht, ihr zu antworten. Die Hartnäckigkeit von Traurige Mutter war wirklich sehr kaltherzig, dachte Elizabeth. Selbst der Großonkel hatte nach zwei Versuchen aufgegeben. »Sie haben mir erzählt,

Du wärst tot«, schrieb Traurige Mutter wieder und wieder. Wirklich? Aber warum hatte sie wie alle anderen auch Calvin erst dann geschrieben, als er berühmt geworden war? Elizabeth vermutete, der Frau ging es darum, ihn zu ködern, weil sie an seine Forschungsarbeit rankommen wollte. Und warum vermutete sie das? Weil es ihr gerade selbst so ergangen war.

»Ich versteh das nicht.« Mad schob einen Champignon auf ihrem Teller beiseite. »Wenn du schlau und fleißig bist, verdienst du dann nicht auch mehr Geld?«

»Nicht immer. Aber ich bin sicher, dein Dad hätte mehr Geld verdienen können«, sagte Elizabeth. »Er hat sich bloß anders entschieden. Geld ist nicht alles.«

Mad sah sie skeptisch an.

Elizabeth verschwieg ihrer Tochter, dass sie ganz genau wusste, warum Calvin das absurde Angebot von Donatti so bereitwillig akzeptiert hatte. Aber sein Grund war so kurzsichtig – so dumm –, dass sie ihn ungern preisgab. Mad sollte sich ihren Vater als einen rationalen Mann vorstellen, der kluge Entscheidungen traf. Und das hier bewies genau das Gegenteil.

Sie hatte den Grund in einer Mappe gefunden, die mit »Wakely« beschriftet war und eine Korrespondenz zwischen Calvin und einem angehenden Theologen enthielt. Die beiden Männer waren Brieffreunde, und es war offensichtlich, dass sie sich nie persönlich begegnet waren. Aber ihre getippten Briefe waren faszinierend und zahlreich, und zu ihrem Glück enthielt die Mappe auch die Kohledurchschläge von Calvins Antworten. Das war typisch für Calvin: Er machte von allem Kopien.

Zur selben Zeit, als Calvin in Cambridge war, studierte Wakely Theologie in Harvard, und aufgrund der Naturwissenschaften im Allgemeinen und Calvins Forschung im Besonderen schien er mit seinem Glauben zu ringen. Aus seinen Briefen ging hervor, dass er einen kurzen Vortrag von Calvin auf einem

Symposium gehört und daraufhin beschlossen hatte, ihm zu schreiben.

»Sehr geehrter Mr Evans, nach Ihrem kurzen Auftritt letzte Woche auf dem Wissenschaftssymposium in Boston hatte ich gehofft, noch mit Ihnen über Ihren jüngsten Artikel, ›Die spontane Bildung komplexer organischer Moleküle‹, reden zu können«, hatte Wakely in seinem ersten Brief geschrieben. »Genauer gesagt wollte ich Sie fragen: Glauben Sie nicht, dass es möglich ist, sowohl an Gott als auch an die Wissenschaft zu glauben?«

»Sicher«, hatte Calvin zurückgeschrieben. »Das nennt man intellektuelle Unaufrichtigkeit.«

Calvins Schnodderigkeit, die schon oft viele Menschen verärgert hatte, schien dem jungen Wakely nichts auszumachen. Er schrieb umgehend zurück.

»Aber Sie werden doch gewiss einräumen, dass das Gebiet der Chemie nicht existieren könnte, wäre es nicht von einem Chemiker – einem Meisterchemiker – erschaffen worden«, hielt Wakely in seinem nächsten Brief dagegen. »Genau wie ein Gemälde nicht existieren kann, solange es nicht von einem Künstler erschaffen wurde.«

»Ich befasse mich mit evidenzbasierten Wahrheiten, nicht mit Spekulationen«, antwortete Calvin prompt. »Daher, nein, Ihre Meisterchemiker-Theorie ist Schwachsinn. Übrigens, mir ist aufgefallen, dass Sie in Harvard sind. Rudern Sie? Ich rudere für Cambridge. Volles Ruderstipendium.«

»Bin kein Ruderer«, schrieb Wakely zurück. »Aber ich liebe das Wasser. Ich surfe. Bin in Commons aufgewachsen, in Kalifornien. Waren Sie schon mal in Kalifornien? Falls nicht, sollten Sie unbedingt mal hin. Commons ist schön. Das beste Wetter der Welt. Und es gibt da auch einen Ruderklub.«

Elizabeth sank auf die Fersen. Sie dachte daran, wie energisch Calvin die Absenderadresse des Hastings auf dem Angebotsschreiben umkringelt hatte. Commons, Kalifornien. Dann hatte er Donattis beleidigendes Angebot nicht angenommen, um seine Karriere voranzutreiben, sondern um zu rudern? Aufgrund des einzeiligen Wetterberichts eines frommen Surfers? *Das beste Wetter der Welt.* Im Ernst? Sie nahm den nächsten Brief.

»Wollten Sie schon immer Pfarrer werden?«, fragte Calvin.

»Ich entstamme einer langen Reihe von Seelsorgern«, antwortete Wakely. »Es liegt mir im Blut.«

»So funktioniert Blut nicht«, stellte Calvin klar. »Übrigens, was ich Sie fragen wollte: Wie erklären Sie sich, dass so viele Menschen an Texte glauben, die vor Tausenden von Jahren geschrieben wurden? Und wie kommt es, dass die Menschen anscheinend umso mehr an diese Texte glauben, je übernatürlicher, unbeweisbarer, unwahrscheinlicher und altertümlicher ihre Quelle ist?«

»Menschen brauchen Zuversicht«, schrieb Wakely zurück. »Sie brauchen die Gewissheit, dass andere schwere Zeiten überstanden haben. Und im Gegensatz zu anderen Arten, die besser aus ihren Fehlern lernen, benötigen Menschen ständige Drohungen und Ermahnungen, um nett zueinander zu sein. Fakt ist, die Menschheit wird nicht klüger. Aber religiöse Texte versuchen, sie auf Kurs zu halten.«

»Aber liegt nicht mehr Trost in der Wissenschaft?«, antwortete Calvin. »In Dingen, die wir beweisen und somit verbessern können? Mir ist einfach schleierhaft, wie jemand denken kann, etwas, das vor Ewigkeiten von irgendwelchen Betrunkenen geschrieben wurde, wäre auch nur im Entferntesten glaubhaft. Und ich fälle hier kein moralisches Urteil: Die Leute mussten trinken, weil das Wasser so schlecht war. Dennoch, ich frage mich, wie ihre wüsten Geschichten – brennende Dornbüsche, Brot, das vom Himmel fällt – plausibel erscheinen können, vor allem im Vergleich zu evidenzbasierter Wissenschaft. Kein heute lebender Mensch würde Rasputins Aderlasstechniken den modernen Therapien unserer Zeit vorziehen. Und doch beharren so viele darauf, diese Geschichten zu glauben, und haben dann auch noch die Dreistigkeit, von anderen zu verlangen, dass sie ebenfalls daran glauben.«

»Da haben Sie recht, Evans«, schrieb Wakely zurück. »Aber Menschen haben nun mal das Bedürfnis, an etwas zu glauben, das größer ist als sie selbst.«

»Warum?«, wollte Calvin wissen. »Was ist falsch daran, an uns selbst zu glauben? Überhaupt, wenn wir schon Geschichten brauchen, warum greifen wir dann nicht auf Fabeln oder Märchen zurück? Die sind doch als Instrument für die Vermittlung von Moral genauso gut geeignet. Oder vielleicht sogar besser geeignet? Weil niemand vortäuschen muss, an die Wahrheit von Fabeln und Märchen zu glauben.«

Obwohl er es nicht zugab, ertappte Wakely sich dabei, dass er Calvin zustimmte. Niemand musste Schneewittchen anbeten oder Rumpelstilzchens Zorn fürchten, um die Botschaft zu verstehen. Die Geschichten waren kurz, einprägsam und deckten alles Grundlegende über Liebe, Stolz, Torheit und Vergebung ab. Ihre Regeln waren mundgerecht: Sei nicht so ein Arsch. Quäle weder Mensch noch Tier. Teile das, was du hast, mit anderen weniger vom Glück Begünstigten. Mit anderen Worten: Sei nett. Er beschloss, das Thema zu wechseln.

»Okay, Evans, ich akzeptiere ja, dass Seelsorge mir nicht wirklich im Blut liegen kann«, schrieb er in Bezug auf einen früheren Brief, »zumindest nicht, wenn man es so wörtlich versteht wie Sie, aber wir Wakelys werden Pfarrer, so wie die Söhne von Schustern Schuhmacher werden. Ich gestehe: Die Biologie hat mich schon immer fasziniert, aber das würde meine Familie niemals gutheißen. Vielleicht will ich auch nur die Anerkennung meines Vaters. Wollen wir das letzten Endes nicht alle? Wie ist das bei Ihnen? War Ihr Vater Wissenschaftler? Geht es Ihnen um seine Anerkennung? Falls ja, würde ich sagen, es ist Ihnen gelungen.«

»ICH HASSE MEINEN VATER«, schrieb Calvin in Großbuchstaben als Antwort in ihrem letzten Briefwechsel. »ICH
HOFFE, ER IST TOT.«

Ich hasse meinen Vater; ich hoffe, er ist tot. Elizabeth las es noch
mal, fassungslos. Calvins Vater war tot – vor mindestens zwei
Jahrzehnten von einem Zug erfasst. Warum also sollte er so
etwas schreiben? Und warum hatten Calvin und Wakely die
Korrespondenz eingestellt? Der letzte Brief war fast zehn Jahre
alt.

»Mom«, sagte Mad. »Mom! Hörst du mir zu? Sind wir arm?«
»Schätzchen«, sagte Elizabeth und versuchte, einen Nerven-
zusammenbruch zu vermeiden – *hatte sie wirklich heute ge-
kündigt?* »Ich hatte einen anstrengenden Tag. Bitte. Iss ein-
fach.«
»Aber, Mom ...«
Sie wurden vom schrillen Klingeln des Telefons unter-
brochen. Mad sprang von ihrem Stuhl.
»Geh nicht ran, Mad.«
»Könnte doch wichtig sein.«
»Wir essen gerade zu Abend.«
»Hallo? Mad Zott am Apparat.«
»Schätzchen«, sagte Elizabeth und nahm ihr den Hörer aus
der Hand. »Wir geben keine privaten Informationen am Telefon weiter, das weißt du doch. Hallo?«, sagte sie in die Sprech-
muschel. »Mit wem spreche ich?«
»Mrs Zott?«, sagte eine Stimme. »Mrs Elizabeth Zott? Hier
ist Walter Pine. Wir haben uns vor ein paar Tagen kennengelernt.«
Elizabeth seufzte. »Oh. Ja, Mr Pine.«
»Ich versuche schon den ganzen Tag, Sie zu erreichen. Vielleicht hat Ihre Haushälterin es versäumt, Ihnen meine Nachrichten auszurichten.«

»Sie ist nicht meine Haushälterin, und sie hat es nicht versäumt, mir Ihre Nachrichten auszurichten.«

»Ach so«, sagte er verlegen. »Verstehe. Ich bitte um Verzeihung. Ich hoffe, ich störe nicht. Hätten Sie einen Moment Zeit? Passt es gerade?«

»Nein.«

»Dann will ich es kurz machen«, sagte er, froh, sie überhaupt erreicht zu haben. »Und noch mal, Mrs Zott, ich habe das Lunch-Problem behoben. Alles in bester Ordnung. Ab jetzt wird Amanda nur ihren eigenen Lunch essen. Ich bitte noch mal um Entschuldigung. Aber ich rufe aus einem anderen Grund an – einem geschäftlichen Grund.«

Dann rief er ihr in Erinnerung, dass er Produzent eines lokalen nachmittäglichen Fernsehprogramms war. »KCTV«, sagte er stolz, obwohl er gar nicht stolz war. »Und ich habe mir überlegt, dass ich das Programm ein wenig ändern möchte – um eine Kochsendung ergänzen. Ein bisschen mehr Würze reinbringen, könnte man sagen.« Er hatte sich tatsächlich einen Scherz erlaubt, was er normalerweise nie tat, aber jetzt doch, weil Elizabeth Zott ihn nervös machte. Als er vergeblich auf das höfliche Lachen wartete, das durch die Leitung hätte kommen sollen, wurde er noch angespannter. »Als *erfahrener* Fernsehproduzent bin ich überzeugt, dass die Zeit *reif* ist für so ein Format.«

Erneut: nichts.

»Ich habe mich kundig gemacht«, plapperte er weiter, »und auf Grundlage einiger sehr interessanter Trends und verbunden mit meinen persönlichen Kenntnissen in der Gestaltung eines erfolgreichen Nachmittagsprogramms glaube ich, dass Kochen bald nicht mehr aus dem Nachmittagsfernsehen wegzudenken sein wird.«

Elizabeth reagierte noch immer nicht, und selbst wenn sie es getan hätte, wäre das sinnlos gewesen, denn nichts von Walters Redeschwall entsprach der Wahrheit.

Walter Pine hatte sich nämlich nicht kundig gemacht, und er wusste auch von keinen nennenswerten Trends. Tatsache war, dass er praktisch keinerlei persönliche Kenntnis besaß, was Nachmittagsfernsehen erfolgreich machte. Zum Beweis dümpelte sein Sender meistens ganz weit unten, was die Einschaltquoten betraf. In Wahrheit verhielt es sich so: Walter hatte einen freien Sendeplatz, und die Werbekunden saßen ihm im Nacken, den unverzüglich wieder zu füllen. Bis vor Kurzem hatte eine Clownshow für Kinder den Platz belegt, aber erstens war sie nicht besonders gut gewesen, und zweitens war der Starclown bei einer Kneipenschlägerei getötet worden, womit die Show im wahrsten Sinne des Wortes gestorben war.

Die letzten drei Wochen hatte Walter verzweifelt nach irgendetwas gesucht, was diesen Platz einnehmen könnte. Acht Stunden täglich hatte er sich Promobänder von zahllosen Möchtegernstars angeguckt – Zauberer, Ratgeber, Komiker, Musiklehrer, Wissenschaftsexperten, Benimmspezialisten, Puppenspieler. Während Walter das alles sichtete, konnte er einfach nicht fassen, welchen Mist andere Leute produzierten, und genauso wenig konnte er die Unverfrorenheit fassen, das Zeug auch noch auf Film zu bannen, es in die Post zu geben und ihm zu schicken. Hatten die denn kein Schamgefühl? Dennoch, er musste schnell irgendetwas finden: Seine Karriere hing davon ab. Das hatte sein Chef mehr als deutlich gemacht.

Als hätte er beruflich nicht schon genug Probleme, war er außerdem diesen Monat viermal zu Mrs Mudford bestellt worden, Amandas Vorschullehrerin, die zuletzt gedroht hatte, ihn beim Jugendamt zu melden, nur weil er in einem Nebel aus Übermüdung und Depression versehentlich seinen Gin-Flachmann statt Amandas Milch-Thermosflasche in die Lunchbox gelegt hatte. Er hatte ihr auch einen Tacker statt eines Sandwiches mitgegeben, ein Skript statt einer Serviette und ein paar Champagnertrüffel, als sie gerade mal kein Brot im Haus hatten.

»Mister Pine?«, unterbrach Elizabeth seine Grübelei. »Ich hatte einen anstrengenden Tag. Wollten Sie etwas Bestimmtes?«

»Ich möchte eine Kochsendung ins Nachmittagsfernsehen bringen«, sagte er hastig. »Und ich möchte, dass Sie sie präsentieren. Für mich ist offensichtlich, dass Sie kochen können, Mrs Zott, aber ich denke auch, dass Sie eine gewisse Zugkraft hätten.« Er sagte das nicht, weil sie schön war. Viele attraktive Menschen waren nur aufgrund ihres Aussehens erfolgreich, aber irgendwie hatte er das Gefühl, dass Elizabeth Zott nicht dazugehörte. »Es soll eine unterhaltsame Sendung werden – von Frau zu Frau. Sie würden zu Ihresgleichen sprechen.« Und als sie nicht sofort antwortete, schob er nach: »Hausfrauen?«

Am anderen Ende der Leitung wurden Elizabeths Augen schmal. »Wie bitte?«

Dieser Ton. Walter hätte ihn deuten und sofort auflegen sollen. Aber er tat es nicht, weil er verzweifelt war, und verzweifelte Menschen neigen dazu, die offensichtlichsten Signale zu missachten. Elizabeth Zott gehörte vor eine Kamera – da war er sich sicher –, und außerdem war sie genau der Typ Frau, nach dem sein Chef verrückt war.

»Sie haben Angst wegen des Publikums«, sagte er, »aber das müssen Sie nicht. Wir verwenden Texttafeln. Sie müssen nur ablesen und Sie selbst sein.« Er wartete auf eine Antwort, aber als keine kam, machte er weiter. »Sie haben Präsenz, Mrs Zott«, drängte er. »Sie sind genau die Art von Persönlichkeit, die die Menschen auf dem Bildschirm sehen wollen. Sie sind wie eine …« Er versuchte krampfhaft, an jemanden wie sie zu denken, aber ihm fiel niemand ein.

»Ich bin Wissenschaftlerin«, zischte sie.

»Genau!«

»Sie meinen also, das Publikum möchte mehr von Wissenschaftlerinnen hören.«

»Ja«, sagte er. »Wer will das nicht?« Obwohl er das nicht

wollte und sich ziemlich sicher war, dass auch niemand sonst das wollte. »Obwohl es eine Kochsendung wäre, verstehen Sie?«

»Kochen ist Wissenschaft, Mr Pine. Das eine schließt das andere nicht aus.«

»Unglaublich. Genau das wollte ich gerade sagen.«

An ihrem Küchentisch sah Elizabeth im Geist ihre unbezahlten Strom- und Wasserrechnungen vor sich. »Wie gut wird so was bezahlt?«, fragte sie.

Er nannte eine Zahl, die ein kurzes Aufkeuchen an ihrem Ende auslöste. War sie beleidigt oder erstaunt?

»Die Sache ist die«, sagte er entschuldigend, »wir würden ein Risiko eingehen. Sie waren ja noch nie im Fernsehen, richtig?« Dann umriss er die Grundlagen des Vertrags für die Auftaktserie und stellte klar, dass die erste Laufzeit sechs Monate betrug. Wenn es nicht funktionierte, wäre danach Schluss. Ende.

»Wann würde ich anfangen?«

»Sofort. Wir möchten, dass die Kochsendung so bald wie möglich live ausgestrahlt wird – noch diesen Monat.«

»Sie meinen, eine *Wissenschafts*kochsendung.«

»Wie Sie selbst sagten – das eine schließt das andere nicht aus.« Doch ein leiser Zweifel hinsichtlich ihrer Brauchbarkeit als Fernsehköchin beschlich ihn. Ihr war doch wohl klar, dass eine Kochsendung keine richtige Wissenschaft war, oder? »Wir nennen sie *Essen um sechs*«, schob er nach und betonte dabei das Wort »Essen«.

Am anderen Ende der Leitung starrte Elizabeth ins Leere. Sie hasste die Idee aus tiefstem Herzen – für Hausfrauen im Fernsehen Essen kochen –, aber was blieb ihr anderes übrig? Sie drehte sich zu Halbsieben und Mad um. Die beiden lagen zusammen auf dem Boden. Madeline erzählte ihm gerade von Tommy Dixon. Halbsieben bleckte die Zähne.

»Mrs Zott?«, sagte Walter, von der Stille am anderen Ende beunruhigt. »*Hallo? Mrs Zott? Sind Sie noch dran?*«

Kapitel 24

Die Nachmittagsdepression

»Absolut untragbar«, sagte Elizabeth zu Walter Pine, als sie aus dem Garderobenraum von KCTV kam. »Jedes Kleid war hauteng. Als Ihr Schneider letzte Woche bei mir Maß genommen hat, dachte ich, er hätte akkurat gemessen. Aber vielleicht ja nicht. Er ist schon älter. Möglicherweise braucht er eine Lesebrille.«

»Eigentlich«, sagte Walter und schob die Hände in die Taschen, um möglichst entspannt zu wirken, »sollen die Kleider figurbetont sein. Die Kamera lässt Sie zehn Pfund schwerer aussehen, deshalb verwenden wir enge Kleidung, um dem entgegenzuwirken. Bauch einziehen, schlank rüberkommen. Sie werden staunen, wie schnell Sie sich daran gewöhnen.«

»Ich konnte nicht atmen.«

»Das Ganze dauert nur dreißig Minuten. Danach können Sie so viel atmen, wie Sie wollen.«

»Bei jedem Einatmen setzt der Körper den Blutreinigungsprozess in Gang. Bei jedem Ausatmen gibt unsere Lunge Kohlendioxid und Wasser ab. Wenn ein Teil der Lunge komprimiert wird, gefährden wir diesen Prozess. Es bilden sich Gerinnsel. Der Kreislauf sackt ab.«

»Aber die Sache ist doch die.« Walter wechselte die Taktik. »Ich weiß, dass Sie nicht dick aussehen wollen.«

»Wie bitte?«

»Durch die Kamera sehen Sie aus wie – und bitte verstehen Sie mich nicht falsch – wie eine Kuh.«

Ihr Mund klappte auf. »Walter«, erklärte sie. »Lassen Sie

mich das jetzt ein für alle Mal klarstellen. Ich werde diese Kleidung nicht anziehen.«

Er biss die Zähne zusammen. Würde das Ganze überhaupt funktionieren? Während er nach neuen Argumenten suchte, um sie zu überzeugen, begann weiter hinten das sendereigene Quartett, ein neues kurzes Musikstück zu proben. Es war der Titelsong von *Essen um sechs* – eine muntere kleine Melodie, die er selbst in Auftrag gegeben hatte. Eine Kreuzung aus modernem Cha-Cha-Cha und Feuerwehrsirene, ein schmissiger Parforceritt, den sein Chef gerade gestern noch begeistert als Lawrence Welk auf Amphetaminen beschrieben hatte.

»Was um Himmels willen ist *das?*«, sagte Elizabeth zähneknirschend.

Phil Lebensmal, sein Chef und Produktionsleiter von KCTV und Geschäftsführer des Senders, hatte sich sehr klar geäußert, als er das Konzept der Kochsendung genehmigte.

»Sie wissen, was zu tun ist«, hatte er gesagt, nachdem ihm Elizabeth Zott vorgestellt worden war. »Schicke Frisur, enge Kleider, gemütliches Set. Die sexy Frau und liebevolle Mutter, die jeder Mann nach Feierabend sehen will. Sorgen Sie dafür.«

Walter sah Phil über die Fläche seines absurd überdimensionierten Chefschreibtischs hinweg an. Er mochte Phil nicht. Der Mann war jung und erfolgreich und offensichtlich in allem besser als Walter, aber er war auch derb. Walter mochte derbe Menschen nicht. Im Umgang mit ihnen fühlte er sich prüde und gehemmt, als wäre er der letzte Überlebende der Höflichen Menschen, eines ausgestorbenen Stammes, der besonders für seinen Anstand und die guten Tischmanieren bekannt war. Er strich sich mit einer Hand über den grau werdenden dreiundfünfzigjährigen Kopf.

»Es gibt da einen ganz interessanten Aspekt, Phil. Hab ich Ihnen schon gesagt, dass Mrs Zott kochen kann? Ich meine, richtig kochen? Sie ist eigentlich Chemikerin. Arbeitet im

Labor mit Reagenzgläschen und so. Hat sogar ihren Master in Chemie, können Sie sich das vorstellen? Ich hab mir überlegt, dass wir ihre Kompetenz stärker in den Vordergrund rücken, den Hausfrauen die Möglichkeit geben, sich mit ihr zu identifizieren.«

»Was?«, sagte Phil verblüfft. »Nein, Walter, diese Zott ist keine Identifikationsfigur, und das ist gut so. Die Zuschauer wollen sich nicht selbst sehen, sie wollen die Menschen sehen, die sie nie sein werden. Schöne Menschen, sexy Menschen. Sie wissen doch, wie das läuft.« Er sah Walter irritiert an.

»Natürlich, schon klar«, sagte Walter, »ich dachte bloß, wir könnten das Ganze ein bisschen frischer gestalten. Der Sendung einen seriöseren Anstrich geben.«

»Seriös? Wir machen Nachmittagsfernsehen. Auf dem Sendeplatz war bislang eine Clownshow.«

»Ja, das ist das Überraschungsmoment dabei. Statt Clowns bringen wir etwas Sinnvolles: Mrs Zott wird den Hausfrauen beibringen, wie man gesundes, nahrhaftes Essen kocht.«

»Etwas Sinnvolles?«, höhnte Phil. »Sind wir jetzt bei den Amischen? Und von wegen gesund und nahrhaft: nein. Sie fahren die Sendung schon vor der ersten Ausstrahlung an die Wand. Ehrlich, Walter, es ist doch ganz einfach: enge Klamotten, sexy Bewegungen – vielleicht in der Art, wie sie die Topfhandschuhe anzieht«, er führte es vor, als würde er sich Glacéhandschuhe überstreifen. »Und dann natürlich der Cocktail, den sie am Ende jeder Sendung mixt.«

»Cocktail?«

»Die Idee ist doch toll, oder? Ist mir gerade eingefallen.«

»Ich glaube wirklich nicht, dass Mrs Zott sich darauf ...«

»Übrigens. Was hat sie noch mal letzte Woche gesagt – dass Helium selbst am absoluten Nullpunkt nicht fest wird oder so? Sollte das ein Witz sein?«

»Ja«, sagte Walter. »Ich bin ziemlich sicher, es ...«

»Tja, es war aber nicht lustig.«

Phil hatte recht, es war nicht lustig gewesen, und obendrein hatte Elizabeth es auch nicht lustig gemeint. Sie hatte es als eines der Themen erwähnt, über die sie in ihrer Sendung reden könnte. Das war ein Problem, denn ganz gleich, wie oft er ihr das Grundkonzept der Sendung erläuterte, sie schien es nicht zu begreifen. »Sie werden zu ganz normalen Hausfrauen sprechen«, erklärte Walter. »Der amerikanischen Durchschnittsfrau.« Der Blick, mit dem Elizabeth ihn ansah, hatte ihm Angst gemacht.

»An der durchschnittlichen Hausfrau ist nichts durchschnittlich«, stellte sie klar.

»Walter«, sagte Elizabeth, als das Musikstück endlich endete. »Hören Sie mir zu? Ich glaube, ich kann unsere Bekleidungsprobleme mit einem Wort lösen: Laborkittel.«

»Nein.«

»Es würde der Sendung einen seriöseren Anstrich geben.«

»Nein«, wiederholte er in Gedanken an Lebensmals sehr klare Erwartungen. »Glauben Sie mir. Nein.«

»Warum lösen wir die Frage nicht wissenschaftlich? Ich trage in der ersten Woche einen Laborkittel, und dann überprüfen wir die Ergebnisse.«

»Sie werden nicht im Labor stehen«, erklärte er zum x-ten Mal. »Sie werden in einer Küche stehen.«

»Apropos Küche, wie geht es mit dem Set voran?«

»Es ist noch nicht ganz fertig. Wir basteln noch immer an der Beleuchtung.«

Aber das stimmte nicht: Das Set war seit Tagen fertig. Von den Ösenvorhängen vor dem falschen Fenster bis hin zu den zahlreichen Nippsachen auf den Arbeitsflächen sah die Küche aus wie der Traum der Fünfzigerjahre-Hausfrau. Elizabeth würde sie schrecklich finden.

»Konnten Sie die speziellen Geräte beschaffen, die ich brauche?«, fragte sie. »Den Bunsenbrenner? Das Oszilloskop?«

»Gut, dass Sie das ansprechen«, sagte er. »Das Problem ist, die meisten Frauen dürften so etwas nicht in ihrer Küche haben. Aber ich konnte fast alles andere auf Ihrer Liste besorgen: Kochgeschirr, den Mixer ...«

»Gasherd?«

»Ja.«

»Augenwaschstation natürlich.«

»J...ja«, sagte er und dachte an die Spüle.

»Ich denke, den Bunsenbrenner können wir später noch dazunehmen. Er ist sehr praktisch.«

»Ganz bestimmt.«

»Was ist mit den Arbeitsflächen?«

»Der Edelstahl, den Sie haben wollten, war nicht bezahlbar.«

»Das wundert mich aber«, sagte sie. »Nicht reaktive Flächen sind für gewöhnlich recht preiswert.«

Walter nickte, als wäre er ebenfalls erstaunt, aber das war er nicht. Er selbst hatte die Resopal-Arbeitsplatten ausgesucht: eine hübsch anzuschauende Beschichtung mit glänzenden goldenen Pünktchen.

»Elizabeth«, sagte er. »Ich weiß ja, uns geht es darum, Mahlzeiten zuzubereiten, die wirklich Gehalt haben – schmackhaftes, gesundes Essen. Aber wir dürfen die Zuschauer nicht abschrecken. Kochen sollte reizvoll aussehen. Sie wissen schon. Es soll Spaß machen.«

»Spaß?«

»Weil die Leute uns sonst nicht zuschauen.«

»Aber Kochen ist kein Spaß«, widersprach sie. »Es ist eine ernste Angelegenheit.«

»Stimmt«, sagte er. »Aber es könnte doch auch ein bisschen Spaß machen, oder?«

Elizabeth runzelte die Stirn. »Eigentlich nicht.«

»Stimmt«, sagte er. »Aber vielleicht ein kleines bisschen Spaß. Ein klitzekleines bisschen Spaß.« Er hielt Zeigefinger und Daumen ganz dicht aneinander, um zu zeigen, wie klein. »Die Sache ist die, Elizabeth, und wahrscheinlich wissen Sie das schon, das Fernsehen wird von drei unumstößlichen Regeln beherrscht.«

»Sie meinen Regeln des Anstands«, sagte sie. »Richtlinien.«

»Anstand? Richtlinien?« Er dachte an Lebensmal. »Nein. Ich meinte einfache Regeln.« Er zählte an den Fingern ab. »Regel Nummer eins: unterhalte. Regel Nummer zwei: unterhalte. Regel Nummer drei: unterhalte.«

»Aber ich bin keine Unterhalterin. Ich bin Chemikerin.«

»Stimmt«, sagte er, »aber für das Fernsehen müssen Sie eine unterhaltsame Chemikerin sein. Wissen Sie, warum? Das kann ich in einem Wort zusammenfassen. Nachmittag.«

»Nachmittag.«

»Nachmittag. Schon das Wort allein macht mich schläfrig. Sie nicht?«

»Nein.«

»Tja, vielleicht weil Sie Wissenschaftlerin sind. Sie wissen, was der zirkadiane Rhythmus ist.«

»Jeder weiß, was der zirkadiane Rhythmus ist. Meine vier-jährige Tochter weiß, was der zirkadiane …«

»Sie meinen, Ihre fünfjährige Tochter«, fiel er ihr ins Wort. »Madeline muss mindesten fünf sein, um in die Vorschule zu gehen.«

Elizabeth winkte ab, als wollte sie zurück zum Thema. »Sie sprachen gerade vom zirkadianen Rhythmus.«

»Stimmt«, sagte er. »Wie Sie wissen, sind Menschen bio-logisch darauf programmiert, zweimal täglich zu schlafen – eine Siesta am Nachmittag, dann acht Stunden Schlaf in der Nacht.«

Sie nickte.

»Aber die meisten von uns lassen die Siesta ausfallen, weil unsere Jobs das verlangen. Und wenn ich sage, die meisten von uns, meine ich eigentlich bloß uns Amerikaner. Mexiko hat das

Problem nicht, genauso wenig wie Frankreich oder Italien oder überhaupt die Länder, wo zum Mittagessen sogar noch mehr getrunken wird als bei uns. Dennoch, Fakt bleibt: Die menschliche Produktivität sackt am Nachmittag natürlicherweise ab. Wir Fernsehleute nennen das die Nachmittagsdepression. Es ist zu spät, um noch etwas Sinnvolles zu tun, zu früh, um nach Hause zu gehen. Und das gilt für Hausfrauen, Viertklässler, Maurer, Geschäftsmänner, für alle – niemand ist dagegen immun. Zwischen halb zwei und Viertel vor fünf hört das produktive Leben, das wir kennen, auf zu existieren. Dieser Zeitraum ist praktisch eine Todeszone.«

Elizabeth hob eine Augenbraue.

»Ich habe zwar gesagt, dass alle davon betroffen sind«, fuhr er fort, »aber Hausfrauen sind besonders gefährdet. Denn anders als eine Viertklässlerin, die ihre Hausaufgaben später machen kann, oder ein Geschäftsmann, der Aufmerksamkeit heucheln kann, muss die Hausfrau sich zwingen weiterzumachen. Sie muss die Kinder dazu bringen, Mittagsschlaf zu halten, denn wenn sie das nicht tut, wird der Abend eine Katastrophe. Sie muss den Boden wischen, denn wenn sie das nicht tut, könnte jemand auf der verschütteten Milch ausrutschen. Sie muss noch rasch einkaufen, denn wenn sie das nicht tut, gibt es nichts zu essen. Übrigens«, sagte er nachdenklich. »Ist Ihnen schon mal aufgefallen, dass Frauen immer sagen, sie müssten noch *rasch* einkaufen? Nicht einfach nur einkaufen oder gemütlich einkaufen oder in aller Ruhe einkaufen. *Rasch.* Und genau das meine ich. Die Hausfrau funktioniert auf einem irrwitzig hohen Niveau von Hyperproduktivität. Und obwohl sie völlig überfordert ist, muss sie trotzdem noch Essen machen. Das ist nicht auszuhalten, Elizabeth. Sie wird einen Herzinfarkt oder Schlaganfall bekommen oder zumindest schlecht gelaunt sein. Und das alles nur, weil sie ihre Arbeit nicht verschieben kann wie eine Viertklässlerin oder so tun kann, als würde sie irgendwas Wichtiges erledigen, wie ihr Mann das macht. Sie ist gezwungen, produktiv zu sein, obwohl sie sich in einer potenziell tödlichen Zone befindet – im Zeitraum der Nachmittagsdepression.«

»Ein klassischer Fall von neurogener Deprivation.« Elizabeth nickte. »Das Gehirn kann sich nicht ausruhen, was zu Leistungsabfall führt, begleitet von einem Anstieg des Corticosteronspiegels. Faszinierend. Aber was hat das mit Fernsehen zu tun?«

»Alles«, sagte er. »Denn das nachmittägliche Fernsehprogramm ist das Gegenmittel für diese neuro, äh, Deprivation, wie Sie das nennen. Im Unterschied zum Vormittags- oder Abendprogramm zielt das Nachmittagsprogramm darauf ab, das Gehirn zur Ruhe kommen zu lassen. Wenn Sie einen Blick auf das Angebot werfen, werden Sie sehen, dass ich recht habe: Von halb zwei bis fünf laufen im Fernsehen ausschließlich Kindersendungen, Seifenopern und Spielshows. Nichts, das echte Gehirnaktivität erfordert. Und das ist genau so gewollt: Denn den TV-Machern ist bewusst, dass ihre Zuschauer in diesem Zeitraum halb tot sind.«

Elizabeth dachte an ihre ehemaligen Kollegen im Institut. Die waren halb tot.

»In gewisser Weise«, fuhr Walter fort, »ist das, was wir anbieten, ein Dienst an der Öffentlichkeit. Wir ermöglichen den Menschen – besonders den überarbeiteten Hausfrauen – die Ruhe, die sie brauchen. Entscheidend sind dabei die Kindersendungen: Die sind sozusagen als elektronische Babysitter gedacht, um der Mutter Gelegenheit zu geben, sich vor ihrer nächsten Aufgabe zu erholen.«

»Und mit Aufgabe meinen Sie …«

»Abendessen machen«, sagte er, »und da kommen Sie ins Spiel. Ihre Sendung wird um halb fünf ausgestrahlt – genau der Zeitpunkt, wenn Ihr Publikum allmählich aus seiner Nachmittagsdepression auftaucht. Es ist ein schwieriger Sendeplatz. Untersuchungen haben ergeben, dass die meisten Hausfrauen genau dann den größten Druck empfinden. Sie haben in einem kleinen Zeitfenster viel zu erledigen: Essen kochen, Tisch decken, die Kinder zusammenrufen – die Liste ist lang. Aber sie fühlen sich noch immer schläfrig und deprimiert. Deshalb geht gerade mit diesem Sendeplatz eine große Verantwortung einher. Denn wer jetzt zu ihnen spricht, muss sie neu motivieren. Deshalb ist es mein voller Ernst, wenn ich sage, dass es Ihre Aufgabe ist, sie zu unterhalten. Sie müssen diese Menschen ins Leben zurückholen, Elizabeth. Sie müssen sie wieder wach rütteln.«

»Aber...«

»Wissen Sie noch, wie Sie damals in mein Büro gestürmt sind? Es war Nachmittag, und ich steckte mitten in der Nachmittagsdepression. Aber Sie haben mich wach gerüttelt, und ich kann Ihnen versichern, dass das statistisch gesehen fast unmöglich ist, denn ich mache ausschließlich Nachmittagsprogramm. Aber deshalb habe ich Folgendes erkannt: Wenn Sie mich dazu bringen können, dass ich mich aufsetze und zuhöre, dann gelingt Ihnen das garantiert auch bei anderen. Ich glaube an Sie, Elizabeth Zott, und ich glaube an Ihre Mission der gehaltvollen Mahlzeiten – aber dabei geht es nicht bloß um Essen kochen. Bitte verstehen Sie: Sie müssen es zumindest ein bisschen unterhaltsam rüberbringen. Wenn ich gewollt hätte, dass Sie Ihre Zuschauerinnen in den Schlaf reden, hätte ich Sie und Ihre Topflappen auf halb drei gelegt.«

Elizabeth ließ sich das durch den Kopf gehen. »Ich glaube, so habe ich das noch nie gesehen.«

»Das ist Fernsehwissenschaft«, sagte Walter. »Kennt kaum einer.«

Sie schwieg nachdenklich. »Aber ich bin nicht unterhaltsam«, sagte sie schließlich. »Ich bin Wissenschaftlerin.«

»Wissenschaftler können unterhaltsam sein.«

»Nennen Sie mir einen.«

»Einstein«, sagte Walter wie aus der Pistole geschossen. »Alle lieben Einstein.«

Elizabeth zog sein Beispiel in Betracht. »Nun ja. Seine Relativitätstheorie ist faszinierend.«

»Sehen Sie? Das mein ich!«

»Aber richtig ist *auch*, dass seine Ehefrau, die ebenfalls Physikerin war, nie die Anerkennung erhalten hat, die ...«

»Na bitte. Schon haben Sie unser Publikum wieder am Haken. Ehefrauen! Und wie würden Sie diese einsteinschen Ehefrauen wach rütteln? Mit altbewährten Fernseh-Wachmachern: Witze, Kleidung, Präsenz – und natürlich Essen. Ich wette, wenn Sie zum Beispiel eine Dinnerparty geben, wollen alle kommen.«

»Ich habe noch nie eine Dinnerparty gegeben.«

»Das haben Sie bestimmt«, sagte er. »Ich wette, Sie und Mr Zott haben ständig Gäste ...«

»Es gibt keinen Mr Zott, Walter«, unterbrach ihn Elizabeth. »Ich bin unverheiratet. Genauer gesagt, ich war nie verheiratet.«

»Oh.« Walter war sichtlich verdattert. »Aha. Das ist durchaus interessant. Aber würde es Ihnen was ausmachen? Ich hoffe, Sie verstehen das jetzt nicht falsch, aber würde es Ihnen was ausmachen, wenn Sie das sonst niemandem sagen würden? Besonders nicht Lebensmal, meinem Chef? Oder – überhaupt sonst niemandem?«

»Ich habe Madelines Vater geliebt«, erklärte sie mit leichtem Stirnrunzeln. »Ich konnte ihn nur nicht heiraten.«

»Es war eine Affäre«, sagte Walter mitfühlend und senkte dabei die Stimme. »Er hat seine Frau betrogen. War es so?«

»Nein.« Sie schüttelte den Kopf. »Wir haben uns innig geliebt. Wir sind zusammengezogen, haben ...«

»Es wäre großartig, wenn Sie auch das nie erwähnen würden«, unterbrach Walter sie. »Niemals.«

»... zwei Jahre zusammengelebt. Wir waren Seelenverwandte.«

»Wie schön.« Er räusperte sich. »Ich bin sicher, das war alles in Ordnung. Aber dennoch, so etwas müssen wir niemandem erzählen. Wirklich niemandem. Obwohl ich überzeugt bin, dass Sie vorhatten, ihn irgendwann zu heiraten.«

»Hatte ich nicht«, sagte sie leise. »Aber entscheidender war, dass er gestorben ist.« Und bei diesen Worten trübte Verzweiflung ihr Gesicht.

Ihr jäher Stimmungsumschwung schockierte Walter. Sie hatte so etwas an sich – eine kraftvolle Präsenz, von der er wusste, dass die Kamera sie lieben würde –, aber sie war auch zerbrechlich. Die Ärmste. Ohne zu überlegen, nahm er sie in die Arme. »Das tut mir furchtbar leid«, sagte er und zog sie an sich.

»Mir auch«, murmelte sie in seine Schulter. »Mir auch.«

Er schrak zusammen. So einsam. Er tätschelte ihr den Rücken, wie er das oft bei Amanda machte, um ihr so gut wie möglich zu vermitteln, dass er ihren Verlust nicht nur zutiefst bedauerte, sondern ihn auch verstand. Hatte er je so geliebt? Nein. Aber jetzt bekam er eine sehr gute Vorstellung davon, wie das sein musste.

»Ich bitte um Verzeihung«, sagte sie, als sie sich von ihm löste, überrascht, dass ihr die Umarmung so gutgetan hatte.

»Ist schon gut«, sagte er sanft. »Sie haben viel durchgemacht.«

»Dennoch«, sagte sie und straffte die Schultern. »Ich sollte wissen, dass ich nicht darüber reden darf. Ich bin schon einmal deswegen entlassen worden.«

Walter erschrak erneut. Er wusste nicht, was sie mit »deswegen« meinte. War sie entlassen worden, weil sie ihren Geliebten getötet hatte? Oder weil sie ein uneheliches Kind bekam? Beide Erklärungen waren plausibel, aber die zweite war ihm wesentlich lieber.

»Ich habe ihn umgebracht«, gestand sie leise und eliminierte damit seine Präferenz. »Ich hab darauf bestanden, dass er die Leine nimmt, und er ist gestorben. Halbsieben ist nie darüber weggekommen.«

»Das ist schrecklich«, sagte Walter noch leiser, denn obwohl er nicht verstand, was sie mit der Leine oder der Uhrzeit meinte, war ihm klar, was sie sagen wollte. Dass sie eine Entscheidung getroffen hatte, die böse endete. Er hatte dasselbe getan. Und die schlechten Entscheidungen von ihnen beiden hatten zu kleinen Menschen geführt, die jetzt unter den Fehlentscheidungen ihrer Eltern zu leiden hatten. »Es tut mir unendlich leid.«

»Es tut mir auch für Sie leid.« Sie rang um Fassung. »Ihre Scheidung.«

»Ach, das muss es nicht.« Er winkte ab, war peinlich berührt, dass sein Liebeskummer auch nur annähernd mit dem ihren gleichgesetzt wurde. »Das war nicht mit Ihrer Situation vergleichbar. Meine hatte nichts mit Liebe zu tun. Amanda ist eigentlich gar nicht meine Tochter im Sinne der DNA«, platzte es spontan aus ihm heraus. Tatsächlich hatte er das erst vor drei Wochen erfahren.

Seine Ex-Frau hatte schon länger angedeutet, dass er nicht Amandas leiblicher Vater war, aber er hatte gedacht, sie sagte das nur, um ihm wehzutun. Zugegeben, Amanda sah ihm nicht ähnlich, aber viele Kinder sehen ihren Eltern nicht ähnlich. Jedes Mal, wenn er Amanda im Arm hielt, wusste er, dass sie seine Tochter war, spürte das tiefe, dauerhafte biologische Band zwischen ihnen. Doch die gehässige Beharrlichkeit seiner Frau verunsicherte ihn, und als Vaterschaftstests endlich möglich wurden, besorgte er eine Blutprobe. Fünf Tage später kannte er die Wahrheit. Er und Amanda waren nicht miteinander verwandt.

Er hatte auf das Testergebnis gestarrt, darauf gewartet, dass er sich betrogen fühlte oder niedergeschmettert oder überhaupt irgendwas empfand, was man in dieser Situation wohl empfinden sollte, aber er war bloß völlig perplex gewesen. Das Ergebnis spielte überhaupt keine Rolle. Amanda war seine Tochter, und er war ihr Vater. Er liebte sie von ganzem Herzen. Biologie wurde überbewertet.

»Ich hatte nie vor, Vater zu werden«, erzählte er Elizabeth. »Und was bin ich jetzt? Vater mit Leib und Seele. Das Leben ist nicht berechenbar, was? Menschen, die versuchen, es zu planen, werden unweigerlich enttäuscht.«

Sie nickte. Sie war eine Planerin. Sie war enttäuscht.

»Wie dem auch sei«, fuhr er fort. »Ich glaube, wir können aus *Essen um sechs* etwas richtig Gutes machen. Aber es gibt ein paar Sachen beim Fernsehen, mit denen Sie sich, na ja, einfach abfinden müssen. Was Ihre Garderobe betrifft, da werde ich dem Schneider sagen, er soll die Nähte etwas auslassen. Aber im Gegenzug möchte ich, dass Sie lächeln üben.«

Sie runzelte die Stirn.

»Jack LaLanne lächelt, wenn er seine Liegestütze macht«, sagte Walter. »Dadurch sehen die härtesten Übungen aus, als würden sie Spaß machen. Studieren Sie Jacks Stil – er ist ein Meister.«

Als Jacks Name fiel, erstarrte Elizabeth. Seit Calvins Tod hatte sie Jack LaLannes Sendung nicht mehr gesehen, auch weil sie ihm die Schuld an Calvins Unfall gab – ja, sie wusste, das war ungerecht. Die Erinnerung daran, wie Calvin nach Jacks Sendung zu ihr in die Küche kam, füllte sie plötzlich mit einem warmen Gefühl.

»Na bitte«, sagte Walter.

Elizabeth sah ihn fragend an.

»Sie haben ganz leicht gelächelt.«

»Ach so«, sagte sie. »Tja, das war ungewollt.«

»Kein Problem. Gewollt, ungewollt. Das ist egal. Mein Lächeln ist die meiste Zeit aufgesetzt. Vor allem in der Woody Elementary School, wo ich gleich hinmuss. Mrs Mudford hat mich einbestellt.«

»Mich auch«, sagte Elizabeth überrascht. »Sie will mich morgen sehen. Geht es bei Ihnen auch um Amandas Leseliste?«

»Leseliste?«, meinte er verwundert. »Es sind Vorschulkinder, Elizabeth, sie können noch nicht lesen. Aber das Problem ist nicht Amanda, sondern ich. Mrs Mudford ist mir gegenüber misstrauisch, weil ich als Vater eine Tochter allein großziehe.«

»Wieso?«

Er sah sie verblüfft an. »Was glauben Sie wohl?«

»Ach so«, sagte sie mit plötzlichem Verständnis. »Sie hält Sie für sexuell pervers.«

»Ich hätte es nicht so, so … krass formuliert«, sagte Walter, »aber ja. Ich könnte genauso gut einen Button tragen, auf dem steht: ›Hallo! Ich bin pädophil – und ich hüte Kinder!‹«

»Dann sind wir wohl beide verdächtig«, sagte Elizabeth. »Calvin und ich hatten fast täglich Sex – völlig normal für gesunde Menschen in unserem Alter. Aber weil wir nicht verheiratet waren …«

»Aha.« Walter wurde blass. »Nun ja …«

»Als hätte der Ehestand irgendwas mit Sexualität zu tun …«

»Jaa …«

»Es konnte vorkommen«, erklärte sie sachlich, »dass ich mitten in der Nacht wach wurde und starke Lust empfand – das ist Ihnen bestimmt auch schon so ergangen –, aber weil Calvin gerade mitten in einem REM-Zyklus war, weckte ich ihn nicht. Aber als ich ihm das später erzählte, war er völlig fassungslos. ›Nein, Elizabeth‹, sagte er, ›weck mich einfach. REM-Zyklus hin oder her. Nimm keine Rücksicht.‹ Erst nachdem ich mehr über Testosteron gelesen hatte, konnte ich den männlichen Sexualtrieb besser verstehen …«

»Da fällt mir ein«, unterbrach Walter sie mit hochrotem Gesicht. »Ich wollte Ihnen sagen, dass Sie bitte auf dem Nordparkplatz parken.«

»Der Nordparkplatz«, sagte sie und stemmte die Hände auf die Hüften. »Ist das der links von der Einfahrt?«

»Genau.«

»Jedenfalls tut es mir leid, dass Mudford Ihnen unterstellt, nicht einfach bloß ein liebevoller Vater zu sein. Ich bezweifle stark, dass sie den Kinsey-Report gelesen hat.«

»Den Kinsey...«

»Denn wenn sie ihn gelesen hätte, würde sie erkennen, dass Sie und ich keineswegs sexuell pervers sind. Sie und ich sind ...«

»Normale Eltern?«, sagte er hastig.

»Liebevolle Rollenvorbilder.«

»Beschützer.«

»Verwandtschaft«, endete sie.

Dieses letzte Wort zementierte ihre seltsame, freimütige Freundschaft, wie sie nur entsteht, wenn ein Mensch, dem unrecht getan wurde, einen anderen Menschen trifft, dem ähnlich unrecht getan wurde, und feststellt, dass, selbst wenn es die einzige Gemeinsamkeit zwischen ihnen ist, die allein schon mehr als genügt.

»Hören Sie«, sagte Walter, der erstaunt merkte, dass er noch mit niemandem ein so offenes Gespräch über Sexualität oder Biologie geführt hatte, nicht mal mit sich selbst. »Was Ihre Garderobe betrifft. Falls der Schneider die Kleider nicht weiter machen kann, wählen Sie fürs Erste was von Ihren eigenen Sachen aus.«

»Sie ziehen den Laborkittel-Vorschlag also nicht in Erwägung.«

»Mir geht's darum, dass Sie Sie sind«, sagte er. »Keine Wissenschaftlerin.«

Sie strich sich ein paar Haarsträhnen hinter die Ohren. »Aber ich bin Wissenschaftlerin«, wandte sie ein. »Das macht mich aus.«

»Mag ja sein, Elizabeth Zott«, sagte er, ohne zu wissen, wie sehr sich das bewahrheiten würde. »Aber das ist nur der Anfang.«

Kapitel 25

Die Durchschnittsfrau

Rückblickend hätte er ihr das Set wahrscheinlich zeigen sollen.

Als die Musik einsetzte – das flotte kleine Liedchen, für das Walter viel zu viel bezahlt hatte und das sie von Anfang an hasste –, trat Elizabeth hinaus auf die Bühne. Sie atmete kurz und heftig ein. Sie trug ein tristes Kleid mit kleinen Knöpfen bis hinunter zum Saum, eine schlichte weiße Schürze, die zahlreiche Taschen hatte und eng um die Taille gebunden war, und eine Timex-Armbanduhr, die so laut tickte, dass Walter meinte, sie sogar über das Schlagzeug der Band hinweg hören zu können. Auf ihrem Kopf saß eine Schutzbrille. Knapp über ihrem linken Ohr steckte ein HB-Bleistift. In einer Hand hielt sie ein Notizbuch, in der anderen drei Reagenzgläser. Sie sah aus wie eine Kreuzung aus Zimmermädchen und Bombenentschärfer.

Er beobachtete, wie sie darauf wartete, dass die Musik aufhörte. Ihre Augen glitten über das Set, von einer Ecke zur anderen, Lippen zusammengepresst, Schultern auf eine Art angespannt, die Missfallen signalisierte. Als die letzte Note verklang, schaute sie die Texttafel an, überflog sie und wandte sich dann ab. Sie legte ihr Notizbuch und die Reagenzgläser auf die Arbeitsplatte, ging zum Waschbecken, den Rücken zur Kamera, und lehnte sich in das falsche Fenster, um die falsche Aussicht zu betrachten.

»Das ist abscheulich«, sagte sie direkt ins Mikrofon.

Der Kameramann sah zu Walter hinüber, die Augen weit aufgerissen.

»Erinnert sie daran, dass wir live senden«, zischelte Walter ihm zu.

LIVE!!!, kritzelte der Kameraassistent hastig auf ein großes Stück Pappe und hielt es für Elizabeth hoch.

Elizabeth las den Hinweis, hob dann einen Finger, als wollte sie signalisieren, dass sie nur noch einen Moment brauchte, und setzte ihren selbst geführten Rundgang fort. Sie blieb vor der sorgfältig kuratierten Wandkunst der Küche stehen – eine Gott-segne-dieses-Haus-Stickerei, ein deprimierter Jesus, die Knie zum Gebet gebeugt, ein Amateurgemälde von Schiffen, die in See stachen –, ehe sie sich den vollgestellten Arbeitsflächen zuwandte und entsetzt die Augenbrauen hochzog, als sie den mit Sicher-heitsnadeln gespickten Nähkorb sah, das Einmachglas voll loser Knöpfe, ein braunes Garnknäuel, eine angeschlagene Schale voll Pfefferminzbonbons und einen Brotkasten, auf dem in schnör-keliger Schrift *Unser täglich Brot* stand.

Erst gestern hatte Walter den Bühnenbildner in höchsten Tönen für seinen Geschmack gelobt. »Ich mag vor allem die ganzen Kleinigkeiten«, hatte er zu ihm gesagt. »Die sind genau richtig.« Aber heute, neben Elizabeth, wirkten sie nur noch kitschig. Er beobachtete, wie sie zur anderen Seite der Koch-insel ging und beim Anblick der Salz- und Pfefferstreuer in Form von Henne und Hahn sichtlich erbleichte, wie sie die rosa Häkelhaube über dem Toaster feindselig beäugte, angewidert den Kopf schüttelte, als sie einen seltsamen kleinen Ball sah, der komplett aus Gummibändern bestand. Links von dem Ball stand eine Keksdose in Form einer dicken Frau, die Brezeln backte. Elizabeth blieb jäh stehen und schaute nach oben zu der großen, an Drähten aufgehängten Uhr, deren Zeiger dauerhaft in der Sechs-Uhr-Position standen. ESSEN UM SECHS stand in Glitzerschrift auf dem Zifferblatt.

»Walter«, sagte Elizabeth und schirmte die Augen gegen das grelle Scheinwerferlicht ab. »Walter, kann ich Sie kurz spre-chen?«

»Werbung, Werbung!«, zischte Walter dem Kameramann zu, als sie sich ihren Weg hinunter vom Set suchte, um zu ihm zu kommen. »Jetzt *sofort!*«

»Elizabeth«, sagte er und sprang von seinem Stuhl auf. »Das können Sie nicht machen. Gehen Sie wieder da rauf! Wir sind live!«

»Wirklich. Tja, so geht das nicht. Das Set funktioniert nicht.«

»Alles funktioniert, der Herd, die Spüle, ist alles getestet worden. Jetzt gehen Sie wieder da rauf«, sagte er und wollte sie zurückscheuchen.

»Ich habe gemeint, dass es für *mich* nicht funktioniert.«

»Hören Sie«, sagte er. »Sie sind aufgeregt. Deshalb nehmen wir heute ohne Studiopublikum auf –, damit Sie sich eingewöhnen können. Aber Sie sind trotzdem auf *Sendung*, und Sie müssen Ihre Arbeit machen. Das ist unsere Premiere, und manches können wir später noch optimieren.«

»Das heißt also, Änderungen sind möglich«, stellte sie fest, stemmte erneut die Hände auf die Hüften und musterte das Set. »Da werden so einige Änderungen nötig sein.«

»Okay, Moment, nein«, sagte er besorgt. »Um das klarzustellen, Änderungen am Set sind nicht möglich. Was Sie da sehen, ist von unseren Bühnenbildnern wochenlang gründlich recherchiert worden. Diese Küche repräsentiert exakt das, was die Frau von heute sich wünscht.«

»Tja, ich bin eine Frau, und das wünsche ich mir nicht.«

»Ich hab ja nicht Sie gemeint«, sagte Walter. »Ich meinte die Durchschnittsfrau.«

»Durchschnitt.«

»Sie wissen, was ich meine. Die normale Hausfrau.«

Sie machte ein Geräusch wie ein prustender Wal.

»Okay«, sagte Walter leiser. Er wedelte hilflos mit den Händen. »Okay, okay, ich versteh Sie ja, aber denken Sie dran, das ist nicht nur unsere Show, Elizabeth, das ist auch die Show des

Senders, und da diese Leute uns bezahlen, ist es normalerweise ratsam, das zu tun, was sie von uns wollen. Sie wissen, wie das läuft. Sie haben schon als Angestellte gearbeitet.«

»Aber letztendlich arbeiten wir alle für das Publikum«, wandte sie ein.

»Stimmt. In gewisser Weise. Nein, Moment, eigentlich nicht. Es ist unsere Aufgabe, den Leuten das zu liefern, was sie wollen, selbst wenn die nicht wissen, dass sie es wollen. Ich hab Ihnen das erklärt: Es ist die Vorgabe für die Gestaltung des Nachmittagsprogramms. Halb tot, dann wach, alles klar?«

»Noch eine Werbung?«, flüsterte der Kameramann.

»Unnötig«, sagte sie rasch. »Tut mir leid, Leute. Ich bin jetzt bereit.«

»Wir sind uns einig, ja?«, rief Walter ihr nach, als sie wieder auf die Bühne ging.

»Ja«, sagte Elizabeth. »Sie möchten, dass ich mich an die Durchschnittsfrau wende. Die normale Hausfrau.«

Die Art, wie sie das sagte, gefiel ihm nicht.

»In fünf ...«, sagte der Kameramann.

»Elizabeth«, mahnte Walter.

»Vier ...«

»Wir haben alles für Sie aufgeschrieben.«

»Drei ...«

»Lesen Sie einfach von den Tafeln ab.«

»Zwei ...«

»Bitte«, flehte er. »Das Skript ist toll!«

»Eins ... und Action!«

»Hallo«, sagte Elizabeth direkt in die Kamera. »Ich heiße Elizabeth Zott, und Sie sind bei *Essen um sechs*.«

»So weit, so gut«, flüsterte Walter vor sich hin. LÄCHELN, signalisierte er ihr, zog die Mundwinkel höher.

»Willkommen in meiner Küche«, sagte sie ernst, während

ein enttäuschter Jesus über ihre linke Schulter lugte. »Wir werden heute sehr viel ...«

Sie stockte, als sie zu dem Wort »Spaß« kam.

Eine unbehagliche Stille folgte. Der Kameramann wandte den Kopf und sah Walter an. »Wieder Werbung?«, gestikulierte er.

»NEIN«, Walter schüttelte den Kopf. »NEIN! GOTTVER-DAMMT. SIE MUSS DAS MACHEN! GOTTVERDAMMT, ELIZABETH«, fuhr er lautlos fort, während er die Arme schwenkte.

Aber Elizabeth wirkte wie in Trance, und nichts – weder Walters wedelnde Arme noch der Kameramann, der sich für die nächste Werbung bereitmachte, noch die Maskenbildnerin, die sich mit dem Schwämmchen, das für Elizabeth vorgesehen war, selbst das Gesicht abtupfte – konnte den Bann brechen. Was war los mit ihr?

»MUSIK«, signalisierte Walter dem Tontechniker. »MUSIK.«

Doch ehe die Musik einsetzen konnte, wurde Elizabeth auf ihre tickende Timex-Uhr aufmerksam, und sie erwachte wieder zum Leben. »Tut mir leid«, sagte sie. »Also, wo waren wir?« Sie blickte kurz auf die Texttafeln, zögerte noch einen Moment und zeigte dann plötzlich auf die große Uhr über ihrem Kopf. »Ehe ich anfange, noch ein Hinweis. Bitte ignorieren Sie die Uhr. Sie funktioniert nicht.«

Auf seinem Produzentenstuhl atmete Walter kurz und heftig aus.

»Ich nehme Kochen ernst«, fuhr Elizabeth fort, ohne die Texttafeln noch eines Blickes zu würdigen, »und ich weiß, Sie tun das auch.« Dann schob sie den Nähkorb von der Arbeitsplatte in eine offene Schublade. »Ich weiß außerdem«, sagte sie und schaute direkt in die wenigen Haushalte, die sie zufällig an diesem Tag eingeschaltet hatten, »dass Ihre Zeit kostbar ist. Nun, meine ist es auch. Also lassen Sie uns einen Pakt schließen, Sie und ich ...«

»Mom«, rief ein gelangweilter kleiner Junge aus dem Wohnzimmer eines Hauses in Van Nuys, Kalifornien, »im Fernseher
läuft *nichts*.«

»Dann mach ihn aus«, rief die Mutter des kleinen Jungen
aus der Küche. »Ich hab zu tun! Spiel draußen ...«

»*Mmoomm ... Mmoomm ...*«, rief der kleine Junge wieder.

»Herrgott noch mal, Petey«, sagte eine gehetzte Frau, als
sie ins Wohnzimmer kam, eine halb geschälte Kartoffel in den
nassen Händen, während das Baby in seinem Hochstuhl in der
Küche brüllte, »muss ich denn alles für dich machen?« Aber als
sie gerade abschalten wollte, sprach Elizabeth sie an.

»Meiner Erfahrung nach bringen viel zu viele Menschen der
Arbeit und der Aufopferung einer Ehefrau, einer Mutter, einer
Frau nicht genug Wertschätzung entgegen. Ich jedenfalls zähle
nicht zu diesen Menschen. Am Ende unserer dreißig gemeinsamen Minuten *werden* wir etwas Sinnvolles getan haben. Wir
werden etwas geschaffen haben, das nicht unbemerkt bleiben
wird. Wir *werden* Abendessen gemacht haben. Und es *wird*
Gehalt haben.«

»Was ist das?«, fragte Peteys Mutter.

»Weiß nich«, sagte Petey.

»Also, fangen wir an«, sagte Elizabeth.

Später, in der Garderobe, schaute Rosa, die Friseurin und Maskenbildnerin, herein, um sich zu verabschieden. »Nur fürs Protokoll, Ihr Bleistift im Haar hat mir gefallen.«

»Fürs Protokoll?«

»Lebensmal schreit Walter seit zwanzig Minuten an.«

»Wegen eines Bleistifts?«

»Weil Sie sich nicht ans Skript gehalten haben.«

»Na ja, stimmt. Aber nur, weil ich die Texttafeln nicht lesen
konnte.«

»Ach so«, sagte Rosa sichtlich erleichtert. »Deshalb? War die
Schrift nicht groß genug?«

»Nein, nein, ich wollte damit sagen, dass die Tafeln irreführend waren.«

»*Elizabeth.*« Walter erschien in der Garderobentür, sein Gesicht war rot.

»Jedenfalls«, flüsterte Rosa, »ich wünsche Ihnen alles Gute.« Sie drückte kurz Elizabeths Arm.

»Hallo, Walter«, sagte Elizabeth. »Ich schreibe gerade ein paar Dinge auf, die wir sofort ändern müssen.«

»Tun Sie nicht so arglos«, schnauzte er sie an. »Was zum Teufel ist Ihr Problem?«

»Ich wüsste nicht, was mein Problem sein sollte. Ich dachte sogar, es ist ganz gut gelaufen. Ich gebe ja zu, der Anfang war ein bisschen holprig, aber nur, weil ich so schockiert war. Es wird nicht wieder vorkommen, nicht, wenn wir das Set umgestaltet haben.«

Er marschierte durch den Raum und warf sich in einen Sessel. »Elizabeth«, sagte er. »Sie haben einen *Job*, und Sie haben zwei Aufgaben: lächeln und die Texttafeln lesen. Mehr nicht. Sie haben kein Recht auf eine eigene Meinung zum Set oder den Tafeln.«

»Das denke ich doch.«

»Nein!«

»Außerdem konnte ich die Tafeln nicht lesen.«

»Blödsinn«, sagte er. »Wir haben mit unterschiedlichen Schriftgrößen geübt, schon vergessen? Deshalb weiß ich, dass Sie die verdammten Tafeln lesen konnten. Herrgott, Elizabeth, Lebensmal ist kurz davor, das Ganze abzusetzen. Ist Ihnen klar, dass Sie unser beider Jobs aufs Spiel gesetzt haben?«

»Es tut mir leid. Ich rede jetzt gleich mit ihm.«

»O nein«, sagte Walter schnell. »Sie nicht.«

»Warum nicht? Ich möchte ein paar Dinge klarstellen, besonders was das Set betrifft. Und was die Texttafeln angeht – noch mal, es tut mir leid, Walter. Ich hab nicht gemeint, dass ich sie nicht lesen konnte; ich hab gemeint, dass mein Gewissen es nicht zugelassen hat, sie zu lesen. Weil sie fürchterlich waren. Wer hat das Skript geschrieben?«

Er spitzte die Lippen. »Ich.«

»Oh«, sagte sie verblüfft. »Aber dieser Text. Der klang so gar nicht nach mir.«

»Ja«, sagte er mit zusammengebissenen Zähnen. »Das war so gewollt.«

Sie sah ihn verwundert an. »Haben Sie nicht gesagt, ich sollte ich selbst sein?«

»Nicht dieses Selbst«, sagte er. »Nicht Ihr ›Das wird jetzt sehr, sehr kompliziert‹-Selbst. Nicht Ihr ›Viel zu viele Menschen bringen der Arbeit und der Aufopferung einer Ehefrau, einer Mutter, einer Frau nicht genug Wertschätzung entgegen‹-Selbst. So was will kein Mensch hören, Elizabeth. Sie müssen positiv sein, gut gelaunt, optimistisch!«

»Aber das bin nicht ich.«

»Aber Sie könnten es sein.«

Elizabeth überdachte ihr bisheriges Leben. »Ausgeschlossen.«

»Würden Sie bitte aufhören, mir zu widersprechen«, sagte Walter, dem das Herz unangenehm in der Brust hämmerte. »Ich bin der Experte für Nachmittagsfernsehen, und ich habe Ihnen genau erklärt, wie das läuft.«

»Und ich bin die Frau, die zu einem rein weiblichen Publikum spricht«, blaffte sie.

Eine Sekretärin tauchte in der offenen Tür auf. »Mr Pine«, sagte sie. »Wir bekommen Anrufe wegen der Sendung. Ich weiß nicht, was ich machen soll.«

»Ach, du Schande«, stöhnte er. »Die ersten Beschwerden.«

»Es geht um die Einkaufsliste. Da gibt's Fragen zu den Zutaten für morgen. Besonders zu CH_3COOH.«

»Ethansäure«, erklärte Elizabeth. »Essig – es hat vier Prozent Ethansäure. Tut mir leid – ich hätte die Liste wohl allgemeinverständlicher schreiben sollen.«

»Ach ja?«, sagte Walter.

»Alles klar, danke«, sagte die Sekretärin und verschwand wieder.

»Wo kommt überhaupt die Idee mit der Einkaufsliste her?«, wollte er wissen. »Wir haben nie von einer Einkaufsliste gesprochen – schon gar nicht von einer in chemischen Termini.«

»Ich weiß«, sagte sie. »Die ist mir eingefallen, als ich aufs Set ging. Ist doch eine gute Idee, oder?«

Walter vergrub das Gesicht in den Händen. Es war eine gute Idee, er wollte es nur nicht zugeben. »So geht das nicht«, murmelte er in seine Hände. »Sie können nicht einfach machen, was Sie wollen.«

»Ich mach auch nicht einfach, was ich will«, sagte Elizabeth spitz. »Wenn ich einfach machen würde, was ich will, wäre ich in einem Forschungslabor. Walter«, fuhr sie ruhiger fort, »wenn ich mich nicht irre, ist Ihr Corticosteronspiegel erhöht – Sie nennen das die Nachmittagsdepression. Wahrscheinlich sollten Sie etwas essen.«

»Belehren Sie *mich* nicht über die Nachmittagsdepression«, antwortete er steif.

In den folgenden Minuten saßen sie beide in der Garderobe, der eine starrte zu Boden, die andere sah die Wand an. Sie wechselten kein Wort.

»Mr Pine?« Eine andere Sekretärin schaute herein. »Mr Lebensmal muss einen Flug erwischen, aber ich soll Ihnen ausrichten, dass Ihnen der Rest der Woche bleibt, um ›es‹ in Ordnung zu bringen. Leider weiß ich nicht, was ›es‹ ist. Er meint, Sie müssten ›es‹ unbedingt – sie blickte kurz auf ihre Notizen – ›sexy‹ machen.« Sie errötete leicht. »Und dann hab ich noch das hier.« Sie reichte ihm einen handschriftlichen Zettel, den Lebensmal hingekritzelt hatte. *Wo bleibt der Scheißcocktail?*

»Danke«, sagte Walter.

»Tut mir leid«, sagte sie.

»Mr Pine«, die erste Sekretärin tauchte erneut auf, als die

andere ging. »Es ist schon spät – ich muss nach Hause. Aber die Anrufe ...«

»Gehen Sie ruhig, Paula«, sagte er. »Ich kümmere mich drum.«

»Kann ich helfen?«, fragte Elizabeth.

»Sie haben heute schon mehr als genug geholfen«, sagte Walter. »Und wenn ich sage, ›nein, danke‹, meine ich auch wirklich ›nein, danke‹.«

Dann ging er gefolgt von Elizabeth zum Schreibtisch der Sekretärin und nahm einen Hörer ab. »KCTV«, sagte er müde. »Ja. Tut uns leid. Das ist Essig.«

»Essig«, sagte Elizabeth auf einer anderen Leitung.

»Essig.«

»Essig.«

»Essig.«

»Essig.«

Nach der Clownshow hatte er nie auch nur einen einzigen Anruf bekommen.

Kapitel 26

Die Beerdigung

»Hallo, ich bin Elizabeth Zott, und Sie sind bei *Essen um sechs.*«
Auf seinem Produzentenstuhl schloss Walter fest die Augen.
»Bitte«, flüsterte er. »Bitte, bitte, bitte.« Es war der fünfzehnte
Sendetag, und er war erschöpft. Wieder und wieder hatte er
ihr erklärt, dass sie sich die Küche nicht aussuchen konnte,
in der sie kochte, genau wie er sich den Schreibtisch nicht
aussuchen konnte, hinter dem er saß. Es war nichts Persönliches. Sets wurden genau wie Schreibtische auf der Grundlage von Recherchen und Budgets ausgewählt. Doch jedes Mal,
wenn er dieses Argument vorbrachte, nickte sie, als wäre sie
einverstanden, und sagte dann: »Ja, aber.« Und prompt fin-
gen sie wieder von vorne an. Dasselbe galt für das Skript. Er
sagte ihr, dass es ihre Aufgabe war, das Publikum nicht zu
langweilen, sondern einzubinden. Aber ihre ermüdenden chemischen Exkurse waren unglaublich langweilig. Deshalb hatte
er beschlossen, Studiopublikum zuzulassen. Weil er wusste,
echte Menschen, die nur sechs Meter von ihr entfernt saßen,
würden ihr schon beibringen, wie riskant es war, langweilig zu
sein.

»Herzlich willkommen in unserer ersten Sendung mit Studiopublikum«, sagte Elizabeth.

So weit, so gut.

»Von Montag bis Freitag werden wir jeden Nachmittag
zusammen ein Abendessen kochen.«

Genau das, was er ihr aufgeschrieben hatte.

»Und heute fangen wir mit einem Spinatauflauf an.«

Donnerwetter! Sie hielt sich an die Vorgaben.

»Aber vorher müssen wir unseren Arbeitsplatz aufräumen.«
Seine Augen flogen auf, als sie das braune Garnknäuel nahm
und ins Publikum warf.

Nein, nein, flehte er unhörbar. Der Kameramann drehte sich
zu ihm um, als das Publikum in nervöses Lachen ausbrach.

»Kann hier jemand Gummibänder gebrauchen?«, fragte sie
und hielt den Ball aus Gummibändern hoch. Etliche Hände
hoben sich, und so warf sie auch den ins Publikum.

Verdattert umklammerte er die Lehnen seines Segeltuch-
klappstuhls.

»Ich brauche Platz zum Arbeiten«, sagte sie. »Das untermauert, dass die Arbeit, die Sie und ich vorhaben, wichtig ist.
Und heute habe ich viel zu tun und könnte ein bisschen Hilfe
gebrauchen, um noch mehr Platz zu haben. Hat jemand Ver-
wendung für eine Keksdose?«

Zu Walters Entsetzen schnellten fast alle Hände in die Höhe,
und ehe er sich's versah, drängten sich die Zuschauer auf dem
Set, wo Elizabeth sie ermunterte, sich zu nehmen, was sie haben
wollten. In weniger als einer Minute war alles weg, sogar die
Bilder an der Wand. Geblieben waren bloß das falsche Fenster
und die große Uhr.

»Okay«, sagte sie mit ernster Stimme, als die Zuschauer ihre
Plätze wieder einnahmen. »Fangen wir an.«

Walter räusperte sich. Neben der Grundregel des Fernsehens,
unterhaltsam zu sein, verlangt eine andere, stets so zu tun, als
wäre alles geplant, ganz egal, was passiert. Das wird allen Fern-
sehmoderatoren beigebracht, und genau das beschloss Walter
in diesem Moment, obwohl er nie eine Sendung moderiert
hatte. Er setzte sich in seinem Segeltuchstuhl auf und beugte
sich vor, als hätte er dieses ungeheuerliche TV-Fehlverhalten
selbst inszeniert. Das hatte er natürlich nicht, und alle wussten das und quittierten seine Ohnmacht auf ihre je eigene

Art: Der Kameramann schüttelte den Kopf, der Tontechniker seufzte, der Szenenbildner zeigte ihm vom Kulissenrand aus den Stinkefinger. Unterdessen war Elizabeth vor der Kamera damit zugange, einen gewaltigen Berg Spinat mit dem größten Messer, das er je gesehen hatte, klein zu hacken.

Lebensmal würde ihn in der Luft zerreißen.

Er schloss einen Moment lang die Augen, lauschte den Regungen im Publikum: den Gewichtsverlagerungen auf den Stühlen, den leisen Hustern. Aus einigem Abstand hörte er, wie Elizabeth über die Rolle redete, die Kalium und Magnesium im Körper spielen. Die Texttafel, die er für dieses spezielle Segment geschrieben hatte, war eine seiner liebsten gewesen: *Hat Spinat nicht eine hübsche Farbe? Grün wie der Frühling.* Sie hatte sie komplett weggelassen.

»… viele glauben, Spinat gibt uns Kraft, weil er fast so viel Eisen enthält wie Fleisch. Doch in Wahrheit hat Spinat eine hohe Oxalsäurekonzentration, was die Eisenaufnahme hemmt. Wenn Popeye also behauptet, Spinat würde ihn stark machen, glauben Sie ihm kein Wort.«

Na, toll. Jetzt bezeichnete sie Popeye als Lügner.

»Dennoch hat Spinat einen hohen Nährstoffgehalt, und darüber werden wir gleich nach dieser Werbeunterbrechung ausführlicher reden«, sagte sie und zeigte mit ihrem Messer in die Kamera.

Heilige Scheiße. Er machte sich nicht die Mühe aufzustehen.

»Walter«, sagte sie nur Augenblicke später dicht neben ihm. »Wie fanden Sie's? Ich hab Ihren Rat befolgt und das Publikum eingebunden.«

Er wandte den Kopf und sah sie mit versteinerter Miene an.

»Genau das wollten Sie ja: *Unterhaltung.* Ich wusste, dass ich mehr Arbeitsfläche brauche, und da hab ich an Baseball gedacht – wo die Snackverkäufer doch immer Erdnüsse ins Publikum werfen. Und es hat funktioniert.«

»Ja«, sagte er tonlos. »Und dann haben Sie alle eingeladen,

sich das Schlagmal zu schnappen und die Schläger und die Handschuhe und was sonst noch so rumlag.«

Elizabeth sah ihn verwundert an. »Sie klingen wütend.«

»Dreißig Sekunden, Mrs Zott«, rief der Kameramann.

»Nein, nein«, sagte Walter ruhig. »Ich bin nicht wütend. Ich bin fuchsteufelswild.«

»Aber Sie wollten doch, dass ich die Leute unterhalte.«

»Nein. Was Sie getan haben, war Dinge verschenken, die Ihnen nicht gehören.«

»Aber ich brauchte den Platz.«

»Am Montag werden wir abserviert, machen Sie sich drauf gefasst«, sagte er. »Erst ich, dann Sie.«

Sie wandte sich ab.

»Da bin ich wieder«, hörte er sie mit gereizter Stimme sagen, während das Publikum anerkennend klatschte. Zum Glück hörte er danach kaum noch etwas, aber nur, weil er Magenschmerzen hatte und ihm das Herz so wild in der Brust pochte, dass er hoffte, es wäre etwas sehr Ernstes. Er schloss die Augen, um seinen Tod zu beschleunigen – Schlaganfall oder Herzinfarkt, er würde beides nehmen.

Als er aufblickte, sah er Elizabeth, die mit einer ausladenden Armbewegung auf die leere Küche deutete. »Kochen ist Chemie«, sagte sie. »Und Chemie ist Leben. Ihre Fähigkeit, alles zu ändern – Sie selbst eingeschlossen –, beginnt hier.«

Großer Gott.

Seine Sekretärin beugte sich zu ihm und flüsterte, dass Lebensmal ihn gleich am nächsten Morgen sprechen wollte. Er schloss wieder die Augen. Entspann dich, beschwor er sich. Atme.

Vor seinem geistigen Auge sah er etwas, das er nicht sehen wollte. Nämlich sich selbst auf einer Beerdigung – seiner eigenen –, auf der sich viele Menschen in bunter Kleidung versammelt hatten. Irgendwer – seine Sekretärin? – schilderte, wie er gestorben war. Es war eine langweilige Geschichte, und sie

gefiel ihm nicht, aber sie passte in sein Nachmittagsprogramm-
profil. Er lauschte aufmerksam, hoffte, Neuigkeiten aus seinem
Leben verbunden mit Lobeshymnen zu hören, aber größtenteils sagten die Leute so was wie: »Und was machst du dieses
Wochenende?«

Aus der Ferne hörte er Elizabeth Zott über die Bedeutung
von Arbeit reden. Sie dozierte wieder, setzte den Trauergästen
Ideen von Selbstachtung in den Kopf. »Gehen Sie Risiken ein«,
sagte sie. »Haben Sie keine Angst vor Experimenten.«

Seien Sie nicht wie Walter, meinte sie.

Sollten die Leute auf Beerdigungen nicht eigentlich Schwarz
tragen?

»Furchtlosigkeit in der Küche wird zu Furchtlosigkeit im
Leben«, verkündete Zott.

Wer hatte sie überhaupt gebeten, diese Grabrede zu halten?
Phil? Unverschämt. Und noch dazu absurd, denn schließlich
hatte sich das einzige Risiko, das er, Walter Pine, je eingegan-
gen war – nämlich sie einzustellen –, als Grund für seinen vorzeitigen Tod entpuppt. Risiken eingehen, keine Angst vor Experimenten, von wegen, Zott. Wer war denn hier tot?

Er hörte weiter ihre Stimme im Hintergrund, begleitet vom
eindringlichen Klopfen des Messers. Nach weiteren gut zehn
Minuten kam dann ihr Schlusswort.

»Kinder, deckt den Tisch. Eure Mutter braucht einen
Moment für sich.«

Anders ausgedrückt: Über den toten Walter ist genug
gesagt – zurück zu mir.

Die Trauergäste klatschten begeistert. Und jetzt ab in die
nächste Bar.

Danach kam nicht mehr viel. Leider ähnelte sein eingebil-
deter Tod stark seinem Leben. Ihm kam der Gedanke, dass
»zu Tode gelangweilt« vielleicht nicht bloß eine Redewendung
war.

»Mr Pine?«

»Walter?«

Er spürte eine Hand auf der Schulter. »Soll ich einen Arzt rufen?«, fragte die erste Stimme.

»Vielleicht«, sagte die andere.

Er öffnete die Augen und sah Zott und Rosa vor sich stehen.

»Wir glauben, Sie sind ohnmächtig geworden«, sagte Zott.

»Sie waren in sich zusammengesunken«, bestätigte Rosa.

»Ihr Puls ist erhöht«, sagte Elizabeth, die Finger auf sein Handgelenk gelegt.

»Soll ich einen Arzt rufen?«, fragte Rosa erneut.

»Walter, was haben Sie gegessen? Wann haben Sie zuletzt gegessen?«

»Mir geht's *gut*«, sagte Walter heiser. »Geht weg.« Aber er fühlte sich gar nicht gut.

»Er hat seinen Lunch ausfallen lassen«, sagte Rosa. »Hat sich nichts vom Imbisswagen genommen. Und wir wissen, dass er noch nicht zu Abend gegessen hat.«

»Walter«, sagte Elizabeth resolut. »Nehmen Sie das mit nach Hause.« Sie drückte ihm eine große Auflaufform in die Hände. »Das ist der Spinatauflauf, den ich gerade gemacht habe. Backen Sie den bei hundertneunzig Grad vierzig Minuten im Ofen. Schaffen Sie das?«

»Nein«, sagte er und setzte sich auf. »Das schaff ich nicht. Und überhaupt, Amanda hasst Spinat, also doppelt NEIN.« Und dann, weil er merkte, dass er wie ein bockiges Kind klang, wandte er sich der Friseurin und Maskenbildnerin zu (wie hieß die noch mal?) und sagte: »Tut mir sehr leid, dass ich Sie beunruhigt habe« – er nuschelte eine Mischung aus möglichen Vornamen –, »aber es geht mir wirklich gut. Ich wünsche Ihnen einen schönen Abend.«

Um zu beweisen, wie gut es ihm ging, stand er von seinem Stuhl auf und stakste leicht wackelig in sein Büro. Dort wartete er, bis er sicher war, dass beide das Gebäude verlassen hatten, ehe er selbst ging. Aber als er zu seinem Wagen kam, sah er den Auflauf auf der Motorhaube stehen. 190 Grad, 40 Minuten, stand auf dem Zettel.

Zu Hause angekommen, und nur weil er hundemüde war, schob er das verdammte Ding in den Ofen, und nicht lange danach setzte er sich zum Abendessen mit seiner kleinen Tochter an den Tisch.

Drei Bissen später erklärte Amanda den Auflauf zum Leckersten, was sie je gegessen hatte.

Kapitel 27

Alles über mich
Mai 1960

»Kinder«, sagte Mrs Mudford im folgenden Frühjahr, »wir fangen mit einem neuen Projekt an. Es heißt ›Alles über mich‹.«

Mad atmete scharf ein.

»Bittet eure Mutter, das hier auszufüllen. Es ist ein sogenannter Familienstammbaum. Was sie auf diesen Baum schreibt, wird euch einiges über einen sehr wichtigen Menschen verraten. Wisst ihr, wer das sein könnte? Kleiner Tipp: Die Antwort steckt im Namen von unserem neuen Projekt, Alles über mich.«

Die Kinder saßen in einem unordentlichen Halbkreis zu Mrs Mudfords Füßen, Kinn auf die Hände gestützt.

»Wer von euch will zuerst raten?«, sagte Mrs Mudford aufmunternd. »Ja, Tommy?«

»Ich muss mal. Kann ich aufs Klo?«

»Zur Toilette, Tommy, und nein. Der Unterricht ist fast zu Ende. So lange kannst du noch warten.«

»Der Präsident«, sagte Lena.

»*Könnte es* der Präsident sein?«, berichtigte Mrs Mudford. »Und nein, das ist falsch, Lena.«

»Vielleicht Lassie?«, sagte Amanda.

»Nein, Amanda. Das ist ein Familienstammbaum, keine Hundehütte. Wir reden hier von *Menschen*.«

»Menschen sind Tiere«, sagte Madeline.

»Nein, sind sie nicht, Madeline«, widersprach Mrs Mudford empört.

274

»Was ist mit Yogi Bär?«, fragte ein anderes Kind.

»Könnte es Yogi Bär sein?«, berichtigte Mrs Mudford erneut gereizt. »Und nein, selbstverständlich nicht. Bei so einem Stammbaum geht es nicht um Bären, und schon gar nicht um Zeichentrickserien. Wir sind Menschen!«

»Aber Menschen sind Tiere«, beharrte Madeline.

»Madeline«, sagte Mrs Mudford schneidend. »Das reicht jetzt!«

»Wir sind Tiere?«, sagte Tommy mit großen Augen zu Madeline.

»NEIN! SIND WIR NICHT!«, dröhnte Mrs Mudford.

Aber Tommy hatte schon die Finger in die Achselhöhlen geschoben und fing an, durch die Klasse zu hüpfen und Laute wie ein Schimpanse auszustoßen. »I I!«, rief er den anderen Kindern zu, und die Hälfte von ihnen fiel prompt mit ein. »I I U U! I I U U!«

»SCHLUSS JETZT, TOMMY«, blaffte Mrs Mudford. »IHR ANDEREN, HÖRT SOFORT DAMIT AUF! WENN IHR NICHT SOFORT AUFHÖRT, MÜSST IHR ALLE ZUM DIREKTOR!« Und die Härte ihrer Stimme verbunden mit der Bedrohung durch eine höhere Instanz brachte die Kinder zurück auf ihre Plätze. »ALSO«, sagte sie streng, »wie ich schon sagte, werdet ihr neue Dinge über einen sehr wichtigen Menschen erfahren. MENSCHEN«, betonte sie mit einem zornigen Blick auf Madeline. »Und wer könnte dieser Mensch wohl sein?«

Keine Reaktion.

»WER?«, fragte sie lauter.

Vereinzeltes Kopfschütteln.

»Na, Kinder, ihr selbst«, rief sie verärgert und zeigte auf einige von ihnen. »Du, du, du, du.«

»Ich? Wieso?«, fragte Judy leicht verstört. »Ich hab nix gemacht.«

»Herrje, Judy, sei nicht so dumm«, sagte Mrs Mudford.

»Meine Mom sagt, die Schule kriegt von ihr keinen Cent mehr«, erklärte ein mürrisch dreinblickender Junge namens Roger.

»Wer hat denn was von Geld gesagt, Roger?«, schrie Mrs Mudford.

»Kann ich mir den Baum ansehen?«, fragte Madeline.

»Darf ich!«, donnerte Mrs Mudford.

»Darf ich?«, fragte Madeline.

»Nein, darfst du nicht«, fauchte Mrs Mudford und faltete das Blatt zweimal zusammen, als würde es schon allein durch das Zusammenfalten Madeline-sicher. »Dieser Stammbaum ist nicht für dich, Madeline, er ist für deine Mutter. So, Kinder«, sagte sie mühsam beherrscht, »stellt euch in einer Reihe hintereinander auf. Ich stecke jedem von euch sein Blatt an den Pullover. Danach könnt ihr nach Hause.«

»Meine Mom will nicht mehr, dass sie mir Sachen ansteckt«, widersprach Judy. »Sie sagt, das macht Löcher in der Kleidung.«

Deine Mutter ist eine verlogene Hure, lag Mrs Mudford auf der Zunge, doch stattdessen sagte sie: »Gut, Judy. Dann tackern wir dir deinen an.«

Ein Kind nach dem anderen ließ sich von Mrs Mudford das Blatt an den Pullover stecken, und dann gingen sie aus dem Klassenzimmer, um, kaum dass sie durch die Tür waren, loszugaloppieren wie kleine Ponys, die stundenlang angebunden gewesen waren.

»Du nicht, Madeline«, befahl Mrs Mudford. »Du bleibst hier.«

»Nur, damit ich das verstehe«, sagte Harriet, als Mad ihr erklärte, warum sie später nach Hause gekommen war. »Du musstest nachsitzen, weil du zu deiner Lehrerin gesagt hast, dass Menschen Tiere sind? Warum hast du so was denn gesagt, Schätzchen? Das ist nicht sehr nett.«

»Nicht?«, sagte Madeline verwirrt. »Aber wieso? Wir sind Tiere.«

Harriet fragte sich, ob Mad recht hatte – waren Menschen Tiere? Sie wusste es nicht. »Ich meine damit, dass es manchmal besser ist, nicht zu widersprechen«, sagte sie. »Deine Lehrerin ist eine Respektsperson, und manchmal bedeutet das, ihr nicht zu widersprechen, auch wenn du anderer Meinung bist. Das nennt man Diplomatie.«

»Ich dachte, Diplomatie bedeutet nett sein.«

»Genau das meine ich.«

»Auch wenn sie uns falsche Sachen erzählt?«

»Ja.«

Madeline nagte an der Unterlippe.

»Du machst doch auch manchmal Fehler, nicht? Und du würdest nicht wollen, dass jemand dich vor den Augen von vielen Leuten berichtigt, oder? Wahrscheinlich hat sich Mrs Mudford nur geschämt.«

»So hat sie aber nicht ausgesehen. Und es war nicht das erste Mal, dass sie uns falsche Informationen gegeben hat. Letzte Woche hat sie gesagt, Gott hätte die Welt erschaffen.«

»Viele Leute glauben das«, sagte Harriet.

»Glaubst du das?«

»Schauen wir uns doch mal an, was sie euch mitgegeben hat«, sagte sie rasch und löste das Blatt Papier von Madelines Pullover.

»Es ist ein Familienstammbaum«, sagte Madeline, die ihre Lunchbox auf die Arbeitsplatte knallte. »Mom muss ihn ausfüllen.«

»Das gefällt mir nicht«, murmelte Harriet, als sie die schlecht gezeichnete Eiche betrachtete, deren Äste nach den Namen von Verwandten fragten – lebende, verschollene, tote – und miteinander durch Heirat, Geburt oder Pech verbunden waren. »Diese neugierige kleine Schnüfflerin. Gab's auch gleich eine polizeiliche Vorladung dazu?«

»Hätte eine dabei sein sollen?«, fragte Madeline beeindruckt.

»Weißt du, was ich denke?«, sagte Harriet und faltete das Blatt wieder zusammen. »Ich denke, solche Stammbäume sind klägliche Versuche, sich wichtig zu fühlen, nur weil irgendwer anders mal wichtig war. Und sie bedeuten meistens einen Eingriff in die Privatsphäre. Deine Mutter wird an die Decke gehen. Wenn ich du wäre, würde ich ihr das gar nicht zeigen.«

»Aber ich weiß die ganzen Antworten nicht. Ich weiß nichts über meinen Dad.« Sie dachte an den Zettel, den ihre Mutter ihr an dem Morgen in die Lunchbox gelegt hatte: *Die Bibliothekarin ist die wichtigste Erziehungsperson an der Schule. Was sie nicht weiß, kann sie herausfinden. Das ist keine Meinung. Das ist eine Tatsache. Verschweige Mrs Mudford diese Tatsache.*

Aber als Madeline die Bibliothekarin ihrer Schule gefragt hatte, ob sie ihr Jahrbücher aus Cambridge zeigen könnte, hatte die kurz überlegt und ihr dann die neuste Ausgabe einer bekannten Kinderzeitschrift gereicht.

»Du weißt sehr viel über deinen Vater«, sagte Harriet. »Du weißt zum Beispiel, dass die Eltern deines Vaters – deine Großeltern – durch einen Unfall mit einem Zug ums Leben gekommen sind. Und dass er dann bei seiner Tante gelebt hat, bis die gegen einen Baum gefahren ist. Und dann war er in einem Waisenhaus – den Namen hab ich vergessen, aber er klang irgendwie mädchenhaft. Und dass dein Vater eine Art Patin hatte, obwohl Patinnen nicht in einen Stammbaum gehören.«

Sobald sie die Patin erwähnt hatte, wünschte Harriet, sie hätte es sich verkniffen. Sie wusste nur von dieser Patin, weil sie neugierig gewesen war, und schon da war ihr klar gewesen, dass es keine richtige Patin gewesen war, sondern eher eine Art gute Fee. Und das alles wusste sie, weil Calvin eines Tages, lange bevor er Elizabeth kennenlernte, so eilig zur Arbeit musste, dass er die Haustür offen ließ, und Harriet, die gute Nachbarin, war hinübergegangen, um sie zu schließen.

Da sie nun mal ein besonders gründlicher Mensch war, hatte sie sich selbstverständlich vergewissern wollen, dass nicht eingebrochen worden war, und das Haus betreten. Ein ausführlicher Rundgang hatte ergeben, dass in den sechsundvierzig Sekunden seit Calvins Aufbruch absolut nichts passiert war.

Dennoch hatte sie mehrere Dinge festgestellt. Erstens, Calvin Evans war eine Art Starchemiker – er war auf dem Titelblatt einer Zeitschrift gewesen. Zweitens, er war ein Chaot. Drittens, er war in einem zwielichtig klingenden Waisenhaus mit religiösem Anstrich in Sioux City aufgewachsen. Das mit dem Waisenhaus wusste sie nur, weil sie in seinem Papierkorb einen zusammengeknüllten Brief gesehen hatte – einen Brief, den sie herausnahm, denn jeder wirft ja wohl gelegentlich genau das weg, was er eigentlich behalten will. Aus dem Brief ging hervor, dass das Waisenhaus Geld brauchte. Es hatte seinen Hauptgönner verloren – jemanden, der früher dafür gesorgt hatte, dass die Jungen »in den Genuss naturwissenschaftlicher Bildungsangebote und gesunder Freiluftaktivitäten kamen«. Das Waisenhaus wandte sich jetzt an ehemalige Bewohner. Konnte Calvin Evans helfen? *Sagen Sie Ja! Spenden Sie noch heute an das Waisenhaus All Saints!* Seine Antwort lag ebenfalls im Papierkorb. Im Grunde lautete sie, was fällt euch ein, ihr könnt mich mal, ihr gehört alle ins Gefängnis.

»Was ist eine Patin?«, fragte Madeline.

»Eine enge Freundin der Familie oder eine Verwandte«, sagte Harriet und verdrängte die Erinnerung. »Jemand, der sich um dein spirituelles Leben kümmern soll.«

»Hab ich so was?«

»Eine Patin?«

»Ein spirituelles Leben.«

»Oh«, sagte Harriet. »Ich weiß nicht. Glaubst du an Dinge, die du nicht sehen kannst?«

»Ich mag Zaubertricks.«

»Ich nicht«, sagte Harriet. »Ich lass mich nicht gern übertölpeln.«

»Aber du glaubst an Gott.«

»Na ja. Schon.«

»Warum?«

»Ich tu's einfach. Die meisten Leute tun es.«

»Meine Mom nicht.«

»Ich weiß«, sagte Harriet und versuchte, sich ihr Missfallen nicht anmerken zu lassen.

Harriet hielt es für falsch, nicht an Gott zu glauben. Sie fand es hochmütig. Ihrer Meinung nach war der Glaube an Gott eine Notwendigkeit wie Zähneputzen oder Unterwäschetragen. Bestimmt glaubten alle anständigen Menschen an Gott – selbst die unanständigen, wie ihr Ehemann, glaubten an Gott. Gott war der Grund, warum sie noch verheiratet waren und warum diese Ehe ihre Bürde war – weil Gott sie ihr auferlegt hatte. Gott hielt viel von Bürden und sorgte dafür, dass jeder eine zu tragen hatte. Außerdem, wenn man nicht an Gott glaubte, konnte man auch nicht an den Himmel oder die Hölle glauben, und sie wollte unbedingt an die Hölle glauben, weil sie unbedingt glauben wollte, dass Mr Sloane dort landen würde. Sie stand auf. »Wo ist dein Seil? Wir sollten deine Knoten üben.«

»Die kann ich schon alle«, sagte Madeline.

»Kannst du sie auch mit geschlossenen Augen?«

»Ja.«

»Und hinter dem Rücken? Kriegst du das auch hin?«

»Ja.«

Harriet tat so, als befürwortete sie Madelines eigenartige Hobbys, aber in Wahrheit tat sie das nicht. Das Kind spielte nicht mit Barbies oder Murmeln – sie mochte Knoten, Bücher über Kriege und Naturkatastrophen. Gestern hatte Harriet mitbekommen, wie Mad der Bibliothekarin in der Stadtbibliothek Fragen zum Krakatau stellte – wann wohl der nächste Ausbruch wäre? Wie die Inselbewohner gewarnt werden könnten? Wie viele Menschen schätzungsweise sterben würden?

Harriet drehte sich um und sah, wie Madeline den Stammbaum anstarrte, ihre grauen Augen die leeren Äste betrachteten und ihre Zähne unablässig auf der Unterlippe kauten. Calvin war ein großer Lippenkauer gewesen. Konnte so etwas genetisch vererbt werden? Sie wusste es nicht. Harriet hatte vier Kinder zur Welt gebracht, jedes davon völlig anders als die übrigen und völlig anders als sie selbst. Und jetzt? Sie waren alle Fremde, wohnten in fernen Städten mit ihren eigenen Kindern, führten ein eigenes Leben. Sie wollte glauben, dass es irgendein ehernes lebenslanges Band zwischen ihr und ihren Kindern gab, aber so war es nicht. Familien brauchten ständige Pflege.

»Hast du Hunger?«, fragte Harriet. »Möchtest du etwas Käse?« Sie griff tief in den Kühlschrank, während Madeline ein Buch aus ihrer Schultasche zog. *Fünf Jahre unter den Stämmen des Kongo-Staates.* Harriet wusste, dass es auch von Kannibalen handelte.

Sie warf einen Blick nach hinten. »Herzchen, weiß deine Lehrerin, dass du das liest?«

»Nein.«

»So sollte es auch bleiben.«

Ein weiterer Punkt, in dem sie und Elizabeth nicht einer Meinung waren, war das Lesen. Vor fünfzehn Monaten hatte Harriet angenommen, Madeline würde bloß so tun, als könnte sie lesen. Kinder ahmen gern ihre Eltern nach. Aber schon bald wurde klar, dass Elizabeth ihrer Tochter nicht nur beigebracht hatte zu lesen, sondern noch dazu hochkomplexe Sachen zu lesen: Tageszeitungen, Romane, wissenschaftliche Artikel.

Harriet zog die Möglichkeit in Betracht, dass die Kleine ein Genie war. Genau wie ihr Vater. Aber nein. Madeline war einfach nur sehr gut gefördert worden, und das lag an ihrer Mutter. Elizabeth weigerte sich einfach, Einschränkungen zu akzeptieren, nicht nur für sich selbst, sondern auch für andere. Etwa ein Jahr nach Mr Evans' Tod hatte Harriet auf Elizabeths Schreibtisch einige Notizen gesehen, die darauf hindeuteten, dass sie offenbar versuchte, Halbsieben eine absurde Anzahl von Wörtern beizubringen. Damals hatte Harriet das als vorübergehenden Wahnsinn eingestuft – denn genau das ist Trauer. Aber dann, als Mad drei Jahre alt war, hatte sie gefragt, ob irgendwer ihr Jo-Jo gesehen hätte, und eine Minute später hatte Halbsieben es ihr auf den Schoß gelegt.

Essen um sechs hatte das gleiche Element des Unmöglichen. Elizabeth begann jede Sendung mit der Feststellung, dass Kochen nicht leicht war und dass die nächsten drei Minuten durchaus quälend werden könnten.

»Kochen ist keine exakte Wissenschaft«, hatte sie erst gestern gesagt. »Die Tomate hier in meiner Hand ist anders als die Tomate, die Sie in der Hand halten. Deshalb müssen Sie sich auf Ihre Zutaten einlassen, sie erfahren, schmecken, ertasten, riechen, betrachten, belauschen, testen, bewerten.« Dann mutete sie ihrem Publikum eine ausführliche Beschreibung chemischer Zerfallsprozesse zu, die, wenn ausgelöst durch das Kombinieren unterschiedlicher Zutaten bei spezifischen Hitzegraden, zu einem komplizierten Gemisch enzymatischer Reaktionen führten, an deren Ende dann etwas Gutes zu essen herauskam. Sie redete viel über Säuren und Basen und Wasserstoffionen, und nachdem Harriet sich das wochenlang angehört hatte, verstand sie merkwürdigerweise zunehmend mehr.

Während des gesamten Vorgangs erklärte Elizabeth mit ernstem Gesicht, ihre Zuschauerinnen stünden jetzt vor einer schwierigen Aufgabe, sie wisse aber, dass sie fähige, tatkräftige Menschen seien, und deshalb glaube sie an sie. Es war eine sehr seltsame Sendung. Nicht gerade unterhaltsam. Eher wie eine Bergbesteigung. Etwas, bei dem man sich erst gut fühlte, wenn es vorbei war.

Dennoch schauten sie und Madeline sich jeden Tag mit

angehaltenem Atem *Essen um sechs* an, weil sie bei jeder neuen Ausstrahlung fürchteten, es wäre die letzte.

Madeline hatte ihr Buch aufgeschlagen und studierte jetzt die Abbildung eines Mannes, der am Oberschenkelknochen eines anderen nagte. »Schmecken Menschen gut?«

»Weiß nicht«, sagte Harriet und stellte ihr ein paar Käsewürfel hin. »Kommt bestimmt auf die Zubereitung an. Deine Mutter könnte wahrscheinlich jeden gut schmecken lassen.« Nur nicht Mr Sloane, dachte sie. Weil der verdorben war.

Madeline nickte. »Was Mom kocht, mögen alle.«

»Wer ist alle?«

»Kinder«, sagte Madeline. »Manche essen jetzt den gleichen Lunch wie ich.«

»Tatsächlich?«, sagte Harriet überrascht. »Also Reste vom vorherigen Abendessen?«

»Ja.«

»Dann gucken ihre Mütter die Sendung von deiner Mom?«

»Ich glaub schon.«

»*Ehrlich?*«

»Ja«, sagte Madeline mit Nachdruck, als wäre Harriet schwer von Begriff.

Harriet hatte angenommen, es würden nur sehr wenige Leute *Essen um sechs* gucken, und Elizabeth hatte das bestätigt, als sie Harriet anvertraute, ihre sechsmonatige Probezeit sei fast vorüber, es sei die ganze Zeit ein Kampf gewesen und sie sei ziemlich sicher, dass ihr Vertrag nicht verlängert würde.

»Aber könntest du ihnen nicht etwas entgegenkommen?«, hatte Harriet gefragt, bemüht, nicht enttäuscht zu klingen. Sie sah Elizabeth so gern im Fernsehen. »Versuch doch vielleicht mal zu lächeln.«

»Lächeln?«, hatte Elizabeth erwidert. »Lächeln Chirurgen während einer Blinddarmoperation? Nein. Würdest du das wollen? Nein. Kochen erfordert Konzentration, genau wie eine OP. Trotzdem will Phil Lebensmal, dass ich mich benehme, als wären die Leute, zu denen ich spreche, Dummköpfe. Das werde ich nicht, Harriet, ich werde nicht den Mythos bedienen, dass Frauen inkompetent sind. Wenn sie mich rausschmeißen, dann ist das eben so. Dann mache ich irgendwas anderes.«

Aber nirgendwo würde sie auch nur annähernd so gut verdienen, dachte Harriet. Durch das Fernsehgeld hatte Elizabeth ihr Versprechen wahr machen können: Sie bezahlte Harriet jetzt. Es war Harriets erster selbst verdienter Lohn, und sie staunte selbst, wie gut das ihrem Selbstbewusstsein tat.

»Ich geb dir ja recht«, sagte Harriet vorsichtig, »aber vielleicht könntest du auch nur so tun, als würdest du auf sie hören. Ihnen einfach was vorspielen.«

Elizabeth legte den Kopf schief. »Vorspielen?«

»Du weißt, was ich meine«, sagte Harriet. »Du bist intelligent. Das könnte Mr Pine oder diesen Lebensmal abschrecken. Du weißt doch, wie Männer sind.«

Elizabeth dachte darüber nach. Nein, sie wusste nicht, wie Männer waren. Abgesehen von Calvin, ihrem toten Bruder John, Dr. Mason und vielleicht Walter Pine schien sie bei Männern immer nur das Schlimmste zu wecken. Entweder wollten sie sie kontrollieren, sie berühren, sie dominieren, sie mundtot machen, sie korrigieren oder ihr vorschreiben, was sie zu tun hatte. Sie verstand nicht, warum sie sie nicht einfach als Mitmenschen behandeln konnten, als Kollegin, als Freundin, als Gleichgestellte oder auch nur als Fremde auf der Straße, als jemanden, dem man automatisch respektvoll begegnet, bis man herausfindet, dass er Leichen im Garten vergraben hat.

Harriet war ihre einzige echte Freundin, und sie waren meistens einer Meinung, aber nicht in diesem Punkt. Laut Harriet waren Männer und Frauen himmelweit voneinander entfernt. Jeder Mann wollte verhätschelt werden, hatte ein schwaches Ego und konnte keine Frau anerkennen, die intelligenter oder kompetenter war. »Harriet, das ist lächerlich«, hatte Elizabeth widersprochen. »Männer und Frauen sind gleichermaßen Menschen. Und als Menschen sind wir Produkte unserer Erziehung, Opfer unseres mangelhaften Bildungssystems und Bestimmer unseres Verhaltens. Kurz gesagt, Frauen Männern unterzuordnen und Männer Frauen überzuordnen ist nicht biologisch: Es ist kulturell. Und das alles fängt mit zwei Wörtern an: rosa und blau. Ab da geht alles unaufhaltsam den Bach runter.«

Apropos mangelhaftes Bildungssystem. Erst letzte Woche war sie zu Mudford bestellt worden, um ein damit verbundenes Problem zu besprechen: Offenbar weigerte sich Madeline, an Kleinmädchenaktivitäten wie beispielsweise Mutter-Kind-Spielen teilzunehmen.

»Madeline möchte Sachen machen, die eher zu kleinen Jungen passen«, hatte Mudford gesagt. »Das ist nicht richtig. Aufgrund Ihrer« – sie hüstelte – »Fernsehsendung sind Sie anscheinend der Ansicht, dass eine Frau an den Herd gehört. Also reden Sie mit ihr. Diese Woche wollte sie bei den Schülerlotsen mitmachen.«

»Warum ist das ein Problem?«

»Weil bei uns nur Jungs Schülerlotsen sind. Jungen beschützen Mädchen. Weil sie größer sind.«

»Aber Madeline ist die Größte in der Klasse.«

»Was ein weiteres Problem mit sich bringt«, sagte Mudford. »Ihre Größe ist eine Belastung für die Jungen.«

»Deshalb, nein, Harriet«, sagte Elizabeth scharf und kam zum Thema zurück. »Ich werde gar nichts vorspielen.«

Harriet pulte sich Schmutz unter einem Fingernagel hervor, während Elizabeth sich darüber ausließ, dass Frauen ihre untergeordnete Position hinnahmen, als wäre die gottgegeben, als glaubten sie, ihr kleinerer Körper sei ein biologisches Indiz für ein kleineres Gehirn, als wären sie von Natur aus minderwertiger, aber eben auf liebreizende Art. Noch schlimmer sei, erklärte Elizabeth, dass viele dieser Frauen solche Vorstellungen an ihre Kinder weitergaben, wenn sie Formulierungen wie

»Jungs bleiben Jungs« oder »So sind Mädchen nun mal« verwendeten.

»Was ist mit den Frauen los?«, fragte Elizabeth. »Warum übernehmen sie diese kulturellen Stereotypen? Schlimmer noch, warum perpetuieren sie sie? Haben Sie denn noch nie was gehört von der dominanten Rolle der Frau in isolierten Stämmen des Amazonasgebiets? Sind Margret Meads Bücher alle vergriffen?« Sie verstummte erst, als Harriet aufstand und ihr zu verstehen gab, dass sie kein weiteres schwieriges Wort mehr hören wollte.

»Harriet. Harriet«, wiederholte Madeline. »Hast du gehört? Harriet, was ist aus ihr geworden? Ist sie auch gestorben?«

»Ist wer gestorben?«, fragte Harriet zerstreut und dachte, dass sie nie Margaret Mead gelesen hatte. Hatte die *Vom Winde verweht* geschrieben?

»Die Patin.«

»Ach, die«, sagte sie. »Ich hab keine Ahnung. Und überhaupt, sie – oder auch er – war keine richtige Patin.«

»Aber du hast doch gesagt ...«

»Eher so was wie eine gute Fee, jemand, der dem Waisenhaus von deinem Dad Geld gespendet hat. Das hab ich gemeint. Gute Fee. Und sie – könnte übrigens auch ein Er gewesen sein –, er oder sie haben alle Kinder im Waisenhaus beschenkt. Nicht bloß deinen Dad.«

»Und wer war das?«

»Keine Ahnung. Ist das denn wichtig? Eine gute Fee ist bloß ein anderes Wort für Wohltäter. Ein reicher Mensch, der Geld für gute Zwecke spendet – wie Andrew Carnegie und seine Bibliotheken. Obwohl, so was ist auch steuerlich absetzbar, also nicht völlig selbstlos. Hast du noch andere Hausaufgaben, Madeline? Außer diesem blöden Baum?«

»Vielleicht könnte ich ja einen Brief an das Waisenhaus von Dad schreiben und fragen, wer der Wohltäter war. Und den

Namen tu ich dann an den Baum – vielleicht als Eichel, nicht als ganzen Ast oder so.«

»Nein. An Stammbäumen gibt's keine Eicheln. Außerdem sind so gute Feen – Wohltäter – sehr zurückhaltende Menschen. Das Waisenhaus verrät dir niemals, wer das ganze Geld berappt hat. Und überhaupt, gute Feen, also Wohltäter, gehören nicht in so Stammbäume. Erstens, weil sie nicht blutsverwandt sind, und zweitens, weil sie so diskret sind und lieber im Geheimen bleiben. Das müssen sie auch, weil sie sonst jeder gleich um Geld anbetteln würde.«

»Aber Geheimniskrämerei ist falsch.«

»Nicht immer.«

»Hast du Geheimnisse?«

»Nein«, log Harriet.

»Glaubst du, meine Mom hat welche?«

»Nein«, sagte Harriet, aber diesmal war sie ehrlich. Sie wünschte sich sehr, dass Elizabeth ein paar Geheimnisse – oder wenigstens Meinungen – für sich behielt. »Komm, jetzt schreiben wir einfach irgendwas in den Baum, was uns so einfällt. Deine Lehrerin wird's nicht merken, und dann gucken wir uns die Sendung von deiner Mom an.«

»Willst du, dass ich *lüge*?«

»Mad«, sagte Harriet gereizt. »Hab ich irgendwas von *Lügen* gesagt?«

»Haben Feen kein Blut?«

»Natürlich haben Feen Blut!«, stöhnte Harriet. Sie legte sich eine Hand an die Stirn. »Okay, verschieben wir das erst mal. Geh draußen spielen.«

»Aber ...«

»Wirf das Bällchen für Halbsieben.«

»Ich muss auch ein Foto mitbringen, Harriet«, erklärte Madeline. »Eins mit der *ganzen* Familie drauf.«

Halbsieben legte unter dem Tisch den Kopf auf ihr knochiges Knie.

»Die ganze Familie«, betonte Madeline. »Das heißt, mein Dad muss auch drauf sein.«

»Nein, heißt es nicht.«

Halbsieben stand auf und trottete in Elizabeths Schlafzimmer.

»Wenn du nicht für Halbsieben Bällchen werfen willst, dann geh mit ihm zur Bibliothek. Deine Bücher sind abgelaufen. Das schaffst du gerade noch, bevor die Sendung deiner Mom anfängt.«

»Ich hab keine Lust.«

»Tja, manchmal müssen wir Dinge tun, zu denen wir keine Lust haben.«

»Was machst du denn, wozu du keine Lust hast?«

Harriet schloss die Augen. Sie stellte sich Mr Sloane vor.

Kapitel 28

Heilige

»Madeline«, sagte die Bibliothekarin. »Was kann ich heute für dich tun?«

»Ich suche eine Adresse in Iowa.«

»Komm mit.«

Die Bibliothekarin führte Madeline durch das Labyrinth der zahllosen Regale, hielt kurz inne, um einen Leser zu rügen, weil er Seitenecken umgeknickt hatte, um Stellen zu markieren, und einen anderen, weil er die Füße auf einen Stuhl gelegt hatte. »Sie sind hier in der Carnegie-Bibliothek«, flüsterte sie zornig. »Ich kann Ihnen lebenslanges Hausverbot erteilen.«

»Hier ist es, Madeline«, sagte sie, als sie zu einem Regal voller Telefonbücher kamen. »Du hast Iowa gesagt, richtig?« Sie griff nach oben und nahm drei dicke Telefonbücher herunter. »Welche Stadt?«

»Ich suche nach einem Waisenhaus für Jungen«, sagte Madeline, »aber mit einem Mädchennamen. Mehr weiß ich nicht.«

»Da brauchen wir aber mehr Informationen«, sagte die Bibliothekarin. »Iowa ist nicht klein.«

»Ich würde auf Sioux City tippen«, ertönte eine Stimme von hinten.

»Sioux ist kein Mädchenname.« Die Bibliothekarin drehte sich um. »Es ist ein indianischer Name – oh, Reverend, hallo. Tut mir leid, ich hab vergessen, Ihnen Ihr Buch rauszusuchen. Ich mach's jetzt sofort.«

»Aber man könnte ihn doch für einen Mädchennamen halten, oder?«, sagte der Mann in der dunklen Robe. »Sioux klingt wie Sue. Ein Kind könnte das missverstehen.«

»Nicht dieses Kind«, sagte die Bibliothekarin.

»Hier finde ich nichts«, sagte Madeline fünfzehn Minuten später, während ihr Finger an der W-Spalte entlangglitt. »Kein Waisenhaus für Jungen.«

»Oh«, sagte der Reverend über den Lesetisch hinweg. »Ich hätte erwähnen sollen, dass solche Heime manchmal nach Heiligen benannt werden.«

»Warum?«

»Weil die Menschen, die für die Kinder von anderen Leuten sorgen, Heilige sind.«

»Warum?«

»Weil es nicht leicht ist, für Kinder zu sorgen.«

Madeline verdrehte die Augen.

»Probier's mit Saint Vincent«, sagte er und schob einen Finger unter sein Kollar, um etwas Luft hereinzulassen.

»Was lesen Sie da?«, fragte Madeline, während sie im Telefonbuch zu S blätterte.

»Religiöse Dinge«, sagte er. »Ich bin Pfarrer.«

»Nein, ich meinte das andere – das da«, sagte sie und zeigte auf eine Zeitschrift, die er zwischen die Seiten der Heiligen Schrift geschoben hatte.

»Oh«, sagte er verlegen. »Das ist bloß – zum Spaß.«

Sie zog die Zeitschrift aus ihrem Versteck und las laut: »MAD.«

»Das ist Humor«, erklärte der Reverend und nahm das Magazin rasch zurück.

»Darf ich mal reingucken?«

»Ich glaube nicht, dass deine Mutter damit einverstanden wäre.«

»Weil da Nacktbilder drin sind?«

»Nein!«, sagte er. »Nein, nein – so was ist das nicht. Ich

brauche bloß manchmal was zum Lachen. In meinem Beruf gibt's nicht viel zu lachen.«

»Warum?«

Der Reverend zögerte. »Weil Gott nicht besonders lustig ist, würde ich sagen. Wieso suchst du nach einem Waisenhaus?«

»Weil mein Dad da aufgewachsen ist. Ich muss einen Stammbaum machen.«

»Verstehe«, sagte er lächelnd. »So ein Stammbaum macht bestimmt großen Spaß.«

»Das ist strittig.«

»*Strittig?*«

»Das heißt, fraglich«, sagte Madeline.

»In der Tat«, sagte er verwundert. »Darf ich fragen, wie alt du bist?«

»Ich darf keine privaten Informationen weitergeben.«

»Ach so«, sagte er und wurde rot. »Natürlich nicht. Gute Antwort.«

Madeline kaute auf ihrem Radiergummi.

»Trotzdem«, sagte er, »macht doch Spaß, was über die eigenen Vorfahren herauszufinden, oder? Finde ich jedenfalls. Was hast du denn bis jetzt?«

»Na ja«, sagte Madeline. Sie ließ die Beine unter dem Tisch baumeln. »Auf der Seite von meiner Mutter ist ihr Dad im Gefängnis, weil er ein paar Leute verbrannt hat, ihre Mom ist in Brasilien wegen Steuern, und ihr Bruder ist tot.«

»Oh …«

»Auf der Seite von meinem Vater hab ich noch gar nichts. Aber ich finde, die Leute in dem Waisenhaus sind so was wie Verwandte.«

»Inwiefern?«

»Weil sie für ihn gesorgt haben.«

Der Reverend rieb sich den Nacken. Seiner Erfahrung nach arbeiteten viele Pädophile in diesen Heimen.

»*Heilige*, haben Sie gesagt«, rief sie ihm in Erinnerung.

Er seufzte innerlich. Das Problem seiner Arbeit als Pfarrer war die Häufigkeit, mit der er jeden Tag lügen musste. Und zwar, weil die Menschen die ständige Zusicherung brauchten, dass die Dinge in Ordnung waren oder wieder in Ordnung kommen würden, statt der offensichtlichen Realität ins Auge zu sehen, dass die Dinge schlecht standen und nur noch schlimmer werden würden. Noch letzte Woche hatte er eine Beerdigung abgehalten – eines seiner Gemeindemitglieder war an Lungenkrebs gestorben –, und seine Botschaft an die Hinterbliebenen, die allesamt ebenfalls rauchten wie die Schlote, lautete, dass der Mann nicht wegen seiner Vier-Packungen-täglich-Sucht gestorben war, sondern weil Gott ihn brauchte. Die Hinterbliebenen inhalierten tief und dankten ihm für seine weisen Worte.

»Aber warum willst du an das Waisenhaus schreiben?«, fragte er. »Frag doch einfach deinen Dad.«

»Der ist auch tot.« Sie seufzte.

»Großer Gott«, sagte der Reverend kopfschüttelnd. »Das tut mir sehr leid.«

»Danke«, sagte Madeline ernst. »Manche Leute glauben, dass man nichts vermissen kann, was man nie gehabt hat, aber ich glaube, das kann man doch. Sie auch?«

»Auf jeden Fall«, sagte er und berührte seinen Nacken, bis er das kleine Haarbüschel ertastete, das ein wenig zu lang war. Er hatte einen Freund in Liverpool besucht, und sie waren auf dem Konzert einer ganz neuen Musikgruppe gewesen, die sich The Beatles nannte. Die vier waren Briten, und sie trugen die Haare in die Stirn gekämmt. Er hatte noch nie Männer mit solchen Ponys gesehen, aber ihr Aussehen hatte ihm fast so gut gefallen wie ihre Musik.

»Wonach suchen Sie da drin?«, fragte sie und zeigte auf sein Buch.

»Inspiration«, sagte er. »Um den Geist für die Sonntagspredigt in Schwung zu bringen.«

»Wie wär's mit einer guten Fee?«, schlug sie vor.

»Eine gute ...«

»Das Waisenhaus von meinem Dad hatte eine gute Fee. Sie hat dem Heim Geld geschenkt.«

»Oh«, sagte er. »Ich glaube, du meinst eine Spenderin. Von denen hat das Heim möglicherweise etliche gehabt. Es kostet viel Geld, solche Häuser zu unterhalten.«

»Nein, ich meine eine gute Fee. Ich glaube, alle, die Leuten Geld schenken, die sie nicht mal kennen, haben ein bisschen was Magisches an sich.«

Wieder war der Reverend verblüfft. »Stimmt«, räumte er ein.

»Aber Harriet sagt, normal sein Geld zu verdienen ist besser. Sie mag keine Magie.«

»Wer ist denn Harriet?«

»Meine Nachbarin. Sie ist katholisch. Sie kann sich nicht scheiden lassen. Harriet meint, ich sollte mir für den Stammbaum irgendwas ausdenken, aber das will ich nicht. Dann hätte ich das Gefühl, dass mit meiner Familie was nicht stimmt.«

»Na ja«, sagte der Reverend bedächtig, denn seiner Meinung nach hörte es sich durchaus so an, als würde mit der Familie des Kindes etwas nicht stimmen. »Wahrscheinlich findet Harriet bloß, dass manche Dinge privat sein sollten.«

»Sie meinen geheim.«

»Nein, ich meine privat. Zum Beispiel, als ich dich gefragt habe, wie alt du bist, hast du richtigerweise geantwortet, das wäre eine private Information. Es ist nicht geheim; du kennst mich nur nicht gut genug, um mir das zu sagen. Ein Geheimnis ist dagegen etwas, das wir hüten, weil die Möglichkeit besteht, dass andere es gegen uns verwenden oder uns ein schlechtes Gewissen einreden, falls sie es erfahren. Geheimnisse drehen sich meistens um Dinge, für die wir uns schämen.«

»Hast du Geheimnisse?«

»Ja«, gestand er. »Und du?«

»Ich auch.«

»Ich bin ziemlich sicher, jeder Mensch hat Geheimnisse«, sagte er. »Besonders die Leute, die sagen, sie hätten keine. Man kann unmöglich durchs Leben gehen, ohne sich für irgendwas zu genieren oder zu schämen.«

Madeline nickte.

»Jedenfalls, manch einer glaubt, er wüsste mehr über sich, weil die albernen Äste an seinem Stammbaum voll sind mit Namen von Menschen, denen er nie begegnet ist. Ich kenne zum Beispiel jemanden, der mächtig stolz darauf ist, ein direkter Nachfahre von Galileo zu sein, und eine andere, die ihre Vorfahren bis hin zur Mayflower aufzählen kann. Beide reden über ihre Abstammung, als wäre die was unheimlich Wichtiges, aber das ist sie nicht. Deine Verwandten können dich nicht bedeutend oder klug machen. Sie können dich nicht zu der machen, die du bist.«

»Was macht mich denn zu mir?«

»Deine Entscheidungen. Deine Art, dein Leben zu führen.«

»Aber viele Leute können gar nicht über ihr Leben entscheiden. Sklaven zum Beispiel.«

»Tja«, sagte der Reverend, der vor ihrer schlichten Weisheit die Segel streichen musste. »Da hast du recht.«

Sie saßen eine Weile schweigend da. Madeline fuhr mit dem Finger die Spalten im Telefonbuch entlang, der Reverend erwog den Kauf einer Gitarre. »Auf jeden Fall finde ich, dass Stammbäume kein intelligenter Ansatz sind, um die eigenen Wurzeln zu ergründen«, sagte er schließlich.

Madeline sah ihn an. »Vorhin haben Sie gesagt, es würde Spaß machen, was über die eigenen Vorfahren rauszufinden.«

»Ja«, räumte er ein, »aber da hab ich gelogen.« Sie mussten beide lachen. Auf der anderen Seite des Ganges hob die Bibliothekarin mahnend den Kopf.

»Ich bin Reverend Wakely«, flüsterte er und nickte der finster dreinblickenden Bibliothekarin entschuldigend zu.

»Mad Zott«, sagte Madeline. »Mad – wie Ihre Zeitschrift.«

»Also, Mad«, sagte er langsam und dachte, »Mad« müsste irgendwas Französisches sein. »Wenn du unter Saint Vincent nichts findest, guck mal nach Saint Elmo. Oder, Moment – All Saints. So werden Heime genannt, wenn sie sich auf keinen bestimmten Heiligen einigen können.«

»All Saints«, sagte sie und blätterte zurück zu A. »All, All, All. Ja. Ich hab's! All-Saints-Waisenhaus für Jungen.« Doch ihre Freude war nur von kurzer Dauer. »Aber da steht keine Adresse. Bloß eine Telefonnummer.«

»Ist das ein Problem?«

»Meine Mom sagt, Ferngespräche kann man nur führen, wenn einer gestorben ist.«

»Na ja, vielleicht könnte ich ja für dich von meinem Büro aus dort anrufen. Ich muss dauernd Ferngespräche führen. Ich könnte sagen, ich helfe jemandem aus meiner Gemeinde.«

»Das wär ja schon wieder gelogen. Lügen Sie oft?«

»Es wäre nur eine Notlüge, Mad«, sagte er leicht gereizt. Würde denn keiner je die Widersprüche seines Berufs begreifen? »Oder«, fügte er noch spitzer hinzu, »du befolgst Harriets Rat und denkst dir irgendwas aus, was du in den Baum schreibst. Die Idee ist gar nicht so schlecht. Weil die Vergangenheit nämlich ziemlich oft nur in die Vergangenheit gehört.«

»Wieso?«

»Weil sie nur in der Vergangenheit Sinn ergibt.«

»Aber mein Dad ist nicht in der Vergangenheit. Er ist immer noch mein Dad.«

»Natürlich«, sagte der Reverend nun wieder versöhnlicher. »Ich hab nur gemeint – in Bezug auf den Anruf im All Saints –, dass ihnen vielleicht wohler dabei ist, mit mir zu reden, weil ich auch mit Religion zu tun habe. So wie dir wahrscheinlich wohler dabei ist, mit Kindern in der Schule über die Schule zu reden.«

Madeline sah ihn verdutzt an. Ihr war noch nie wohl dabei gewesen, mit den Kindern in der Schule zu reden.

»Oder, noch besser«, sagte er, plötzlich bemüht, sich aus der ganzen Sache rauszuhalten, »du bittest deine Mutter, da anzurufen. Es geht um ihren Mann. Bestimmt sind sie bereit, ihr zu helfen. Ich vermute, sie werden einen Beweis verlangen, dass sie verheiratet waren, eine Urkunde oder so, ehe sie ihr wesentliche Informationen geben, aber das dürfte ja kein Problem sein.«

Madeline erstarrte.

»Ich glaube, es ist besser, wenn Sie das machen«, sagte Madeline und schrieb rasch etwas auf einen Zettel, »das ist der Name von meinem Dad.« Dann fügte sie noch ihre Telefonnummer hinzu und reichte ihm das Blatt. »Wie bald können Sie anrufen?«

Der Pfarrer las den Namen.

»*Calvin Evans?*« Er wich erstaunt zurück.

Damals, als Wakely in Harvard Theologie studierte, hatte er als Gasthörer ein Chemieseminar besucht. Sein Ziel: lernen, wie das gegnerische Lager die Schöpfung erklärte, um dessen Theorie zu widerlegen. Aber nach einem Jahr Chemie steckte er plötzlich in einem Dilemma. Dank seines neu erworbenen Wissens um Atome, Materie, Elemente und Moleküle fiel es ihm nun schwer zu glauben, dass Gott irgendwas erschaffen hatte. Weder Himmel noch Erde. Nicht mal Pizza.

Für einen Geistlichen in der fünften Generation, der an einer der renommiertesten Universitäten der Welt Theologie studierte, war das ein Riesenproblem. Nicht bloß wegen der Erwartungen seiner Familie, sondern wegen der Naturwissenschaft selbst, die nämlich auf etwas beharrte, das ihm in seinem zukünftigen Arbeitsgebiet nur selten begegnete: Evidenz. Und inmitten all dieser Evidenz war ein junger Mann. Er hieß Calvin Evans.

Evans war nach Harvard gekommen, um an einer Podiumsdiskussion von RNA-Forschern teilzunehmen, und Wakely, der an einem Samstagabend nichts Besseres zu tun hatte, saß im

Publikum. Evans, mit Abstand der Jüngste in der Runde, sagte kaum ein Wort. Die anderen fachsimpelten ausgiebig darüber, wie chemische Verbindungen nach einer sogenannten »effektiven Kollision« entstanden, zerfielen und sich neu bildeten. Offen gestanden, das Ganze war einigermaßen langweilig. Einer der Teilnehmer ließ sich langatmig darüber aus, dass echte Veränderung stets nur durch die Anwendung kinetischer Energie erfolgte. Schließlich fragte jemand aus dem Auditorium nach einem Beispiel für ineffektive Kollision – also etwas, dem es an Energie fehlte, das sich nie veränderte, dennoch aber eine große Wirkung hatte. Evans beugte sich zum Mikrofon. »Religion«, sagte er. Dann stand er auf und ging.

Der Religion-Kommentar nagte an Wakely, deshalb beschloss er, Evans zu schreiben und ihm das mitzuteilen. Zu seiner großen Überraschung schrieb Evans zurück – und dann schrieb er wieder an Evans, und Evans schrieb zurück und so weiter. Obwohl sie nicht einer Meinung waren, war klar, dass sie einander mochten. Deshalb und nachdem sie die Hürden von Religion und Wissenschaft überwunden hatten, wurden ihre Briefe persönlicher. So fanden sie heraus, dass sie nicht nur auf derselben Wellenlänge waren, sondern außerdem zwei Gemeinsamkeiten hatten: eine fast fanatische Liebe für Wassersportarten (Calvin war Ruderer, er selbst Surfer) und die Sehnsucht nach sonnigem Wetter. Außerdem hatte keiner von ihnen eine Freundin. Keiner von ihnen genoss das Studentenleben. Keiner von ihnen wusste, was nach dem Abschluss auf ihn zukam.

Aber dann hatte Wakely das Ganze zerstört, als er erwähnte, dass er in die beruflichen Fußstapfen seines Vaters trat. Er fragte Evans, ob das bei ihm ebenso war. Als Reaktion schrieb Calvin in Großbuchstaben zurück, dass er seinen Vater hasste und hoffte, er sei tot.

Wakely war schockiert. Offensichtlich war Evans von seinem Vater schwer gekränkt worden, und wie er Evans kannte, musste sein Hass auf dem herzlosesten aller Dinge beruhen: Evidenz.

Er unternahm mehrere Anläufe, Evans zu antworten, wusste aber nicht, was er schreiben sollte. Er. Der Seelsorger. Der Theologe, der gerade an seiner Abschlussarbeit mit dem Titel »Das Bedürfnis nach Trost in der modernen Gesellschaft« schrieb, fand keine Worte.

Ihre Brieffreundschaft endete.

Kurz nach bestandenem Abschluss starb sein Vater plötzlich und unerwartet. Er kehrte zur Beerdigung nach Commons zurück und beschloss zu bleiben. Er mietete ein kleines Haus am Strand, übernahm die Gemeinde seines Vaters, ging surfen.

Er war schon ein paar Jahre dort, als er schließlich erfuhr, dass Evans ebenfalls in Commons war. Er konnte es nicht glauben. Wie unwahrscheinlich war das denn? Doch noch ehe er den Mut aufbrachte, wieder Kontakt zu seinem berühmten Freund aufzunehmen, kam Evans bei einem tragischen Unfall ums Leben.

Es sprach sich herum, dass jemand gesucht wurde, der die Beerdigung des Wissenschaftlers abhielt. Wakely meldete sich freiwillig. Er hatte das Bedürfnis, einem der wenigen Menschen, die er bewunderte, seinen Respekt zu zollen, auf seine eigene Weise mitzuhelfen, Evans' Geist an einen Ort des Friedens zu geleiten. Außerdem war er neugierig. Wer würde dort sein? Wer würde um diesen genialen Mann trauern?

Die Antwort: eine Frau und ein Hund.

»Falls das hilft«, sagte Madeline, »sagen Sie denen, mein Dad war Ruderer.«

Wakely stockte, erinnerte sich an den überlangen Sarg.

Er versuchte, genau zu rekonstruieren, was er zu der jungen Frau gesagt hatte, die am Grab stand: Mein aufrichtiges Beileid? Vermutlich. Er hatte geplant, nach der Beerdigung mit ihr zu reden, doch noch bevor er sein Schlussgebet beendet hatte, war sie weggegangen, dicht gefolgt von dem Hund. Er nahm sich vor, sie zu besuchen, aber er wusste nicht, wie sie hieß oder wo sie wohnte, und obwohl es bestimmt nicht allzu schwierig gewesen wäre, das herauszufinden, tat er es nicht. Sie hatte etwas an sich gehabt, das ihm das Gefühl gab, mit ihr über Evans' Seele zu reden, könnte alles nur noch schlimmer machen.

Nach der Trauerfeier, noch Monate danach, ging ihm der Gedanke nicht mehr aus dem Kopf, wie kurz Evans' Leben gewesen war. Es gab so wenige Menschen auf der Welt, die wirklich bedeutsame Dinge taten – die Entdeckungen machten, die etwas veränderten. Evans war durch die Risse des Unbekannten geschlüpft und hatte das Universum auf eine Weise erkundet, die der Theologie völlig fremd war. Und für eine sehr kurze Zeitspanne hatte er, Wakely, selbst das Gefühl gehabt, daran beteiligt zu sein.

Dennoch, das war gestern, und jetzt war heute. Er war Geistlicher, er brauchte keine Wissenschaft. Was er dagegen brauchte, waren kreativere Wege, um seinen Schäfchen klarzumachen, dass sie sich wie anständige Menschen benehmen sollten, dass sie aufhören sollten, so gemein zueinander zu sein, dass sie sich einfach gut benehmen sollten. So wurde er schließlich Reverend, dachte aber immer noch oft an den außergewöhnlichen Evans. Und jetzt behauptete dieses kleine Mädchen, dessen Tochter zu sein. Gottes Wege waren wirklich unergründlich.

»Nur damit ich das richtig verstehe«, sagte er, »es geht um Calvin Evans, der vor rund fünf Jahren durch einen Autounfall ums Leben gekommen ist.«

»Es war eine Leine, aber ja.«

»Aha«, sagte er. »Aber da gibt's ein Problem. Calvin Evans hatte keine Kinder. Er war nicht mal ...« Er zögerte.

»Was?«

»Nichts«, sagte er schnell. Offensichtlich war das Kind zu allem Überfluss auch noch unehelich. »Und was ist das da?« Er zeigte auf einen vergilbten Zeitungsausschnitt, der aus ihrem Notizbuch ragte. »Noch was zu deiner Hausaufgabe?«

»Ich muss ein Familienfoto mitbringen«, sagte sie und zog den Ausschnitt heraus, der noch feucht von Hundesabber war. Sie hielt ihn Wakely hin wie einen unersetzlichen Schatz. »Das ist das einzige, auf dem wir alle sind.«

Er faltete ihn behutsam auseinander. Es war ein Artikel über Calvin Evans' Beerdigung mit einem Foto, das dieselbe Frau und den Hund zeigte. Sie standen mit dem Rücken zur Kamera, aber ihre Verzweiflung war deutlich, während sie zusahen, wie die Erde den Sarg verschlang, den er gesegnet hatte. Eine Woge der Depression erfasste ihn.

»Aber, Mad, wie um alles in der Welt ist das ein Familienfoto?«

»Na ja, das ist meine Mom.« Madeline zeigte auf Elizabeths Rücken. »Und das ist Halbsieben.« Sie zeigte auf den Hund. »Und ich bin da in meiner Mom.« Sie zeigte wieder auf Elizabeth. »Und mein Dad ist in der Kiste.«

Wakely hatte die letzten sieben Jahre seines Lebens damit verbracht, Menschen zu trösten, aber die Sachlichkeit, mit der diese Kleine über ihren Verlust sprach, machte ihn hilflos.

»Mad, eines musst du dir klarmachen«, sagte er und bemerkte erschrocken, dass seine eigenen Hände auf dem Foto waren. »Familien sind nicht dazu bestimmt, in Stammbäume zu passen. Vielleicht, weil Menschen nicht zum Pflanzenreich gehören – wir gehören zum Tierreich.«

»Genau«, stieß Madeline hervor. »Genau das hab ich Mrs Mudford sagen wollen.«

»Wenn wir Bäume wären«, schob er nach, voller Sorge, wie viel Kummer dieses Kind noch erleben würde, wenn es seine Herkunft erläuterte, »wären wir vielleicht ein bisschen weiser. Von wegen langes Leben und so.«

Und dann wurde ihm bewusst, dass Calvin Evans kein langes Leben gehabt hatte und er gerade unterstellt hatte, Evans' habe sich das selbst zuzuschreiben, weil er nicht sehr klug gewesen sei. Ehrlich, er war ein miserabler Pfarrer – schlimmer ging's nicht.

Madeline schien über seine Äußerung nachzudenken, dann lehnte sie sich weit über den Tisch. »Wakely«, sagte sie leise, »ich muss jetzt gehen und mir meine Mom angucken, aber ich würd gern wissen: Können Sie ein Geheimnis bewahren?«

»Das kann ich«, sagte er und fragte sich, was sie damit meinte, sich ihre Mom angucken zu müssen. War ihre Mom krank?

Sie sah ihn genau an, als wollte sie herausfinden, ob er wieder log, dann stand sie von ihrem Stuhl auf, kam auf seine Seite und flüsterte ihm etwas so heftig ins Ohr, dass seine Augen sich vor Verwunderung weiteten. Ehe er sich bremsen konnte, legte er eine Hand um ihr Ohr und tat das Gleiche. Beide wichen überrascht voneinander weg.

»Das ist nicht so schlimm, Wakely«, sagte Madeline. »Ehrlich.«

Aber zu ihrem Geheimnis fand er keine Worte.

Kapitel 29

Bindungen

»Ich bin Elizabeth Zott, und Sie sind bei *Essen um sechs*.«

Hände auf den Hüften, die Lippen ziegelrot geschminkt, das Haar zu einem schlichten französischen Knoten nach hinten gebunden und mit einem HB-Bleistift festgesteckt blickte Elizabeth direkt in die Kamera.

»Heute wird es spannend«, sagte sie. »Wir werden die drei unterschiedlichen chemischen Bindungen studieren: die ionische Bindung, die kovalente Bindung und die Wasserstoffbrückenbindung. Warum beschäftigen wir uns mit chemischen Bindungen? Weil wir dadurch die eigentliche Grundlage des Lebens begreifen. Außerdem gehen unsere Kuchen schön auf.«

In Wohnzimmern überall in Südkalifornien griffen Frauen zu Papier und Stift.

»Über die ionische Bindung könnte man sagen: Gegensätze ziehen sich an«, erklärte Elizabeth, während sie um die Kochinsel herum zu einem Gestell ging, auf dem ein Papierblock befestigt war, und fing an zu zeichnen. »Mal angenommen, Sie haben Ihre Dissertation über freie Marktwirtschaft geschrieben, und Ihr Ehemann verdient sein Geld damit, Autoreifen zu wechseln. Sie lieben einander, aber er hat wahrscheinlich kein Interesse daran, mehr über die unsichtbare Hand des Marktes zu erfahren. Und wer kann es ihm verdenken, denn Sie wissen ja, diese unsichtbare Hand ist liberalistischer Quatsch.«

Sie schaute ins Publikum, wo etliche Leute sich Notizen machten. Manche lauteten »unsichtbare Hand des Marktes = liberalistischer Quatsch«.

»Entscheidend ist, Sie und Ihr Mann sind völlig verschieden, und dennoch haben Sie eine starke Verbindung. Das ist schön. Das ist auch ionisch.« Sie hielt inne und blätterte das Blatt Papier nach hinten um.

»Oder vielleicht ist Ihre Ehe eher eine kovalente Bindung.« Sie zeichnete eine neue Formel auf das frische Blatt Papier. »Falls dem so ist, schön für Sie, denn das bedeutet, dass Sie beide Stärken haben, die in Kombination noch etwas Besseres ergeben. Wenn sich zum Beispiel Wasserstoff und Sauerstoff verbinden, was bekommen wir dann? Wasser – besser bekannt als H_2O. In vielerlei Hinsicht lässt sich die kovalente Bindung mit einer Party vergleichen, die besser wird, weil Sie eine Pastete gebacken haben und er den Wein beigesteuert hat. Es sei denn, Sie mögen keine Partys – ich mag sie nicht –, dann können Sie sich die kovalente Bindung auch als ein kleines europäisches Land vorstellen, sagen wir die Schweiz.« *Alpen*, schrieb sie rasch auf das Blatt, + *eine starke Wirtschaft = Jeder will da wohnen*.

In einem Wohnzimmer im kalifornischen La Jolla zankten sich drei Kinder um einen Spielzeugkipplaster, dessen gebrochene Achse direkt neben einem himmelhohen Turm Bügelwäsche lag, der eine zierliche Frau mit Lockenwicklern im Haar und einem kleinen Notizblock in der Hand unter sich zu begraben drohte. *Schweiz*, schrieb sie. *Hinziehen*.

»Das bringt uns zur dritten Bindung«, sagte Elizabeth und deutete auf einen weiteren Satz Moleküle, »die Wasserstoffbrückenbindung – die fragilste, empfindlichste Bindung von allen. Ich nenne sie die ›Liebe auf den ersten Blick‹-Bindung, weil beide Seiten ausschließlich aufgrund von visuellen Informationen voneinander angezogen werden: Sie mögen sein Lächeln, er mag Ihr Haar. Aber dann kommen Sie ins Gespräch und stellen fest, dass er ein heimlicher Nazi ist, der findet, dass Frauen zu viel jammern. Puff. Mir nichts, dir nichts ist die zarte Bindung zerbrochen. Da haben Sie die Wasserstoffbrückenbindung, Ladys – eine chemische Erinnerung daran, dass etwas, das zu schön scheint, um wahr zu sein, wahrscheinlich auch nicht wahr ist.«

Sie ging wieder hinter die Kochinsel, tauschte den Filzstift gegen ein Messer und zerteilte mit kräftigem Schwung eine große gelbe Zwiebel. »Heute gibt es Hähnchenpastete«, verkündete sie. »Fangen wir an.«

»Siehst du?«, sagte eine Frau in Santa Monica, als sie sich ihrer übellaunigen siebzehnjährigen Tochter zuwandte, deren dicker Lidstrich aussah, als könnten Flugzeuge drauf landen. »Was hab ich dir gesagt? Du hast bloß eine Wasserstoffbrückenbindung an diesen Jungen. Wann wachst du endlich auf und riechst die Ionen?«

»Nicht das schon wieder.«

»Du könntest aufs College gehen! Du könntest was aus dir machen!«

»Er liebt mich!«

»Er engt dich ein!«

»Gleich geht es weiter«, sagte Elizabeth, als der Kameramann eine Werbepause signalisierte.

Walter Pine sank auf seinem Produzentenstuhl zusammen. Mit einem gehörigen Maß an Katzbuckelei hatte er Phil Lebensmal überreden können, Zotts Vertrag um weitere sechs Monate zu verlängern, aber dafür musste er zusichern, dass von nun an Erotik angesagt und Wissenschaft aus und vorbei war. Diesmal tickte die Uhr wirklich, hatte Phil gedroht. Laut ihm bekamen sie jede Menge Beschwerden. Walter sprach Elizabeth kurz vor der Sendung auf das Thema an. »Wir müssen ein paar Dinge ändern«, erklärte er.

Sie hörte zu, nickte nachdenklich, als würde sie jede Änderung sorgfältig abwägen. »Nein«, sagte sie.

Zusätzlich zu diesem kleinen Problem sollte Amanda für die Schule etwas so Unsinniges wie einen Familienstammbaum machen, samt einem aktuellen Familienfoto mit Mommy, obwohl Mommy schon längst von der Bildfläche verschwunden war. Noch schlimmer war, dass damit die biologische Beziehung zwischen ihm und seinem Kind gefeiert werden sollte, eine Verbindung, die es nicht gab und nie geben würde. Natürlich hatte er vor, Amanda in absehbarer Zukunft die Wahrheit zu sagen: dass er und sie biologisch nicht verwandt waren und dass ihre niederträchtige Mutter nie zurückkommen würde. Adoptierte Kinder hatten ein Recht auf die Wahrheit. Er wartete nur auf den richtigen Moment. Ihren vierzigsten Geburtstag.

»Walter.« Elizabeth kam auf ihn zu. »Haben Sie was von Ihren Versicherungsleuten gehört? Sie wissen ja, in der Sendung morgen geht es um Verbrennung, und obwohl ich nicht ernsthaft glaube, dass ein nennenswertes Risiko besteht, möchte ich – Walter?« Sie wedelte mit der Hand vor seinem Gesicht. »Walter?«

»Sechzig Sekunden, Zott«, sagte der Kameramann.

»Es wäre ratsam, ein paar zusätzliche Feuerlöscher griffbereit zu haben. Und noch mal: Ich würde die mit Stickstoff betriebenen den neueren Wasser-Schaumlöschern vorziehen, aber das ist meine persönliche Meinung. Ich bin sicher, beide Modelle erfüllen ihren Zweck. Walter? Hören Sie mir überhaupt zu? Antworten Sie.« Sie runzelte die Stirn, wandte sich dann wieder der Bühne zu. »Ich spreche Sie in der nächsten Pause wieder an.«

Sie kehrte zur Bühne zurück, und Walter sah ihr nach, wie sie die Stufen hinaufstieg. Der Gürtel ihrer blauen Hose – sie trug eine *Hose* – saß hoch in der Taille. Für wen hielt sie sich? Katharine Hepburn? Lebensmal würde an die Decke gehen. Er drehte sich um, winkte die Maskenbildnerin zu sich.

»Ja, Mr Pine?«, sagte Rosa, die Hände voll kleiner Schwämmchen. »Brauchen Sie etwas? Zotts Gesicht war übrigens gut. Sie hat nicht geglänzt.«

Er seufzte. »Sie glänzt nie«, sagte er. »Obwohl schon allein die Scheinwerfer ein Steak in dreißig Minuten anbraten würden, gerät sie nie ins Schwitzen. Wie ist das möglich?«

»Es ist ungewöhnlich«, räumte Rosa ein.

»Da sind wir wieder«, hörte er Elizabeth sagen, die mit beiden Händen in die Kamera zeigte.

»Bitte, sei normal«, flüsterte Walter.

»Also«, sagte Elizabeth zu ihren Zuschauerinnen vor den Fernsehgeräten, »ich bin sicher, Sie haben unsere kurze Pause genutzt, um Ihre Möhren, den Sellerie und die Zwiebeln in kleine disparate Einheiten zu hacken, wodurch Sie die erforderlichen Oberflächen geschaffen haben, um die Aufnahme von Würzstoffen zu erleichtern und zugleich die Kochzeit zu verkürzen. Jetzt müsste das Ganze so aussehen«, sagte sie und hielt einen Topf in die Kamera. »Als Nächstes geben Sie eine großzügige Prise Natriumchlorid dazu ...«

»Warum kann sie nicht zur Abwechslung mal Salz sagen?«, zischte Walter. »Warum?«

»Mir gefällt, dass sie so schlaue Wörter benutzt«, sagte Rosa. »Dann fühl ich mich so – ich weiß nicht – tüchtig.«

»Tüchtig?«, echote er. »Tüchtig? Wo bleibt der Wunsch, sich schlank und schön zu fühlen? Und was zum Teufel soll diese Hose? Wo hat sie die her?«

»Alles in Ordnung, Mr Pine?«, fragte Rosa. »Kann ich Ihnen irgendwas holen?«

»Ja«, sagte er. »Zyankali.«

Es vergingen weitere Minuten, in denen Elizabeth ihrem Publikum den chemischen Aufbau verschiedener weiterer Zutaten beschrieb und erklärte, welche Bindungen entstanden, wenn sie sie in den Topf gab.

»Bitte sehr«, sagte sie und hielt den Topf erneut in die Kamera. »Was haben wir jetzt? Eine Mischung, also die Kombination von zwei oder mehreren reinen Substanzen, bei der jede Substanz ihre individuellen chemischen Eigenschaften behält. Bei unserer Hähnchenpastete können Sie sehen, dass Möhren, Erbsen, Zwiebeln und Sellerie miteinander vermischt sind, aber getrennte Entitäten bleiben. Denken Sie mal darüber nach. Eine gute Hähnchenpastete ist wie eine Gesellschaft, die auf einem hocheffizienten Niveau funktioniert. Sagen wir Schweden. Hier hat jedes Gemüse seinen Platz. Kein einziges Element will wichtiger sein als ein anderes. Und wenn sie die zusätzlichen Gewürze dazugeben – Knoblauch, Thymian, Pfeffer und Natriumchlorid –, haben Sie ein Aroma geschaffen, das nicht nur die Beschaffenheit jeder Substanz hervorhebt, sondern auch den Säuregehalt ausgleicht. Ergebnis? Staatlich geförderte Kinderbetreuung. Obwohl ich davon ausgehe, dass auch Schweden seine Probleme hat. Auf jeden Fall Hautkrebs.« Sie reagierte auf einen Wink des Kameramanns. »Nach einer kurzen Werbeunterbrechung sind wir gleich wieder für Sie da.«

»Was war das?«, keuchte Walter. »Was hat sie gesagt?«

»Staatlich geförderte Kinderbetreuung«, sagte Rosa, während sie seine Stirn abtupfte. »Die bräuchten wir hier auch.« Sie beugte sich vor, bemerkte die pulsierende Ader an Walters Stirn. »Mr Pine, ich denke, ich hole Ihnen etwas Acetylsalicylsäure. Die ...«

»Was haben Sie gesagt?«, fauchte er und schlug ihr Schwämmchen beiseite.

»Staatlich geförderte Kinderbetreuung.«

»Nein, das andere ...«

»Acetylsalicylsäure?«

»*Aspirin*«, stieß er heiser hervor. »Hier bei KCTV heißt das Aspirin. Aspirin von Bayer. Wollen Sie wissen, warum? Weil Bayer einer unserer Sponsoren ist. Die Leute, die unsere Rechnungen bezahlen. Schon mal gehört? Sagen Sie's. *Aspirin.*«

»Aspirin«, sagte sie. »Bin gleich wieder da.«

»Walter?« Elizabeths Stimme ertönte so unverhofft von oben, dass er zusammenfuhr.

»Verdammt, Elizabeth!«, sagte er. »Müssen Sie sich so anschleichen?«

»Ich hab mich nicht angeschlichen. Sie hatten die Augen geschlossen.«

»Ich habe nachgedacht.«

»Über die Feuerlöscher? Ich auch. Sagen wir, drei. Zwei würden reichen, aber mit drei wäre jedes Risiko einer Tragödie nahezu völlig ausgeschlossen. Bis zu neunundneunzig Prozent oder noch leicht darüber.«

»Mein Gott.« Er schauderte und wischte sich die feuchten Handflächen an der Hose ab. »Ist das ein Albtraum? Warum kann ich nicht aufwachen?«

»Das verbleibende eine Prozent macht Ihnen Sorgen«, sagte Elizabeth. »Ist aber unnötig. Dieser winzige Anteil bezieht sich hauptsächlich auf so etwas wie höhere Gewalt – Erdbeben, Tsunamis –, Dinge, die wir unmöglich vorhersehen können, weil die Wissenschaft noch nicht so weit ist.« Sie überlegte kurz, zog ihren Gürtel gerade. »Walter, finden Sie es nicht interessant, dass Menschen diesen Begriff überhaupt benutzen, ›höhere Gewalt‹? Wenn man bedenkt, dass die meisten mit der höheren Gewalt, also Gott, gern Lämmer und Liebe und Kindchen in Krippen verbinden. Aber gleichzeitig zerschmettert dieser sogenannte gütige Gott andauernd unschuldige Menschen, was auf ein Aggressionsproblem hindeutet – vielleicht sogar auf eine manische Störung. In einer psychiatrischen Klinik würde so ein Patient mit einer Elektroschocktherapie behandelt. Die ich nicht befürworte. Die Wirkung der Elektroschocktherapie ist weitgehend unbewiesen. Aber es ist doch interessant, dass höhere Gewalt und Elektroschocktherapie so viel gemeinsam haben. In Bezug auf Gewalttätigkeit, Brutalität ...«

»Sechzig Sekunden, Zott.«

»... Gnadenlosigkeit, Grausamkeit ...«

»Um Himmels willen, Elizabeth, bitte.«

»Jedenfalls, sagen wir drei. Jede Frau sollte wissen, wie

man ein Feuer löscht. Wir fangen mit der Löschtechnik durch Sauerstoffentzug an, und wenn die nicht funktioniert, nehmen wir Stickstoff.«

»Vierzig Sekunden, Zott.«

»Und was soll die Hose?« Walter hatte die Zähne so fest zusammengebissen, dass er den Satz kaum hervorbrachte.

»Was meinen Sie?«

»Sie wissen genau, was ich meine.«

»Gefällt sie Ihnen? Bestimmt. Sie tragen ja ständig eine, und ich verstehe auch, warum. Hosen sind sehr bequem. Keine Sorge. Ich werde Ihnen ausdrücklich dafür danken.«

»Nein! Elizabeth, ich habe nie ...«

»Hier ist Ihr Aspirin, Mr Pine.« Rosa war wieder zurück. »Und Zott – lassen Sie mich kurz einen Blick auf Ihr Gesicht ... gut, gut ... jetzt schauen Sie mal in die andere Richtung ... gut ... wirklich erstaunlich. Okay, Sie können.«

»Zott, zehn Sekunden«, rief der Kameramann.

»Sind Sie krank, Walter?«

»Haben Sie das Schulprojekt mit dem Stammbaum gesehen?«, flüsterte er.

»Acht Sekunden.«

»Sie sehen blass aus, Walter.«

»Der Baum«, presste er mühsam heraus.

»Raum? Aber ich dachte, das Set müsste jetzt so bleiben, wie es ist?«

Elizabeth stieg wieder auf die Bühne, blickte in die Kamera und sagte: »Da sind wir wieder.«

»Ich weiß ja nicht, was Sie mir gegeben haben«, blaffte Walter Rosa an. »Aber es hilft nicht.«

»Das braucht Zeit.«

»Die ich nicht habe«, sagte er. »Geben Sie mir das Röhrchen.«

»Sie haben schon die Höchstdosis intus.«

»Ach ja?«, knurrte er und schüttelte das Röhrchen. »Dann erklären Sie mir mal, warum noch welche hier drin sind.«

»Jetzt gießen Sie Ihre Version von Schweden«, war Elizabeth zu hören, »in die Konfiguration von Stärke-, Fett- und Eiweißmolekülen, die Sie zuvor ausgerollt haben – Ihren Pastetenteig –, dessen chemische Bindungen durch den Einsatz des Wassermoleküls H_2O ermöglicht wurden, sodass Sie die perfekte Verbindung von Stabilität und Struktur erreicht haben.« Sie stockte. Ihre jetzt bemehlten Hände deuteten auf einen mit Gemüse und Hähnchenfleisch gefüllten Pastetenteig. »Stabilität und Struktur«, wiederholte sie mit Blick in ihr Studiopublikum. »Chemie ist untrennbar mit dem Leben verbunden – Chemie ist per definitionem Leben. Aber genau wie Ihre Pastete braucht das Leben ein starkes Fundament. In Ihrer Küche sind Sie dieses Fundament. Das ist eine enorme Verantwortung, der am meisten unterschätzte Job der Welt, der jedoch alles zusammenhält.«

Etliche Frauen im Studio nickten heftig.

»Nehmen Sie sich einen Moment Zeit, um Ihr Experiment zu bewundern«, fuhr Elizabeth fort. »Sie haben die Eleganz der chemischen Bindung dafür eingesetzt, einen Teig zu erstellen, der die Bestandteile der Füllung nicht nur zusammenhalten, sondern auch ihr Aroma verstärken wird. Betrachten Sie diese Füllung noch einmal, und dann fragen Sie sich: Was fehlt Schweden? Zitronensäure? Vielleicht. Natriumchlorid? Wahrscheinlich. Bessern Sie nach. Wenn Sie zufrieden sind, legen Sie die andere Hälfte des Teigs wie eine Decke darüber und drücken die Ränder zusammen, um das Ganze fest zu verschließen. Dann machen Sie ein paar kurze Entlüftungsschnitte in die Oberseite. Zweck dieser Schlitze ist es, den Wassermolekülen den Raum zu geben, den sie brauchen, um sich in Dampf zu verwandeln und zu entweichen. Ohne diese Entlüftung wird Ihre Pastete zum Vesuv. Zum Schutz Ihrer Dorfbewohner vor dem sicheren Tod immer Schlitze einschneiden.«

Sie nahm ein Messer und machte drei kurze Schnitte in

die Oberseite. »Fertig«, sagte sie. »Jetzt ab damit in den auf hundertneunzig Grad Celsius vorgeheizten Ofen. Die Backzeit beträgt rund fünfundvierzig Minuten.« Sie schaute auf ihre Uhr.

»Offenbar haben wir noch ein bisschen Zeit«, sagte sie. »Vielleicht könnte ich Fragen aus dem Studiopublikum beantworten.« Sie sah den Kameramann an, der einen Finger an die Kehle hob, als wollte er sie durchschneiden. »NEIN, NEIN, NEIN«, signalisierte er.

»Hallo«, begrüßte sie eine Frau in der ersten Reihe, auf deren steifer Frisur eine Brille thronte und deren dicke Beine in Stützstrümpfen steckten.

»Ich bin Mrs George Fillis aus Kernville«, sagte die Frau nervös, als sie aufstand, »und ich bin achtunddreißig Jahre alt. Ich wollte bloß sagen, wie gut mir Ihre Sendung gefällt ... Ich finde es unglaublich, wie viel ich dadurch gelernt habe. Ich weiß, ich bin nicht gerade die Hellste«, gestand sie mit vor Scham gerötetem Gesicht, »das sagt mein Mann immer –, aber als Sie letzte Woche gesagt haben, dass Osmose die Bewegung eines weniger konzentrierten Lösungsmittels durch eine semipermeable Membran in ein höher konzentriertes Lösungsmittel ist, hab ich mich gefragt, ob ... ähm ...«

»Reden Sie ruhig weiter.«

»Na ja, ob mein Beinödem vielleicht auch die Folge von mangelhafter hydraulischer Leitfähigkeit in Verbindung mit einem unregelmäßigen osmotischen Reflexionskoeffizienten des Plasmaproteins sein könnte. Was meinen Sie?«

»Eine sehr detaillierte Diagnose, Mrs Fillis«, antwortete Elizabeth. »In welchem medizinischen Fachbereich praktizieren Sie?«

»O nein.« Die Frau geriet ins Stottern. »Nein, ich bin keine Ärztin. Ich bin bloß Hausfrau.«

»Es gibt auf der ganzen Welt keine Frau, die bloß Hausfrau ist«, sagte Elizabeth. »Was machen Sie sonst noch?«

»Nichts. Ein paar Hobbys. Ich lese gern medizinische Fachzeitschriften.«

»Interessant. Was noch?«

»Nähen.«

»Kleidung?«

»Körper.«

»Wundverschlüsse?«

»Ja. Ich habe fünf Jungs. Die verletzen sich andauernd.«

»Und als Sie im Alter Ihrer Söhne waren, haben Sie davon geträumt, was zu werden?«

»Eine liebevolle Ehefrau und Mutter.«

»Nein, im Ernst …«

»Herzchirurgin«, sagte die Frau, ehe sie sich bremsen konnte. Drückende Stille breitete sich im Raum aus, ihr lächerlicher Traum hing schwer in der Luft wie zu nasse Wäsche an einem windstillen Tag. Herzchirurgie? Einen Moment lang schien es, als wartete die ganze Welt auf das Gelächter, das gleich losbrechen würde. Aber dann ertönte am Rand des Publikums ein einsames, überraschendes Klatschen – unmittelbar gefolgt von einem weiteren und dann noch einem und dann zehn mehr und dann zwanzig mehr – und bald war das ganze Publikum aufgesprungen, und jemand rief laut: »Dr. Fillis, Herzchirurgin«, und das Klatschen wurde zu tosendem Beifall.

»Nein, nein«, beteuerte die Frau über den Applaus hinweg. »Das war ein Scherz. Ich kann das doch gar nicht. Außerdem ist es zu spät.«

»Es ist nie zu spät«, sagte Elizabeth.

»Aber ich könnte nicht. Kann nicht.«

»Warum?«

»Weil es sehr schwer ist.«

»Und fünf Jungen großziehen ist nicht schwer?«

Die Frau hob die Fingerspitzen an die kleinen Schweißperlen, die ihre Stirn bedeckten. »Aber wo soll denn jemand wie ich anfangen?«

»In der Stadtbibliothek«, sagte Elizabeth. »Gefolgt vom üblichen Eignungstest für ein Medizinstudium, dann Uni und Assistenzzeit.«

Die Frau schien plötzlich zu begreifen, dass Elizabeth sie ernst nahm. »Glauben Sie wirklich, ich kann das schaffen?«, fragte sie mit bebender Stimme.

»Was ist das Molekulargewicht von Bariumchlorid?«

»208,23.«

»Sie kommen schon klar.«

»Aber mein Mann ...«

»Ist ein Glückspilz. Übrigens, heute ist Gratistag, Mrs Fillis«, sagte Elizabeth. »Den hat mein Produzent sich neu einfallen lassen. Um unsere Unterstützung für Ihre furchtlose Zukunft zu zeigen, werden Sie heute meine Hähnchenpastete mit nach Hause nehmen. Kommen Sie bitte rauf, und holen Sie sie ab.«

Unter donnerndem Applaus überreichte Elizabeth der jetzt entschlossen wirkenden Mrs Fillis die mit Folie abgedeckte Pastete. »Unsere Zeit ist offiziell um«, sagte Elizabeth. »Aber ich hoffe, Sie schalten morgen wieder ein, wenn wir uns mit der Welt der Küchenbrände befassen.«

Dann blickte sie genau in die Kameralinse und, als hätte sie es geahnt, direkt in die verblüfften Gesichter von Mrs George Fillis' fünf Kindern, die sich in Kernville vor dem Fernseher lümmelten, die Augen groß, die Münder weit aufgerissen, als hätten sie ihre Mutter gerade zum ersten Mal gesehen.

»Jungs, deckt den Tisch«, befahl Elizabeth. »Eure Mutter braucht einen Moment für sich.«

Kapitel 30

99 Prozent

»Mad«, begann Elizabeth vorsichtig eine Woche später, »Mrs Mudford hat mich heute im Sender angerufen. Irgendwas wegen eines unangemessenen Familienfotos?«

Madeline interessierte sich plötzlich brennend für den Schorf an ihrem Knie.

»Und zu diesem Foto gab es einen Familienstammbaum«, sagte Elizabeth sanft, »in dem du behauptest, eine direkte Nachfahrin von« – sie stockte, konsultierte eine Liste – »Nofretete, Sojourner Truth und Amelia Earhart zu sein. Kommt dir das bekannt vor?«

Madeline blickte unschuldig auf. »Nicht so richtig.«

»Und an dem Baum ist eine Eichel mit der Aufschrift ›Gute Fee‹.«

»Hm.«

»Und am Fuß des Baums hat jemand ›Menschen sind Tiere‹ hingeschrieben. Das war dreimal unterstrichen. Und dann steht da noch: ›Innerlich sind Menschen genetisch zu neunundneunzig Prozent gleich.‹«

Madeline sah zur Decke hoch.

»Neunundneunzig Prozent?«, wiederholte Elizabeth.

»Was denn?«, fragte Madeline.

»Das ist ungenau.«

»Aber ...«

»In der Wissenschaft kommt es auf Genauigkeit an.«

»Aber ...«

»Tatsache ist, es können sogar neunundneunzig Komma

neun Prozent sein. Neunundneunzig Komma neun.« Dann stockte sie und schlang die Arme um ihre Tochter. »Ich bin schuld, Schätzchen. Abgesehen von Pi haben wir die Dezimalzahlen sträflich vernachlässigt.«

»Entschuldigt die Störung«, rief Harriet, als sie durch die Hintertür hereinkam. »Telefonnachrichten. Hab ich aus Versehen mitgenommen.« Sie knallte die Liste vor Elizabeth auf den Tisch und wandte sich zum Gehen.

»Harriet.« Elizabeth überflog die Liste. »Wer ist das hier? Ein presbyterianischer Reverend?«

Auf Madelines Armen stellten sich die Härchen auf.

»Hat sich angehört wie einer von diesen Spendensammlern. Hat nach Mad gefragt. Wahrscheinlich ein Namensfehler auf seiner Liste. Aber bei dem da wollte ich unbedingt, dass du ihn siehst«, sagte sie und tippte auf die Liste. »Die *Los Angeles Times*.«

»Die haben auch schon im Sender angerufen«, sagte Elizabeth. »Sie möchten ein Interview mit mir machen.«

»Ein Interview!«

»Kommst du dann wieder in die Zeitung?«, sagte Mad besorgt. Ihre Familie war zweimal in der Zeitung gewesen: Einmal, als ihr Vater starb, und einmal, als der Grabstein ihres Vaters von einer verirrten Kugel schwer beschädigt worden war. Nicht gerade eine Erfolgsgeschichte.

»Nein, Mad«, sagte Elizabeth. »Der Mann, der mich interviewen will, ist nicht mal ein Wissenschaftsjournalist, sondern schreibt für den Frauenteil. Er hat mir schon gesagt, dass er nicht über Chemie reden will, bloß über Essen. Offensichtlich versteht er nicht, dass das eine mit dem anderen zusammenhängt. Und ich vermute, er will auch Fragen zu unserer Familie stellen, obwohl unsere Familie ihn nichts angeht.«

»Warum nicht?«, fragte Madeline. »Was stimmt nicht mit unserer Familie?«

Auf seinem Platz unter dem Tisch hob Halbsieben den Kopf.

Er hasste es, dass Mad dachte, mit ihrer Familie würde irgendwas nicht stimmen. Was Nofretete und die anderen betraf, das war nicht bloß Mads Wunschdenken – in einem entscheidenden Punkt war es vollkommen richtig: Alle Menschen hatten einen gemeinsamen Vorfahren. Wie konnte Mudford das nicht wissen? Er war ein Hund, und selbst er wusste das. Ganz nebenbei und nur, falls es irgendwen interessierte, er hatte gerade ein neues Wort gelernt: »Tagebuch«. Da schrieb man gemeine Sachen über Familie und Freunde rein und hoffte bei Gott, dass niemand von ihnen es je zu Gesicht bekam. Mit »Tagebuch« lag er jetzt bei 648 Wörtern.

»Bis morgen früh, ihr beiden«, rief Harriet und knallte die Tür hinter sich zu.

»Was stimmt nicht mit unserer Familie, Mom?«, wiederholte Madeline.

»Gar nichts«, sagte Elizabeth scharf, während sie den Tisch abräumte. »Halbsieben, hilf mir mit der Rauchfanghaube. Ich will mal versuchen, das Geschirr mit Kohlenwasserstoffdampf zu reinigen.«

»Erzähl mir von Dad.«

»Ich hab dir schon alles erzählt, Schätzchen.« Ihr Gesicht strahlte plötzlich vor Zärtlichkeit. »Er war ein genialer, ehrlicher, liebevoller Mann. Ein hervorragender Ruderer und begnadeter Chemiker. Er war groß, hatte graue Augen wie du und sehr große Hände. Seine Eltern sind bei einer tragischen Kollision mit einem Zug ums Leben gekommen, und seine Tante ist gegen einen Baum gefahren. Danach hat er in einem Waisenhaus gelebt, wo ...« Sie verstummte, und ihr blau-weiß kariertes Kleid schwang ihr um die Waden, während sie noch mal über ihr Geschirrreinigungsexperiment nachdachte. »Mad, tu mir den Gefallen und setz die Sauerstoffmaske hier auf. Und Halbsieben, komm, ich helf dir mit deiner Schutzbrille. So«, sagte sie, als sie sich vergewissert hatte, dass bei beiden die Riemen gut saßen. »Jedenfalls, später war dein Vater dann in Cambridge, wo er ...«

»Aisen-aus«, quetschte Mad durch die Maske.

»Das haben wir doch schon besprochen, Liebes. Ich weiß nicht viel über das Waisenhaus. Dein Vater hat nicht gern darüber geredet. Es war privat.«

»Pri-at? Oder ge-eim?«, näselte Mad.

»Privat«, sagte ihre Mutter mit Nachdruck. »Manchmal passieren schlimme Dinge. Das ist eine Tatsache des Lebens. Was das Waisenhaus betrifft: Dein Vater hat nicht darüber geredet, weil er wohl wusste, dass es nichts ändern würde, wenn er sich noch länger damit beschäftigt hätte. Er ist ohne Familie aufgewachsen, ohne Eltern, auf die er sich verlassen konnte, ohne die Geborgenheit und Liebe, auf die jedes Kind ein Recht hat. Aber er hat sich behauptet. Die beste Methode, das Schlechte im Leben zu bewältigen, ist oft, es umzukehren, es als Stärke zu benutzen, nicht zuzulassen, dass das Schlechte dich bestimmt«, sagte sie und tastete nach ihrem Bleistift. »Dagegen *anzukämpfen.*«

Sie sagte das auf eine Art – wie eine Kriegerin –, die Madeline beunruhigte. »Sind dir auch schlimme Dinge passiert, Mom?«, fragte sie zögerlich. »Außer dass Dad gestorben ist?« Aber das Geschirrreinigungsexperiment war in vollem Gang, und ihre Frage ging im Kokon der Maske und dem Klingeln des Telefons unter.

»Hallo, Walter«, sagte Elizabeth einen Moment später.

»Stör ich gerade?«

»Ganz und gar nicht«, sagte sie trotz des ungewöhnlichen Summens im Hintergrund. »Was kann ich für Sie tun?«

»Also, mir liegt zweierlei auf dem Herzen. Erstens das Stammbaumprojekt. Ich habe mich gefragt …«

»Ja«, bestätigte sie. »Wir stecken in Schwierigkeiten.«

»Wir auch«, sagte er kläglich. »Irgendwie hat sie gewusst, dass die Namen, die ich auf die Äste geschrieben hab, komplett erfunden waren. Haben Sie das auch probiert?«

»Nein«, sagte Elizabeth. »Mad hat einen mathematischen Fehler gemacht.«

Er stutzte, verstand nicht.

»Ich muss morgen zu Mudford«, sprach sie weiter. »Übrigens, ich weiß nicht, ob Sie das schon gehört haben, aber beide Mädchen sind auch ab Herbst wieder Mudford zugeteilt. Sie wird die erste Klasse unterrichten, und wenn ich ›unterrichten‹ sage, meine ich das natürlich ironisch. Ich habe mich bereits beschwert.«

»Himmel«, seufzte Walter.

»Was war das Zweite?«

»Phil«, sagte er. »Er ist, ähm ... er ist nicht ... zufrieden.«

»Ich auch nicht«, sagte Elizabeth. »Wie hat er es überhaupt zum Produzenten geschafft? Er besitzt weder Weitblick noch Führungsqualitäten, noch Manieren. Und die Art, wie er die Frauen im Sender behandelt, ist eine Schande.«

»Nun ja«, sagte Walter, der daran dachte, wie Lebensmal ihn vor ein paar Wochen, als sie über Elizabeth sprachen, tatsächlich angespuckt hatte. »Ich gebe zu, er hat eine schwierige Persönlichkeit.«

»Das hat nichts mit Persönlichkeit zu tun, Walter. Das ist schlicht herabwürdigend. Ich werde mich beim Vorstand beschweren.«

Walter schüttelte den Kopf. Immer diese Beschwerden. »Elizabeth, Phil sitzt im Vorstand.«

»Egal, jemand muss auf sein Verhalten aufmerksam gemacht werden.«

»Bestimmt«, seufzte Walter, »bestimmt ist Ihnen doch inzwischen klar, dass die Welt voll mit Phils ist. Wir sollten versuchen, mit ihnen auszukommen. Aus einer üblen Situation das Beste machen. Wieso können Sie das nicht einfach tun?«

Sie suchte nach einem guten Grund, das Beste aus Phil Lebensmal zu machen. Nein – ihr fiel kein einziger ein.

»Hören Sie, ich hab eine Idee«, fuhr er fort. »Phil hat sich

um einen potenziellen neuen Sponsor bemüht – einen Suppenhersteller. Er möchte, dass Sie die Suppe irgendwie in Ihrer
Sendung verwenden, zum Beispiel in einem Auflauf. Wenn Sie
das hinkriegen, einen fetten Sponsor zu gewinnen, lässt er uns
bestimmt eine Weile in Ruhe.«

»Ein Suppenhersteller? Ich arbeite ausschließlich mit frischen Zutaten.«

»Könnten Sie wenigstens versuchen, mir ein wenig ent-
gegenzukommen?«, bettelte er. »Es ist bloß eine Dose Suppe.
Denken Sie doch mal an die anderen – die vielen Menschen,
die an Ihrer Sendung mitwirken. Wir haben alle Familien zu
ernähren, Elizabeth. Wir müssen unsere Jobs behalten.«

An ihrem Ende der Leitung trat Stille ein, als würde sie
ihre Reaktion abwägen. Dann: »Ich würde mich gern mit Phil
zusammensetzen«, sagte sie. »Ein klärendes Gespräch führen.«

»Nein«, entfuhr es Walter. »Das nicht. Niemals.«

Sie atmete geräuschvoll aus. »Meinetwegen. Heute ist Montag. Bringen Sie die Dose Donnerstag mit. Ich will sehen, was
ich machen kann.«

Aber die Woche wurde immer schlimmer. Am nächsten Tag –
Dienstag – waren Mudfords Stammbaumenthüllungen das
Schulgespräch: Madeline war unehelich geboren; Amanda
hatte keine Mutter; Tommy Dixons Vater war Alkoholiker.
Nicht, dass eines der Kinder sich für diese Tatsachen interessierte, aber Mudford, die gehässigen Augen feucht vor Aufregung, fraß die Informationen wie ein hungriges Virus und
verfütterte sie dann an die anderen Mütter, die sie prompt und
emsig in der ganzen Schule verbreiteten.

Am Mittwoch schob jemand heimlich ein Blatt Papier unter
Elizabeths Tür hindurch, auf dem die Gehälter aller KCTV-
Angestellten aufgelistet waren. Elizabeth starrte die Zahlen
an. Sie bekam ein Drittel von dem, was der Sportreporter verdiente? Ein Mann, der täglich weniger als drei Minuten auf

Sendung war und dabei bloß Ergebnisse vorlas? Obendrein gab es bei KCTV offenbar so etwas wie eine Gewinnbeteiligung, in deren Genuss jedoch nur die männlichen Angestellten kamen.

Aber was Elizabeth wirklich in Rage versetzte, war der Anblick von Harriet, als sie am Donnerstagmorgen ins Haus trat.

Sie hatte gerade einen Zettel in Madelines Lunchbox gelegt – *Materie kann weder erschaffen noch zerstört werden, aber sie kann umorganisiert werden. Anders ausgedrückt: Setz dich nicht neben Tommy Dixon* –, als Harriet sich an den Tisch setzte und ihre Sonnenbrille trotz der morgendlichen Dunkelheit nicht abnahm.

»Harriet?« Elizabeth war schlagartig alarmiert.

Mit einer Stimme, die angestrengt versuchte, so zu klingen, als wäre alles ganz normal, erklärte Harriet, Mr Sloane sei gestern Abend unleidlich gewesen. Sie hatte ein paar von seinen Schmuddelheften weggeworfen, die Dodgers hatten verloren, und er ärgerte sich darüber, dass Elizabeth diese Frau ermuntert hatte, Herzchirurgin zu werden. Er hatte Harriet mit einer leeren Bierflasche getroffen, und sie war nach hinten gekippt wie eine Zielscheibe auf einem Schießstand.

»Ich ruf die Polizei an«, sagte Elizabeth und griff nach dem Telefon.

»Nein.« Harriet legte eine Hand auf Elizabeths Arm. »Die würden nichts unternehmen, und die Genugtuung gönn ich ihm nicht. Außerdem hab ich ihm mit meiner Handtasche eine geknallt.«

»Ich gehe jetzt auf der Stelle zu ihm rüber«, sagte Elizabeth. »Der Mann muss begreifen, dass so ein Verhalten nicht geduldet wird.« Sie stand auf. »Ich hol meinen Baseballschläger.«

»Nein. Wenn du auf ihn losgehst, wird sich die Polizei um dich kümmern, nicht um ihn.«

Elizabeth ließ sich das durch den Kopf gehen. Harriet hatte recht. Sie biss die Zähne zusammen und spürte wieder den alten Zorn ihrer eigenen Auseinandersetzung mit der Polizei vor vielen Jahren. *Also dann keine Erklärung des Bedauerns?* Sie hob die Hand und tastete nach ihrem Bleistift.

»Ich kann auf mich selbst aufpassen. Er macht mir keine Angst, Elizabeth. Er widert mich an. Das ist was anderes.«

Elizabeth kannte dieses Gefühl genau. Sie beugte sich vor und schlang die Arme um Harriet. Trotz ihrer Freundschaft berührten sich die beiden Frauen nur selten. »Es gibt nichts, was ich nicht für dich tun würde«, sagte Elizabeth und zog sie fest an sich. »Das weißt du doch, oder?«

Harriet blickte überrascht zu Elizabeth hoch, Tränen in den Augen. »Ich auch für dich. Dito.« Schließlich wich die ältere Frau zurück. »Alles wird gut«, versprach Harriet und wischte sich übers Gesicht. »Lass gut sein.«

Aber Elizabeth war nicht der Typ, der etwas einfach gut sein ließ. Als sie fünf Minuten später aus der Einfahrt setzte, hatte sie bereits einen Plan gefasst.

»Hallo, liebe Zuschauerinnen«, sagte Elizabeth drei Stunden später. »Und willkommen zurück. Sehen Sie das hier?« Sie hielt eine Suppendose in die Kamera. »Damit kann man sehr viel Zeit sparen.«

Auf seinem Produzentenstuhl seufzte Walter vor Erleichterung. Sie verwendete die Suppe!

»Weil sie nämlich voller Chemikalien ist«, sagte sie und warf die Dose schwungvoll in einen Mülleimer. »Wenn Sie Ihren Lieben so was oft genug vorsetzen, werden sie in nicht allzu ferner Zukunft das Zeitliche segnen, wodurch Sie jede Menge Zeit sparen, weil Sie dann nicht mehr für sie kochen müssen.«

Der Kameramann sah Walter verwirrt an. Walter schaute nach unten auf seine Uhr, als hätte er einen wichtigen Termin vergessen, dann stand er auf und ging aus dem Studio, überquerte den Parkplatz, stieg in sein Auto und fuhr nach Hause.

»Zum Glück gibt es sehr viel schnellere Methoden, Ihre Lieben ins Jenseits zu befördern«, sprach sie weiter, während sie zu ihrem Gestell mit dem Schreibblock ging, wo eine Auswahl von Pilzen zu sehen war, »und Pilze sind schon mal ein guter Anfang. Ich zum Beispiel würde mich für *Amanita phalloides* entscheiden«, sagte sie und tippte auf eine der Zeichnungen, »besser bekannt als der Grüne Knollenblätterpilz. Zum einen widersteht sein Gift großer Hitze, was ihn zu einer bewährten Zutat für einen harmlos wirkenden Auflauf macht, zum anderen ähnelt er stark seinem ungiftigen Vetter, dem Champignon. Wenn also jemand stirbt und die Polizei ermittelt, können Sie jederzeit die dumme Hausfrau spielen und behaupten, Sie hätten die Pilze verwechselt.«

Phil Lebensmal blickte von seinem Schreibtisch auf und starrte auf einen der Bildschirme in seinem mit Fernsehern übersäten Büro. Was hatte sie da gerade gesagt?

»Giftige Pilze haben die wunderbare Eigenschaft, dass sie so vielseitig einsetzbar sind«, fuhr sie fort. »Wenn's kein Auflauf sein soll, dann vielleicht gefüllte Pilze? Sie können Ihrem Nachbarn gegenüber davon abgeben – dem Mann, der sich größte Mühe gibt, seiner Frau das Leben zur Hölle zu machen. Er steht schon mit einem Fuß im Grab. Da kann man dem anderen doch ein bisschen nachhelfen.«

In dem Moment lachte jemand im Publikum überraschend laut auf und klatschte. Zeitgleich gelang es der Kamera, etliche Händepaare ins Bild zu bringen, die gewissenhaft die Wörter »Amanita phalloides« notierten.

»Natürlich meine ich das Vergiften Ihrer Lieben nicht ernst«, sagte Elizabeth. »Ich bin sicher, Ihre Gatten und Kinder sind allesamt wundervolle Menschen, die stets bemüht sind, Ihnen zu zeigen, wie dankbar sie für Ihre harte Arbeit sind. Oder, in dem unwahrscheinlichen Fall, dass Sie außer Haus arbeiten, dass Ihr unvoreingenommener Chef Ihnen selbstverständlich dasselbe Gehalt zahlt wie Ihren männlichen Kollegen.« Das wurde mit noch mehr Gelächter und Applaus quittiert, worauf sie zurück hinter ihre Kochinsel ging. »Heute gibt es einen Brokkoli-*Pilz*-Auflauf«, sagte sie und hielt einen Korb mit – möglicherweise? – Champignons hoch. »Fangen wir an.«

Es ist davon auszugehen, dass kein Mensch in Kalifornien an diesem Abend sein Essen anrührte.

»Zott«, sagte Maskenbildnerin Rosa, die schon auf dem Sprung nach Hause war. »Lebensmal will Sie um sieben sprechen.«

»Sieben?« Elizabeth wurde bleich. »Der Mann hat offensichtlich keine Kinder. Übrigens, haben Sie Walter gesehen? Ich glaube, er ist wütend auf mich.«

»Er ist früher gegangen«, sagte Rosa. »Hören Sie, ich finde, Sie sollten nicht allein zu Lebensmal gehen. Ich komme mit.«

»Das ist nicht nötig, Rosa.«

»Dann sollten Sie vielleicht doch auf Walter warten. Er lässt keine von uns je allein zu Lebensmal.«

»Ich weiß«, sagte Elizabeth. »Machen Sie sich keine Sorgen.«

Rosa zögerte, schielte zur Uhr.

»Gehen Sie ruhig. Ich komm schon klar.«

»Rufen Sie Walter wenigstens vorher an«, sagte Rosa. »Sagen Sie ihm Bescheid.« Sie drehte sich um und sammelte ihre Sachen ein. »Übrigens, ich fand Sie heute Abend toll. Sehr lustig.«

Elizabeth blickte auf, die Stirn gerunzelt. »Lustig?«

Ein paar Minuten vor sieben, nachdem sie sich Notizen für die morgige Sendung gemacht hatte, hängte sich Elizabeth ihre große Handtasche über die Schulter und ging durch die leeren Korridore von KCTV zu Lebensmals Büro. Sie klopfte zweimal an, dann öffnete sie die Tür. »Sie wollten mich sprechen, Phil?«

Lebensmal saß hinter einem wuchtigen Schreibtisch, der mit Papierstapeln und halb verzehrtem Essen bedeckt war. Vier riesige Fernseher zeigten laute Wiederholungen in gespenstischem Schwarz-Weiß, dichter Zigarettenqualm hing in der

Luft. In einem Apparat lief eine Seifenoper, in einem anderen Jack LaLanne, wieder ein anderer brachte eine Kindersendung und der vierte *Essen um sechs*. Elizabeth hatte ihre eigene Sendung noch nie gesehen, hatte noch nie den Klang ihrer eigenen Stimme aus einem Lautsprecher gehört. Es war schrecklich.

»Wird aber auch Zeit«, sagte Lebensmal gereizt und drückte seine Zigarette in einer dekorativen Kristallglasschale aus. Er zeigte auf einen Sessel, um Elizabeth zu bedeuten, sie sollte sich hinsetzen, dann schlurfte er zur Tür, knallte sie zu und schloss ab.

»Mir war gesagt worden, sieben Uhr.«

»Hab ich gesagt, Sie sollen den Mund aufmachen?«, schnauzte er.

Von links hörte sie sich selbst das Zusammenspiel von Wärme und Fruktose erklären. Sie spitzte die Ohren. Hatte sie den richtigen pH-Wert genannt? Ja, hatte sie.

»Wissen Sie, wer ich bin?«, fragte er durch den Raum, aber die plärrenden Fernseher übertönten ihn fast.

»Will ich einen ... *Gin?*«

»*Ob Sie wissen, wer ich bin*«, wiederholte er lauter und kehrte hinter seinen Schreibtisch zurück.

»Sie sind Phil LEBENSMAL«, sagte Elizabeth laut. »Stört es Sie, wenn ich die Fernseher ausmache? Ich kann Sie kaum verstehen.«

»Jetzt kommen Sie mir nicht dumm!«, sagte er. »Wenn ich frage, wissen Sie, wer ich bin, dann meine ich, wissen Sie, wer ich bin.«

Einen Moment lang blickte sie verwirrt. »Noch mal, Sie sind Phil Lebensmal. Aber wenn Sie möchten, können wir sicherheitshalber auf Ihrem Führerschein nachschauen.«

Seine Augen wurden schmal.

»Kniebeugen!«, rief Jack LaLanne.

»Topfschlagen!«, lachte ein Clown.

»Ich habe dich nie geliebt«, gestand eine Krankenschwester.

»Saure pH-Werte«, hörte Elizabeth sich selbst sagen.

»Ich bin Mister Lebensmal, Produzent von …«

»Tut mir leid, Phil«, sagte sie und deutete auf den Fernsehlautsprecher, der ihr am nächsten war. »Aber ich kann Sie wirklich …« Sie griff nach dem Lautstärkeregler.

»FINGER WEG VON MEINEN FERNSEHERN!«, dröhnte er.

Er sprang auf, nahm ein paar Aktenmappen und marschierte um den Schreibtisch herum. Dann baute er sich vor ihr auf, die Beine weit gespreizt wie ein Stativ.

»Wissen Sie, was ich hier habe?« Er hielt ihr die Mappen vor die Nase.

»Aktenmappen.«

»Werden Sie nicht frech. Das sind Zuschauerfragebögen zu *Essen um sechs*. Umsatzzahlen von Werbeverträgen. Einschaltquoten.«

»Tatsächlich?«, sagte sie. »Da würde ich gerne mal einen Blick …« Aber sobald sie die Hand danach ausstreckte, riss er die Mappen weg.

»Als ob Sie damit überhaupt was anfangen könnten«, sagte er verächtlich. »Als hätten Sie auch nur eine Ahnung, was das alles bedeutet.« Er klatschte sich die Mappen gegen den Oberschenkel, ging dann zurück zu seinem Schreibtisch. »Ich habe diesen Quatsch viel zu lange laufen lassen. Walter hat es nicht geschafft, Sie an die Kandare zu nehmen, aber das tue ich jetzt. Falls Sie Ihren Job behalten wollen, ziehen Sie in Zukunft das an, was ich aussuche, mixen die Cocktails, die ich will, und reden beim Kochen wie ein normaler Mensch. Sie werden außerdem …«

Er verstummte mitten im Satz, weil ihn ihre Reaktion – oder besser, ihre Nichtreaktion – aus dem Konzept brachte. Es lag an der Haltung, mit der sie vor ihm saß. Wie eine Mutter, die darauf wartet, dass ihr tobendes Kind sich wieder beruhigt.

»Wissen Sie, was?«, zischte er impulsiv, »Sie sind gefeuert!«

Und als sie noch immer nicht reagierte, stand er auf, stapfte zu den vier Fernsehgeräten hinüber und schaltete sie so heftig aus, dass er dabei zwei Knöpfe abbrach. »ALLE SIND GE-FEUERT!«, brüllte er. »Sie, Pine und ausnahmslos alle, die auch nur einen Finger gekrümmt haben, um Ihren Scheiß zu senden. Ich setz euch ALLE vor die Tür!« Schwer atmend kehrte er zum Schreibtisch zurück und warf sich in seinen Sessel, wartete auf die einzigen beiden Reaktionen von ihr, die jetzt unausweichlich folgen konnten und sollten: Weinen oder Entschuldigungen, vorzugsweise beides.

Elizabeth nickte in den jetzt stillen Raum hinein, während sie ihre Hosenbeine glatt strich. »Sie feuern mich wegen meiner Pilzbemerkungen heute Abend. Sowie alle anderen Personen, die irgendwas mit der Sendung zu tun haben.«

»Ganz genau«, sagte er mit Nachdruck, aber es gelang ihm nicht, seine Verblüffung zu verbergen, weil sie von seiner Drohung unbeeindruckt blieb. »Alle sind raus. Jobs weg. Und das nur Ihretwegen. Aus und vorbei.« Er lehnte sich zurück und wartete darauf, dass die Kriecherei anfing.

»Also, nur damit ich das richtig verstehe«, sagte sie. »Ich werde entlassen, weil ich nicht die Kleidung Ihrer Wahl trage und in die Kamera lächele, aber auch, weil ich nicht weiß, ›wer Sie sind‹, stimmt das so weit? Und um Ihren Standpunkt zu verdeutlichen, feuern Sie noch dazu alle, die irgendwie mit *Essen um sechs* zu tun haben, obwohl diese Leute auch an vier oder fünf anderen Sendungen mitarbeiten, bei denen sie plötzlich fehlen würden. Was diese anderen Sendungen so sehr in Mitleidenschaft ziehen wird, dass sie nicht mehr ausgestrahlt werden können.«

Ihre einleuchtende Logik irritierte Phil, und er wurde noch angespannter. »Die Stellen hab ich in vierundzwanzig Stunden neu besetzt«, sagte er mit einem Fingerschnippen. »Noch schneller.«

»Und das ist Ihr letztes Wort, trotz des Erfolgs der Sendung.«

»Ja, das ist mein letztes Wort«, bestätigt er. »Und nein, die Sendung ist kein Erfolg – darum geht's ja.« Er griff wieder nach den Ordnern und wedelte damit herum. »Jeden Tag kommen massenhaft Beschwerden – über Sie, Ihre Meinungen ... Ihre Wissenschaft. Unsere Sponsoren drohen zu kündigen. Der Suppenhersteller wird uns wahrscheinlich verklagen.«

»Sponsoren.« Sie legte die Fingerspitzen aneinander, als wäre sie dankbar für das Stichwort. »Ich wollte schon länger mit Ihnen darüber reden. Tabletten gegen Sodbrennen? Aspirin? Solche Produkte scheinen anzudeuten, dass die Mahlzeiten der Sendung schwer verdaulich sind.«

»Weil sie es sind«, konterte Phil. In den letzten zwei Stunden hatte er über zehn Tabletten gegen Sodbrennen gekaut, und seine Innereien waren noch immer in Aufruhr.

»Was die Beschwerden betrifft: Zugegeben, wir haben einige bekommen. Aber im Vergleich zu den zustimmenden Briefen sind es verschwindend wenige. Was ich nicht erwartet hatte. Ich bin daran gewöhnt, anders zu sein als andere, aber allmählich glaube ich, dass die Sendung gerade deshalb funktioniert, eben weil sie anders ist.«

»Die Sendung funktioniert nicht«, beharrte er. »Sie ist ein Desaster!« Was war hier los? Warum redete sie weiter, als wäre sie nicht gerade rausgeflogen?

»Das Gefühl, anders zu sein, ist ein schreckliches Gefühl«, fuhr sie ungerührt fort. »Menschen haben das natürliche Bedürfnis dazuzugehören – das ist in unserer Biologie so angelegt. Aber unsere Gesellschaft will uns vermitteln, dass wir nie gut genug sind, um dazuzugehören. Wissen Sie, was ich meine, Phil? Weil wir uns an nutzlosen Maßstäben wie Geschlecht, Rasse, Religion, Politik, Ausbildung messen. Sogar Größe und Gewicht ...«

»*Wie?*«

»Im Gegensatz dazu konzentriert sich *Essen um sechs* auf unsere Gemeinsamkeiten – unsere Chemie. Auch wenn unsere

Zuschauer in einem erlernten gesellschaftlichen Verhalten feststecken mögen – ich meine das alte ›Männer sind dies, Frauen sind das‹-Schema –, ermutigt die Sendung sie, über diese kulturelle Vereinfachung hinauszudenken. Vernünftig zu denken. Wie Wissenschaftler.«

Phil warf sich in seinem Sessel zurück, übermannt von dem fremdartigen Gefühl zu verlieren.

»Deshalb wollen Sie mich entlassen. Weil Sie eine Sendung wollen, die gesellschaftliche Normen untermauert. Die die Möglichkeiten des Individuums einschränkt. Ich verstehe das vollkommen.«

Phils Schläfen begannen zu pochen. Mit zitternden Händen griff er nach seiner Packung Marlboro, klopfte eine Zigarette heraus und zündete sie an. Einen Moment lang herrschte Stille, während er tief inhalierte und das glühende Ende ganz leise knisterte. Er pustete den Rauch aus und studierte ihr Gesicht. Sein Körper vibrierte vor Frustration, und er stand jäh auf, ging mit schnellen Schritten zu einem Sideboard hinüber, auf dem sich beeindruckend aussehende bernsteinfarbene Scotch- und Bourbonflaschen drängten. Er nahm eine, füllte ein dickwandiges Whiskeyglas, bis die Flüssigkeit den Rand erreichte und überzulaufen drohte. Er leerte es in einem Zug und goss sich ein weiteres Glas ein, dann drehte er sich zu Elizabeth um. »Wir haben hier eine Hackordnung«, sagte er. »Und es wird höchste Zeit, dass du lernst, wie die funktioniert.«

Sie sah ihn verblüfft an. »Ich möchte zu Protokoll geben, dass Walter Pine wirklich unermüdlich versucht hat, mich dazu zu bringen, Ihren Empfehlungen zu folgen. Und das, obwohl auch er der Meinung ist, dass die Sendung mehr sein könnte und sollte. Es wäre ungerecht, ihn für mein Verhalten zu bestrafen. Er ist ein guter Mensch, ein loyaler Mitarbeiter.«

Als sie Walter erwähnte, stellte Lebensmal sein Glas ab und nahm einen weiteren Zug von seiner Zigarette. Er mochte es nicht, wenn irgendwer seine Autorität infrage stellte, aber von einer Frau würde er sich das schon gar nicht bieten lassen. Er knöpfte sein Nadelstreifenjackett auf, sah ihr in die Augen und begann dann langsam, den Hosengürtel zu öffnen. »Das hätte ich wahrscheinlich schon ganz am Anfang tun sollen«, sagte er, als er den Gürtel aus den Schlaufen zog. »Grundregeln festlegen. Aber betrachten wir es in deinem Fall einfach als Teil unseres Entlassungsgesprächs.«

Elizabeth presste die Unterarme auf die Sessellehnen. Mit ruhiger Stimme sagte sie: »Ich würde Ihnen empfehlen, nicht näher zu kommen, Phil.«

Sein Blick war verächtlich. »Du kapierst einfach nicht, wer hier das Sagen hat, was? Aber das wirst du.« Dann schielte er nach unten, öffnete erfolgreich den Knopf und zog den Reißverschluss herunter. Er holte seinen Penis heraus und taumelte zu ihr rüber, bis sein schlaffes Genital nur wenige Zentimeter vor ihrem Gesicht baumelte.

Sie schüttelte verwundert den Kopf. Ihr war unerklärlich, warum Männer glaubten, Frauen fänden männliche Genitalien imposant oder beängstigend. Sie beugte sich zur Seite und griff in ihre Handtasche.

»Ich weiß, wer ich bin!«, schrie er heiser und machte eine Stoßbewegung in ihre Richtung. »Die Frage ist, für wen zum Teufel hältst du dich?«

»Ich bin Elizabeth Zott«, sagte sie ruhig und holte ein frisch geschärftes, fünfunddreißig Zentimeter langes Kochmesser aus der Tasche. Aber sie war nicht sicher, ob er das noch mitbekommen hatte. Er war prompt in Ohnmacht gefallen.

Kapitel 31

Die Genesungskarte

Es war ein Herzinfarkt. Kein schwerer, aber 1960 endeten selbst leichtere Herzinfarkte meist tödlich. Der Mann konnte von Glück sagen, dass er noch lebte. Die Ärzte sagten, er würde drei Wochen im Krankenhaus bleiben müssen, gefolgt von mindestens einem Jahr vollständiger Bettruhe zu Hause. Arbeiten kam nicht infrage.

»Sie waren es, die den Krankenwagen gerufen hat?«, staunte Walter. »Sie waren *da?*« Es war einen Tag später, und Walter hatte die Neuigkeit gerade erfahren.

»Ja, genau«, sagte Elizabeth.

»Und er war – was? Auf dem Boden? Hat sich ans Herz gefasst? Nach Luft geschnappt?«

»Das nicht gerade.«

»Was denn *dann?*« Walter breitete frustriert die Arme aus, als Elizabeth und die Maskenbildnerin Blicke wechselten. »Was ist passiert?«

»Ich kann später wiederkommen«, sagte Rosa und schloss ihren Schminkkoffer. Ehe sie ging, drückte sie kurz Elizabeths Schulter. »Immer eine Ehre, Zott. Eine große Ehre.«

Walter beobachtete diese ganze Interaktion mit ängstlich hochgezogenen Augenbrauen. »Sie haben Phil das Leben gerettet«, sagte er nervös, als die Tür mit einem Klicken ins Schloss fiel, »das weiß ich. Aber was genau ist passiert? Lassen Sie nichts weg, fangen Sie damit an, warum Sie überhaupt bei ihm waren. Um sieben Uhr abends? Das ergibt keinen Sinn. Sagen Sie schon. Ich will alles wissen.«

Elizabeth drehte sich mit ihrem Stuhl herum und sah Walter an. Sie griff nach ihrem HB-Bleistift, zog ihn aus dem Haarknoten und schob ihn sich hinter das linke Ohr, dann nahm sie ihren Kaffee und trank einen Schluck. »Er wollte mich sprechen«, begann sie. »Meinte, es wäre dringend.«

»Sie sprechen?« Walter war entsetzt. »Aber ich hab Ihnen doch gesagt – Sie wissen schon –, wir haben darüber geredet. Dass Sie niemals allein zu Phil gehen sollen. Nicht, weil ich glaube, dass Sie allein nicht klarkommen; aber ich bin Ihr Produzent, und ich finde, es ist immer besser, wenn ...« Er nahm ein Taschentuch und drückte es sich an die Stirn. »Elizabeth«, sagte er leiser. »Unter uns, Phil Lebensmal ist kein guter Mensch – verstehen Sie, was ich meine? Ihm ist nicht zu trauen. Er hat eine Art, mit Problemen umzugehen, die ...«

»Er hat mich rausgeschmissen.«

Walter wurde blass.

»Und Sie auch.«

»Großer Gott!«

»Er hat alle rausgeschmissen, die an der Sendung beteiligt sind.«

»Nein!«

»Er hat gesagt, Sie hätten es nicht geschafft, mich an die Kandare zu nehmen.«

Walters Gesicht nahm eine aschgraue Farbe an. »Sie müssen das verstehen«, sagte er und knüllte das Taschentuch zusammen. »Sie wissen, was ich von Phil halte. Sie wissen, dass ich nicht mit allem einverstanden bin, was er sagt. Hab ich Sie an die Kandare genommen? Dass ich nicht lache. Hab ich Sie gezwungen, diese lächerlichen Klamotten zu tragen? Kein einziges Mal. Hab ich Sie angefleht, die heiteren Texttafeln zu lesen? Na ja, schon, aber nur, weil ich sie selbst geschrieben hatte.« Er warf die Arme in die Luft. »Hören Sie, Phil hat mir zwei Wochen gegeben – zwei Wochen, um ihm irgendwie begreiflich zu machen, dass Ihre ausgefallene Art tatsächlich funktioniert.

Dass sie mehr Fanpost kriegen, mehr Anrufe, mehr Menschen, die Schlange stehen, um in Ihr Studiopublikum zu kommen, als sämtliche anderen Sendungen zusammen genommen, und schon allein deshalb sollten Sie bleiben. Aber ich kann nicht einfach bei ihm reinrauschen und sagen: ›Phil, Sie liegen falsch, und Elizabeth Zott hat recht.‹ Das wäre glatter Selbstmord. Nein. Im Umgang mit Phil muss man sein Ego streicheln, geschickt vorgehen, sagen, was er hören will. Sie wissen schon. Als Sie diese Dosensuppe hochgehalten haben, dachte ich, jetzt haben wir's. Bis Sie allen erklärt haben, das wäre Gift.«

»Weil es das ist.«

»Elizabeth«, sagte Walter. »Ich lebe in der realen Welt, und in dieser Welt sagen und tun wir einiges, um unsere blöden Jobs zu behalten. Können Sie sich vorstellen, wie viel Mist ich im letzten Jahr ausgehalten habe? Und außerdem, wussten Sie das überhaupt? Unsere Sponsoren wollen kündigen.«

»Das hat Phil Ihnen erzählt.«

»Ja, und ich verrat Ihnen mal was: Es spielt keine Rolle, wie viele nette und liebe Briefe Sie kriegen. Wenn die Sponsoren sagen: ›Wir hassen Zott‹, dann war's das. Und laut Phil sagen sie genau das.« Er steckte das Taschentuch wieder ein, stand dann auf und füllte einen Pappbecher mit Wasser, wartete auf das Gluckern des dicken Wasserbehälters, ein unangenehmes Geräusch, das ihn immer an sein Magengeschwür erinnerte. »Hören Sie«, sagte er, eine Hand auf den Bauch gedrückt. »Wir sollten das für uns behalten, bis ich mir irgendwas überlegt habe. Wie viele Leute wissen davon? Nur Sie und ich, ja?«

»Ich hab's allen in unserer Sendung erzählt.«

»*Nein.*«

»Ich denke, wir können davon ausgehen, dass inzwischen alle im Haus Bescheid wissen.«

»Nein«, wiederholte er, drückte sich eine Hand an die Stirn. »Verdammt, Elizabeth, was haben Sie sich dabei gedacht? Wissen Sie denn nicht, wie man sich verhält, wenn man entlassen wird? Erstens: Erzähl bloß keinem die Wahrheit – behaupte, du hättest im Lotto gewonnen, eine Ranch in Wyoming geerbt, ein fantastisches Angebot aus New York bekommen, so was eben. Zweitens: Betrink dich bis zum Exzess, bis du dir überlegt hast, was du jetzt machst. Himmel. Anscheinend haben Sie keine Ahnung von den Gepflogenheiten beim Fernsehen.«

Elizabeth trank noch einen Schluck Kaffee. »Wollen Sie nun hören, was passiert ist, oder nicht?«

»Da kommt noch mehr?«, fragte er ängstlich. »Was denn? Will er uns auch noch unsere Autos wegnehmen?«

Sie sah ihn direkt an, die sonst faltenfreie Stirn leicht gerunzelt, und sofort schlug seine Aufmerksamkeit von ihm selbst auf sie um. Ihm wurde mulmig zumute. Er hatte die kritischste Komponente ihres Treffens mit Phil völlig außer Acht gelassen. Sie war allein bei ihm gewesen.

»Sagen Sie's mir«, bat er und hatte das Gefühl, sich gleich übergeben zu müssen. »Bitte, sagen Sie's mir.«

Waren die meisten Männer wie Phil? Walters Auffassung nach nein. Aber taten die meisten Männer, er selbst eingeschlossen, etwas gegen Männer wie Phil? Nein. Klar, vielleicht wirkte das schändlich oder feige, aber, mal ehrlich, was konnte man schon machen? Mit einem Mann wie Phil legte man sich nicht an. Um solche Folgen zu vermeiden, machte man einfach, was einem gesagt wurde. Alle wussten es, und alle taten es. Aber Elizabeth war anders. Er hob eine zitternde Hand an die Stirn, hasste jeden Knochen in seinem rückgratlosen Körper. »Hat er irgendwas versucht? Mussten Sie sich seiner erwehren?«, flüsterte er.

Sie nahm in ihrem Stuhl Haltung an, und das Licht des Schminkspiegels umgab sie mit einer zusätzlichen Aura innerer Stärke. Er studierte angstvoll ihr Gesicht, dachte, dass Johanna von Orleans wahrscheinlich ähnlich ausgesehen hatte, bevor sie das Feuer entzündeten.

»Er hat es versucht.«

»Gott!«, rief Walter und zerquetschte den Pappbecher in seiner Hand. »Gott, nein!«

»Walter, beruhigen Sie sich. Es ist ihm nicht gelungen.«

Walter zögerte. »Weil er den Herzinfarkt hatte«, sagte er erleichtert. »Natürlich! Was für ein Himmelsgeschenk. Der Herzinfarkt. Gott sei Dank!«

Sie sah ihn verwundert an, griff dann nach unten in ihre Handtasche, dieselbe, die sie am Vorabend mit in Phils Büro genommen hatte.

»Ich würde nicht Gott danken«, sagte sie und zog das fünfunddreißig Zentimeter lange Kochmesser aus der Tasche.

Es verschlug ihm die Sprache. Wie die meisten Köche bestand Elizabeth darauf, ihre eigenen Messer zu benutzen. Sie brachte sie jeden Morgen mit und fuhr abends wieder damit nach Hause. Das wussten alle. Alle, außer Phil.

»Ich hab ihn nicht angerührt«, sagte sie. »Er ist einfach umgekippt.«

»Ach du Schande …«, flüsterte Walter.

»Ich hab einen Krankenwagen gerufen, aber Sie wissen ja, wie dicht der Verkehr um diese Tageszeit ist. Hat ewig gedauert. Und ich habe die lange Wartezeit genutzt. Hier. Schauen Sie sich das an.« Sie reichte ihm die Mappen, die Lebensmal ihr unter die Nase gehalten hatte. »Angebote von anderen Sendern«, sagte sie, während er die Ordner sichtlich überrascht durchsah. »Wussten Sie, dass wir schon seit mindestens drei Monaten auch im Staat New York ausgestrahlt werden? Außerdem sind da ein paar Angebote von interessierten Sponsoren. Phil hat Sie angelogen, Sponsoren stehen förmlich bei uns Schlange. Wie der hier zum Beispiel.« Sie tippte auf eine Anzeige für die Schallplattenfirma RCA Victor.

Walter hielt den Blick gesenkt, starrte auf die Unterlagen. Er signalisierte Elizabeth, ihm ihren Kaffee zu reichen, und als sie das tat, leerte er ihn in einem Zug.

»'tschuldigung«, brachte er schließlich heraus. »Aber ich fühl mich gerade ziemlich überrollt.«

Sie warf einen ungeduldigen Blick auf die Wanduhr.

»Ich fass es nicht, dass wir jetzt arbeitslos sind«, murmelte er. »Ich meine, wir machen hier eine Erfolgssendung und verlieren unseren Job?«

Elizabeth sah ihn besorgt an. »Nein, Walter«, sagte sie langsam. »Wir sind *nicht* arbeitslos. Wir sitzen am Ruder.«

Vier Tage später saß Walter hinter Phils altem Schreibtisch, kein einziger Aschenbecher mehr im Raum, der Perserteppich verschwunden, die Telefonknöpfe unablässig blinkend, weil wichtige Anrufe reinkamen.

»Walter, ändern Sie alles, was Ihres Wissens geändert werden muss«, sagte Elizabeth und rief ihm in Erinnerung, dass er jetzt stellvertretender Produktionsleiter war. Und als er vor der Verantwortung zurückschreckte, vereinfachte sie die Stellenbeschreibung. »Tun Sie einfach alles, was richtig ist. Das ist doch nicht so schwer. Und dann sagen Sie den anderen, sie sollen es genauso machen.«

Es war nicht ganz so leicht, wie es sich aus ihrem Mund anhörte. Der einzige Führungsstil, den Walter kannte, bestand aus Einschüchterung und Manipulation. So war er selbst immer behandelt worden. Aber sie glaubte anscheinend – Gott, sie war so naiv! –, dass Mitarbeiter produktiver waren, wenn sie sich respektiert fühlten.

»Walter, hören Sie auf, so rumzufuchteln«, sagte Elizabeth, als sie beide vor der Woody Elementary standen und sich auf eine weitere Besprechung mit Mudford gefasst machten. »Übernehmen Sie das Ruder. Steuern Sie. Im Zweifelsfall tun Sie so, als ob.«

So tun, als ob. Das konnte er. Innerhalb weniger Tage machte er eine Reihe von Geschäftsabschlüssen perfekt, durch die *Essen um sechs* von Sendern im ganzen Land übernommen wurde. Dann handelte er neue Sponsorenverträge aus, die KCTVs Gewinn verdoppeln konnten. Schließlich, ehe ihn der Mut verließ, berief er eine große Mitarbeiterbesprechung ein, in der er alle über Phils kardiovaskulären Zustand sowie Elizabeths Rolle bei seiner Lebensrettung informierte und seiner inständigen Hoffnung Ausdruck gab, dass sie alle trotz des »Vorfalls« weiterhin Freude an ihrer sinnvollen Arbeit bei KCTV haben würden. Während seiner gesamten Rede bekam ausgerechnet Phils Herzinfarkt den lautesten Applaus.

»Ich habe unseren Grafiker gebeten, diese Genesungskarte zu gestalten«, sagte er und hielt eine riesige Karte hoch, auf der eine Karikatur von Phil in Footballmontur bei einem erfolgreichen Touchdown zu sehen war, nur dass er keinen normalen Football im Arm hatte, sondern sein Herz, was Walter bei genauerem Nachdenken nicht unbedingt für eine glückliche Wahl hielt. »Bitte seid so nett und unterschreibt sie«, sagte Walter. »Und wenn ihr mögt, könnte ihr noch ein persönliches Wort dazuschreiben.«

Als ihm die Karte später am Tag gebracht wurde und er selbst unterschreiben wollte, überflog er die Genesungswünsche. Die meisten waren das übliche »Gute Besserung!«, aber ein paar waren etwas ominöser.

Fick dich, Lebensmal.

Ich hätte keinen Krankenwagen gerufen.

Stirb endlich.

Die Handschrift des letzten Eintrags erkannte er – eine von Phils Sekretärinnen.

Obwohl ihm klar war, dass er unmöglich der Einzige sein konnte, der den Chef gehasst hatte, war ihm nicht bewusst gewesen, wie groß der Klub von Gleichgesinnten war. Das war beruhigend, klar, aber es war auch herzzerreißend. Denn als

Produzent gehörte er zu Phils Führungsteam, und das bedeutete, dass er Phils Stil mitgetragen und diejenigen ignoriert hatte, die letztlich den Preis dafür bezahlten. Er griff nach einem Stift und befolgte zum vierten Mal an diesem Tag den Rat von Elizabeth Zott: Tu, was richtig ist.

»ICH HOFFE, SIE ERHOLEN SICH NIE«, schrieb er in fetten Buchstaben mitten auf die Karte. Dann stopfte er sie in einen übergroßen Umschlag, legte sie in den Postausgangskorb und fasste einen feierlichen Vorsatz. Die Dinge mussten sich ändern. Er würde bei sich selbst anfangen.

Kapitel 32

Medium rare

»Weiß Mom das?«, fragte Mad, als Harriet sie in den Chrysler verfrachtete. Das neue Schuljahr hatte begonnen, und tatsächlich war Mudford wieder ihre Lehrerin. Deshalb fand Harriet, sie könnte ruhig mal einen Tag ausfallen lassen. Oder zwanzig.

»Meine Güte, nein«, sagte Harriet, während sie den Rückspiegel einstellte. »Wenn sie es wüsste, würden wir es dann machen?«

»Aber wird sie nicht sauer sein?«

»Nur, wenn sie's rausfindet.«

»Ihre Unterschrift hast du ziemlich gut hingekriegt.« Mad betrachtete die Entschuldigung, die Harriet geschrieben hatte, um Mad vom Unterricht zu befreien. »Bis auf das E und das Z.«

»Tja«, sagte Harriet gereizt, »da kann ich ja froh sein, dass die Schule keine Schriftsachverständigen beschäftigt.«

»Kannst du auch«, bestätigte Mad.

»Wir machen das folgendermaßen«, wechselte Harriet das Thema. »Wir stellen uns ganz normal an, und wenn wir drin sind, gehen wir schnurstracks in die letzte Reihe. Keiner will je in die letzte Reihe. Aber wir setzen uns dahin, weil wir dann, falls irgendwas schiefgeht, direkt am Notausgang sind.«

»Aber der Notausgang soll nur im Notfall benutzt werden«, sagte Mad.

»Genau, und falls deine Mutter uns entdeckt, ist das ein Notfall.«

»Aber wenn wir die Tür aufmachen, geht bestimmt ein Alarm los.«

»Ja – noch ein Pluspunkt. Falls wir auf die Schnelle verschwinden müssen, wird der Lärm sie ablenken.«

»Bist du wirklich sicher, dass wir das machen sollten, Harriet?«, fragte Mad. »Mom sagt, ein Fernsehstudio ist nicht sicher.«

»Unsinn.«

»Sie sagt, es ist …«

»Mad, es ist sicher. Es ist ein Ort, an dem Menschen was lernen. Deine Mutter gibt schließlich Kochunterricht im Fernsehen.«

»Sie gibt Chemieunterricht«, korrigierte Mad sie.

»Was soll denn da gefährlich sein?«

Madeline schaute aus dem Fenster. »Erhöhte Radioaktivität«, sagte sie.

Harriet atmete geräuschvoll aus. Die Kleine verwandelte sich allmählich in ihre Mutter. Normalerweise geschah so etwas später, aber Mad war dieser Entwicklung weit voraus. Sie stellte sich Mad als Erwachsene vor. *Wie oft soll ich dir das noch sagen?*, würde sie ihr eigenes Kind anschreien. *Den Bunsenbrenner darfst du nie unbeobachtet lassen!*

»Wir sind da!«, stieß Mad plötzlich aus, als der Parkplatz des Studios in Sicht kam. »KCTV! O Mann!« Dann machte sie ein langes Gesicht. »Aber, Harriet, guck dir die Schlange an.«

»Ich werd nicht mehr«, knurrte Harriet, als sie die Menschenmenge sah, die sich um den Parkplatz schlängelte. Es waren Hunderte, überwiegend Frauen mit Handtaschen, die schwer an verschwitzten Unterarmen hingen, aber auch ein paar Dutzend Männer, deren Anzugjacken von zwei Fingern baumelten. Alle hatten irgendwas zu Fächern umfunktioniert – Stadtpläne, Hüte, Zeitungen.

»Wollen die alle Moms Sendung gucken?«, fragte Madeline ehrfürchtig.

»Nein, Schätzchen, hier werden ganz viele Sendungen aufgenommen.«

»Verzeihung, Ma'am«, rief ein Parkplatzwächter und signalisierte Harriet, sie solle anhalten. Er lehnte sich auf Madelines Seite ins Auto. »Haben Sie das Schild nicht gesehen? Der Parkplatz ist voll.«

»Gut, wo soll ich stattdessen parken?«

»Sind Sie wegen *Essen um sechs* hier?«

»Ja.«

»Dann tut's mir leid, aber da kommen Sie nicht rein«, sagte er und deutete auf die lange Warteschlange. »Die meisten von den Leuten da sind umsonst gekommen. Die Ersten stellen sich schon um vier Uhr morgens an. Der Großteil des Studiopublikums ist schon drin.«

»Was?«, rief Harriet. »Das gibt's doch gar nicht.«

»Die Sendung ist beliebt«, sagte der Mann.

Harriet zögerte. »Aber ich hab das Kind extra aus der Schule geholt.«

»Leider nix zu machen«, sagte er. Dann beugte er sich weiter ins Auto. »Tut mir leid für dich, Kleines. Ich muss jeden Tag viele Leute wegschicken. Macht keinen Spaß, ehrlich. Andauernd werde ich angeschrien.«

»Das würde meiner Mom nicht gefallen«, sagte Mad. »Die würde nicht wollen, dass die Leute Sie anschreien.«

»Deine Mom scheint nett zu sein«, sagte der Mann. »Aber würden Sie jetzt bitte wenden? Da kommen noch ziemlich viele, die ich wegschicken muss.«

»Okay«, sagte Mad. »Aber wären Sie so nett und schreiben Ihren Namen in mein Heft? Dann erzähl ich meiner Mom, wie schwer Sie's hier draußen haben.«

»Mad«, zischte Harriet.

»Du willst ein Autogramm von mir?« Er lachte. »Das ist ja mal was Neues.« Und ehe Harriet ihn daran hindern konnte, nahm er Mad das Schulheft aus der Hand und schrieb »Seymour Browne« hinein, wobei er genau darauf achtete, zwischen den Linien zu bleiben, die anzeigten, wie groß die großen Buchstaben und wie klein die kleinen Buchstaben zu sein hatten. Als er das Heft zuklappte und die beiden Wörter auf dem Umschlag sah, durchfuhr es ihn wie ein elektrischer Schlag.

»Madeline *Zott?*«, las er ungläubig.

Das Studio war dunkel und kühl. Dicke Kabel verliefen von einem Ende zum anderen, und wuchtige Kameras standen auf beiden Seiten, jede bereit, herumzuschwenken und alles aufzuzeichnen, was die Scheinwerfer von oben beleuchteten.

»Da wären wir«, sagte Walter Pines Sekretärin, die Madeline und Harriet zu zwei unverhofft freien Stühlen in der ersten Reihe führte. »Die besten Plätze im Haus.«

»Eigentlich wollten wir lieber ganz hinten sitzen«, sagte Harriet. »Wäre das möglich?«

»Meine Güte, nein«, sagte die Frau. »Mr Pine würde mir den Kopf abreißen.«

»Irgendein Kopf wird bestimmt rollen«, murmelte Harriet.

»Mir gefallen die Plätze.« Madeline setzte sich hin.

»So eine Sendung live zu sehen ist was ganz anderes, als sie zu Hause zu gucken«, erklärte die Sekretärin. »Sie schauen nicht bloß zu, sie nehmen daran teil. Und die Beleuchtung – die verändert alles. Glauben Sie mir, hier sitzen Sie goldrichtig.«

»Ich meine bloß, wir wollen Mrs Zott nicht ablenken.« Harriet gab noch nicht auf. »Oder sie nervös machen.«

»Zott, nervös?« Die Sekretärin lachte. »Sie scherzen. Außerdem kann sie das Publikum nicht sehen. Die Scheinwerfer am Set sind zu hell.«

»*Ganz* sicher?«, fragte Harriet.

»So sicher wie der Tod und die Steuern.«

»Alle Menschen sterben«, warf Mad ein. »Aber nicht alle zahlen Steuern.«

»Was bist du für ein frühreifes kleines Mädchen«, sagte die

Sekretärin leicht gereizt. Doch ehe Madeline ihr ein paar Zahlen zur Steuerhinterziehung nennen konnte, legte das Quartett mit der Erkennungsmelodie von *Essen um sechs* los, und die Sekretärin löste sich in Luft auf. Madeline sah, wie Walter Pine sich weiter links auf einen Segeltuchklappstuhl setzte. Er nickte, eine Kamera rollte in Position, und ein Mann, der Kopfhörer trug, machte das Daumen-hoch-Zeichen. Als die letzten Takte der Musik ertönten, schritt eine vertraute Gestalt wie ein Präsident aufs Podium, den Kopf erhoben, die Haltung gerade, das Haar schimmernd im gleißenden Licht.

Madeline hatte ihre Mutter schon in tausend verschiedenen Lebenslagen gesehen – frühmorgens, spätabends, vom Bunsenbrenner weggebeugt, in ein Mikroskop spähend, im Streitgespräch mit Mrs Mudford, kritisch in den Spiegel einer Puderdose starrend, frisch aus der Dusche, sie in die Arme nehmend. Aber sie hatte ihr Mutter noch nie so gesehen – niemals so. *Mom!*, dachte sie und ihr Herz platzte fast vor Stolz. *Mommy!*

»Hallo«, sagte Elizabeth. »Ich bin Elizabeth Zott, und Sie sind bei *Essen um sechs*.«

Die Sekretärin hatte recht. Die Beleuchtung entfaltete eine Wirkung, die das körnige Schwarz-Weiß zu Hause nicht leisten konnte.

»Heute gibt es Steak«, sagte Elizabeth, »was bedeutet, dass wir uns mit der chemischen Zusammensetzung von Fleisch beschäftigen werden, besonders mit dem Unterschied zwischen ›gebundenem Wasser‹ und ›freiem Wasser‹, denn – und das überrascht Sie vielleicht«, sie hielt ein großes Filetstück hoch, »Fleisch besteht zu zweiundsiebzig Prozent aus Wasser.«

»Wie Salat«, flüsterte Harriet.

»Natürlich nicht wie Salat«, sagte Elizabeth, »der noch weit mehr Wasser enthält – bis zu sechsundneunzig Prozent. Warum ist Wasser wichtig? Weil es das häufigste Molekül in unserem Körper ist: Es macht sechzig Prozent von uns aus. Unser Körper kann zwar bis zu drei Wochen ohne Nahrung auskommen, aber ohne Wasser sind wir nach drei Tagen tot. Vier Tage sind das Maximum.«

Ein besorgtes Raunen lief durchs Publikum.

»Und deshalb«, sagte Elizabeth, »sollten Sie zuerst an Wasser denken, wenn Sie Ihren Körper mit Energie versorgen wollen. Doch jetzt zurück zum Fleisch.« Sie nahm ein langes, dünnes Messer, und während sie vorführte, wie man einen Brocken Fleisch gekonnt zerteilte, redete sie über den Vitamingehalt des Steaks, erklärte nicht nur, was der Körper mit dessen Eisen, Zink und B-Vitaminen machte, sondern auch, warum Eiweiß wichtig für das Wachstum war. Dann erläuterte sie, welcher Prozentsatz Wasser im Muskelgewebe als freie Moleküle existierte, und endete mit der, wie sie offensichtlich fand, spannenden Definition von freiem und gebundenem Wasser.

Während ihres Vortrags lauschte das Studiopublikum gebannt – kein Husten, kein Tuscheln, kein wechselweises Übereinanderschlagen von Beinen. Wenn es überhaupt mal ein Geräusch gab, dann das gelegentliche Kratzen von Stift auf Papier, wenn die Leute sich Notizen machten.

»Zeit für eine kurze Werbepause«, sagte Elizabeth auf ein Zeichen des Kameramanns hin. »Bleiben Sie dran.« Dann legte sie das Messer aus der Hand und ging vom Set, blieb nur kurz stehen, damit die Maskenbildnerin ihr ein Schwämmchen auf die Stirn drücken und ein paar lose Haare glatt streichen konnte.

Madeline wandte sich um und betrachtete die Zuschauer. Sie wirkten gespannt, warteten ungeduldig darauf, dass Elizabeth Zott wiederkam. Sie spürte einen leichten Anflug von Eifersucht. Plötzlich wurde ihr klar, dass sie ihre Mutter mit vielen anderen Menschen teilen musste. Das gefiel ihr nicht.

»Nachdem Sie Ihr Steak mit einer halben Knoblauchzehe eingerieben haben«, sagte Elizabeth einige Minuten später, »würzen Sie es von beiden Seiten mit Natriumchlorid und Piperin. Dann, wenn Sie sehen, dass die Butter schäumt« – sie zeigte auf eine heiße gusseiserne Pfanne –, »legen Sie das Steak in die Pfanne. Warten Sie unbedingt, bis die Butter schäumt, denn der Schaum verrät, dass der Wassergehalt der Butter verdampft ist. Das ist entscheidend. Denn jetzt kann das Fleisch in Lipiden garen und nimmt kein H_2O auf.«

Während das Steak brutzelte, zog sie einen Umschlag aus ihrer Schürzentasche. »In der Zwischenzeit möchte ich Ihnen einen Brief vorlesen, den mir Nanette Harrison aus Long Beach geschickt hat. Nanette schreibt: ›Liebe Mrs Zott, ich bin Vegetarierin, aber nicht aus religiösen Gründen. Ich fühle mich einfach nicht wohl dabei, Lebewesen zu essen. Mein Mann sagt, der Körper braucht Fleisch und ich sei albern, aber ich finde die Vorstellung schrecklich, dass ein Tier sein Leben für mich hergeben musste. Jesus hat das für uns getan, und wir wissen ja, was aus ihm geworden ist. Mit freundlichen Grüßen, Mrs Nanette Harrison, Long Beach, Kalifornien.‹

Nanette, Sie bringen da ein interessantes Argument vor«, sagte Elizabeth. »Was wir essen, hat Konsequenzen für andere Lebewesen. Allerdings sind Pflanzen ebenfalls Lebewesen, und doch verschwenden wir kaum einen Gedanken daran, dass sie noch leben, während wir sie in Stücke hacken, mit unseren Backenzähnen zermalmen, unsere Speiseröhre hinunterzwängen, um sie dann in unserem mit Salzsäure gefüllten Magen zu verdauen. Kurz gesagt, ich schätze Sie, Nanette. Sie machen sich Gedanken, bevor Sie essen. Aber vergessen Sie nicht, dass auch Sie aktiv Leben vernichten, um Ihr eigenes zu bewahren. Daran führt kein Weg vorbei. Was Jesus betrifft, kein Kommentar.« Sie drehte sich um, stach eine Gabel in das Steak und hob es aus der Pfanne. Blutroter Bratensaft tropfte herab, während sie in die Kamera schaute und sagte: »Nach einer kurzen Werbepause sind wir gleich wieder zurück.«

Harriet und Madeline sahen einander mit weit aufgerissenen Augen an. »Manchmal frage ich mich, warum diese Sendung so beliebt ist«, flüsterte Harriet.

»Entschuldigung, Ladys.« Die Sekretärin war wieder da. »Mr Pine lässt fragen, ob Sie einen Moment Zeit für ihn hätten?« Sie sprach den Satz wie eine Frage aus, obwohl er keine war. »Hier entlang?« Sie führte sie rasch weg von der Bühne und einen Gang hinunter, bis sie ein Büro erreichten, in dem Walter Pine auf und ab tigerte. Vier Fernsehgeräte hingen an der Wand, und auf allen lief *Essen um sechs*.

»Hallo, Madeline«, sagte er. »Wie schön, dich zu sehen, aber ich bin auch überrascht. Müsstest du nicht in der Schule sein?«

Mad legte den Kopf schief. »Hi, Mr Pine.« Sie zeigte auf Harriet. »Das ist Harriet. Es war ihre Idee. Sie hat die Entschuldigung gefälscht.«

Harriet warf ihr einen Blick zu.

»Walter Pine«, sagte Walter und schüttelte Harriets Hand. »Endlich. Sehr erfreut, Sie kennenzulernen, Harriet ... Sloane, richtig? Ich habe nur Gutes über Sie gehört. Aber«, sagte er leiser, »was habt ihr beide euch dabei gedacht? Wenn sie rausfindet, dass ihr hier seid ...«

»Ich weiß«, sagte Harriet. »Deshalb wollten wir ja auch ganz hinten sitzen.«

»Amanda wäre auch gern mitgekommen«, sagte Madeline, »aber Harriet wollte nicht noch eine Straftat begehen. Fälschung ist schon schlimm, aber Entführung ...«

»Wie umsichtig von Ihnen, Mrs Sloane«, fiel Walter ihr ins Wort. »Und nur, um das klarzustellen, wenn es nach mir ginge, wärt ihr immer willkommen. Aber es geht nicht nach mir. Deine Mutter«, er sah Madeline an, »will dich nur schützen.«

»Vor der Radioaktivität?«

Er zögerte. »Du bist ein sehr schlaues kleines Mädchen, Madeline, deshalb verstehst du bestimmt, was ich meine, wenn ich dir sage, dass deine Mutter dich davor schützen will, berühmt zu werden.«

»Tu ich nicht.«

»Das heißt, Sie will deine Privatsphäre schützen. Dich vor all den Dingen schützen, die Menschen über jemanden sagen und denken, der in der Öffentlichkeit steht. Jemand, der berühmt ist.«

»Wie berühmt ist meine Mom?«

»Seit wir landesweit ausgestrahlt werden«, sagte Walter und drückte die Fingerspitzen an die Stirn, »ist sie ein bisschen bekannter geworden. Weil jetzt auch Leute in Chicago und Boston und Denver deine Mommy sehen können.«

»Hacken Sie Rosmarin immer mit dem schärfsten Messer, das Sie haben«, sagte Elizabeth leise im Hintergrund. »Das minimiert die Beschädigung der Pflanze und verhindert das übermäßige Austreten von Elektrolyten.«

»Warum ist es schlecht, berühmt zu sein?«, fragte Madeline.

»Ich würde nicht sagen, dass es schlecht ist«, erwiderte Walter. »Es bringt nur manche Überraschungen mit sich, und nicht alle davon sind gut. Manchmal reden Leute sich ein, dass sie eine prominente Person wie deine Mom persönlich kennen. Weil sie sich dann wichtig fühlen. Aber dafür müssen sie Geschichten über deine Mom erfinden, und manchmal sind solche Geschichten nicht sehr nett. Deine Mom will nur dafür sorgen, dass sich keiner Geschichten über dich ausdenkt.«

»Leute erfinden Geschichten über meine Mom?« Madeline war alarmiert. Das musste an der Beleuchtung liegen – an der Art, wie sie ihre Mutter unbesiegbar wirken ließ. Das wollte das Publikum sehen: eine Frau, die Respekt verlangte und ihn auch bekam – selbst wenn ihre Mutter Probleme wie alle anderen hatte. Madeline vermutete, dass es so ähnlich war wie vorzutäuschen, dass sie nicht gut lesen konnte. Man tat, was man tat, um zurechtzukommen.

»Keine Sorge«, sagte Walter und legte eine Hand auf ihre knochige Schulter. »Wenn es einen Menschen gibt, der damit fertigwird, dann ist das deine Mutter. Nur sehr wenige würden es wagen, sich mit Elizabeth Zott anzulegen. Sie will nur dafür sorgen, dass niemand versucht, dich auszunutzen. Verstehst du? Das gilt auch für Sie, Mrs Sloane«, sagte er mit Blick auf Harriet. »Kaum jemand verbringt so viel Zeit mit Elizabeth wie Sie. Ich bin sicher, Ihre Freunde würden von Ihnen gern alles über sie erfahren.«

»Ich habe nicht viele Freunde«, sagte Harriet. »Und selbst wenn, ich würde ihnen nichts erzählen.«

»Kluge Frau«, sagte Walter. »Ich habe auch nicht viele Freunde.«

In Wahrheit, dachte er bei sich, hatte er nur eine einzige Freundin: Elizabeth Zott. Sie war nicht bloß eine Freundin, sie war seine beste Freundin. Er hatte ihr das nie gesagt, aber es stimmte. Ja, viele würden behaupten, dass ein Mann und eine Frau nicht wirklich befreundet sein könnten. Sie täuschten sich. Er und Elizabeth sprachen über alles, intime Dinge – Tod, Sexualität und Kinder. Außerdem hielten sie zusammen, wie Freunde das tun, sie lachten sogar gemeinsam, wie Freunde das tun. Zugegeben, Elizabeth lachte nicht oft. Trotz ihrer wachsenden Popularität wirkte sie trauriger denn je.

»Ich schlage vor«, sagte Walter, »wir schaffen euch beide hier raus, bevor deine Mom euch sieht und wir alle in Magensäure landen.«

»Aber warum ist meine Mom so beliebt?«, fragte Madeline, die Elizabeth einfach für sich behalten wollte.

»Weil sie klar sagt, was sie denkt«, antwortete Walter. »Und das ist sehr selten. Aber auch, weil sie sehr, sehr gutes Essen kocht. Und weil anscheinend alle Welt plötzlich mehr über Chemie erfahren möchte. Seltsamerweise.«

»Aber warum ist es so selten, das zu sagen, was man denkt?«

»Weil das Konsequenzen hat«, sagte Harriet.

»Gewaltige Konsequenzen«, bestätigte Walter.

In einem Fernseher in der Ecke sagte Elizabeth: »Offenbar

bleibt uns heute noch Zeit für eine Frage aus dem Publikum. Ja – Sie dahinten, in dem lavendelblauen Kleid.«

Eine Frau stand auf. Sie lächelte strahlend. »Hallo, ich heiße Edna Flattistein, und ich bin aus China Lake. Ich wollte bloß sagen, wie großartig ich die Sendung finde. Mir hat besonders gefallen, dass Sie gesagt haben, wir sollten dankbar für unsere Nahrung sein, und mich würde interessieren, ob Sie ein Lieblingsgebet haben, das Sie vor dem Essen sprechen, um unserem Herrn und Erlöser für seine guten Gaben zu danken. Vielleicht würden Sie es uns verraten. Vielen Dank!«

Elizabeth schirmte die Augen ab, um Edna besser sehen zu können. »Hallo, Edna«, sagte sie, »und danke für Ihre Frage. Die Antwort ist nein. Ich habe kein Lieblingsgebet, weil ich nämlich nicht bete.«

Walter und Harriet wurden blass.

»Bitte«, flüsterte Walter. »Sprich es nicht aus.«

»Ich bin Atheistin«, erklärte Elizabeth sachlich.

»Ach, du Schande«, sagte Harriet.

»Anders ausgedrückt, ich glaube nicht an Gott«, schob Elizabeth nach, während das Publikum vor Überraschung nach Luft schnappte.

»Wie? Ist das selten?«, fragte Madeline. »Ist nicht an Gott glauben auch so was Seltenes?«

»Aber ich glaube an die Menschen, die uns mit Nahrung versorgen«, fuhr Elizabeth fort. »Die Farmer, die Pflücker, die Lkw-Fahrer, die Regalbefüller in den Supermärkten. Aber vor allem glaube ich an Sie, Edna. Weil Sie die Mahlzeiten zubereiten, die Ihre Familie ernähren. Sie sorgen dafür, dass eine neue Generation aufblüht. Sie sorgen dafür, dass andere leben.«

Sie hielt inne, sah auf die Uhr und sprach dann direkt in die Kamera. »Damit ist unsere Zeit für heute zu Ende. Ich hoffe, Sie sind morgen wieder dabei, wenn wir die faszinierende Welt der Temperatur und ihre Auswirkungen auf den Geschmack erkunden.« Sie neigte leicht den Kopf nach links, fast so, als

überlegte sie, ob sie zu weit gegangen war oder nicht weit genug.
»Kinder, deckt den Tisch«, sagte sie mit besonderer Entschlossenheit. »Eure Mutter braucht einen Moment für sich.«

Sekunden später begann Walters Telefon zu klingeln und
hörte nicht mehr auf.

Kapitel 33

Glaube

Im Jahr 1961 mussten Menschen, die im Fernsehen verkünde-
ten, dass sie nicht an Gott glaubten, damit rechnen, nicht mehr
lange im Fernsehen zu sehen zu sein. Zum Beweis erhielt Walter prompt telefonische Drohungen von Sponsoren und Anrufe
von Zuschauern, die verlangten, dass Elizabeth Zott gefeuert,
eingesperrt und/oder zu Tode gesteinigt werden sollte. Letzteres
war eine Forderung von selbst ernannten Kindern Gottes – des-
selben Gottes, der Toleranz und Vergebung predigte.

»Gottverdammt, Elizabeth«, sagte Walter, der Harriet
und Madeline zehn Minuten zuvor aus dem Seiteneingang
geschmuggelt hatte. »Manche Dinge bleiben besser ungesagt!«
Sie saßen in Elizabeths Garderobe, und ihre gelb karierte
Schürze war noch immer fest um ihre schmale Taille gebunden.
»Sie haben alles Recht der Welt zu glauben, was Sie glauben
wollen, aber Sie sollten Ihren Glauben nicht anderen aufzwin-
gen, schon gar nicht im landesweiten Fernsehen.«

»Inwiefern habe ich meinen Glauben denn anderen aufgezwungen?«, fragte sie überrascht.

»Sie wissen, was ich meine.«

»Edna Flattistein hat mir eine direkte Frage gestellt, und ich
habe sie beantwortet. Ich bin froh, dass sie das Vertrauen hatte,
über ihren Glauben an Gott zu sprechen, und ich unterstütze
ihr Recht, das zu tun. Aber mir sollte diese Freiheit genauso zu-
stehen. Viele Menschen glauben nicht an Gott. Manche glauben
an Astrologie oder Tarotkarten. Harriet glaubt, wenn sie auf ihre
Würfel pustet, bekommt sie beim Kniffeln bessere Zahlen.«

»Ich denke, wir wissen beide«, sagte Walter durch zusammen-gepresste Zähne, »dass Gott ein bisschen was anderes ist als Kniffeln.«

»Stimmt«, sagte Elizabeth. »Kniffeln macht Spaß.«

»Das wird uns teuer zu stehen kommen«, orakelte Walter.

»Ach, kommen Sie, Walter«, sagte sie. »Wo bleibt Ihr Glaube an die Menschheit?«

Glaube – das sollte eigentlich Reverend Wakelys Fachgebiet sein, doch heute fiel es ihm schwer, seinen eigenen Glauben zu finden. Nachdem er Stunden damit verbracht hatte, ein lar-moyantes Gemeindemitglied zu trösten, das anderen an allem die Schuld gab, kehrte er in sein Büro zurück und wollte nur noch allein sein. Doch stattdessen saß da seine Teilzeitschreib-kraft Miss Frask an seinem Schreibtisch und tippte auf seiner Schreibmaschine zeitlupenartig dreißig Wörter pro Minute, während ihr Blick an dem Fernsehgerät in seinem Büro klebte.

»Schauen Sie sich diese Tomate gut an«, hörte er eine ihm vage bekannt vorkommende Frau im Fernseher sagen, hinter deren Kopf ein Bleistift hervorragte. »Sie glauben vielleicht, Sie haben mit diesem Gewächs nichts gemeinsam, aber das haben Sie. DNA. Bis zu sechzig Prozent. Jetzt schauen Sie bitte mal die Person neben Ihnen an. Kommt sie Ihnen bekannt vor? Vielleicht ja, vielleicht nein. Dennoch, Sie und diese Person haben sogar noch mehr gemeinsam: neunundneunzig Komma neun Prozent Ihrer DNA, die Sie mit jedem anderen Menschen auf diesem Planeten teilen.« Sie legte die Tomate beiseite und hielt ein Foto von Rosa Parks hoch. »Deshalb unterstütze ich die führenden Kräfte der Bürgerrechtsbewegung, einschließlich der überaus mutigen Rosa Parks. Diskriminierung aufgrund der Hautfarbe ist nicht nur wissenschaftlich absurd, sondern auch ein Zeichen großer Dummheit.«

»Miss Frask?«, sagte Wakely.

»Moment, Reverend.« Sie hob einen Finger. »Ist gleich vorbei. Hier ist Ihre Predigt.« Sie riss ein Blatt aus der Schreibmaschine.

»Man sollte meinen, dass die Dummen früher wegsterben«, fuhr Elizabeth fort. »Doch Darwin hat nicht berücksichtigt, dass die Dummen nur selten vergessen zu essen.«

»Was ist das?«

»*Essen um sechs*. Noch nie von *Essen um sechs* gehört?«

»Wir haben Zeit für eine Frage«, sagte Elizabeth. »Ja bitte, Sie da in der ...«

»Hallo, ich heiße Francine Luftson und bin aus San Diego! Ich wollte bloß sagen, ich bewundere Sie sehr, auch wenn Sie nicht an Gott glauben! Was mich interessieren würde: Gibt es eine bestimmte Diät, die Sie empfehlen können? Ich weiß, ich muss abnehmen, aber ich habe keine Lust zu hungern. Ich nehme schon jeden Tag Diätpillen. Vielen Dank!«

»Danke, Francine«, sagte Elizabeth. »Aber wie ich klar und deutlich sehen kann, sind Sie nicht übergewichtig. Daher muss ich annehmen, dass Sie allzu sehr von den ständigen Bildern magerer Frauen beeinflusst wurden, die jetzt unsere Zeitschriften bevölkern, Sie demoralisieren und Ihr Selbstwertgefühl untergraben. Statt Diät zu leben und Pillen zu schlucken ...« Sie stockte. »Darf ich fragen, wer von Ihnen hier im Publikum Diätpillen nimmt?«

Einige ängstliche Hände hoben sich.

Elizabeth wartete.

Die meisten anderen Hände hoben sich.

»Hören Sie auf, diese Pillen zu nehmen«, forderte sie. »Das sind Amphetamine. Sie können Psychosen auslösen.«

»Aber ich treibe nicht gern Sport«, sagte Francine.

»Vielleicht haben Sie den richtigen Sport nur noch nicht gefunden.«

»Ich gucke Jack LaLanne.«

Als Jacks Name fiel, schloss Elizabeth die Augen. »Wie wär's mit Rudern?«, sagte sie plötzlich erschöpft.

»Rudern?«

»*Rudern*«, wiederholte sie und öffnete die Augen wieder. »Das ist eine extrem anstrengende Form der Freizeitgestaltung, die Ihren Geist und jeden Muskel in Ihrem Körper beansprucht. Es findet vor Sonnenaufgang statt, allzu häufig bei Regen. Es führt zu dicken Schwielen. Es kräftigt Arme, Brust und Oberschenkel. Rippen brechen, Hände bekommen Blasen. Ruderer fragen sich manchmal selbst: ›Warum mache ich das?‹«

»Meine Güte«, sagte Francine besorgt. »Rudern klingt ja schrecklich.«

Elizabeth sah sie verwundert an. »Ich will damit sagen, dass Rudern sowohl Diäten als auch Pillen überflüssig macht. Außerdem ist es gut für die Seele.«

»Aber ich dachte, Sie glauben nicht an die Seele.«

Elizabeth seufzte. Wieder schloss sie die Augen. Calvin. *Willst du allen Ernstes behaupten, Frauen können nicht rudern?*

»Ich war mal eine Kollegin von ihr«, sagte Frask und schaltete den Fernseher aus. »Am Hastings, bis wir beide rausgeflogen sind. Im Ernst – nie von ihr gehört? Elizabeth Zott. Ihre Sendung läuft landesweit.«

»Und sie rudert ebenfalls?«, sagte Wakely erstaunt.

»Was meinen Sie mit ›ebenfalls‹?«, fragte Frask. »Kennen Sie noch andere Ruderer?«

»Mad«, sagte Wakely, während er den riesigen Hund betrachtete, den sie mit in den Park gebracht hatte, »warum hast du mir nicht erzählt, dass deine Mutter im Fernsehen ist?«

»Ich hab gedacht, das wüssten Sie. Alle wissen das. Besonders jetzt, wo sie nicht an Gott glaubt.«

»Es ist völlig in Ordnung, nicht an Gott zu glauben«, sagte Wakely. »Das gehört zu den Dingen, die wir meinen, wenn wir sagen, es ist ein freies Land. Menschen können gerne glauben, was sie wollen, solange ihr Glaube nicht andere bedroht. Außerdem glaube ich sowieso, dass Wissenschaft eine Art Religion ist.«

Madeline hob eine Augenbraue.

»Wen haben wir denn hier?«, fragte er und hielt dem Hund eine Hand zum Beschnuppern hin.

»Halbsieben.« In dem Moment gingen zwei Frauen laut plaudernd an ihnen vorbei.

»Korrigier mich, wenn ich falschliege, Sheila, aber hat sie nicht gesagt, Gusseisen benötigt null Komma eins eins Hitzekalorien, um die Temperatur eines einzigen Gramms Atommasse um ein Grad Celsius zu erhöhen?«, fragte die eine gerade.

»Stimmt, Elaine«, sagte die andere. »Deshalb kauf ich mir ja eine neue Bratpfanne.«

»Jetzt erinnere ich mich an ihn«, sagte Wakely, als die beiden Frauen vorbeigegangen waren. »Von deinem Familienfoto. Was für ein stattlicher Hund.«

Halbsieben drückte den Kopf in die offene Hand des Mannes. *Guter Mann.*

»Jedenfalls, du hast bestimmt gedacht, ich hätte die Sache vergessen – ist schon so lange her –, aber ich hab jetzt endlich im All Saints nachgefragt. Ehrlich gesagt, nach unserem ersten Gespräch hab ich mehrfach da angerufen, aber der Bischof war nie im Haus. Heute hab ich dann seine Sekretärin erreicht, und sie hat gesagt, es gibt keine Akte zu einem Calvin Evans. Wir haben wohl doch das falsche Waisenhaus ausgesucht.«

»Nein«, sagte Madeline. »Das ist es. Ich bin sicher.«

»Mad, ich glaube kaum, dass eine Kirchensekretärin lügen würde.«

»Wakely«, sagte sie. »Jeder lügt.«

Kapitel 34

All Saints

»Wie heißt das noch mal? All Saints?«, wiederholte der Bischof schockiert. Es war das Jahr 1933, und obwohl er auf einen neuen Posten in einer reichen, mit Scotch getränkten Pfarrgemeinde gehofft hatte, halste man ihm stattdessen ein schäbiges Waisenhaus für Jungen mitten in Iowa auf, wo über hundert Jungen unterschiedlichen Alters auf dem besten Weg waren, zukünftige Kriminelle zu werden, und ihn ständig daran erinnern würden, dass er, wenn er das nächste Mal über einen Erzbischof lästern wollte, das lieber nicht in dessen Beisein täte.

»All Saints«, sagte der Erzbischof. »Das Heim braucht Disziplin. Genau wie Sie.«

»Aber ich kann wirklich nicht gut mit Kindern umgehen«, gab er dem Erzbischof zu bedenken. »Witwen, Prostituierte – da kann ich richtig glänzen. Was ist mit Chicago?«

»Das Heim braucht nicht nur Disziplin, sondern auch Geld«, sagte der Erzbischof. »Ein Teil Ihrer Aufgabe dort wird sein, auf lange Sicht Fördermittel zu beschaffen. Wenn Ihnen das gelingt, finde ich in Zukunft vielleicht etwas Besseres für Sie.«

Doch die Zukunft ließ ewig auf sich warten. Als 1937 anbrach, hatte der Bischof das Liquiditätsproblem noch immer nicht gelöst. Das einzige Produktive, was er getan hatte? Seine zehnseitige »Ich hasse diesen Ort«-Wutliste auf fünf zentrale Probleme zusammenzustreichen: drittklassige Geistliche, zerkochtes Essen, Schimmel, Pädophile und ein steter Nachschub an Jungen, die als zu wild oder zu hungrig galten, um einer normalen Familie anzugehören. Das waren die Kinder, die keiner wollte, und der Bischof verstand das vollkommen, denn er wollte sie auch nicht.

Sie hatten sich mit den üblichen katholischen Hilfsmitteln über Wasser gehalten: Sherry-Verkauf, Bibellesezeichen, Betteln, Speichellecken. Aber in Wirklichkeit brauchten sie genau das, was der Erzbischof empfohlen hatte: eine Stiftung. Das Problem war nur, reiche Leute neigten dazu, Dinge finanziell zu fördern, die das Waisenhaus nicht hatte. Lehrstühle. Stipendien. Gedächtnisfonds. So oft er auch versuchte, die Stiftungsidee zu verkaufen, potenzielle Spender erkannten auf Anhieb die fatalen Schwachpunkte: »Stipendien?«, sagten sie spöttisch. Das Waisenhaus war eigentlich keine richtige Schule, genau wie ein Gefängnis kein richtiger Ort für eine Resozialisierung ist – niemand versucht, auf Biegen und Brechen reinzukommen. Einen Lehrstuhl stiften? Dasselbe Problem – das Heim war kein College, somit gab's keinen Lehrstuhl. Gedächtnisfonds? Die Schützlinge waren zu jung zum Sterben, und überhaupt, wer wollte denn just die Kinder in Erinnerung bewahren, die alle möglichst schnell vergessen wollten?

Und so war er vier Jahre später immer noch da, saß umgeben von Maisfeldern mit einem Haufen ungeliebter Kinder fest. Und daran würden auch noch so viele Gebete nichts ändern, wie ihm durchaus klar war. Um sich die Zeit zu vertreiben, sortierte er die Kinder manchmal danach, wer von ihnen den meisten Ärger machte, aber selbst das war reine Zeitverschwendung, denn stets stand derselbe Junge ganz oben auf der Liste. Calvin Evans.

»Dieser Pfarrer aus Kalifornien hat wieder mal wegen Calvin Evans angerufen«, sagte die Sekretärin zu dem jetzt sehr viel älteren weißhaarigen Bischof, als sie ihm Akten auf den Schreibtisch legte. »Dabei hatte ich doch schon gemacht, was Sie gesagt haben. Ich hab ihm gesagt, ich hätte im Archiv nachgesehen und niemand dieses Namens wäre je hier gewesen.«

»Großer Gott. Warum lässt der Mann uns nicht endlich in Ruhe?« Der Bischof schob die Akten zur Seite. »Protestanten. Die wissen nie, wann sie aufhören sollten!«

»Wer war dieser Calvin Evans überhaupt?«, fragte sie neugierig. »Ein Priester?«

»Nein.« Der Bischof dachte an den Jungen zurück, der der Grund dafür war, dass er Jahrzehnte später noch immer in Iowa festsaß. »Ein Fluch.«

Nachdem sie gegangen war, schüttelte der Bischof den Kopf in Erinnerung daran, wie oft Calvin wegen irgendeines Verstoßes in diesem Büro gestanden hatte – weil er ein Fenster zerbrochen, ein Buch gestohlen oder einem Priester ein blaues Auge verpasst hatte, der ihm doch nur das Gefühl geben wollte, geliebt zu werden. Gelegentlich kamen wohlmeinende Paare ins Waisenhaus, um einen der Jungen zu adoptieren, aber keines von ihnen hatte je Interesse an Calvin gezeigt. Wer konnte es ihnen verdenken?

Aber dann war eines Tages dieser Mann, Wilson, aus dem Nichts aufgetaucht. Er sagte, er käme von der Parker Foundation, einer stinkreichen katholischen Stiftung. Als der Bischof von dem Besucher hörte, war er sich ganz sicher, dass sich sein Glück endlich gewendet hätte. Er bekam Herzklopfen, als er sich die Höhe der Summe vorstellte, die dieser Wilson womöglich zu spenden bereit war. Er würde sich das Angebot anhören und dann ganz würdevoll auf mehr drängen.

»Hallo, Bischof«, sagte Mr Wilson, als hätte er keine Zeit zu verschwenden. »Ich suche nach einem kleinen Jungen, zehn Jahre alt, vermutlich sehr groß, blondes Haar.« Dann erklärte er, dass dieser Junge etwa vier Jahre zuvor durch eine Reihe von Unfällen seine Familie verloren hatte. Er hatte Grund zu der Annahme, dass der Junge hier war, im All Saints. Der Junge hatte lebende Verwandte, die kürzlich von seiner Existenz erfahren hatten. Sie wollten ihn wiederhaben. »Er heißt Calvin Evans«, endete Wilson mit einem Blick auf seine Uhr, als hätte er noch einen dringenden anderen Termin. »Falls hier ein Junge ist, auf den diese Beschreibung passt, würde ich ihn gern kennenlernen. Genauer gesagt, ich möchte ihn mitnehmen.«

Der Bischof starrte Wilson an, den Mund vor Enttäuschung leicht geöffnet. Zwischen dem Moment, in dem er gehört hatte, dass der reiche Mann im Haus war, und ihrem Begrüßungshandschlag hatte er sich schon eine Dankesrede zurechtgelegt.

»Alles in Ordnung?«, fragte Mr Wilson. »Ich will ja nicht drängen, aber mein Flug geht in zwei Stunden.«

Kein Wort über Geld. Der Bischof konnte förmlich spüren, wie Chicago in weite Ferne rückte. Er sah sich diesen Wilson genau an. Der Mann war groß und arrogant. Genau wie Calvin.

»Vielleicht könnte ich rausgehen und zwischen den Jungen herumspazieren. Mal sehen, ob ich ihn erkenne.«

Der Bischof wandte sich zum Fenster. Gerade an diesem Morgen hatte er Calvin dabei erwischt, wie er sich die Hände im Taufbecken wusch. »An dem Wasser ist nichts heilig«, hatte Calvin ihm erklärt. »Es kommt direkt aus der Leitung.«

Aber so gern er Calvin auch losgeworden wäre, sein noch größeres Problem war nun mal das fehlende Geld. Er blickte hinaus auf die rund ein Dutzend verwitterten Grabsteine im Hof. *In memoriam*, behaupteten sie.

»Bischof?« Wilson war aufgestanden. Schon hielt er seine Aktentasche in der Hand.

Der Bischof antwortete nicht. Er mochte weder den Mann noch dessen elegante Kleidung oder die Tatsache, dass er unangekündigt hier aufgetaucht war. Er war schließlich Bischof, Herrgott noch mal – wo blieb da der Respekt? Er räusperte sich, spielte auf Zeit und betrachtete die Grabsteine all der geplagten Bischöfe, die ihm vorausgegangen waren. Er konnte sich die Parker Foundation und die Aussicht auf unerschöpfliche Gelder nicht entgehen lassen.

Er drehte sich zu Wilson um. »Ich muss Ihnen etwas Schreckliches sagen. Calvin Evans ist tot.«

»Übrigens, falls dieser lästige Pfarrer je wieder anruft«, wies
der alte Bischof seine Sekretärin an, als sie seine Kaffeetasse abräumte, »sagen Sie ihm, ich bin gestorben. Oder Moment, nein,
sagen Sie ihm«, er legte die Fingerspitzen aneinander, »Sie hätten in Erfahrung gebracht, dass Calvin Evans in einem anderen
Heim war – irgendwo in, keine Ahnung, sagen wir, Poughkeep-
sie? Aber das Haus ist abgebrannt, und alle Akten sind verloren
gegangen.«

»Sie wollen, dass ich mir was ausdenke?« Sie war verunsichert.

»Sie würden sich ja nicht wirklich was ausdenken«, sagte er.
»Es kommt schließlich andauernd vor, dass Häuser abbrennen.
Kaum einer nimmt die Bauvorschriften wirklich ernst.«

»Aber ...«

»Tun Sie's einfach«, sagte der Bischof. »Dieser Pfarrer kostet uns nur unnötig Zeit. Unser Fokus liegt auf dem Sammeln
von Spenden, schon vergessen? Wir brauchen Geld für unsere
lebenden, atmenden Kinder. Ein Anruf, der Geld bringt, und
ich bin dabei. Aber diese dumme Calvin-Evans-Sache – das ist
eine Sackgasse.«

Wilson sah aus, als hätte er sich verhört. »Was ... was sagen
Sie da?«

»Calvin ist kürzlich an einer Lungenentzündung gestorben«,
sagte der Bischof knapp. »Furchtbarer Schock. Er war so beliebt
hier.« Er sponn die Geschichte aus, erwähnte Calvins gute
Manieren, seine hervorragenden Bibelkenntnisse, seine Vorliebe
für Mais. Je mehr Details er lieferte, desto starrer wurde Wilson. Beschwingt davon, wie gut die Sache lief, ging der Bischof
zum Aktenschrank und suchte ein Foto heraus. »Das hier verwenden wir für seinen Gedächtnisfonds«, sagte er und zeigte
Wilson ein Schwarz-Weiß-Foto von Calvin, die Hände in die
Taille gestemmt, Oberkörper vorgebeugt, der Mund weit geöffnet, als würde er jemanden beschimpfen. »Ich liebe dieses
Foto. Es ist für mich typisch Calvin.«

Er beobachtete Wilson, der stumm auf das Foto starrte, und machte sich darauf gefasst, dass der Mann irgendeinen Beweis verlangen würde. Aber nein – er wirkte schockiert, sogar tief betrübt.

Der Bischof fragte sich plötzlich, ob dieser Mr Wilson nicht vielleicht der sprichwörtliche lang verschollene Verwandte war. Eines passte jedenfalls – die Größe. War Calvin vielleicht sein Neffe? Oder nein – sein Sohn? Großer Gott. Wenn dem so war, ahnte der Mann nicht, wie viel Ärger er ihm ersparte. Er räusperte sich und ließ noch ein paar Minuten verstreichen, damit er die traurige Nachricht sacken lassen konnte.

»Selbstverständlich werden wir den Gedächtnisfonds finanziell unterstützen«, sagte Wilson schließlich mit bebender Stimme. »Die Parker Foundation möchte die Erinnerung an diesen Jungen ehren.« Er atmete tief aus, und es wirkte, als würde er weiter in sich zusammensinken. Dann griff er nach unten und zückte ein Scheckbuch.

»Natürlich«, sagte der Bischof mitfühlend. »Der Calvin-Evans-Gedächtnisfonds. Die besondere Würdigung eines besonderen Jungen.«

»Ich werde mich wieder bei Ihnen melden und die Details besprechen, wie wir unsere regelmäßigen Zuwendungen gestalten, Bischof«, sagte Wilson sichtlich um Fassung bemüht, »doch fürs Erste möchte ich Ihnen diesen Scheck im Namen der Parker Foundation überreichen. Wir danken Ihnen für alles, was Sie … getan haben.«

Der Bischof zwang sich, den Scheck anzunehmen, ohne einen Blick daraufzuwerfen, doch sobald Wilson aus der Tür war, legte er das Stück Papier flach vor sich auf den Schreibtisch. Ein schöner Batzen Geld. Und es würde noch mehr kommen, weil er die Idee eines Gedächtnisfonds für jemanden gehabt hatte, der noch nicht mal tot war. Er lehnte sich in seinem Sessel zurück und faltete die Hände vor der Brust. Falls jemand noch einen Beweis für die Existenz Gottes brauchte, hier konnte er ihn finden. All Saints: Der Ort, wo Gott wahrhaftig denjenigen half, die sich selbst halfen.

Nachdem Wakely sich im Park von Madeline verabschiedet hatte, kehrte er in sein Büro zurück und griff zögerlich zum Telefonhörer. Er rief nur deshalb noch einmal im All Saints an, weil er Mad beweisen wollte, dass sie sich irrte. Nicht jeder log. Ironischerweise musste er dafür erst mal selbst lügen.

»Guten Tag«, sagte er mit gespieltem britischen Akzent, als er die vertraute Stimme der Sekretärin hörte. »Ich würde gern mit jemandem sprechen, der in Ihrem Haus für Schenkungen zuständig ist. Ich möchte eine beträchtliche Summe spenden.«

»Oh!«, sagte die Sekretärin freudig. »Da verbinde ich Sie am besten gleich mit unserem Bischof.«

»Wie ich höre, möchten Sie uns eine beträchtliche Summe zukommen lassen«, sagte der alte Bischof einige Augenblicke später zu Wakely.

»Das ist richtig«, log Wakely. »Meine Gemeinde hat es sich zur Aufgabe gemacht, mmh, Kindern zu helfen«, sagte er und sah Mads enttäuschtes Gesicht vor sich. »Waisenkindern im Besonderen.«

Aber war Calvin Evans wirklich ein Waisenkind?, überlegte Wakely. In seinem letzten Brief an ihn hatte Calvin deutlich gemacht, dass er sehr wohl noch einen lebenden Elternteil hatte. ICH HASSE MEINEN VATER, ICH HOFFE, ER IST TOT. Wakely sah noch immer die Großbuchstaben vor sich.

»Genauer gesagt, ich suche nach dem Waisenhaus, in dem Calvin Evans aufgewachsen ist.«

»Calvin Evans? Tut mir leid, aber der Name sagt mir nichts.«

Am anderen Ende der Leitung stutzte Wakely. Der Mann log. Er musste sich jeden Tag Lügen anhören; er kannte den Ton. Aber wie hoch war die Wahrscheinlichkeit, dass zwei Geistliche sich gegenseitig anlogen?

»Ach, das ist sehr bedauerlich«, sagte Wakely bedächtig. »Die fragliche Spende ist nämlich ausdrücklich für das Heim vorgesehen, in dem Calvin Evans seine Kindheit und Jugend verbracht hat. Ich bin sicher, Sie leisten großartige Arbeit, aber Sie wissen ja, wie Geldgeber sein können. Starrsinnig.«

Der Bischof presste die Fingerspitzen auf die Augenlider. Ja, er wusste genau, wie Geldgeber sein konnten. Die Parker Foundation hatte ihm das Leben zur Hölle gemacht. Zunächst mit den Lehrbüchern und diesem ganzen Ruderquatsch, dann mit der übertriebenen Reaktion, als die Leute herausfanden, dass ihre Schenkungen das Leben von jemandem ehrten, der nicht im eigentlichen Sinne, na ja, tot war. Und warum hatten sie es erfahren? Weil der gute alte Calvin es geschafft hatte, von den nicht wirklich Toten aufzuerstehen und auf dem Titelblatt irgendeines obskuren Magazins namens *Chemistry Today* abgelichtet zu werden. Und ungefähr zwei Sekunden später hatte er eine gewisse Avery Parker am Telefon, die ihm mit zig verschiedenen Klagen drohte.

Wer war Avery Parker? Die Parker hinter der Parker Foundation.

Bis dahin hatte der Bischof noch nie mit ihr geredet – er hatte immer nur mit Wilson zu tun gehabt, der, wie er nun begriff, ihr Stellvertreter und Anwalt war. Aber jetzt, wo er darüber nachdachte, erinnerte er sich an die kaum leserliche Unterschrift neben der von Wilson auf jeder Schenkungsurkunde der letzten fünfzehn Jahre.

»Sie haben die Parker Foundation angelogen?«, schrie sie ins Telefon. »Bloß, um an Geld zu kommen, haben Sie behauptet, Calvin Evans wäre mit zehn Jahren an Lungenentzündung gestorben?«

Und er dachte, *Lady, wenn Sie wüssten, wie furchtbar es hier in Iowa ist.*

»Mrs Parker«, sagte er beschwichtigend. »Ich verstehe, dass Sie aufgebracht sind. Aber ich schwöre, der Calvin Evans, der bei uns war, ist sehr wohl tot. Der Mann auf diesem Titelblatt ist bloß ein Namensvetter. Es ist ein sehr häufiger Name.«

»Nein«, widersprach sie. »Es war Calvin. Ich habe ihn sofort erkannt.«

»Dann sind Sie Calvin also schon begegnet?«

Sie stockte. »Ähm, nein.«

»Verstehe«, sagte er in einem Tonfall, der ihr deutlich zu verstehen gab, wie albern sie sich aufführte.

Fünf Sekunden später erklärte sie ihre finanzielle Unterstützung vom All Saints für beendet.

»Ja, es ist wirklich nicht leicht mit diesen Geldgebern«, sagte der Bischof jetzt, »sie sind wie glitschige Fische. Aber ich muss ehrlich sagen, wir könnten Ihre Spende dringend gebrauchen. Selbst wenn Calvin Evans nicht bei uns war, haben wir doch andere Jungen hier, die Ihre Unterstützung ebenso verdient haben.«

»Das glaube ich gern«, pflichtete Wakely ihm bei. »Aber mir sind die Hände gebunden. Ich kann diese Spende – erwähnte ich bereits, dass es sich um fünfzigtausend Dollar handelt? – nur an Calvin Evans' ...«

»Moment«, sagte der Bischof, dessen Herz bei der Erwähnung einer solch großen Summe schneller schlug. »Ich bitte um Verständnis: Wir legen hier großen Wert auf den Schutz der Privatsphäre, deshalb geben wir keine Auskunft über Einzelpersonen. Selbst wenn dieser Junge bei uns gewesen wäre, sind wir wirklich nicht befugt, das zu bestätigen.«

»Das ist nachvollziehbar«, sagte Wakely. »Dennoch ...«

Der Bischof sah auf die Uhr. Es war schon fast Zeit für seine Lieblingssendung, *Essen um sechs.* »Nein, warten Sie«, sagte er ungehalten. Er wollte sich weder die Spende noch seine Sendung entgehen lassen. »Sie zwingen mich ja praktisch dazu. Also, ganz im Vertrauen: Ja, Calvin Evans ist hier bei uns aufgewachsen.«

»Wirklich?« Wakely setzte sich ruckartig auf. »Können Sie das beweisen?«

»Und ob ich das beweisen kann«, sagte der Bischof beleidigt und strich mit den Fingerspitzen über die vielen Sorgenfalten, die er Calvin zu verdanken hatte. »Gäb's bei uns etwa den Calvin-Evans-Gedächtnisfonds, wenn er nicht hier gewesen wäre?«

Wakely war perplex. »Wie bitte?«

»Der Calvin-Evans-Gedächtnisfonds. Wir haben ihn vor vielen Jahren gegründet, um den liebenswerten Jungen zu ehren, aus dem ein bekannter Chemiker werden sollte. Es gibt jede Menge Steuerunterlagen, die dessen Existenz beweisen. Aber die Parker Foundation – sie hat ihn gestiftet – bestand darauf, dass wir ihn nie publik machen, und Sie können sich bestimmt denken, warum. Selbst sie wäre wohl kaum in der Lage, jedes Heim zu fördern, das ein Kind verloren hat.«

»Ein Kind verloren?«, sagte Wakely. »Aber Evans war erwachsen, als er starb.«

»J…ja«, stotterte der Bischof. »Korrekt. Aber wir nennen unsere ehemaligen Schützlinge noch immer Kinder. Denn da kannten wir sie am besten – als Kinder. Und Calvin Evans war ein wunderbares Kind. Blitzgescheit. Sehr groß. Nun zurück zu dieser Spende.«

Ein paar Tage später traf Wakely sich erneut mit Madeline im Park. »Ich habe eine gute Nachricht und eine schlechte«, begann er. »Du hattest recht. Dein Dad war im All Saints.« Dann berichtete er ihr, was der Bischof ihm erzählt hatte: dass Calvin Evans ein »wunderbares Kind« und »blitzgescheit« gewesen war. »Die haben sogar einen Calvin-Evans-Gedächtnisfonds«, sagte er. »Ich habe das recherchiert. Der Fonds wurde fast fünfzehn Jahre lang von einer gewissen Parker Foundation finanziert.«

Sie runzelte die Stirn. »Was?«

»Dann haben sie die Zahlungen eingestellt. So was kommt vor. Prioritäten ändern sich.«

»Aber, Wakely, mein Dad ist vor sechs Jahren gestorben.«

»Na und?«

»Warum hat die Parker Foundation fünfzehn Jahre lang einen Gedächtnisfonds finanziert, wenn mein Dad die ersten« – sie zählte rasch an den Fingern ab – »neun Jahre davon noch gar nicht tot war?«

»Oh.« Wakely wurde rot. Die zeitliche Diskrepanz war ihm gar nicht aufgefallen. »Tja – zu Anfang war es wahrscheinlich noch kein Gedächtnisfonds, Mad. Vielleicht eher so was wie ein Ehrenfonds. Tatsächlich hat er gesagt, der Fonds wäre zu *Ehren* von deinem Dad.«

»Und wenn die da diesen Fonds haben, warum haben sie das nicht gleich gesagt, als Sie das erste Mal angerufen haben?«

»Schutz der Privatsphäre.« Er wiederholte die Erklärung des Bischofs. Wenigstens die klang einigermaßen einleuchtend. »Jedenfalls, jetzt kommt die gute Nachricht. Ich hab mich über diese Parker Foundation schlaugemacht und rausgefunden, dass sie von einem Mr Wilson geleitet wird. Er wohnt in Boston.« Er sah sie erwartungsvoll an. »Wilson«, wiederholte er. »Auch bekannt als deine gute Fee.« Er lehnte sich auf der Bank zurück und wartete auf ihre freudige Reaktion. Aber als das Kind nichts sagte, schob er nach: »Wilson scheint ein sehr anständiger Mann zu sein.«

»Er scheint falsch informiert zu sein«, sagte Madeline und inspizierte eine verschorfte Wunde. »Als hätte er nie *Oliver Twist* gelesen.«

Madeline hatte nicht ganz unrecht. Trotzdem, Wakely hatte viel Zeit in die Sache gesteckt und etwas mehr Begeisterung erwartet. Oder wenigstens Dankbarkeit. Obwohl, warum eigentlich? Niemand äußerte je Dankbarkeit für seine Arbeit. Er war tagtäglich an vorderster Front damit beschäftigt, Menschen zu trösten, sich ihre diversen Kümmernisse und Klagen schildern zu lassen, und am Ende kam unvermeidlich derselbe müde Spruch: »Warum straft Gott mich so?« Himmel. Woher zum Teufel sollte er das wissen?

»Wie dem auch sei«, sagte er und versuchte, nicht frustriert zu klingen. »Das hab ich rausgefunden.«

Madeline verschränkte enttäuscht die Arme. »Wakely«, sagte sie. »Soll das die gute Nachricht sein oder die schlechte?«

»Das war die gute«, sagte er spitz. Er hatte sehr wenig Erfahrung mit Kindern, und allmählich glaubte er, noch weniger zu wollen. »Die einzige schlechte Nachricht ist, dass ich bloß ein Postfach als Anschrift von Wilson und der Parker Foundation gefunden habe.«

»Warum ist das schlecht?«

»Reiche Leute benutzen oft ein Postfach, um sich vor unerwünschter Korrespondenz zu schützen. Das ist wie ein Mülleimer für Briefe.« Er griff nach unten in seine Umhängetasche, kramte darin herum und holte schließlich einen Zettel hervor. Er reichte ihn ihr. »Bitte sehr, die Postfachnummer. Aber bitte, Mad, mach dir nicht zu große Hoffnungen.«

»Es geht nicht um Hoffnungen«, erwiderte Madeline, während sie die Nummer betrachtete. »Es geht um Glauben.«

Er sah sie überrascht an. »Das ist aber ein seltsames Wort aus deinem Munde.«

»Wieso?«

»Weil«, sagte er, »na ja, du weißt schon. Religion basiert auf Glauben.«

»Aber Ihnen ist doch wohl klar«, sagte sie vorsichtig, als wollte sie ihn nicht weiter in Verlegenheit bringen, »dass Glaube nicht auf Religion basiert. Oder?«

Kapitel 35

Der Geruch des Versagens

Am Montagmorgen um halb fünf verließ Elizabeth ihr Haus so, wie sie es meistens tat, im Dunkeln, in warmer Kleidung, und fuhr zum Bootshaus. Aber als sie auf den normalerweise leeren Parkplatz bog, sah sie, dass der nahezu voll war. Sie sah auch noch etwas anderes. Frauen. Viele Frauen, die im Dunkeln Richtung Bootshaus trotteten.

»O Gott«, flüsterte sie, als sie ihre Kapuze über den Kopf zog, an dem kleinen Pulk vorbeischlüpfte, um hoffentlich rechtzeitig Dr. Mason zu finden und ihm die Sache zu erklären. Aber sie war zu spät. Er saß an einem langen Tisch und verteilte Anmeldeformulare. Als er zu ihr aufsah, lächelte er nicht.

»Zott.«

»Sie fragen sich vermutlich, was passiert ist«, sagte sie leise.

»Eigentlich nicht.«

»Ich glaube, ich habe eine Erklärung«, sagte Elizabeth. »Eine meiner Zuschauerinnen wollte eine Diätempfehlung von mir, und ich habe vorgeschlagen, sie sollte lieber Sport treiben. Vielleicht habe ich in diesem Zusammenhang Rudern erwähnt.«

»Vielleicht.«

»Möglicherweise.«

Eine Frau in der Warteschlange drehte sich zu ihrer Freundin um. »Eines gefällt mir jetzt schon am Rudern.« Sie zeigte auf ein Foto von acht Männern in einem Boot. »Man kann dabei sitzen.«

»Mal sehen, ob das Ihrer Erinnerung auf die Sprünge hilft«,

sagte Mason und reichte der nächsten Frau in der Schlange einen Stift. »Erst haben Sie Rudern als die schlimmste Form der Strafe beschrieben, dann haben Sie den Frauen im ganzen Land vorgeschlagen, es mal auszuprobieren.«

»Also, ich glaube nicht, dass ich mich *exakt* so ausgedrückt habe –«

»Doch. Ich weiß das, weil ich Ihre Sendung geguckt habe, während ich darauf wartete, dass eine Patientin dilatiert. Meine Frau hat sie auch geguckt. Sie verpasst sie nie.«

»Es tut mir leid, Mason, ehrlich. Ich hätte nie gedacht …«

»Wirklich nicht?«, fragte er barsch. »Vor zwei Wochen wollte nämlich eine meiner Patientinnen erst dann pressen, als Sie mit Ihrer Erläuterung der Maillard-Reaktion fertig waren.«

Sie blickt erstaunt auf, überlegte dann kurz. »Nun ja, es ist eine komplizierte Reaktion.«

»Seit Freitag habe ich Sie deswegen mehrfach angerufen«, sagte er spitz.

Elizabeth erschrak. Das stimmte. Er hatte sowohl im Studio als auch bei ihr zu Hause angerufen, doch sie war einfach zu beschäftigt gewesen, um ihn zurückzurufen.

»Es tut mir leid«, sagte sie. »Ich hatte furchtbar viel zu tun.«

»Hätte Ihre Hilfe gebrauchen können, um das Ganze hier zu organisieren.«

»Ja.«

»Offensichtlich kommen wir heute nicht aufs Wasser.«

»Noch mal, tut mir leid.«

»Wissen Sie, was mich wirklich ärgert?«, sagte er und deutete auf eine Frau, die Hampelmannsprünge machte. »Jahrelang hab ich versucht, meine Frau zum Rudern zu überreden. Wie Sie wissen, bin ich überzeugt, dass Frauen eine höhere Schmerzschwelle haben. Aber ich konnte sagen, was ich wollte, sie war nicht zu überzeugen. Aber ein Wort von Elizabeth Zott …«

Die Frau, die Hampelmannsprünge machte, hörte auf, als sie Elizabeth sah, und streckte einen Daumen nach oben.

»… und sie konnte gar nicht schnell genug hierherkommen.«

»Oh, verstehe«, sagte Elizabeth langsam, während sie der Frau kurz anerkennend zunickte. »Dann sind Sie in Wirklichkeit also froh.«

»Ich …«

»Und eigentlich wollen Sie sagen: Danke, Elizabeth.«

»Nein.«

»Gern geschehen, Dr. Mason.«

»Nein.«

Sie schaute wieder zu der Frau hinüber. »Ihre Frau setzt sich ins Ergo.«

»O Gott«, rief Mason. »Betsy, nein, nicht das!«

Ähnliches ereignete sich in anderen Bootshäusern überall im Land. Frauen kamen in Scharen, und manche Klubs nahmen sie gerne auf. Aber noch lange nicht jeder Klub. Und nicht allen, die sich Elizabeths Sendung ansahen, gefiel, was sie zu sagen hatte.

»GOTTLOSE HAIDIN«, stand auf einem hastig gepinselten Protestschild, auf dem außerdem das Konterfei von Elizabeth prangte und das von einer böse dreinblickenden Frau direkt vor den KCTV-Studios hochgehalten wurde.

Es war der zweite Parkplatz, auf den Elizabeth an diesem Morgen fuhr, und wie der erste war er voller als sonst.

»Demonstranten«, sagte Walter, als er sie einholte. »Deshalb sagen wir gewisse Dinge nicht im Fernsehen, Elizabeth«, ermahnte er sie. »Deshalb behalten wir unsere Meinungen für uns.«

»Walter«, sagte Elizabeth, »friedlicher Protest ist eine wertvolle Form der Meinungsäußerung.«

»Das nennen Sie Meinungsäußerung?«, fragte er, als jemand »Schmor in der Hölle!« schrie.

»Es sind Wichtigtuer«, sagte sie, als spreche sie aus persönlicher Erfahrung. »Irgendwann verlieren sie das Interesse.«

Dennoch machte er sich Sorgen. Sie bekam Todesdrohungen. Er hatte diese Information an die Polizei und den Sicherheitsdienst des Studios weitergegeben, er hatte sogar Harriet Sloane angerufen und es ihr erzählt. Aber Elizabeth hatte er es verschwiegen, weil er wusste, sie würde die Dinge selbst in die Hand nehmen. Außerdem war die Reaktion der Polizei auf die Drohungen sehr beruhigend gewesen. »Bloß ein Haufen harmloser Spinner«, hatten sie gesagt.

Auf der anderen Seite der Stadt, Stunden später im Wohnzimmer der Zotts, war auch Halbsieben besorgt. Gestern war ihm am Ende von Elizabeths Sendung aufgefallen, dass nicht alle geklatscht hatten. Und heute hatte er es wieder gesehen. Eine Nichtklatscherin.

Er wartete, bis das Wesen und Harriet im Labor beschäftigt waren, dann schlich er zur Hintertür hinaus, trabte vier Häuserblocks nach Süden und zwei Blocks nach Westen, bis er unweit der Auffahrt zur Schnellstraße gut postiert war. Als ein Pritschenwagen abbremste, um sich in die Autoschlange einzufädeln, sprang er auf die Ladefläche.

Selbstverständlich kannte er den Weg zum Studio. Jeder, der *Die unglaubliche Reise* gelesen hatte, würde wissen, wie wenig unglaublich es war, dass Hunde so ziemlich alles finden konnten. Er hatte sich oft über die Geschichte von der Nadel im Heuhaufen gewundert, die Elizabeth ihm mal vorgelesen hatte – was war denn so schwierig daran, eine Nadel in einem Heuhaufen zu finden? Der Geruch von Kohlenstoffstahl war unverkennbar.

Kurz gesagt, zum Studio zu kommen war kein Problem. Aber reinkommen war eins.

Er schlich auf dem Parkplatz zwischen den Autos hindurch, deren Heckflossen und Kühlerfiguren in der Sonne glänzten, und suchte nach einem Eingang.

»Hallo, Fellnase«, sagte ein großer Mann in einer blauen Uniform. Er stand vor einer wichtig aussehenden Tür. »Wo willst du denn hin?«

Halbsieben wollte »da rein« sagen, wollte sagen, dass er wie der Mann in der blauen Uniform für die Sicherheit verantwortlich war. Aber da eine Erklärung unmöglich war, entschied er sich für die Schauspielerei – die ureigene Sprache des Fernsehens.

»Oje«, sagte der Mann, als Halbsieben sehr überzeugend zusammenbrach. »Halt durch, Junge, ich hol dir Hilfe.« Er hämmerte gegen die Tür, bis jemand aufmachte, und gemeinsam hoben sie Halbsieben hoch und trugen ihn in das klimatisierte Gebäude. Eine Minute später trank Halbsieben Wasser aus einer von Elizabeths eigenen Rührschüsseln.

Man konnte über die menschliche Rasse sagen, was man wollte, aber ihre Fähigkeit zur Herzensgüte war das, was sie – in Halbsiebens Augen – speziesmäßig an die Spitze brachte.

»Halbsieben?«

Elizabeth!

Er lief so schnell zu ihr, wie das ein Hund, der tatsächlich einen Hitzschlag hatte, niemals gekonnt hätte.

»Was zum …«, war alles, was der Mann in der blauen Uniform angesichts der wundersamen Genesung herausbrachte.

»Wie kommst du denn hierher, Halbsieben?« Elizabeth warf die Arme um ihn. »Wie hast du mich gefunden? Seymour, das ist mein Hund«, erklärte sie dem Mann in der blauen Uniform. »Wir haben Halbsieben …«

»Eigentlich haben wir erst halb sechs, Ma'am«, unterbrach er sie, »ist aber noch immer glühend heiß. Der Hund ist draußen umgekippt, deshalb hab ich ihn reingetragen.«

»Vielen Dank, Seymour«, sagte sie aus tiefstem Herzen. »Wie soll ich das je wiedergutmachen? Er muss den ganzen Weg bis hierher gelaufen sein«, sagte sie fassungslos. »Das sind neun Meilen.«

»Vielleicht ist er ja auch mit Ihrer kleinen Tochter gekommen«, schlug Seymour vor. »Und der Oma im Chrysler? Wie vor ein paar Wochen?«

»Wie bitte?« Elizabeth blickte jäh auf. »*Was?*«

»Ich kann das erklären«, sagte Walter, als sie in sein Büro gestürmt kam, und hob die Hände, wie um einen potenziellen Angriff abzuwehren.

Elizabeth hatte von Anfang an klargestellt, dass Madeline das Studio niemals betreten sollte. Ihm war schleierhaft, wieso. Amanda war ständig da. Aber immer, wenn Elizabeth das Thema ansprach, nickte er, als wäre er vollkommen ihrer Meinung, obwohl er es nicht verstand und es ihm eigentlich auch egal war.

»Es war eine Schulaufgabe«, log er. »Beobachte den Arbeitstag deiner Eltern.« Er wusste selbst nicht, warum er den plötzlichen Impuls hatte, Harriet Sloane zu decken, aber es fühlte sich richtig an. »Sie haben so viel um die Ohren. Wahrscheinlich haben Sie's einfach vergessen.«

Elizabeth fuhr zusammen. Vielleicht hatte sie das wirklich. Hatte Mason nicht gerade heute Morgen etwas Ähnliches gesagt? »Ich will nur nicht, dass meine Tochter mich als Fernsehfigur sieht«, erklärte sie und krempelte einen Ärmel hoch. »Ich will nicht, dass sie denkt, ich würde – Sie wissen schon – etwas vorspielen.« Sie dachte an ihren Vater, und ihr Gesicht verhärtete sich wie Zement.

»Keine Bange«, sagte Walter trocken. »Was Sie machen, würde keiner je für Vorspielen halten.«

Sie beugte sich mit großem Ernst vor und sagte: »Danke.«

Seine Sekretärin kam mit einem großen Stapel Post herein. »Die Sachen, um die Sie sich vordringlich kümmern müssten, hab ich zuoberst gelegt, Mr Pine«, sagte sie. »Und ich weiß nicht, ob man Sie schon informiert hat, aber da ist ein großer Hund im Flur.«

»Ein Hund?«

»Er gehört mir«, sagte Elizabeth rasch. »Das ist Halbsieben. Seinetwegen hab ich von Mads ›Beobachte den Arbeitstag deiner Eltern‹-Besuch erfahren. Seymour hat's mir erzählt ...«

Als Halbsieben seinen Namen hörte, stand er auf und trottete in das Büro, schnüffelte in der Luft. *Walter Pine. Leidet unter geringem Selbstbewusstsein.*

Walter riss die Augen auf und drückte sich gegen die Rückenlehne seines Sessel. Der Hund war riesig. Er schnappte kurz nach Luft, dann richtete er seine Aufmerksamkeit auf den Stapel Post, hörte nur halb zu, während Elizabeth sich ausführlich darüber ausließ, was das Tier alles konnte – sitz, bleib, hol, wahrscheinlich und Gott weiß was. Hundebesitzer gaben immer so fürchterlich an, waren so lächerlich stolz, wenn es um die kümmerlichen Leistungen ihrer Vierbeiner ging. Aber ihr nicht enden wollender Vortrag verschaffte ihm die Zeit, die er brauchte, um darüber nachzudenken, wie schnell er Harriet Sloane anrufen konnte, um sie in die Lüge einzuweihen, damit sie die ihrerseits untermauerte.

»Was meinen Sie? Sie wollten doch schon länger mal etwas Neues ausprobieren«, sagte Elizabeth gerade. »Könnte das funktionieren?«

»Warum nicht?«, sagte er leichthin, ohne zu ahnen, womit er sich gerade einverstanden erklärt hatte.

»Großartig. Dann fangen wir morgen damit an?«

»Klingt gut«, sagte er.

»Hallo«, sagte Elizabeth gleich am nächsten Tag. »Ich heiße Elizabeth Zott, und Sie sind bei *Essen um sechs*. Ich möchte Ihnen heute meinen Hund vorstellen, Halbsieben. Sag den Leuten Hallo, Halbsieben.« Halbsieben legte den Kopf schief, und das Publikum lachte und klatschte, und Walter, der erst zehn Minuten zuvor darüber informiert worden war, dass ein Hund nicht nur wieder im Gebäude war, sondern dass die Friseurin ihm den Pony geschnitten hatte, damit er bei seinen Nahaufnahmen besser aussah, sank auf seinen Produzentenstuhl und schwor sich, nie wieder zu lügen.

Als Halbsieben einen Monat lang Teil der Sendung war, schien es beinahe unvorstellbar, dass er nicht von Anfang an dabei gewesen war. Alle liebten ihn. Er bekam sogar schon eigene Fanpost.

Die einzige Person, die noch immer nicht von seiner Anwesenheit begeistert schien, war Walter. Halbsieben vermutete, dass Walter einfach kein »Hundemensch« war – ein Begriff, der ihm nicht unmittelbar einleuchtete.

»Dreißig Sekunden, bis die Türen aufgehen, Zott«, hörte er den Kameramann sagen, als er rechts von Elizabeth Posten bezog und überlegte, was er sonst noch probieren könnte, um Walter für sich zu gewinnen. Letzte Woche hatte er Walter einen Ball vor die Füße gelegt, ihn zum Spielen aufgefordert. Er selbst mochte das Bällchenspiel nicht besonders, fand es sinnlos. Wie sich herausstellte, sah Walter das auch so.

»Okay, lasst sie rein«, rief schließlich jemand. Die Türen öffneten sich, dankbare Zuschauer suchten sich unter lauten Ohs und Ahs ihre Plätze, und manche zeigten so, wie Touristen vielleicht auf den Eiffelturm zeigen, auf die große Uhr mit den nach wie vor auf sechs Uhr stehenden Zeigern. »Da ist sie«, sagten sie. »Da ist die Uhr.«

»Und da ist der Hund«, sagten fast alle. »Guck mal – das ist Halbsieben!«

Ihm war unbegreiflich, warum Elizabeth nicht gern ein Star war. Er genoss es.

»Die Kartoffelschale«, dozierte Elizabeth zehn Minuten später, »besteht aus suberinisierten Phellemzellen, die die äußere Schicht des Knollenperiderms bilden. Sie stellen die Schutzstrategie der Kartoffel dar ...«

Er stand neben ihr wie ein Agent vom Secret Service, ließ den Blick über die Menge gleiten.

»… was beweist, selbst Knollen verstehen, dass Angriff die beste Verteidigung ist.«

Das Publikum war gebannt, weshalb es leicht war, jedes Gesicht zu registrieren.

»Die Kartoffelschale ist voll mit Glykoalkaloiden«, fuhr sie fort. »Diese Toxine sind so unverwüstlich, dass sie problemlos Kochen und Braten überstehen. Und trotzdem verwende ich die Schale nicht nur, weil sie reich an Ballaststoffen ist, sondern auch, weil sie uns täglich daran erinnert, dass in Kartoffeln genau wie im Leben überall Gefahr lauert. Die beste Strategie im Umgang mit der Gefahr ist die, sie nicht zu fürchten, sondern zu respektieren. Und sie dann«, sie griff nach einem Messer, »zu eliminieren.« Die Kamera fuhr näher ran, als sie geschickt ein gekeimtes Kartoffelauge herausschnitt. »Entfernen Sie stets sämtliche Augen und grüne Stellen«, befahl sie, während sie die nächste Kartoffel bearbeitete. »Dort ist die Konzentration von Glykoalkaloiden am höchsten.«

Halbsieben studierte das Publikum auf der Suche nach einem bestimmten Gesicht. Ah, da war sie. Die Nichtklatscherin.

Elizabeth verkündete, es sei Zeit für eine Werbeunterbrechung, und ging von der Bühne. Normalerweise folgte er ihr, doch heute ging er stattdessen hinunter ins Publikum, was sofort hier und da begeistertes Klatschen und »Ja, komm mal her!«-Rufe auslöste. Walter war dagegen, dass er das machte – da manche Leute womöglich Angst oder eine Hundeallergie hatten –, aber Halbsieben machte es trotzdem, weil er wusste, dass Nähe zum Publikum wichtig war, und auch, weil er näher an die Nichtklatscherin heranwollte.

Sie saß am Ende der vierten Reihe, das Gesicht in dünnlippiger Missbilligung erstarrt. Er kannte solche Typen. Während andere in der Reihe sich vorbeugten, um ihn zu streicheln, durchleuchtete er die Frau wie ein Röntgengerät. Sie war steif, unversöhnlich. Ehrlich gesagt, sie tat ihm ein bisschen leid. Niemand wurde so böse, ohne unter Bosheit gelitten zu haben.

Die dünnlippige Frau wandte den Kopf und sah ihn an. Ihre Miene blieb hart. Sie griff behutsam in ihre große Handtasche und nahm eine Zigarette heraus, die sie zweimal auf ihren Oberschenkel klopfte.

Raucherin. Das passte. Es war eine sattsam bekannte Tatsache, dass Menschen sich für die intelligenteste Spezies auf Erden hielten, dabei waren sie die einzigen Tiere, die mit Freuden Karzinogene inhalierten. Er wollte sich schon abwenden, verharrte dann, weil er plötzlich dicht unter dem Nikotin einen anderen Geruch witterte. Es war ein schwacher Geruch, aber vertraut. Er schnüffelte erneut, und in dem Moment legte das *Essen um sechs*-Quartett mit seiner »Und da ist sie wieder!«-Fanfare los. Wieder musterte er die Nichtklatscherin. Sie stellte ihre Tasche am Rand des Ganges ab. Ihre Hand zitterte, als sie die Zigarette an die Lippen hob.

Er reckte die Nase in die Luft. *Nitroglyzerin? Unmöglich.*

»Füllen Sie einen großen Topf mit H_2O.« Elizabeth war zurück auf der Bühne. »Dann nehmen Sie Ihre Kartoffeln ...«

Er schnüffelte erneut. *Nitroglyzerin. Wenn man es falsch behandelte, machte es ein entsetzliches Geräusch, wie ein Feuerwerkskörper oder – er schluckte trocken, dachte an Calvin – wie eine Fehlzündung.*

»... und kochen Sie sie bei großer Hitze.«

»Finde sie, verdammt noch mal«, konnte er seinen Ausbilder in Camp Pendleton schreien hören. »Finde die Scheißbombe!«

»Die Kartoffelstärke, ein langkettiges Kohlehydrat, das aus den Molekülen Amylose und Amylopektin besteht ...«

Nitroglyzerin. Der Geruch des Versagens.

»... während die Stärke anfängt aufzuquellen ...«

Er kam aus der Handtasche der Nichtklatscherin.

In Camp Pendleton sollte der Hund die Bombe bloß finden, nicht entfernen – das Entfernen war Aufgabe des Ausbilders. Aber manchmal erledigten ein paar von den Angebern – die Deutschen Schäferhunde – sogar diesen Teil.

Trotz der Kühle im Studio begann Halbsieben zu hecheln. Er versuchte, sich vorwärtszubewegen, aber seine Beine waren wie Wasser. Er blieb stehen. Er redete sich ein, dass er doch bloß das Spiel spielen musste, das er am wenigsten mochte (Bällchen holen), und dabei den Geruch mitnehmen, den er am meisten hasste (Nitroglyzerin). Bei dem Gedanken wurde ihm schlagartig schlecht.

»Was zum Kuckuck ist das?«, sagte Seymour Browne vom Sicherheitsdienst, als er eine Damenhandtasche mit feuchtem Henkel auf seinem Tisch direkt hinter der Tür stehen sah. »Da ist eine Zuschauerin bestimmt schon ganz verzweifelt.« Er öffnete den Verschluss, um nach einem Ausweis zu suchen, aber als er die Tasche aufklappte, sog er scharf die Luft ein und griff nach dem Telefon.

»Jetzt verschränken Sie bitte mal die Arme«, verlangte ein Reporter von Seymour, während er seine Kamera mit einer neuen Blitzlichtbirne bestückte. »Gucken Sie grimmig – als hätte sich, wer auch immer das war, mit dem falschen Kerl angelegt.«

Kaum zu fassen, aber es war schon wieder der Reporter vom Friedhof. Weil er noch immer versuchte, seine journalistischen Chancen zu verbessern, hatte er kürzlich verbotenerweise ein Polizeifunkgerät in sein Auto eingebaut, und heute hatte sich das endlich gelohnt: Bei KCTV hatte jemand eine kleine Bombe in einer Damenhandtasche entdeckt.

Er machte sich Notizen, während Seymour erklärte, dass die Tasche einfach plötzlich auf seinem Tisch aufgetaucht war. Er hatte keine Ahnung, wie sie da hingekommen war. Er hatte

sie aufgemacht, um nach einem Ausweis zu suchen, und stattdessen jede Menge Flugblätter gefunden, auf denen Elizabeth
Zott als gottlose Kommunistin beschimpft wurde, sowie zwei
Stangen Dynamit, die mit ganz dünnen Drähten zusammen-
gebunden waren, sodass das Ganze wie ein kaputtes Kinder-
spielzeug aussah.

»Aber warum um alles in der Welt sollte jemand bei KCTV
eine Bombe legen?«, fragte der Reporter. »Macht ihr nicht
überwiegend Nachmittagsfernsehen? Seifenopern? Clown-
shows?«

»Wir machen alles Mögliche«, sagte Seymour und strich
sich mit einer zittrigen Hand über den Kopf. »Aber seit eine
Moderatorin von uns gesagt hat, dass sie nicht an Gott glaubt,
haben wir einigen Ärger.«

»Was?«, sagte der Reporter fassungslos. »Wer glaubt denn
nicht an Gott? Was ist das für eine Sendung?«

»Seymour – Seymour!«, rief Walter Pine, der sich zusammen mit einem Polizisten einen Weg durch den kleinen Pulk
verstörter Mitarbeiter bahnte. »Seymour, Gott sei Dank, dass
Ihnen nichts passiert ist. Was Sie getan haben – Sie haben Ihr
Leben riskiert.«

»Mir geht's gut, Mr Pine«, sagte Seymour. »Und ich hab gar
nichts getan. Wirklich nicht.«

»Doch, Mr Browne«, sagte der Polizist mit Blick auf seine
Notizen, »das haben Sie. Wir hatten diese Frau schon länger
auf dem Radar. Sie ist eine fanatische Antikommunistin, total
verrückt. Hat ausgesagt, dass sie schon seit Monaten Todesdrohungen geschickt hat.« Er klappte sein Notizbuch zu.
»Wahrscheinlich war sie es satt, ignoriert zu werden.«

»Todesdrohungen?« Der Reporter horchte auf. »Dann geht's
also um – was – eine Nachrichtensendung? Politische Meinung? Öffentliche Diskussion?«

»Kochen«, sagte Walter.

»Wenn Sie sich diese Tasche nicht geschnappt hätten,

Mr Browne, hätte der Tag übel enden können. Wie haben Sie das eigentlich gemacht?«, wollte der Polizist wissen. »Wie sind Sie an die Tasche gekommen, ohne dass sie es gemerkt hat?«

»Bin ich nicht. Das sag ich ja die ganze Zeit«, beteuerte Seymour. »Die stand einfach plötzlich auf meinem Tisch.«

»Sie sind zu bescheiden«, sagte Walter und klopfte ihm auf die Schulter.

»Daran erkennt man einen wahren Helden.« Der Polizist nickte.

»Mein Redakteur wird mir das aus den Fingern reißen«, sagte der Reporter.

In einigem Abstand lag Halbsieben erschöpft in einer Ecke und beobachtete die Männer.

»Nur noch ein paar Fotos, und dann müsste es …« Aus dem Augenwinkel bemerkte der Reporter Halbsieben. »Hey«, sagte er. »Den Hund kenn ich doch. Ja klar, den kenn ich.«

»Den Hund kennt jeder«, sagte Seymour. »Der ist auch in der Sendung.«

Der Reporter sah Walter verwirrt an. »Aber sagten Sie nicht, es wäre eine Kochsendung?«

»Stimmt.«

»Ein Hund in einer Kochsendung? Was macht er denn da genau?«

Walter zögerte. »Nichts«, gab er zu. Doch als das Wort heraus war, fühlte er sich plötzlich ganz mies.

Quer durch den Raum blickten Halbsiebens Augen ihn an. Walter war kein Hundemensch, aber selbst er konnte deutlich sehen: Der Vierbeiner war am Boden zerstört.

Kapitel 36

Leben und Tod

»Tolle Nachricht«, sagte Walter einen Monat später, und sein Körper bebte vor Begeisterung, als er sich zu Elizabeth, Harriet, Madeline und Amanda an den Tisch setzte. Das hier war zu einem festen Ritual geworden – Sonntagsessen in Elizabeths Labor. »Das *Life Magazine* hat heute angerufen. Die wollen eine Titelgeschichte machen.«

»Kein Interesse«, sagte Elizabeth.

»Aber es ist *Life!*«

»Die wollen private Details erfahren – Dinge, die niemanden was angehen. Ich weiß, wie das läuft.«

»Elizabeth«, sagte Walter. »Wir könnten das wirklich gut gebrauchen. Die Todesdrohungen haben aufgehört, aber ein bisschen positive Publicity wäre ungeheuer hilfreich.«

»Nein.«

»Sie können nicht alle Presseanfragen ablehnen, Elizabeth.«

»Ich würde mich liebend gern mit *Chemistry Today* unterhalten.«

»Klar.« Er verdrehte die Augen. »Ganz toll. Ist nicht gerade unser Zielpublikum, aber vor lauter Verzweiflung hab ich sogar bei denen angerufen.«

»Und?« Sie sah ihn erwartungsvoll an.

»Die haben gesagt, sie wären nicht daran interessiert, irgendeine Lady zu interviewen, die im Fernsehen kocht.«

Elizabeth stand auf und ging aus dem Raum.

»Helfen Sie mir, Harriet«, sagte Walter flehend, als er nach dem Essen mit ihr auf der Hintertreppe saß.

»Sie hätten Sie nicht als Fernsehköchin bezeichnen sollen.«

»Ich weiß, ich weiß. Aber sie hätte auch nicht aller Welt erzählen sollen, dass sie nicht an Gott glaubt. Das wird uns ewig nachhängen.«

Die Fliegengittertür ging auf. »Harriet?«, sagte Amanda. »Komm spielen.«

»Gleich«, sagte Harriet und schloss das kleine Mädchen in die Arme. »Bau doch schon mal mit Mad ein Fort. Ich komm dann nach.«

»Amanda hat Sie sehr gern, Harriet«, sagte Walter leise, als seine Tochter zurück ins Haus lief. Er verkniff sich gerade noch, »und ich auch« hinterherzuschieben. In den letzten Monaten hatten seine wiederholten Besuche bei den Zotts dazu geführt, dass er auch Harriet immer öfter sah. Jedes Mal, wenn er dann wieder fuhr, ertappte er sich dabei, dass er noch stundenlang an sie dachte. Aber sie war verheiratet – allerdings unglücklich, wie Elizabeth sagte –, dennoch hatte sie nie auch nur das geringste Interesse an ihm gezeigt, und wer konnte es ihr verdenken? Er war fünfundfünfzig, hatte schütteres Haar, war schlecht in seinem Beruf und hatte eine kleine Tochter, die genau genommen nicht von ihm war. Wenn es ein Lehrbuch über die am wenigsten wünschenswerten Eigenschaften eines Mannes gäbe, wäre sein Konterfei auf dem Umschlag.

»Ja?«, sagte Harriet, und das Kompliment ließ ihren Hals dunkelrot anlaufen. Sie zupfte an ihrem Kleid, zog es bis runter zu den Söckchen. »Ich rede mit Elizabeth«, versprach sie. »Aber Sie sollten zuerst mit dem Journalisten sprechen. Sagen Sie ihm, er darf keine persönlichen Fragen stellen. Besonders keine zu Calvin Evans. Er soll sich auf Elizabeth konzentrieren – auf ihre Leistungen.«

Das Interview wurde für die folgende Woche vereinbart.

Der Reporter, Franklin Roth, ein preisgekrönter Journalist, war für seine Fähigkeit bekannt, das Vertrauen der widerspenstigsten Stars zu gewinnen. Als er mitten im Publikum von *Essen um sechs* seinen Platz einnahm, war Elizabeth bereits auf der Bühne und bearbeitete einen großen Berg Blattgemüse. »Viele glauben, Eiweiß ist hauptsächlich in Fleisch, Eiern und Fisch enthalten«, sagte sie, »aber Eiweiß steckt auch in Pflanzen, und Pflanzen sind die Nahrungsquelle für die größten, stärksten Tiere auf unserem Planeten.« Sie hielt eine *National-Geographic*-Ausgabe mit der doppelseitigen Aufnahme einer Elefantenherde hoch, erklärte dann quälend ausführlich den Stoffwechsel des größten Landtiers der Welt und bat die Kamera, ein Foto von Elefantenkot in Großaufnahme zu zeigen.

»Sie können genau die Fasern erkennen«, sagte sie und tippte auf das Foto.

Roth hatte sich die Sendung einige Male angeschaut und sie merkwürdig unterhaltsam gefunden. Als er jetzt jedoch im Studio saß, stellte er fest, dass das Publikum um ihn herum – es bestand zu achtundneunzig Prozent aus Frauen – ebenso dazugehörte wie Zott selbst. Anscheinend waren alle mit Stift und Papier ausgerüstet; einige wenige hatten Chemielehrbücher dabei. Alle passten ganz genau auf, wie man das in Vorlesungssälen oder Kirchen tun sollte, aber selten tut.

Während einer Werbepause wandte er sich an seine Nachbarin. »Dürfte ich Ihnen eine Frage stellen?«, sagte er höflich und zeigte ihr seinen Presseausweis. »Was gefällt Ihnen so an dieser Sendung?«

»Dass ich ernst genommen werde.«

»Nicht die Rezepte?«

Sie sah ihn fassungslos an. »Manchmal denke ich«, sagte sie langsam, »wenn ein Mann einen Tag als Frau in Amerika verbringen müsste, würde er gerade mal bis Mittag überleben.«

Die Frau auf seiner anderen Seite tippte ihm aufs Knie. »Macht euch auf einen Aufstand gefasst.«

Nach der Sendung ging er hinter die Bühne, wo Zott ihm die Hand schüttelte und ihr Hund Halbsieben ihn beschnüffelte, als würde ein Polizist einen Verdächtigen abtasten. Nach einer kurzen Begrüßung lud sie ihn und seinen Fotografen in ihre Garderobe ein, und dort sprach sie über die Sendung, genauer gesagt über die Chemie, die sie in der Sendung behandelte. Er hörte höflich zu, machte dann eine Bemerkung über ihre Hose – nannte sie eine mutige Wahl. Sie sah ihn verwundert an und beglückwünschte ihn prompt zu derselben mutigen Wahl. Da war so ein gewisser Ton.

Während der Fotograf diskret Aufnahmen machte, brachte er das Thema auf ihre Frisur. Sie musterte ihn unterkühlt.

Der Fotograf sah Roth besorgt an. Ihm war aufgetragen worden, wenigstens ein Foto mit einer lächelnden Elizabeth Zott zu schießen. *Tu was*, signalisierte er Roth. *Sag was Lustiges.*

»Darf ich Sie nach dem Bleistift in Ihrem Haar fragen?« Roth unternahm einen neuen Anlauf.

»Natürlich«, sagte sie. »Es ist ein HB-Bleistift. HB bezeichnet den Härtegrad des Bleis, obwohl Bleistifte eigentlich kein Blei enthalten, sondern Grafit. Das ist ein Kohlenstoffallotrop.«

»Nein, ich meinte, warum ein ...«

»Ein Bleistift und kein Kugelschreiber? Weil sich Grafit im Gegensatz zu Tinte wegradieren lässt. Menschen machen Fehler, Mr Roth. Ein Bleistift bietet die Möglichkeit, den Fehler zu beheben und fortzufahren. Wissenschaftler erwarten Fehlschläge, und deshalb akzeptieren wir auch Misserfolge.« Dann beäugte sie missbilligend seinen Kugelschreiber.

Der Fotograf verdrehte die Augen.

»Hören Sie«, sagte Roth und klappte sein Notizbuch zu. »Ich war in dem Glauben, Sie hätten diesem Interview zugestimmt, aber ich merke Ihnen an, dass es Ihnen aufgezwungen wurde. Ich interviewe niemanden gegen seinen Willen und bitte aufrichtig um Entschuldigung für die Störung.« Er drehte sich zu dem Fotografen um und deutete mit einem Kopfnicken zur Tür. Sie waren schon halb über den Parkplatz, ehe Seymour Browne sie aufhielt. »Zott sagt, Sie sollen hier warten«, sagte er.

Fünf Minuten später saß Roth neben Elizabeth Zott auf dem Beifahrersitz ihres alten blauen Plymouth, der Hund und der Fotograf auf die Rückbank verbannt.

»Er beißt doch nicht, oder?«, fragte der Fotograf, der sich gegen das Fenster drückte.

»Alle Hunde haben die Fähigkeit zu beißen«, sagte sie über die Schulter. »Genau wie alle Menschen die Fähigkeit haben, Unheil anzurichten. Es kommt darauf an, sich vernünftig zu verhalten, damit sich jedes Unheil erübrigt.«

»War das ein Ja?«, fragte er, aber sie fuhren gerade auf die Schnellstraße, und seine Frage wurde durch den laut beschleunigenden Motor übertönt.

»Wo fahren wir hin?«, fragte Roth.

»Mein Labor.«

Doch als sie vor einem kleinen braunen Bungalow in einer faden, aber sauberen Wohngegend hielten, dachte er, er hätte sich verhört.

»Ich fürchte, jetzt muss ich mich bei Ihnen entschuldigen«, sagte sie zu Roth, als sie die Tür aufschloss. »Meine Zentrifuge ist kaputt. Aber einen Kaffee kann ich trotzdem kochen.«

Sie machte sich an die Arbeit, während der Fotograf drauf-losfotografierte. Roth klappte vor Verwunderung der Mund auf, als er sich den Raum ansah, der mal eine Küche gewesen sein musste. Jetzt sah er aus wie eine Kreuzung aus OP-Saal und Gefahrstofflager.

»Es war eine unsymmetrische Ladung«, erklärte sie und schob noch irgendetwas über die Trennung von Flüssigkeiten basierend auf deren Dichte nach, während sie auf ein großes silbernes Ding zeigte. Zentrifuge? Er hatte keine Ahnung. Er öffnete sein Notizbuch wieder. Sie stellte einen Teller Kekse vor ihm auf den Tisch.

»Das sind Zimtaldehyde«, sagte sie.

Als er den Kopf wandte, sah er, dass der Hund ihn beobachtete.

»Halbsieben ist ein ungewöhnlicher Hundename«, sagte er. »Was bedeutet er?«

»Bedeutet?« Sie warf ihm einen Blick zu, während sie den Bunsenbrenner anzündete, und runzelte die Stirn, als verstünde sie schon wieder nicht, warum er so simple Fragen stellte. »Es bedeutet sechs Uhr dreißig.« Dann begann sie eine detaillierte Beschreibung des Sexagesimalsystems der Babylonier – es beruhte auf der Zahl sechzig, erklärte sie –, das für Mathematik und Astronomie gleichermaßen verwendet wurde und sich auch im Bereich der Zeitmessung erhalten hatte. »Damit wäre das hoffentlich geklärt«, sagte sie.

Unterdessen kam der Fotograf, dem sie erlaubt hatte, sich ein wenig umzusehen, wieder in die Küche und erkundigte sich, was das für ein Gerät war, das da mitten im Wohnzimmer stand. »Das Ergo?«, sagte sie. »Das ist ein Rudergerät. Ich rudere. Viele Frauen tun das.«

Roth ließ sein Notizbuch auf dem Tisch im Labor liegen und ging mit ins Nebenzimmer, wo sie ihnen die Funktionsweise des Geräts vorführte. »Ein Erg ist eine Energieeinheit«, erklärte sie, während sie sich in ermüdender Weise vor- und zurückbewegte und der Fotograf aus verschiedenen Perspektiven Fotos schoss. »Es sind viele Ergs erforderlich, um zu rudern.« Dann stand sie auf, und der Fotograf machte mehrere Aufnahmen von ihren schwieligen Händen, ehe sie alle ins Labor zurückkehrten, wo Roth feststellte, dass der Hund auf seine Notizen sabberte.

So ging das Interview weiter: von einem langweiligen Thema zum nächsten. Er stellte seine Fragen, und sie beantwortete sie alle – höflich, pflichtgemäß, wissenschaftlich. Anders ausgedrückt: Er hatte nichts.

Sie stellte ihm eine Tasse Kaffee hin. Er war eigentlich kein Kaffeetrinker – zu bitter für seinen Geschmack –, aber sie hatte sich so ungemein viel Arbeit damit gemacht: Glaskolben, Röhren, Pipetten, Dampf. Aus Höflichkeit trank er einen Schluck. Dann noch einen.

»Ist das wirklich Kaffee?«, fragte er beeindruckt.

»Vielleicht möchten Sie mal sehen, wie Halbsieben mir im Labor hilft«, schlug sie vor. Sie setzte dem Hund eine Art Schutzbrille auf und erklärte dann ihr Forschungsgebiet – Abiogenese, nannte sie es –, dann buchstabierte sie es, a-b-i-o, dann nahm sie sein Notizbuch und schrieb das Wort in Blockschrift hin. Derweil machte der Fotograf zahllose Bilder von Halbsieben, wie er auf einen Knopf drückte, der die Rauchfanghaube hob und senkte.

»Ich habe Sie mit hierhergenommen«, sagte sie zu Roth, »weil ich möchte, dass Ihre Leser eines verstehen: In Wirklichkeit bin ich keine Fernsehköchin. Ich bin Chemikerin. Eine Zeit lang habe ich versucht, eines der größten chemischen Rätsel unserer Zeit zu lösen.«

Sie begann, mit offensichtlicher Begeisterung die Abiogenese zu erklären, von der sie mittels präziser Beschreibungen ein umfassendes Bild malte. Sie konnte sehr gut erklären, stellte er fest, hatte so eine Art, selbst die langweiligsten Ideen spannend erscheinen zu lassen. Er machte sich ausgiebig Notizen, während sie gestikulierte und auf verschiedene Dinge in ihrem Labor zeigte. Zwischendurch verriet sie ihm einige Testergebnisse und wie sie sie interpretierte, entschuldigte sich erneut für die kaputte Zentrifuge, erklärte, dass ein eigenes Zyklotron ausgeschlossen war, und deutete an, dass die derzeitigen Flächennutzungsgesetze sie daran gehindert hatten, irgendeine radioaktive Vorrichtung zu installieren. »Politiker machen es einem wirklich nicht leicht, was?«, sagte sie. »Dennoch, der Ursprung des Lebens. Den wollte ich erforschen.«

»Aber jetzt nicht mehr?«, fragte er.

»Jetzt nicht mehr.«

Roth rutschte auf seinem Stuhl hin und her. Er hatte nie auch nur das geringste Interesse an Naturwissenschaften gehabt – Menschen, das war seine Leidenschaft. Aber im Fall von Elizabeth Zott erwies es sich als unmöglich, über das, was sie tat, an die ranzukommen, die sie war. Er vermutete, dass es nur eine Möglichkeit gab, mehr über sie zu erfahren, aber Walter Pine hatte ihn ausdrücklich davor gewarnt, diesen Weg einzuschlagen. Roth beschloss trotzdem, das Risiko einzugehen. »Erzählen Sie mir von Calvin Evans«, sagte er.

Bei der bloßen Erwähnung von Calvins Namen fuhr Elizabeth herum, tiefe Enttäuschung in den Augen. Sie sah Roth lange an, wie man jemanden ansieht, der ein Versprechen gebrochen hat. »Dann interessieren Sie sich also mehr für Calvins Arbeit«, sagte sie tonlos.

Der Fotograf schüttelte den Kopf, und sein geräuschvolles Ausatmen besagte: »Gut gemacht, du Genie.« Resigniert setzte er den Objektivdeckel wieder auf. »Ich warte dann draußen«, sagte er angewidert.

»Ich bin nicht an seiner Arbeit interessiert«, sagte Roth. »Ich möchte mehr über Ihre Beziehung zu Evans erfahren.«

»Inwiefern geht Sie die was an?«

Wieder spürte er den Blick des Hundes auf sich lasten. Ich habe mir genau gemerkt, wo deine Halsschlagader sitzt.

»Es gab nun mal viel Gerede über Sie beide.«

»Gerede.«

»Soweit ich weiß, kam er aus reichem Hause – Ruderer, Cambridge –, und Sie haben«, er schaute in seine Notizen, »an der UCLA Ihren Master gemacht, allerdings nicht dort promoviert. Wo waren Sie danach? Außerdem habe ich erfahren, dass das Hastings Sie entlassen hat.«

»Sie haben sich über mich informiert.«

»Das gehört zu meinem Job.«

»Also auch über Calvin.«

»Na ja, nein, das war gar nicht nötig. Er war so berühmt, dass ...«

Sie legte den Kopf auf eine Art schief, die ihn beunruhigte.

»Miss Zott«, sagte er. »Auch Sie sind ziemlich berühmt ...«

»Das interessiert mich nicht.«

»Lassen Sie nicht zu, dass die Öffentlichkeit Ihre Geschichte für Sie erzählt, Miss Zott«, warnte Roth. »Die verzerrt unweigerlich die Wahrheit.«

»Das tun Reporter auch«, sagte sie und setzte sich auf den Stuhl neben seinem. Für einen Moment schien sie kurz davor, zu kooperieren, dann entschied sie sich anders und starrte die Wand an.

Sie blieben lange Zeit so sitzen – so lange, dass der Kaffee kalt wurde und selbst das Ticken ihrer Timex nicht mehr so enthusiastisch klang. Draußen ertönte eine Hupe, und eine Frau schrie: »Wie oft soll ich dir das noch sagen!«

Falls es im Journalismus eine Binsenweisheit gibt, dann lautet sie wie folgt: Erst wenn der Reporter aufhört zu fragen, beginnt die interviewte Person zu erzählen. Roth wusste das, aber das war nicht der Grund für sein Schweigen. Er schwieg, weil er sich selbst verachtete. Er war beschworen worden, diese Grenze nicht zu überschreiten, und er hatte es trotzdem getan. Er hatte ihr Vertrauen gewonnen und es dann mit Füßen getreten. Er wollte sich entschuldigen, aber als Mann des Wortes wusste er längst, dass Wörter nicht genügen würden. Bei echten Entschuldigungen genügen sie nur selten.

Plötzlich jaulte eine Sirene auf, und sie erschrak wie ein Reh.

Sie beugte sich vor und schlug sein Notizbuch wieder auf. »Sie wollen etwas über Calvin und mich erfahren?«, sagte sie schneidend. Und dann begann sie, ihm genau das zu erzählen, was man einem Reporter nie erzählen sollte: die reine, nackte Wahrheit. Und er wusste kaum, was er damit anfangen sollte.

Kapitel 37

Ausverkauft

»Elizabeth Zott ist ohne Zweifel die zurzeit einflussreichste und intelligenteste Person im Fernsehen«, schrieb er auf Platz 21C in dem Flugzeug, das ihn nach New York zurückbrachte. Er hielt inne, bestellte sich noch einen Scotch mit Wasser und blickte hinaus in das Nichts unter ihm. Er war ein guter Autor und ein guter Reporter, und die Kombination dieser beiden Begabungen plus eine gehörige Menge Alkohol bedeutete, dass ihm schon noch was einfallen würde – hoffte er. Ihre Geschichte war keine glückliche, und in seiner Branche war das meistens etwas Gutes. Doch in diesem Fall und bei dieser Frau...

Er trommelte mit den Fingern auf dem Klapptisch vor ihm. In der Regel sollten Reporter sich stets in der neutralen Mitte bewegen: unparteiisch und immun gegen Emotionen. Doch auf einmal befand er sich seitlich von dieser Mitte, genauer gesagt auf ihrer Seite, und war absolut nicht gewillt, ihre Geschichte irgendwie anders zu sehen. Roth rutschte unruhig auf seinem Platz hin und her und kippte seinen frischen Drink in einem Zug hinunter.

Verdammt, er hatte viele andere interviewt – Walter Pine, Harriet Sloane, einige Leute am Hastings, sämtliche Mitarbeiter von *Essen um sechs*. Er hätte sogar mit der Tochter reden dürfen, Madeline, die lesend ins Labor gekommen war – war es wirklich Faulkners *Schall und Wahn* gewesen? Aber er hatte dem Kind keine Frage gestellt, weil es sich total falsch anfühlte und weil der Hund körperlich intervenierte. Während Elizabeth einen kleinen Kratzer an Madelines Bein versorgte, baute sich Halbsieben vor ihm auf und fletschte die Zähne.

Aber ganz gleich, was die anderen gesagt hatten, es waren ihre Worte, die er sein Leben lang nicht vergessen würde.

»Calvin und ich waren Seelenverwandte«, hatte sie gesagt.

Dann beschrieb sie ihre Gefühle für den linkischen, launischen Mann mit einer Intensität, die ihn zutiefst beeindruckte. »Man muss keine fortgeschrittenen Chemiekenntnisse haben, um die Seltenheit unserer Situation zu verstehen«, sagte sie. »Calvin und ich haben uns nicht bloß auf Anhieb verstanden; wir sind kollidiert. Im wahrsten Sinne des Wortes – im Foyer eines Theaters. Er hat sich auf mich erbrochen. Die Urknalltheorie sagt Ihnen doch was, oder?«

Dann beschrieb sie ihre Liebesbeziehung mit Begriffen wie »Expansion«, »Dichte«, »Hitze«, betonte, dass ein gegenseitiger Respekt vor den Fähigkeiten des anderen die Basis für ihre Leidenschaft bildete. »Wissen Sie, wie außergewöhnlich das ist?«, fragte sie. »Dass ein Mann die Arbeit seiner Geliebten ebenso ernst nimmt wie seine eigene?«

Er atmete scharf ein.

»Natürlich bin ich Chemikerin, Mr Roth«, sagte sie, »was vordergründig Calvins Interesse an meiner Forschung erklären würde. Aber ich habe mit vielen anderen Chemikern zusammengearbeitet, und kein einziger von ihnen hat geglaubt, dass ich dazugehörte. Nur Calvin und noch ein anderer.« Ihr Blick verfinsterte sich. »Dieser andere war Dr. Donatti, Leiter des Fachbereichs Chemie am Hastings. Er wusste nicht nur, dass ich dazugehörte, er wusste auch, dass ich an etwas dran war. Er hat meine Forschungsarbeit geklaut, sie als seine eigene ausgegeben.«

Roths Augen wurden groß.

»Am selben Tag habe ich gekündigt.«

»Warum haben Sie die entsprechende Zeitschrift nicht informiert?«, fragte er. »Warum haben Sie keine Klarstellung verlangt?«

Elizabeth sah ihn an, als lebte er auf einem anderen Stern.
»Ich nehme an, Sie scherzen.«

Roth lief vor Scham rot an. Natürlich. Wer würde einer Frau mehr glauben als dem männlichen Leiter des gesamten Fachbereichs? Wenn er ganz ehrlich zu sich war, glaubte er kaum, dass er das getan hätte.

»Ich habe mich in Calvin verliebt«, sagte sie, »weil er intelligent und gütig war, aber auch, weil er der erste Mann war, der mich ernst genommen hat. Stellen Sie sich mal vor, alle Männer würden Frauen ernst nehmen. Das Bildungssystem würde verbessert. Die ganze Erwerbsbevölkerung würde revolutioniert. Eheberater würden überflüssig. Verstehen Sie, was ich meine?«

Das tat er, wollte es aber eigentlich nicht. Seine Frau hatte ihn kürzlich verlassen mit dem Vorwurf, er respektiere ihre Arbeit als Hausfrau und Mutter nicht. Aber Hausfrau und Mutter sein war doch keine richtige Arbeit, oder? Das war eher eine Rolle. Jedenfalls, sie war weg.

»Deshalb wollte ich *Essen um sechs* nutzen, um Chemie zu unterrichten. Denn wenn Frauen Chemie verstehen, begreifen sie zunehmend, wie alles zusammenwirkt.«

Roth blickte verwirrt.

»Ich spreche von Atomen und Molekülen, Roth«, erklärte sie. »Den wahren Regeln, die die physikalische Welt bestimmen. Wenn Frauen diese grundlegenden Konzepte verstehen, können sie allmählich die falschen Grenzen erkennen, die ihnen auferlegt worden sind.«

»Sie meinen, von den Männern.«

»Ich meine, durch künstliche kulturelle und religiöse Normen, die Männer in die extrem unnatürliche Rolle einer allein auf ihrem Geschlecht basierenden Führungsposition gedrängt haben. Schon ein simples Verständnis der Chemie macht die Gefahr einer solch einseitigen Betrachtungsweise deutlich.«

»Nun ja.« Ihm wurde bewusst, dass er das so noch nie gesehen hatte. »Ich stimme ja zu, dass die Gesellschaft viel zu wünschen übrig lässt, aber wenn es um Religion geht, neige ich zu der Auffassung, dass sie uns demütig macht – uns unseren Platz in der Welt zeigt.«

»Wirklich?«, fragte sie überrascht. »Ich denke, sie entlastet uns. Ich denke, sie vermittelt uns, dass nichts wirklich unsere Schuld ist; dass etwas oder jemand anderes die Fäden in der Hand hält; dass wir letztendlich nicht dafür geradestehen müssen, wie die Welt ist; dass wir beten sollten, um die Welt zu verbessern. Doch in Wahrheit sind wir in hohem Maße für das Böse in der Welt verantwortlich. Und wir haben die Kraft, dagegen anzugehen.«

»Aber Sie behaupten doch wohl nicht, dass Menschen das Universum heilen können.«

»Ich rede davon, uns zu heilen, Mr Roth – unsere Fehler auszuräumen. Die Natur funktioniert auf einer höheren intellektuellen Ebene. Wir können mehr lernen, mehr leisten, aber um das zu erreichen, müssen wir die Türen aufstoßen. Dumme Vorurteile gegenüber Geschlecht und Rasse hindern viel zu viele kluge Köpfe an wissenschaftlicher Forschung. Das empört mich, und es sollte Sie empören. Die Wissenschaft hat große Probleme zu lösen: Hunger, Krankheit, Artensterben. Und diejenigen, die eigennützige überholte kulturelle Vorstellungen vorschieben, um anderen den Weg zu versperren, sind nicht nur unaufrichtig, sie sind wissentlich faul. Das Forschungsinstitut Hastings ist voll von ihnen.«

Roth hörte auf zu schreiben. Das kam ihm bekannt vor. Er arbeitete für eine renommierte Zeitschrift, aber sein neuer Chefredakteur war vom *Hollywood Reporter* gekommen – einem Regenbogenblatt –, und er, Roth, war jetzt trotz seines Pulitzerpreises jemandem unterstellt, der Nachrichten als »den neusten Klatsch« bezeichnete, der behauptete, »schmutzige Wäsche« müsste zentraler Bestandteil jedes Artikels sein. *Journalismus ist ein profitorientiertes Unternehmen!*, rief sein Chef ihm unablässig in Erinnerung. *Die Leute wollen Skandale!*

»Ich bin Atheistin, Mr Roth«, sagte sie mit einem schweren Seufzen. »Genauer gesagt Humanistin. Aber ich muss zugeben, an manchen Tagen verzweifele ich an der Menschheit.«

Sie stand auf, nahm ihre Tassen und stellte sie bei der Augenwaschstation ab. Er hatte den starken Eindruck, dass das Interview vorbei war, doch dann drehte sie sich wieder zu ihm um.

»Was den Doktorgrad betrifft: Ich bin nicht promoviert und habe auch nie behauptet, es zu sein. Meine Aufnahme in Meyers' Forschungsgruppe basierte ausschließlich auf Eigenstudium. Apropos Meyers«, sagte sie mit harter Stimme und zog den Bleistift aus ihrem Haar. »Es gibt da etwas, das Sie wissen sollten.« Dann erzählte sie ihm die ganze Geschichte und erklärte, dass sie die UCLA verlassen musste, weil es Männern, wenn sie Frauen vergewaltigen, lieber ist, dass die Frauen den Mund halten.

Roth schluckte trocken.

»Was meine Herkunft betrifft: Ich wurde von meinem Bruder großgezogen. Er hat mir Lesen beigebracht, er hat mich in die Wunderwelt der Bibliotheken eingeführt, er hat versucht, mich vor der Geldgier meiner Eltern zu schützen. An dem Tag, als wir John erhängt im Schuppen fanden, wartete mein Vater nicht mal, bis die Polizei eintraf. Er wollte nicht zu spät zu einem Auftritt kommen.« Ihr Vater, so erklärte sie, war eine Art Showmaster des Jüngsten Gerichts, der jetzt eine lebenslange Haftstrafe verbüßte, weil bei einem seiner inszenierten Wunder drei Menschen ums Leben gekommen waren, und das wahre Wunder bestand darin, dass er nicht noch mehr getötet hatte. Ihre Mutter hatte sie seit über zwölf Jahren nicht mehr gesehen. War mit einer komplett neuen Familie nach Brasilien gegangen. Steuerhinterziehung hatte offenbar lebenslange Konsequenzen.

»Aber ich glaube, Calvins Kindheit schießt wirklich den Vogel ab.« Dann erzählte sie vom Unfalltod seiner Eltern und dem der Tante – woraufhin er in einem katholischen Waisenhaus für Jungen landete, wo er von Priestern missbraucht wurde, bis er groß genug war, dem ein Ende zu machen. Sie hatte sein altes Tagebuch tief unten in den Kisten gefunden, die sie und Frask gestohlen hatten. Obwohl sie sein kindliches Gekritzel oftmals nicht entziffern konnte, war sein Kummer in jeder Zeile spürbar.

Sie verschwieg Roth jedoch, dass sie auf den Seiten dieses Tagebuchs den Grund für Calvins beständigen Groll entdeckt hatte. Ich bin hier, obwohl ich nicht hier sein sollte, hatte er geschrieben, als wollte er andeuten, dass es eine Alternative gegeben hatte. Und ich werde diesem Mann nie verzeihen, niemals. Nicht, solange ich lebe. Nachdem Elizabeth seine Korrespondenz mit Wakely gelesen hatte, war ihr nun klar, dass es sich bei »diesem Mann« um den Vater handelte, von dem er gehofft hatte, er wäre tot. Den er bis in den Tod zu hassen geschworen hatte. Es war ein Schwur, den er gehalten hatte.

Roth starrte nach unten auf den Tisch. Er war ganz normal aufgewachsen – zwei Eltern, keine Selbstmorde, keine Morde, nicht mal eine einzige ungebührliche Berührung von dem Priester in seiner Gemeinde. Und doch gab es vieles, worüber er sich beklagte. Was war los mit ihm? Genau wie Leute die schlechte Angewohnheit haben, über die Probleme und Tragödien anderer hinwegzugehen, haben sie auch die schlechte Angewohnheit, nicht dankbar zu sein für das, was sie haben. Oder hatten. Seine Frau fehlte ihm.

»Was Calvins Tod betrifft«, sagte sie. »Dafür trage ich zu hundert Prozent die Verantwortung.« Er wurde blass, als sie von dem Unfall erzählte und von der Leine und den Sirenen und hinzufügte, dass sie genau deshalb niemanden mehr in irgendeiner Form zurückhalten würde, nie wieder. Aus ihrer Sicht war Calvins Tod der Auslöser für eine Reihe von anderen Fehlern: Von Donattis geistigem Diebstahl überrumpelt hatte sie ihre Forschung aufgegeben; weil sie ihrer Tochter helfen wollte dazuzugehören, hatte sie Madeline in einer Schule angemeldet, in der sie sich fehl am Platze fühlte; und obendrein war sie genau das geworden, was sie am allerwenigsten sein wollte: eine Darstellerin, wie ihr Vater. Ach ja, außerdem hatte Phil Lebensmal durch sie einen Herzinfarkt bekommen. »Obwohl ich Letzteres eigentlich nicht als Fehler bezeichnen würde«, sagte sie.

»Worüber habt ihr da drin noch geredet?«, fragte der Fotograf auf dem Weg zum Flughafen. »Hab ich irgendwas verpasst?«

»Nee, gar nichts«, log Roth.

Noch bevor er ins Taxi stieg, hatte Roth bereits beschlossen, das, was er erfahren hatte, nicht zu enthüllen. Er würde seinen Artikel termingerecht in gewünschter Länge schreiben und keinen Satz mehr. Er würde sehr viel schreiben, aber kaum etwas sagen. Er würde von ihr erzählen, aber nichts über sie verraten. Anders ausgedrückt, er würde seinen Termin halten, und im Journalismus sind das schon neunundneunzig Prozent der Miete.

»Elizabeth Zott würde etwas anderes sagen, aber *Essen um sechs* ist nicht bloß eine Einführung in die Chemie«, schrieb er an diesem Tag im Flugzeug. »Es ist ein dreißigminütiger, fünfmal die Woche stattfindender Unterricht in Sachen Leben. Dabei geht es nicht darum, wer wir sind oder wo wir herkommen, sondern darum, wer wir werden können.«

Anstelle von irgendwelchen persönlichen Informationen über sie schrieb er eine zweitausend Wörter lange Darstellung der Abiogenese, gefolgt von einer fünfhundert Wörter langen Erläuterung, wie der Stoffwechsel des Elefanten Nahrung verarbeitet.

»Das ist keine Story!«, hatte sein neuer Chefredakteur nach der Lektüre des ersten Entwurfs geschrieben. »Wo bleiben Zotts schmutzige Geheimnisse?«

»Es gab keine«, sagte Roth.

Zwei Monate später war sie auf dem Titelblatt des *Life Magazine*, Arme vor der Brust verschränkt, grimmige Miene, begleitet von der Schlagzeile: »Warum wir alles essen, was sie uns auftischt.« Der sechsseitige Artikel enthielt fünfzehn Fotos von Elizabeth in verschiedenen Situationen: während der Sendung, auf dem Ergo, in ihrer Garderobe, Halbsieben streichelnd, im Gespräch mit Walter Pine, ihre Frisur richtend. Der Artikel begann mit Roths Satz, dass sie die intelligenteste Person im Fernsehen sei, nur dass der Chefredakteur »intelligenteste« gestrichen und durch »attraktivste« ersetzt hatte. Dann folgte eine kurze Zusammenfassung der spektakulärsten Episoden ihrer Sendung – die mit dem Feuerlöscher, die mit den Giftpilzen, die Ich-glaube-nicht-an-Gott-Episode und zahllose andere –, die mit Roths Bemerkung endete, ihre Sendung sei Unterricht in Sachen Leben. Aber der Rest?

»Sie ist der Engel des Todes«, zitierte ein eifriger Nachwuchsreporter Zotts Vater, den er in Sing-Sing besucht hatte. »Eine Ausgeburt des Teufels. Und sie ist hochnäsig.«

Außerdem war es dem Nachwuchsreporter gelungen, Dr. Meyers an der UCLA zu interviewen, der Zott als »unterdurchschnittliche Studentin, die sich mehr für Männer interessierte als für Moleküle«, beschrieb und hinzufügte, dass sie in natura nicht annähernd so gut aussah wie im Fernsehen.

»Wer?«, hatte Donatti gefragt, als der Nachwuchsreporter ihn auf Zotts Arbeitsleistung ansprach. »Zott? Ach so, Moment, Sie meinen unsere Leckere Lizzie? So haben wir sie hier genannt, und sie hat sich auf die übliche Art dagegen gewehrt, wie Frauen das immer tun, wenn sie sich eigentlich gar nicht wehren wollen.« Er lächelte und untermauerte seine Behauptung, indem er ihren alten Laborkittel mit den Initialen E. Z. hervorholte. »Die Leckere Lizzie war eine gute Laborassistentin – als solche beschäftigen wir Leute, die wissenschaftlich arbeiten wollen, aber nicht den nötigen Grips haben.«

Das letzte Zitat war von Mrs Mudford. »Frauen gehören ins

Haus, und die Tatsache, dass Elizabeth Zott nicht zu Hause ist, hat sich nachteilig auf das Wohl ihrer Tochter ausgewirkt. Sie hat häufig bei den Fähigkeiten ihres Kindes übertrieben – ein klares Erkennungszeichen für hochmütige Eltern. Als ihre Tochter meine Schülerin war, habe ich mich natürlich sehr bemüht, diesem Einfluss entgegenzuwirken.« Passend zu Mudfords Zitat war ausgerechnet eine Kopie von Madelines Stammbaum abgedruckt. *Lügen!*, hatte Mudford quer darübergeschrieben. *Nach dem Unterricht zu mir!*

Von allem, was in dem Artikel stand, richtete der Stammbaum den größten Schaden an. Denn Madeline hatte nicht nur Walter als Verwandten hineingeschrieben – die Leser folgerten prompt, dass Elizabeth mit ihrem Produzenten schlief –, sondern auch kleine Zeichnungen hinzugefügt, die einen Großvater in Häftlingskleidung zeigten, eine Großmutter, die in Brasilien Tamales aß, einen großen Hund, der *Sein Freund Jello* las, eine Eichel, auf der »Gute Fee« stand, eine Frau namens Harriet, die gerade ihren Mann vergiftete, den Grabstein ihres toten Vaters, einen Jungen mit einer Schlinge um den Hals sowie einige vage Verbindungen zu Nofretete, Sojourner Truth und Amelia Earhart.

Die Zeitschrift war innerhalb von vierundzwanzig Stunden ausverkauft.

Kapitel 38

Brownies
Juni 1961

Manche sagen, auch schlechte Publicity ist gute Publicity, und in diesem Fall hatten sie recht. Die Popularität von *Essen um sechs* steigerte sich explosionsartig.

»Elizabeth«, sagte Walter, als sie ihm mit versteinertem Gesicht in seinem Büro gegenübersaß. »Ich weiß, Sie sind über den Artikel aufgebracht – das sind wir alle. Aber betrachten wir es doch mal von der positiven Seite. Neue Werbekunden stehen bei uns Schlange. Etliche Hersteller betteln förmlich darum, neue Produktreihen in Ihrem Namen herausbringen zu dürfen. Töpfe, Messer, alle möglichen Sachen!«

Sie spitzte die Lippen, und er wusste, das bedeutete Ärger.

»Mattel hat sogar Entwürfe für einen Chemiebaukasten für Mädchen geschickt ...«

»Ein Chemiebaukasten?« Sie horchte leicht auf.

»Es sind allerdings bloß Entwürfe«, sagte er vorsichtshalber und reichte ihr das Angebot. »Bestimmt lässt sich das eine oder andere noch ...«

»›Mädchen!‹«, las sie laut. »›Benutzt die Wissenschaft und macht euer eigenes ... Parfüm!‹ Großer Gott, Walter! Und der Kasten ist rosa? Holen Sie mir diese Leute gleich mal ans Telefon. Ich werde denen sagen, wohin sie sich ihr Plastikröhrchen stecken können.«

»Elizabeth«, sagte er beschwichtigend, »wir müssen nicht zu allem Ja sagen, aber wir haben hier sozusagen das Potenzial für eine lebenslange finanzielle Sicherheit. Nicht nur für uns, sondern auch für unsere Mädchen. Wir müssen über uns selbst hinausdenken.«

»Das ist nicht Denken, Walter, das ist Vermarkten.«

»Mr Pine«, sagte eine Sekretärin, »Mr Roth auf Leitung zwei.«

»Nein«, warnte Elizabeth, deren Gesicht noch immer die Kränkung durch all die Verleumdungen anzusehen war. »Nehmen Sie den Anruf nicht entgegen.«

»Hallo«, sagte Elizabeth einige Wochen später, »ich bin Elizabeth Zott, und Sie sind bei *Essen um sechs.*«

Sie stand hinter einem Schneidebrett, vor sich einen Berg Gemüse in den verschiedensten Farben. »Im Mittelpunkt unseres heutigen Abendessens steht die Eierpflanze«, sagte sie und nahm eine große lila Frucht in die Hand, »besser bekannt als Aubergine. Die Aubergine ist ausgesprochen nahrhaft, kann aber aufgrund ihrer phenolischen Verbindungen leicht bitter schmecken. Gegen die Bitterkeit ...« Sie verstummte jäh, drehte die Aubergine in den Händen, als wäre sie ganz und gar nicht zufrieden. »Lassen Sie es mich anders formulieren. Um der Aubergine die Bitterstoffe zu entziehen ...« Wieder stockte sie und atmete laut aus. Dann warf sie die Aubergine zur Seite.

»Vergessen Sie's«, sagte sie. »Das Leben ist bitter genug.« Sie drehte sich um, öffnete einen Schrank und nahm andere Zutaten heraus. »Ich hab's mir anders überlegt«, sagte sie. »Wir machen Brownies.«

Madeline lag bäuchlings vor dem Fernseher, die Beine hinter sich in der Luft gekreuzt. »Heute gibt's schon wieder Brownies, Harriet. Das ist jetzt der fünfte Tag hintereinander.«

»Ich backe Brownies, wenn ich einen schlechten Tag habe«, gestand Elizabeth. »Ich will nicht behaupten, dass Saccharose eine unerlässliche Zutat für unser Wohlbefinden ist, aber ich persönlich fühle mich besser, wenn ich sie esse. Fangen wir an.«

»Mad«, sagte Harriet über Elizabeths Stimme hinweg, während sie frischen Lippenstift auftrug und sich das Haar toupierte. »Ich muss mal kurz weg. Mach niemandem die Tür auf, und geh nicht ans Telefon, und bleib im Haus. Ich bin wieder da, bevor deine Mom zurückkommt. Ist das klar? Mad? Hast du mir zugehört?«

»Was?«

»Bis später.« Die Tür fiel hinter ihr ins Schloss.

»Brownies gelingen am besten, wenn sie mit qualitativ hochwertigem Kakaopulver oder ungesüßter Blockschokolade zubereitet werden«, fuhr Elizabeth fort. »Ich bevorzuge holländischen Kakao. Er hat einen hohen Anteil an Polyphenolen, die ja bekanntermaßen Antioxidantien sind und den Körper vor ...«

Madeline blickte aufmerksam auf den Fernseher, während ihre Mutter das Kakaopulver mit geschmolzener Butter und Zucker verrührte, indem sie den Holzlöffel mit solchem Elan kreisen ließ, dass es schien, als würde die Schüssel jeden Moment entzweibrechen. Sie war so stolz gewesen, als die *Life*-Ausgabe mit ihrer Mutter auf dem Titelblatt herauskam. Doch ehe sie den Artikel lesen konnte, hatte ihre Mutter ihre sämtlichen Exemplare einschließlich Harriets in einen Müllsack gestopft und den schweren Sack an den Straßenrand geschleift. »Du wirst diese Lügengeschichte nicht lesen«, hatte sie Madeline befohlen. »Ist das klar? Unter keinen Umständen.«

Madeline hatte genickt, doch am nächsten Tag war sie schnurstracks in die Stadtbibliothek gegangen und hatte den Artikel in einem Rutsch gelesen, wobei sie mit dem Finger die Zeilen entlanggefahren war. »Nein«, hatte sie geschluchzt. »Nein, nein, nein.« Tränen kullerten auf das Foto ihrer Mutter, wie sie ihre Frisur richtete, als täte sie den ganzen Tag nichts anderes. »Meine Mom ist Wissenschaftlerin. Sie ist Chemikerin.«

Im Fernsehen war ihre Mutter jetzt dabei, Walnüsse zu hacken. »Walnüsse haben einen ungewöhnlich hohen Anteil an Vitamin E in Form von Gamma-Tocopherol«, sagte sie. »Es hat erwiesenermaßen eine beruhigende Wirkung auf das Herz.« Obwohl die Art, wie sie weiterhackte, deutlich machte, dass auch Walnüsse nicht viel würden ausrichten können, um ihr gebrochenes Herz zu heilen.

Plötzlich ertönte die Türklingel, und Mad schreckte zusammen. Harriet hatte ihr neuerdings verboten, irgendwem die Tür aufzumachen, aber Harriet war nicht da. Sie lugte aus dem Fenster, rechnete damit, irgendeinen Fremden zu sehen, sah aber stattdessen Wakely.

»Mad«, sagte Reverend Wakely, als sie die Tür öffnete. »Ich hab mir solche Sorgen gemacht.«

Im Fernsehen erklärte Elizabeth Zott, wie Luft über die raue Oberfläche der Zuckerkristalle strich und dann von einer Fettschicht umhüllt wurde, sodass Schaum entstand. »Wenn ich die Eier zugebe«, sagte sie, »verhindert das Protein des Eies, dass die fettummantelten Luftbläschen unter Hitzezufuhr zusammenfallen.« Sie stellte die Schüssel ab. »Nach einer kurzen Werbeunterbrechung sind wir gleich wieder für Sie da.«

»Ich hoffe, es ist in Ordnung, dass ich gekommen bin«, sagte Wakely. »Ich hatte gehofft, dass du zu Hause bist, wenn die Sendung deiner Mutter läuft. Macht sie wirklich Brownies zum Abendessen?«

»Sie hat einen schlechten Tag.«

»Dieser *Life*-Artikel – ich kann's mir vorstellen. Wo ist deine Babysitterin?«

»Harriet kommt gleich wieder.« Sie zögerte, wusste, dass es wahrscheinlich falsch war, ihn das zu fragen. »Wakely, haben Sie Lust, zum Essen zu bleiben?«

Er hielt inne. Wenn schlechte Tage Einfluss auf die Ernährung hätten, würde er wahrscheinlich sein Leben lang zu jeder Mahlzeit Brownies essen. »Ich möchte mich nicht aufdrängen, Mad. Ich wollte wirklich bloß mal nach dir sehen. Es tut mir furchtbar leid, dass ich dir bei deinem Stammbaum keine größere Hilfe sein konnte, obwohl ich das, was du daraus gemacht hast, großartig finde. Du hast deine Familie mit kräftigen, ehrlichen Strichen gezeichnet. Familie ist weit mehr als bloß Biologie.«

»Ich weiß.«

Er sah sich in dem kleinen Zimmer um, das mit Büchern vollgestopft war, und seine Augen verharrten auf dem Ergo. »Da ist es«, sagte er staunend. »Das Rudergerät. Ich hab's in dem Artikel gesehen. Dein Dad war sehr geschickt.«

»Meine Mom ist sehr geschickt«, beteuerte sie. »Sie hat unsere Küche umgebaut und ein ...« Doch ehe sie ihm das Labor zeigen konnte, verkündete Elizabeth im Fernsehen, dass sie wieder da war. »Einer der Aspekte, der mir am Kochen gefällt«, sagte sie, während sie Mehl in die Schüssel gab, »ist der Nutzen, den es mit sich bringt. Wenn wir Nahrung herstellen, erzeugen wir nicht bloß etwas Gutes zu essen – wir erzeugen etwas, das unsere Zellen mit Energie versorgt, etwas, das Leben erhält. Das unterscheidet sich sehr von Dingen, die andere herstellen. Zum Beispiel« – sie verharrte kurz, blickte dann mit zusammengekniffenen Augen direkt in die Kamera – »Zeitschriften.«

»Deine arme Mutter«, sagte Wakely kopfschüttelnd.

Die Hintertür flog auf.

»Harriet?«, rief Mad.

»Nein, Schätzchen, ich bin's.« Die Stimme klang müde. »Ich bin früher nach Hause gekommen.«

Wakely erstarrte. »Deine Mutter?«

Er war nicht darauf eingestellt, Elizabeth Zott zu begegnen. Es reichte schon, in dem Haus zu sein, in dem Calvin Evans gelebt hatte, aber jetzt plötzlich der Frau zu begegnen, die er auf Evans' Beerdigung nicht hatte trösten können? Die berühmte Fernsehköchin und Atheistin? Die Person, die gerade das Titelblatt von *Life* schmückte? Nein. Er musste verschwinden, schleunigst, bevor sie einen erwachsenen Mann mit ihrer Tochter zusammen in einem ansonsten menschenleeren Haus antraf. Mein Gott! Was hatte er sich bloß dabei gedacht? Konnte es noch schlimmer kommen?

»Wiedersehen«, raunte er Mad zu und eilte zur Haustür. Doch ehe er sie öffnen konnte, kam Halbsieben angetrabt.

Wakely!

»Mad?«, rief Elizabeth, als sie ihre Taschen im Labor abstellte und ins Wohnzimmer trat. »Wo ist ...« Sie stockte. »Oh.« Sie runzelte die Stirn, überrascht, einen Mann zu sehen, der ein Kollar trug und den Knauf der Haustür umklammerte.

»Hi, Mommy«, sagte Madeline bemüht entspannt. »Das ist Wakely. Wir sind Freunde.«

»*Reverend* Wakely«, sagte Wakely und ließ widerwillig den Türknauf los, um ihr die Hand entgegenzustrecken. »Von der First Presbyterian. Bitte entschuldigen Sie die Störung, Mrs Zott«, sagte er hastig. »Es tut mir sehr leid. Sie sind bestimmt müde nach Ihrem anstrengenden Tag. Madeline und ich haben uns vor einiger Zeit in der Stadtbibliothek kennengelernt, und sie hat recht, wir sind Freunde, wir sind ... Ich wollte gerade gehen.«

»Wakely hat mir mit dem Stammbaum geholfen.«

»Schreckliches Schulprojekt«, sagte er. »Völlig undurchdacht. Ich halte gar nichts von Hausaufgaben, die sich mit privaten Familienangelegenheiten befassen – und nein, ich hab ihr eigentlich gar nicht geholfen. Ich wünschte, ich hätte es gekonnt. Calvin Evans hat mein Leben stark beeinflusst – seine Arbeit –, nun ja, es hört sich vielleicht seltsam an, wenn jemand mit meinem Beruf das sagt, aber ich habe ihn bewundert, war sozusagen ein Fan; Evans und ich waren sogar ...« Er stockte. »Noch mal, mein aufrichtiges Beileid – ich bin sicher, es kann nicht ...«

Wakely hörte seinen nicht enden wollenden Redeschwall, und je mehr er drauflosplapperte, desto mehr fixierte ihn Elizabeth Zott mit einem Blick, der ihm Angst machte.

»Wo ist Harriet?«, fragte sie in Richtung Madeline.

»Besorgungen machen.«

Im Fernsehen sagte Elizabeth Zott: »Wir haben jetzt Zeit für ein paar Fragen.«

»Sind Sie wirklich Chemikerin?«, fragte jemand. »Weil in *Life* steht –«

»Ja, bin ich«, blaffte sie. »Hat vielleicht jemand eine richtige Frage?«

In ihrem Wohnzimmer wirkte Elizabeth plötzlich panisch. »Mach das sofort aus«, befahl sie. Doch ehe sie selbst auf den Knopf drücken konnte, wollte eine Frau im Studiopublikum wissen: »Stimmt es, dass Ihre Tochter illegitim ist?«

Wakely machte zwei Schritte auf den Fernseher zu und schaltete ihn selbst aus. »Hör nicht hin, Mad«, sagte er. »Die Welt ist voll von Unbelehrbaren.« Dann schaute er sich um, als wollte er sicherstellen, dass er nichts vergessen hatte, und sagte: »Ich entschuldige mich noch mal für die Störung.« Doch als er wieder nach dem Türknauf griff, legte Elizabeth Zott eine Hand auf seinen Ärmel.

»Reverend Wakely«, sagte sie mit der traurigsten Stimme, die er je gehört hatte. »Wir sind uns schon mal begegnet.«

»Das haben Sie mir nie erzählt«, sagte Madeline und nahm sich einen zweiten Brownie. »Wieso haben Sie mir nicht erzählt, dass Sie auf der Beerdigung von meinem Dad waren?«

»Weil ich bloß eine Nebenrolle hatte, mehr nicht. Ich habe deinen Dad sehr bewundert, aber das heißt nicht, dass ich ihn kannte. Ich wollte helfen – ich wollte die richtigen Worte finden, um deine Mutter in ihrer Trauer zu trösten, aber ich habe versagt. Ich bin deinem Dad nie begegnet, musst du wissen, aber ich hatte das Gefühl, ihn zu verstehen. Das klingt wahrscheinlich angeberhaft«, sagte er zu Elizabeth. »Entschuldigung.«

Während des ganzen Essens hatte Elizabeth kaum etwas gesagt, aber Wakelys Geständnis schien sie in irgendeiner Weise zu berühren.

»Mad«, sagte sie. »Illegitim bedeutet, dass du unehelich zur Welt gekommen bist. Es bedeutet, dass dein Dad und ich nicht verheiratet waren.«

»Ich weiß, was das bedeutet«, erwiderte Mad. »Ich versteh bloß nicht, warum das so wichtig ist.«

»Es ist nur wichtig für Leute, die sehr dumm sind«, schaltete Wakely sich ein. »Ich rede von morgens bis abends mit dummen Menschen, ich kenn mich da aus. Ich hatte gehofft, als Pfarrer gegen diese Art von Dummheit angehen zu können – den Leuten begreiflich machen zu können, was ihre Handlungen auslösen, wie viel unnötiges … Jedenfalls, das Zitat von deiner Mutter in dem Artikel ist absolut richtig. Sie hat recht, wenn sie sagt, dass unsere Gesellschaft weitgehend auf Mythen basiert, dass unsere Kultur, Religion und Politik dazu neigen, die Wahrheit zu verzerren. Illegitimität ist bloß einer dieser Mythen. Achte einfach nicht auf dieses Wort oder auf die Leute, die es benutzen.«

Elizabeth blickte überrascht auf. »Das stand nicht in dem *Life*-Artikel.«

»Was stand da nicht?«

»Die Bemerkung über Mythen. Über die Verzerrung der Wahrheit.«

Jetzt war er es, der überrascht blickte. »Stimmt, nicht in *Life*. Aber in Roths neuem –« Er sah Mad an, als wäre ihm just in diesem Moment eingefallen, warum er vorbeigekommen war. »Ach, herrje.« Er bückte sich und zog aus seiner Umhängetasche einen geöffneten DIN-A4-Umschlag mit der Aufschrift: *Elizabeth Zott, VERTRAULICH.*

»Mom«, sagte Mad schnell. »Mr Roth war vor ein paar Tagen hier. Ich hab die Tür nicht aufgemacht, weil ich das nicht soll, aber auch, weil es Roth war, und Harriet sagt, Roth ist Staatsfeind Nummer eins.« Sie ließ den Kopf hängen. »Ich

hab den *Life*-Artikel gelesen«, beichtete sie. »Ich weiß, du hast
es verboten, aber ich hab's trotzdem getan, und es war schrecklich. Und ich weiß auch nicht, wie Roth an meinen Stammbaum gekommen ist, aber irgendwie hat er ihn gekriegt, und
das ist meine Schuld, und …« Tränen liefen ihr über die Wangen.

»Schätzchen«, sagte Elizabeth leise und zog das Kind auf
ihren Schoß. »Nein, das ist wirklich nicht deine Schuld. Nichts
von alledem ist deine Schuld. Du hast nichts falsch gemacht.«

»Doch, hab ich«, schluchzte Mad, während Elizabeth
ihr übers Haar strich. »Das da«, sagte sie und zeigte auf den
Umschlag, den Wakely auf den Tisch gelegt hatte, »das ist von
Roth. Er hat es vor die Tür gelegt, und ich hab's aufgemacht
und gelesen, obwohl ›vertraulich‹ draufstand. Und dann hab
ich es Wakely gebracht.«

»Aber, Mad, warum hast du …?« Sie stockte und sah
Wakely alarmiert an. »Moment. Sie haben es auch gelesen?«

»Ich war nicht da, als Mad den Umschlag abgegeben hat«,
erklärte Wakely, »aber meine Schreibkraft hat gesagt, dass Mad
ganz aufgelöst war. Also, ja – auch ich habe den Artikel gelesen. Ehrlich gesagt, meine Schreibkraft ebenfalls – er ist ziemlich …«

»Mein Gott!«, entfuhr es Elizabeth. »Was seid ihr bloß für
Menschen? Hat das Wort ›vertraulich‹ keinerlei Bedeutung für
euch?« Sie schnappte sich den Umschlag vom Tisch.

»Aber, Mad«, sagte Wakely, ohne auf Elizabeths Ausbruch
zu reagieren. »Warum hat er dich so aufgewühlt? Immerhin
versucht Mr Roth, etwas richtigzustellen. Immerhin hat er die
Wahrheit geschrieben.«

»Was meinen Sie mit Wahrheit?«, fragte Elizabeth. »Der
Mann weiß doch gar nicht, was …« Doch als sie in den Umschlag griff und den Inhalt herauszog, verstummte sie. »Warum
ihr weiblicher Intellekt wichtig ist«, lautete die Überschrift des
neuen Textes.

Es war das Manuskript eines noch unveröffentlichten Artikels. Unter der Überschrift war ein Foto von Elizabeth in ihrem heimischen Labor, neben sich ein bebrillter Halbsieben. Es war eingerahmt von Fotos anderer Wissenschaftlerinnen aus der ganzen Welt in ihren Laboren. »Das Vorurteil der Wissenschaft«, lautete der Untertitel, »und was diese Frauen dagegen tun.«

Obendrauf klemmte ein Zettel.

Tut mir leid, Zott. Habe bei Life *gekündigt. Versuche noch immer, die Wahrheit zu veröffentlichen, aber keiner will sie haben. Bislang haben zehn wissenschaftliche Fachzeitschriften abgelehnt. Bin dann weg, um über neue Entwicklungen in Südostasien zu berichten. Genauer gesagt: Vietnam. Alles Gute, FR.*

Während Elizabeth den neuen Text las, hielt sie den Atem an. Es war alles drin: ihre Ziele, ihre Experimente. Und dann diese anderen Frauen und deren Arbeit – sie fühlte sich durch deren Kämpfe bestärkt, durch ihre Erfolge inspiriert. Sie betrachtete ihre Gesichter. Tränen brannten ihr in den Augen.

Madeline jedoch strömten sie bereits über die Wangen.

»Schätzchen«, sagte Elizabeth. »Ich versteh das nicht. Warum hat dich das so aufgewühlt? Mr Roth hat seine Sache gut gemacht. Es ist ein guter Artikel. Ich bin nicht böse auf dich. Ich bin froh, dass du ihn gelesen hast. Er hat die Wahrheit über mich und die anderen Frauen geschrieben, und ich hoffe sehr, dass sie veröffentlicht wird. Irgendwo.« Sie las seine Nachricht noch einmal durch. Schon zehnmal von Fachzeitschriften abgelehnt? Tatsächlich?

»Ich weiß«, sagte Madeline und wischte sich mit einer Hand die Nase ab, »aber deshalb bin ich ja so traurig, Mom. Weil du in ein Labor gehörst. Aber stattdessen kochst du im Fernsehen und ... und ... ich bin der Grund.«

»Nein«, widersprach Elizabeth sanft. »Das stimmt nicht.
Alle Eltern müssen ihren Lebensunterhalt verdienen. Das
gehört zum Erwachsenenleben dazu.«

»Aber du bist nur wegen mir nicht in einem Labor ...«

»Nein, das stimmt nicht ...«

»Doch. Wakelys Schreibkraft hat's mir erzählt.«

Elizabeth klappte der Mund auf.

»Großer Gott«, sagte Wakely und schlug die Hände vors
Gesicht.

»Was?«, sagte Elizabeth. »Wer ist denn diese Schreibkraft?«

»Ich glaube, Sie kennen sie«, antwortete Wakely.

»Hör mal, Mad«, sagte Elizabeth. »Hör mir gut zu. Ich
bin noch immer Chemikerin. Nur eben Chemikerin im Fernsehen.«

»Nein«, sagte Mad traurig. »Bist du nicht.«

Kapitel 39

Sehr geehrte Herren

Es war zwei Tage zuvor, und Miss Frask war so richtig in Fahrt. Normalerweise konnte sie rund 146 Wörter pro Minute tippen, was schon weit über Durchschnitt war, aber der Weltrekord lag bei 216 Wörtern pro Minute, und heute hatte Frask, die zum Kaffee drei Diätpillen geschluckt hatte, das Gefühl, ihn brechen zu können. Doch als sie gerade in die Zielgerade ging, mit fliegenden Fingern in die Tasten haute, während die Stoppuhr direkt neben ihr tickte, hörte sie ein unerwartetes Wort.

»Verzeihung.«

»Um Himmels willen«, kreischte sie und stieß sich vom Schreibtisch ab. Sie riss den Kopf nach links und sah ein mageres Kind mit einem DIN-A4-Umschlag in der Hand.

»Hi«, sagte das Kind.

»Wo kommst du denn her?«, keuchte Frask.

»Lady, Sie sind ganz schön schnell.«

Frask drückte sich eine Hand aufs Herz, als würde es ihr sonst aus der Brust springen. »D…danke«, brachte sie heraus.

»Ihre Pupillen sind geweitet.«

»Wie bitte?«

»Ist Wakely da?«

Frask lehnte sich auf ihrem Stuhl zurück, und ihr Herz fibrillierte, während das Kind sich vorbeugte, um das Blatt in der Schreibmaschine zu studieren.

»Ent*schul*digung?«, fragte Frask.

»Ich rechne«, erklärte die Kleine. Dann richtete sie sich staunend auf. »Wow. Sie sind Stella Pajunas ja dicht auf den Fersen.«

»Woher weißt du, wer Stella …«

»Die schnellste Maschinenschreiberin der Welt. Zweihundertsechzig Wörter pro …«

Frask machte große Augen.

»… aber ich hab Sie gestört, das müssen wir miteinrechnen …«

»Wer bist du?«, fragte Frask eindringlich.

»Lady, Sie schwitzen.«

Frasks Hand hob sich an ihre feuchte Stirn.

»Sie liegen bei hundertachtzig Wörtern pro Minute. Wenn wir aufrunden.«

»Wie heißt du?«

»Mad«, sagte die Kleine.

Frask registrierte die geschwollenen violetten Lippen, die langen linkischen Gliedmaßen. »Evans?«, ergänzte sie, ohne nachzudenken.

Beide starrten sich gleichermaßen verwundert an.

»Deine Mom und dein Dad und ich haben früher zusammengearbeitet«, erklärte Frask dem Kind bei einem Teller Diätkekse. »Am Institut Hastings. Ich war in der Personalabteilung und deine Mom und dein Dad beide im Fachbereich Chemie. Dein Dad war sehr berühmt, das weißt du bestimmt. Und jetzt ist deine Mom auch berühmt.«

»Wegen dem Artikel in *Life*«, sagte das Kind und ließ den Kopf hängen.

»Nein«, sagte Frask mit Nachdruck. »Trotzdem.«

»Wie war mein Dad so?« Mad knabberte an einem Keks.

»Er …« Frask zögerte. Sie merkte, dass sie keine Ahnung hatte, wie er gewesen war. »Er hat deine Mutter über alles geliebt.«

Madelines Gesicht hellte sich auf. »Ehrlich?«

»Und deine Mutter«, sagte sie zum ersten Mal ohne jeden Neid, »hat ihn über alles geliebt.«

»Was noch?«, fragte Madeline begierig.

»Sie waren sehr glücklich zusammen. So glücklich, dass dein Dad vor seinem Tod deiner Mutter ein Geschenk hinterlassen hat. Weißt du, was für ein Geschenk?« Sie neigte ihren Kopf zu Mad. »Dich.«

Madeline verdrehte leicht die Augen. So was sagten Erwachsene, wenn sie versuchten, irgendwas Dunkles zu vertuschen. Sie hatte mal mitbekommen, wie Wakely einer Bibliothekarin versicherte, ihre Cousine Joyce sei zwar tragischerweise gestorben – im Supermarkt tot umgekippt, die Hände aufs Herz gepresst –, aber immerhin habe Joyce nicht leiden müssen. Ach ja? Hatte jemand mal Joyce gefragt?

»Und was ist dann passiert?«

Was passiert ist?, dachte Frask. *Tja, ich habe boshafte Gerüchte über deine Mutter verbreitet, was dazu führte, dass sie gefeuert wurde, was direkt dazu führte, dass sie in finanzielle Not geriet, was schließlich zu ihrer Rückkehr ans Hastings führte, was dazu führte, dass deine Mutter mich in der Damentoilette anschrie, was zu der Erkenntnis führte, dass wir beide vergewaltigt worden waren, was dazu führte, dass wir nicht promovieren konnten, was zu frustrierenden Karrieren in einem Institut führte, das von einer Handvoll inkompetenter Arschlöcher geleitet wurde. Das ist passiert.*

Doch stattdessen sagte sie: »Deine Mom beschloss, dass es schöner wäre, zu Hause zu bleiben und dich zu bekommen.«

Madeline legte ihren Keks weg. Da war es wieder. Erwachsene und ihr wankelmütiges Verhältnis zur Wahrheit.

»Ich glaube nicht, dass das schön gewesen sein kann«, sagte sie.

»Wie meinst du das?«

»War sie denn nicht traurig?«

Frask schaute weg.

»Wenn ich traurig bin, will ich nicht allein sein.«

»Noch einen Keks?«, fragte Frask halbherzig.

»Allein zu Hause«, redete Madeline weiter. »Ohne Dad. Ohne Arbeit. Ohne Freunde.«

Frask interessierte sich plötzlich sehr für eine Broschüre mit dem Titel *Unser tägliches Brot*.

»Was ist wirklich passiert?«, drängte Mad.

»Sie wurde entlassen«, sagte Frask, ohne über die Wirkung ihrer Enthüllung nachzudenken. »Weil sie mit dir schwanger war.«

Madeline sackte zusammen, als wäre sie von hinten niedergeschossen worden.

»Noch mal, es war nicht deine Schuld«, tröstete Frask das Kind, das die letzten Minuten nur geschluchzt hatte. »Ehrlich. Du kannst dir nicht vorstellen, wie engstirnig die Leute am Hastings waren. Alles Vollidioten.« Frask dachte daran, dass sie auch zu diesen Idioten gezählt hatte, und aß die restlichen Kekse, während Mad trotz ihres flattrigen Atems darauf hinwies, dass die Kekse Tartrazin enthielten, einen Lebensmittelfarbstoff, der in Verdacht stand, sich nachteilig auf Leber- und Nierenfunktion auszuwirken.

»Überhaupt«, sagte Frask, »du siehst das alles völlig falsch. Deine Mutter hat das Hastings nicht wegen dir verlassen müssen. Sie ist dank dir da rausgekommen. Und dann hat sie die ganz schlechte Entscheidung getroffen, noch mal da anzufangen, aber das ist eine andere Geschichte.«

Madeline seufzte aus tiefstem Herzen. »Ich muss jetzt gehen«, sagte sie mit Blick auf die Uhr und putzte sich die Nase. »Tut mir leid, dass ich Ihren Schnelltipptest verkorkst habe. Würden Sie das bitte Wakely geben?« Sie hielt ihr den geöffneten Umschlag mit der Aufschrift *Elizabeth Zott, VERTRAULICH* hin.

»Mach ich«, versprach Frask. Sie umarmte Mad zum Abschied, doch sobald sich die Tür hinter ihr schloss, missachtete sie den Wunsch des Kindes und öffnete den Umschlag. »Verdammt«, schäumte sie, als sie Roths Text las. »Zott ist wirklich eine große Nummer.«

»Sehr geehrte Herren«, tippte sie dreißig Sekunden später wütend in ihrem Brief an die Herausgeber von *Life*. »Ich habe Ihre lächerliche Titelgeschichte über Elizabeth Zott gelesen und finde, Ihr Faktenprüfer sollte gefeuert werden. Ich kenne Elizabeth Zott, ich habe früher mit Elizabeth Zott zusammengearbeitet, und ich weiß genau, dass dieser Artikel von vorne bis hinten gelogen ist. Ich habe auch mit Dr. Donatti zusammengearbeitet. Ich weiß, was er am Hastings gemacht hat, und ich habe Dokumente, die das belegen.«

Dann zählte sie Elizabeths Leistungen als Chemikerin auf, von denen sie größtenteils erst durch die Lektüre von Roths Artikel erfahren hatte, und hob die Ungerechtigkeiten hervor, denen Zott am Hastings ausgesetzt gewesen war. »Donatti hat Fördergelder zweckentfremdet, die für sie gedacht waren, und ihr dann grundlos gekündigt. Ich weiß das«, gestand sie, »weil ich daran beteiligt war – eine Sünde, die ich zurzeit versuche wiedergutzumachen, indem ich Predigttexte tippe, um meinen Lebensunterhalt zu bestreiten.« Dann schilderte sie, dass Donatti Zotts Forschungsergebnisse als seine eigenen ausgegeben und wichtige Geldgeber hintergangen hatte. Sie endete mit der Feststellung, ihr sei klar, dass *Life* niemals den Mumm haben würde, ihren Brief abzudrucken, sie aber trotzdem das Gefühl habe, ihn schreiben zu müssen.

Er erschien in der nächsten Ausgabe.

»Elizabeth, das musst du lesen«, sagte Harriet aufgeregt und schwenkte die neuste Ausgabe von *Life*. »Frauen aus dem ganzen Land haben Protestbriefe an das Blatt geschrieben. Das ist eine Rebellion, alle sind auf deiner Seite. Einer ist sogar von einer Frau, die behauptet, sie hätte zusammen mit dir am Hastings gearbeitet.«

»Kein Interesse.«

Sie hatte ihre täglichen Lunchbox-Zettel für Madeline geschrieben und klappte den Deckel zu, hantierte dann geflissentlich an dem Bunsenbrenner herum. In den letzten Wochen tat sie ihr Bestes, um den Kopf nicht hängen zu lassen – vergiss den Artikel, beschwor sie sich. Mach einfach weiter. Das war die Bewältigungsstrategie, die ihr geholfen hatte, Selbstmord, Vergewaltigung, Lügen, Diebstahl und katastrophalen Verlust durchzustehen; sie würde ihr wieder helfen. Aber das hatte sie nicht. Diesmal konnte sie den Kopf hochhalten, so viel sie wollte, die falsche Darstellung ihrer Persönlichkeit in *Life* drückte sie immer wieder nieder. Die Kränkung fühlte sich unauslöschlich an, wie ein Brandzeichen. Sie würde sie niemals vergessen können.

Harriet las laut aus den Briefen vor. »Wenn Elizabeth Zott nicht wäre ...«

»Harriet, ich hab doch gesagt, das interessiert mich nicht«, blaffte sie. Was sollte das Ganze noch.

»Aber was ist mit dem unveröffentlichten Artikel von Roth?«, sagte Harriet, ohne auf Elizabeths Tonfall zu achten. »Der so schön wissenschaftlich ist. Ich hab gar nicht gewusst, dass es noch andere Frauen gibt, die forschen – außer dir und Curie, meine ich. Ich hab ihn sogar zweimal gelesen. Fand ihn spannend. Und das will was heißen, weil, du weißt ja. Wissenschaft.«

»Er wurde schon von zehn wissenschaftlichen Fachzeitschriften abgelehnt«, sagte Elizabeth mit dumpfer Stimme. »Die Leute interessieren sich nicht für Frauen in der Wissenschaft.« Sie nahm ihre Autoschlüssel. »Ich geh Mad noch einen Abschiedskuss geben, und dann muss ich los.«

»Tust du mir einen Gefallen? Versuch bitte, sie diesmal nicht aufzuwecken.«

»Harriet«, sagte Elizabeth. »Hab ich das je getan?«

Nachdem sie gehört hatte, dass Elizabeth mit dem Plymouth aus der Einfahrt gefahren war, öffnete Harriet Madelines Lunchbox. Sie wollte wissen, welche Lebensweisheiten Elizabeth diesmal aufgeschrieben hatte. *Du bildest dir das nicht nur ein*, stand auf dem obersten Zettel, *die meisten Menschen sind einfach abscheulich.*

Harriet presste besorgt die Finger an die Stirn. Sie tappte durch das Labor, wischte Arbeitsflächen sauber und registrierte zum ersten Mal die Anzeichen dafür, wie deprimiert Elizabeth war. Der Stapel leerer Testprotokolle, die unangetasteten Chemikalien, die ungespitzten Bleistifte. Dieses verdammte *Life Magazine*, dachte sie. Trotz ihres Namens hatte die Zeitschrift Elizabeths Leben geraubt, beendet, nicht zuletzt aufgrund der verlogenen Zitate von Leuten wie Donatti und Meyers.

»Ach, Schätzchen«, sagte Harriet, als Mad in der Tür auftauchte. »Hat deine Mom dich geweckt?«

»Wie immer.«

Sie setzten sich an den Tisch und mümmelten die Frühstücksmuffins, die Elizabeth schon frühmorgens gebacken hatte.

»Harriet, ich mach mir große Sorgen«, sagte Mad. »Um Mom.«

»Na ja, sie ist sehr niedergeschlagen, Schätzchen«, sagte Harriet. »Aber sie berappelt sich bald wieder. Wirst schon sehen.«

»Bist du sicher?«

Harriet schaute weg. Nein, sie war sich nicht sicher. Noch nie in ihrem Leben war sie sich einer Sache weniger sicher gewesen. Jeder Mensch hatte eine Grenze dessen, was er ertragen konnte. Und sie fürchtete, dass Elizabeth ihre erreicht hatte.

Sie richtete ihre Aufmerksamkeit auf die neuste Ausgabe der *Cosmopolitan*. »Können Sie Ihrem Friseur vertrauen?«, fragte eine Überschrift. »Das Jahr der effektvollen Bluse« lautete eine andere. Seufzend griff sie nach einem weiteren Muffin. Sie war es gewesen, die Elizabeth zu diesem *Life*-Interview überredet hatte. Wenn jemand schuld war, dann sie.

Sie saßen schweigend da. Mad pulte das Papierförmchen von ihrem Muffin, während Harriet über Elizabeths Bemerkung nachdachte, dass die Leute kein Interesse an Frauen in der Wissenschaft hatten. Es hörte sich wahr an.

Sie legte den Kopf schief. »Weißt du, was, Mad?«, sagte sie langsam, als ihr eine Idee kam. »Das wollen wir doch mal sehen.«

Kapitel 40

Normal

»Ich denke viel über den Tod nach«, bekannte Elizabeth an einem kühlen Novemberabend nach dem Essen Wakely gegenüber.

»Ich auch«, sagte er.

Sie saßen zusammen auf der Hintertreppe, unterhielten sich leise. Madeline war drinnen und guckte fern.

»Ich denke, das ist nicht normal.«

»Vielleicht nicht«, pflichtete er bei. »Aber ich weiß gar nicht so genau, was normal ist. Gibt es den Begriff ›normal‹ in der Wissenschaft? Wie würden sie ›normal‹ definieren?«

»Na ja, ich würde sagen, normal ist so ähnlich wie durchschnittlich.«

»Das sehe ich anders. Das Normale ist nicht wie das Wetter. Das Normale ist nicht erwartbar. Es ist nicht mal machbar. Soweit ich das beurteilen kann, existiert es vielleicht gar nicht.«

Sie warf ihm einen Seitenblick zu. »Seltsame Ansichten für jemanden, der die Bibel normal findet.«

»Überhaupt nicht«, sagte er. »Ich kann mit Sicherheit sagen, dass es nicht ein einziges normales Ereignis in der Bibel gibt. Wahrscheinlich einer der Gründe, warum sie so beliebt ist. Wer will denn schon glauben, dass das Leben genau so ist, wie es scheint?«

Sie musterte ihn skeptisch. »Aber Sie glauben an diese Geschichten. Sie predigen sie.«

»Ich glaube an so einiges«, stellte er klar. »Hauptsächlich daran, nicht die Hoffnung aufzugeben, sich nicht der Dunkelheit zu ergeben. Und was das Wort ›predigen‹ betrifft, ich ziehe das Wort ›erzählen‹ vor. Überhaupt, es spielt keine Rolle, was ich glaube. Ich denke, Sie fühlen sich innerlich tot, deshalb glauben Sie, Sie wären tot. Aber das sind Sie nicht. Sie sind quicklebendig. Und das bringt Sie in eine schwierige Position.«

»Was wollen Sie damit sagen?«

»Sie wissen, was ich sagen will.«

»Sie sind ein seltsamer Pfarrer.«

»Ich bin ein furchtbarer Pfarrer«, berichtigte er.

Sie zögerte. »Wakely, ich muss Ihnen was gestehen. Ich habe Ihre Briefe gelesen. Die Sie und Calvin einander geschrieben haben. Ich weiß, die waren privat, aber sie waren bei seinen Sachen, und ich hab sie gelesen. Vor einigen Jahren.«

Wakely wandte sich ihr zu. »Evans hat sie behalten?« Eine plötzliche Sehnsucht nach seinem alten Freund erfasste ihn.

»Ich weiß nicht, ob Sie das wissen, aber Sie sind der Grund, warum er das Angebot vom Hastings angenommen hat.«

»Was?«

»Sie haben gesagt, Commons hätte das beste Wetter.«

»Hab ich das?«

»Sie wissen, welches Verhältnis Calvin zum Wetter hatte. Er hätte praktisch überall arbeiten und sehr viel mehr Geld verdienen können, aber er ist hierhergekommen, nach Commons. ›Das beste Wetter der Welt.‹ Ich glaube, so haben Sie sich ausgedrückt.«

Wakely spürte die Last seines beiläufigen Ratschlags. Wegen einer Bemerkung von ihm war Evans nach Commons gekommen. »Aber das Wetter wird immer erst später am Vormittag gut«, erklärte er, als ob er das müsste. »Wenn der Morgennebel sich verzogen hat. Ich fass es nicht, dass er hierhergezogen ist, um in der Sonne zu rudern. Es gibt keine Sonne – nicht, wenn die Ruderer rudern.«

»Das müssen Sie mir nicht sagen.«

»Ich bin dafür verantwortlich«, sagte er entsetzt, als ihm

418

klar wurde, welche Rolle er bei Calvins vorzeitigem Tod gespielt hatte. »Das ist alles meine Schuld.«

»Nein, nein.« Elizabeth seufzte. »Ich hab die Leine gekauft.«

Sie schwiegen, hörten Madeline das Titellied einer Fernsehserie mitsingen, das im Hintergrund lief. »Ein Pferd ist ein Pferd, ja, das steht fest, ein Pferd ist ein Tier, das man wiehern lässt, doch spricht es wie ein Mensch so nett, ist es nur der Mister Ed!«

Auf einmal fiel Wakely das Geheimnis ein, das Madeline ihm an jenem Tag in der Stadtbibliothek ins Ohr geflüstert hatte. Mein Hund kennt 981 Wörter. Es hatte ihn gewundert. Warum sollte ein Kind wie Madeline, dem die Wahrheit so am Herzen lag, ihm eine derart offensichtliche Lüge erzählen?

Und was er ihr erzählt hatte? Das war noch schlimmer. Ich glaube nicht an Gott.

»Morgen ist Calvins Todestag«, sagte Elizabeth unvermittelt.

Wakely sah Elizabeth an, sein Gesicht plötzlich erschöpft. »Ich weiß«, sagte er.

Sie schloss kurz die Augen, dann räusperte sie sich. »Ich hatte einen Bruder, Wakely«, sagte sie, als würde sie eine Sünde gestehen. »Auch er ist gestorben.«

Wakelys Augenbrauen zogen sich zusammen. »Einen Bruder? Das tut mir sehr leid. Wann war das? Was ist passiert?«

»Es ist lange her. Ich war zehn. Er hat sich aufgehängt.«

»Großer Gott«, sagte Wakely mit zittriger Stimme. Er musste an Madelines Stammbaum denken. Ganz unten war ein Junge mit einer Schlinge um den Hals gewesen.

»Einmal wäre ich fast selbst gestorben«, sagte sie. »Ich bin in einen See in einem alten Steinbruch gesprungen. Ich konnte nicht schwimmen. Kann's immer noch nicht.«

»Und dann?«

»Mein Bruder ist mir direkt hinterhergesprungen. Hat mich irgendwie ans Ufer gezogen.«

»Verstehe.« Wakely versuchte, ihre Schuldgefühle zu enträtseln. »Ihr Bruder hat Sie gerettet, deshalb denken Sie, Sie hätten fähig sein müssen, ihn zu retten. Richtig?«

Sie wandte den Kopf und sah ihn an, ihr Gesicht hohl.

»Aber, Elizabeth, Sie konnten nicht schwimmen. Deshalb ist er Ihnen hinterhergesprungen. Sie müssen verstehen, Selbstmord ist etwas völlig anderes. Selbstmord ist sehr viel komplizierter.«

»Wakely«, sagte sie, »er konnte auch nicht schwimmen.«

Sie hörten auf zu reden, Wakely verzweifelt, weil er nicht wusste, was er sagen sollte, Elizabeth deprimiert, weil sie nicht wusste, was sie tun sollte. Halbsieben stieß die Fliegengittertür auf und schmiegte sich an Elizabeth.

»Sie haben sich bis heute nicht verziehen«, sagte Wakely schließlich. »Aber er ist es, dem Sie verzeihen müssen. Sie müssen es akzeptieren.«

Sie machte ein trauriges Geräusch, wie ein Reifen, der langsam Luft verliert.

»Sie sind Wissenschaftlerin«, sagte er. »Ihre Aufgabe ist es, Dinge infrage zu stellen, nach Antworten zu suchen. Aber manchmal, und das weiß ich ganz sicher, gibt es einfach keine. Kennen Sie das Gedicht, das so anfängt: ›Gott, gib mir die Gelassenheit, Dinge hinzunehmen, die ich nicht ändern kann‹?«

Sie runzelte die Stirn.

»Das trifft eindeutig nicht auf Sie zu.«

Sie legte den Kopf schief.

»Chemie ist Veränderung, und Veränderung ist der Kern Ihres Glaubenssystems. Was gut ist, denn davon brauchen wir mehr – Menschen, die sich weigern, den Status quo hinzunehmen, die keine Angst haben, dem Unannehmbaren den Kampf anzusagen. Aber manchmal ist das Unannehmbare – der Selbstmord Ihres Bruders, Calvins Tod – tatsächlich endgültig, Elizabeth. Dinge geschehen. Das ist einfach so.«

»Manchmal kann ich verstehen, warum mein Bruder gegangen ist«, gestand sie leise. »Nach allem, was passiert ist, habe ich manchmal selbst das Gefühl, dass ich rauswill.«

»Das verstehe ich«, sagte Wakely und dachte, wie verletzend der *Life*-Artikel war. »Glauben Sie mir. Aber in Wirklichkeit ist das nicht Ihr Problem. Sie wollen nicht raus.«

Sie sah ihn fragend an.

»Sie wollen wieder rein.«

Kapitel 41

Neuanfang

»Hallo«, sagte Elizabeth. »Ich bin Elizabeth Zott, und Sie sind bei *Essen um sechs*.«

Auf seinem Produzentenstuhl schloss Walter Pine die Augen und dachte zurück an den Tag, als er sie kennengelernt hatte.

Sie war in ihrem weißen Laborkittel an seiner Sekretärin vorbeigerauscht, Haare nach hinten gebunden, die Stimme klar. Er erinnerte sich, wie hingerissen er gewesen war. Ja, sie war attraktiv, aber erst jetzt wurde ihm klar, dass seine Reaktion nichts mit ihrem Aussehen zu tun gehabt hatte. Nein, es hatte an ihrem Selbstvertrauen, ihrer Selbstgewissheit gelegen. Sie säte es aus wie einen Samen, bis er in anderen Menschen Wurzeln schlug.

»Ich möchte die heutige Sendung mit einer wichtigen Ankündigung beginnen«, sagte sie. »Ich verlasse *Essen um sechs* mit sofortiger Wirkung.«

Das Publikum schnappte nach Luft. »Was?«, fragten die Leute einander. »Was hat sie gesagt?«

»Heute ist meine letzte Sendung«, stellte sie klar.

In einem Bungalow in Riverside ließ eine Frau einen Karton Eier zu Boden fallen. »Das meinen Sie doch nicht ernst!«, rief jemand aus der dritten Reihe.

»Ich meine immer alles ernst«, sagte Elizabeth.

Eine Welle der Verzweiflung erfasste das Studio.

Verblüfft schaute Elizabeth zu Walter hinüber. Er nickte ihr aufmunternd zu. Mehr schaffte er nicht, ohne in Tränen auszubrechen.

Am Vorabend war sie unangekündigt bei ihm zu Hause aufgetaucht. Fast hätte er gar nicht auf das Klingeln reagiert; er hatte Besuch gehabt. Aber als er durch den Türspion schaute und sie dort stehen sah, Mad schlafend im Wagen am Straßenrand, Halbsieben hinter dem Lenkrad wie der Fahrer eines Fluchtautos, hatte er erschrocken die Tür aufgerissen.

»Elizabeth«, sagte er mit rasendem Puls. »Was ist los, was ist passiert?«

»Ist das Elizabeth?«, sagte eine besorgte Stimme dicht hinter ihm. »Heilige Muttergottes, was ist denn? Ist was mit Mad? Ist sie verletzt?«

»*Harriet?*« Elizabeth trat verblüfft einen Schritt zurück.

Alle drei schwiegen einen Moment wie Schauspieler, die ihren Text vergessen haben. Schließlich brachte Walter hervor: »Wir wollten es noch ein Weilchen für uns behalten«, und Harriet platzte heraus: »Bis meine Scheidung durch ist«, und Walter nahm ihre Hand, und Elizabeth schrie vor Überraschung auf, was Halbsieben erschreckte, der versehentlich auf die Hupe drückte – mehrmals –, was wiederum zuerst Madeline aufweckte, dann Amanda und jede andere Person in der Nachbarschaft, die den Fehler gemacht hatte, zu früh ins Bett zu gehen.

Elizabeth blieb einfach in der offenen Tür stehen. »Ich hatte keine Ahnung«, sagte sie wieder und wieder. »Wieso hab ich das nicht mitbekommen? Bin ich denn so blind?«

Harriet und Walter sahen einander an, als wollten sie sagen, na ja, ja.

»Wir erzählen Ihnen demnächst die ganze Geschichte«, sagte Walter. »Aber warum sind Sie hier? Es ist neun Uhr abends.« Elizabeth war uneingeladen gekommen, etwas, das sie noch nie getan hatte. »Was ist passiert?«

»Nichts, alles in Ordnung«, sagte Elizabeth. »Aber jetzt hab ich ein schlechtes Gewissen wegen des Grundes, aus dem ich hier bin. Eure Neuigkeit ist so positiv, und meine ist ...«

»Was denn?«

»Genau genommen«, sagte sie, als wollte sie ihre Reaktion korrigieren, »ist meine Neuigkeit auch positiv.«

Walter wedelte ungeduldig mit den Händen, damit sie weiterredete.

»Ich … ich habe beschlossen, *Essen um sechs* zu verlassen.«

»Was?«, keuchte Walter.

»Morgen«, schob sie nach.

»Nein!«, rief Harriet.

»Ich kündige«, stellte sie klar.

Der Tonfall in ihrer Stimme machte deutlich, dass ihre Entscheidung zwar spontan, aber endgültig war. Verhandlungen wären vergeblich. Es wäre sinnlos gewesen, so triviale Dinge anzusprechen wie Verträge oder noch nicht gemachte Vermögen oder wer ihren Platz einnehmen könnte, wenn sie fort war. Ihre Entscheidung war gefallen, und deshalb brach Walter in Tränen aus.

Auch Harriet erkannte den Tonfall, und mit dem Stolz, den eine Mutter vortäuscht, wenn die Tochter verkündet, dass sie ihr Leben einer Tätigkeit widmen will, die extrem schlecht bezahlt wird, begann auch sie zu weinen. Sie zog Walter und Elizabeth mit beiden Armen an sich.

»Meine Zeit hier bei *Essen um sechs* hat mir viel Freude gemacht«, sprach Elizabeth jetzt ruhig in die Kamera, »aber ich habe beschlossen, in die Welt der wissenschaftlichen Forschung zurückzukehren. Ich möchte diese Gelegenheit nutzen, um Ihnen allen nicht nur für Ihre Treue als Zuschauer zu danken, sondern auch für Ihre Freundschaft.« Sie musste lauter reden, um das Stimmengewirr zu übertönen. »In den vergangenen zwei Jahren haben wir gemeinsam viel erreicht. Hunderte Mahlzeiten, ist das zu glauben? Aber, Ladys, wir haben nicht nur Abendessen gemacht. Wir haben Geschichte gemacht.«

Sie trat überrascht einen Schritt zurück, als das Publikum jubelnd aufsprang.

»EHE ICH GEHE«, rief sie, »INTERESSIERT ES SIE VIELLEICHT ZU ERFAHREN …« Sie hob beide Hände, um das Publikum zu beruhigen. »Erinnert sich hier noch jemand an Mrs George Fillis – die Frau, die die Kühnheit besaß, uns zu verraten, dass sie Herzchirurgin werden wollte?« Sie griff in ihre Schürzentasche und zog einen Brief heraus. »Es gibt Neuigkeiten. Offenbar hat Mrs Fillis nicht nur ihren Eignungstest fürs Medizinstudium bravourös bestanden, sondern auch für das Wintersemester einen Studienplatz bekommen. Herzlichen Glückwunsch, Mrs George – nein, Entschuldigung – Marjorie Fillis. Wir haben keine Sekunde an Ihnen gezweifelt.«

Bei dieser Nachricht geriet das Publikum gleich wieder aus dem Häuschen, und Elizabeth, die sich vorstellte, wie Dr. Fillis bei einer Operation zum Skalpell griff, verlor ihre sonst ernste Miene. Sie konnte nicht anders. Sie lächelte.

Dann hob sie wieder die Stimme. »Aber ich wette, Marjorie würde bestätigen, dass das Schwierigste nicht die Rückkehr in die Schule war, sondern den Mut aufzubringen, den Schritt zu wagen.« Sie trat an ihren übergroßen Schreibblock, Filzstift in der Hand. *CHEMIE IST VERÄNDERUNG*, schrieb sie.

»Wenn Selbstzweifel Sie beschleichen«, sagte sie und wandte sich wieder dem Publikum zu, »wenn die Angst Sie packt, denken Sie immer daran, dass Mut der Grundstein für Veränderung ist. Und wir sind chemisch dazu angelegt, uns zu verändern. Fassen Sie also morgen beim Aufwachen folgenden Vorsatz: Keine falsche Zurückhaltung mehr. Kein Unterordnen mehr unter die Meinungen anderer, die Ihnen sagen wollen, was Sie leisten können und was nicht. Und nie wieder zulassen, dass andere Sie in Schubladen stecken, in sinnlose Kategorien wie Geschlecht, Rasse, wirtschaftlicher Status und Religion. Lassen Sie Ihre Talente nicht schlummern, Ladys. Gestalten Sie Ihre eigene Zukunft. Fragen Sie sich, wenn Sie heute nach Hause gehen, was Sie ändern wollen. Und dann legen Sie los.«

Überall im Land sprangen Frauen von ihren Sofas auf und hämmerten auf Küchentische, schrien vor Begeisterung über ihre Worte und vor Kummer wegen ihres Abschieds.

»EHE ICH GEHE«, rief sie über den Lärm hinweg, »möchte ich einer ganz besonderen FREUNDIN danken. Ihr Name ist HARRIET SLOANE.«

In Elizabeths Wohnzimmer klappte Harriet der Mund auf.

»Harriet«, wisperte Mad. »Du bist berühmt!«

»Wie Sie wissen«, fuhr Elizabeth fort und beruhigte das Publikum erneut mit Handzeichen, »habe ich meine Sendung immer damit beendet, dass ich Ihren Kindern sagte, sie sollten den Tisch decken, damit Sie einen Moment für sich haben konnten. ›Nimm dir einen Moment für dich‹ – das war der Rat, den Harriet Sloane mir an dem Tag gab, als ich sie kennenlernte, und das ist der Rat, der zu meinem Entschluss geführt hat, *Essen um sechs* zu verlassen. Harriet war es, die mir riet, diesen Moment zu nutzen, um mir meine eigenen Bedürfnisse bewusst zu machen, mein wahres Ziel zu erkennen, es frisch anzugehen. Und dank Harriet tue ich das endlich.«

»Heilige Muttergottes«, sagte Harriet und wurde blass.

»Au Backe, Pine bringt dich um«, sagte Mad.

»Ich danke dir, Harriet«, sagte Elizabeth. »Ich danke Ihnen allen.« Sie nickte ins Publikum. »Und jetzt bitte ich Ihre Kinder zum letzten Mal, den Tisch zu decken. Und dann bitte ich Sie alle, sich einen Moment zu nehmen und frisch anzufangen. Fordern Sie sich heraus, Ladys. Nutzen Sie die Gesetze der Chemie und verändern Sie den Status quo.«

Wieder standen die Zuschauer auf, und wieder gab es tosenden Applaus. Aber als Elizabeth die Bühne verlassen wollte, war klar, dass das Publikum sich nicht vom Fleck rühren würde – nicht ohne eine letzte Anweisung. Sie schaute zu Walter hinüber, wusste nicht, was sie machen sollte. Er winkte, als hätte er eine Idee, schrieb rasch etwas auf eine Texttafel und hielt sie hoch, damit Elizabeth sie lesen konnte. Sie nickte und blickte wieder in die Kamera.

»Damit endet unsere Einführung in die Chemie«, verkündete sie. »Die Klasse ist entlassen.«

Kapitel 42

Personalabteilung
Januar 1962

Es wurde selbstverständlich vorausgesetzt – zumindest von Harriet, Walter, Wakely, Mason und Elizabeth selbst –, dass sie sich vor Stellenangeboten nicht würde retten können. Universitäten, Forschungslabore, sogar das Nationale Institut für biochemische Forschung. Obwohl *Life* ihr Leben dem Gespött preisgegeben hatte, war sie eine prominente Persönlichkeit, eine Fernsehberühmtheit.

Doch die Angebotsflut blieb aus, stattdessen herrschte Funkstille. Sie erhielt keinen einzigen Anruf, und ihre Bewerbungen bei Forschungseinrichtungen wurden nicht mal mit einer Antwort gewürdigt. Trotz ihrer Popularität hegte die wissenschaftliche Gemeinschaft weiterhin erhebliche Zweifel an ihren akademischen Qualifikationen. Laut den in *Life* zitierten Bemerkungen von Dr. Meyers und Dr. Donatti – sehr namhaften Chemikern – war sie keine richtige Wissenschaftlerin. Das genügte.

Und so machte sie Bekanntschaft mit einer anderen Binsenweisheit über den Ruhm: Er war vergänglich. Die einzige Elizabeth Zott, für die sich überhaupt jemand interessierte, war diejenige, die eine Schürze getragen hatte.

»Du könntest jederzeit mit der Sendung weitermachen«, sagte Harriet, als Elizabeth mit Halbsieben ins Haus kam, die Arme voller Bücher aus der Bibliothek. »Walter würde dich mit Handkuss wieder nehmen.«

»Ich weiß«, sagte sie und legte die Bücher ab, »aber ich kann nicht. Wenigstens sind die Wiederholungen ganz erfolgreich. Kaffee?« Sie machte den Bunsenbrenner an.

»Keine Zeit. Ich treff mich gleich mit meinem Anwalt. Aber hier.« Harriet zog kleine Zettel aus ihre Schürzentasche. »Dr. Mason will mit dir über die neue Ruderbekleidung des Frauenteams reden, und – halt dich fest – das Hastings hat angerufen. Ich hätte fast sofort wieder aufgelegt. Ist das zu fassen? Das Hastings. Die haben vielleicht Nerven, hier anzurufen.«

»Wer war denn dran?«, fragte Elizabeth, bemüht, sich ihre Beunruhigung nicht anhören zu lassen. Seit zweieinhalb Jahren wartete sie darauf, dass irgendwer am Hastings das Fehlen von Calvins Kisten bemerkte.

»Die Chefin der Personalabteilung. Ich hab ihr gesagt, sie soll sich zum Teufel scheren.«

»Eine Frau?«

Harriet sah die Zettel durch. »Da steht's. Eine Miss Frask.«

»Frask ist nicht mehr am Hastings«, sagte Elizabeth erleichtert. »Sie ist vor Jahren entlassen worden. Tippt jetzt Predigten für Wakely.«

»Interessant«, sagte Harriet. »Aber sie hat behauptet, Chefin der Personalabteilung zu sein.«

Elizabeth runzelte die Stirn. »Sie macht gern Witze.«

Nachdem Harriets Auto aus der Einfahrt gesetzt hatte, goss Elizabeth sich eine Tasse Kaffee ein und griff dann zum Telefon.

»Büro von Miss Frask, Miss Finch am Apparat«, sagte eine Stimme.

»Büro von Miss Frask?«, schnaubte Elizabeth.

»Wie bitte?«

Elizabeth zögerte. »Verzeihung«, sagte sie, »aber wer spricht da?«

»Wer spricht denn da?«, fragte die Stimme irritiert.

»Schon gut, schon gut«, sagte Elizabeth. »Ich spiel mit. Hier ist Elizabeth Zott, und ich möchte Miss Frask sprechen.«

»Elizabeth Zott«, wiederholte die Person am anderen Ende. »Der war gut.«

»Gibt es ein Problem?«, fragte Elizabeth.

Es war ihr Tonfall. Die Frau am anderen Ende erkannte ihn sofort. »Oh«, hauchte sie. »Sie sind es wirklich. Ich bitte um Verzeihung, Miss Zott. Ich bin ein großer Fan von Ihnen. Es ist eine Ehre, Sie durchzustellen. Einen Moment bitte.«

»Zott«, ertönte kurz darauf eine andere Stimme. »Das wurde aber auch Zeit!«

»Hallo, Frask«, sagte Elizabeth. »Personalchefin am Hastings? Weiß Wakely, dass Sie Scherzanrufe machen?«

»Drei Dinge vorab, Zott«, sagte Frask munter. »Erstens: Ich fand den Artikel großartig. Hab immer gewusst, dass ich Sie mal irgendwo auf einem Titelblatt sehen würde, aber da? Genial. Wenn man die Gemeinde erreichen will, muss man dahin gehen, wo sie betet.«

»Was?«

»Zweitens: Ihre Haushälterin ist ein Goldstück …«

»Harriet ist nicht meine Haushälterin …«

»… kaum hab ich erwähnt, dass ich vom Hastings anrufe, hat sie mir gesagt, ich soll mich zum Teufel scheren. Hat mir den Tag versüßt.«

»Frask …«

»Drittens, Sie müssen so schnell wie möglich herkommen – also, heute noch –, in der nächsten Stunde, falls Sie das hinkriegen. Erinnern sie sich an den fetten Investor? Der ist wieder da.«

»Frask«, seufzte Elizabeth, »Sie wissen, ich hab Sinn für Humor, aber …«

Frask lachte. »Sie haben Sinn für Humor? Soll das ein Witz sein? Nein, Zott, hören Sie zu. Ich bin wieder am Hastings – sogar ganz weit oben. Der Investor hat den Brief gelesen, den ich an *Life* geschickt habe, und sich mit mir in Verbindung gesetzt. Die Einzelheiten erzähl ich Ihnen später. Ich hab jetzt keine Zeit. Ich räume hier auf. Menschenskind, macht das Spaß! Können Sie herkommen oder nicht? Und außerdem, ich fass es nicht, dass ich das sage, aber können Sie den blöden Köter mitbringen? Der Investor will ihn kennenlernen.«

Als Harriet die Anwaltskanzlei Hanson & Hanson betrat, zitterten ihr die Hände. Dreißig Jahre lang hatte sie ihrem Pastor gebeichtet, dass ihr Ehemann trank und fluchte und selbst nie zur Messe ging, dass er sie wie seine persönliche Sklavin behandelte, dass er sie beschimpfte. Und dreißig Jahre lang hatte der Pastor genickt und dann erklärt, dass Scheidung nicht infrage käme, sie aber viele andere Möglichkeiten habe. Sie könne zum Beispiel darum beten, eine bessere Ehefrau zu werden, sie könne in sich gehen und sich fragen, wodurch sie ihren Mann verärgerte, sie könne mehr Wert auf ihr Äußeres legen.

Deshalb hatte sie all diese Frauenzeitschriften abonniert – weil sie Bibeln der Selbstverbesserung waren und sie ihr zeigen würden, was sie tun sollte. Doch welchen Rat sie auch immer befolgte, die Beziehung zu Mr Sloane wurde nicht besser. Schlimmer noch, mancher Rat erwies sich als Bumerang, zum Beispiel, als sie sich eine Dauerwelle machen ließ, weil die Zeitschrift behauptete, dann würde »er aufmerken und Sie richtig wahrnehmen«, doch stattdessen hatte er sich nur ausgiebig darüber beschwert, wie furchtbar sie roch. Aber dann war Elizabeth Zott in ihr Leben getreten, und sie hatte endlich erkannt, dass sie vielleicht keine neuen Kleider oder eine andere Frisur brauchte. Vielleicht brauchte sie einen Job. Bei einer Zeitschrift.

Gab es denn auf der ganzen Welt jemanden, der sich besser mit Zeitschriften auskannte als sie? Nie im Leben. Und der Beweis dafür war, dass sie genau wusste, wo sie anfangen musste. Mit Roths noch immer unveröffentlichtem Artikel.

Harriets Auffassung nach hatte Roth den klassischen Fehler begangen, sich an das falsche Medium zu wenden. Er war davon ausgegangen, dass nur wissenschaftliche Fachzeitschriften an einem Artikel über Frauen in der Wissenschaft interessiert wären. Harriet wusste, dass dem nicht so war. Sie rief ihn an, um ihm ihre Argumente vorzutragen, doch sein Auftragsdienst teilte ihr mit, dass er noch immer in – wie hieß das? – Vietnam war. Also reichte sie seinen Artikel ohne seine Erlaubnis ein. Warum auch nicht? Falls der Text angenommen wurde, wäre Roth ihr dankbar, und falls nicht, bliebe ohnehin alles, wie es war.

Also ging sie mit dem Päckchen zur Post, ließ es wiegen, legte einen an sie selbst adressierten frankierten Umschlag bei, betete drei Ave-Maria, bekreuzigte sich zweimal, holte tief Luft und warf es in den Briefkasten.

Nach zwei Wochen ohne Antwort war sie leicht beunruhigt. Nach zwei Monaten bitter enttäuscht. Sie versuchte, den Tatsachen ins Auge zu sehen. Vielleicht kannte sie sich doch nicht so gut mit Zeitschriften aus, wie sie dachte. Vielleicht wollte niemand Harriet und ihren Roth-Artikel, genau wie niemand Elizabeth und ihre Abiogenese wollte.

Oder vielleicht hatte Mr Sloane vor lauter Zorn über ihr neu entdecktes Lebensglück beschlossen, sie auf ganz andere Art zu bestrafen. Vielleicht hatte er ihre Post abgefangen und weggeworfen.

»Miss Zott«, sagte die Hastings-Empfangsdame ehrfürchtig, als Elizabeth die Eingangshalle betrat. »Ich gebe Miss Frask Bescheid, dass Sie da sind.« Sie stöpselte ein Kabel in eine Schalttafel. »Sie ist da!«, zischelte die Frau jemandem am anderen Ende zu. »Wären Sie wohl so nett?« Sie hielt Elizabeth ein Exemplar von *Die Fahrt der Beagle* hin. »Ich gehe jetzt zur Abendschule.«

»Mit Vergnügen«, sagte Elizabeth und signierte das Buch. »Gut gemacht.«

»Das hab ich nur Ihnen zu verdanken, Miss Zott«, sagte die junge Frau aufrichtig. »Und wenn es nicht zu viel verlangt ist, könnten Sie vielleicht auch meine Zeitschrift signieren?«

»Nein. *Life* ist für mich erledigt.«

»Ach so, nein«, sagte die junge Frau. »Ich lese *Life* nicht. Ich meinte den neuen Artikel über Sie.« Sie hielt ein dickes Hochglanzmagazin hoch.

Elizabeth schaute nach unten und sah erschrocken ihr eigenes Gesicht zu sich hochstarren.

»Warum weiblicher Intellekt wichtig ist«, stand auf dem Titelblatt von *Vogue*.

Als sie flotten Schrittes mit klappernden Absätzen, die einen scharfen Kontrast zu den gedämpften Geräuschen von Generatoren und Lüftungsgebläsen bildeten, den Flur entlanggingen, eröffnete Frask ihr, dass das Treffen in Calvins altem Labor stattfinden würde.

»Warum ausgerechnet da?«, fragte Elizabeth.

»Der fette Investor hat darauf bestanden.«

»Es ist mir ein Vergnügen, Miss Zott«, sagte Wilson und entfaltete seine langen Gliedmaßen, als er von dem Hocker aufstand. Er streckte ihr die Hand entgegen, während Elizabeth ihn taxierte: akkurat geschnittenes graues Haar, graugrüne Augen, wollener Nadelstreifenanzug. Halbsieben beschnüffelte ihn ebenfalls gründlich, wandte sich dann Elizabeth zu. Entwarnung.

»Ich hoffe schon seit sehr langer Zeit, Sie kennenzulernen«, sagte Wilson. »Wir sind dankbar, dass Sie bereit waren, so kurzfristig herzukommen.«

»Wir?«, fragte Elizabeth verwundert.

»Er meint mich«, sagte eine Frau von Mitte fünfzig, die mit einem Klemmbrett in der Hand aus dem benachbarten Lagerraum des Labors kam. Sie hatte die Sorte Haar, die mal blond war, aber allmählich vor dem Alter kapitulierte. Wie Wilson trug sie einen Anzug, doch trotz des sorgfältigen Schnitts wirkte ihrer weniger streng durch die billige Brosche in Form eines Gänseblümchens, die am Revers steckte. »Avery Parker«, sagte sie nervös und ergriff Elizabeths Hand. »Freut mich sehr.«

Halbsieben, der seine Untersuchung von Wilson beendet hatte, machte sich daran, Parker zu analysieren. Er beschnüffelte ihr Bein. »Hallo, Halbsieben«, sagte sie. Sie bückte sich, drückte seinen Kopf gegen ihren Oberschenkel. Er schnupperte einmal tief, zog dann überrascht den Kopf zurück. »Wahrscheinlich riecht er meinen Hund.« Sie zog ihn wieder an sich. »Bingo ist ein großer Fan von dir.« Sie sah zu ihm hinunter. »Fand deine Auftritte im Fernsehen großartig.«

Was für ein hochintelligentes menschliches Wesen.

»Wir brauchen eine komplette Bestandsliste aus jedem Labor«, sagte sie zu Frask. »Und wir müssten ebenfalls wissen, was Sie für Ihre Forschung benötigen werden, Miss Zott«, sagte sie mit einem Hauch von Ehrerbietung. »Für Ihre Forschung hier am Hastings, meine ich.«

»Um Ihre Arbeit an der Abiogenese fortzusetzen«, warf Wilson ein. »In ihrer letzten Sendung haben Sie Ihre Absicht erklärt, in die Forschung zurückzukehren. Wo könnten Sie das besser als hier?«

Elizabeth legte den Kopf schief. »Da würden mir einige Alternativen einfallen«, sagte sie.

Als sie sich das letzte Mal in diesem Raum aufgehalten hatte, war Frask ebenfalls dabei gewesen, aber damals hatte Frask ihr mitgeteilt, dass Calvins Sachen weggeschafft worden waren, dass Halbsieben das Institut verlassen musste und dass Madeline unterwegs war. Sie betrachtete die deprimierende Tafel, die mit der Schrift von jemand anderem beschrieben war, dann sah sie erneut Mr Wilson an. Er war auf Calvins altem Hocker drapiert wie ein Stoffballen.

»Ich möchte wirklich nicht Ihre Zeit vergeuden«, sagte Elizabeth, »aber ich kann mir nicht vorstellen, ans Hastings zurückzukehren. Das hat persönliche Gründe.«

»Das verstehe ich«, sagte Avery Parker. »Nach allem, was hier vorgefallen ist, wer könnte es Ihnen verdenken? Dennoch möchte ich versuchen, Sie umzustimmen.«

Elizabeth blickte sich im Labor um, und ihre Augen verharrten auf einem von Calvins alten Warnhinweisen: DRAUSSEN BLEIBEN.

»Tut mir leid«, sagte sie. »Sie würden sich vergeblich bemühen.«

Avery Parker sah Wilson an, der wiederum Frask ansah.

»Trinken wir doch erst mal einen Kaffee«, sagte Frask und sprang auf. »Ich koch uns eine Kanne. Und während wir warten, kann die Parker Foundation Ihnen ein bisschen über ihre Pläne erzählen.« Doch ehe sie den Raum halb durchquert hatte, flog die Labortür auf.

»Wilson!«, rief Donatti, als begrüßte er einen alten Freund, den er lange nicht gesehen hatte. »Habe gerade gehört, dass Sie uns beehren.« Er rauschte heran, die Hände ausgestreckt wie ein übereifriger Verkäufer. »Hab alles stehen und liegen lassen und bin gleich hergekommen. Theoretisch bin ich noch im Urlaub, aber ...« Er blieb jäh stehen, überrascht, ein bekanntes Gesicht zu sehen. »Miss Frask?«, sagte er. »Was machen Sie ...« Dann wandte er den Kopf in Richtung einer verärgert wirkenden älteren Frau, die ein Klemmbrett in der Hand hielt. Und knapp hinter ihr stand – das durfte nicht wahr sein! – Elizabeth Zott.

»Hallo, Dr. Donatti«, sagte Avery. Sie hielt ihm genau in dem Moment ihre Hand hin, als er seine sinken ließ. »Wie schön, Sie endlich mal persönlich kennenzulernen.«

»Ich bitte um Verzeihung, aber Sie sind ...?«, entgegnete er herablassend, während er versuchte, Zott nicht anzuschauen, so wie man versucht, nicht direkt in eine Sonnenfinsternis zu blicken.

»Ich bin Avery Parker.« Sie zog ihre Hand zurück. Und als er sie weiterhin fragend ansah, schob sie nach: »Parker. Wie in Parker Foundation.«

Sein Mund öffnete sich ängstlich.

»Es tut mir leid, hören zu müssen, dass wir Sie in Ihrem Urlaub gestört haben, Dr. Donatti«, sprach Avery weiter. »Aber die gute Nachricht ist, dass Sie demnächst sehr viel freie Zeit haben werden.«

Donatti schüttelte den Kopf und wandte sich wieder Wilson zu. »Wie gesagt. Wenn ich gewusst hätte, dass Sie kommen ...«

»Aber wir wollten gar nicht, dass Sie das wissen«, erklärte Wilson heiter. »Wir wollten Sie überraschen. Oder nein. Eigentlich wollten wir Sie reinlegen.«

»Wie bitte?«

»Reinlegen«, wiederholte Wilson. »Sie wissen schon. So, wie Sie uns reingelegt haben, als Sie die Fördergelder der Parker Foundation zweckentfremdet haben. Oder wie Sie Miss Zott – oder sollte ich sagen Mr Zott? – reingelegt haben, als Sie ihre Arbeit als Ihre eigene ausgaben.«

Auf der anderen Seite des Raumes hob Elizabeth überrascht die Augenbrauen.

»Also, bitte«, sagte Donatti und zeigte mit einem Finger grob in Zotts Richtung. »Ich weiß ja nicht, was diese Frau Ihnen erzählt hat, aber ich kann Ihnen versichern ...« Er brach mitten im Satz ab. »Und wieso zum Teufel sind Sie überhaupt hier?«, wollte er von Frask wissen. »Nach Ihren lächerlichen Lügen in dem gehässigen Brief an *Life*? Mein Anwalt will Sie verklagen.« Er sah Wilson an. »Sie wissen das wahrscheinlich nicht, aber wir haben Frask vor einigen Jahren rausgeschmissen. Sie will es uns heimzahlen.«

»Stimmt«, bestätigte Wilson. »Und zwar mit Zinsen.«

»*Genau*«, sagte Donatti.

»Ich weiß das«, sagte Wilson. »Ich bin nämlich ihr Anwalt.«

Donattis Augen traten aus den Höhlen.

»Donatti«, sagte Avery Parker, griff in ihre Handtasche und zog ein Blatt Papier heraus. »Ich will ja nicht unhöflich sein, aber unsere Zeit ist knapp. Wir brauchen nur kurz eine Unterschrift von Ihnen, und dann können Sie gehen.« Sie hielt ihm ein Schreiben hin, das mit nur zwei Wörtern überschrieben war: »Fristlose Kündigung.«

Donatti starrte sprachlos auf das Schreiben, während Wilson erklärte, dass die Parker Foundation kürzlich einen Mehrheitsanteil am Hastings erworben hatte. Frasks Brief an das *Life Magazine* hatte sie veranlasst, genauer hinzusehen – bla, bla, bla – vorsätzliche Täuschung – bla, bla, bla – beschlossen, das ganze Institut zu übernehmen – Donatti konnte kaum hinhören. War das hier nicht Calvin Evans' altes Labor? Wie aus weiter Ferne hörte er Wilson irgendwas von »schlampiger Geschäftsführung« erzählen, von »gefälschten Testergebnissen« und »Diebstahl geistigen Eigentums«. Gott, er brauchte einen Drink.

»Wir nehmen einige Kürzungen vor«, sagte Frask.

»Was heißt denn hier wir?« Donatti war schlagartig wieder bei der Sache.

»Ich nehme einige Kürzungen vor«, sagte Frask.

»Sie sind Sekretärin«, schnaubte Donatti, als hätte er das Theater satt. »Entlassen, schon vergessen?«

»Miss Frask ist unsere neue Personalchefin«, teilte Wilson ihm mit. »Wir haben Sie gebeten, den Leitungsposten des Fachbereichs Chemie neu zu besetzen.«

»Aber ich leite den Fachbereich Chemie«, rief Donatti ihm in Erinnerung.

»Wir haben beschlossen, den Posten jemand anderem anzubieten.« Avery Parker deutete mit dem Kopf in Elizabeths Richtung.

Elizabeth, überrascht, trat einen Schritt zurück.

»Kommt gar nicht infrage!«, brüllte Donatti.

»Das war auch eigentlich keine Frage«, sagte Avery Parker. Die fristlose Kündigung hing schlaff in ihrer Hand. »Aber wenn Sie möchten, können wir die Entscheidung über Ihren Beschäftigungsstatus gern einer Person überlassen, die Ihre

Arbeit von Grund auf kennt.« Zum zweiten Mal deutete sie mit dem Kopf in Richtung Elizabeth.

Alle Augen wandten sich Elizabeth zu, aber sie schien das gar nicht wahrzunehmen. Sie konzentrierte sich bereits auf den fassungslosen Donatti. Sie stemmte die Hände auf die Hüften, beugte sich leicht vor und kniff die Augen zusammen, als spähte sie durch ein Mikroskop. Kurze Stille trat ein. Dann richtete sie sich auf, als hätte sie genug gesehen.

»Tut mir leid, Donatti«, sagte sie und reichte ihm einen Stift. »Ihnen fehlt die nötige Intelligenz.«

Kapitel 43

Totgeburt

»Es gibt nur wenige Menschen, die mich überraschen können, Mrs Parker«, sagte Elizabeth, während sie zusah, wie Donatti von Frask hinauseskortiert wurde. »Aber Ihnen ist es gelungen.«

Avery Parker nickte. »Gut. Unser Angebot steht. Wir hoffen, Sie nehmen es an. Und übrigens, ›Miss Parker‹ wäre richtiger. Ich bin nicht verheiratet. War es nie.«

»Ich auch nicht«, sagte Elizabeth.

»Ja.« Avery Parkers Stimme sackte einen Oktave ab. »Ich weiß.«

Elizabeth registrierte die Veränderung im Timbre und war prompt gereizt. Dank *Life* wusste die ganze Welt, dass Madeline unehelich geboren worden war, und seitdem hörte sie diesen Ton andauernd.

»Mir ist nicht klar, wie viel Sie über die Parker Foundation wissen«, begann Wilson, der durch das Labor schlenderte. Er blieb kurz stehen, um die Beschriftung eines Aktenordners zu lesen.

»Ich weiß, dass Ihr Schwerpunkt auf wissenschaftlicher Forschung liegt.« Elizabeth drehte sich zu ihm um. »Dass Sie aber anfangs katholische Einrichtungen gefördert haben. Kirchen, Chöre, Waisenhäuser …« Sie erstarrte, war sich plötzlich der Bedeutung des letzten Wortes sehr bewusst. Sie studierte Wilson genauer.

»Ja, unsere Gründer waren der katholischen Kirche treu ergeben, heute jedoch sind unsere Ziele rein weltlicher Natur.

Wir versuchen, die besten Leute zu finden, die sich mit den wichtigsten Fragen unserer Zeit auseinandersetzen.« Die Art, wie er den Ordner beiseitelegte, verriet, dass dieser es ganz sicher nicht tat. »Vor sieben Jahren haben wir Ihre Arbeit finanziell gefördert, weil Sie in einem solchen Bereich forschten – Abiogenese. Ob Sie es wissen oder nicht, Miss Zott, Sie sind der Grund, warum wir uns überhaupt am Hastings engagiert haben. Sie und Calvin Evans.«

Als Calvins Name fiel, schnürte sich ihr die Brust zusammen.

»Ist eine seltsame Sache mit Evans, nicht?«, sagte Wilson. »Niemand scheint zu wissen, was aus seiner Arbeit geworden ist.«

Seine beiläufige Bemerkung traf sie mit der Wucht eines Orkans. Sie zog einen Hocker hervor und setzte sich, sah zu, wie er in dem Labor herumstöberte wie ein Archäologe, diese oder jene Kleinigkeit eingehend betrachtete, als könnte sie ihm etwas weit Größeres darunter offenbaren.

»Ich weiß, Sie haben Ihren Standpunkt bereits deutlich gemacht«, fuhr er fort, »aber vielleicht interessiert es Sie zu erfahren, dass wir vorhaben, die Laborausstattung in großem Umfang zu modernisieren.« Er deutete auf ein Regal, wo ein veralteter Destillationsapparat Staub ansetzte. Als er den Arm hob, lugte ein glänzender Manschettenknopf unter dem Ärmel seines Sakkos hervor. »Zum Beispiel das da. Sieht aus, als wäre das Ding seit Jahren nicht benutzt worden.«

Aber Elizabeth zeigte keine Reaktion. Sie war zu Stein erstarrt.

Als Calvin zehn Jahre alt war, hatte er über einen großen, reich aussehenden Mann mit glänzenden Manschettenknöpfen geschrieben, der in einer eleganten Limousine in dem Waisenhaus angekommen war. Er schien zu glauben, dieser Mann sei der Grund dafür gewesen, dass das Heim neue Lehrbücher erhielt. Doch statt sich über das neue Lesematerial zu freuen, war Calvin am Boden zerstört. *Ich bin hier, obwohl ich nicht hier sein sollte*, hatte er wütend gekritzelt. *Und ich werde diesem Mann nie verzeihen, niemals. Nicht, solange ich lebe.*

»Mr Wilson«, sagte sie mit hölzerner Stimme, »Sie sagen, Ihre Stiftung finanziert nur weltliche Projekte. Schließt das auch Bildungseinrichtungen mit ein?«

»Bildungseinrichtungen? Ja, natürlich«, sagte er. »Wir fördern mehrere Universitäten ...«

»Nein, ich meine, haben Sie auch schon mal eine Schule mit Lehrbüchern versorgt ...«

»Gelegentlich, aber ...«

»Vielleicht auch ein Waisenhaus?«

Wilson stockte, war sichtlich überrascht. Seine Augen huschten zu Parker.

Im Geist sah Elizabeth Calvins Brief an Wakely. *ICH HASSE MEINEN VATER. ICH HOFFE, ER IST TOT.*

»Ein katholisches Waisenhaus für Jungen«, präzisierte sie.

Wieder sah Wilson zu Parker hinüber.

»In Sioux City, Iowa.«

Eine lastende Stille breitete sich aus, nur unterbrochen durch das plötzliche Surren eines Abluftventilators.

Elizabeth starrte Wilson an, mit abweisender Miene.

Auf einmal schien alles klar: Der Posten, den sie ihr anboten, war eine List. Sie waren nur aus einem einzigen Grund hier: um Calvins Arbeit für sich zu beanspruchen.

Die Kisten. Sie wussten davon. Vielleicht hatte Frask es ihnen verraten, vielleicht hatten sie die richtigen Schlussfolgerungen gezogen. So oder so, Wilson und Parker hatten das Hastings gekauft; rechtlich gehörte Calvins Arbeit jetzt ihnen. Sie bearbeiteten mit Komplimenten und Versprechungen in der Hoffnung, dass sie die Kisten rausrückte. Und falls das nicht klappte, hatten sie noch immer ein letztes Ass im Ärmel.

Calvin Evans hatte einen Blutsverwandten.

»Wilson«, sagte Parker mit bebender Stimme. »Würde es Ihnen was ausmachen? Ich möchte gern mit Miss Zott allein reden.«

»Nein«, sagte Elizabeth scharf. »Ich habe Fragen. Ich will die Wahrheit wissen.«

Parker sah Wilson an. Ihre Miene war finster. »Ist schon gut, Wilson. Ich komme in ein paar Minuten nach.«

Kaum hatte sich die Tür hinter ihm geschlossen, herrschte Elizabeth Avery Parker auch schon an. »Ich weiß, was hier vor sich geht. Ich weiß, warum Sie mich heute hergebeten haben.«

»Wir haben Sie hergebeten, um Ihnen einen Posten anzubieten«, sagte Parker. »Das war unsere einzige Absicht. Wir bewundern Ihre Arbeit schon seit Langem.«

Elizabeth forschte im Gesicht der Frau nach Anzeichen von Heuchelei. »Hören Sie«, sagte sie in ruhigerem Tonfall. »Ich habe nichts gegen Sie, nur gegen Wilson. Wie lange kennen Sie ihn?«

»Wir arbeiten seit fast dreißig Jahren zusammen, deshalb würde ich sagen, ich kenne ihn sehr gut.«

»Hat er Kinder?«

Sie sah Elizabeth befremdet an. »Ich wüsste nicht, was Sie das angeht, aber nein.«

»Sind Sie sicher?«

»Natürlich bin ich sicher. Er ist mein Anwalt – es ist meine Stiftung, Miss Zott, aber er ist ihr Gesicht.«

»Und warum ist er das?«, hakte Elizabeth nach.

Avery Parker sah sie unverwandt an. »Mich wundert, dass Sie das fragen müssen. Ich verfüge über ein beträchtliches Vermögen, aber wie den meisten Frauen auf der Welt sind auch mir die Hände gebunden. Ich kann nicht mal einen Scheck ausstellen, ohne dass Wilson ihn gegenzeichnet.«

»Wie kann das sein? Es ist doch die *Parker* Foundation«, stellte Elizabeth fest, »nicht die Wilson Foundation.«

Parker schnaubte. »Ja, und ich habe sie unter dem Vorbehalt

geerbt, dass mein Ehemann sämtliche finanziellen Entscheidungen trifft. Da ich damals unverheiratet war, hat der Vorstand Wilson zum Treuhänder ernannt. Da ich noch immer unverheiratet bin, hält Wilson weiter die Zügel in der Hand. Sie sind nicht die Einzige, die auf verlorenem Posten gekämpft hat, Miss Zott«, sagte sie, stand auf und zupfte heftig an ihrer Anzugjacke. »Obwohl ich Glück habe: Wilson ist ein anständiger Mann.«

Sie drehte sich um und ging zu dem Arbeitstisch hinüber, während Elizabeth eine weitere Frage stellte, doch Avery Parker reagierte nicht. *Was hatte sie sich nur gedacht?* Elizabeth Zott war gar nicht daran interessiert, ans Hastings zurückzukehren, und angesichts ihrer gezielten Fragen an Wilson wäre es vielleicht für alle Beteiligten besser, wenn sie es nicht tat. Zerstreut befingerte Avery ihre billige Gänseblümchenbrosche. Was für eine törichte Frau sie doch war. Das Hastings zu kaufen, herzukommen, Zott kennenzulernen. Ja, sie war immer von Zott und ihrer Forschung fasziniert gewesen, hatte selbst mal davon geträumt, Wissenschaftlerin zu werden. Doch stattdessen war sie dazu erzogen worden, nur eines zu sein: wohlanständig. Ihren beiden Eltern und der katholischen Kirche zufolge hatte sie leider auch darin versagt.

»Miss *Parker* ...«, sagte Elizabeth drängend.

»Miss Zott«, erwiderte Avery genauso eindringlich. »Ich habe einen Fehler gemacht. Sie wollen nicht ans Hastings zurückkehren. Schön. Ich werde nicht betteln.«

Elizabeth atmete kurz und heftig ein.

»Ich habe mein ganzes Leben gebettelt«, fuhr Parker fort. »Und ich bin es leid.«

Elizabeth strich sich ein paar verirrte Haare aus dem Gesicht. »Sie wollen mich gar nicht«, stieß sie hervor. »Hab ich recht? Ihnen geht es doch nur um die Kisten.«

Avery legte den Kopf schief, als hätte sie nicht richtig gehört. »Kisten?«

»Ich versteh das. Sie haben das Hastings gekauft, jetzt gehören sie Ihnen. Aber diese Farce ...«

»Welche Farce?«

»... ich will alles über das All Saints wissen. Ich denke, ich habe ein Recht darauf, es zu erfahren.«

»Wie bitte?«, sagte Parker. »Sie haben ein Recht? Ich will Ihnen mal ein kleines Geheimnis über Rechte verraten. Sie existieren nicht.«

»Für reiche Menschen schon, Miss Parker«, konterte Elizabeth. »Erzählen Sie mir von Wilson. Von Wilson und Calvin.«

Avery Parker starrte sie perplex an. »Wilson und Calvin? Nein, nein ...« Sie schüttelte den Kopf.

»Noch mal, ich denke, ich habe ein Recht darauf, es zu erfahren.«

Avery presste die Hände auf die Arbeitsplatte. »Ich hatte das nicht für heute geplant.«

»Was geplant?«

»Ich wollte Sie erst kennenlernen. Ich denke, das ist mein Recht. Zu erfahren, wer Sie sind.«

Elizabeth verschränkte die Arme. »Wie bitte?«

Avery nahm den Tafelschwamm in die Hand. »Hören Sie bitte zu. Ich ... ich muss Ihnen eine Geschichte erzählen.«

»Geschichten interessieren mich nicht.«

»Es geht um eine Siebzehnjährige«, fuhr Avery Parker unbeirrt fort, »die sich in einen jungen Mann verliebt. Es ist die nicht besonders originelle Geschichte«, sagte sie verbittert, »von der jungen Frau, die schwanger wird, und ihre berühmten Eltern schämen sich für die Promiskuität ihrer Tochter so sehr, dass sie sie in ein katholisches Heim für ledige Mütter stecken.« Sie drehte Elizabeth den Rücken zu. »Vielleicht haben Sie schon von diesen Heimen gehört, Miss Zott. Sie werden wie Gefängnisse geführt. Sind voller Mädchen in derselben schwierigen Lage. Sie bekommen dort ihre Babys und geben sie dann ab. Es gab ein offizielles Formular zu unterschreiben, und die meisten unterschrieben. Denjenigen, die sich weigerten, wurde gedroht: Sie würden die Niederkunft allein durchstehen müssen; sie würden vielleicht sogar sterben. Trotz dieser Warnungen weigerte sich die Siebzehnjährige zu unterschreiben. Beharrte darauf, dass sie Rechte hatte.« Parker stockte, schüttelte den Kopf, als könnte sie diese Naivität noch immer nicht fassen.

»Als bei ihr die Wehen einsetzten, machten sie ihre Drohung wahr, sperrten sie in ein Zimmer und schlossen die Tür ab. Sie blieb einen ganzen Tag lang dort, allein, schreiend vor Schmerzen. Irgendwann hatte der Arzt genug von dem Lärm. Er ging hinein und anästhesierte sie. Als sie Stunden später wieder zu sich kam, teilte man ihr die traurige Nachricht mit. Ihr Baby war eine Totgeburt. Unter Schock bat sie, den kleinen Leichnam zu sehen, doch der Arzt sagte, sie hätten ihn bereits entsorgt.

Springen wir zehn Jahre weiter«, fuhr Avery Parker fort, wandte sich um und sah Elizabeth mit angespannter Miene an. »Eine Pflegerin aus dem Heim für ledige Mütter setzt sich mit der jetzt siebenundzwanzigjährigen Frau in Verbindung. Verlangt Geld für die Wahrheit. Sagt, dass das Baby nicht gestorben ist, sondern wie alle anderen Babys zur Adoption freigegeben wurde. Das einzig Ungewöhnliche: Die Adoptiveltern des Kindes kamen bei einem tragischen Unfall ums Leben, und dann starb auch noch die Tante. Das Kind wurde in ein Waisenhaus namens All Saints in Iowa geschickt.«

Elizabeth saß völlig reglos da.

Avery Parker schaltete geistesabwesend eine Vakuumpumpe ein. Ihre Stimme klang schwermütig. »Das war der Tag, an dem die junge Frau begann, nach ihrem Sohn zu suchen.« Sie stockte. »Nach meinem Sohn.«

Elizabeth fuhr zurück, alle Farbe wich aus ihrem Gesicht.

»Ich bin Calvin Evans' leibliche Mutter«, sagte Avery Parker langsam. »Und mit Ihrer Erlaubnis, Miss Zott, würde ich sehr gern meine Enkeltochter kennenlernen.«

Kapitel 44

Die Eichel

Es war, als wäre alle Luft aus dem Raum gesaugt worden. Elizabeth starrte Avery Parker an, unsicher, wie sie reagieren sollte. Das konnte nicht wahr sein. In Calvins eigenem Tagebuch hatte gestanden, dass seine leibliche Mutter im Kindbett gestorben war.

»Miss Parker«, sagte Elizabeth vorsichtig, als müsste sie über heiße Kohlen gehen. »Viele Leute haben im Laufe der Jahre versucht, Calvin auszunutzen. Viele haben sogar vorgegeben, verschollene Verwandte zu sein. Ihre Geschichte ist ...« Sie verstummte, dachte zurück an die vielen Briefe, die Calvin behalten hatte. Die traurige Mutter – sie hatte ihm mehrfach geschrieben. »Wenn Sie doch wussten, dass er in dem Waisenhaus war, warum sind Sie nicht hingefahren und haben ihn da rausgeholt?«

»Ich hab's versucht«, sagte Avery Parker. »Genauer gesagt, ich habe Wilson hingeschickt. Ich muss zu meiner Schande gestehen, dass ich selbst nicht den Mut dazu hatte.« Sie ging an dem langen Arbeitstisch entlang. »Bitte versuchen Sie, das zu verstehen. Ich hatte mich viele Jahre lang damit abgefunden, dass mein Sohn tot war. Dann plötzlich zu erfahren, dass er lebte? Ich hatte Angst, mir falsche Hoffnungen zu machen. Genau wie Calvin bin auch ich Ziel unzähliger Betrugsversuche gewesen. Dutzende Menschen haben behauptet, mit mir verwandt zu sein. Deshalb habe ich Wilson hingeschickt«, wiederholte sie und blickte dabei zu Boden, als überdächte sie die Entscheidung zum fünfzigsten Mal. »Ich habe ihn gleich am nächsten Tag zum All Saints geschickt.«

Die Pumpe begann einen neuen Zyklus, und ein zischendes Geräusch erfüllte das Labor.

»Und ...«, drängte Elizabeth.

»Und«, sagte Avery, »der Bischof dort teilte Wilson mit, Calvin wäre ...« Sie stockte.

»Was denn? Was?«

Das Gesicht der älteren Frau erschlaffte. »Tot.«

Elizabeth sank geschockt zurück. Das Heim brauchte Geld, der Bischof sah eine Chance, es wurde ein Gedächtnisfonds eingerichtet. Informationen quollen in einem dumpfen, teilnahmslosen Strom aus Avery Parker heraus.

»Haben Sie früher schon mal jemanden aus der Familie verloren?«, fragte sie plötzlich tonlos.

»Meinen Bruder.«

»Krankheit?«

»Selbstmord.«

»Das ist furchtbar«, sagte sie. »Dann wissen Sie, wie das ist, wenn man sich für jemandes Tod verantwortlich fühlt.«

Elizabeth erstarrte. Die Feststellung passte genau, ließ sich nicht abschütteln, wie ein doppelt verschnürter Schuh. »Aber Sie haben Calvin nicht getötet«, sagte sie bedrückt.

»Nein.« Parkers Stimme war zittrig vor Reue. »Ich habe etwas viel Schlimmeres getan. Ich habe ihn beerdigt.«

Irgendwo links im Raum piepte eine Kontrolluhr los, und Elizabeth ging mit weichen Knien hin, um sie abzuschalten. Sie drehte sich um und betrachtete die Frau, die auf der anderen Seite des Labors an der Tafel stand. Sie war leicht nach rechts geneigt. Halbsieben stand auf und ging zu Avery. Er drückte seinen Kopf an ihren Oberschenkel. *Ich kenne das Gefühl, jemanden, den man liebt, im Stich gelassen zu haben.*

»Meine Eltern hatten schon lange Waisenhäuser und Heime für ledige Mütter unterstützt«, sprach Avery weiter, eine Hand auf Halbsiebens Kopf gelegt. »Sie dachten, das machte sie zu guten Menschen. Aber dank ihrer blinden Ergebenheit gegenüber der katholischen Kirche haben sie meinen Sohn zum Waisenkind gemacht.« Sie stockte. »Ich habe den Gedächtnisfonds meines Sohnes finanziert, bevor er tot war, Miss Zott.« Sie atmete flach. »Ich habe ihn zweimal beerdigt.«

Eine heftige Übelkeit überkam Elizabeth.

»Nachdem Wilson von dem Waisenhaus zurückgekehrt war, fiel ich in eine tiefe Depression«, fuhr Avery fort. »Ich hatte nie die Chance gehabt, meinen Sohn zu sehen, hatte ihn nie im Arm gehalten, nie seine Stimme gehört. Schlimmer noch, ich musste mit dem Wissen leben, dass er gelitten hatte. Er hatte mich verloren, dann seine Eltern und war in diesem heruntergekommenen Waisenhaus gelandet. Jeder dieser Verluste ging auf das Konto der Kirche.« Sie verstummte jäh, und ihr Gesicht rötete sich. »*Sie glauben aus wissenschaftlichen Gründen nicht an Gott, Miss Zott?*«, entfuhr es ihr plötzlich. »*Tja, ich glaube aus persönlichen Gründen nicht an ihn.*«

Die Worte waren Granatsplitter. Elizabeth wollte etwas sagen, brachte aber keinen Ton heraus.

»Die einzige Entscheidung, die ich treffen konnte«, sagte Avery Parker, bemüht, ihre Stimme wieder unter Kontrolle zu bringen, »war die, dafür zu sorgen, dass die Gelder des Gedächtnisfonds für naturwissenschaftliche Bildung ausgegeben wurden. Biologie. Chemie. Physik. Aber auch Sport. Calvins Vater, ich meine sein biologischer Vater, war sehr sportlich. Er hat gerudert. Deshalb lernten die Jungen im All Saints rudern. Es war eine Geste. Eine Hommage an ihn.«

Elizabeth sah Calvin. Sie saßen in dem Zweier, sein Gesicht von der frühen Morgensonne beschienen. Er lächelte, eine Hand am Ruder, die andere nach ihr ausgestreckt. »Dadurch ist er nach Cambridge gekommen«, sagte sie, während das Erinnerungsbild langsam verblasste. »Mit einem Ruderstipendium.«

Avery ließ den Tafelschwamm fallen. »Das wusste ich nicht.«

Allmählich fügten sich einzelne Details zu einem Ganzen zusammen, aber etwas ließ Elizabeth noch immer keine Ruhe.

»Aber ... aber wie haben Sie schließlich erfahren, dass Calvin ...«

»*Chemistry Today*«, sagte Parker. Sie setzte sich auf den Hocker neben Elizabeths. »Die Ausgabe mit Calvin auf dem Titelblatt. Ich erinnere mich noch genau an den Tag – Wilson kam in mein Büro gestürmt und schwenkte sie in der Luft. ›Du wirst es nicht glauben‹, sagte er. Ich habe umgehend zum Telefon gegriffen und den Bischof angerufen. Natürlich behauptete er, es wäre reiner Zufall. ›Evans‹, sagte er. ›Das ist ein sehr häufiger Name.‹ Ich wusste, dass er log, und ich war wild entschlossen, ihn zu verklagen, bis Wilson mich davon überzeugte, dass die öffentliche Aufmerksamkeit nicht bloß schädlich für die Stiftung wäre, sondern auch peinlich für Calvin.« Sie lehnte sich zurück und atmete tief durch, ehe sie weitersprach. »Ich habe die Zahlungen ans All Saints sofort eingestellt. Dann habe ich Calvin geschrieben – mehrmals. Ich habe ihm alles, so gut es ging, erklärt, habe um ein Treffen gebeten, ihm gesagt, dass ich seine Forschung finanziell unterstützen wollte. Ich möchte mir gar nicht vorstellen, was er sich gedacht hat«, seufzte sie traurig. »Irgendeine Frau schreibt ihm aus heiterem Himmel und behauptet, seine Mutter zu sein. Oder vielleicht kann ich es doch, weil er mir nie geantwortet hat.«

Elizabeth zuckte zusammen. Die Briefe der »traurigen Mutter« standen ihr wieder vor Augen, die Unterschrift unter jedem von ihnen vermittelte eine jähe grausame Klarheit: *Avery Parker*.

»Aber wenn Sie ein Treffen herbeigeführt hätten. Nach Kalifornien gekommen wären ...«

Averys Gesicht wurde aschfahl. »Bitte. Es ist eine Sache, alles zu versuchen, den Kontakt zu einem Kind wieder aufzunehmen. Aber wenn das Kind erwachsen geworden ist, sieht die Sache anders aus. Ich beschloss, behutsam vorzugehen. Wollte ihm Zeit geben, die Möglichkeit zu akzeptieren, dass es mich gab, Nachforschungen über meine Stiftung anzustellen, zu erkennen, dass ich keinen Grund hatte, ihm etwas vorzugaukeln. Ich wusste, dass das Jahre dauern könnte. Ich zwang mich, geduldig zu sein. Aber offensichtlich, angesichts der Ereignisse« – sie richtete den Blick auf einen Stapel Notizbücher – »war ich … zu geduldig.«

»Mein Gott«, sagte Elizabeth und vergrub das Gesicht in den Händen.

»Dennoch habe ich seine Karriere verfolgt.« Parkers Stimme klang monoton. »Ich dachte, dass sich vielleicht die Gelegenheit ergeben würde, ihm zu helfen. Wie sich herausstellte, brauchte nicht er meine Hilfe, sondern Sie.«

»Aber woher wussten Sie überhaupt, dass Calvin und ich …«

»Ein Paar waren?« Ein wehmütiges Lächeln hob ihre Mundwinkel. »Weil es in aller Munde war. Von dem Moment an, als Wilson das Hastings betrat, hörte er ständig irgendwelche Anspielungen auf Calvin Evans und seine skandalöse Affäre. Das ist einer der Gründe, warum Donatti, als Wilson ihm sagte, er wolle die Abiogenese-Forschung fördern, alles versuchte, um ihn in eine andere Richtung zu lenken. Er wollte unbedingt verhindern, dass Calvin oder jemand, der Calvin nahestand, Erfolg hatte. Und dann war da noch die Tatsache, dass Sie eine Frau sind. Donatti ging zu Recht davon aus, dass die meisten Geldgeber nicht bereit wären, eine Frau zu unterstützen.«

»Aber warum haben ausgerechnet Sie das so hingenommen?«

»Ich schäme mich fast dafür, aber ein Teil von mir hat es genossen, ihn in diese Position zu bringen. Er hat sich solche Mühe gegeben, Wilson einzureden, Sie wären ein Mann. Wilson hatte vor, sich ohne Donattis Wissen mit Ihnen zu treffen. Er hatte sogar schon den Flug gebucht. Aber dann …« Sie verstummte.

»Dann was?«

»Aber dann starb Calvin«, sagte sie. »Und es schien, als wäre Ihre Arbeit mit ihm gestorben.«

Elizabeth sah sie an, als wäre sie geohrfeigt worden. »Miss Parker, ich wurde *entlassen*.«

Avery Parker schüttelte den Kopf. »Heute weiß ich das, dank Miss Frask. Aber damals dachte ich, Sie wollten vielleicht ein neues Kapitel aufschlagen. Sie und Calvin hatten nie geheiratet. Ich nahm an, dass die Gefühle zwischen Ihnen und meinem Sohn nicht auf Gegenseitigkeit beruhten. Alle sagten, dass er ein schwieriger Mensch war – dass er nachtragend war. Natürlich hatte ich keine Ahnung, dass Sie schwanger waren. In dem Nachruf in der *Los Angeles Times* wurden Sie mit dem Satz zitiert, Sie hätten ihn kaum gekannt.« Sie holte tief Luft. »Ich war übrigens da. Auf seiner Beerdigung.«

Elizabeths Augen weiteten sich.

»Wilson und ich standen ein paar Gräber weiter. Ich war gekommen, um ihn ein letztes Mal zu beerdigen und um mit Ihnen zu reden. Aber ehe ich den Mut dazu aufbringen konnte, waren Sie schon gegangen. Hatten die Trauerfeier verlassen, noch ehe sie zu Ende war.« Sie hob die Hände vors Gesicht. »So sehr ich auch glauben wollte, dass jemand meinen Sohn geliebt hatte …«

Bei diesen Worten sank Elizabeth unter der unerbittlichen Last der Missverständnisse in sich zusammen. »Ich habe Ihren Sohn geliebt, Miss Parker!«, rief sie. »Von ganzem Herzen. Ich liebe ihn noch immer.« Sie ließ den Blick durch das Labor schweifen, in dem sie sich das erste Mal begegnet waren, ihr Gesicht ausdruckslos vor Trauer. »Calvin Evans war das Beste, was mir je passiert ist«, presste sie heraus. »Er war der klügste, liebevollste Mensch, der sanfteste, interessanteste …« Sie stockte. »Ich weiß nicht, wie ich das anders erklären kann.« Ihre Stimme wurde brüchig. »Ich kann nur sagen, zwischen uns gab es diese Chemie. Echte Chemie. Und das war kein Unfall.«

Vielleicht lag es daran, dass sie endlich das Wort »Unfall« aussprach, jedenfalls wurde sie von der niederschmetternden

Wucht dessen, was sie verloren hatte, überwältigt, und sie legte den Kopf an Avery Parkers Schulter und schluchzte, wie sie das nie zuvor getan hatte.

Kapitel 45

Essen um sechs

In dem Labor schien die Zeit stillzustehen. Halbsieben hob den Kopf und betrachtete die beiden Frauen. Die Arme der älteren umschlossen die jüngere wie ein schützender Kokon, Elizabeths Trauer schien ihr zutiefst vertraut. Er war zwar kein Chemiker, er war ein Hund, aber auch als Hund erkannte er eine dauerhafte Bindung auf den ersten Blick.

»Ich habe die längste Zeit meines Lebens verbracht, ohne zu wissen, was meinem Sohn widerfahren ist«, sagte Parker, während sie die zitternde Elizabeth an sich drückte. »Ich habe keine Ahnung, wie seine Adoptiveltern waren, ob die Geschichten des Bischofs alle gelogen waren oder teilweise wahr. Ich weiß nicht mal, was ihn ans Hastings geführt hat. Die Wahrheit ist, ich weiß noch immer sehr wenig«, sagte sie. »So war das zumindest bis vor drei Monaten. Dann kam das hier mit der Post.«

Sie griff in ihre Tasche und zog einen Brief heraus.

Elizabeth erkannte die Handschrift auf Anhieb: Madeline.

»Ihre Tochter hat Wilson geschrieben und ihr Stammbaumprojekt erwähnt, das dann in *Life* abgedruckt wurde. Sie beteuerte, dass ihr Vater in einem Waisenhaus in Sioux City aufgewachsen war. Irgendwie hatte sie herausgefunden, dass Wilson es finanziell unterstützt hatte. Sie wollte ihm persönlich danken, ihm sagen, dass die Parker Foundation auf ihrem Stammbaum war. Ich dachte, es wäre vielleicht ein Scherz, aber sie kannte so viele Einzelheiten. Adoptionen sind normalerweise unter Verschluss, Miss Zott – eine herzlose Praxis –, aber mit Madelines Informationen gelang es einem Privatdetektiv endlich, die Wahrheit herauszufinden. Ich hab alles hier.« Sie griff erneut in ihre Tasche und holte einen dicken Ordner hervor. »Schauen Sie sich das an«, sagte sie verächtlich, als sie Elizabeth ihre eigene gefälschte Sterbeurkunde zeigte, die Rache für ihre Renitenz in dem Heim für ledige Mütter. »Damit fing alles an.«

Elizabeth nahm die Urkunde in die Hand. Madeline hatte mal gesagt, dass Wakely glaubte, manche Dinge sollten in der Vergangenheit bleiben, weil sie nur in der Vergangenheit Sinn ergeben. Und wie bei so vielen von Wakelys Äußerungen erkannte Elizabeth die Weisheit darin. Aber sie glaubte, Calvin hätte gewollt, dass sie noch eine letzte Frage stellte.

»Miss Parker«, sagte sie sanft, »was ist aus Calvins leiblichem Vater geworden?«

Avery Parker öffnete den Ordner wieder und gab ihr eine weitere Sterbeurkunde, aber diese war echt. »Er ist an Tuberkulose gestorben«, sagte sie. »Noch bevor Calvin zur Welt kam. Ich habe ein Bild von ihm.« Sie nahm ihre Brieftasche und zog ein abgegriffenes Foto heraus.

»Aber er ...« Elizabeth stockte der Atem, als sie den jungen Mann betrachtete, der neben einer sehr viel jüngeren Avery stand.

»Sieht genauso aus wie Calvin? Ich weiß.« Sie nahm die Ausgabe von *Chemistry Today* zur Hand und hielt sie neben das Foto. Die beiden Frauen saßen Schulter an Schulter, während Calvin und sein sogar noch jüngerer Vater aus ihren unterschiedlichen Vergangenheiten zu ihnen hochblickten.

»Wie war er?«

»Ungestüm«, sagte Avery. »Er war Musiker oder wollte es jedenfalls werden. Wir haben uns durch einen Unfall kennengelernt. Er hat mich mit seinem Fahrrad angefahren.«

»Waren Sie verletzt?«

»Ja«, sagte sie. »Zum Glück. Weil er mir aufgeholfen und

mich auf seine Lenkstange gesetzt hat. Dann hat er gesagt, ich soll mich festhalten, und ist mit mir zu einem Arzt gefahren.« Sie zeigte auf eine alte Narbe an ihrem Unterarm, die offenbar genäht worden war. »Zehn Stiche später hatten wir uns verliebt. Er hat mir diese Brosche geschenkt«, sagte sie und zeigte auf das schiefe Gänseblümchen an ihrem Revers. »Ich trage sie noch immer jeden Tag.« Sie sah sich im Labor um. »Es tut mir leid, dass wir uns ausgerechnet hier getroffen haben. Im Rückblick ist mir klar, dass das schwer für Sie gewesen sein muss. Ich wollte einfach in dem Raum sein, in dem ...«

»Ich verstehe das«, sagte Elizabeth. »Ehrlich. Und ich bin froh, dass wir zusammen hier sind. Hier sind Calvin und ich uns das erste Mal begegnet. Genau da drüben.« Sie zeigte auf die Stelle. »Ich brauchte Bechergläser und hab mir einfach seine genommen.«

»Sie wussten sich zu helfen«, sagte Avery. »War es Liebe auf den ersten Blick?«

»Nicht direkt.« Elizabeth dachte daran zurück, wie Calvin gesagt hatte, ihr Chef sollte ihn anrufen. »Aber dann hatten wir unseren eigenen glücklichen Unfall. Irgendwann erzähl ich Ihnen davon.«

»Das würde mich sehr freuen«, sagte Avery. »Ich wünschte, ich hätte ihn kennenlernen können. Vielleicht kann ich das ja durch Sie.« Sie holte zittrig Luft, räusperte sich dann. »Ich wäre sehr gern ein Teil Ihrer Familie, Miss Zott«, sagte sie. »Ich hoffe, ich bin nicht zu aufdringlich.«

»Bitte, nenn mich Elizabeth. Und du gehörst zur Familie, Avery. Madeline hat das schon vor langer Zeit erkannt. Das ist nicht Wilson, den sie da auf den Stammbaum gemalt hat – das bist du.«

»Ich versteh nicht ganz.«

»Du bist die Eichel.«

Averys wässrig graue Augen blickten auf einen Punkt

irgendwo im Raum. »Die Eichel der guten Fee«, sagte sie zu sich selbst. »Ich.«

Von draußen waren Schritte zu hören, dann ein rasches Klopfen. Die Labortür schwang auf, und Wilson trat ein. »Tut mir leid, dass ich störe«, sagte er zurückhaltend. »Ich wollte bloß nachhören, ob alles in ... «

»Ist es«, sagte Avery Parker. »Endlich.«

»Gott sei Dank.« Er hob eine Hand an die Brust. »Wenn das so ist, Avery, muss ich leider Gottes allerhand Geschäftliches mit dir klären. Es gibt vieles, was du dir ansehen solltest, ehe wir morgen abreisen.«

»Ich komme gleich.«

»Du reist schon wieder ab?«, fragte Elizabeth überrascht, als Wilson die Tür hinter sich schloss.

»Ich fürchte, es geht nicht anders«, sagte Avery. »Wie ich vorhin sagte, ich hatte gar nicht vor, dir das alles jetzt schon zu erzählen. Ich wollte abwarten, bis wir uns besser kennengelernt hätten.« Dann schob sie hoffnungsvoll nach. »Aber ich bin bald wieder hier, versprochen.«

»Dann schlage ich vor, *Essen um sechs*«, sagte Elizabeth, die sie noch nicht gehen lassen wollte. »In meinem Labor zu Hause. Alle – du, Wilson, Mad, Halbsieben, ich, Harriet, Walter. Irgendwann musst du auch Wakely und Mason kennenlernen. Die ganze Familie.«

Avery Parker, in deren Gesicht plötzlich Calvins Lächeln strahlte, drehte sich um und ergriff Elizabeths Hände. »Die ganze Familie«, sagte sie.

Als sie gegangen war, bückte Elizabeth sich und nahm Halbsiebens Kopf in beide Hände. »Wann genau hast du's gewusst?« Sie sah ihm in die Augen.

Um neunzehn vor zwei, wollte er sagen. *Und so werde ich sie auch nennen.*

Doch stattdessen sprang er auf den Arbeitstisch gegenüber

und schnappte sich ein leeres Notizbuch. Sie zog den Bleistift aus ihrem Haar, nahm ihm das Notizbuch ab und schlug die erste Seite auf.

»Abiogenese«, sagte sie. »Fangen wir an.«

Danksagung

Schreiben ist ein einsames Geschäft, aber eine ganze Armee ist vonnöten, um ein Buch in die Regale zu bringen. Ich möchte meiner Armee danken:

Meinen Freundinnen und Freunden in Zürich, die die ersten Kapitel gelesen haben: Morgane Ghilardi, CS Wilde, Sherida Deeprose, Sarah Nickerson, Meredith Wadley-Suter, Alison Baillie und John Collette.

Meinen schreibenden Online-Freundinnen und Freunden bei Curtis Brown: Tracey Stewart, Anna Marie Ball, Morag Hastie, Al Wright, Debbie Richardson, Sarah Lothian, Denise Turner, Jane Lawrence, Erika Rawnsley, Garret Smyth und Deborah Gasking.

Meinen unglaublich hilfsbereiten und talentierten Kolleginnen und Kollegen in dem Dreimonatskurs bei Curtis Brown: Lizzie Mary Cullen, Kausar Turabi, Matthew Cunningham, Rosie Oram, Elliot Sweeney, Yasmina Hatem, Simon Hardman Lea, Malika Browne, Melanie Stacey, Neil Daws, Michelle Garrett, Ness Lyons, Ian Shaw, Mark Sapwell und der großartigen Charlotte Mendelson, die uns zu Höchstleistungen anspornte.

Anna Davis für ihr Verständnis, ihre Beratung und die Serie von Curtis-Brown-Kursen, die Schreibenden einen Ort geben, an dem sie produktiv arbeiten können; die nimmermüden Jack Hadley, Katie Smart und Jennifer Kerslake, die uns bei der Stange hielten und mit Keksen versorgten; Lisa Babalis, die so nett war, meinen Anfang zu lesen, und mir Hoffnung machte; Tanja Goossens, Sophie Baker, Katie Harrison, Sarah Harvey und Jodi Fabbri, das beste Rechtemanagementteam im ganzen Universum; Rosie Pierce, die sich souverän um jedes Detail kümmerte; Jennifer Joel, eine beruhigende, optimistische Stimme, wenn die Dinge schwierig wurden; Luke Speed, der wahrscheinlich eine Art wissenschaftliches Experiment ist, um rauszufinden, wie lange ein Mensch ohne Schlaf auskommt; und Anna Wegulin, die, da bin ich mir ziemlich sicher, auch nicht schläft.

Ehrlich gesagt, ich vermute, bei Curtis Brown oder ICM schläft überhaupt keiner.

Ein besonders großes Dankeschön geht an Felicity Blunt bei Curtis Brown. Vor einigen Jahren, ehe ich nach London zog, informierte ich mich über Literaturagenten und sah ein Interview mit Felicity, und ich weiß noch, dass ich dachte: »Wenn ich mir eine Agentin aussuchen könnte ...« Und dann tat ich es. Danke, Felicity, dafür, dass du an mich geglaubt hast, für dein scharfes Auge, deine Freundlichkeit, deine Härte und deine unermüdliche Unterstützung. Das Buch ist jetzt fertig, also spiel ruhig mit deinen Kindern.

Auf der Verlagsseite danke ich besonders Jane Lawson und Lee Boudreaux, den gescheitesten Lektorinnen, die sich eine Autorin nur wünschen kann, Thomas Tebbe für seine begeisterte Unterstützung, Beci Kelly für ihr gelungenes Cover, Timba Smits für sein Genie als Illustrator, Maria Carella für die schöne Innengestaltung, Charlotte Trumble und Cara Reilly dafür, dass sie stets den Überblick behalten, und Amy Ryan für ihr begnadetes Lektorat. Ich danke auch den Verleger*innen Felicitas von Lovenberg, Larry Finlay und Bill Thomas; meinen fähigen Agent*innen Alison Barrow, Todd Doughty und Elena Hershey; der wunderbaren Marketing-Arbeit von Vicky Palmer, Lauren Weber und Lindsay Mandel und den kreativen Köpfen von Todd Doughty, Lilly Cox, Sophie MacVeigh, Kristin

Fassler, und Erin Merlo. Ein großes Dankeschön geht an die geduldigen, scharfsichtigen und ungemein erfahrenen Cat Hillerton, Ellen Feldman und Lorraine Hyland. Ein ebenso großes Dankeschön geht an Tom Chicken, Laura Richetti, Emily Harvey, Laura Garrod, Hana Sparks, Sarah Adams und das gesamte Vertriebsteam. Schließlich danke ich ganz besonders Madeline McIntosh und Maya Majvee. Euer Zuspruch, eure Führungsqualität und eure Unterstützung sind mir ungeheuer wichtig.

Chemie zu recherchieren ist eine Sache, alles sachlich richtig hinzukriegen eine andere. Deshalb geht mein besonderer Dank an Dr. Mary Koto, langjährige Freundin, glänzende Biologin und Feinschmeckerin in Sachen Eiscreme, und an die bewundernswerte Chemikerin und Leserin Dr. Beth Mundy in Seattle. Beide waren so liebenswürdig, die Details akribisch zu prüfen.

Meine große Zuneigung und Dankbarkeit geht an alle meine Ruderteam-Kameradinnen von Green Lake und Pocock in Seattle und ein riesengroßes Dankeschön an die Ruderin Donya Burns, die mal darauf bestand, unsere müde Crew sollte »jeden Zug frisch angehen«. Diese Aufforderung hat sich in meinem Gehirn festgesetzt und wurde schließlich zu Harriets Rat an Elizabeth.

Ich danke den Autorinnen, die darum wissen, wie real der Kampf ist: Joanne Stangeland, Poetin der Extraklasse, Diane Arieff, die lustigste Person der Welt und Laura Kasischke, die sich wahrscheinlich nicht an mich erinnert, aber deren schriftstellerischer Rat und Zuspruch große Wirkung hatten. Schließlich geht ein besonders großes Dankeschön an Susan Biskeborn, der tröstlichsten, beruhigendsten, positivsten Stimme in der Schreibwüste. Susan, ich danke dir dafür, dass du immer weißt, was du sagen musst und wann du es sagen musst.

Ich danke drei Menschen, mit denen ich das leider nicht mehr teilen kann: meinen Eltern, lebenslange Leser, und Helen Martin, meiner ältesten, liebsten Freundin. Du fehlst mir, 86.

Und den drei Menschen, die den ganzen Weg mitgegangen sind: Sophie, danke, dass du die ganze Chose ins Rollen gebracht hast, indem du mir den Link zu Curtis Brown schicktest. Zu sagen, ich bin dir was schuldig, wäre die Untertreibung des Jahres. Danke auch für deine ständige Unterstützung und deinen trockenen Humor, dein einfühlsames Verständnis für den holprigen kreativen Prozess, deine verlegerischen Kenntnisse und deine Bereitschaft, alles stehen und liegen zu lassen, um die ewige Frage zu stellen und gleich zu beantworten: Kekse? Oder Feen?

Zoë, danke für deine Freundlichkeit an den schlechten Tagen und deine Fröhlichkeit an den guten, für deinen schon fast unheimlichen Tippfehler-Spürsinn, für die Ellie-Fotos, die mich immer zum Lachen bringen, und für deine sorgfältig kuratierte Meme-Sammlung, die wahrscheinlich in ein Museum gehört. Ganz gleich, wie viel du selbst um die Ohren hattest, du hast dir immer die Zeit genommen, dich zu melden und mit mir zu plaudern.

Und David, meine große Liebe und der Mensch, den ich am meisten bewundere, danke für alles. Dass du stets bereit warst zu lesen, dass du der bessere Koch bist, dass du mich immer in Diskussionen verwickelst, und vor allem, dass du so getan hast, als wärst du nicht beunruhigt, als du endlich mitbekamst, wie ausgiebig ich tagsüber mit mir selbst rede. – Nie im Leben hätte ich mir vorstellen können, dass so viel Lebensfreude in einem einzigen Menschen steckt – ganz zu schweigen von der unheimlichen Fähigkeit, atemberaubend schnell von dreihundert in Siebenerschritten bis weit hinein in die Negativzahlen rückwärtszuzählen. Ich liebe und bewundere dich.

Zu guter Letzt danke ich meinem Hund Friday, von uns gegangen, aber unvergessen, und dem allzeit stoischen 99. Ich entschuldige mich für jedes Mal, dass ich zu einem von euch sagte: »Lass mich nur noch eben den Absatz fertig schreiben, dann gehen wir raus.«